赵勇 / 著

SEVENTEEN
MONTHS
IN
ANTARCTICA

我在南极的十七个月

中国第27次南极考察
中山站站长纪事

经济管理出版社
ECONOMY & MANAGEMENT PUBLISHING HOUSE

图书在版编目（CIP）数据

我在南极的 17 个月/赵勇著. —北京：经济管理出版社，2013.11（2016.1 重印）
ISBN 978-7-5096-2837-9

Ⅰ.①我⋯ Ⅱ.①赵⋯ Ⅲ.①日记—作品集—中国—当代 ②南极—科学考察 Ⅳ.①I267.5
②P941.6

中国版本图书馆 CIP 数据核字（2013）第 287013 号

组稿编辑：陈 力
责任编辑：陈 力 刘 浪
责任印制：杨国强

出版发行：经济管理出版社
　　　　　（北京市海淀区北蜂窝 8 号中雅大厦 A 座 11 层 100038）
网　　址：www. E-mp. com. cn
电　　话：（010）51915602
印　　刷：北京盛源印刷有限公司
经　　销：新华书店
开　　本：720mm×1000mm/16
印　　张：27
字　　数：470 千字
版　　次：2013 年 12 月第 1 版 2016 年 1 月第 2 次印刷
书　　号：ISBN 978-7-5096-2837-9
定　　价：69.00 元

序
Preface

　　南极，作为地球上人类最后发现的冰雪大陆，一直以来都蒙着一层神秘的面纱，等待着人类去探知。从 18 世纪开始，许多不畏艰险的科学家在成功征服南太平洋和南大西洋湍急的洋流后，一步一步向南极大陆挺进，这些科学家们肩负着人类探求未知世界的重任，不断地向大自然及自身极限挑战。

　　南极科学考察事业是一个国家综合国力和科学水平在国际舞台的角逐与彰显，在政治、科学、经济和军事等方面有着重大的现实意义和长远的战略意义。中国的极地考察事业虽起步较晚，但在中国政府的高度重视和全国人民的大力支持下，在广大极地工作者的辛勤努力下，短短 30 年就取得了长足的发展。我国的极地考察从无到有、从小到大，并逐渐由极地考察大国向极地考察强国迈进，为和平利用南极、造福人类社会做出了贡献。

　　南极不仅见证了中国极地考察事业的发展，记录了一代代考察队员的成长，更磨砺了考察队员们的坚强意志。他们为之奉献青春与智慧、感悟自然与生命，努力拼搏、砥砺前行的足迹日益清晰和稳健。

　　本书作者赵勇原是我国"雪龙号"极地考察破冰船上的轮机长，曾六次征战南极、两次奔赴北极，把美好的青春年华奉献给了我国的极地事业。我作为一名老南极工作者，曾参加过南极考察十余次，在我多次担任领队的南极考察中，赵勇曾三次担任雪龙船轮机长。作为与赵勇共事多年的老战友，我非常钦佩他的为人、才识，也对他在极地事业上的追求和所做出的贡献非常熟悉。

　　赵勇从雪龙船调入管理部门工作后，凭着他对南极考察事业的满腔热情，毅然承担起中国第 27 次南极考察中山站站长的重任，执行南极越冬考察任务。在赵勇站长提出的"快乐越冬、和谐越冬"的目标指引下，17 名越冬队员历经海上航渡、恶劣天气和封闭环境等考验，在工作中树立团队精神，在合作中加强沟通交流，在活动中增进友谊，出色完成了为期17 个月的越冬考察任务。其间，他们创办了《中山生活》周刊队报，向国内及时传达越冬工作情况，展现队员们的良好精神面貌；组织南极仲冬节庆祝活动，为队员们留下了深刻美好的回忆；在极夜后的第一缕曙光到来之际和节庆日当天，举行隆重的升国旗仪式，抒发对祖国的思念与热爱，越冬生活充实而有意义。

　　赵勇站长不仅实现了"快乐越冬、和谐越冬"的目标，还将南极的冰雪世界介绍给了广大极地爱好者。他在 17 个月的越冬期间坚持写日记，以博客的形式在各大门户网站上发表，吸引了众多粉丝的关注。他在介绍南极工作与生活情况的同时，通过一张张照片，呈现出一个生动的南极，为宣传我国极地事业、提高全民的极地意识做出了积极努力。

　　2013 年是我国南极考察 30 周年，一代代南极工作者在"爱国、求实、创新、拼搏"的南极精神鼓舞下，铸就了我国南极事业今日的辉煌。中国第 30 次南极考察队将于 2013 年 11 月上旬随雪龙船出征南极，展望未来，我们信心坚定，必将续写南极事业的华丽篇章。

国家海洋局极地考察办公室

原党委书记　魏文良

2013 年 10 月 24 日

目录
Contents

出 征

　　2010 年 11 月 5 日上午，上海港极地考察专用码头上人头攒动、锣鼓声震耳欲聋。在这里，中国第 27 次南极考察即将拉开序幕，来自全国各地科研机构、院校的 170 多名考察队员集结在风姿潇洒的雪龙号极地考察船上整装待发。雪龙船本次是第 14 次远赴南极，执行我国第 27 次南极考察任务。

　　这 170 多名考察队员中不仅有重游故地的"老游客"——神情凝重，颇似"一去不复返"的壮怀勇士；也有初访南极的年轻人——喜悦之情，溢于言表，瞻念前途的眼中无一丝彷徨与踌躇。

　　说起雪龙船，她与我有着难以割舍的情谊。我曾于 1993 年初远赴乌克兰，把我国购买并刚建造完工的雪龙船接回上海。雪龙船在回上海的航行途中走走停停，经

即将奔赴南极的 17 位考察队员

历了太多的曲折，耗时三个半月，平安到上海。雪龙船回到上海，经过简单的改造后，从 1994 年开始投入到我国的南北极考察中。截至目前，雪龙船已有过 3 次改造，面貌焕然一新。雪龙船拥有先进的导航通信系统和自动化控制系统；船上有 120 个床位，以及两个能满足共 120 人同时用餐的餐厅；面积达 500 多平方米的各种实验室，可进行多学科海洋调查；150 平方米的多功能学术报告厅，可满足科考队员在船上进行学术交流；还有图书馆、邮局、医院、游泳池、桑拿房、健身房等设施，另外还拥有能容纳两架大型直升机的平台以及机库和配套系统。1995 年，我随雪龙船执行完首航南极考察任务后，便离开雪龙船，在国外航运公司的船舶上服务。当 2002 年听说雪龙船需要船员的时候，我义无反顾地回到雪龙船，开始了我在雪龙船上轮机长的工作生涯。这一做就是 8 年，我已随雪龙船 6 次征战南极、两次征战北极。

今天雪龙船又将远航，码头上前来欢送的人群不停地向船上的亲人挥着手，大声说着祝福的话语，许多考察队员的家属流着眼泪，心中默默祝福远赴南极的亲人一路顺风、平安归来。在雪龙船紧靠码头的甲板上，考察队员们沉浸在热闹非凡的欢送场面里，其中一些人在人群中不停地搜索着自己的亲人，找到自己的亲人后就会挥手高呼，和亲人互道珍重。

我远远站在甲板上看着这悲喜交加的欢送场面，心中无限感触。这样的场面对我来说已不是第 1 次，准确地说应该是第 9 次，但心中仍有一丝失落和担忧。因为这次去南极和以往都不一样，以前我去南极考察是作为雪龙船上的轮机长，负责雪龙船的航行保障，把考察队员和考察物资送往南极，因其是南极度夏考察，最多半年时间就可以返回上海。而今天登上雪龙船，我是第一次以乘客身份前往南极中山站执行越冬考察任务。我将在南极中山站度过 15 个月，加上往返航行两个月的时间，我今天这一走，将离开祖国、亲人和朋友整整 17 个月。这接下来的 17 个月我都不知如何度过。

我国的南极考察分为度夏考察和越冬考察两种。度夏考察就是每年的 11 月初从国内随极地考察船出发前往南极，航行 1 个月左右后到达南极考察站，此时是南极的夏天，南极大陆周围的海冰已开始融化，考察船能够破冰前进到离考察站较近的地点，进行考察站物资油料的卸运工作。度夏考察队员将登陆考察站进行各学科的考察，一般考察时间为 3 个月，等到第二年 2 月底南极夏天快过去的时候，考察船就要带着度夏考察队员离开南极考察站返航。此时有一部分考察队员需要继续留在考察站进行站区的管理运行和科研数据的采集，留下的这批考察队员也叫越冬考察队员。他们要在南极考察站继续留守，度过南极的冬天，等到年底考察船的再次到来。考察船再次到来后，因要度过南极的夏天，这些越冬考察队员需要继续留在考察站，等第二次度夏考察结束后考察船要离开南极的时候，这些越冬考察队员才能和第二年的度夏考察队员一起乘坐考察船回国，所以在南极考察站上进行越冬考察的队员要跨过三个年头，近一年半时间。

随着汽笛的一声长鸣，雪龙船缓缓离开码头，我的思绪也回到现实中来。码头上久久不愿离去的送别者离我渐渐远去，变得越来越小、越来越模糊，抬头回望还在甲板上拼命挥舞着手臂和亲人道再见的 16 名队友，我的心中有一种说不出的酸楚。这 16 名队员将和我一起在南极度过 17 个月，他们中绝大多数是第一次前往南极，这对他们来说充满着诱惑，但我知道，除了南极的狂风暴雪与严寒及漫长的极夜、极昼，不知道还会有多少困难和风险在等待着我们。我希望我们能够齐心协力克服重重困难，在远离祖国和亲人的寂寞南极挺过这漫长的 17 个月。

雪龙船离码头越来越远，在江中掉转船头，加速向长江口外的大海驶去。

再见了，祖国！再见了，亲人！希望我们 17 个月后能够平安归来和你们再相见。

2 船过魔鬼西风带

离开上海后雪龙船一路往南航行，穿越赤道进入南半球。经过 12 天的航行，雪龙船到达澳大利亚西部港口城市——弗里曼特尔，雪龙船和考察队员们将在这座美丽的西澳小镇短暂地休息并补给各种物资及油料。

雪龙船离开弗里曼特尔港后，一路往南奔赴南极大陆。在这段路程中，雪龙船将穿越"魔鬼西风带"。所谓西风带就是在南半球副热带高压南侧，南纬 40°~60°附近，有一个环绕地球的低压区，常年盛行五六级的西风和四五米高的涌浪，七级以上的大风天气全年各月都可达 10 天以上，这就是人们通常所说的南半球西风带，也称"魔鬼西风带"、"咆哮西风带"，是进入南极必经的一道"鬼门关"。

西风带气旋活动十分频繁，平均两天至三天就有一个气旋经过，特别是强气旋来临时，可造成西风带内高达十几米的巨浪。狂风巨浪会使海上能见度急剧下降，给海上船舶航行带来极大困难和危险。雪龙船每次进入西风带都将受到大小不一气旋的影响，船长会依靠雪龙船先进的气象预报判断气旋的走向，从而来改变雪龙船的航向，想方设法在两个气旋之间穿行而过，以躲避气旋的直接影响。但事实上，大洋里被气旋影响激起的涌浪是难以在短时间内消除的，就算在两个气旋中穿行也会碰到几米高的涌浪，因此雪龙船在西风带中航行左右摇摆 20 度以上是家常便饭。如果无法避开气旋，那雪龙船就要在气旋中面对风浪，和气旋做顽强的搏斗，等待着气旋的掠过。

我记得有几次雪龙船在穿越西风带的时候，遭遇到了强劲的气旋，雪龙船只能在气旋中和风浪抗争，有时雪龙船在经过一天一夜的搏斗后，船舶只能顶住风浪保持在原地而无法往前航行 1 海里，那真是险象环生，也可想而知西风带中狂风巨浪的威力。这个时候就需要船上的船员保障船舶的航行，千万不能因机器故障而停船，一旦船在大风浪中失去动力船体就会打横，在连续的涌浪推动下船体的横向摆动会越来越大，造成船毁人亡的大事件，所以在西风带中航行对船员的要求很高，要绝对保持船舶的机器正常运转和航向的正确。

雪龙船本次穿越西风带运气较好，成功躲避了几个气旋的正面影响，在气旋中穿行而过。但这样的好天气对初上船的考察队员还是感到无法适应，船舶的上下起伏和左右摇摆让大部分考察队员卧床不起。平日里热闹非凡、座无虚席的餐厅，这几天变得异常冷清，虽然船上的后勤管理人员对伙食做了特殊的调整，饭菜以清淡为主，并增加了面条、稀饭的供应，但食客还是寥寥无几，除了船员，考察队员很少能起床到餐厅吃饭。其实在西风带中

风浪中艰难前行的雪龙船

航行的船上厨师无法正常做饭，蒸饭时往往由于船的一个左右激烈摇摆，把饭盒中的水溢出一大半，所以蒸出来的米饭经常是夹生饭，只能下面条、做馒头和稀饭来供应队员们的伙食。

考察队领导因担忧考察队员的身体健康，经常会到他们房间鼓励晕船的考察队员去餐厅吃饭，说："哪怕吃几口后再呕吐，也比没东西吐而只吐黄水强。"个别晕船严重的队员采取挂盐水的方式来保持体力。西风带对于晕船者来说真是痛苦万分，我不知道在西风带航行的这些日子他们是怎么熬过来的。我的 16 位中山站越冬队员中有一半多队员晕船，晕船严重的有三四位，在西风带航行中他们一直卧床不起，靠其他队员打来的饭维持营养和体力。

我最佩服的是我们 17 名中山站越冬队员中年龄最大的水暖工王刚毅，他是第一次乘船前往南极，晕船非常严重，但他靠着顽强的毅力和晕船搏斗——无法坐在餐厅吃饭，他就打饭到房间躺在床上吃，一天三餐外加夜宵一顿都不会落下，一开始吃几口吐几口，但他坚持吃，直到不吐为止。当他情况稍微好转感觉能坐起来时，就坚持坐在甲板上，享受着船舱外的清新空气，这对他克服晕船有极大的好处。我作为一个老船员，知道晕船没有什么"特效药"，只有坚强的毅力和良好的心理素质才是克服晕船的最佳办法。

经过一个星期的艰难航行，雪龙船终于穿越西风带进入南纬60°以南航行。气旋散去，海面变得越来越平静，一座座嶙峋奇异的冰山不时映入眼帘，船上的沉闷气氛烟消云散，船员变得活跃起来。晕船的与不晕船的队员们都走出房间来到驾驶台或甲板上，手持各式各样的相机拍摄这些形态各异的冰山。伴随着此起彼伏的相机快门声，晕船的队员早已把晕船时的痛苦经历抛在了脑后，拿着相机四处奔跑，真真是"不经历风雨，怎么见彩虹"。

冰山的出现证明我们已经离南极越来越近。在南极周边海域，随着夏季的逐渐来临，缓慢移动的南极冰架由于海水的冲击和气温的升高，会从冰架上坍塌下一块块形状各异、大小不一的冰山，这些冰山随着风和海流的作用向北漂浮，在海上形成非常壮美的景观。目前，已记录的最大冰山长 335 公里，宽 97 公里，超过比利时整个国家的面积。在海面上漂移的冰山虽然看起来很高大，有的高出海面几十米，但它们在水面下的体积更大，一般比例在 1：5~1：7，这也是为什么人们常用"冰山一角"来形容事物暴露或显露出来的只是一小部分。碰到这样的大冰山，雪龙船就要远远地避开它，生怕触碰到那庞大的水下部分而损坏船体，另外还要担心冰山的翻身和倒塌。冰山的水下部分由于海水温度的升高会逐渐融化，当融化到"头重脚轻"时，冰山就会翻身，庞大的冰山翻身时会掀起巨大的涌浪，给船舶造成危险。早在第 22 次南极考察时，我们在中山站附近遭遇了一座大冰山的翻身，冰山翻身时掀起的 3~5 米高的涌浪把距离几海里外的两万吨级雪龙船摇摆到十几度；而在进行运输作业的小艇就没有这样幸运了，巨大的涌浪把停靠在中山站附近岸边的小艇，从水面上冲击到岸上，如果此时小艇在冰山附近航行作业，造成的后果就无法想象了。

随着雪龙船一路往南，进入浮冰区航行，白天时间变得越来越长，因为我们正在进入南极的极昼期。此时雪龙船上变得越来越热闹，队员们的脸上充满着喜悦，南极中山站与我们越来越近了。每当有队员看见成群的企鹅或海豹出现在浮冰上时，就会奔走相告，不管是睡觉的还是在休息的队员都会拿出早已经准备好的"长枪短炮"对着企鹅、海豹一阵"扫射"。如企鹅、海豹距离雪龙船较远，没有携带长镜头的队员每当看到人家拍摄到清晰的照片后就会后悔不已。其实这些都是第一次到南极的队员才会有的遗憾，老队员都知道，到达南极大陆后等待着我们的将是成群结队的企鹅和海豹，因为企鹅、海豹是南极真正的主人。

2010 年 12 月 4 日，雪龙船穿过密集的浮冰区，来到距离中山站 20 多公里的地方。此时，在雪龙船的前方出现了整片的陆缘冰，放眼远眺，在这片陆缘冰的尽头，中山站所处的拉斯曼丘陵清晰可见，丘陵南面一望无际的南极冰盖连绵不断。

在考察队派出直升机查看冰情选择破冰航道后，雪龙船奋力向中山站方向破冰前进，经过两天的破冰，雪龙船止步于距离中山站 10 海里的陆缘冰中，因为冰层越来越厚，大大超出了雪龙船的破冰能力，雪龙船已无法继续前进。考察队在经过研究讨论后，决定就在这里用 K-32 直升机为中山站和内陆出发基地吊运物资，为内陆昆仑站队的按时出发提供时间上的保障。

我们 17 名中山站的越冬队员也将陆续乘坐直升机前往中山站，开始我们的越冬工作与生活。

南极中山站，我们来了！

3

冰海沉车

　　南极之所以最晚被人类发现，就是因为地处偏远，环境恶劣，特别是环绕南极大陆的海冰，直接阻挡了人类探索的脚步。后勤保障物资运输是南极各个考察站正常运行的根本保障，相比世界其他地区，南极考察站的后勤运输和物资补给非常困难。

　　目前，中国南极中山站的后勤物资运输主要靠三种方式：一是在海冰上靠雪地车拖着雪橇运输；二是靠小艇、驳船运输；三是靠直升机吊运。这三种方式各有利弊，关键在南极这种特殊的环境下，在具体操作上要看天气、海冰等实际情况来决定采取哪种方式来进行物资的运输。

　　前几年，在中山站最常使用的运输方式是小艇、驳船运输，从大船上放下携带的小艇和驳船，装载考察站补给物资和油料，转运到岸边码头。优点是可以运输大型车辆和重型物资，但由于中山站附近经常聚集的冰山、浮冰极大地干扰了小艇卸运工作，经常造成小艇桨叶损坏，舵叶被撞掉，驳船被撞漏和被冰封住动弹不得，而且几乎每年都发生小艇被浮冰围困的事情。另外靠小艇、驳船运输受时间、海冰、气象条件的限制，中山站熊猫码头周围的海冰不一定每年夏天都会融化或漂走，如海冰不融化就造成小艇、驳船无法运输作业，基本上每两年中就有一年码头周围的海冰在整个夏天不融化。还有一点就是，目前内陆昆仑站队每年要从中山站附近的出发基地出发前往昆仑站，他们出发的时间要求非常严格，必须在南极夏天刚来临的时候出发，所以昆仑站的物资必须在雪龙船刚到南极中山站的时候就卸运到出发基地，但此时中山站附近的海冰基本还没有融化，因此在雪龙船刚到达中山站的时候就使用小艇、驳船来运输不切实际。

还有一种运输方式就是利用直升机吊运物资，虽然方便快速，但只能吊运轻便的货物，无法吊运大型物资设备，且运输成本昂贵。

由于昆仑站的建成，为了让昆仑站队在中山站附近按时出发，在中山站使用最多的运输方式就是在海冰上用雪地车运输物资设备。虽然简洁方便，但也存在着许多不确定因素，风险较大。每年雪龙船到达中山站外的时间不确定，海冰的厚度不能确定，到达中山站的时间太早，虽然海冰厚度可以，但大船破冰艰难，破不进去；离中山站距离太远，海冰上往往还存在较多的冰裂缝，靠雪地车运输不切实际且存在危险。

记得中国第 25 次南极考察雪龙船到达中山站外陆缘冰中进行海冰卸货时，第 24 次南极考察中山站越冬站长徐霞兴驾驶一辆雪地车在海冰上行驶到距离雪龙船船头 100 米处时突然掉入冰窟窿中，我当时正好在雪龙船驾驶台，和值班的驾驶员看到了这惊险的一幕，驾驶员立即发出警报，并通过广播急促地大声喊叫："船头有雪地车掉入冰海，赶快去救人。"在船舷边海冰上卸货作业的队员听到广播后赶紧向船头方向冲去，在船上的考察队员拿着棉被、药箱冲出了房间向海冰上急赶。

1 秒、2 秒……时间在慢慢过去，我们焦急地望着冰窟窿等待奇迹的出现，突然我们惊奇地看到在冰窟窿中慢慢冒出一个人头，他的两只手在不停地扒着水坑边的冰沿，艰难地爬上海冰，他想站起来但因为寒冷海水的侵袭和体力的透支，一下子瘫倒在海冰上昏迷过去。幸好施救的队员及时赶到，立即把他背起，往雪龙船上赶，但因为海冰上的积雪很深，背着的队员深一脚、浅一脚，在雪地上走起路来非常缓慢吃力，这时拿着棉被的队员也赶到了，大家就把他放在棉被上合力抬回到雪龙船上进行施救，我们悬着的心也慢慢放下了。

队员们在雪龙船一层甲板乒乓球桌上对他抢救，把他的湿衣服一件件脱去，几个队员脱下衣服抱着他，用温暖的身体让他的体温慢慢上升。未过多久，他慢慢苏醒过来，神志很清醒，医生在经过诊断后确认没问题。

徐霞兴是一位南极考察的老机械师，曾多次驾驶雪地车参加内陆冰盖的考察，这次他凭着丰富的驾驶雪地车经验和灵活的头脑，才让他逃过了这次灾难。在事发后两天他身体完全康复，才跟我们讲述了当时的情景，原来当时是雪地车从雪龙船上吊运到左舷的海冰上，他就驾驶着雪地车从雪龙船的左舷准备绕过船头到右舷的海冰上进行雪橇的拖运，当刚行驶到雪龙船船头时，他突然感觉到车身下沉，知道情况不妙就赶紧加速，但已经无济于事，被积雪掩盖的一层薄冰已经破碎，雪地车在加速下沉。他想跳车，但这种雪地车在行驶的时候车门是锁死的，想打开锁死的车门已是来不及了，再说此时雪地车正在海水中下沉，海水也已没过车门，想推开车门更是不可能的。在这千钧一发之际，他灵机一动，跳上驾驶座椅准确地摸到天窗的开关，一手打开天窗，另一只手灵活地拉开车窗。当海水从车窗涌进驾驶室，在海水的冲击下，他一蹬脚借着海水的冲击力蹿出天窗。在身体蹿出天窗后，他发现有东西把他的脚卡住了，他用力把长筒靴蹬脱，才算脱离了快速下沉的雪地车。他之后冒着冰冷海水的侵袭往上游，几次头都顶到了海冰，但就是没有找到那个冰窟窿，他就把两手撑开在海冰底下摸索，好不容易探索到那个冰窟窿，才艰难地爬上海冰。

大家听了这段冰海沉车的逃生惊险过程后，都为他的沉着冷静而感到钦佩，要是换一个人可能就没这么幸运了，或者说如果当时雪地车上有两个人，因为通常情况下副驾驶座位上会坐着一个协助运货的人，那就可能一个人都别想逃出来，想想就感到后怕。所以，在南极考察处处充满着危险，必须时刻保持清醒的头脑，才能避免安全事故的发生。

卸运物资

直升机、雪地车同时卸运物资

　　2010 年 12 月 6 日，第 27 次南极考察在中山站的卸货工作正式展开。根据在海冰上的观察，我们发现在雪龙船与中山站之间的海冰上存在着多条冰裂缝，有的冰裂缝宽度达几米，因此考察队决定采用 K-32 直升机吊运的方式来卸运中山站和内陆昆仑站的物资，保障内陆昆仑站的按时出发。

　　我们第 27 次中山站越冬队员的大部分人在这一天被送往中山站开始工作，第一项工作就是把中山站被雪深埋的 200 多桶航空煤油从雪堆中挖掘出来，并滚到网兜中，K-32 "雪鹰"直升机把装满航空煤油的网兜吊运到内陆出发基地，内陆队员在出发基地把这些航空煤油桶装上雪橇，准备雪地车辆在前往昆仑站的途中使用。经过一天的超负荷工作，200 多桶航空煤油全部从雪堆中挖掘出来运往出发基地，在家从没干过重体力活的年轻考察队员们一个个累得浑身酸痛——上站第一天我们队员就被来了一个下马威。但队员们不能休息，因为接下来的工作将更加紧迫。

12 月 7 日，我从雪龙船乘直升机到达中山站，就和 16 名队员一起负责中山站物资的接收工作。经过紧张的 7 天连续运输，直升机为中山站吊运的补给物资和食品基本运送到中山站。因目前南极是极昼期，24 小时不落的太阳为考察队运输物资提供了时间上的保障。考察队在天气好的情况下要争分夺秒运输物资。这样就害苦了我们在中山站接收物资的这帮越冬队员，直升机把物资食品吊运到中山站后，我们还要把它们搬运入库，基本上每天都要忙碌到凌晨两三点才能休息，一天要干十几个小时，一天搬运下来手臂都伸不直。对于从事脑力工作的后勤和科研人员来说，实在是很辛苦，我们往往是干完活回到宿舍倒头就睡。

5 交接班仪式

2010 年 12 月 14 日对于我来说是一个特别难忘的日子，我们第 27 次南极考察中山站越冬队员正式和第 26 次越冬考察队员进行交接班工作，意味着从此时开始我们第 27 次中山站越冬队将全面接手南极中山站的运行管理工作，我也将履行南极中山站站长的职能。

下午考察队领导乘坐直升机从雪龙船来到中山站，15 点 20 分交接班仪式在中山站主楼餐厅举行，由第 27 次考察队党办主任胡本品主持交接仪式。首先由第 26 次南极考察中山站站长胡红桥汇报一年来中山站运行管理的情况，并和担任第 27 次中山站站长的我进行文书交接，随后我代表我们第 27 次越冬队发表感言：请考察队领导放心，我们第 27 次越冬队一定接好班，继承第 26 次越冬队的优良作风，安全管理好中山站，并带领全体越冬队员快乐越冬，创造一个和谐的越冬队伍，出色完成党和国家交给我们的任务，为我国的南极事业做出贡献。

交接仪式接下来分别由第 27 次南极考察队领队顾问魏文良和领队刘顺林讲话，他们肯定了第 26 次越冬队的工作成绩，并寄厚望予我们第 27 次中山站越冬队。随后，全体第 26 次和第 27 次中山站越冬队员在广场上举行升国旗仪式，在国歌声中，望着冉冉升起的五星红旗我们深感光荣，同时也深感责任的重大，因为为了中国的南极事业，我们第 27 次南极考察中山站越冬队 17 名队员从今天开始要在南极中山站坚守一年，全面管理运行南极中山站，并要做常规科研观测和科研数据的采集，我们不仅要忍受风雪南极的严寒和漫长极夜，更要忍受和亲人朋友分离的孤独。

交接仪式的最后，第 26 次越冬队员降下第 26 次南极考察队队旗，我们第 27 次越冬队员升上第 27 次南极考察队队旗，这标志着从今天开始南极中山站将在第 27 次南极考察队的领导下由我们第 27 次越冬队员全面管理和运行。

晚上 6 点半，我召开了第 27 次中山站越冬队上站后的第一次队务会，成员有我、站长助理兼管理员卢成、站务班班长吴全医生、科考班班长李向军、发电班班长徐文祥。在会上我首先肯定了大家在卸货期间做出的成绩，大家都非常辛苦，这几天先调整一下，把各自的接班工作做好，目前第 26 次越冬队员还没离开中山站，趁这个机会继续请教 26 次越冬队员关于各自岗位上不清楚、不熟悉的地方。另外，我给各个班布置了下阶段的工作，要求大家管理好中山站、当好中山站的主人，并特别强调了安全工作的重要性。最后，布置了每天去帮厨的队员，因目前中山站有 80 多名考察队员，厨师做饭压力很大，每天轮流派 3 名队员帮助厨师工作，减轻厨师的工作压力，另外帮厨队员每天要负责打扫餐厅和公共场所的清洁卫生工作，保持中山站室内外的整洁。

6. 内陆昆仑站队出发

　　12 月 16 日下午，领队刘顺林带着考察队临时党委全体成员和最后一批上站队员乘海豚直升机从雪龙船来到中山站，16 点 30 分临时党委成员和全体昆仑站队员在主楼餐厅开会，领队和领队顾问为昆仑站全体队员做出征前的动员，鼓励昆仑站队员发扬南极精神，克服重重困难，出色完成内陆昆仑站的科学考察任务，并预祝他们凯旋而归。

　　经过一个多星期内陆昆仑站队员的努力，内陆昆仑站队的所有车辆、物资已经全部在内陆出发基地集结准备好，17 日他们即将出发前往 1300 公里外冰穹 A 地区海拔 4093 米处的内陆昆仑站进行科学考察。晚上，中山站主楼餐厅将举行宴会，107 名考察队员欢聚一堂，为昆仑站队员送行，祝福他们的内陆考察一路顺风，圆满完成各项考察任务。

　　此次考察昆仑站队有一项光荣而又艰巨的任务，那就是将镌刻有胡锦涛同志题写的"中国南极昆仑站"站名的昆仑玉碑，运往南极内陆冰穹 A 地区，将其永久矗立在昆仑站，而这也将成为我国南极昆仑站最为重要的标志物。这块玉碑是青海省人民政府捐赠的，由青海境内昆仑山脉格尔木地区的昆仑玉制成，总重量达 5.2 吨。

　　12 月 17 日上午 8 点，我和第 27 次考察队全体临时党委成员及部分队员乘坐海豚直升机前往内陆出发基地，为昆仑站队员送行并参加送行仪式。10 点整，送行仪式举行，首先昆仑站队队长夏立民报告了昆仑站队的准备情况和人员身体情况，并向领队汇报："报告领队，内陆昆仑站队一切准备工作就绪，请求出发。"随即，领队刘顺林下达了昆仑站队出发的命令，临时党委成员和昆仑站队 18 名队员拿起碗，每位队员的碗中倒满酒，临时党委成员和昆仑站队员们手捧着酒碗喝下了这碗壮行酒，并一一握手拥抱，最后全体昆仑站队员合影留念，再登上由六辆雪地车拖带着装满物资和油料的 16 个雪橇缓缓启动出发，绵延近一公里的昆仑站车队在白色的茫茫冰原上看上去非常壮观。

内陆昆仑站是我国于 2009 年 1 月 27 日在南极 dome-A 地区海拔 4093 米的地方建成的第三个考察站，整个南极大陆被平均厚度 2000 多米的冰层所覆盖，昆仑站所在的地区是南极大陆冰盖的最高点。

内陆昆仑站队员是我们考察队中真正的勇士，他们驾驶着雪地车拖带着一个个装满各种物资、油料、生活舱室的雪橇，要在南极大陆冰盖上慢慢往上爬行 20 多天，才能到达昆仑站。一路上他们将历经千难万险，南极冰盖上的冰裂缝是他们在行驶途中的最大威胁，驾车时必须非常专心。另外，高原的缺氧、极端的寒冷是对他们身体的最大考验。前几年，我们有一位机械师在前往进行昆仑站选址的考察中，在快到达 dome-A 地区时出现了高原反应，生命垂危，考察队紧急启动国际救助，得到了美国极点考察站的帮助，他们立刻派出固定翼飞机把我们的病员接到他们考察站临时救治，随后派飞机把病员送往新西兰治疗，这位机械师才保住了一条命。

我国南极考察队是南极冰盖 dome-A 地区唯一使用车辆到达的国家，虽然我们的考察装备目前还比较落后，南极考察还没有配备固定翼飞机，但我们的南极考察队员在"爱国、求实、创新、拼搏"的南极精神鼓舞下，凭着顽强的毅力创造了南极考察史上一个又一个奇迹，为我国南极考察事业的快速发展做出了贡献。

昆仑站车队在内陆出发基地准备出发

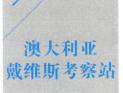

**澳大利亚
戴维斯考察站**

12 月 21 日中午，我随第 27 次南极考察队领队一行 8 人乘海豚直升机前往澳大利亚戴维斯南极考察站参观访问。戴维斯站位于中山站东北方向，始建于 1957 年，是澳大利亚在南极 7 个考察站中规模最大的一个考察站，离我国南极中山站有 100 公里路程。

我乘坐在直升机上俯瞰下面的普里兹湾，海冰开始融化，深蓝色的海水和海冰的交接处已出现大片的白色片状浮冰，不时能看到一座座漂浮在海面上的冰山。在蔚蓝天空的反射下，晶莹剔透的一座座白色冰山显得非常壮观。

经过 45 分钟的飞行，我们的海豚直升机平稳降落在戴维斯站的停机坪，戴维斯站站长艾丽森女士亲自到停机坪迎接我们。

我们在戴维斯站站长的带领下参观了戴维斯站，戴维斯站的站容、站貌给我们留下了深刻印象。戴维斯站为了保持各个建筑室内的清洁卫生，所有队员进入每个建筑室内都必须脱掉鞋子，只穿袜子进屋。为保证南极的环境不受任何污染，戴维斯站和其他国家在南极的考察站一样配有垃圾焚烧炉，主要处理可燃垃圾，包括餐饮垃圾、纸板、木头。除了玻璃瓶、罐头盒、塑料等可在站上重复利用外，其余垃圾全部分类装袋，黑色垃圾袋上必须贴上不同颜色的胶带以示区别，最后装入集装箱内运回澳大利亚回收利用或再处理。他们的南极环境保护意识很强，绝不会留下一点垃圾在南极，也不准从南极带走一物，甚至是南极的一块石头。

在戴维斯站我们遇见了一名中国学者，她是来自浙江万里学院的王佩儿博士。她说，她原本想报名参加中国的南极考察，但因为名额有限，而在国家海洋局极地考察办公室的推荐下前往澳大利亚戴维斯站进行度夏科研考察。她询问我们的雪龙船什么时候撤离中山站回国，她想搭乘雪龙船返回澳大利亚。在听说我们的雪龙船计划 3 月初离开中山站后，她高兴地说那时她的科研项目已经结束，在 2 月底以前一定从戴维斯站前往中山站，然后搭乘雪龙船离开南极前往澳大利亚。

艾丽森站长非常热情，为我们举行了一个小的酒会，给我们详细介绍了戴维斯站的情况。两国考察队员进行了亲切的交谈，随后我们的刘顺林领队和艾丽森站长相互赠送礼物，以表达两国在南极科考合作方面的深厚友谊。在临别前我们邀请艾丽森站长有机会前往中山站参观，她爽快地答应了我们的邀请。

我以前曾参观过戴维斯站三次，每次参观我都很有感触，看到戴维斯站的建筑、布局、环保意识和站区的管理，深感我们在南极考察站的管理方面还远远落后于人家，虽然我国在南极的考察站经过了"十五"能力的改造工程建设，各个楼栋已焕然一新，但我们考察站的管理水平还有待进一步提高。

8 海冰上输油

12 月 26 日凌晨，我被直升机的轰鸣声吵醒，从窗外望去，惊奇地发现俄罗斯"费多罗夫院士"号破冰船出现在离中山站 2 公里左右的海冰上，两架 K–32 直升机在不停地把物资从船上吊运到进步二站，我还看到俄罗斯考察队员在海冰上铺设油管准备输油。俄罗斯"费多罗夫院士"号破冰船对我来说并不陌生，以往每年都能在南极中山站附近

搬运输油管

见到，让我影响最深的是在第 25 次南极考察时，我们的雪龙船破冰到离中山站不远的海冰上卸货，当我们把货物卸完准备掉头撤离中山站时，因天气寒冷，雪龙船破冰进来的航道上的碎冰又冻结起来，让雪龙船无法动弹，好在这时我们看到俄罗斯"费多罗夫院士"正在我们原先的航道中破冰进来，我们就让他们帮忙把雪龙船船头的冰压碎，让雪龙船驶入他们破冰进来的航道，才解决了雪龙船的困境。

今天他们破冰船的到来给我们带来了莫大的喜悦，因为我们的雪龙船也要破冰进来给中山站输送 250 吨柴油，但由于雪龙船破冰能力有限，无法破冰进来，现在船还困在离中山站 10 多公里外我们卸货时的冰中动弹不得，只能等海冰融化一些后再想办法破冰进来输油。现在破冰能力强大的俄罗斯破冰船破冰进来了，我们雪龙船就能跟着人家破冰的航道进来输油。明天俄罗斯考察船上的领队正好要来中山站访问，我们准备询问他们的破冰船要在这里停留多久，我们好安排雪龙船进来为中山站输油。

今年中山站附近的冰雪特别严重，往年这个时候中山站附近的海冰已融化成一块块的浮冰，只留下一座座大小不等的冰山漂浮在海水中，可现在中山站外 10 公里多的海面上还是厚厚的海冰与积雪，雪龙船是没这个能力破冰进来的，看来建造一条破冰能力强的南极考察船迫在眉睫，可喜的是我国目前已经启动了建造新的极地考察破冰船的项目，有望在 2014 年投入使用，新造的极地考察破冰船的破冰能力将大大提高。

27 日上午 10 点，领队顾问魏文良带着雪龙船船长沈权和轮机长黄嵘从雪龙船来到中山站，在海豚直升机上他们查看了俄罗斯破冰船停泊的位置，并考量我们雪龙船进来后在冰上输油的可能性。

中午俄罗斯第 56 次南极考察队领队、进步二站越冬站长、飞机经理一行 3 人来到中山站访问，和我们协商如何共同来解决俄罗斯大坡陡峭问题，以方便我们两个国家的雪地车辆通过大坡进入内陆冰盖。俄罗斯大坡是中山站和俄罗斯进步二站车辆进入内陆冰盖的必经之路，由于大坡非常陡峭，给车辆行驶带来了很大安全隐患。记得在第 24 次南极考察时，我们冰盖内陆队完成考察任务返回中山站时，一辆雪地车爬上俄罗斯大坡准备翻越时，一不小心从大坡上快速后退，下滑到大坡下，好在驾驶员安然无恙，但也让驾驶员吓出了一身冷汗。

俄罗斯领队另外告诉我们，他们冰面上的输油工作即将完成，现在用直升机吊运物资，他们的船计划明天就离开这里，并希望我们的雪龙船能通过他们的破冰航道进入到离中山站较近的地方，在冰面上为中山站输油。

12 月 28 日凌晨 5 点，俄罗斯破冰船"费多罗夫院士"号离开原停泊的位置，去执行另外的任务，我们雪龙船正好趁这个机会请求他们船出来时帮忙在我们船的前方破一下冰，以帮助困在冰中的雪龙船脱离困境，俄罗斯破冰船答应了雪龙船的请求也帮了这个忙。在俄罗斯破冰船的帮助下雪龙船终于脱离了困在冰中动弹不得的僵局，然后进入俄罗斯破冰船的破冰航道驶近中山站。

上午 9 点，雪龙船到达原"费多罗夫院士"号破冰船停泊的离中山站约 2 公里的海冰上，船上和站上马上组织人员同时相对在海冰上拉油管、铺设并连接油管。虽然海冰上的冰层还是很厚，但不时有冰裂缝和冰窟窿出现，危险还是处处存在，一辆全地形车在冰面上拖拉油管行驶时不小心掉入冰窟窿中，还好是全地形车，在水面上有漂浮能力而没有下沉，但这给我们敲响了安全警钟。在中山站和雪龙船中间的冰面上有一条宽约两三米的冰裂缝，拦住了我们前往雪龙船的道路，我们中山站这边只能把油管连接到这里，雪龙船也把油管连接到冰裂缝的对面。面对宽大的冰裂缝我们都感到左右为难，好在有队员提出组织几名队员把油管扛起来，慢慢伸向冰裂缝对面，对面雪龙船的船员接到油管后再和原来铺设的油管连接起来。

经过几十个考察队员 5 个小时的手拉肩扛，从中山站到雪龙船铺设的油管全线贯通，在白色冰面上一条黑色的油管线非常醒目，宛如一条新生婴儿的脐带连接着雪龙船与中山站。下午两点雪龙船开始向中山站输送柴油。

经过 12 个小时的连续输油，到 29 日凌晨两点输油工作全部完成，250 吨柴油顺利输入中山站油罐。29 日上午我组织中山站的考察队员收回在冰面上铺设的油管，雪龙船铺设的油管由雪龙船收回。中午 12 点雪龙船离开卸油点，退出冰区。晚上 8 点领队、记者和部分要参加大洋调查的队员乘海豚直升机离开中山站返回雪龙船，雪龙船随即离开中山站前往普里兹湾做大洋调查。另外，昆仑站队今天传来消息，他们的车队经过 12 天在冰盖上的行驶，于北京时间今天 19 点安全到达离中山站 1300 公里、海拔 4093 米的内陆昆仑站，他们将在昆仑站展开各项考察工作。

9 中山站的生活用水

在第 27 次南极考察中山站越冬队接班后，已全面管理中山站的运行，全体度夏队员的衣食住行我们全部要照顾到。一个考察站就像一座小城市，电力供应、水暖系统、工程车辆、网络电话、伙食供应、医疗服务等都需要我们越冬队员来保障。

虽然地球上的淡水 72% 存在于南极，但基本上是以冰的形式存在，因此淡水在南极还是极其宝贵的。在南极中山站，站区有一个淡水湖——莫愁湖，主要用来提供发电机冷却水和日常生活用水，因稍有污染并稍带咸味，所以不能做饮用水使用。或许有人会发出疑问，为啥莫愁湖的水冬天还能使用，难道它不结冰吗？莫愁湖的水冬天一定会结冰的，关键是我们在莫愁湖取水口的地方有柴油机循环冷却水，其回水管一直在湖中回流，冷却水管中的回水一直保持较高的温度，使湖中取水口附近永远不会结冰。

最近几年，随着中山站度夏考察队员的增多，中山站生活用水的莫愁湖水位下降很快，在每年度夏期间，我们要补充大量的水才能维持中山站日常生活用水的正常使用。这几天我看到莫愁湖边上小湖的冰雪已经融化，就准备把小湖中的水通过潜水泵抽到莫愁湖中，以补充莫愁湖的水位，另外小湖中的水泄漏很快，不马上抽掉而泄漏到大海就非常可惜了。

12 月 30 日，我组织第 27 次越冬队水暖工王刚毅、电工徐启英、第 26 次越冬发电班后建南 3 人在小湖中安装潜水泵抽水到莫愁湖中，因潜水泵要放在较深的水中才能抽水，看到他们站在小湖中，水早已漫过了他们的水鞋，整个腿泡在寒冷的冰水中，我让他们先上来换雨靴和衣裤后再工作，可他们说换了雨靴以后还是要泡湿的，还不如一直坚持到把潜水泵安放到位后再上来。他们的这种吃苦精神让我感动，正因为有像他们那样不怕苦、不怕累的许许多多考察队员，中国的南极考察才能取得今天这样的成就。"爱国、求实、创新、拼搏"的南极精神永远铭记在每个南极考察队员的心中。

由于度夏考察期间站上人员多，莫愁湖的水也不够用，我们另外还要去较远的团结湖上游通过泵将水抽到莫愁湖以补充其水量。之后，我们就翻山越岭铺设了 1 公里多的水管，把团结湖上游融化的雪水抽送到莫愁湖中，以补充莫愁湖的水量。

因莫愁湖中的水不能直接饮用，考察站上的饮用水只能每次去 5 公里外的进步湖取水，途中要经过俄罗斯的进步二站和俄罗斯大坡，车辆很难行走，每取 1 次水，路上行程加泵水时间要 3 个小时，到了冬季会更加困难。因此，每次去取水站，我们都特别重视，组织人员精心准备，一般要在度夏结束前把站上的饮用水罐全部装满，这样在越冬期间人员少的时候，饮用水就能坚持用到八九月份，减少冬季极夜期间取水的艰难。

今天，我组织水暖工王刚毅和机械师戴伟晟开着雪地车去进步湖取水，以往取水都是使用一个 50 升的水桶，每次取的水量有限，而这次在寰球公司人员的提议下，用今年刚补给的软油囊去拉水（软油囊没装过油，是绝对干净的），每个油囊的容量是两立方米，这样去取一次水就可以拉回来两立方米饮用水。此外，大庆供水公司派了 4 名队员帮助我们一起去取水，在一辆雪地车装上一个油囊，上、下午各去进步湖取了一次水，共取 3.5 吨饮用水，这样就临时解决了中山站目前饮用水紧张的问题，能让中山站上的考察队员饮用好几天。

中山站上的饮用水都是通过去进步湖取水或化冰雪水而得到的，因而有专门装饮用水的不锈钢水箱，四个 6 立方米和两个 3 立方米的水箱。因为今年中山站新综合楼将试运行，厨房和餐厅将搬入新综合楼，因此，饮用水箱也要从原来老主楼旁搬入新综合楼中。

在度夏期间我组织站上人员搬运 4 个 6 立方米的不锈钢饮用水箱，大庆供水公司的人员全部参加，因此基本上都是他们的人员在搬运。首先，把水箱从原来放置的集装箱中拖出，用装载机吊运到新综合楼夹层门口，再通过人力把水箱推进新综合楼夹层，在新综合楼夹层安放到位。这个工作看似简单，但也花了他们一天时间，如果没有他们的帮助，靠站上的后勤和科研人员，那还是会很费劲的。寰球公司和大庆供水公司今年安装油罐的工程工期虽然也很紧张，但他们非常乐意帮助站上做一些后勤保障的工作，他们已经全部承担了去进步湖拉水的工作。

别看大庆供水公司只有 7 名施工人员，可他们个个都是能工巧匠，来南极前都是通过考核选拔出来的，他们在大庆供水公司都担任班组长以上职务，在他们公司每人都要带领几十人到几百人的施工队伍，可到了南极就要靠他们亲自干。看了他们的工程施工质量，他们的技术力量真的没话说，他们的敬业精神、乐于助人的崇高思想也都有目共睹，真不愧是铁人单位出来的、以铁人精神为指导的高素质队伍！有这样一支施工队伍在南极施工，我们中山站上管理人员还有啥不放心的。

偶遇南极小贼鸥

第 27 次南极考察中山站度夏期间的各项任务正常开展后，我趁空闲时间在中山站周围熟悉地形，走遍了附近的各个角落，把一个个地名也熟记下来，便于在未来一年的南极考察中开展工作。以前我在雪龙船上工作，虽然到过中山站 6 次，但都是匆匆参观一下，并不熟悉中山站附近的地形，更不知道那些地名指代什么地方，只是经常听人说起那些地名，比如，为岛命名的有望京岛、丹凤岛、鸳鸯群岛；为山命名的有双峰山、友谊山、紫金山、小龟山；为山岭命名的有天鹅岭、西岭、伏虎岭；为湖命名的有莫愁湖、小湖、团结湖、进步

翱翔天际的贼鸥

匍匐休憩的小贼鸥

湖；还有卧龙滩、鬼见愁、西南高地、五岩岗、中华路、中俄车道等太多的名字，看到这些以中文命名的岛屿、山岭、湖泊，还真有意思，感觉不是在南极，而是身处国内。现在国外也承认这些以中文命名的地名，可见我国在南极拉斯曼丘陵这一地区科考所占的主导地位。我不知道科考队员是如何来命名这些地名的，有的应该以山、岛的形状命名，比如鸳鸯群岛、小龟山、天鹅岭；有的应该以所处的方向命名，比如在中山站西边的西岭、在西南方向的西南高地；有的是其他特别的意义，比如在中山站区最北面面向祖国的岛叫望京岛，应该是遥望

北京的意思；在中山站与俄罗斯进步二站之间的湖命名团结湖、山命名为友谊山，代表两国的团结友谊。我现在感觉中山站站区莫愁湖的名字最有意思，虽然以中国南京的莫愁湖来命名，但还有另一层意思，当初建站选址时选择依湖而建，就是为了中山站生活用水方便，莫为用水发愁。

以前我到中山站时，莫愁湖的水量充足，足够站上考察队员的生活所需。随着中山站的扩建和度夏队员的增多，莫愁湖的水量有了明显下降，现在每年度夏期间都要从远处湖泊中泵水补充莫愁湖的水量，否则就无法满足站上人员的生活所用，现在不是莫愁，而应该是发愁了。

有一次我出去熟悉地形，当我走到西南高地一个小山头时，发现有一只贼鸥向我发起攻击，根据我的判断前面一定有贼鸥的窝，窝里有小贼鸥或贼鸥蛋，否则贼鸥不可能主动来攻击人类。南极贼鸥之所以叫它为"贼鸥"，是因为它有惯偷的习性，在南极这样的环境能顽强地生存下来，就是靠它的偷盗本领、凶猛无比和锲而不舍的精神。小海豹、小企鹅常常是它们的攻击对象，每当看到母海豹要生小海豹时，成群的贼鸥就一直在母海豹的上空盘旋，等待着母海豹生崽，往往当小海豹刚一露出头，母海豹还来不及转身来保护小海豹，就遭到贼鸥的伤害，小海豹的胎盘，经常成为贼鸥的盘中餐。在企鹅繁殖的地方，贼鸥总是围绕在那里寻找可乘之机，狡猾地袭击小企鹅，也常常偷吃企鹅蛋。另外，我们在站上或船上搬运食物的时候，贼鸥就会在我们头顶盘旋，每当有食品箱破碎，食物撒落一地，还有当我们在野外烧烤，食物堆放在外面的时候，贼鸥都会来抢食，我们总是防不胜防，一不注意就让贼鸥抢去了食物。当然贼鸥一般不会主动袭击人类，只要你不做出侵犯它们的举动，哪怕你和它们只相隔两三米，它们也会熟视无睹，毫不介意。贼鸥和南极的其他动物一样属保护动物，是绝不允许捕捉的。今天让我突发奇想，想去参观一下贼鸥的窝，见识一下小贼鸥的模样。可我还没接近，一个贼鸥就凶猛地迎面向我扑来，给我发出警告。但我马上躲闪，我越接近它的窝，它的攻势越猛烈，势如急风骤雨，逼得我不能前进。还好和我随行的一名队员带着竹竿，一边挥舞着，一边保护我俩前行，到了山头上果然看到两只刚孵化出来的小贼鸥，像小鸡一样，毛茸茸的非常可爱，两只小贼鸥并不待在一起，相隔有两米，我拿出早已准备好的相机，快速给小贼鸥拍了几张照，在同伴挥舞的竹竿的保护下迅速逃离了山头，此时，另一只贼鸥（应该是公贼鸥）从远处飞来加入到攻击我们的队伍中，好在我们及时撤退。贼鸥以为我们会伤害到小贼鸥，但我们知道在南极的动物都是受保护的，我们并不会去伤害小贼鸥，只是看一下小贼鸥的可爱模样后就及时撤离了。

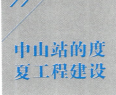

11

中山站的度夏工程建设

中国第27次南极考察度夏期间将开展中山站"十五"能力建设工程收尾工作，来自中铁建工集团和寰球工程公司的两支工程队在两个多月度夏期间要完成各自的度夏建设工程，任务非常艰巨。

中铁建工集团的工程项目主要是完成新建的综合楼、综合库、车库、物理观测栋、污水处理栋、高空雷达观测房、焚烧炉间的收尾工程，这些都要赶在度夏结束前能够投入使用。中山站经过20年的运行，站区的建筑已由原先的第一代集装箱拼凑而成的建筑，发展为目前正在建设的钢结构加保温彩钢板的第三代建筑。第一代建筑又矮又小，考察队员在室内感觉非常压抑；第三代建筑宽大明亮，又是二层楼结构，生活在里面让人感觉非常惬意。为了能早日搬入新建筑中生活，站上其他后勤和科研队员极力支持中铁建工集团的工作，让他们吃好休息好，希望他们能早日完成建设工程项目，因为大家期盼着早日搬入新的综合楼，中山站第一代建筑老主楼已实在是太破旧，餐厅也太小，考察队员吃饭要轮流吃，度夏期间碰上逢年过节聚餐，实在是一个很大的麻烦。让我们感到高兴的是，负责新综合楼建设工程的中铁建工集团已表态，在春节前新综合楼将投入使用，到时厨房、餐厅可搬入新综合楼，那样的话在本次度夏考察期间中山站的考察队员就可以在宽敞明亮的餐厅用餐了。

另一支施工队是寰球工程公司，他们的任务是新油罐的安装和油管的铺设，施工由大庆供水公司来承担。今年由于站区积雪太厚，去年运上站的 12 个大油罐一直被埋在雪中无法吊装，大庆供水公司的 7 名施工人员上站后一直在忙着铺设油管和桥架，同时也在推雪、修路，为大油罐的吊装做准备工作。

经过近一个月艰苦工作，油管焊接和桥架铺设工作已基本完成，发电机房旁的两个小油罐也已吊装到位。大庆供水公司的施工人员开始吊装每个空罐重达 8.7 吨的大油罐，中山站新油罐区由 12 个 55 立方米的大油罐组成，油罐的接地基础去年已经由中铁公司建设完成。

吊装油罐首先用 25 吨汽车吊把油罐从雪地里吊到平板车上，然后运到油罐区，再用汽车吊从平板车吊到油罐的接地基础上固定。虽然放油罐的地方离油罐区很近，但由于临时修建的道路很不好走，将油罐吊上平板车要绑扎固定油罐，所以吊装一个油罐就花了将近两个小时，施工方领导说争取在三天内完成 12 个油罐的吊装任务，吊装完成后将进行管路、阀门等辅助设施的安装。

吊装新油罐

中山站新油罐区位于站区最东面仙女峰山坡上，山坡下是和俄罗斯进步二站交界的团结湖和中俄大道。为了站区安全考虑，新油罐区远离站区，新油罐建成后原老油罐也将移到这里，这里还将建内陆昆仑站使用的航空油罐储存区和灌装区。

度夏期间的工程项目在时间上还是非常紧张，中铁建工集团和寰球公司这两支工程队每天在不停地忙碌着，连节假日都不休息，他们每天除白天工作外，晚上还要加班到 10 点，每天的工作时间都在 10 个小时以上，负责施工建设的队员真是非常辛苦。

队员整理站区准备越冬

中山站的度夏科考工作

南极中山站每年度夏考察期间主要开展高层大气物理学、极光物理学、冰川学、地质地球物理学、气象学、南极海洋科学和矿产资源调查，此外还开展生物研究、环境监测、常规气象观测、电离层观测、天文观测、极区高空大气物理、地磁和地震学观测、卫星测绘，以及冰雪、大气、海洋、地质、地球化学、地理、人体医学等科学观测和研究等。越冬期间主要进行一些常规的观测项目，如气象观测、地磁固体潮观测、高空物理观测等。

第 27 次南极考察中山站度夏的科考项目已经开始全面展开。这次度夏考察的主要项目是地质调查项目，由来自中科院广州地球化学研究所的全来喜研究员和来自中国地质科学院地质研究所的王彦斌研究员承担，他俩经常需要海豚直升机接送去中山站附近的各个岛屿采集标本；鱼类多样性调查项目，由来自中科院遗传与发育生物学研究所的陈良标研究员承担，他每天晚饭后叫上几个队友一起去海边的冰缝中钓鱼，用于鱼类标本的研究；无线传感器由来自黑龙江测绘局的娄权力高工和朱李忠助工承担，他俩已经把网络设备架设完毕，等待和国内一起调试；GPS 测量由来自武汉大学中国南极测绘研究中心的周春霞副教授承担，她在近期内已完成了站区建筑管线施工场地的测量工作。

度夏科考队员除了要做好自己的科研工作，还要参加站务工作和帮厨工作。在南极中山站度夏期间最忙碌的队员要算是厨师，平时站上有 80 多名考察队员，高峰时要达到 100 多人，厨师非常辛苦，因为要准备每天三顿饭外加夜宵。第 27 次南极考察中山站度夏期间站上厨师有三人，分别是第 27 次越冬队厨师张晖、第 26 次越冬队厨师戴涛和从雪龙船来站上帮忙的一名厨师朱钜银，他们三人要负责一日四餐，按时供应热菜热饭。可想而知，他们的工作是非常辛苦的。

　　为了减轻厨师们的劳累，站上每天安排三名后勤或科研队员轮流帮厨、打扫卫生，餐厅、宿舍、公共卫生间都需要打扫，因站上没有专职的服务员，这些清洁卫生工作都需要帮厨队员来完成。在国内各个考察队员都是各自单位的精英，是有名的科技人员、技术骨干或单位领导，但加入到南极考察队伍中就是中国南极考察队员，就得服从考察队的统一领导，在完成本职工作的同时还要轮流参加帮厨和清洁卫生工作，另外还要参加站上许多统一的站务工作，因为考察队是一个整体，是代表国家的一支南极考察队伍，每个队员都得为考察队尽心尽力，共同来完成整个南极考察队所承担的任务，每个考察队员都代表着中国南极考察队员的形象。

中山站高空物理观测栋

南极环境保护

《南极条约》对于南极的环境保护要求特别严格，一切垃圾不能留在南极，能焚烧的就焚烧，不能焚烧的就要带回国内处理。为了遵守南极环境保护条约，也为了站区的整洁，在度夏期间每天晚饭后，我经常会组织站上不加班的队员在站区捡垃圾，鼓励大家多捡垃圾，为遵守南极环境保护条约出一份力。

我一般组织后勤和科研人员整治站上的垃圾，把不能焚烧且装满生活垃圾的垃圾桶搬入集装箱中，以便下次运上雪龙船带回国处理；把航空煤油桶中的剩油收集，空桶准备做垃圾桶，回收的航空煤油给站上发电机使用；空煤气罐集中收入集装箱中，好让雪龙船带回澳大利亚退还空罐。另外，我们对站区的垃圾进行了收集和集中整治，整理站区的环境卫生，并迎接将视察我们中山站的南极视察团。

根据《南极条约》和《南极条约环保议定书》的相关规定，南极环境视察团会不定时视察各国考察站，以检查各国在南极的环境保护情况。我得到通知说澳大利亚在近期将派出视察团视察我国南极中山站，对我国考察站的环境卫生、垃圾的处理和造成的环境影响进行检查评估。南极环境保护条约对保护南极地区的环境要求非常严格，条约规定：应尽可能减少在南极地区产生或处理废物的总量，以便最大程度地减少对南极环境的影响和对南极自然价值、科学研究以及与《南极条约》相符合的南极其他用途的干扰。

中山站近几年一直在搞能力建设项目工程，新建了许多建筑，旧的一些建筑要拆除，为此站上比较脏乱，到处都是建筑垃圾。施工队在度夏期间每天要忙着施工建设，也没时间整理。因此只能是我们后勤和科研人员来整理生活垃圾和一些轻便的建筑垃圾，那些大型的建筑垃圾还要靠施工队用装载机等车辆来清运，看来只能等到他们施工任务完成后来整理了。

　　因站上的积雪已基本融化，垃圾四处堆积，对环境的影响极坏。站区的垃圾无非是两个原因造成的：一是大风，把没有及时处理的轻便垃圾（如纸箱、泡沫板等）吹得到处都是；二是直升机，K-32直升机起降的时候都能把空油桶吹起来，可想而知，其他轻便的垃圾会是如何。如果还有其他原因，那就是考察队员随便扔垃圾的坏习惯，一般很少有这个问题发生，主要就是抽烟队员在室外抽烟时随便扔烟头的坏习惯，这个问题施工人员比较多见，被教育了多次都无法改正。从捡垃圾情况来看，烟头还是很多，看来还要加强教育，一定要让每个抽烟队员改掉随便扔烟头的坏习惯。

　　因南极对环境保护的要求非常严格，一般考察队员都知道不能随便扔垃圾，抽烟的队员会随身携带一个玻璃或塑料小罐，在室外抽烟时把烟头灭在随身携带的小罐中。外出考察时间长的队员会随身携带垃圾袋，大便的时候拉到垃圾袋中带回站上处理。我在第22次南极考察时听第21次考察的一名越冬队员说起过一个故事，因为一名队员外出没带垃圾袋而闹出了一个很大的笑话。事情的经过是这样的，有一名队员在越冬期间需要外出科考，他外出时忘了携带垃圾袋，外出后又正好闹肚子，只能在冰盖的雪地上挖个坑方便，然后用雪掩盖。过了几天后，第21次越冬站长也外出路过此地，因为大风把原先被雪掩盖的排泄物吹了出来，并已经结成了很硬的一团"石头"，站长发现后认为是一块陨石，因在一望无际的冰盖上不可能有石头，除非是天上掉下来的陨石。站长就小心地捡起这块形状上佳的"陨石"，而且在捡起过程中不小心碰断了一个小角，为此站长还感觉非常可惜。回站后站长把它当宝贝一样放在房间欣赏。过了一天，因房间内温度高，这块"陨石"慢慢软化，并发出臭味。站长闻到臭味后到处寻找，发现是这块"陨石"发出的臭味，仔细查看捏压后知道自己闹出了一个笑话，把一团屎当陨石了，赶紧扔到垃圾桶。随后站长召集大家开会，询问是谁在外面干的坏事，并对在外面随便大便的队员进行了严厉批评，这个"陨石"的故事也就开始在考察队员中广为流传。

　　在度夏期间因站上人员多，每天会有许多生活垃圾，有装菜的包装盒、每天的剩菜剩饭、队员个人的生活垃圾。站上每天晚饭后由帮厨人员收拾后统一用车送去焚烧炉房，站上越冬队水暖工负责垃圾的焚烧，第27次队水暖工王刚毅每天晚上会加班及时焚烧垃圾，他的工作每天都很忙碌，如组织大家集中收集垃圾送去焚烧，够他晚上加班好几个小时来焚烧这些垃圾。

　　另外为了站区的整洁，我邀请寰球公司帮忙吊运几个凌乱的集装箱，把装满垃圾桶的集装箱吊运到站区下广场整齐摆放，方便下次运送上船，把我们站上需要使用的凌乱摆放的集装箱摆放整齐，这样看起来站区稍微整洁一些。还有好多个集装箱需吊运和找地方摆整齐，下次再请他们帮忙。经过度夏期间连续的整理站区卫生环境，站区的环境整洁程度已经有了很大的改观。

11

考察队员过生日

在南极过生日是每个考察队员值得留念的日子，也是特别难忘的日子。每次有队员过生日，考察队领导都会准备好亲自写的精美生日卡片和小礼物送给在南极过生日的队员。这对考察队来说意义重大，值得一生收藏，因对有些考察队员来说一生可能就这么一次在南极过生日，有的度夏考察队员在南极考察期间还不一定能赶上生日的时间，但对越冬的考察队员来说在一年多的时间里一定会过上一次生日，有的还可能连着两次在南极过生日。

我这次来南极参加越冬考察就要在南极连着过两次生日，因我的生日正好是南极的夏天，所以我在以往参加的南极度夏考察中已经在南极度过了六次生日。想来我第一次在南极过生日时才 28 岁，如今已是 45 岁，真是岁月不饶人，我们的青春、我们的岁月就在这一次次南极考察中逝去，可看到如今中国在南极考察中所取得的辉煌成就，深感我们的岁月没有虚度，为之自豪。

2011 年 1 月 7 日是第 27 次中山站度夏考察队员大庆供水公司穆连庆的生日，他们公司的队员在餐厅摆酒宴为老穆庆祝生日，虽然酒菜简单，但对老穆来说意义非凡，因为这是他50 岁的生日，又是在南极过生日，所以意义特别。这天中山站的风特别大，在风大无法进行工程施工的情况下，大庆供水公司的队员主动要求去进步湖拉水，解决中山站的饮用水问题，老穆就是其中一个。他们马不停蹄地开车去 5 公里外的进步湖拉了两次水，回来时已经错过了晚饭，但他们公司的队员已为老穆做好了长寿面条，等着他回来庆祝他 **50** 岁的生日。我被他们的工作热情所感动，今天特地过去为老穆的生日祝贺，并送上生日卡片和小礼物。

在南极过生日，条件虽艰苦，随便搞几个菜，喝几瓶二锅头，但大家的心情特别放松愉快。由于在远离祖国的南极，大家喝到高兴时免不了要想家，想家里的亲人和朋友。大家在说到家中亲人时，大庆供水公司带队的纪贵生队员情不自禁地落下了眼泪，一问才知他今天刚得知家中的老母亲得了癌症，作为儿子的他在南极无法为母亲尽孝，一个在大庆铁人精神鼓舞下、在工作中从不叫苦的堂堂男子汉，想到家中亲人时泣不成声，谁说男儿不流泪，只是未到伤心处。

在中国南极考察的二十多年中，有多少队员见不到父母亲人的最后一面，有的队员在南极考察中失去了亲人，但为了不影响队员在南极的工作，家人一直瞒着不说，等他们回到家中才知某位亲人已离去。中国的南极考察事业，正因为有这样一批忘我工作、不计得失、甘愿牺牲的优秀考察队员和他们亲人的全力支持，才会有今天的辉煌成就。

我记得在雪龙船执行第 **18** 次南极考察前，雪龙船机匠长曹建军的妻子患白血病入院治疗，医生已经下了病危通知单，曹建军这时多么希望能留下来陪在妻子身旁，但雪龙船要执行南极考察任务，而他作为技术全面的机匠长是船上必不可少的关键船员。单位领导去病床前征求他妻子的意见，他妻子说："雪龙船上需要他，就让他去南极吧，我会照顾好自己等待他回来。"我们的机匠长就这样带着对极地事业的满腔热忱和对妻子的歉疚之情出发了。多么伟大的妻子！多么可敬的船员！可让人遗憾的是，在雪龙船圆满执行完第 **18** 次南极考察任务返航途中传来他妻子病逝的噩耗，多么令人悲伤！雪龙船在南大洋上鸣笛三声为这位伟大的妻子送行悼念。

我还记得在雪龙船出海前有好几位船员的父母已是癌症晚期，他们都想留下来陪父母度过最后的日子，尽一份做儿子的孝心！可在忠孝不能两全的情况下，他们选择忠于祖国的极地事业！不是我们不懂亲情，既然我们选择了极地事业，就要为之奋斗！

我也曾在南极亲身经历了失去亲人的痛苦，这是在我雪龙船工作时写的一篇文章，以此来纪念我的母亲：

母亲，请等儿回家！

我的母亲是一位平凡的母亲，就像千千万万家庭主妇一样，勤劳、善良，操持着家里的一切。我自 16 岁离家外出读书后，难得有时间回家看望母亲；工作后虽住在上海，离母亲也很近，但船员生活使我常年漂泊在外，除了在上海时的节假日外，几乎没有时间看望母亲。母亲最常对我说的一句话就是："好好工作，没时间就不要来看我，我身体很好。"

2005 年 3 月雪龙船圆满完成第 21 次南极考察任务后回到上海吴淞口，我才抽空给母亲打电话报平安，接电话的父亲告知我母亲已生病住院。原来，我母亲两个月前因胃部不适去医院检查，结果为胃癌晚期，虽然做了全胃切除手术，但癌细胞仍已扩散至淋巴、血液。母亲坚决不让家人打电话告诉我，好让我在南极安心工作。得知这一消息，我已是泪流满面，不相信这是事实，一向非常健康的母亲怎会突然得此重病，更后悔平时没有多关心她，没有尽到做儿子的责任。第二天凌晨三点船一靠码头，我就直奔医院，看到躺在病床上脸色苍白的母亲，我流着泪说："妈妈，怎么会这样？"母亲说："你总算回来了，平安回来就好。"我说："以后我再也不去南极了，我要陪在你身边。"母亲说："不用，你只管做好你自己的工作"。

此后，我只要一有空就去看望母亲，陪母亲到处看病、做化疗，为母亲买最好的药，我希望能尽量延长母亲的生命，让我弥补以前对她的亏欠，尽到做儿子的一份孝心。当听说雪龙船又要执行第 22 次南极考察任务时，我马上向单位领导提交了不去南极的申请，领导经过研究讨论还是希望我能前往南极，在忠孝不能两全的情况下，我毅然决定再赴南极。回家后，我不敢把去南极的消息告诉母亲，怕她接受不了，依然经常陪母亲去看病，希望母亲能等到我再一次从南极回来。

此次出征前，母亲在医院做最后一次化疗，我向医生询问母亲的状况，得知她的病状很糟糕，最多能坚持一到两个月。我哭着对医生说："求求你医生，能否用最好的药延长我母亲的生命，好让我五个月后回来再见到她。"医生表示只能尽力而为。临行前一天，我与母亲道别，看着已骨瘦如柴的母亲，我流着泪说："妈妈，明天我又要去南极了，你好好养病。"母亲说："我早知道你要去南极，安心去吧，不要担心我的身体。"

多么平凡而伟大的母亲，明知自己的生命有限，临终之时未必能见到儿子，可为了儿子的事业，毅然支持儿子的工作。我为有这样的母亲感到自豪！而我能做的就是在船上努力工作，为我国的极地事业作出自己应有的贡献。如今身在南极，我只能向上天祈祷："让母亲能等到我回家吧！"

令人遗憾的是，我的母亲没能等到我从南极回来，就传来母亲病逝的消息，妻子在电话中的话一直围绕在我的脑海里："你母亲在滴水不进的情况下，在床上硬是挺了十天，就是希望能等到你回来！"我的心还怎么能静下来，只能在心里大声呼喊："母亲，请原谅儿子的不孝！"如今母亲走了，我知道，从情感上讲母亲是带着遗憾走的；但从另一方面讲，我也知道，母亲并不遗憾，她希望儿子能事业有成。

这就是我们南极考察队员的悲哀，在当今交通如此发达的社会，不管在地球上的哪个国家，十天的时间都能回到祖国，可我们身处南极就无能为力了，只能把遗憾留给自己和亲人。

15 南极夏天的风雪

2011年1月21日据天气预报说下午受气旋影响，站区会有大风雪，所以除两支施工队外，我没有组织其他队员在外面干活，主要让大家在新综合楼室内组装家具。组装家具也是一项很烦琐的工作，每当拆开一组家具，大家都要先琢磨怎么拼装，要把每一块板先摆放一下，然后开始拼装，就算这样装下来也往往会出错，经常要拆了重新安装。就拿组装酒柜来说，好几个队员花了整整一下午的时间才搞清楚是怎么安装的，最后好不容易才把酒柜、吧台组装好。

因为大家想要搬入新综合楼而天天在干体力活（搬运家具、组装家具），大家可能感觉自己来南极不是科学考察而是来干体力活的，这就是南极考察的艰辛，什么活都要考察队员自己来做，不像在国内买了家具，家具厂会有人上门来组装，但在南极就只能靠考察队员自己来完成。

经过队员们连续几天的努力，新综合楼中的家具基本组装好，并把家具的包装纸盒全部清理到焚烧炉房。新综合楼在慢慢变新貌，我想还有3天，新综合楼中所有的办公室、会议室的家具能基本组装完成，接下去的工作就是清洁卫生，新综合楼中的厨房和餐厅在过年前投入运行应该没有问题。

吃晚饭时站区飘起了雪花，并起了六七级大风，晚饭后我让大家继续加班组装家具，到晚上 10 点加完班从新综合楼出来，外面已是大雪纷飞，地面上早已积起了一层厚厚的白雪。在南极冬天下雪是经常的事，可在夏天下这么大的雪还是比较少见。

今天晚上中山站的风雪着实让我们感受了一下南极风雪的厉害，短短一会儿工夫，漫天飞舞的风雪遮盖了站区所有建筑物和车辆，一眼望去是一个白色的世界。根据天气预报，明天还将是大风雪天气，后天会是晴天，我希望天气能早点好起来，不要影响站上的能力建设项目的施工进度。

晚上的一场大风雪到第二天中午才慢慢平息下来，天气预报 6~7 级大风，实际达到了 8~9 级，早晨六七点机组人员发现停在停机坪上的海豚直升机在狂风中晃动不停，担心直升机被风吹走，马上给直升机的固定绑扎加固，并让机械师把雪地车、汽车吊等大型车辆开到直升机旁的上风处，帮直升机挡风，还好风渐渐小了下来，直升机安然无恙。

一场南极夏天的大风雪刮过，我看到中山站广场旗杆上原来挂着的三面外国国旗（澳大利亚、俄罗斯、印度），印度的一面国旗已被大风刮跑，还有两面被风刮破了只剩一块破布，我们第 27 次南极考察队的队旗也没能幸免于难，还好站上其他设施没受到大风的影响。

经过这样一场风雪，中山站的地面上积起了厚厚的一层雪，有些避风的地方积雪达 1 米多深，经过两天有些地方的雪还没有融化，还是厚厚的积雪。看到有的年轻队员在积雪的地方堆起了雪人，这让我想起小时候在雪地里打雪仗、滚雪球、堆雪人的童年回忆。记得那时冬天经常会下雪，一到下雪天，在一起玩的那些小伙伴就会在雪地上兴高采烈地追逐着打雪仗，你追我打，真是一幅美好的情景，大家跑累了，就停下来一起堆雪人，直到家里父母出来叫回家吃饭，大家才会依依不舍地各自回家。一晃 30 多年过去了，我现身处南极虽每天能看到雪，但已全然没有了那种想打雪仗、堆雪人的心情，成年后工作压力大，早已失去了童心，那些美好的童趣已成回忆了。

南极的天气真是变幻莫测，两天的风雪一过，第三天早上就是一个大晴天。说是一早上，其实现在南极还是极昼，24 小时是白天，不存在早不早的问题，就是我们的生物钟是早晨起床的时间。到了晚上（说晚上其实也是天亮着的）加完班出来，看到远处的冰盖上空挂着大半个月亮，而此时太阳光也从地平线上照射在冰山上，真是一幅美轮美奂的景象。在南极能看到月亮，说明南极的极昼天快过去了，太阳在慢慢下去、月亮在慢慢升起，过不了多少天到了晚上就会见不到阳光，就会有黑暗，南极的极昼即将过去。

第27次南极中山站度夏和越冬队员全家福

　　2011年1月27日一早我被电话铃声吵醒，是北京极地考察办公室紧急通知的电话，说要在早上9点进行视频通话调试，中央领导过两天要慰问南极考察队员。前几天本来要准备的，后来极地办来电话说今年中央领导的视频通话慰问活动取消，我们才没准备。今天一早接到电话紧急通知后，我们马上就忙碌起来，赶在早上9点前把视频通话调试好，和北京试了视频通话。下午布置会场，晚上6点再次和北京试了视频通话，效果挺好，之后就等待中央领导的慰问。

下午澳大利亚戴维斯站考察队员一行来我们站参观，本来上星期就要过来的，因天气原因两次不能成行，今天天气情况很好，适合直升机的飞行。他们一架直升机分两批过来，每架次 4 人，总共 8 人来参观，我们站派了对口的队员陪同参观，有气象人员、科研人员、水暖工等，他们参观了我们的新综合楼、新车库、各个科研栋，我们站上的建筑给他们留下了美好印象，特别是物理观测栋的别致结构。

晚上和北京视频通话调试结束后，全体越冬和科考人员在广场上拿着向祖国人民拜年的横幅合影，中山站全体考察队员向祖国人民拜年："祝我们伟大的祖国更加繁荣昌盛！"

中午 12 点，也就是国内的下午 3 点，我们单位中国极地研究中心领导和全体职工在极地中心六楼会议室举行迎新年联欢活动，邀请我们在南极的雪龙船、长城站、中山站的极地中心队员通过视频一起联欢。袁绍宏书记代表极地中心通过视频向奋斗在南极第一线的全体考察队员致以新年问候，第 27 次南极考察队领队、雪龙船船长、长城站站长、中山站站长分别向极地中心领导汇报了第 27 次南极考察现场的各项工作情况和完成任务情况，并祝福极地中心领导和全体职工新年快乐、身体健康！

下午接到领队电话，让我通过电话询问昆仑站队，他们的通讯有没有携带海事卫星的 BGAN，要求他们在中央领导电话慰问的时候务必不能断线，如他们只带了铱星电话，让我想办法给他们送一套 BGAN 过去，保证他们慰问时的电话畅通。随后我和昆仑站队取得了联系，得知他们只有铱星电话，并已完成昆仑站的考察任务返回到离中山站 200 公里的冰盖上。下午 6 点，我和通讯工程师程言峰带着一套 BGAN 和一些蔬菜水果乘海豚直升机去 200 公里外的昆仑站队宿营地。在冰盖上飞行，下面是一望无际的白色冰雪的海洋，在飞行途中还看见了一架小型固定翼飞机在飞行，应该是俄罗斯考察的飞机。看似一片平整的冰盖，其实海拔一直在升高，经过一个小时的飞行，总算看到了在海拔 2000 多米的昆仑站车队的宿营地，在直升机上远远看去，在茫茫白色冰盖上的昆仑站车队就像一个小村庄，显得非常壮观，给白色冰雪世界增添了许多亮丽的色彩。我们的到来让昆仑站队员兴奋不已，他们已经在茫茫冰盖上辛苦了一个多月，除了他们 16 人，还没见到过其他考察队员，送过去的蔬菜更是让他们兴奋了好一阵，他们说已好长时间没见到蔬菜，看到他们一个个晒得不知脱了几层皮的黝黑色的脸，流露出完成任务后兴奋的微笑，真为他们的拼搏精神所感动。

因考虑到直升机没有足够的油料保持长距离飞行，我们在昆仑站宿营地待了 10 分钟便匆匆离去，昆仑站全体队员出来送行，虽然他们只有 3 天就能回到中山站，但看起来还是有些依依不舍。今天的冰盖之行能看到这些内陆勇士们让我颇为感动，但遗憾的是回来后得知北京已经取消了和昆仑站队的电话慰问活动。

次日中午 11 点我们再次和北京进行视频通话调试，按照北京的要求对会场的布置、通话的声音都进行了调整，海洋局孙志辉局长和陈连增副局长在试视频过程中慰问了第 27 次南极考察的雪龙船、长城站、中山站 3 个会场的南极考察队员和在大洋上调查的"大洋一号"考察船的考察队员，对通话的效果比较满意。

第二天，北京时间上午 10 点，李克强同志将代表党中央、国务院和全国人民慰问极地、大洋考察队员，我们在前线的各个分会场将通过视频向首长汇报各自的工作情况，希望明天的视频通话能保持畅通。

早晨 6 点半我们就开始准备和北京进行视频通话，7 点（北京时间上午 10 点）李克强同志亲临国家海洋局，代表党中央、国务院和全国人民慰问极地和大洋考察工作者，通过视频与远在南极、大洋作业现场的考察队员通话，并听取了各个考察队的工作汇报。我代表中山站向李副总理汇报了中山站的情况和考察队员的工作、生活情况。李副总理随后发表了重要讲话，对海洋工作以及极地、大洋考察工作所取得的成绩给予了充分肯定，对我们今后的工作提出了明确的要求，这是党中央、国务院对海洋、极地工作者的亲切关怀，我们听后备受鼓舞，我想我们南极考察队员绝不会辜负党中央、国务院的殷切期望，一定会努力把南极考察工作做好，为我国南极考察事业的辉煌做出贡献。

视频慰问结束后我组织越冬和科考队员清洁新综合楼餐厅、厨房，并清洗餐具等，下午把旧主楼厨房中的一些用具、旧餐厅中的桌椅搬入新综合楼中，为晚上在新综合楼开伙试运行做准备工作。

中午雪龙船结束大洋考察回到中山站附近海域，我前几天在直升机上察看了中山站熊猫码头附近的海面情况，海冰已基本融化，中山站附近虽有好多冰山挡着，可冰山外面已全是清水，冰山里面的中山站熊猫码头附近全是一块块浮冰，所以雪龙船放小艇从冰山之间开到中山站码头应该没问题，这样船上还有一部分大型货物就能通过小艇拖着驳船运往中山站，站上的一些装垃圾的集装箱也能通过小艇运到雪龙船。下午 4 点 27 次考察队领队刘顺林、顾问魏文良一行 9 人乘直升机来到中山站，主要目的是为了明天在中山站迎接凯旋归来的昆仑站队。

为了领队一行今天上站，我们试运行新综合楼厨房和餐厅来表示欢迎，在明亮的新综合楼餐厅中吃饭感觉精神清爽好多，宽敞的餐厅已不再需要队员轮流吃饭，看着队员们谈笑风生地围在一起吃着饭，我感觉我们一个多月的辛勤努力是值得的。

昆仑站队凯旋

2011 年 1 月 31 日上午，中国第 27 次南极考察昆仑站队经过 46 天在冰盖上的艰辛工作，圆满完成各项考察任务返回中山站。他们这次在昆仑站的主要任务之一就是将镌刻有胡锦涛同志题写的"中国南极昆仑站"站名的昆仑玉碑在南极内陆冰穹 A 地区昆仑站永久矗立，这将成为我国南极昆仑站最为重要的标志物，另外他们完成了深冰芯钻探场地的建设和一些科研方面的考察。

11 点 10 分在中山站广场上举行了迎接昆仑站队凯旋归来的隆重仪式，昆仑站队的 16 名勇士受到了热烈欢迎。在仪式开始的时候，中山站飘起了鹅毛大雪，首先有美女记者向昆仑站队队长夏利明献花，随后领队刘顺林发表讲话，说："今天我们用震天的锣鼓欢迎你们的凯旋，还记得去年 12 月 17 日我们在内陆出发基地的依依惜别吗？你们在茫茫雪原长途跋涉 1300 公里，于 12 月 29 日抵达我国南极昆仑站，随即投入了紧张而艰苦的考察中去。到今天的凯旋，你们风餐露宿 46 天，经历了南极内陆严寒、缺氧、暴风雪、白化天、冰裂隙等恶劣的自然环境的挑战，体力消耗极大，身体严重透支，但是你们凭借着顽强的意志，经受住各种考验，出色地完成了各项预定考察任务。你们是好样的，你们是我们第 27 次南极考察队的英雄。"

中午，中山站在新综合楼里设宴欢迎昆仑站队的凯旋，考察队领导和昆仑站队全体队员欢聚一堂，考察队领导纷纷拿起酒杯为昆仑站队勇士们敬酒，为他们历经艰险圆满完成考察任务而干杯！下午，站上组织空闲人员帮忙包饺子，剁馅、擀皮、包饺子——新综合楼餐厅中一片忙碌的场景。晚上，中山站的全体队员集聚在新综合楼餐厅聚餐，喝酒、吃饺子欢迎昆仑站队员凯旋。

第二天上午，我派遣4名机械师开着雪地车去冰盖俄罗斯机场帮助他们推雪，俄罗斯进步二站站长发出帮助请求已经好几天，因为我们能推雪的雪地车都参加了内陆昆仑站的考察，昨天昆仑站队胜利凯旋回到中山站，带推铲的雪地车才回到内陆出发基地。今天我就组织站上原有的3名机械师和昆仑站队的1名机械师去帮助俄罗斯在冰盖上的机场跑道推雪，平整跑道，好让他们的固定翼飞机能够安全起飞降落。我们到达南极中山站的近两个月以来，和俄罗斯站队员走动得最为频繁，不是我们需要他们帮忙，就是他们需要我们帮忙。前一个星期我们在检修完1号发电机试运行时，发现油泵有点漏油，检查发现一根螺栓断裂，查找备件发现没有这种螺栓的备件，因这个螺栓上的螺纹是细牙，也找不到替代螺栓。只能去俄罗斯进步二站问问，看他们有没有这种螺栓，结果俄罗斯队员在他们站找到了这样一根螺栓，虽然是旧的，但对我们来说已如获至宝，回来马上安装到我们发电机的油泵上，发电机正常工作起来。

在南极，各国考察站之间都是互相帮助，互相支援，而且全是免费的，各国考察站和睦相处，队员也非常友好。在中山站的周围现在只有一个俄罗斯的进步二站，相距不超过1公里；离中山站100公里的地方还有一个澳大利亚的戴维斯站，因为比较远，走动起来也不是很方便，接触就相对少一些；现在中山站附近印度正在建一个考察站，不过他们要两年后才能建成。各个南极考察站之间，每当逢年过节时，各国队员们互相走动，一起联欢；碰到站上缺少什么，只要对方有，对方都无偿支援。南极是一个没有国界、没有国籍，全世界科研人员和睦相处的科学考察圣地。

第27次南极昆仑站考察队凯旋而归

在南极迎新年

2011 年 2 月 2 日是大年三十，站上一大早就开始忙碌起来。为准备晚上的年夜饭，厨师们更是忙碌，年夜饭计划摆 14 桌，每桌上配备 8 个冷菜、10 个热菜，光这些菜就让厨师忙得没喘气的机会。为了今晚的迎新年，昨天我就组织越冬和科研队员布置装饰新综合楼的餐厅和篮球馆，春节即将来临，把室内布置得喜庆一些，让全体考察队员感觉有个过年的气氛。在远离家乡和亲人的南极过年，大家难免会想家，想念远方的亲人，考察站一般都会把大家组织起来热热闹闹地一起庆祝中国的传统节日。今晚大家打算在一起好好庆贺，中山站上现有 85 名考察队员，我还邀请了澳大利亚戴维斯站、俄罗斯进步二站和正在建设中的印度站各 8 名队员代表来参加，这样中山站将有一百多人聚在一起吃年夜饭，场面一定会很热闹。

上午安排了 10 名队员帮厨，昆仑站队员负责包饺子，越冬队员负责摆桌椅、装饰篮球馆，我准备将晚宴安排在篮球馆里，这样大家在一起显得热闹。

下午 4 点半开始，澳大利亚的戴维斯站队员、俄罗斯进步二站队员、印度站队员陆续来到中山站，戴维斯站来了两架直升机、印度站来了一架直升机、进步二站因为离得近开着车过来的。他们的到来使得中山站一下子显得热闹非凡，光直升机就停放了 4 架，本来我们中山站只有能容纳两架直升机的停机坪，好在澳大利亚直升机驾驶员水平高超，他们把直升机降落在莫愁湖的堤坝上。外国考察站的队员们到来以后，我首先带着他们参观了我们中山站的几栋新建筑，新综合楼、物理观测栋这样的建筑让外国队员看了也感到震惊，他们没想到中国这几年在南极考察站上的基础设施建得这么宏伟壮观，这说明我们中国在南极的考察能力有了很大的提高。

下午 6 点迎新春晚宴在新综合楼篮球馆正式开始，4 个国家的 100 多名考察队员欢聚一

堂，热闹非凡，首先由我们的领队发表新年
贺词并感谢外国考察队队员的到来，然后邀
请3个外国考察站的站长上台讲话，外国考
察站的站长分别拿出礼物送给我，俄罗斯站
长带来了很大的蛋糕，并邀请我一起切蛋
糕。晚宴开始后各国考察队员纷纷举杯祝
福，在晚宴进行的同时我安排队员表演节
目，有唱歌的、现场书法表演的，度夏科考

"年味"浓厚的餐厅

娄权力老师现场书写了三张"万事如意"字画分别送给三个外国考察站的站长，让外国考察
站站长激动不已。晚宴进行到最后，外国考察队员也兴致勃勃地上台唱歌，中外队员一起联
欢，迎接中国新年的到来。送别各国考察队员后，我们的队员继续在篮球馆中联欢，唱歌、
游戏、抽奖，全体队员热情高涨。将近午夜，天空中飘起了雪花，队员们在室外风雪中敲锣
打鼓，迎接新年钟声的到来。

风雪中敲锣打鼓迎新年

　　大年初一早上 9 点领队顾问带着雪龙船上的文艺演出团一行 44 人从船上乘直升机分批来到中山站，给站上的考察队员拜年，并举行了慰问演出。昨晚在雪龙船上的考察队员和船员也举行了热闹的迎新年晚会，听说他们晚会上的节目非常精彩，领队顾问就挑选了几个节目的演出者来慰问中山站的考察队员。中午 11 点慰问演出在新综合楼篮球馆举行，船上带来的节目还真不错，很有专业水准，看来是经过了精心的准备和排练，给我们中山站带来了欢乐和新年的喜庆，最后一曲由领队顾问领唱《歌唱祖国》，100 多名考察队员齐声高歌，嘹亮的歌声在篮球馆中久久回荡，把慰问演出带向了高潮。下午 3 点，雪龙船慰问团回船，领队、领队助理、我一并去雪龙船给雪龙船上的考察队员和船员拜年，并参加了雪龙船上的新年晚宴。我离开雪龙船到中山站快两个月了，这次回到船上看到这些考察队员感到很亲热，特别是和我曾经风雨同舟的船员兄弟们。

　　之后的晚宴气氛非常热闹，我被这样的气氛感染与兄弟们频频敬酒，直到直升机要带我们返回中山站，我才依依不舍地和雪龙船上的考察队员们告别。

19

白色沙漠，
我们一起走过

　　大年初一中山站全体考察队员休息一天，初二全体考察队员又忙碌起来，中铁施工人员开始拆除中山站第一代集装箱式建筑老食品库，寰球公司员工安装锅炉房的小油罐，机械师们开始修理检查挖掘机，越冬队员清洁新综合楼中的篮球馆和餐厅，把篮球馆中所有桌椅搬回餐厅重新摆放好，过年聚餐联欢已过去，站上又将恢复正常的工作秩序。晚上越冬和科研队员搬运老食品库中还有用的东西，把需要的物品、设备全部收集起来。中铁施工人员把拆下来的一个个集装箱吊运到广场堆放废旧集装箱处，准备让雪龙船运回国处理。

　　设计师、监理、施工方和业主代表下午一起对中铁公司在中山站"十五"能力工程建设项目中的一部分项目进行初验收，这些项目有卫星网络天线安装工程、高频雷达机房工程和高频天线混凝土底座、气象天线房安装工程、物理观测栋工程，检查下来基本满足设计要求，把发现的一些小问题向施工方提出，让他们尽快解决，解决完后下次再验收。雪龙船回到中山站附近的馒头山已经有好几天，中山站熊猫码头周围的海冰还是没有融化或漂走，主要是让一座座大冰山团团围住，冰山外面已全是清水，这样雪龙船就无法施放小艇卸货或来码头运垃圾，只能等待着码头周边海冰的融化。

队员们在爬山锻炼

南极雪地上孤独的脚印

领队等几个昨天去雪龙船的队员今天回到中山站。

在晚上的站务会上，领队要求各个队做好工作计划，确保各项考察工作在雪龙船撤离中山站前完成，雪龙船最迟在本月 26 日离开中山站返航回上海，也就是还有 22 天就要结束第 27 次南极考察中山站的度夏考察工作，全部度夏考察队员将随雪龙船回国，到时中山站只留下我们 17 名越冬队员开始越冬工作生活，我们 17 名越冬队员要坚守在中山站一年，等待着年底第 28 次南极考察队的到来。虽然我们 17 名越冬队员中只有 3 名队员曾经在南极越过冬，体验过南极冬天的生活，但我想昨天第 26 次中山站越冬队表演的诗朗诵《白色沙漠，我们一起走过》，应该能真实地反映出我们南极考察站越冬队员的生活写照。现摘抄如下：

空中飘落的雪花，犹如风儿吹起的沙，

遮住我们的双眼，却阻挡不了我们前进的步伐；

一望无际耀眼的白峰，是最灿烂的花，

盛开在我们的心田，让我们的意志挺拔；

变幻莫测的极光，宛如五颜六色的霞，

我们来自长城脚下，组成一个温馨的家。

风雪南极，白色的撒哈拉。

苍茫的冰穹，让我们无限遐想，

美丽的莫愁，为我们解忧，

远眺望京，泛起浓浓乡愁，

登高双峰，缅怀中山建站前辈。

五十八天极夜，我们一起走过，

走过漫漫极夜和狂风暴雪，不变的是执着；

三百六十五个日子，我们一起走过，

走过悲欢和离合，永远的是团结；

白色沙漠，我们一起走过，

走过黑暗和忧郁，铸就的是和谐。

我们用鲜血，染红了白色的沙，

我们用汗水，浇灌了圣洁的花；

我们的情谊，绘成了浓浓的画，

我们的欢笑，充满了快乐的家。

风吹、雪飘、天寒、地冻、极夜、极昼，

当中山的生活变成习惯，我们已难以离开；

企鹅、海豹、贼鸥、雪雁、冰山、极光，

当身边的景色成为自然，我们已情定中山。

岁月是一片片雪花，消融的是时间，留下的是回忆；

打开尘封的往事，

白色沙漠，十七双脚印，一颗心，

我们手牵着手一起走过……

人生的一段光阴，朝夕相处，

走过的一段旅途，相互搀扶。

困难，不低头，

友谊，天长地久，

感情，兄弟挚友。

20 / 在南极的第七次生日

　　南极中山站的极昼即将过去，晚上 12 点左右将有近一个小时的黑夜时光，也就是太阳会落在地平线以下，从到达南极，整整过去了两个月，在这两个月的时间里一直是南极的极昼，也就是太阳一直在地平线以上，我们还没有见过南极的黑夜。在晴天每天 24 小时都能见到太阳，在阴天虽见不到太阳但天空还是 24 小时亮着的，这样的极昼虽然给站上的各项工作带来了方便，晚上加班也不存在黑夜的干扰，但给每位考察队员的睡眠带来了一定的影响，考察队员的生物钟被打乱了。现在总算盼望到了黑夜，虽然每天只有短短的一个小时左右，但随着时间的一天天过去，每天黑夜的时间会逐渐延长，直到 24 小时全是黑夜。

　　人类可能已经习惯了太阳起落、早出晚归这样的生活习惯，一旦没有了黑夜，就会想念黑夜的美丽、想念黑夜的灯火辉煌；而到了全是黑夜的时候，是多么盼望天空中能升起太阳，哪怕有一点亮光也好。人类的这种矛盾心情是随着环境的改变而改变，只有在地球两端的南北极才能深刻体验到这种盼望黑夜、盼望光明的心情，我们南极考察越冬队员要在南极待一年以上，一年中要经历极昼、极夜，还要忍受严寒和远离亲人的考验，考察队员的各种心情变化、情绪的跌宕起伏，只有在南极待过的人才能真正体会。

2011 年 2 月 6 日，是我的生日，也是我在南极的第 7 次生日，虽说是我在南极度过的第 7 次生日，但真正在南极大陆上过生日还是第一次，以往在南极过的生日都是在雪龙船上度过，所以这次的生日让我感觉特别难忘。

早在生日前几天第 27 次越冬队员们就吵闹着要给我好好庆祝生日，我因考虑到目前度夏期间站上的人员多，站上的好多工作还没完成，度夏考察队员们还在抓紧最后有限的时间来完成各自的工作任务，如果大张旗鼓地来搞生日宴会感觉影响不好。在征得领队同意后，晚饭后就在餐厅搞一个小型的生日聚会，考察队领导和第 27 次越冬队员参加。特别有意思的是，今天还有另外两名队员也一起过生日，一名是第 27 次越冬队员刘建军，他是 2 月 4 日的生日，还有一名是工程监理董承兴，今天是他阴历的生日，他俩都是第一次在南极过生日，前几天我们三个就约好在今天一起过生日。

昨晚，大厨张晖就忙碌着为我做生日蛋糕，蛋糕做好了可没有奶油，今天专门派人去俄罗斯进步二站要来奶油装饰蛋糕。我们大厨做的这个大蛋糕，味道还真不错，是我在南极吃到的最美味的蛋糕。记得 3 年前我在南极雪龙船上过生日时，曾经有名队员特意要为我做生日蛋糕，因不是专业厨师，忙了一个下午还是没能把蛋糕做出来，虽然蛋糕做坏了，但这位队员的情谊还是让我深受感动，一辈子无法忘怀。

晚上 9 点，生日宴会在新综合楼餐厅举行，考察队领导分别向我们送出了生日祝福并一一敬酒，我也发表了感言，我说：这是我在南极的第 7 次生日，想当初我在南极的第一次生日才 28 岁，如今已是 45 岁生日，真是岁月不饶人，我们的青春、我们的岁月就在这一次次南极考察中逝去，可看到如今中国在南极考察中所取得的辉煌成就，深感我们的岁月没有虚度并为之自豪。

生日宴会上许多下了班的队员都来敬酒，祝福我们的生日。在生日快乐的歌声中，大厨推出了亲自做好的奶油蛋糕，蛋糕上插了三支生日蜡烛，代表我们三个人，我们三个人许愿后吹灭了蜡烛，并一起切蛋糕分给每位考察队员品尝。感谢各位考察队员的祝福，让我们在南极度过了一个难忘的生日。

21

南极看春晚

2011 年 2 月 9 日，春节已过去一个星期，因中山站上的网络是通过卫星连接的，网速很慢，站上的通讯员王林涛趁晚上队员们休息的时候，从网上下载了 2011 年中央电视台的春节联欢晚会，然后放在中山站内部的局域网上，全体考察队员纷纷在局域网上下载后观看，有的在餐厅集体观看，就连吃饭的时候也不忘观看。

春晚对全国人民来说具有特别的意义，除夕夜全家团聚在一起迎接新年到来的时候总会一起观看，但对于我们身处遥远南极的考察队员来说，要想及时看到春晚那是完全不可能的一件事。因在南极考察站没有电视信号，在南极看春晚那是可望而不可即的。在以往南极考察队员要在每次南极考察度夏结束后，考察队员乘坐考察船回国途经澳大利亚的时候，中国驻澳使馆人员知道我们考察队员看不到春晚，也知道我们特别喜欢看春晚，他们就会把录好的春晚录像带送给我们考察队员，早些年还是录像带后来才是碟片，而在南极越冬的队员要到第二年的春晚之后，回到国内才能补看前两年的春晚。

前几年，中国的南极考察站上有了网络和电话，虽然网速很慢才 512Kb，另外电话也要通过网络而占用一定的网络流量，但最起码能以最短的时间在网络上看到春晚，考察队员已经感到非常满足了。

中国的南极科学考察事业是振兴中华、为国争光、造福人类的事业。长期以来一直深受党和国家领导人的关怀和重视、全国人民的大力支持和关注。在 1984 年中国首次南极考察出发前，邓小平同志亲笔为南极考察队题写了"为人类和平利用南极作出贡献"的题词，此后，邓小平、江泽民、胡锦涛分别为南极中山站、长城站、昆仑站题写了站名。每逢春节前夕，国家领导人都要通过电话或视频的方式慰问南极考察队员，勉励考察队员为人类认识南极、保护全球环境、促进人类社会的共同繁荣而努力奋斗。

正因为有全国人民和社会各界的热情关注和大力支持，全体南极考察队员的共同辛勤努力，中国南极考察站的基础设施建设才有了长足的发展，中国的南极考察事业才会在短短的20 多年时间里就取得了举世瞩目的科研成果，为人类探索南极奥秘、和平利用南极做出了贡献。

如今，南极考察站上有了网络，我们就有机会把南极考察队员在南极工作、生活的点点滴滴记录下来与广大热爱南极的网友们一起来分享，我想远离祖国在南极的考察队员不会再孤独，因为有太多的网民们在支持着我们、鼓励着我们。

22/ 度夏考察接近尾声

经过两个月的度夏科考，第 27 次南极度夏考察工作即将结束，这几天中山站度夏科考的队员都在抓紧最后的时间完成各自的研究项目，因为 2 月 15 日就要结束度夏期间的科研考察项目，他们要回雪龙船整理数据等待雪龙船月底的返航。

2 月 11 日，机械师开雪地车载着两名无线传感器网络观测的科研人员去冰盖俄罗斯机场附近检查调试上月安装的两套设备，因为国内传来信息说收不到信号。这次在南极地区建立的地面无线传感器网络观测平台，可以弥补南极地区目前气象站点少、分布不均的特点，为全球气候变化的研究，遥感卫星数据的反演、验证和同化提供连续的南极冰雪环境参数。地质考察研究的两名队员这几天连续搭乘雪地车去进步湖附近的山区采样，另外周春霞教授带着两名队员今天同车前往内陆出发基地，考察从中山站到内陆出发基地道路上安装的 GPS 控制点。

我们越冬队员最近几天一直在站区整理带回国的垃圾，把不能焚烧的垃圾集中装箱，吊放到老食品库拆下来的旧集装箱中，准备连集装箱一起运到雪龙船上带回国处理。要带回国的垃圾整理得已差不多了，现在关键的问题是中山站熊猫码头附近的冰情还是很严重，前一段时间看见码头附近的浮冰在慢慢减少，感觉到雪龙船可以施放小艇来运货，可一场大风下来，又把码头附近的浮冰吹得严严实实，并把一座座冰山吹过来压着浮冰，这几天又连续降温，感觉希望越来越渺茫。

离第 27 次南极考察中山站度夏任务结束的时间越来越近，可中山站码头附近的冰情还在困扰着我们，现在逼着我们不得不想其他办法来解决运货的问题。另外，中山站最近的气温越来越低，已经不容我们再等待，再这样等待下去雪龙船如果不及时撤离中山站回国，普里兹湾海面一旦结冰，雪龙船被困在中山站出不去那就非常麻烦，所以现在考察队准备不考虑码头海冰的融化，准备想其他办法试试。

记得之前的第二代极地考察船抗冰船"极地"号就因为撤离时间较晚，中山站外的普里兹湾海面上已结起了大面积的冰，把"极地"号抗冰船困在海冰中而无法撤离中山站，"极地"号和船上的考察队员已做好了在中山站待一年的准备，后来好在来了一场大风，使得海冰面上出现了一条裂缝，才让"极地"号摆脱困境，安全驶离中山站外的普里兹湾。

12 日中午，雪龙船回到中山站附近，首先派直升机查看站区周围的冰情，看看是否有另外的地方可以让小艇登陆，随后领队带着一行 5 人去雪龙船，他们要在船上开会，研究中山站熊猫码头在海冰不漂走的情况下，如何用 K-32 直升机来吊运货物。目前，雪龙船上的货物主要是两辆卡特雪地车和 50 吨航空煤油，今年一定要把它们卸运下来。卡特车放在中山站、50 吨航空煤油要灌到空油桶中放到内陆出发基地，如条件许可还要拉到内陆冰盖离中山站 200 公里的冰盖上，为年底第 28 次考察内陆队去昆仑站做好提前准备，因为年底第 28 次考察昆仑站要进行二期工程建设，任务繁重，现在有条件的话就多做一些准备工作，为第 28 次南极考察昆仑站队的物资运输提供便利。晚上 8 点半，领导们已经在船上开完会，把开会精神传达给我们中山站，初步计划是明天让中山站上的机械师和昆仑站队的队员一起去内陆出发基地，把上次昆仑站队出发前运上去的装在两个 4 吨油囊中的航空煤油先抽到一个个空油桶中，然后用 K-32 直升机把空油囊运到船上，把船上装在油罐中的航空煤油再抽到油囊中，随后把油囊再吊运到出发基地，这样反复，就能把船上油罐中的 50 吨航空煤油运送到内陆出发基地。至于卡特雪地车怎么运上站，还在进一步讨论研究中，因为这个车辆有 20 多吨重，直升机无法吊运，另外外面的海冰已经融化也不可能在冰面上开上站，只能靠驳船运送，可中山站码头周围的浮冰不漂走，就要想办法去其他地方找小艇登陆点。按照考察队的指示，13 日上午，内陆昆仑站队去冰盖出发基地，把上次昆仑站队出发前吊运上去的 3 个油囊中的 8 吨航空煤油抽入放在雪橇上的 48 个空油桶中，抽空的 3 个空油囊带回中山站，由直升机吊运到雪龙船，准备在船上灌好航空煤油后，明天吊运到冰盖出发基地继续抽到空油桶中。下午两点，开始用 K-32 直升机把雪龙船上的钢结构吊运到中山站，这些钢结构是建造昆仑站二期工程建筑使用的，准备明年由内陆队带往昆仑站。本来这些钢结构准备用小艇卸运的，可现在中山站码头的冰情无法满足小艇的运输，只能改用 K-32 直升机吊运。这架 K-32 直升机就是中国极地研究中心从俄罗斯购买的，取名为"雪鹰"，委托中信通航深圳公司管理，K-32 直升机的发电机功率为 2200 马力，最大起吊能力为 5 吨，吊运能力还是很强的，就是耗油挺厉害，每小时耗油量 750 公斤。经过 12 个架次的吊运，到晚上 8 点昆仑站二期工程用的钢结构全部吊运到中山站，最后 K-32 返回时把 5 个空油囊带到雪龙船。

第 27 次南极考察中山站队到南极中山站已经有两个多月了，补给的蔬菜已经消耗得差不多了，绿色蔬菜早已没有踪影，现在只剩下一点大白菜、土豆和洋葱。站上为了改善伙食，自发绿豆芽，经过三天的孕育，豆芽总算长成，可以吃了，可几大筐的豆芽拣起来非常麻烦，晚饭前发动全体队员拣豆芽，拣完豆芽再开饭，这样一来全体队员的积极性很高。

考察南极气象的"李家军"

南极考察离不开气象条件的保障，比如雪龙船航行途中，特别是西风带航行时是离不开气象条件保障的。在南极中山站也一样，需要气象预报员每天预报天气情况来保障站上各项工作的正常开展，另外中山站越冬期间还有气象观测员，我们通过他们在南极长年累月的气象观测来了解南极的气候变化。南极考察中这些气象条件的保障离不开气象预报员的功劳，他们每天观测着气象的变化，通过接收到的来自各个方面的气象预报、卫星云图来分析每天的气象情况。

第 27 次南极考察中山站越冬队的 3 名气象观测预报人员分别是国家海洋环境预报中心的李荣滨、宁夏石嘴山气象局的李向军、河北省气象局的李海峰。为了区分他们，我们只能叫他们为老李、大李和小李。老李，李向军其实也不老，才 36 岁；大李，李荣滨是我们 17 名越冬队员中最年轻的队员，才 23 岁，叫他大李是因为人长得比小李高大一些；小李，李海峰，因人长得矮小一些就稍微吃点亏叫他小李了，其实也不算太亏，今年也才 31 岁。他们三个都是年轻力壮的小伙儿，有使不完的劲，干起活来真是没得话说。我们中山站上的 3 名气象人员全姓李已经很巧合了，更巧的事还有，这次南极考察雪龙船上随船的两名气象人员也全姓李，他们是来自国家海洋环境预报中心的李志强和李敏，也就是第 27 次南极考察的 5 名气象人员全部姓李，真是让人不敢相信还有这样的巧事，"李家军"成为了南极第 27 次南极考察气象的保障。

考察队继续用 K-32 直升机吊运物资，把昆仑站队回来时放在俄罗斯进步一站需要修理的雪橇吊运到中山站，这些雪橇本来要带回国修理的，现在小艇无法运输就只能放在中山站想办法修理了，从进步一站吊运到中山站共 7 个雪橇；另外从雪龙船吊运 3 个油囊的航空煤油到内陆冰盖出发基地，并抽入空油桶中。今天昆仑站队在出发基地干完活回到中山站已经晚上 10 点，看他们真的很辛苦。

15 日又是一个大晴天，午饭前昆仑站队去内陆出发基地，下午雪龙船上的航空煤油继续通过 K-32 直升机用油囊吊运至内陆出发基地，

直升机吊运雪橇

昆仑站队负责把油囊中的航空煤油抽入空油桶中。

大庆供水公司的工程项目已经完工等待验收，这两天他们的队员在帮着站上整理集装箱和装油罐的架子，把 12 个大油罐的架子全部吊运到下广场集中堆放，并把油罐架倒扣过来平排放置，因为站上的一些物资设备要摆放在架子上，这样冬天就不会被雪埋，等明年度夏考察队一来就可以开展工作。站上发电班人员这两天把旧油罐中的柴油抽送到新油罐，试验新油罐和管路的密封性，另外把大油罐中的油抽送到发电房和锅炉房小油罐，试验整套油路系统的调驳是否通畅，为验收新油罐工程做好准备。

下午两点，澳大利亚戴维斯站用直升机把一名中国科研人员送到中山站，顺便过来 3 个队员参观我们中山站。这名中国科研人员叫王佩儿，来自浙江万里学院，她参加了澳大利亚戴维斯站的度夏考察，上次我们去戴维斯站参观的时候，她就说要搭乘我们的雪龙船回国，前几天给我来信说 15 日结束戴维斯站的考察任务来我们中山站，随后希望安排上雪龙船随船回国。

中山站度夏期间的科考项目到今天全面结束，度夏科研队员开始陆续撤离中山站，因受中山站码头周围海冰的困扰，只能通过直升机运送。科考队员的行李、科考设备仪器一大堆，只能通过直升机慢慢往雪龙船上运送。这几天我们还要趁直升机运送航空煤油的空隙顺便带一些设备仪器上船，顺便也从船上吊运一些蔬菜水果来站上，为中山站补充一些蔬菜，因中山站到 28 次考察队到来补给蔬菜还需 10 个月，而雪龙船月底离开中山站返航 10 天后就能回到澳大利亚补充新鲜蔬菜，所以雪龙船上把多余的蔬菜送给我们中山站使用。

16日上午，我组织第27次越冬队把上次从老食品库中拆出来的两个冷冻柜搬入新综合楼底层的夹层中，这样越冬期间厨师要拿冷冻食品方便许多，不需要去外面了。搬这两个冷冻柜到夹层中越冬队花了不少精力，柜的高度刚刚好过门，高一点就不行，再说夹层中没有吊车，只能靠人工来移动，一直忙到下午才把两个冷冻柜摆放到位。

昆仑站队继续去内陆出发基地灌油，K-32直升机继续吊运航空煤油去出发基地，到下午6点，总算把雪龙船上的50吨航空煤油全部吊运到内陆出发基地，并全部灌入空油桶中。这样雪龙船上的物资除两辆卡特雪地车外，全部卸运到中山站和内陆出发基地。

晚上，有5名度夏科考人员结束考察任务撤站回船，等待随雪龙船回国。为了欢送他们，再加上庆祝明天的元宵节，晚上中山站加餐，考察队员相互敬酒道别，在中山站度夏的两个多月时间里，队员们之间建立了深厚的感情，到分别时都有些依依不舍。

领队、副领队晚上乘直升机从雪龙船回到中山站，一到站上马上组织第27次考察队临时党委成员开会，讨论两辆卡特雪地车的卸运问题和布置下阶段的工作计划，要求大家在最

中山站一角

后的 10 天左右时间抓紧把各自的工作完成好，剩下的度夏科研人员 22 日全部撤站，各个工程项目要在 26 日前全部完成，最后要求各个队不要放松安全，在工作中要时刻牢记安全第一的原则，会议一直到晚上 11 点半才结束。

目前中山站的极昼已过，每天晚上基本上都有下降风的影响，一到晚上 9 点左右就起风，风力都在 6~7 级，甚至 8~9 级，一直要到第二天的中午风才会平息下来，给站上的工作带来很大影响。今晚雪龙船离开中山站去戴维斯站抛锚避风，准备 22 日再回中山站。

17 日凌晨，下降风好大，有 8 级以上，风力发电的风叶转得啪啪响，吵得人睡不着觉，早晨起床的时候，从窗户看出去，每天习惯看旗杆上的队旗来判断外面的风力大小，可队旗已经不见了，被风刮走了，好在国旗还在，不过风已经小了好多。看到今天是一个阴天，庆幸昨天已完成了雪龙船上物资油料的吊运卸货任务，要放在今天直升机就不适宜飞行吊运物资了。

机械师们这几天一直在修理雪橇，这些雪橇原准备带回国去修理的，现在中山站码头周围的海冰不开，小艇无法运输就不能把雪橇带回国修理，只能组织站上的机械师们抓紧时间修理，并要赶在度夏结束之前修理好。机械师们这几天在加班加点地修理，大庆供水公司和中铁的电焊工也帮忙一起维修，到今天晚上，已经修好了 4 个雪橇，还有 5 个坏雪橇等待着他们修理。

下午，组织越冬队员把前几天从船上吊运下来的昆仑站二期工程的钢结构吊放到油罐架上，因为年底第 28 次南极考察队一到中山站就要着手准备昆仑站队的出发，冬天怕大雪埋了这些钢结构，到时在雪地里挖不出来，就会影响昆仑站队的出发时间，所以今天组织队员把这些钢结构全部吊放在油罐架上，这些油罐架有 4.5 米高，应该不会再被雪掩埋。

现在南极已进入冬季，黑夜的时间每天在逐渐延长，目前有两个小时左右的黑夜时间，昨晚半夜开完会正好看到窗外又大又圆的月亮，就出去拍了几张，因摄影技术差，效果不好。今天晚上本来约好几个摄影爱好者一起拍月亮，想请教人家的摄影技术，可今天阴天，月亮躲了起来，只能作罢。

运送航空煤油

2月19日一早，内陆昆仑站队4名队员在领队助理孙云龙的带领下出发前往冰盖200公里处送航空煤油，他们开着两辆雪地车拖带着装有200吨航空煤油的4个雪橇，计划雪地车不休息昼夜前进，每辆车由两名昆仑队员轮流开，争取3天来回。早上领队带着几名队员去内陆出发基地送行，这次去冰盖200公里处送航空煤油，目的是为了第28次队的昆仑站二期工程建设，先把油放置一部分在200公里处的路上，第28次昆仑站队从出发基地出发的时候可以少带些油料，因为第28次昆仑站队要带上去昆仑站二期工程建设的钢结构和许多建筑材料，会对雪地车的拖带造成很大压力，目前有条件在冰盖的行进路上先放置一部分油料，可以减轻第28次昆仑站队的压力，为年底第28次考察队昆仑站二期工程建设做好充分的准备。

冰盖离中山站200公里处的地方我前段时间有机会乘直升机给昆仑站队送东西时去过一次，虽然乘直升机感觉不是很远，但那里海拔在2000米以上，他们驾乘雪地车在冰盖上一路爬坡还是很累的。

今天，我组织站上越冬队员和度夏科考人员去帮助中铁施工队安装桥架线槽盖板，因为度夏马上就要结束，而中铁施工的工程进度还是非常紧张，为了他们能在度夏结束前顺利完成各项工程，领队希望他们能把不带技术含量的工作提出来，让站上其他人员去帮助他们一起干，今天一上午就帮助他们把剩下的桥架线槽盖板全部盖完，也让中铁施工人员稍微轻松点。

晚上，越冬队员整理站区装有废油的油桶，把几十个废油桶吊放到废旧集装箱中，虽然今年中山站码头周围的海冰没开，小艇不能运输，这些废物不能运到雪龙船带回国处理，但现在整理好了，方便明年运回国处理，另外站区也整洁美观好多。

时间过得好快，第27次南极考察队去年11月5日随雪龙船从上海出发，到今天已经过去了 106 天，当时在上海隆重的出发仪式场面还历历在目，一晃 106 天过去了，再过 6 天第 27 次南极考察队将完成本次南极考察的各项度夏考察任务，离开中山站随雪龙船返航上海，到时将留下我们第 27 次南极考察中山站越冬队的 17 名队员坚守在南极中山站。看到度夏考察队员准备行囊就要离开中山站回国，而我们还要在南极中山站工作一年，心里很不是滋味，虽然我们都是自愿来南极工作，也做好了在南极待一年半的心理准备，但真正要面对的时候，感觉情绪还是有些低落，不知这一年如何度过。

本次南极考察出发后我对我们越冬队员提出了"快乐越冬、和谐越冬"的口号，但要真正做到感觉身上的担子还很重，如何让这个队伍和睦相处一年、如何管理好中山站、如何让每一个队员心情愉快地在南极待一年，这些都是我必须要考虑的问题。在度夏期间站上有七八十人，最多时有上百人，热闹非凡，大家都感觉不到孤独，但到了越冬期间只剩下 17 人，难免会感到孤独，这 17 名队员至少还要在中山站坚守 10 个月，才能等到第 28 次南极考察队员过来，这 10 个月中还要忍受 58 天的极夜，对队员的心理多少会造成一些恐惧感。

但我想，中国的南极考察已经走过了 27 年，两个站有几十批越冬队员已经经受住了考验，想想人家当初越冬的时候网络、电话都没有，都能克服寂寞和寒夜，我们现在有了网络和电话，有了广大网民的支持，更应该能克服一切困难，我相信我们第 27 次南极中山站越冬队一定会经受住考验，我们的队员也一定会战胜严寒和极夜的挑战，真正做到"快乐越冬、和谐越冬"。

21 日早上 7 点，去内陆冰盖 200 公里处送油的 5 名昆仑站队员回到中山站，他们开着雪地车拉着雪橇上海拔 2000 多米的冰盖，来回只用了 48 小时，看来他们是马不停蹄没休息，雪地车一直在不停地在跑，真够辛苦的。剩下的昆仑站队员这两天在中山站维修保养雪地车，为明年再上昆仑站做准备，另外今天昆仑站队员还去内陆出发基地，把坏在那里的一辆雪地车拖到雪橇上运回中山站，准备在中山站维修，但国内过来的备件还没运到，不过已经寄到澳大利亚，让澳大利亚的考察船带到南极，他们的船要 3 月初到戴维斯站，到时他们会用直升机把备件给我们送过来。

自从中国在南极开展了内陆冰盖考察，并在内陆冰盖 Dome-A 地区的最高点海拔 4093 米的冰盖上建起了昆仑站，每次南极考察的内陆队员都是勇士，因为他们的考察条件极为艰苦，要忍受寒冷（昆仑站夏天时气温在零下 40 摄氏度左右），还要忍受高原缺氧，内陆冰盖上的海拔 4000 米的含氧量相当于国内海拔 5000 多米的高原。他们每次从中山站附近的内陆出发基地出发，用几辆雪地车拖带着装有各种设备物资的雪橇，1300 公里的路程，要 20 多天才能到达，他们凭的就是坚韧不拔的意志，一路上还要克服车辆故障、冰裂缝、颠簸雪面、恶劣天气、生活不便、队员心理波动及队员生病等各种困难，他们就是凭着这种顽强意志为我们中国获得了荣誉，到目前为止内陆冰盖 Dome-A 最高点区域只有中国人用车辆到达过，以前被人们称为"人类不可接近"的 Dome-A 最高点区域被中国人战胜了，所以说每次南极考察的内陆队员都是勇士，是我们心中的英雄。

25 海冰上卸运雪地车

2 月 21 日下午，雪龙船回到中山站附近，下午 3 点领队等几人去雪龙船，商量这次南极度夏考察最后剩下的一项工作，就是在雪龙船上的两辆卡特雪地车如何运送到中山站。经过讨论下午 5 点制定好卸雪地车方案后，船上、站上马上组织人员分头实施，雪龙船开往正在建设中的印度站附近海面，那里连接冰盖的海面上还存在一段距离的陆缘冰，先派人去测量海冰厚度，如果条件允许，雪龙船在那里破冰尽量靠近冰盖，然后在冰面上卸下雪地车，把雪地车从冰面上直接开上冰盖。中山站上的昆仑站队员开几辆雪地车携带着拖带工具去印度站附近的冰盖，因那里从海冰上冰盖的坡很陡，卡特雪地车无法自己开上去，在冰盖上面要靠其他雪地车拉着卡特雪地车上冰盖。

中山站时间晚上 10 点半，雪龙船破冰到离冰盖 70 米的地方，两辆卡特雪地车安全从雪龙船上吊运到海冰上，考察队员在海冰上铺设木板，让卡特雪地车小心翼翼地从海冰上铺设的木板上通过，通过架设的木板后，考察队员再把后面的木板搬运到卡特车前面，反复循环，两辆卡特雪地车终于行驶到冰盖下，在冰盖上雪地车的牵引下艰难地登上冰盖。

晚上 12 点半，昆仑站队机械师开着从雪龙船上卸下的两辆卡特雪地车安全回到中山站，

雪地车过冰裂缝

这标志着第 27 次南极考察在中山站码头周围海冰不融化的情况下雪龙船上的货物全部卸运至中山站，雪龙船也创造了破冰到离冰盖只有 70 米的新纪录。这次从雪龙船上卸下雪地车到冰盖的过程创造了我国南极考察史上的奇迹，在 2 月中下旬的南极海冰面上卸下重达 23 吨的卡特雪地车这在以前是想都不敢想的事，可如今在考察队员们的努力下我们做到了。半夜昆仑站队回到中山站，站上为他们喝酒庆祝，为勇士们的辛勤付出而取得的功绩干杯。

第二天上午，领队顾问魏文良带着雪龙船上的几名船员乘直升机来到中山站，船员是来帮助中山站上修理冷冻库制冷机组的，因上次搬入新综合楼夹层中的一个冷冻柜的制冷机组有故障，库温始终下不来。船员上站后马上投入到检查修理工作中，没多长时间就解决了故障，还把另外几个冷冻柜的制冷机组检查了一下，保证了站上冷冻柜的正常运行。

下午两点，在新综合楼会议室举行了"十五"能力建设工程中山站项目竣工验收会，参加会议的是工程项目验收组成员。极地考察办公室在第 27 次南极考察队伍中任命了验收组人员，由领队顾问任组长，领队为副组长，各个施工单位负责人，设计、监理和使用方组成验收组，会议上各个代表分别发言，介绍了整个工程从设计、施工到竣工的过程，"十五"能力建设中山站项目有新综合楼、新综合库、新车库、物理观测栋、污水处理栋、废物处理栋和高频雷达机房，还有卫星网络系统和为工程购置的车辆和设备。这些工程项目从 24 次南极考察开始实施到现在已经过去了 4 年，到目前总算顺利竣工，验收组通过 3 个小时的会议，起草了验收报告，并一致同意通过验收。

晚饭后，雪龙船船员乘直升机回船，另外站上度夏科考的 4 名队员和两名第 26 次越冬队员结束各自的工作撤离中山站回雪龙船。每次队员撤离都是很伤心的场面，来自五湖四海各个单位的考察队员在南极建立起了深厚的兄弟感情，到分别时都是难分难解、依依不舍，男子汉们都流下了眼泪。

26 / 度夏考察队 撤离中山站

　　第 27 次南极考察中山站、昆仑站的度夏考察任务全部完成，全体度夏考察队员准备 26 日随雪龙船离开中山站返航上海。中山站从 23 日开始做最后撤站前的各项准备工作，中铁施工队员整理工程设备和留下的一些设备物品，并整理工程遗留的垃圾；寰球公司把在站区下广场堆放的 5 个小油罐吊放到发电机房油罐处，并帮忙把下广场上 3 个空集装箱吊放到指定位置，这样中山站广场已全部整理干净，站区整洁已大有改观；度夏机械师们完成雪橇的修理任务，开始对站上的各种工程车辆保养加油，准备入车库等待明年度夏工程时再使用，明年中山站度夏期间要进行"十一五"工程项目建设，要进行新发电栋、新宿舍楼的建造任务；昆仑站队今天去进步一站整理留下的设备、油料，剩下的 148 桶航空煤油装上雪橇，并把在出发基地、进步一站的雪地车全部开回中山站，在中山站上把所有的内陆雪地车保养好后入车库，为明年去昆仑站做好准备；越冬队员去收回上次在团结湖上游抽水的泵和水管，团结湖上游已经结冰，无法再抽水，怕水泵和水管在外面冻坏，就组织人员早点去收回来。

　　2 月 23 日晚饭后的站务会上，魏文良顾问首先要求施工方把工程的图纸资料移交给业主，虽然工程完工经过验收，但图纸资料、各种设备的使用说明及一些注意事项、管路电缆的走向等一定要向使用方（也就是我们越冬队员）交接清楚，方便业主使用和维护保养。领队也要求各个小队做好最后的收尾工作，在最后的两天时间里一定要注意安全，并把科考的数据资料整理好，撤站的时候各个队员要遵守队上的规定，不得携带禁止带走的物品。另外要求越冬队做好越冬期间的各项工作，团结协助，安安全全地完成越冬考察任务。

　　2 月 24 日，考察队验收组对新综合库中的自动仓储货架系统进行了验收，自动仓储货架系统属"十一五"中山站建设项目之一，它的建成使中山站仓储能力有了大大的提高。国内极地考察专用码头仓库中也将建造相同的自动仓储货架系统，今后这套系统为国内到南极考察站的物流提供便利，提高作业效率，合理控制库存量，该套系统采用条形码扫描等先进技术，起到了连接国内与南极考察站的桥梁作用，为今后南极考察站的管理发挥越来越重要的作用。

当天晚上，中山站餐厅举行酒会，庆祝第 27 次南极考察度夏考察任务全面完成，并为度夏考察队员送行。领队刘顺林、领队顾问魏文良、副领队夏立民分别在酒会上致辞，高度评价了第 27 次南极考察所取得的各项成绩，工程建设、度夏科考、货物运输等各方面都圆满完成任务。酒会上气氛热闹非凡，队员互相道别，每一位度夏考察队员都过来和我们 17 名越冬队员敬酒，祝我们越冬队员在越冬期间保重身体、注意安全，圆满完成各项考察任务。

2 月 25 日上午，中山站度夏的各个小队做最后的物资设备整理工作，内陆昆仑站队把保养好的四辆卡特雪地车和五辆 PB300 雪地车停入新车库，坏的一辆 PB300 雪地车和一辆 PB240 雪地车等备件到站后（备件由澳大利亚考察船带到南极），由我们越冬队员负责修理，为年底内陆昆仑站队的及时出发做好充足的准备。度夏机械师们把保养好的全部工程车辆停放到老车库和新车库，为年底度夏工程做好准备，这些车辆有两辆吊车、两辆装载机、一辆挖掘机、一辆推土机和一辆大型的平板车。

这一天南极中山站上的考察队员都是在握手、拥抱、一声声告别声中度过，上午 10 点半，度夏考察队员开始分批乘海豚直升机离站回雪龙船，除考察队临时党委成员和记者外，全部度夏考察队员 50 多人撤离中山站返回雪龙船。离别总是伤感的，在近 3 个月的度夏考察期间，在风雪南极考察队员们同甘苦、共命运，施工队完成了"十五"能力建设项目的扫尾工程和油罐工程建设，科考队员完成了十几项科研项目，全体考察队员在一起同舟共济，建立起了深厚的兄弟感情。

度夏考察队员回雪龙船后还要一个月才能回到国内，

再见！与我风雨同梦，生死与共的兄弟们

他们在船上还能诉说感情，道别主要是和我们留下的 17 名越冬队员，都希望我们越冬队员在越冬期间保重身体。在风雪南极艰苦条件下工作从不落泪的考察队员，到分手时情不自禁流下了眼泪。

2 月 26 日，对南极中山站来说是一个特别的日子，是中山站建站 22 周年纪念日，今天又是第 27 次考察队撤离中山站的日子。1989 年 2 月 26 日中国在南极大陆的拉斯曼丘陵上建成了第二个南极考察基地——中国南极中山站。中山站位于东南极洲拉斯曼丘陵地区，地理坐标是南纬 69°22′24″，东经 76°22′40″，与北京的直线距离为 12553 公里。中山站站区南北长 2000 米，东西宽 2200 米，占地面积约 4.4 平方公里，站区靠近莫愁湖。中山站站区地貌主要是由片麻岩组成的丘陵地形，呈台阶形，西高东低，平均海拔高度 11 米，平均 1.1 米以下地面为永久冻土层。

中山站紧靠南极内陆冰盖，它的建成为中国南极科考进军南极内陆冰盖考察打下了基础，为后来内陆冰盖昆仑站的建成提供了后勤保障。

昨晚半夜开始，中山站下起了大雪，还好到早晨雪停了，可外面已经是一片白色的世界。上午 10 点海豚直升机从雪龙船来到中山站，送来了第 27 次南极考察队的其他 3 名临时党委成员，他们是雪龙船船长沈权、考察队办公室主任胡本品和大洋队队长张永山。

10 点半，第 27 次南极考察队全体临时党委成员和越冬队员在会议室开会，首先由领队刘顺林讲话，他首先感谢第 27 次中山站越冬队出色地完成了度夏期间的各项工作，保障了考察工作的顺利进行，他希望越冬队在站长的领导下要以高度的历史责任感和使命感、充分重视科学考察工作，并要求大家牢固树立安全第一观念、强化安全管理、严格安全制度，一丝不苟地做好安全工作，确保安全完成考察任务，最后希望越冬队继续保持昂扬的斗志、团结拼搏、积极进取，圆满完成各项越冬考察任务。领队顾问魏文良情真意切地讲解了南极考察的艰辛，一个参加南极考察 20 多年的老南极人殷切希望我们在风雪南极战胜寒冷和极夜，出色完成党和国家交给我们的任务。副领队夏立民为我们越冬队具体讲解了 8 条注意事项。最后我代表全体越冬队员向第 27 次南极考察队领导表态，我们的度夏工作完成了，从明天开始就要进入越冬工作阶段，我希望领导们放心，我一定会带领好 16 名越冬队员克服冰天雪地的寒冷和漫长的极夜，快乐越冬，营造和谐的越冬氛围，出色完成党和国家交给我们的各项考察任务。

12 点，第 27 次南极考察队全体临时党委成员、越冬队员和 4 名记者一起在餐厅会餐告别。下午 1 点临时党委成员、记者和全体越冬队员一一拥抱、握手告别，我们全体越冬队员去停机坪欢送临时党委成员和记者上直升机回雪龙船，直升机飞远了，可我们越冬队员还在那里拼命地挥着手，直到直升机从视野中消失。下午 1 点半（北京时间下午 4 点半），雪龙船在中山站外的海面上一声长鸣，带着 153 名第 27 次南极度夏考察队员离开南极中山站，开始踏上返回祖国的漫长征途，计划 4 月 1 日雪龙船抵达上海。

　　雪龙船刚离开中山站，中山站上就刮起了大风，让我们留下的 17 名越冬队员先感受了一下南极冬天的暴风雪。晚上 17 名越冬队员围坐在一起吃火锅，热闹的中山站一下子变得安静了，宽敞的餐厅就我们 17 人吃饭感觉心里很不是滋味，虽然拿出了好酒好菜，可队员们还是提不起心情来享受，看到大部队走了心里总有那么一些失落感。希望明天大家的心情会好起来，快乐迎接我们越冬生活的开始。

27
越冬生活的
开始

　　2 月 27 日，中山站又是一场大雪，上午风雪停了半天，下午又开始刮起了大风，地上的积雪被大风刮得漫天飞舞。我想，难道整个越冬期间南极都是这样的风雪天气吗？如果这样就无法在室外开展工作，我好担心，因为室外还有好多工作等着我们去完成。

　　上午，机械师戴伟晟和水暖工王刚毅开着雪地车去 5 公里外的进步湖取饮用水，因为现在站上的饮用水箱还没有全部加满，还差 12 吨水，这样整个越冬期间饮用水就不够使用，怕进入冬天进步湖结冰厚的话就无法取水，要去砍冰取冰回来，加热融化变成水后饮用，要浪费太多的人力，现在能在进步湖取水就尽量把我们的饮用水箱加满。可今天他们出发后，经过一公里多的雪地行车，到达俄罗斯大坡后，下坡时发现大坡下有一米多厚的雪坝，最头痛的是已看不出路，辨别不出哪是路、哪是湖、哪是山沟了，为了安全他们只能放弃而返回中山站。

午饭后，全体越冬队员清理宿舍楼中度夏科考队员的房间，并把被子、床单拆下来拿到洗衣房清洗，把房间打扫干净后等待下次度夏考察队员的入住。今天越冬队员的心情明显好了很多，晚饭时虽然吃的是前天、昨天的剩菜剩饭，但大家有说有笑，气氛已经不再沉闷。晚饭后越冬队员打扫新综合楼，把餐厅、洗碗间、公用厕所、篮球馆、二楼的各办公室、走廊全部打扫干净，准备开始我们的越冬生活。

第二天，中山站虽是阴天，但风力明显小了好多，给队员到室外工作带来了方便。队员们全天忙着搬运物品，把越冬期间队员需要使用的一些日用品从集装箱中搬入宿舍楼或综合楼，方便队员越冬期间使用。做这些工作主要是怕冬天的时候放在外面的集装箱被雪掩埋，而不方便取用，另外有些食品怕在外面的集装箱中冻坏。今天忙碌了一整天还没有搬完，据气象预报明天的气象条件还允许继续搬运，因为后天就要有大风雪袭击，预报风力在 10 级以上，无法在室外正常开展工作了。

进入冬天后感觉黑夜的时间在逐渐延长，现在晚上 9 点天就黑了，每天黑夜的时间已经达到六七个小时。到南极已经 3 个月，总算盼到有白天黑夜的正常生活，可我们知道这样的

度夏考察队撤离中山站时越冬队员挥手道再见

日子不会太长，随着每天黑夜时间的延长，我们还没有完全适应好白天黑夜的正常生活，3个月后就要进入南极的极夜。每天黑夜一点点延长，可能就是为了让我们适应极夜的生活，可几十年习惯了有白天黑夜的生活，再要去面对极夜感觉还是有些担忧，在极夜期间不光是生物钟的混乱，人的情绪、心理都会发生变化。

这次我们越冬期间就有两个这方面的研究课题，一个是中国医学科学院基础医学研究所徐成丽研究员的课题，课题是"南极越冬睡眠、昼夜节律改变对认知、心理安全的影响"，另一个是北京师范大学闫巩固教授的"越冬历程对考察人员认知功能与心理健康的影响"，他们已经研究了多年，记录了大量的数据，这次他们全部委托我们越冬医生吴全负责现场实施。在南极越冬对人的生理、心理和认知方面的影响应该就像闫教授探究课题上说的那样：极地科学考察工作是一项高风险、高压力的特殊工作，考察队员长时间生活在南极，面临着自然环境（寒极、风极、雪极）、生理环境（极昼、极夜、强紫外）、心理环境（单调刺激、情感与人际剥离、随时可能发生的险情、灾难、疾病）和社会环境（孤立、封闭）等诸多因素的挑战。这些复合因素使队员处于慢性应激状态，对考察队员在南极的工作、生活质量具有显著影响。

28 进步湖取水历险记

3月1日早晨起床，我看到外面是多云天气，可吃过早饭后外面已是阳光灿烂，蔚蓝的天空中只有一丝雪白的云彩，就连风也静止了，进入冬天后还是第一次看到这样的好天气。碰上这样的好天气，我就决定出去走上一圈，检查一下站区周围的情况。

今天天气虽很晴朗，可前两天的风雪还是在地上积下了很厚的雪，我踏着积雪在站区周围的山头兜了一圈，在平坦的雪面上看着自己身后留下的一串深深脚印，感觉美好的自然景

色让我给搅乱了，看着前面高低起伏但光洁平整的雪面，真有点不忍心踩下去。我边走边欣赏南极冬天美丽的雪景，一抬头看见前面远远的雪地上有一串长长的脚印，让我觉得很好奇，我一边往前走一边想着谁会走到这里来。走近一看，原来不是人留下的脚印，因为有滑动的痕迹，判断应该是企鹅的脚印。我就跟随着企鹅的脚印走下去，远远地看见一个小山坡上有好几只企鹅，我兴奋地快速向前，一不小心陷入齐腰深的雪坝中，我一时兴奋忘了不能一直跟着企鹅的脚印走的，因为我比企鹅重好多，它能通过的地方，我不一定能通过，再说企鹅在雪面上是滑动的，不可能会陷入雪坝中。我只能退回后改道上山坡，快爬到山坡时，首先看到一只落单的阿德雷企鹅，到了山坡上看到一群阿德雷企鹅在玩耍，尽管不是帝企鹅，但我还是感觉挺不错，能碰到企鹅不虚此行。企鹅们看到我也没感到害怕，只管它们自己玩耍，我给它们拍照时它们也挺配合我，不时变换着各种姿态。拍完照我准备下山坡时，不忘和它们打个招呼，"我走了，不打扰你们玩耍了"。因为我知道，它们才是南极真正的主人。

南极的天气变幻莫测，昨天还是大晴天到了第二天又变成阴天了，早上风力稍微有些大，机械师和水暖工要求继续去进步湖取水，这两位队员真不错，对待工作任劳任怨，一直非常主动。站上的饮用水没取满，让每一个队员心里都着急，因为这关系到我们越冬期间的饮用水问题。虽然天气预报说今天有大风，我看风也不是很大，再说昨天他们已经开车去取过一次水，道路上也留有车轮印，感觉他们不会走错路，我就同意他们去 5 公里外的进步湖取水。早上 8 点，他们两人开着雪地车出发去进步湖取水，到 9 点我看到风力在逐渐变大，就担心他们能否顺利取水，到 10 点风速达到 8~9 级，大风把地上的积雪吹得漫天飞舞，能见度已经非常低。看到他们还没回来，我心里就开始着急，因为按正常取水时间，一般两个小时能回来。时间一分一秒地流逝，我一直站在办公室窗口焦急地看着外面的情况，让通讯员用对讲机不停地呼叫他们，可始终得不到他们的回音，我心里越来越着急。到 10 点半，总算看到他们的雪地车在漫天飞雪中回到站区，我心里压着的一块石头才算落地。事后我问他们俩取水的经过，真是险象环生。原来他们到达进步湖取水时，风速已开始变大，等他们取完水准备开车回来时，大风吹起的积雪漫天飞舞，能见度不足 3 米，让他们辨别不出从哪个方向回去，车开出了五六十米，感觉方向不对，再下车去查看道路，看到前面居然出现了大山坡，再开下去会掉落山沟中，他们吓出了一身冷汗，赶紧掉头按原路退回。回到取水点后他们在雪面上仔细查找去时的车辙印后再慢慢沿着车辙印返回，可风雪越来越大，大风吹起的雪花让他们看不清车辙印，他们就抓住风吹起雪花的空隙看清一点道路就往前慢慢行驶，看不清的时候就停下，这样还开偏道路好几次，最后只能让水暖工老王下车去近距离看清道路上的车辙印后指挥着雪地车往前行驶，因为那边的路本来就比较窄，路两旁不是大石头就是深坑，行驶偏了撞上石头或陷入深坑都会给车辆造成危害。他们就这样小心谨慎，慢慢地把雪地车安全地开回了中山站。他们刚回到站上，风力就达到 10 级以上，真为他们感到庆幸。

29 / 体验进步湖取水工作

3月5日，中山站的天气又是一个大晴天，室外的工作在有条不紊地正常展开。去进步湖继续取水、搬运食品、把站区积雪推铲到莫愁湖、把室外露天放置的煤气罐搬运到集装箱中，整理度夏期间留存在室外的物品，做这些工作都是为了我们越冬期间的正常生活，也为了极夜期间不适应去室外工作而提前做好充分的准备工作。

中午吃饭时，我问水暖工老王，还要去进步湖取几次水才能把我们所有的饮用水箱补满，他说下午还有一车水就能全部补满，我就说那下午一起去，因为我想体验一下整个取水的过程。下午两点半，机械师戴伟晟驾驶雪地车，带着我和老王一起去进步湖取水，雪地车出我们站区后首先经过中山站和俄罗斯进步二站之间的团结湖，沿着团结湖边缘进入进步二站站区，通过他们的站区后沿着道路开到海边的地方，然后开始爬俄罗斯大坡，翻越俄罗斯

大坡后还要爬上一座山，在山上有一段较长距离的平地，虽是平地但道路两旁都是石头，拐过几个山头后就能远远看到进步湖，雪地车从中山站出发到进步湖需要行驶大约半个小时左右。到达进步湖边后，缓慢驶上冰面，停车后我们卸下潜水泵，接上雪地车电瓶的电缆和水管，

凿冰取水

然后把潜水泵放到湖面上的冰洞中，这个冰洞是他们自己挖掘出来的，放置好泵并把连接的水管连向车厢中的水囊后开始抽水。抽了一段时间后感觉在那个冰洞中抽不上水，他俩就在湖冰面上往湖中几米的地方再开挖一个冰洞，在新的冰洞中继续抽水，大约半个小时，2 吨的水囊注满，收回泵和水管，在进步湖取水过程结束。

进步湖周围风景不错，虽然 5 年前的度夏期间我也曾来此取过水，前两个月去内陆出发基地也经过这里好几次，但还是给这里的山、湖和雪景深深吸引，拿出相机拍了不少照片作为留念。在取完水回来的路上，我们看到在路边有我们使用过的一个航空煤油空油桶，想可能是昆仑站队经过这里的时候掉落的，我们就把它捡起来随车带回中山站。

前天晚上，中山站上空出现了今年以来的第一次极光，站上的队员都没做好准备，所以好多队员没拍摄到极光。昨晚好多队员提议晚上去高空物理观测栋，准备好拍摄的工具，然后在物理观测栋等待拍摄极光。

中山站的高空物理观测栋是专门用来观测和研究极光的，里面配备了先进的仪器设备来观测和拍摄极光，那个位置也比较好，在海边的高地上，对拍摄极光来说位置极佳。晚上 9 点，除值班的 3 名队员外，其余队员全部到达高空物理观测栋，队员们都准备好了相机和三脚架，只等极光的出现。在等待过程中，队员们有打牌的、有喝茶聊天的，热闹非凡，看屋内的情景一点也不像这是在南极越冬。队员们一直在等待，等到 11 点极光还没出现，12 点还是没出现，队员们就开始灰心，知道晚上不会再出现极光，就陆续返回宿舍睡觉。

第二天，中山站变成阴天，中午开始飘起了雪花。下午全体队员出动吊运航空煤油桶，把放在直升机停机坪的 70 多桶航空煤油吊至半高集装箱中，然后把装有航空煤油的半高集装箱吊至其他集装箱的顶部，目的就是为了在冬天不让积雪掩埋航空煤油油桶，万一在冬天发电机和车辆需要应急使用时拿起来方便，也为了年底内陆昆仑站队出发时要使用而不受影响，我们现在提前做好准备，省得下次在雪地中挖航空煤油油桶。

度夏结束时，中山站上的工程车辆除一辆装载机外已全部停入车库，今天为了吊运半高集装箱，只能把 25 吨汽车吊从车库中开出，没想到站区路上有积雪，汽车吊陷入雪中无法前进，机械师靠人工挖雪，才把汽车吊行驶至吊运航空煤油油桶的停机坪。全体队员冒着风雪一直忙到吃晚饭时间，才把放在停机坪的 3 个装航空煤油的油囊搬运到新综合库存放好，把航空煤油油桶全部吊运到两个半高集装箱，一个半高集装箱吊至其他集装箱顶部，还有一个因为要移动汽车吊后才能吊运，眼看已经过了吃晚饭时间，就放着准备明天继续吊装。

偶遇南极海豹

　　3月7日，上午是多云天气，中午转晴天。上午队员把一直停放在停机坪有故障的卡特推土机拖至老车库外面，并把新车库到站区道路上的积雪铲出一条路，方便汽车吊进入车库。下午继续昨天没完成的工作，把一个装满航空煤油油桶的半高集装箱吊至集装箱顶上放置，为了怕大风把集装箱吹倒，从最上面的集装箱拉了一根吊带到远处的水泥凳子。还把开过封的航空煤油油桶全部吊运至发电栋门口，冬天时准备给车辆和发电机使用。另外把原来一直放置在露天的一些装有设备的木箱吊运到新综合库内，并把这次拆下的 B 站的天线罩从铁架上拆下后吊运到新综合库放置。经过连续几天的工作，到今天为止，中山站越冬前站区的整理工作已基本完成，中山站前后广场变得宽敞整洁，现在我们不用惧怕暴风雪的来临。

　　今天因天气晴朗，晚饭后我出去散步，走到俄罗斯进步二站附近的海边时，远远地看到冰面上好像是几只海豹躺在那里，在冰面上走近看，果然是四只很大的海豹躺在冰面上晒太阳。海豹是一种哺乳类动物，主要分布在南极、北极、北大西洋和北太平洋海域，其中以南极海豹的数量居多，占全球海豹总量的90%。在南极地区海豹有 6 种，它们是象海豹、豹形海

宠辱不惊，颇具领袖气质

南极海豹

豹、威德尔海豹、食蟹海豹、罗斯海豹、南极海狗。其中锯齿海豹、豹形海豹、威德尔海豹和罗斯海豹是南极地区特有的。南极地区的海豹主要分布于南极大陆沿岸、浮冰区和某些岛屿周围海域。海豹属于鳍脚目哺乳动物，躯体呈流线形，皮毛短而光滑，抗风御寒能力强，它既可以在水中生活，又可以登陆栖息，它善于游泳，长于潜水，它们主要以磷虾为食。南极海豹属于南极条约保护动物，是不允许捕杀的。南极海豹在陆地和冰面上行动迟缓，非常笨拙，看它们挪动一下身体都显得非常费力，但是南极海豹进入水中就特别灵活。海豹的食物来源全部来自大海中的鱼儿、磷虾和企鹅，想要在海洋中捉到灵活的鱼儿和企鹅可不是一件容易的事，必须要有非凡的水下本领才能填饱自己的肚子。南极海豹在海里游动速度为20~30公里/小时，最高可达37公里/小时。

今天能见到海豹我心里挺高兴，感觉比较幸运，四只海豹懒洋洋躺在冰面上一动不动，我虽知道在冰面上的海豹不会对人类造成伤害，但我还是不敢太靠近，只能远远地为它们照相。可能是我的脚步声吵醒了它们的好梦，它们懒懒地睁开眼睛抬起头看着我，看我对它们没有任何伤害的动作，就懒得理我，有的海豹继续躺下睡觉，有的只管自己用手在身上抓痒，我抓住时机拍了几张照，我还想让它抬起头再拍几张时，它又躺下睡觉了，不管我怎么叫唤它们就是不理我，也不抬头，只管自己睡大觉，真是懒得可爱的海豹。

在北京国家会议中心举办的"十一五"科技成果展于 3 月 8 日开幕，我们单位中国极地研究中心也设立了一个展台，在展台上专门架设了和南极中山站的视频连线，参观者可以在展台看到南极中山站的视频画面，我们的通讯员曾一直在调试视频，要保证视频的畅通，展会要进行一个星期，每天够我们的通讯员忙碌了。

3 月 9 日下午，时任中央政治局委员、国务委员刘延东参观了展会，并在我们单位的展台前和我们南极中山站进行了视频通话，慰问了在南极的考察队员。她在今年 1 月份的时候专程率代表团视察了南极长城站，并对南极考察队员进行了慰问。近日，她对视察团的总结报告做了重要批示，她指出，对极地工作者艰苦奋斗、刻苦工作的精神应予宣传，对考察中提出的关于加强科考工作的建议，要从政策措施上为极地科考工作发展给予支持。国务院领导的重要批示，充分体现了党中央、国务院领导对极地科考工作的高度重视，对极地科考人员的亲切关怀，是对极地考察工作极大的鼓舞和鞭策。

3 月 12 日中午，两会代表参观国家会议中心，部分代表在我们单位展台前和我们南极中山站进行了视频通话，他们询问了南极考察站的情况，问的最多的问题是你们在南极冷吗？你们吃住得好吗？有蔬菜水果吗？我们在视频前一一作了回答，部分代表还在视频前拍照留念。有这么多人关心南极考察的情况，我们在南极的考察队员都感到很欣慰。

　　自从 3 月 8 日在北京国家会议中心举办的"十一五"科技成果展以来，参观的人每天络绎不绝，我们单位展台前总是能吸引一帮关心南极的参观者，他们对南极充满着渴望，对我们南极考察站上的队员都很关心，通过视频问长问短，关心我们考察队员吃住的情况、南极的天气情况，让我们很受感动。13 日有两位我们南极中山站考察队员的家属来到了国家会议中心，来到我们单位的展台前，和在南极的亲人进行视频通话。他们是我们水暖工王刚毅的儿子和我们站长助理兼管理员卢成的未婚妻。他们都在北京工作，是我们队员邀请他们过来视频通话的。老王是我们这次中山站越冬队中年龄最大的，他的儿子王挺曾参加过中国第 24 次南极考察，是第 24 次南极考察中山站度夏队员。老王就是在儿子的感染下才报名来参加南极考察队的，他们真正是我们南极考察的父子兵，家里两代人为我国南极考察事业做出了贡献。

　　我们卢成的未婚妻小郭的工作也和我们南极考察有密切联系，她跟着她的导师中国医学科学院基础医学研究所的徐成丽研究员专门研究南极考察队员的身心健康情况，她们研究的课题是"南极越冬睡眠、昼夜节律改变对认知、心理安全的影响"，每年对南极考察队员跟踪监测，也为我国南极考察做出了贡献。小郭去年随我们内陆考察队在西藏进行集训，她负责对考察队员的身心健康进行监测，我们的卢成才认识了小郭，从相识到相恋时间虽不长，但我们好几名队员见证了他们俩的恋爱经过，真正的一见钟情，今天视频通话的时候好多队员抢着要和卢成的未婚妻小郭通话，可见大家已经是熟悉的老朋友了。他们的视频通话让我们南极中山站队员听到了国内亲人的问候，为我们南极中山站单调的生活注入了活跃快乐的气氛。

　　北京国家会议中心举办的为期一个星期的"十一五"科技成果展到 14 日落下帷幕，下午党和国家领导人来到国家会议中心参观科技成果展。今天是我们南极考察站特别难忘的一天，有多位党和国家领导人分别来到我们单位展台前和我们南极考察站进行视频通话，他们分别是中共中央政治局常委温家宝、贾庆林、李长春、贺国强，政治局委员王兆国，还有国务委员刘延东和陈至立，他们分别询问了南极考察站的一些情况，并慰问了南极考察队员。温家宝总理说："春节的时候我收到了你们南极考察队寄来的贺年卡，借此机会我向南极考察站上的科技人员和职工致敬，向南极考察站的全体队员问好！"温总理虽然只有短短的两句话，但已经足够温暖我们南极考察队员的心，这充分体现了党和国家领导人对我们南极考察队员的亲切关怀，我想我们南极考察队员一定会克服各种困难，出色完成党和国家交给我们的各项考察任务。

《中山生活》
周刊

　　最近队员们都在忙着写稿件，因为我们第 27 次南极考察中山站越冬队准备在越冬期间出版一份《中山生活》周刊，计划明天 3 月 11 日发行第一期，以后每个星期五出版一期，直到越冬生活结束。这份周刊主要由我们站长助理兼管理员卢成负责，各班班长为编委，全体队员参加投稿，发行后会通过邮件传送给极地考察办公室和中国极地研究中心的全体干部职工，向领导和同事汇报南极考察站的越冬工作和生活情况。我也会在博客上转载，让更多的网民了解南极、了解我国南极考察站考察队员的生活。

　　《中山生活》的内容我们编排了我在中山、队员戏说、邻家小屋、南极考察史、每周一笑、历史上的这周等栏目，从不同的角度来反映我们南极考察站的工作和生活，让读者全面了解南极考察的历史及目前考察站上的情况。当然我们在发行的过程中会通过读者的反馈逐渐调整我们的栏目，目的就是要真实地体现南极考察站考察队员的生活、工作情况。

　　今天我给《中山生活》写了发刊词：第 27 次南极考察队从深圳出发到今天，整整 4 个月了，随着中山站度夏考察的结束，我们第 27 次中山站越冬队正式进入了越冬生活。今天我们的《中山生活》创刊了，从此，我们每周会让它与大家见面，风雪南极的生活，我们会与大家一起分享。丰富中山越冬生活，是我们的主张；南极考察事业辉煌，是我们的梦想；"和谐越冬、快乐越冬"，是我们的理念。我们相信，南极中山站的越冬生活将越来越丰富和多彩，中国南极考察的成果将越来越繁荣和辉煌，我们和所有南极考察队员一样，既是成果的享受者，也是成果的种植者。我们希望，我们第 27 次中山站越冬队能发出真诚的声音，来真实体现南极中山站的越冬生活。这是《中山生活》的发刊词，是我们对大家的承诺。

　　《中山生活》第一期上的"我在中山"是这样写的：

从去年的 12 月 5 日上站到今天，中山站从人来人往的喧嚣到 17 个人的寂静，从忙碌无比的工作到平静如水的生活，从旭日和暖的夏季到风雪狂吼的冬天，时光飞转，但是点点滴滴、人人事事、情情缘缘，却似乎总是让人无法忘却。除了镜头记录下的感动，更多的却是脑海中无法抹去的属于 17 个人的记忆。

越冬队的 17 个兄弟，从海冰卸货到搬仓入库，从整理物资到越冬准备，从服务度夏到亲历越冬，从过节狂欢到寂静思念，嬉笑打闹见真情，静坐扶持显真意。我们经历了度夏的热闹和艰辛，我们也将迎来越冬的寂寞与期待，但是这一切更加凸显了我们的爱、我们的情、我们的缘、我们的共同。

在中山，我们度过了卸货的疲劳；还记得我们曾经大强度工作到深夜两点，早上却又要八九点钟开始又一轮的工作；还记得我们曾经在思念家人的节日里，看着别人的热闹，那背后是我们无私的付出；还记得我们筋疲力尽时，一句玩笑都会让我们大笑不止；这些我们都记得。度夏的时光是我们一生中必然被翻阅无数的书页。

在中山，我们还将度过只有我们自己知道的寒冬；要等待我们将要面临的狂风暴雪；要等待我们与同样等待我们家人相见的日子；要等待考验我们精神和毅力的极夜到来；要等待我们之间最纯洁情谊的美满；这些我们必然也将会记得。越冬的时光会书写最纯洁的友情，因为有南极的冰雪和纯洁作证。

让我们记住度夏的热闹，更让我们期待越冬的寂静，因为走过热闹，经历寂静，这又何尝不是人生最大的财富与宝藏；走过这些热闹和寂静，让我们永远保存这份属于我们 17 个人的温馨与爱。

3.3
参观冰盖内陆出发基地

3月11日，中山站的天气异常晴朗，下午我组织队员去冰盖内陆出发基地参观，除两名值班队员外15名队员分乘两辆雪地车前往冰盖。我们第27次中山站越冬队到中山站已经有3个月，紧张的度夏考察工作也已结束，许多队员还没去过冰盖，为了满足大家的心愿，今天我就组织大家一起前往冰盖参观，感受一下茫茫冰原的震撼。

前往南极冰盖内陆出发基地需要经过我们经常去取水的进步湖，雪地车在进步湖首先停

下来，让队员们参观进步湖取水的地方，亲身体验我们平时饮用水的取水工作。参观完后乘坐雪地车继续前行，先到达俄罗斯进步一站，俄罗斯进步一站已经废弃，目前俄罗斯考察队员都生活在进步二站，在这里他们只堆放了一些设备、油桶之类的东西，还有废弃的车辆等。我们内陆冰盖昆仑站队也在这里堆放了许多雪橇、乘员舱、航空煤油油桶等，因为这个地方离冰盖近，去冰盖的路也比较平坦，不受俄罗斯大坡的影响。

过了进步一站，要经过鹰嘴岩，鹰嘴岩就是一座山壁上有一块凸出的岩石，因为形状非常像鹰嘴，由此得名鹰嘴岩。过了鹰嘴岩后雪地车就开始慢慢往冰盖上爬行，沿途还要经过俄罗斯机场跑道的指挥所和他们的油罐区，然后就能在冰盖上远远地看到我们内陆队放在那里的雪橇和上面的航空煤油油桶，那里就是我们内陆冰盖昆仑站的出发基地。从中山站出发到内陆冰盖出发基地，雪地车需要行驶一个小时左右。

我们站在冰盖出发基地，脚底下是几百米厚的冰盖，一边是冰盖上一望无际的茫茫冰原，另一边是冰盖下缘的大海和海面上漂浮的大大小小冰山，头顶上是碧蓝的天空。身处在这样的环境下，实在感叹大自然的伟大、壮观。队员们兴奋地在冰盖上蹦跳，有的忙着照相、有的在一起摔跤、有的在冰盖上翻滚，真像一群贪玩的孩子。玩累了、拍照拍够了我们就坐上雪地车往回走，在回来的冰盖路上我们顺便参观了离出发基地很近的俄罗斯机场和停在那里的一架小型固定翼飞机，看起来挺像滑翔机，队员们又是一阵兴奋，都要爬到飞机上去照相，让我拦住了才没爬，我怕把人家的飞机搞坏了，那就要惹麻烦了。

冰盖参观结束回到中山站已快到吃晚饭时间，因为大厨也去参观了，晚饭没人来准备。回到站上后队员们一起动手，很快一桌丰盛的火锅菜准备就绪，晚饭时大家围坐在一起吃火锅，也别有一番情调。

南极的气温越来越低，黑夜的时间也在每天增加，现在每天有七八个小时的黑夜时间，走在外面，刺骨的寒风吹在脸上已经感受到南极的寒冷。因为今天南极中山站是一个难得的好天气，晚饭后我就独自去中山站的天鹅岭转了一圈，察看那里各个科研栋的情况，在天鹅岭上有大气成分观测栋、大气臭氧观测栋、地磁固体潮观测栋、GPS 观测栋等，可以说是我们中山站的科研岭，大部分科研观测都是在天鹅岭上进行的。那里离中山站宿舍楼将近 1 公里，没有专门的道路，需要翻山越岭才能到达那里，一到冬天大风雪的天气观察员上去就非常困难，但是他们不管狂风暴雪还是晴空万里，也不管是极昼还是极夜，必须每天上去观测接收数据。我深感他们工作的不易，想下次暴风雪的时候来天鹅岭一次，体验一下科研队员的艰辛。

　　站在天鹅岭上往东眺望，中山站熊猫码头周围出现了大片的水域，在那里的浮冰被风吹走了，原来今天刮的是西风，当初雪龙船在中山站的时候，天天希望刮西风能把中山站码头附近的冰山、浮冰吹走，雪龙船就可以放小艇、驳船运输货物到站上，站上的建筑、生活垃圾也能运回雪龙船，可一直没刮西风，码头周围的冰山、浮冰始终堆积在那里，直到雪龙船结束考察任务离开中山站，码头周围的海冰还是没吹开。今天中山站虽刮的是风力很小的西风，但码头周围的浮冰还是被风吹向外面，可雪龙船已经离开中山站有半个月，现在雪龙船正在返航回国途中，停靠在西澳的弗里曼特尔港进行补给。雪龙船离开中山站前，船上的货物虽全部卸完，但中山站上的垃圾没能运回船，要是中山站今天这样的天气提前半个月到来，那站上的垃圾就全部能运上雪龙船带回国内处理。

　　回到站区新综合楼后，我看到不值班的一些队员有的在打羽毛球，有的在打扑克，有的在一起喝茶聊天，感觉队员们已进入越冬状态，各种娱乐活动也搞起来了，队员们的心情也愉快了，真希望队员们能开开心心、和睦相处地在南极度过一个难忘的冬天。

31 中山站迎来第一场暴风雪

　　3月15日，中山站是阴天，据天气预报明天有暴风雪来临，今天我们就抓紧时间把室外需要做的一些工作做完，抢在暴风雪来临前做好一切准备工作，经过今天的努力，中山站停机坪这边广场上所有的油桶、废旧设备等已全部清理干净，这样也方便冬天的时候把在这个广场上的积雪铲到莫愁湖中。

　　雪龙船离开中山站回国的时候，把船上剩下的500公斤大白菜送给了我们中山站，今天看到这些大白菜的外层已开始腐烂，我马上组织全体队员抢救这些大白菜，把大白菜外层腐

迎着暴风雪去工作

烂的菜叶扒除，剩下好的再重新在冷藏集装箱中摆放好。看到大白菜腐烂队员心疼不已，我们平时都不舍得吃，希望在冬天的时候能吃到大白菜，尽量延长大白菜的食用时间，因为大白菜是目前中山站上唯一的新鲜绿色蔬菜，我们还有 9 个月的冬天时间都需要靠它来给我们补充蔬菜。虽然我们知道它们不可能再保存 9 个月的，从国内带出来也已经 4 个多月了，但我们还是希望哪怕多保存一天也好，这样我们还有新鲜蔬菜吃，也不用每天去吃维生素片来弥补蔬菜的缺少。今天晚饭时的蔬菜是大厨在队员从腐烂大白菜上扒下来的菜叶中拣出来稍微还能吃的菜叶煮成的，可见我们南极考察队员对新鲜蔬菜的重视，队员都把新鲜蔬菜当成了宝贝，这也反映出南极考察队员缺少新鲜蔬菜的现状。

目前蔬菜的无土栽培技术应该相当成熟了，前几天在北京国家会议中心举办的"十一五"科技成果展听同事说就有蔬菜无土栽培的技术展示，我想在不久的将来，这项技术应该会应用到南极考察站，这样就能保障南极考察队员的新鲜蔬菜供应问题，也一定会受到南极考察队员的热情拥护。

第二天一早，被外面的风声吵醒，一阵阵风吹得房间的墙板都在发出"噼啪噼啪"的响声，整个宿舍楼都在颤动，好在听以前的队员说过中山站曾经历过 12 级以上的大风大雪，否则我真担心整个宿舍楼会被大风吹走。从窗口望出去，白茫茫的一片，大风夹带着雪花在横冲直撞地到处飞舞，感觉风力一定不小，问了气象预报员，说风力目前在 10 级，怪不得风刮得这么厉害。

外面的风雪刮得太厉害，我都不敢出宿舍的门，早饭在宿舍中稍微将就吃一点饼干，省得再去新综合楼餐厅吃早饭。到了中午看到风力没有减弱的迹象，肚子感觉饿了就只能穿上保温服装去餐厅吃饭。从宿舍楼到新综合楼，有 80 米左右的距离，往综合楼走正好是迎着风雪，暴风雪猛烈地刮在脸上，一阵疼痛，寒风从衣领串入衣服内，浑身颤抖，眼睛都无法睁开，我后悔没戴上防风眼镜。可既然已经走出来了我也懒得回宿舍拿眼镜，把身体调整过来，背对着风雪退着往新综合楼走去。一边顶着风雪退，一边还要随时调整方向，还好地上的积雪已经被大风吹走，退起来不受雪坝的干扰，可短短的80米路，我还是花了10多分钟才走完。为了吃顿饭，要费这么大的劲，平生还是第一次经历，可能只有在南极才会有这样的经历。

在餐厅吃饭时，发现有近一半队员没过来吃饭，打电话过去，他们都说不过来吃饭了，情愿在宿舍楼吃方便面。下午中山站的风雪依然那么强烈，我冒着风雪去站区各个建筑巡视检查了一遍，怕有些没人待的建筑物中门窗没关好或被大风吹开，检查下来一切正常。晚饭时看到大部分队员都过来吃晚饭了，只有发电班的3名队员没过来。

晚上，风雪还在猛烈地刮着，晚饭后我想去发电栋看看发电班的队员，冒着风雪走在路上，发现从宿舍楼去发电栋的路上堆起了有半人高的宽宽的一条雪坝，无法跨过去，就只能退回来。据天气预报明天还是这样的风雪天，看来中山站还要忍受一天的暴风雪，另外也只能等到暴风雪过后才能把这个雪坝铲走，方便发电班队员的进出。

我想这两天的暴风雪只是南极冬天来临前对我们的一次演练，等待着我们的是南极冬天和极夜时更加猛烈的暴风雪，我们只有做好各方面的准备才能战胜南极风雪的挑战。

35 考察队员 喜得千金

这几天中山站一直刮着6~7级的大风，到3月19日下午也没减弱，本来说好的澳大利亚戴维斯站的队员要来中山站参观，顺便把我们的雪地车备件带过来，可因为天气影响只能作罢。下午我在站区周围转了一圈，因有风雪影响我已经两天没出去了，想出去看看站区各处的情况。最后去西南高地走了一圈，在西南高地海边，看到下面小岛附近的海冰上躺着好多海豹，想走过去看看，可积雪很深，不敢走过去，我就兜到山的另一边，想从那边过去，好不容易爬到山的那边，可那里积雪更深，还是无法过去近距离看海豹，我就放弃了看海豹，在西南高地的山上转了一圈。在西南高地上俯瞰我们站区、远处的俄罗斯进步二站和海面上的冰山，景色真不错，只可惜是阴天，拍出来的照片效果不是太好。

今天，全体队员在餐厅一起吃晚饭的时候，传来一阵电话铃声，大家都说一定是吴全医生的电话，吴全拿起话筒一听，果然是打给他的电话。因为这几天吴医生的老婆快生小孩了，预产期已过了好几天，吴医生是天天心神不定，昨天打了几十个电话，一晚上也没睡好，今天早晨又来电话叫吴医生，说他老婆已进了产房，他更是心神不定、坐立不安，吃晚饭时大家问他，老婆生了吗？他说还在产房，还没生。吃饭的过程中，电话总算来了，他接好电话后高兴地告诉大家，老婆顺利产下一个 7 斤多重的女儿，母女平安。大家纷纷祝贺他，平时不喝酒的他也高兴地说，拿酒来，要好好庆祝一下。

他在南极考察过程中做了爸爸，真是一件非常有意义的事，值得庆祝、值得留念。吴全医生别看他长着一副娃娃脸，显得年轻帅气，其实他今年已经 34 岁，是毕业于北京协和医学院的博士，现在北京积水潭医院当一名外科医生，年轻有为的外科医生。晚上我们 17 名队员一起为他庆祝，恭喜他喜得千金。队员们在推杯换盏间，谈笑风生，有的队员提议给吴全的女儿取名字，于是大家纷纷给他女儿取名字，叫吴南极、吴极生、吴极的什么都有，这些名字虽然土，但都表明他在南极期间出生的女儿，很有纪念意义。队员们一直闹到晚上 10点，在一片欢乐的气氛中才离开餐厅回宿舍休息。

第二天中山站还是阴天，风力还维持在 6~7 级，一直没有减弱的迹象，戴维斯站的队员因为风大还是无法乘直升机过来。

晚饭时，吴全医生因为昨天有了女儿而高兴，他带头要喝酒庆祝他女儿的出生，并煮了17 个鸡蛋，染红后分发给大家，庆祝他女儿的出生。另外把他女儿的照片放在餐厅电视机的屏幕上，让全体队员欣赏。

为了晚饭喝酒的气氛，吴全医生提议用扑克牌来 10 点半赌输赢喝酒，输的干杯，这一下让大家喝了不少酒，我每盘皆输搞得最惨，让我喝了不少红酒，好在喝的是红酒，否则我早被喝趴下了。队员喜得千金我喝多一点也在情理之中，这毕竟是考察队员一生中最难得的机会，大家应该一起来为他祝福。可喜的是我们 17 名队员中，还有一名队员在考察期间将荣升爸爸，他就是我们高空物理观测的刘建军博士，他老婆的预产期是 6 月份，到时我们队员一定也会热闹地为他祝福。

36/

和睦相处的各
国南极考察站

　　到了 3 月 21 日，中山站的风力终于平息了下来，中午 12 点半，澳大利亚戴维斯站一行 9 人乘坐直升机来到我们中山站参观，顺便给我们送来两箱雪地车备件。这些备件是我们单位在国内寄往澳大利亚南极局，让他们的考察船带到他们在南极的戴维斯站，然后他们又免费给我们送到中山站。在南极各国考察站之间都是互相帮助、互相支援的，在这里没有国界，不分人种，南极是一个世界各国科学考察的平台，在南极考察的项目也经常合作、数据共享。

　　今天，戴维斯站考察队员过来的另外一个任务就是为了感应式磁力计 2010 年的数据互相交换并维护仪器。我们中山站接收的天气预报等数据每天都发送给戴维斯站，由戴维斯站统一处理分析并保存。

　　今天，俄罗斯的"费多罗夫院士"号破冰船再次出现在进步二站附近海面，他们又在忙着用直升机卸货。下午进步二站的翻译带着一个队员来找我，希望在他们带来的一面旗上盖我们中山站的纪念邮戳，用来留作纪念。我问了翻译他们考察船

中俄考察队员掰手腕

中俄考察队员篮球赛

的情况，翻译说他们的考察船准备在这里停留 5 天左右，然后在进步二站的度夏科考队员就要搭乘考察船回国，留下越冬队员在站上工作。这次进步二站在度夏考察期间也在搞基础建设，他们新建了一栋综合楼，在越冬期间他们将留下一部分建筑工人继续做内部装修，所以这次他们的越冬队员较多，将有 39 名队员留下越冬。

进步二站离我们中山站很近，他们的队员经常来我们中山站上网，因为目前他们站上还没有网络。可前一阵子他们队员来得太频繁，人员又多，他们一来上网就会影响到我们自己队员上网，所以我给进步二站的队员规定了过来上网的时间和人数，并专门安排了一个房间给他们上网。现在他们挺遵守这个规定，一到给他们规定的星期一、星期三、星期五、星期天晚上的 7 点，他们就会准时过来上网，除非天气恶劣他们无法过来。

第二天，中山站是一个大晴天，天气格外晴朗，蔚蓝的天空中没有一丝云彩。一整天在站区都能听到直升机的轰鸣声，俄罗斯的两架大型直升机在不停地运货，从他们的考察船上运送物资到冰盖机场，估计这是给在冰盖上他们的东方站补给的设备和物资，还不是给进步二站补给的。

下午，我在站区周围转了一圈，然后径直去了站区最西面的测绘山，因为我前几天在天鹅岭的时候，远远看到测绘山下的海冰上有好几只海豹躺着，今天就特意过去看看是否还在。因为今天天气好，我一边欣赏风景，一边慢慢上山，还一边拍照留念，到了测绘山上往海边看，果然看到好几只海豹还躺海冰上。我就小心地慢慢下山，因为测绘山往海边方向的坡比较陡，当我小心地下到半山腰时，惊奇地看到 5 只阿德雷企鹅在山脚下的岩石上玩耍，竟然企鹅、海豹同时出现在我的面前，真是太幸运了。我急忙给它们照相，这几只阿德雷企鹅正在换毛，身上长短不一的新旧羽毛看起来非常滑稽可爱。

我坐在山脚下的岩石上，慢慢欣赏着企鹅、海豹，海豹有七八只，大多躺在冰面上睡觉，有两只海豹在冰裂缝的水中，一会儿把头浮出水面呼吸，一会儿潜到水下，感觉好像在玩耍，而躺在冰面上的海豹纯粹是在阳光下睡大觉。企鹅在上面呱呱叫，可海豹们睡得死死的，一动不动，感觉它们一点也没有警惕性。这是南极海豹的幸运之处，海豹在南极的冰面上没有天敌，而在北极的海豹就没那么幸运了，他们躺在冰面上常常成为北极熊的盘中餐。

37 / 南极考察时间间隔最长的队员

　　中国的南极考察已经进行了 27 个年头，在这风风雨雨的 27 年中，一代代南极考察工作者付出了艰辛，他们在"爱国、求实、创新、拼搏"的南极精神鼓舞下，使我国的南极考察事业从无到有、从小到大、从大到强，从而使我国步入到南极考察强国的行列。在我国的第 27 次南极考察中，参加的队员来自祖国的几十个单位和院校，参加人数已经达 3000 多人次，在这些队员中有参加过一次南极考察的、有参加过二三次、七八次，甚至十多次的考察队员，他们把毕生的精力都投入到我国的南极考察事业中，推动了我国南极考察事业的快速发展。

　　在这些考察队员中，两次参加南极考察时间跨度最长的队员要数第 27 次队中山站度夏队员赵元宏了，他前一次南极考察是作为第 6 次南极考察中山站度夏队员，两次南极考察中间相隔 21 年，可谓寥寥无几，两次参加南极考察又是代表两个单位做相同的工程，可能就只剩他一人了。

　　老赵参加中国第 6 次南极考察时，是代表北京钢结构材料厂来建设中山站的油罐工程，他负责安装油罐和相关的配套工程，当时是 30 来岁的小伙，如今已是 50 多岁的壮年了。这次第 27 次南极考察，他代表的是寰球公司，来南极中山站也是承担新油罐和相关设施的安装。因中山站的老油罐已经历了 21 年的风吹雪打，原来是钢材料的油罐已腐蚀严重，继续

中山站新油罐

加装油料已经存在较大安全隐患，所以中山站的新油罐储油系统工程被列入中山站"十五"能力建设项目之一，由寰球公司中标负责新油罐系统的制造和安装。

油罐是一个考察站的生命线，它为一个考察站的正常运行提供最基本的油料保障，考察站上的发电机、锅炉离不开它。电力系统除了为科考设备提供用电外，还为考察队员在寒冷南极的生存提供保障，所以说油罐对于一个考察站来说是至关重要的。中山站在第6次南极考察的建站之时就建造了10个油罐及油管配套系统，为接下来21年的中山站正常运行提供了保障。在第9次南极考察期间，有一名度夏队员在油罐上画上了京剧脸谱，充满中华民族特色的京剧脸谱使得中山站的油罐一度成为中山站的标志性建筑。

寰球公司中标中山站的新油罐系统后，前几年在国内生产加工油罐和相关配件，前年新油罐通过雪龙船运送到南极中山站，去年第27次南极考察寰球公司派人到中山站吊运安装油罐和相关的管路、油泵、阀门，老赵就是第27次南极考察代表寰球公司来负责新油罐的安装的，在整个度夏期间新油罐储油系统已全部安装完毕并投入使用，12个新油罐采用不锈钢材料制作，可以保持50年不腐蚀。新油罐的建成表明曾经是中山站标志性建筑的旧油罐将退出历史舞台。所以可以说，赵元宏为南极中山站新旧油罐系统的安装付出了心血。

南极海冰上钓鱼

3月26日是周六，中山站的天气情况还算挺好，最近几天中山站一直保持着晴天。吃完午饭王林涛和李荣滨说要去码头附近的海冰上钓鱼，问我去不去，我说你们先去，我过一会儿再去。这是我们进入越冬以来，队员第一次出去钓鱼，所以我想去看看，顺便拍一些照片。大约过了一个小时我忙完手头上的事，就匆匆出门去码头附近看他们钓鱼。

从站区到码头有1公里左右的路程，因为路上都是积雪，走路感觉挺困难，我找到他们在雪地上留下的脚印，沿着他们的脚印往码头方向赶。大约走了一半多的路程，发现雪地上多出来两双往回走的脚印，从另一岔道往站区去了，我就想他们可能钓不到鱼回站了，再往码头方向看，正好被一个小山坡挡住看不到码头附近的情况，就想拿对讲机和他们联系一下，问他们是不是已经回去或者去其他地方钓鱼了，可一摸口袋发现出来时匆忙，忘了带对讲机，看着留在雪地上回站区的两双脚印，我心里判断他们一定是回站了。我感觉一个人去码头也没意义，就沿着在雪地上回站的脚印回到了站区，回办

考察队员刚钓上鱼，贼鸥就来强取豪夺，可谓"螳螂捕蝉，黄雀在后"

南极海冰上钓鱼

公室拿了对讲机呼叫他们，想问他们是不是去了其他地方钓鱼，可他们回答我说在码头边钓鱼，并已经钓到了鱼。我大呼后悔，为啥凭看到雪地上的脚印就判断他们回站了呢？我已快到码头了却为啥还不往前走，到码头看看究竟呢？

我只好从办公室出来再往码头方向赶，在码头旁边的一个小山坡上看到几只阿德雷企鹅，和前几天在测绘山看到的一样，有的在换毛、有的已经换好了毛，刚开始还以为就是前几天见过的那几只，可仔细一看感觉不像。我也没心思看企鹅，因为今天的目的是看他们钓鱼，就匆匆走到码头，看到他们俩在离码头不远处的海冰上钓鱼，一大群贼鸥围着他们，估计贼鸥看到他们钓的鱼，想过来分享新鲜的南极鱼。

我小心地从码头走到海冰上，走到他们钓鱼的地方，问他们钓了多少鱼，他们从袋里倒出钓的鱼，我粗略看了一下，已经有 20 条左右，就说晚上一人一条鱼应该没问题了。其实南极中山站附近的鱼挺小，长的才十几公分，一般的鱼都在 10 公分左右。可别看这些鱼小，这么小的鱼在南极已经生长了几十年，因为南极地区寒冷，海水中的鱼生长极其缓慢。在中山站附近就三四种鱼，大小差不多，叫什么名字都不知道，其中有一种鱼头部长得挺像狐狸头，我们就叫它狐狸鱼，另一种鱼颜色比较白，我们就叫它白鱼，反正鱼的名字都是我们瞎取的，不过也已经延续了好多年。今年度夏考察期间，有一名队员专门研究南极的鱼类，问他这几种鱼叫什么名，他也说不知道，他说只有英文名，没人翻译过中文叫什么。

他们俩钓鱼，我就在海冰上拍照。在南极海冰上钓鱼一般找冰裂缝的地方下钩，到了冬天没有冰裂缝的时候就得用冰钻钻洞，在冰洞中钓鱼。在海冰面上的冰窟窿中钓鱼，感觉挺有趣，鱼还挺多，看他们一会就能钓上一条，我就忍不住也去试验了一把，还真能钓上鱼。只要你一钓上鱼来，在旁边守候的一群贼鸥就会飞过来抢夺，要马上保护好鱼，并赶走贼鸥，才不至于钓上来的鱼落入贼鸥的口中。有时我们也会把一些小鱼扔给贼鸥吃，不让它们经常来抢夺鱼钩上的鱼。

如果一个冰窟窿长时间钓不到鱼，就得换一个冰窟窿继续钓。有一次在换冰窟窿钓鱼的时候不小心把装鱼的口袋远离我们身边，一回头看到贼鸥们在哄抢我们口袋中的鱼，小李马上跑过去赶走贼鸥，拿回口袋发现已经少了好多条鱼。贼鸥就是这样，只要你一不留神，就会抢走你钓的鱼，真是防不胜防，它们真不愧于叫贼鸥。

39 在南极给女儿的一封信

　　3 月 30 日是我女儿 20 虚岁的生日，让我在遥远的南极想念起了家中的亲人。昨晚我又正好接到第 27 次南极考察队领队刘顺林打来的电话，告知第 27 次度夏队员随雪龙船已经到达上海港锚地，4 月 1 日靠码头，另外他询问了目前中山站的情况，向中山站越冬的全体队员问好。得知第27次南极考察队顺利回到上海，我代表中山站越冬队员向他们表示祝贺。

　　全体越冬队员听到度夏队员顺利回到上海，非常兴奋，但在高兴的同时也流露出一些情绪上的低落，因为看到度夏队员已经回到国内，我们还要在南极中山站坚守一年，在情绪上多少有些失落感，想想我们的这一年一天天还不知怎么过，家中的亲人是否在牵挂着我们。不过我想没关系，过一阵大家的情绪会调整过来，会有好的心态来迎接一年的越冬生活，其实也没有一年了，还有 8 个月雪龙船带着第28次南极考察队就会来到中山站，到时中山站就会热闹起来。兄弟们加油，安全顺利度过还有 8 个月的越冬生活。

我们南极考察队员经常远离祖国、远离家人，缺少对家人的关爱，对家人的亏欠永远无法弥补。今天是我女儿的生日，我就写封信给女儿来表达我对她的愧疚，并遥祝她生日快乐！

亲爱的女儿：

今天是你的 20 虚岁生日，可爸爸身处南极不能在你身边为你庆祝生日，只能给你写一封信来表达爸爸的心意，其实你长这么大，爸爸还是第一次给你写信，你可能想现在打电话很方便、QQ 也可以聊，为啥要写信呢？请不要笑爸爸迂腐，爸爸也知道电话、QQ 很方便，但那些方式都无法表达爸爸对你的情感。在你的成长过程中，爸爸很少有时间陪伴在你身边，对于做爸爸的我感到很失职，所以一直想给你写一封信来相互沟通一下，以前感觉你还小，不懂事，就一直拖着没写，今天是你的生日，我一想我的女儿都 20 岁了，已经长大了，所以想给你写封信来表达爸爸对你的歉意。也许我的语言不能精准地表达我的思想，但请你能耐下心来仔细思忖、慢慢品味。

首先爸爸祝福你 20 岁生日，我的女儿 20 岁了，长大成人了，爸爸为你高兴。记得你刚出生的头 10 个月，爸爸在家一直陪伴着你，看到乖巧的女儿一天天长大，爸爸心里别提有多高兴。可在你还不会走路、不会说话的 10 个月时，爸爸为了工作不得不离开你，那时多想能听到你叫一声爸爸啊！但为了工作只能远离你和妈妈，去乌克兰接雪龙船回国。在乌克兰接船的半年时间里爸爸无时不在想念你，当我在回国途中的印度给你妈妈打电话，听到你第一次在电话中叫我爸爸的时候，我激动地流下了眼泪，逢人就说我的女儿能叫我爸爸了，那时你为爸爸带来了幸福感。

在你随后的成长过程中，爸爸一直随雪龙船奔赴南北极考察，常年在国外船上工作，和你在一起的日子是聚少离多，爸爸对你的关爱远远不够，心里一直感觉对你很愧疚。记得有一次爸爸在国外一年后回家的第一天，听你外婆说早上外公送你去上学的时候，你知道爸爸今天要回家，你就跟外公说，放学的时候不要外公来接了，让爸爸来接我。爸爸知道在你幼小的心里想着爸爸，一年没看到爸爸了，多么想爸爸来学校接你，就像其他同学的爸爸来接一样。当爸爸一到家，你外婆就对我说你还在学校等着爸爸去接，我一看时间已经过了你放学的时间，马上放下包，直奔你学校，当爸爸看到在寒风中你一个人孤零零站在校门口等爸爸来接的身影，我的眼泪忍不住落了下来，我的宝贝乖女儿，爸爸真的太对不起你了，让你受苦了。

如今你长大了，所以爸爸才跟你说这些，希望你能理解爸爸。爸爸长年累月在外工作，是为了爸爸自己的事业，也是为了我们这个家，想让你无忧无虑地成长，生活好、学习好。你从小没离开过家，如今走进大学校门，开始独立生活了，要学会自己照顾自己，我知道你从小就很乖、很听话，学习也很优秀，我也知道孩子长大了终究要离开父母、走向社会，爸爸还是要和你说一声，面对纷扰复杂的社会你一定要辨别是非，要慢慢学会适应。

你很爱学习这一点爸爸很高兴，你说在上大学后要继续读研，爸爸也支持你。现在的努力学习是为了将来的好好工作，如今的社会是个竞争异常激烈的社会，特别是女孩子，在就业、工作和生活上比男孩子永远都要承受更大的压力，所以女孩子要有些真本事才能在社会立足。

看到你长大懂事，也开始理解父母的艰辛、知道父母的不易。而且，每天晚上你会给妈妈打一个电话关心妈妈，也让妈妈放心，你已知道妈妈一个人在家的辛劳，你做的这一切怎能不让我和你妈妈感到欣慰？女儿真的长大懂事了。

你现在学校里参加了学生会的工作，虽然事情多、工作忙，影响了你一部分学习时间，但这些实践经验很重要，你一定要把握好，因为这些经验在书本上是无法学到的，要靠你自己去感悟、体会、实践和探索，这会是你以后走向社会踏入工作岗位的宝贵财富，所以现在苦点、累点也不要放弃。

还有一点爸爸本不想说，可想想还是点一下，就是你现在长大了一定会经历恋爱阶段，你知道爸爸平时是一个不爱说话表达的人，特别是这样的问题，爸爸更不可能面对面与你交流和探讨。所以你一定要自己把握，要找到真爱，不要被花言巧语蒙骗了，爱情是可遇不可求的，不要勉强和迁就。你要找的人不一定要英俊、也不一定要有钱，只要遇到一个真心爱你、有思想、有理想的男孩就好，这样也可以让爸爸妈妈放心，我们最不希望的就是看到你在感情上受到伤害。爸爸相信你一定会处理好这方面的事情，会好好把握的。

好了，说了这么多，不知道你是否能理解爸爸的苦心，总之爸爸希望你在学习上多下苦功，在家里多听听妈妈的话，跟妈妈多多交流。你妈妈要工作，还要关心你和担心远在南极的爸爸，你妈妈真的不容易，一定要多体谅妈妈。

最后爸爸再次祝你生日快乐！愿你学习进步、身体健康！永远快快乐乐！

永远爱你的爸爸

愚人节和俄罗
斯队员联欢

4 月 1 日是愚人节，这次又碰上是周末，其实对我们在南极越冬的考察队员来说星期几并没有什么感觉，每天基本上都是一样的工作和生活，只是周末对我们来说还需要增加一项工作，那就是全体队员打扫室内公共卫生，以保持室内各个公共场所和个人宿舍的整洁卫生。

前天上午，我收到澳大利亚戴维斯站站长的邮件，说他们的考察船在撤离戴维斯站时被卡在离站 160 海里外普里兹湾口的海冰中动弹不得，希望我帮忙联系俄罗斯进步二站，问问他们的考察船是否还在南极这个海域附近，如果在的话请他们的船过去帮一下忙。我马上让吴全和王林涛赶到进步二站去问，结果他们的船离开进步二站已经好几天，现在应该已经驶离普里兹湾口好远了。我们只能要来了俄罗斯南极局的电话和邮箱地址，传给戴维斯站站长，让他们自己联系。到今天还没有给我回信息，不知道澳大利亚的考察船是否已经在海冰中突围。

昨天下午 4 点，俄罗斯进步二站翻译带着两名机器维修队员来到我们站，帮我们修理冷冻柜的压缩机组。前天他们站长邀请我今天去参加他们晚宴的时候，我问他们站有没有给制冷压缩机加氟利昂的设备，因为我们站上没有这套设备，如果他们有的话想问他们借一下，他们站长说有，并说明天下午 4 点拿过来，谁想到他们连维修工都一起过来了，还要帮我们维修制冷压缩机，真是太客气太友好了。他们过来后也不需要我们动手，在询问了制冷压缩机故障情况后马上对制冷机组进行了检查和维修。到了吃晚饭时间，我让他们休息一会先吃完饭后再继续，他们硬是不肯吃，说修理完再说，精神真是可嘉。

到晚上 8 点，压缩机组总算维修好了，他们才肯坐下来吃晚饭。真是感谢他们，如果没有他们来帮忙，我们就要倒库，把压缩机组故障的冷冻柜中的食品搬出来，移到其他冷冻柜中，这下好了，省了我们好多力气。明天晚上要去他们站参加他们的晚宴，到时好好谢谢他们站长，感谢他们的帮助。

4月1日下午5点45分，我们中山站除值班人员外，13名队员乘一辆PB240雪地车前往俄罗斯进步二站，去参加他们的晚宴。俄罗斯队员非常热情，队员在站区分列两排迎接我们，把我们当贵宾接待，我们感觉受之有愧。在进步二站小小的餐厅里聚集了50多名两国队员，气氛非常热闹。首先俄罗斯站站长发表了欢迎词，并一一介绍了他们的队员和我们认识，接着说他们越冬人员在一年越冬期间中共有5次庆祝活动，今天愚人节是第一次，在以后的庆祝活动也会邀请我们的队员一起来参加。另外他说下次的聚会可以在他们新综合楼中举行，目前新综合楼正在抓紧内部装修，到6月份他们就可以搬入新综合楼中生活。

接下来我说了答谢词，我说在东南极的拉斯曼地区，越冬期间就我们两个站的56名队员坚守在这里，在接下来的越冬生活中，希望两个站之间能经常保持联系、加强沟通、相互帮助、克服困难，共同完成各自的越冬考察任务。然后我也把我们的队员介绍给他们认识，并送给他们站长一套中国茶壶以表达对他们邀请的谢意。

晚宴开始，一开始大家因为是首次聚餐都还比较拘束，后来的场面是越来越热闹，纷纷找各自专业对口的队员喝酒。俄罗斯队员普遍不会说英语，但在这种场合感觉也不需要太多的语言交流，只要一个动作、一个手势就相互明白，实在不明白需要解释清楚的就把他们翻译叫过来。我们的吴全、卢成、王林涛分别和他们的队员玩起了"石头、剪刀、布"来赌输赢喝酒，把晚宴气氛推向了高潮。

天下没有不散的筵席，到分手时大家已是依依不舍，握手、拥抱、拍合影留念，并纷纷期待下次的聚会。

中俄考察队员聚餐联欢

清明节是中华民族传统的纪念祖先的节日，也是祭祀逝者的一种活动，其主要形式是祭祖扫墓。清明节这天中山站天气晴朗，吃完午饭，我组织全体队员去双峰山扫墓，祭奠我国南极考察开拓者之一、中山站首任越冬站长高钦泉老前辈。

老前辈的长眠之地朴素至极，唯有一个简单的墓碑，没有也不可能有国内陵园里的苍松和翠柏，也不会有遥远的亲朋好友前来悼念祭奠他，这些都已成为了死者的奢华。老前辈在逝去后，仍难以忘却这冰霜凄冷的南极，因为这里是他萦怀于心的故乡，有他日夜牵挂的故人，诉说着他一生的故事。

高钦泉原是中国国家南极考察委员会办公室副主任，他是中国最先到达南极极点的中国人，他为我国在南极建成的第二个考察站——中山站付出了汗马功劳。老前辈因操劳过度，英年早逝，按照他生前的遗愿把他的骨灰一半埋葬在南极中山站，让他能看到中山站的发展和我国在南极考察所取得的辉煌成就。

半个月前，我曾冒着大风在天鹅岭那边转了好几圈，主要是去寻找老前辈的墓碑，以前一直听队员说起老前辈的墓碑在天鹅岭那边，但我去了天鹅岭几次都没看到，这次我想在天鹅岭附近的各个山头好好寻找，找到后准备清明的时候带队员们一起来扫墓。在天鹅岭上转了几圈没找到，我就从天鹅岭下到山谷，爬上位于北面的双峰山上去寻找。在双峰山上转了几圈后，终于在双峰山最北面的山坡上看到了老前辈的墓碑，也是我国在南极的唯一墓碑。

清明扫墓

双峰山是位于中山站站区最北边的一个小山峰，老前辈的墓碑就竖立在双峰山最北边靠近海边的岩石上，面向正北遥望着祖国，下边是十几米深的悬崖和与双峰山遥相呼应的望京岛。双峰山三面被海冰围绕，海冰上一座座高大的冰山像遥望着老前辈的墓碑，表达对老前辈的肃然敬意。

除值班的队员外，我们一行15名队员携带着祭奠物品从站区出发，向双峰山进发。沿途队员们边爬山边欣赏着晴空万里下周边的美景。来到老前辈的墓碑前，队员们把带来的烟酒、水果点心等祭奠物品放在墓碑前，并为老前辈上了香。随后全体队员在老前辈墓碑前排成一列瞻仰墓碑，并向墓碑三鞠躬，以缅怀我国南极考察的先辈。

瞻仰完高钦泉老前辈的墓碑后，我们回到双峰山顶。队员杜玉军拿出香，在山头插上三支香并点燃，为他的奶奶祭拜。原来他84岁的奶奶于今天凌晨过世，他在山头上为奶奶的过世痛哭流涕，从小由奶奶带大的他对奶奶的感情很深，为见不到奶奶最后一面而感到惋惜。这就是我们南极考察队员的悲哀之处，在南极考察期间，家中的亲人过世都无法见上最后一面，让我们永远愧对失去的亲人。

我们全体队员一起为杜玉军的奶奶祭奠并表示哀悼，我们也一起在双峰山上跪下，祭奠我们过世的亲人，清明我们不能回到国内在亲人的墓前祭奠，只能在遥远的南极为我们过世的亲人表达我们的悼念之情。

过世的亲人们，请原谅我们的不孝！

**丰富越冬
业余生活**

　　4 月 5 日，中山站是多云天气，太阳藏在厚厚的云层后始终没露面，但风力很小，让人感觉不到南极的寒风。已经进入了 4 月份，中山站室外的工作基本已经完成，南极考察站的冬天除了正常的观测和考察站的运行维护外，已没有什么重大的集体室外工作，所以从 4 月份开始我们准备组织队员们的业余娱乐活动和室内的一些集体活动，比如各种球类比赛、集体观看电影、轮流讲课、讨论等，总之把全体队员组织起来，多参加集体活动，活跃大家的气氛，让全体队员愉快地越冬，共同来克服在南极越冬期间枯燥无味的生活。

　　原先中山站基础设施比较简陋，各种娱乐活动的设备到处找地方摆放，台球桌摆放在发电栋楼上、乒乓球桌摆放在宿舍楼。现在启用了新综合楼，里面除了有多功能活动室，除了可以打篮球和羽毛球外，还有宽广的空间，我就组织队员把原先分散摆放的那些运动器材全部集中到新综合楼，方便队员们的活动。

　　下午，队员们就开始忙开了，把原宿舍楼中的乒乓球桌和发电栋楼上的台球桌全部搬到新综合楼摆放，这样组织体育活动和比赛可以在一个新的环境中集中进行，队员们也可以集中在一起活动。再说越冬期间俄罗斯进步二站考察站的队员会和我们一起搞各种体育比赛，这样也不至于让人家走到我们发电栋去。今天的台球桌拆装很麻烦，特别是三块石头做的台面，每块重一百多斤，搬起来特别费劲。原来的台球桌布也已经坏了，这次搬过来组装时正好可以换新桌布。

　　另外，今天把一个集装箱中的两个大冰柜搬运出来，这是配给新厨房用的，放在集装箱中两年了一直没有搬出来。我们先把集装箱外的积雪铲除，再把集装箱中的两个大冰箱吊运出来，吊运到新综合楼门口，准备明天拆箱后搬入新综合楼厨房。

吃过晚饭，队员们在新综合楼中抢着在乒乓球桌上打起了乒乓球，本来放在宿舍楼中谁也想不到去打乒乓球，现在搬到新综合楼，感觉方便好多，就有人抢着来打乒乓球，因为每天队员们在新综合楼中吃过晚饭，一般不马上回宿舍楼，总要在新综合楼活动一会儿后才回宿舍。今晚在新综合楼中有打乒乓球的、有打羽毛球的、有打扑克的，热闹非凡，看来这个南极的冬天中山站不会太冷清。

队员和羽毛球比赛冠亚军合影

第二天天气依旧，吃过午饭全体队员搬运昨天的大冰柜，本来准备搬到新综合楼二楼的厨房摆放，可近500斤重的大冰柜好几个人

队员们在打台球

搬也实在是无法上楼梯，只能决定暂时放在新综合楼的夹层中，这样厨师拿菜也挺方便，下一层楼梯就能拿菜。另外今天把最近需要吃的蔬菜、水果从冷藏集装箱中搬出，水果发放到个人由自己安排，因为据天气预报，明后天有气旋影响中山站，到时候又要狂风暴雪无法外出了。

下午3点，按照越冬期间我们制定的业余生活活动计划，组织全体队员在一起观看电影。今天观看的电影是由教育电影制片厂拍摄人员随中国首次南极考察队拍摄的纪录片《中国首次南极考察》，影片介绍了中国首次南极考察队由国家海洋局东海分局的"向阳红10"船和海军的"J121"打捞救生船的编队组成，考察队员共591人。1984年11月20日，中国首次南极考察编队在上海的国家海洋局东海分局码头起航，同年 12 月 26 日抵达南极洲南设得兰群岛乔治王岛的麦克斯韦尔湾，12 月 31 日，南极考察队登上乔治王岛，并举行长城站奠基典礼，五星红旗第一次插上了南极洲。1985 年 2 月20 日中国南极长城站建成，其地理坐标为南纬 62°12′59″、西经 58°57′52″，距离北京 17501.949公里。中国首次南极考察队的南大洋考察队还进行了全航程的、连续性的海洋科学考察，包括海洋生物、海洋化学、海洋地球物理、海洋水文、海洋气象等 11 个学科项目，为中国科学家在南极开展科学研究拉开了序幕。

今天，我们组织全体队员观看这个影片，目的是为了让大家了解我国南极考察的历史，了解我国南极考察先辈们在南极考察中所付出的辛勤汗水和泪水，教育大家继承南极考察先辈们的光荣传统，大力发扬"爱国、求实、创新、拼搏"的南极精神，目前在南极考察期间认真做好各自的考察工作，营造一种和谐的考察氛围，为我国南极考察事业的发展付出我们的一份微薄之力。

43 南极洲情况介绍

最近看到广大网友关注南极，但对南极的情况没有太多的了解。为了让广大网友更加全面地了解南极，我今天就介绍一下南极的大致情况，下次介绍我国在南极考察的一些情况。

南极是目前世界上唯一没有明确主权归属的一块冰雪大陆，南极大陆面积约 1400 多万平方公里，相当于我国国土面积的 1.5 倍，比整个欧洲的地理面积还要大约 170 万平方公里，南极大陆有 97% 的面积是被积雪和冰层所覆盖。地球上 90% 以上的冰都存在于南极，南极储存了全世界可用淡水的 72%。

已经有科学家建议，可以将南极较小的冰山拖到干旱的地区，融化以提供淡水；目前已

记录的最大的冰山长 335 公里，宽 97 公里，超过比利时整个国家的面积。南极尽管有这么多的水资源，但它却是地球上最干旱的大陆。南极大陆年平均降水量不超过 55 毫米，大陆中部地区年降水量仅 5 毫米，南极点的降水量为零，比非洲撒哈拉大沙漠的降水量还稀少，因此被称作"白色沙漠"。南极又是地球上的寒极，南极大陆的平均气温要比北极低，在夏季南极高原的平均气温为零下 40℃，冬季为零下 68℃；地球上有记录的最低气温就发生在南极，为零下 89.3℃，是于 1983 年 7 月 21 日在苏联的东方站测得的。南极还被称为"世界的风级"，在南极沿海地区年平均风速为 17~18 米/秒，相当于 8 级大风，阵风可达到 40~50 米/秒，而 12 级的飓风也不过 33 米/秒。南极最强的飓风发生在 1972年，风速达到 91 米/秒，这么强的飓风在地球其他地方是根本无法想象的。

南极大陆的形态像一个逗号，以南极点为中心，向东 75 度偏移，尾巴甩向西北。整个南极多山脉、岛屿，南极点海拔 3800 米，冰层厚 2000 米。南极大陆的最高峰——文森峰海拔高度为 5140 米，位于西南极洲。

南极，这片地球上人类最后发现的大陆，一直以来都蒙着一层神秘的面纱，即便是科技手段如此先进的 21 世纪，关于南极的种种神秘仍然有待人类去发掘。从两千多年前的古希腊人——他们认为，为了平衡地球北部如此密集的大陆，地球南端势必存在一块质量相当大的大陆——到 18 世纪开始不断征服着南太平洋和南大西洋湍急的洋流，一步一步推进人类发现南极历史的水手们，他们所代表的正是人类对未知世界的向往和对大自然及自身极限的挑战。

南极大陆拥有丰富的矿藏资源，有世界上最大的铁矿 (按世界上现有的采矿设备可开采 200 年)、煤矿，另外在南极大陆周围海域和大陆架，蕴藏着大量的石油和天然气资源。

南极的动物主要有企鹅、飞鸟、海豹、海狮、鲸、磷虾等。其中企鹅和磷虾数量惊人，企鹅约有 1 亿多只，磷虾有近 40 多亿吨。在南极这片洪荒之地，某些特有的动物、植物和微生物充分显示出物种的极强适应性，在南极极端的生存环境中，不断地繁衍生息。任何观看过法国导演吕克·雅克特的纪录片《帝企鹅日记》的观众，都会被影片中那些身处极限环境仍然坚韧不拔的企鹅爸爸妈妈们所感动，南极并不是一片寂静的死地，生命的各种形式在这样的特殊环境里都是奇迹。

即便是地衣这种在地球上其他地方普通得不能再普通的植物，在南极也有它的特殊之处。科学家发现南极地衣可能是地球上最耐寒的植物，在实验室里，即便在零下 198°的超低温下，南极地衣依然能够成长；它的秘诀就是生长极其缓慢，每年也许只有一天的生长活跃期，也就是说，一株几厘米高的南极地衣很可能是非常古老的生物了。南极洲区域生存着大量食物性资源，这其中最著名的就是磷虾。冰雪覆盖的海面下生活着小小的磷虾。整个冬天它们都待在这里，在这个一片漆黑的月份里，它们靠吃从冰层上刮擦下来的海藻活着。最令人不可思议的是，它们为了减少能量的消耗，还会收缩身体，把自己恢复到幼年时期的样子。磷虾是南极食物链中最重要的一环，每年数量众多的巨大的座头鲸长途跋涉数千公里，从热带水域的聚食地来到这里捕猎，他们捕食的磷虾可以让他们支持到下一年的捕食季。伴随着早期南极的探险活动，鲸鱼、海豹、海象成为人类探险与科研活动的牺牲品。据统计，从 1784 年到 1822 年，就有数千万只的海豹被捕杀，使南极海豹几近灭绝。具有讽刺意味的是，这些捕杀者中有部分也同时是最早的一批南极科学家，他们在捕杀海豹的空当进行着科研活动。当然现在的南极动物已经受到《南极条约》的保护，绝不允许捕杀。

南极被称为地球上"七大洲"之一，它的一个最大特点就是不属于任何一个国家所有。在 20 世纪的前 50 年，曾经有七个国家对南极提出主权要求，分别是英国 (1908年)、新西兰 (1923 年)、法国 (1924年)、澳大利亚 (1933年)、挪威 (1939年)、智利 (1940年)、阿根廷 (1943 年)。美国和苏联虽然没有提出对南极的主权要求，但是保留将来提出主权要求的权利。这些主权要求大部分依据"扇形理论"，导致这些国家的主权要求有很多重叠，在20世纪冷战时期，这种情况很容易引起国际局势的紧张。

1957~1958 年，国际科学界组织了一次大规模的高层大气和极地研究活动，史称1957~1958 国际地球物理年（IGY），活动中参与国在很多全球性的问题上进行了广泛和深入的合作。在这次活动之后，各国感觉这种合作精神和南极的和平利用精神应该继续发扬光大。因此，国际地球物理年的 12 个参与国于 1959 年在美国的华盛顿签署了《南极条约》，该条约于 1961 年生效。

《南极条约》规定：南极洲包括南纬 60°以南的南极大陆及其周围岛屿；条约虽只有短短的 14 条，但却成为自此之后协调南极事务的根基。它的主要原则包括：和平利用南极，禁止军事活动（但为支持科研活动的除外），科学调查的自由，科学计划、人员和信息的定期交流，在条约有效期内搁置主权问题，不接受新的主权要求，禁止核试验和倾倒放射性物质，在南极区域航行的船只要接受条约国任命的观察员的检查等。在之后的若干年里，《南极条约》的主要参与国又先后达成了若干项具体的协议，与《南极条约》一起构成了调整南极地区各种活动的规范体系，使得南极成为地球上唯一通过国际条约形式来管理的大陆，也充分显示了人类在调解自身活动时展现的无限智慧。

特殊的地理环境以及丰富的矿产资源，使南极在政治、经济上吸引着越来越多的国家投入巨资，建立自己的科考站，现在已有近 44 个国家在南极建立了近 90 个考察站。

南极中山站自从 2 月初结束极昼以来，每天夜晚的时间在逐渐延长，从最初的每天一个小时到几个小时，到目前夜晚时间已经超过白天的时间，感觉南极的极夜在慢慢地临近。现

在每天早上 8 点升起太阳，下午 4 点多太阳就西下，这样的日子我们还是比较习惯，不知到了极夜后能不能适应。

苍穹皓月

这几天中山站在继续进行羽毛球小组赛，队员们热情高涨，认真对待每一场小组赛，都希望能够出线进入 8 强。4 月 13 日下午羽毛球比赛结束后，我看到外面是一个晴朗的好天气，就拿着相机出去转转，好几天没出去，手痒痒，想出去拍拍风景。我出去时已经 3 点多，看到太阳已经在西下，我就从新综合楼出发，先走到振兴码头，看到在大潮时冲上码头的一块块大海冰堆满了码头，这些冰块估计也无法回到海里，就等到夏天时融化了。在夕阳的照射下，远处的冰山亮暗分明，煞是好看。往西看，太阳慢慢下降到天鹅岭下，通红的夕阳把天空染红了一大块。

我沿着山坡走向天鹅岭，看夕阳在远处的冰山上慢慢落下，我一边照相一边等夕阳西下，在我专心等夕阳西下的时候，杜玉军从天鹅岭上的观测栋走出来，来到我身边对我说那边的月亮已经升起来了。我往右看远处海上的冰山，果然看到很大的半个月亮已经爬上了远处的冰山。日月同时出现在中山站的上空，交相辉映，看来今天是难得的好天气。我就忙着一会儿拍夕阳西下，一会转身拍月亮，感觉今天收获很大，虽然今天的气温很低，戴着皮手套的手感觉都快要冻僵，但出来转一圈能看到这样的景色还是感觉很值。

4 月 14 日，中山站是多云天气，太阳躲在云层后面始终没露面。下午羽毛球比赛结束后，刘建军、侍颢、杜玉军 3 位在读博士生又进行了学术讨论，我去参加旁听，学习一些科研知识。今天有刘建军讲解中山站的高频雷达，这是前几年在中山站刚建成的。中山站的高频雷达是一部基于地面的相干散射雷达，它运行在高频段，视野覆盖范围径向超过 3000 公里，纬度覆盖范围从 $-50°\sim-70°$。中山站的高频雷达设计目的主要是用来测量和研究电离层等离子体对流形态，同时协同全球其他高频雷达，可以对南北半球高纬度电离层对流形态进行监测。

　　刘建军讲解完以后，他们进行了讨论，对不了解的地方进行了分析，并共同探讨。感觉他们对待学术上的问题都很认真，也很愿意学习和钻研，不愧是博士生。我参加他们的讲解和讨论只是为了了解一点皮毛，了解这些科研设备是研究什么的，深层次的学术问题我就听不懂了，我感觉在南极能学到一些科研方面的知识对自己也很有帮助，下次让全体队员一起来参加听讲，也让其他队员讲讲各自的专业知识，让全体队员多多了解各方面的知识，这样也能克服越冬期间队员生活的寂寞，并丰富大家的业余生活。

　　南极的天气真是变幻莫测，昨天还是一个多云天气，今天下午就晴空万里了，到夕阳西下的时候又变成多云天气。南极上空的云彩也是很特别，总是变幻着不同的形状，欣赏南极天空的云彩，真是美不胜收。上午我拍了几张太阳躲在云层后面的照片，下午看到夕阳西下时的天空很漂亮，马上拿着相机出去，可惜已经晚了一步，夕阳已经下到远处的山下，我来不及赶到山上，只能在站区远远的拍摄残留的一丝夕阳和天空中美丽的云彩，另外我也拍到了已经升起来的月亮，今天的月亮比前天的半个月亮已经多了一大半，看起来将近有三分之二，等满月的时候拍一个大月亮在冰上的照片，一定很壮观，希望下次满月的时候天空晴朗一些，能让我们看到南极大大的月亮。

　　今天下午是晴朗的天气，晚上不知道能不能看到极光，中山站已经有好些天看不到美丽的极光了，前两天出现的也是很淡的一些极光，照片都拍不出来。希望今晚中山站的天空能出现绚丽多彩的极光。

15

千姿百态的
南极冰山

　　4月19日又是一个晴朗的好天气，吃午饭时听老王和王林涛在说，他俩上午去海冰上走了一圈，一直走到了站区北面海冰上大冰山的外面。估计这几天气温低，海冰都冻结实了。

冰山之美

冰山之美

我就要求他们下午带我去海冰上看冰山，因为一个人去感觉不安全。

下午 2 点半，我们一行5 人出发了，在站区直接对着外面的冰山往海冰上走，在走的过程中先要经过站区附近海冰上的一大片乱冰区，这里的海冰被潮水冲击到岸边，密密麻麻大小不等的海冰被挤压在一起，在这些高高低低的冰块上行走很不方便。走出这些乱冰区，就能看到当年结起来的平整海冰，不远处就能到达冰山群区域。在平整的海冰面上有积雪或有点坑坑洼洼的会比较好走一些，那些太光滑的冰面容易摔倒，我好几次差一点滑倒。

平时我都是在站区远远地欣赏这些海面上的冰山，今天亲临其境，在众多冰山之间穿插，欣赏千姿百态的冰山。这些形状奇特、形态各异的冰山都像经过雕刻家精心雕琢过一样，我真正感叹大自然的壮观和雄伟。

整个覆盖南极大陆的冰盖在缓慢向大陆外的海边移动，当冰盖在海边被海水冲击或气温高时，在海边的冰盖就会断裂坠入海中，便形成一座座大小不等、千姿百态的冰山漂浮在海面上，这些海面上的冰山露出水面的部分只是其中的一小部分，绝大部分在水下。所以船舶在航行时，看到冰山要远远地避让，因为你不知道它水下部分有多大。

在冰山丛中行走，经常能听到冰山中发出的很大响声，像冰山爆裂的声音，应该是冰山内部在爆裂。不过现在海冰结得严严实实，在冰山旁走路不怕冰山翻倒。以前来南极度夏考察时，驾驶小艇在冰山旁边经过，听到冰山发出这样的响声，大家都会提心吊胆地慢慢驾着小艇经过，生怕惊动了冰山造成冰山翻倒或崩塌，而一旦冰山翻倒或崩塌，小艇就会艇毁人亡。冰山翻倒是因为在水下的部分融化分裂，造成冰山头重脚轻，从而会引起冰山翻身。以前我在南极考察时见到过两次大冰山翻倒，冰山翻倒时海面上掀起好几米高的浪，有一次小艇停在很远的岸边，掀起的浪把小艇冲到岸上，可想而知，如果小艇在冰山旁边经过那将会是什么后果。

今天，在冰山丛中没多大一会，太阳就西下了，东边的冰盖上升起了又大又圆的月亮。

现在中山站白天的时间越来越短了，下午不到 4 点太阳就西下，4 点半天变得全黑，离 5 月 24 日进入极夜的时间越来越近，所以我这几天每天出去拍照，抓紧时间多留下一些南极的景观，到了极夜就无法出去拍照了。

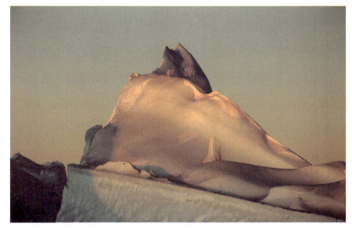

南极冰山

晴空万里的中山站到了第二天变成了阴天，时不时还下点小雪，气温在继续下降。结束一天的工作后，下午 3 点我和王刚毅、徐啓英、徐文祥、王林涛一行 5 人去站区最西面的内拉峡湾，因为整个内拉峡湾海面上已经全部结冰，我们想走到对面的布洛克内斯半岛游玩，度夏期间在海面没结冰的情况下是无法去那个半岛游玩的。

南极冰山

本来我不知道站区对面的岛屿叫什么名，因今天去才查看了地图，知道了这些岛屿的名字。

在站区的西南高地下到内拉峡湾的冰面上，看着对面的布洛克内斯半岛感觉不远，其实有近 1 公里的路程。刚走到内拉峡湾的冰面上，看到的是最近刚结起来的蓝冰，一开始下脚还很小心，生怕把冰踩碎了，其实是心理作用，冰已经很厚很结实，最起码有四五十公分厚，所以走在上面绝对是安全的，就是冰面太滑，走路要非常小心。

在冰面上走，看到整个内拉峡湾已经全部冰冻，整个冰面全是晶莹剔透的蓝冰，景色还不错，可惜今天是阴天，如果在阳光下这些蓝冰一定绚丽多彩。快到对面半岛的海面上有几座不大的冰山，可能这个峡湾比较浅，大冰山漂移不进来。但这些小冰山好几个是蓝色的冰，看起来特别好看，可惜阴天照片拍不出效果。

快到半岛的时候我们改往北面走，布洛克内斯半岛北边有一个孪生岛，我们就对着孪生岛方向走，因为我们远远看到孪生岛下的海冰上有一个黑点，好像一只海豹躺在冰面上。走近了一看，果然是一只威德尔海豹躺在冰面上睡觉。有一段时间没看到海豹、企鹅了，原来在站区附近海边的好多海豹、企鹅都不见了踪影，估计站区附近的海面已经结冰，海豹、企鹅都跑到外面去觅食了。今天无意中能看到海豹让我们感觉挺高兴，虽然这个海豹不大，但能让我们近距离拍拍照，我们已经感到满足。

在海豹躺着的冰面附近一定会有一个冰洞，因为海豹是从冰洞中钻到冰面上的。我们在不远处果然看到了一个直径 40 公分左右圆的冰洞。威德尔海豹是出名的海冰打洞专家，经常出没于海冰区，并能在海冰下度过漫长黑暗的寒冬。但它们要经常露出水面来呼吸，它们就靠锋利的牙齿，啃冰钻洞，伸出头来，进行呼吸，为了维持威德尔海豹赖以生存的冰洞，使冰洞在零下几十度的低温下不被冻结，威德尔海豹需要付出巨大的代价，要经常用牙齿啃咬和刮掉刚刚冻结的海冰洞。另外威德尔海豹会经常钻出冰洞，在冰面上独自栖息，一般很少见它们有成群的现象。

给海豹拍完照，感觉天已经暗下来了，我们看看时间已经快 4 点，马上往回走。到时天黑就不方便走路了，趁着暮色，我们在内拉峡湾的海冰上快速往回走，回到站区 4 点半左右，天已经完全黑下来。今天外面虽然很冷，露在外面的脸冻得很疼，但意外见到了海豹，感觉还是挺有意义。

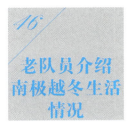

46

**老队员介绍
南极越冬生活
情况**

4月21日，南极中山站是阴天，气温还在继续下降，看到比较寒冷我也不敢出去兜风。下午3点我们组织全体队员在会议室听老越冬队员讲课，给大家讲课的是发电班的徐启英和徐文祥，他俩在南极两站分别越冬三四次，对南极的越冬生活情况比较熟悉。

今天他俩讲课的形式是提问和回答的方式，其他队员提问，由他俩来回答，然后大家讨论。我们马上要进入越冬期间最难熬的极夜，为了让全体队员做好心理准备，克服极夜期间的忧郁和烦躁，让大家以积极的心态来面对极夜生活，并做好极夜期间的工作和各种集体活动，所以我邀请老队员来给大家讲课，让大家了解中山站极夜期间的各方面情况，遇到情况怎么处理，队员需要怎样面对，队员如何调节自己的心态。今天经过他俩的讲解和队员们的讨论，全体队员了解了中山站极夜期间的基本情况，队员们纷纷表示一定会克服极夜的困扰，也一定会以饱满的热情顺利完成越冬的各项工作。

讨论结束后，杜玉军、刘建军、侍颢进行他们每星期的学术探讨，今天由杜玉军讲解南极中山站的GPS跟踪站系统。南极中山GPS跟踪站建于1994年底，1995年开始参与国际南极GPS联测，1998年底改造成为常年GPS卫星跟踪站，是我国第一个设在境外的常年GPS卫星跟踪站。中山GPS卫星跟踪站的研究目标和内容是地壳运动和形变、冰川运动监测、卫星精密定轨研究、极地气象研究和极区电离层研究。

第二天中山站是晴天，气温也回升了一点。吃完午饭队员们就开始了每星期的清洁卫生工作，把宿舍楼、新综合楼公共地方全部打扫了一遍，打扫完后清理各自的房间和工作场所。

大晴天我当然不会错过去站区附近兜一圈拍照的机会，下午工作完后我从站区出发，先到站区东南方向的紫金山，下到新油罐区，并走到和俄罗斯进步二站之间的团结湖上游，湖面已全部结冰，从团结湖冰面上走向进步二站旁边的兴安岭。在兴安岭往内拉峡湾海面上看，看到 3 名俄罗斯队员在冰面上行走，我就从兴安岭下到内拉峡湾的冰面想跟着他们一起走，这里也是内拉峡湾的尽头。可当我走到冰面上时，俄罗斯队员已经远远地走到对面的布洛克内斯半岛去了，一会儿他们就消失在半岛后，估计他们去半岛外。我就在内拉峡湾的冰面上一边走一边欣赏四周的景色，并往我们站区的西南高地方向走，看到太阳已经在内拉峡湾的远处慢慢西下。远看蓝色冰面就像海水，夕阳映在冰面上景色非常迷人。

我本想等到太阳完全西下再回站，可看看时间才 3 点，还要等一个小时太阳才会完全西下，在外面实在感觉很冷，我就从内拉峡湾走向西南高地回到站区，到站区后拍了几张夕阳西下的照片。

17

南极野外游玩活动

4 月 23 日下午，南极中山站进行了羽毛球对抗赛单打的最后两场比赛，由刘建军和侍颢争夺季军、张晖和白磊争夺冠军。首先由刘建军和侍颢出场，经过 3 局比赛，结果刘建军以 2:1 战胜侍颢，取得季军。冠军争夺赛为了增加激烈气氛，改成 5 局 3 胜制。冠亚军决赛在两个武汉选手之间进行，张晖和白磊在场上的表现非常激烈，首先白磊以 21:19 拿下第一局，接下来张晖以 21:17 扳回一局，第三局比赛异常激烈，比分一直交替上升，也把比赛场上的气氛推向高潮，观看的队员不时发出呐喊声为队员加油，也不由自主为他们的精彩表现鼓掌，最后张晖以 24:22 拿下第三局。在双方队员休息一会儿后，第四局开始，比分也是交替上升，一直打到 19 平，这时两位队员的体力已经跟不上，比赛节奏明显慢了下来，结果张晖以 21:19 拿下第四局，这样冠亚军决赛结束，张晖以总比分 3:1 战胜强硬的对手白磊，取得首届中山站羽毛球对抗赛单打冠军。

晚饭是每星期的聚餐，也为了庆祝羽毛球对抗赛的圆满结束，大家尽情喝酒庆祝。首先大家给羽毛球赛取得前三名的队员敬酒，然后由冠军选手张晖为大家一一敬酒，他的夺冠感言是感谢大家给他提供这个机会，感谢这个非常融洽的团队，也感谢在南极组织了这样的羽毛球比赛，作为这个团队的一分子他将继续做好自己的本职工作，为南极考察出一份力。接下来亚军白磊、季军刘建军也给每位队员敬酒，今晚的聚餐场面非常热闹。

最后给前三名颁发奖品，队员为他们做了简易的领奖台，前三名选手上台领奖。在国歌声中三名选手走向领奖台，队员为他们献上了塑料做的鲜花，并给他们颁发了奖品。冠军奖品是电脑音箱一台、亚军奖品是耳麦一付、季军是电脑小音箱一台，参赛的选手每人得到一个纪念信封和一对钥匙扣。颁发完奖品，全体队员和前三名选手合影留念。

虽然在南极考察站条件比较简陋，但我们组织这样的比赛就是为了提高大家的热情，让大家在业余时间多参加集体活动来消磨在南极的寂寞，在远离祖国的冰冷南极，我们要齐心协力，也只有这样我们才能战胜一切困难并完成我们在南极的考察任务。

澳大利亚劳基地

第二天，中山站是一个晴朗的好天气，吃完午饭我组织全体队员去野外游玩。除值班的 3 名队员外，14 名队员下午 1 点从站区出发，我们准备游玩的地方是澳大利亚在协和半岛上的劳基地。劳基地离中山站直线距离 2 公里，平时从俄罗斯大坡走

马鞍山坡道

的话要在 3 公里以上，因为现在中山站附近的海、湖全部冰冻，我们就选择了直线行走去劳基地。

我们首先从站区走到西南高地，在西南高地下到内拉峡湾的陡坡上采取滑坡下去的形式，一开始队员都还害怕滑雪下去，看到几个胆大的队员带头滑下去后，大家纷纷滑雪下坡。因为从这里滑坡下到内拉峡湾，然后在内拉峡湾海冰上正对着在协和半岛上的劳基地走，可以省下好多路程。全体队员下到内拉峡湾的冰面后就在冰面上穿过内拉峡湾向协和半岛的马鞍山走去，因为海冰面上很滑，不时有队员不小心滑倒，有的队员干脆在冰面上滑行，全体队员一边玩耍一边走向在协和半岛上的马鞍山。

在马鞍山上看到有雪的陡坡，队员都会走上去再滑下来，队员们已经找到了这种滑陡坡的乐趣，都抢着去滑陡坡。登上马鞍山后，就能看到一个挺大的淡水湖，这个淡水湖叫大明湖。队员们直接从大明湖的冰面上穿行，在大明湖冰面上队员们又开始了玩耍，都好像回到了童年时光。穿过大明湖登上山峰，就能清楚地看到前面的澳大利亚劳基地。

劳基地属于澳大利亚的考察站，但常年没有人驻守，澳大利亚考察队员每年从戴维斯站过来也就两三次，这个劳基地建造在这里就像南极的一个避难所，各国的考察队员在附近考察，如果碰上大风雪天气，都可以在这里避难。劳基地一共只有四五间房子，一间房子是休息烧饭吃饭的地方，另外四间椭圆形的房子是住人的生活舱，还有一间是洗澡卫生间。在烧饭的房子内电暖炉、各种调料、饮用水、食品等一应俱全，看来在野外考察遇到暴风雪在这里避难几天，生命绝对是有保障的。在协和半岛上远眺内拉峡湾，美丽的内拉峡湾一览无遗。在协和半岛劳基地附近还有美丽的龙泉湖，龙泉湖和附近的大明湖是由冰雪融水形成的湖，这两个湖在群山掩映中，非常美丽。

在劳基地我们稍作休息后，就离开劳基地返回中山站，我们直接从劳基地走向内拉峡湾，这里是内拉峡湾的尽头，在内拉峡湾的马鞍山上又有一个很大的陡坡连接到内拉峡湾的冰面，队员们又是一阵兴奋，纷纷从陡坡的雪面上滑向冰面，好几名队员滑了一次还不过瘾，情愿重新非常吃力地爬回陡坡上，再次从上面滑下来。队员们平时很少出来玩，今天都玩得非常高兴。

我们就在内拉峡湾的冰面上直接对着中山站的西南高地方向行走回站，在冰面上差不多走了 1 公里多，刚开始在冰面走的时候看到远处的太阳在西下，还没走到西南高地，太阳就完全西下了，我看了一下时间是下午 3 点 15 分，看来中山站的白天时间越来越短、3 点太阳就落山了。下午 3 点半，我们全体队员回到中山站，总共走了有两个半小时，从今天的野外游玩活动来看，感觉我们组织这样的活动还是很有意义的。

18

南极极夜对队员睡眠的影响

4 月 25 日，中山站依旧是一个晴朗的好天气，昨天还有一点风，今天连风也明显小了许多，基本是静止的。一天的工作完成后下午我和王刚毅、王林涛、张晖 3 人去海冰上拍摄冰山，我们这几名队员都属于摄影爱好者，喜欢拍一些风光。其实来一次南极也不容易，以后他们也不一定有机会来南极，所以在南极的时候多拍一些南极的风光，也可以作为留念。我是有机会来南极的，但在南极度过冬天这样的机会还是不多，所以我们都特别珍惜在南极的这些日子，希望用我们的相机来留下一些南极的美丽景观。

南极的冰山是南极特有的一道亮丽风景线，千姿百态的冰山和蔚蓝的天空给寂寞的南极带来了无限风光。我感叹大自然的鬼斧神工，能把南极的冰山雕刻得这样多姿多彩；也感叹大自然的伟大，能把南极的冰山变成这么宏伟壮观。

我们在海冰上的冰山群中转了两个多小时，有太多美丽的冰山让我们拍照留念，本想走远一点多看一些冰山，可婀娜多姿、大大小小的冰山让我们流连忘返，以至于我们一直在冰山丛中转悠都没走多远。眼看着太阳西下、天要黑下来了，我们只能带着不舍的心情往回走。南极冰山，我们下次再来为你们留下那美丽的瞬间。

回到站后，我和吴全两个人开着全地形车去俄罗斯进步二站，去会见他们的站长。我们是去邀请他们队员来参加我们站 5 月 1 日举行的"庆祝五一劳动节"晚宴。他们站长愉快地接受了我们的邀请，我们希望他们全体队员都来参加我们的晚宴，他们站长说除值班的以外大约有 35 名队员会来参加我们的晚宴，具体参加人数过几天再告诉我们。俄罗斯进步二站这次越冬队员有 39 人，有一半队员是负责装修他们新建的两栋建筑的装修工人。到时他们来参加我们的晚宴，又要让我们的大厨忙碌了。

第二天中山站是阴天，下午飘起了雪花，因为没有风的缘故，虽然雪下得不大，但到吃晚饭时整个站区地面已经覆盖了一层白色的积雪。

上午，机械师戴伟晟继续维修保养雪地摩托，这几天他一直在忙着检查雪地摩托，因为冬天的时候去野外需要雪地摩托，再说过了极夜就要开着雪地摩托去海冰上探路，测量海冰的厚度，为年底雪龙船的到来提供正确的海冰厚度，并为雪龙船破冰到站区附近提供路线方位。中山站上有好几辆雪地摩托，但整个度夏期间没使用过，也不清楚去年冬天使用的情况，这次我们对每辆雪地摩托全部检查了一遍，发现只有一辆能正常启动起来，所以我们要根据每辆雪地车的检查情况，对雪地摩托进行修理，最起码要保持两三辆雪地摩托可以正常使用，这样去野外也可以有个照应。水暖工王刚毅对锅炉新油罐的管路进行了包扎防冻，冬天到了怕冻坏油管。因这个锅炉新油罐是今年度夏期间刚安装好的，安装好以后我们把这个油罐的油补满，这样可以保证一个冬天锅炉的使用，就能保证宿舍楼、综合楼的取暖和平时的洗澡使用。

随着南极的极夜越来越近，让我感受到南极冬天对睡眠的影响，最近几天我感觉一直睡不好，是想家的原因还是其他什么原因我不知道，可我以往在南极度夏的时候从没出现过这个问题。一天睡不好就不说了，我已经连续有一个多星期失眠了。昨晚我是凌晨 2 点睡的，不知过了多长时间才睡着，可到了 6 点就醒来怎么也睡不着了，只能起床，起床后本来想等到 8 点多出去拍日出，可正好碰上今天是阴天，日出也没拍成。

中国医学科学院基础医学研究所的徐成丽研究员一直对南极越冬队员的身体变化情况有跟踪研究，今年她对我们中山站越冬队员的研究课题是"南极越冬睡眠、昼夜节律改变对认知、心理和安全的影响"，她在这个研究课题的摘要中就提到，南极中山站冬季有两个月的极夜，这不同寻常的光—黑暗周期使越冬队员睡眠和昼夜节律不同步，导致睡眠时间和稳定性紊乱，引起褪黑素昼夜节律失准，削弱认知能力，增加事故、损伤和错误的发生率。

看来南极的极夜是会带来睡眠的紊乱，我可能已经提前进入极夜状态。

南极雪地
足球赛

从昨天下午以来，中山站一直飘着小雪花，因为没风的缘故，到今天（4月27日），中山站地面已经到处积了厚厚的一层雪，远处的天空和地面已经分不清楚，完全是天地一色，一片白色的世界。

看到站区积了这么厚的雪，中午有队员提议下午去雪地上踢足球，我同意了他们的提议。下午我们就组织队员去站区莫愁湖平整的冰面上踢足球，宽广的莫愁湖冰面上积了有10公分厚的雪，我们用4个油桶做了两边的球门，每队6名队员开始了雪地足球对抗赛。我们这队是我、吴全、白磊、李荣滨、李向军和王林涛，另一队是卢成、刘建军、侍颢、李海峰、杜玉军和戴伟晟。

比赛开始，队员们你夺我抢，没想到冰面太滑，上面的积雪因为还没冻起来，雪就像面粉地一样，队员在上面一跑，踩掉了上面的雪，就直接踩到光滑的冰面上，只要稍微用力踢球，人就会滑倒，队员们一个个人仰马翻，好在摔倒在雪地上也不感觉到疼。随后队员们开始小心翼翼地踢球，都不敢太用力，这样还不时有队员滑倒，给比赛现场增添了不少乐趣。半场20分钟下来，虽然在寒冷的南极，队员们已是满头大汗，上半场我们队以6:2领先。

休息10分钟后，又开始了下半场的比赛，这时西下的太阳从厚厚的云层中射出光芒，好像在为我们激烈的比赛鼓掌加油。下半场对方开始了猛打猛攻，希望把比分赶上来，队员们就算经常滑倒也不在乎，滑倒后马上爬起来继续踢球，眼看他们要把比分追上了，还好比赛时间到，我们以9:7结束了这场南极雪地足球对抗赛。

比赛结束时每个队员都是满头大汗、兴奋不已，都说这样的比赛有意义，希望以后每个星期进行一场这样的足球赛，在冰天雪地的南极可以抵抗寒冷，并能锻炼身体。要进行这样

雪地足球赛

的雪地足球赛，就要看天气情况，起大风就无法在外面踢球，再说还有一个月就要进入南极的极夜，到了极夜也无法在室外进行活动。

雪地足球比赛结束后，全体队员在会议室听课。为了丰富越冬期间队员的生活和娱乐活动，从这个星期开始，我们每星期组织一次由一名队员讲课，其他队员听课这种形式的活动，每名队员可以讲自己的专业方面知识或感兴趣的话题。今天讲课的是管理员卢成，他因为在本科和研究生读书期间学的是建筑学专业，所以他今天的讲课内容是"建筑风水学的现代契合"，为我们讲解了建筑、房子装修与风水学方面的一些知识，建筑和房子装修在风水方面哪些是好的、哪些是应该忌讳的，让大家了解了这方面的好多知识。感觉在南极的冬天能让大家学一些各方面的知识，这样的形式还真挺好，希望能一直坚持下去。

第二天，中山站继续飘着雪花，不过雪下得比昨天大了好多，上午从宿舍楼去综合楼的时候，站区路上已经是很厚的积雪。上午风不大，站区地面上的积雪都比较平坦，下午风力开始加强，把地面上的积雪吹成了许多很高的雪坝。因为外面下雪的缘故，我今天一天都待在办公室没外出。

吃晚饭前接到妻子的电话，妻子问我今天是什么日子，我猛一想今天是我们的结婚纪念日，马上给妻子说今天是值得庆祝的日子，应该好好庆贺一下。妻子的一个电话才让我想起今天是结婚纪念日，仔细一想还不是一般的结婚纪念日，是结婚 20 周年的瓷婚纪念日，应该和妻子好好庆贺一下这样的日子，可惜如今身处南极，不能陪妻子庆祝我们的瓷婚纪念日。

回想结婚 20 年来，自己常常漂泊在外，在家陪伴妻子的日子加起来不足 10 年，妻子跟着我吃尽了苦，不仅自己要工作，还要照顾好家庭，双方的父母、我们的女儿都靠妻子平时一个人在家照顾，就连我母亲临走前的一段日子我身处南极都要靠妻子在家照顾，陪伴我母亲走完人生的最后阶段，想想妻子真是辛苦，不知这么多年她是怎么挺过来的，这么弱小的妻子是怎么面对这一切的，而且还把家里的一切安排得井井有条，真难为了她。

我在雪龙船工作多年，基本上每年参加南极考察，有时两次南极考察中间还要参加北极考察。前年当我从雪龙船调入机关工作的时候，曾对妻女说，这下可以在家好好陪伴你们，来弥补我以前经常漂泊在外对你们的亏欠。可没想到在机关工作不到一年，领导就派我来南极参加越冬考察，这一来就要在南极中山站待上一年半时间，比以往在雪龙船工作时每年参加半年的南极度夏考察时间还要长。看来对妻女的承诺又无法实现了，只能等退休后再弥补对她们的亏欠了。

这就是南极考察队员的悲哀，在外人看来参加南极考察是一项非常神圣、非常光荣的工作，但他们绝对不会考虑到考察队员家属为此要付出多大的牺牲、付出多大的心血。

正因为有考察队员家属们这种默默无闻的无私付出，才让我们在南极的考察队员安心工作，为我国的南极事业贡献我们的一份力量。

今天在我们结婚20周年的日子里，我只能在这里对妻子说："老婆，你真的辛苦了。"在此我也要向所有考察队员的家属道一声：你们辛苦了！

雪地足球赛

来自祖国 "五一" 国际 劳动节的慰问

4 月 29 日，中山站的雪停了，但刮起了 8 级大风，把前两天下在地面上的雪吹得到处飞舞，原本地面上厚厚的积雪被吹得一干二净，在避风的地方形成了许多高高的雪坝。南极因为很干燥，下到地上的雪都像面粉一样，再加上寒冷，地上的积雪也不会融化，被大风一吹，它们就开始漫天飞舞，我们在外面顶着风雪行走都无法睁开眼睛。

今天是星期五，照例是中山站室内清洁卫生的日子，再加上后天 "五一" 国际劳动节，俄罗斯进步二站考察队员要来我们这里参加中山站的晚宴，所以我们今天把餐厅彻底打扫干净，迎接俄罗斯队员的到来。今天下午进步站翻译通过高频告诉我们，后天他们参加我们晚宴的队员有 29 名。上次我去邀请他们的时候，让他们提前告诉我们参加的人数，好让我们提前做好准备工作，今天他们总算把人数报了过来。他们考察站越冬队员有 39 名，看来有10 名队员不来参加我们的晚宴，想想也不需要这么多队员留下来值班，估计是装修工人要加班。

马上到 "五一" 国际劳动节了，今天中山站收到了我们单位中国极地研究中心发过来的传真慰问电。慰问电在慰问我们的同时，也是对我们在南极工作的肯定。慰问电内容如下：

值此 "五一" 国际劳动节之际，中国极地研究中心全体职工向辛勤耕耘、默默奉献在南极现场的越冬队员致以节日的问候！祝大家节日快乐、工作顺利！

在国家海洋局的正确领导下，极地工作呈现出良好的发展势头，取得了可喜的成绩。这些成绩离不开你们的心血和汗水，镌刻着你们的奋斗和奉献。你们拼搏奋进、自立自强、开拓进取、锐意创新，积极为考察站管理和发展献计献策，在各自的岗位上充分施展了自己的聪明才智。极地中心向你们表示崇高的敬意和衷心的感谢！南极将进入气候环境恶劣的冬季，希望全体队员能够保持良好的心态和高昂的工作热情，充分发扬南极精神，团结协作，勇于奉献，坚守各自的工作岗位。尤其在节日期间，加强安全措施，保证考察站的正常运转。

最后，再次祝大家节日快乐、身体健康！

海冰上的日落

第二天，中山站天空变晴，但风力一点没减弱，一直刮着 7~8 级的大风，最大到 9 级。大风吹着地上的积雪横冲直撞。今天阳光很好，本来想出去拍拍风景，可看到这么大的风还是不敢出去。下午两点多，看到太阳在西下，夕阳的美景还是让我忍不住冒着大风出去拍摄夕阳西下。

今天刮的是东风，我去站区西边的测绘山上拍夕阳，去的时候是顺着风，感觉还比较好，是大风推着我走。我准备走近路横穿莫愁湖，在莫愁湖冰面上前两天踢足球时还有厚厚的积雪，现在已经被大风吹得一干二净，只留下光滑的冰面。等我走到测绘山顶，看到太阳已经有半个落到远处的岛屿下，本来从西边落下的太阳，现在已经移到西北方向落下。目前中山站中午的时候，太阳不是在头顶上，而是在正北方向并不高的天空中，日出在东北方向，等到日出日落都移到正北方向的时候，也就是将要见不到太阳，太阳整天都会低于地平线，南极的极夜也就开始了。其实这一天已经不远了，我查了中山站以往的资料，5 月 25 日开始中山站整天的太阳就会低于地平线，也就是在这一天南极中山站会进入到极夜。

今天在测绘山上待了没几分钟太阳就落下了，只能往回走。回来顶着风，一阵阵雪花吹在脸上，感到刺骨的寒冷，再加上眼睛都无法睁开，只能侧着身往回走，花了好大力气才回到站区，让我真正感受到了南极刺骨的寒风。

51 中俄考察队员共庆"五一"国际劳动节

　　5 月 1 日，中山站天气变得晴朗，风力也减弱了许多，为我们"五一"节邀请俄罗斯队员来参加我们中山站举行的晚宴增添了好的气氛。吃完午饭，我们的队员们就开始忙碌起来，摆桌子、洗刀叉、洗碗碟、摆酒水饮料等，一切为了晚上和俄罗斯考察队员一起举行"五一"节晚宴，这也是我们这次考察进入越冬以来第一次正式邀请俄罗斯进步二站的队员。

　　下午 6 点，俄罗斯进步二站越冬考察队员在站长的带领下准时来到我们中山站，本来说好来 29 名队员，因几名队员临时有事，他们只过来了 23 名队员。俄罗斯队员到来后，我们在餐厅马上开始了今晚庆祝"五一"国际劳动节的晚宴。首先我说了祝酒词，欢迎俄罗斯考察站员的到来，俄罗斯站长说了答谢词，并赠送了我们礼物，然后双方队员开始了今晚的晚宴。

　　一开始俄罗斯队员比较拘谨，我估计是他们来之前他们的站长教育了他们，本来非常好酒的俄罗斯队员今天一开始喝酒都比较谨慎，我为了调节晚宴的气氛，就首先让我们的队员唱歌，侍颢的一首《敖包相会》让俄罗斯队员鼓掌不断，也把晚宴气氛推向了高潮。接着我们播放俄罗斯民歌，让俄罗斯队员跟着节拍唱起来，在我们的不断播放中，他们的站长总算带头拿起麦克风唱起了《莫斯科郊外的晚上》，他们的队员跟着一起唱，后面的俄罗斯民歌《喀秋莎》、《三套车》在我们的带领下，俄罗斯全体队员也跟着一起唱，虽然两国语言不一样，但音乐是相通的，特别是我们播放了他们的民歌，让他们不由自主地跟着音乐唱起来。

因为我们餐厅的隔壁就是篮球馆，看到这么好的篮球馆，在晚宴过程中俄罗斯队员忍不住要去打几下篮球，我们的队员就和他们一起打起了篮球比赛。篮球、乒乓球、羽毛球，我们的队员都陪着俄罗斯队员玩了起来，从玩的过程中看他队员都玩不过我们，毕竟他们队员的年龄普遍比我们大，玩起来不是我们的对手。

在进行这些球类活动的同时，喝酒并没停止，我们要求俄罗斯队员派出三名代表，和我们的三名代表猜拳来输赢喝酒，其实猜拳也就是石头、剪子、布，因为两国语言不通、文化习俗不同，也只能用石头、剪子、布来猜拳输赢喝酒。因为我们上次在他们站猜拳输给了他们，所以今天我们的队员想赢回来，为中华民族争光，虽然说大了，但在南极的考察队员绝对是代表国家的，队员们都有这份民族荣誉感。一开始他们站长没同意，估计怕他们的队员喝多，我们是东道主当然不会放过他们，在我们队员的紧逼下，也在他们队员高兴的情况下，估计他们的队员在酒精的作用下把领导的话抛在脑后了，我们双方各出三名队员开始了猜拳喝酒。我们的队员上次在他们站输拳后，回来抓紧了训练，今天把俄罗斯队员打得片甲不留，让他们尝到了中国人猜拳的厉害，这样一来把俄罗斯队员喝倒好几个，他们站长一看形势不对，再比赛下去他们的队员估计都要倒下，马上宣布今天到此为止，他们要回站了。虽然我们还没尽兴，但客人要走，我们也不能强行挽留，只能热情地把他们送走，并欢迎他们下次再来。

今晚，在南极的中俄"五一"联欢晚宴圆满结束，双方队员在南极度过了一个难忘的"五一"国际劳动节。

与友散步于南极冰原上

昨天"五一"节和今天，南极中山站都是晴朗的好天气，昨天和今天下午我和四五名队员都外出走动，算是"五一"节的外出旅游。目前中山站的白天时间越来越短暂，已经剩下没几个小时了，吃完午饭我们就要马上出发，不到下午 3 点太阳就会西下，4 点不到天就完全暗下来。这两天我们每天都要走 10 公里以上的路，一路拍照一路欣赏沿途的景色，每天走路都在 3 个小时以上。

昨天，我们去了布洛克内斯半岛外的海冰上游玩，参观海冰上的冰山，我们从内拉湾冰面走向布洛克内斯半岛的北边，也就是大海的方向。虽然那个方向海冰上很空旷没几座冰山，但那几座冰山还挺壮观。我们年轻的两名队员李向军和李荣滨在冰山旁还光着膀子照相留念，在寒冷的南极冰面上脱光上衣拍照还真需要一些勇气，年轻人就是身体好，也不怕寒冷。在冰面上一直往北走的时候，李荣滨问我："站长，我们这样一直往北走，能走到中国吗？"我们离开祖国已有半年，看来我们的队员想家了，想念家中的亲人了。

不到下午 3 点，太阳就西下了，已经靠北面方向多了一些。在平坦的海冰面上拍夕阳西下，效果很不错。等太阳完全落下后我们就开始往回走，回到站区 4 点半，天已经完全黑了下来。

今天我们去的方向是站区的正西方向，也是先穿过内拉湾冰面，然后登上对面布洛克内斯半岛的莲花山，从莲花山再一直往西，爬到海拔高度 133 米的阿里山山顶，本来想在山顶拍太阳西下的美景，可惜今天太阳西下的时候云层很厚，一点光都没露出来。虽然今天没拍到夕阳美景，但一路上走过来的时候，天空的云彩很漂亮，让我们欣赏到了南极天空中多彩多姿的云彩。本来还想从阿里山下到西边的海冰上，可看看时间已差不多，我们就往回走，

赶在天黑前返回站区。

　　这两天这么高强度地走下来，让我感觉到腰酸背痛，应该起到了锻炼身体的作用。据天气预报，过两天中山站的天气又将不好，到时想走也无法出去了，再说还有 23 天中山站就将进入极夜，最起码两个月不能在外面走远，所以我想趁这几天天气好，就在外面多走走，除了锻炼身体、欣赏风景，还可以熟悉站区周围的地形。

　　第二天凌晨南极中山站开始飘起了雪花，一天一直飘着小小的雪花。上午 8 点，老王和老戴开着雪地车去进步湖取水，因为昨天老王和我说有一个 6 立方米饮用水箱的水已用完，想这几天去进步湖取水把这个水箱补满，我看到最近天气不错，就同意他们去取水。虽然我们储存的饮用水已经够我们整个冬天使用，但为了到 12 月份我们交班时可以留下一部分饮用水给下次考察队使用，我们想趁天气、路况好的情况下多取一些饮用水准备着，也不至于让下次考察队一接班就去取饮用水。

　　今天他俩开着雪地车到进步湖，找到原来在冰面上取水的冰洞，把新近在冰洞中结的冰刨开，发现冰下已经没水了，估计是原来钻的冰洞太靠近湖边，湖边的水位浅，已经全部结冰了。他们就往湖心走，正好发现有一个现存的冰洞，估计是俄罗斯进步站队员最近刚钻开后取水用的，他俩也就准备在这个冰洞中取水。但这个冰洞太小，我们取水的水泵放不下去，他俩就取出冰钻把这个冰洞钻大，然后把水泵放入冰洞中抽水到我们雪地车上的水囊中。他们回来后我问了他们现在进步湖冰面的厚度，他们说有五六十公分厚，那雪地车开在冰面上应该很安全。

到上午 11 点，他俩取了一车水回来，本来下午还想去取一车水，但看到天气情况不是很好，我就让他们下次再去。反正饮用水整个冬天已经够用，不需要着急，等天气好了再去，安全是最重要的。

随着中山站的极夜越来越近，站区周围的冰面都结了很厚的冰，企鹅、海豹好长时间没有看到，估计都跑到很远的海里去觅食了。一直在头顶盘旋烦人的贼鸥最近也见不到了，估计也迁徙到北方过冬去了。就像越冬老队员讲的，在南极极夜期间考察站上除了十几名考察队员，见不到一丝有生命的东西，整个南极一片寂静。我想也就是在这样的南极极夜期间，才是考验考察队员心理素质的关键时刻。我希望我们的考察队员做好这方面的心理准备，顺利度过南极的极夜。

53

极地 T3
综合征

5 月 4 日，中山站的雪停了，但太阳躲在云层后始终没能露出来。吃完午饭，我组织全体队员在广场上拍一段视频，是极地考察办公室要求拍摄的。目的是为了 6 月 8 日在大连举行的 2011 年世界海洋日庆祝大会上使用，国家海洋局准备在庆祝大会上做一个短片，展示我国海洋事业各方面的形象，我们在南极中山站的全体越冬队员面对镜头喊出了我们的口号："爱国、求实、创新、拼搏，辛亥百年、海洋振兴，祝 2011 年世界海洋日庆祝大会圆满成功。"

下午 3 点是我们中山站每星期三的讲课时间，今天由我们的吴全医生为大家讲解"极地 T3 综合征"，这是由外国科研人员首先提出来的，即在南极居住持续 5 个月以上的人群，其下丘脑—垂体—甲状腺轴会发生改变的一种症状。出现这种症状的人表现为容易出现心情抑郁、愤怒、疲劳以及思维混乱等现象，还会出现注意力不集中、警觉性降低、反应时间延长等症状，另外还会出现难以入睡和睡眠不深等情况。我国的科研人员目前也在研究这个课题，但还没有好的办法来解决"极地 T3 综合征"。看来在南极考察一年对人体还是有所伤害的，只能靠考察队员自己去调节，愉快地来面对南极的越冬考察生活。

今天是"五四"青年节，我让大厨晚上多加几个菜，大家一起来庆祝青年节。我们中山站越冬考察队员中年轻人比较多，所以大家热闹一下，来为他们庆祝他们自己的节日。吃完晚饭，年轻队员照例是他们的打牌时间，最近他们迷上了"三国杀"，只要一有空闲时间就会玩上两把，反正玩这个牌人数多少都可以，有时他们是用纸牌来玩"三国杀"，有时在网上联网玩"三国杀"，看他们玩起来真是干劲十足。其实在南极越冬生活，有好多的业余时间只能靠这些活动来打发，大家在一起有说有笑，才不至于让大家得"极地 T3 综合征"。

到了晚上，中山站开始飘起了雪花，雪还下得挺大，到第二天上午地上已积起来 20 多公分厚的积雪，但雪下得变小了，一整天中山站一直在飘着小雪花，风力也很小，感觉气温明显上升，此刻的气温和其他时间相比要高出好多，虽然见不到太阳，可能是没有风的缘故。

吃完午饭，在站区转了一圈，看着天地一色、白茫茫的一片，已经分不出天地的分界线，映入眼中的全是白色。现在南极中山站白天已经没几个小时了，再碰上这样的阴天，白天时间更加减少。现在只能在中午有限的几个小时出去照相，到了极夜也就无法出去照相，一切活动都要转入室内，到时每天的博客上也就没有太多照片上传。我现在就在担心到时能不能坚持每天写，因为每天重复的日子没有太多的事情可以写，只能写一些自己心里的感受。坚持，一定要坚持写到本次南极考察结束。

聚餐

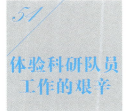

体验科研队员工作的艰辛

5月7日，中山站的风力在继续增强，风力达到了8~9级，把站区地上的积雪吹得漫天飞扬，也把路面上的雪坝堆积得越来越高，队员走路越过雪坝的时候要陷到大腿，再加上这么大的风力，给我们在站区走路带来了非常大的麻烦。

可能有人会问，这么大的风雪为何还要在站区外面走动呢？在南极中山站每栋建筑都是分开独立的，我们在宿舍楼如果要去吃饭，必须走到外面再去新综合楼餐厅，如果要去队员的每个工作岗位，也必须走出宿舍，去每个队员工作岗位的楼栋，有发电栋、气象栋、高空物理观测栋等各栋建筑，在天鹅岭上的各个科研栋也必须每天有人过去观测接收，总之每个队员基本上都有自己独立的工作场所，还必须每天去值班观测。如气象观测的队员，还必须每天在5点、11点、17点、23点观测接收气象数据后马上发送到国内和在南极的澳大利亚戴维斯站，一天都不能中断。

今天的大风再加上路面上堆积的雪坝，让发电值班的队员和睡在发电栋楼上的发电班队员都无法来餐厅吃饭，虽然今晚我们聚餐喝酒，让发电人员克服困难过来吃饭，但他们看到这么大的风和路上高高的雪坝，还是不愿意过来，情愿随便吃一点将就一下。

中山站各个科研栋离宿舍楼都还挺远，有的还要爬山，科研队员每天要往返多次，在风雪交加的时候真的很辛苦，要过雪坝、爬山，还要忍受风雪的吹打。目前还有白天应该能看清走路的路线，相对比较安全，如果到了极夜，再碰上大风雪天气，他们每天还是要这样去科研栋，真的很艰苦。

不过我们既然已经参加了南极考察队，并已经成为了一名南极考察队员，赋予我们的工作我们一定会努力完成，不管克服多大的困难都必须完成我们的本职工作，这是国家交给我们的任务，也是我们在南极考察的队员应尽的责任和义务。

第二天，中山站的风力在继续增强，上午 10 点我跟着两名科研队员去天鹅岭观测栋体验他们每天的工作情况。昨晚我看到风很大，问了他们每天是怎么去天鹅岭观测栋的，路上是不是很辛苦，他们回答每天这样来回是比较辛苦，我就说明天和你们一起过去，让我体验一下你们的艰辛。

上午 9 点多，李海峰过来叫我，说他们要过去了，问我去不去，我说去的，另外老王和大厨也准备和我一起跟他们过去体验一下。我们三人就跟着科研的李海峰和李荣滨从宿舍楼出发去天鹅岭，因为今天风力大，在站区被大风吹积成的雪坝，高的地方已有一人多高，我们只能绕行，从雪坝低的地方过去，这样人走在雪坝上也要陷入膝盖以上，没有雪的地方风力特大。天鹅岭在站区的西北方向，去的时候是顺风，风吹在背上推着你往前走还算好一点。首先我们上气象山，翻过气象山的时候有一段雪坝区域，艰难地穿过雪坝后就到达一片相对比较平坦的乱石区，这里因为在风口上，上面的积雪早被大风刮走了，从这里到天鹅岭的路上基本都是风口，整个山上都没有积雪，但因为风力大，走路感觉非常艰难，不时被风吹着走。从宿舍楼到天鹅岭上最远的大气观测栋，大约有 1 公里的路程。

风雪天队员翻越雪坝去科研观测

队员们迎着暴风雪去工作场所

到了天鹅岭上,两名科研队员先检查室外的接收器工作情况,然后李海峰进入大气成分观测栋检查机器工作情况,并接收数据。中山站从 1992 年就开始进行大气成分观测,到目前为止一直连续观测从没间断过,因为全球大气成分的变化已经威胁到人类赖以生存的大气环境和气候,研究全球大气成分的变化状况,对于研究全球大气环境变化及其对地球其他系统的影响问题,如全球气候变化、生态系统影响等,都具有十分重要的意义。

到天鹅岭最北端后,李荣滨还要下到山脚下的海边,因为海冰辐射观测的仪器设备都在海边的观测栋内,山坡到海边有 20 多米高,坡度在 45°左右,为了便于每天上下坡,已经在山坡上拉上了绳索。但即使有了这根绳索,在这样的大风天气下坡还是很不方便,我看到李荣滨刚到山坡上就摔了一跤,看他下坡感觉还是挺危险,现在没到极夜还能看清脚底下的山坡,到了极夜不知要克服多大困难,他还必须每天往下爬一次,这是他的其中一项工作任务,因为他是气象观察员,本职工作是每天观测气象。我们大厨看到李荣滨下坡后,也去试了一下,拉着绳索下到坡下的海冰辐射观测栋。

他们工作结束后,我们就从天鹅岭往回走,去的时候顺风感觉还好,回来顶风就困难了,顶着 10 级大风艰难地往回走,还好他们两名科研队员有经验,出来的时候让我们戴上面罩和风镜,否则眼睛根本无法睁开。回到气象山上,我们去了气象观测栋,这里每天接收气象数据,并发送天气预报,由李向军和李荣滨负责,他俩每天轮流值班接收发送 4 次气象数据,从没有休息日,一天也不能中断。

今天体验了南极科研队员的艰辛,他们从上站接班后就要每天工作,直到一年后下次队员来接班后才能轻松一下,平时业余时间还要帮助干一些站务活,感觉他们真的很辛苦,为了南极考察事业,他们付出了很多,作为南极考察队员,真为他们感到自豪。

南极潮汐观测

5 月 11 日，中山站继续是大风天气，因早上要跟杜玉军去海冰上安装中山站验潮站设备，7 点半天还没亮我就起床。吃完早饭，8 点半我们就出发，杜玉军叫上了老王和王林涛帮助他一起安装设备，所以我们 4 人一早就出发前往海冰。

今天杜玉军在海冰上要安装的设备是中山站验潮站基准标定，也就是在海冰上钻一个冰洞，把测量的设备放入海水中，通过潮汐的变化，测量从岸边基准点到验潮仪水面上方的精密水准，确定验潮仪的零点到基准点的高差。在南极中山站建立验潮站是研究南大洋海平面变化必不可少的技术措施，关系到海平面变化对全球变暖的研究，而海洋潮汐是研究海平面变化的重要手段。

今天上午，我跟着去海冰主要是想体验一下科研队员的生活，感受一下他们工作的艰辛。早上我们 4 人扛着测量、接收设备，迎着六七级的大风，从中山站宿舍楼出发，去物理观测栋山下的海冰上，因在海冰上安装的接收设备要离接收器房子 100 米以上，我们就在海冰上走了有几百米路程，找到合适的位置后，开始启动钻冰机，在海冰上钻孔直到钻透海冰见到海水为止。钻透海冰后，小杜就在冰洞上面支上架子安装接收设备，接收、观测每天海水潮汐的落差。

今天是星期三，按照计划下午继续安排队员讲课，今天讲课的是水暖工王刚毅。他讲解了中山站水系统的工作原理和他每天工作的内容，介绍了中山站水系统、生活污水系统等情况，让全体队员了解了中山站上下水系统方面的具体情况。

第二天，中山站的风力变小，吹过来的北方暖气流停止了，随之气温又开始下降。吃完午饭，我看到老王去垃圾处理栋焚烧垃圾，这是他的工作职责之一，现在越冬期间因为队员少，产生的生活垃圾并不多，他一般可以一个星期焚烧一次。而在度夏期间，中山站的考察队员有上百人，产生的生活垃圾需要老王每天焚烧，那段时间也是他最忙、最辛苦的时候。

因中山站原先的垃圾处理栋中的焚烧炉达不到南极环保的要求，为此在中山站"十五"能力改造期间我们对中山站的垃圾处理栋和污水处理栋进行了新的建造，配置的设备满足南极环境保护的要求。中山站的新垃圾处理栋是前年开始建造的，今年度夏期间全部完工，经过验收后，我们今年越冬开始投入使用。

新垃圾处理栋中配置的焚烧炉是由宜兴华瑞焚烧炉科技发展有限公司生产的 HR-G-H4 型垃圾焚烧炉。这套装置有炉本体、燃烧系统、送风机、排风机、燃烧机及柴油输送系统、烟道、热交换降温系统、集尘器系统、控制系统、烟囱等系统组成。焚烧生活垃圾时将干燥的垃圾投入炉本体的燃烧室，由燃烧机自动点燃，垃圾在燃烧室内充分氧化、热解、燃烧，产生的高温烟气经热交换器降温，降温后的烟气进入集尘器系统除去颗粒粉尘，将气体经烟囱排入大气。燃烧后产生的灰烬收集后打包，带回国处理。

到今天为止，中山站的乒乓球单打比赛的小组循环赛全部结束，决出的 8 强选手是徐启英、徐文祥、邹正定、戴伟晟、张晖、王林涛、李荣滨和我，除了李荣滨外，全部都是 40 岁以上的选手，年纪大的在乒乓球比赛中都比较出色，整体水平要比年轻一代高出许多，因乒乓球比赛在体力上要求不多，年轻人的体力好占不到什么便宜。8 强选手通过抽签分成两个组后，下星期开始将进行小组循环赛，每组的前两名进入 4 强。

56

考察站上宝贵的新鲜蔬菜

5 月 13 日，中山站继续是阴天，从 5 月 2 日见到太阳以来已经有 10 多天没见到太阳，虽然现在即使是晴天，每天太阳在天空中的时间也不会超过 5 个小时，但对我们来说太阳还是非常宝贵的，因为再过 10 天南极中山站的太阳将一直在地平线以下，中山站将见不到太阳两个月之久，南极中山站将正式进入极夜阶段。

今天上午，机械师戴伟晟开着装载机继续铲除站区的雪坝，前几天的大风雪给站区造成了好多很高的雪坝，也是今年以来最严重的一次，给机械师铲雪增加了很大的工作量。南极考察站上的机械师和发电人员、水暖工、厨师一样，是后勤岗位中比较辛苦的一项工作，度夏考察期间每天要维修保养考察站上的各种车辆，还要负责驾驶各种车辆为科考、后勤管理服务，基本上没有一天休息日。进入越冬阶段，机械师除负责保养考察站上的各种车辆外，主要的一个工作就是铲雪，每次下雪后要及时铲除站区道路上的积雪，以保证考察队员出行方便和考察站日常工作的顺利进行。

现在每天吃完晚饭后，队员们有打牌的、有去健身房锻炼的、有上网的、有唱卡拉 OK 的、有看书看电影的，总之感觉全体队员在一起非常融洽，也非常热闹。我们这支队伍离开祖国已经有半年多，半年时间在南极的朝夕相处，使来自全国各地、不同单位的 17 名考察队员之间建立起了深厚的感情，因为有了这种感情、有了这份默契、有了这种团结，我们才能抵御南极的寒冷、才能顶住南极的狂风暴雪、才能战胜远离亲人和南极极夜带给我们的那种孤独感。

第二天中午，由国家好几个部委领导组成的南极咨询委员会视察了我们在上海的单位中国极地研究中心，听取了我们杨惠根主任的介绍，并和我们在南极的长城站、中山站进行了视频连线，听取了南极两站的工作情况汇报，最后慰问了坚守在南极的越冬考察队员。

我们中山站的网络系统最近一直不是很好，为了今天的视频连线我们通讯员王林涛从昨天开始就和国内进行了调试，昨天忙了一整天才把视频调试好。今天为了保证视频连线的成功，我们中山站把全部网络都断开，只留这个视频连线的端口。从今天南极咨询委员会慰问南极考察站的现场情况看，今天的效果还算可以，关键时候没有掉链子。

下午，我组织队员对冷藏库中的剩余蔬菜进行了整理，把白菜外面腐烂的叶子剥掉，我们所剩的白菜已不多，今天把剩余的一些白菜全部搬运到新综合楼底下的夹层中保存，估计剩余的白菜只能吃到这个月底，从下个月开始就没白菜可吃。冷藏库中所剩的蔬菜目前只有土豆和洋葱，今天把洋葱也整理了一下，外层腐烂的剥掉后重新储存，看洋葱的数量还可以吃几个月没问题。目前站上最多的就是土豆，因为蔬菜中土豆最容易保存，估计能吃到下次队来接班。中山站从进入越冬期后，我们就一直发豆芽来补充蔬菜，另外也经常吃一些脱水蔬菜，以保证每餐有一种蔬菜供应。

　　南极考察站上的越冬队员在越冬期间最缺少的就是新鲜蔬菜，因为蔬菜的储存期短，而南极中山站一年仅靠考察船来补给一次，一年的新鲜蔬菜是绝对无法保证的，为保障考察队员的身体健康只能让队员吃一些维生素片来弥补蔬菜的缺失。

　　目前的无土栽培蔬菜技术应该比较成熟，去年来南极前我们单位也在考虑在南极考察站上使用无土栽培种植蔬菜，如果这个方案能成行的话，那就会大大改善南极考察队员的新鲜蔬菜缺失问题，也会给南极考察队员的身体健康带来很多的好处。

南极极夜前珍贵的太阳

　　5 月 15 日，中山站总算变了晴天，但晴天也感觉是灰蒙蒙的，因为太阳只露出地平线一点，就是在中午 12 点的时候才露出那么一点。我查了一下中山站今年太阳天顶角的数据，今天中山站的太阳天顶角只在中午 11 点到下午 1 点的 3 个小时是低于 90 度的，也就是说只在这 3 个小时太阳是露出地平线的，中午 12 点的时候天顶角是 88 度，也就是太阳露出地平线最大只有 2 度的角度。到 5 月 25 日中午 12 点的时候天顶角是 89.85 度是小于 90 度的，太阳也就能露出一小点光，从 5 月 26 日开始中山站天顶角每天 24 小时都大于 90 度，太阳开始一直在地平线以下，也就是在这一天标志着中山站将正式进入极夜。

　　今天是星期天，难得在天边的远处看到还有一点太阳光，我们就准备出去走走，再说今天大厨休息，我和老王、王林涛决定陪着大厨出去转转，也可以出去拍一些照片。因为现在白天的时间就在中午的 3 个小时左右，我们 4 人就在上午 10 点半天刚蒙蒙亮时出发。

　　首先我们去站区的天鹅岭，从天鹅岭最北边下到海冰上，然后在海冰上一直往北走，我们希望能在海冰上穿越前面的几座大冰山走到最外面平坦的海冰上，这样在中午的时候就能

看到露出地平线的太阳。我们在海冰上往北走，首先要经过一片冰山群，这边的冰山都挺漂亮，而且全是蓝冰，可惜没有阳光的照射，没能把蓝冰山衬托得更加美丽，感觉拍出来的照片效果也不是很好。

穿过冰山群后，一个岛屿挡在我们面前，我们决定翻越这个无名岛（回来在地图上查找发现该岛也没有标注名字，有老队员叫这个岛为宝石岛），这个岛还不小，我们在这个岛上爬上爬下横穿了整个岛，在岛的最北边看远处地平线上太阳的时候，发现还给远处海冰上的一座大冰山挡住了，只看到一点点太阳光。我们在这个岛的北边准备下到海冰上继续向北，可发现都是悬崖陡壁无法下山，好不容易找到一处山缝，艰难地下到海冰上。在海冰上继续往北走，本想绕过远处的大冰山，可一看时间已经过了 12 点，只能放弃继续前行而打道回府，因为天黑就走不回去了。

回来时我们在海冰上绕过那个无名岛，一直在海冰上行走，为了走直线节约路程，我们还在两座冰山夹缝中翻越，这样我们回到站区也已经是下午 1 点半，没过一会天就完全黑了下来。

今天我们走了整整 3 个小时，走了有 10 公里以上的路程，虽然今天的气温在零下 20 多摄氏度，但我们走得还是浑身冒汗，感觉收获还挺大，我们把今天的活动就当作周日的野外游。

第二天的晚上，中山站天空变得异常晴朗，又大又圆的月亮挂在天空，零星的星星在天空闪烁，只可惜没出现极光为美丽晴朗的夜空增添色彩。

到了第三天中山站总算见到了久违的太阳，上午 9 点远处的地平线上出现了一点霞光，在正北偏东的方向。9 点半，朝霞越来越多，把天边映红了一大片，随着朝霞的增多，到 10 点半太阳总算跳出了地平线，可惜被远处的大冰山挡着了一点，11 点太阳升到远处冰山上，正午 12 点太阳在正北方向升到最高位置，我查了一下今天中午 12 点的天顶角角度，是 88.5 度，也就是太阳才露出地平线 1.5 度的角度。随后太阳往正北偏西方向慢慢移动并向下，没过一会儿就被站区北边的高地挡住。到下午 1 点半，太阳已完全下到地平线以下，两点多天色就黑了下来。

这天吃完午饭，我组织队员在站区宿舍楼梯口和冷藏集装箱边上铲雪，大片的积雪已经由机械师开着装载机推铲完，边边角角的位置只能靠手工铲雪。楼梯口因为要经常进出，积雪冻起来后太滑会影响队员走路安全，所以每次下雪后必须及时铲除。另外冷藏集装箱里需要经常拿菜，所以旁边也不能有积雪，积雪高会影响开门，如果积雪掩埋压缩机会影响到压缩机的正常工作，所以每次下雪后都必须及时铲除。

这几天的晚上，中山站一直在举行乒乓球 8 强循环赛，除徐文祥值班没参加比赛外，其余 7 名选手全部参加了循环赛，从比赛结果来看，我、邹正定、戴伟晟能进入 4 强，徐文祥虽然还没参加比赛，但他应该实力是最强的，所以还有一个 4 强位置留给他。今天晚上让徐文祥比赛完，明天准备按照循环赛的积分次序，第一名和第二名争夺冠军、第三名和第四名争夺季军，这样中山站乒乓球单打比赛明天将全部结束，接下来准备进行乒乓球双打比赛。

南极海冰上
观看日出

5月18日早上8点，我起床后，从窗口往外看，看到远处天边已经有点霞光出现，感觉今天的日出一定可以见到。吃完早饭后就等待日出的美景，因为昨天是10点半日出的，估计今天也应该在这个时间。不到10点老王来找我，说一起出去拍日出，我本来也想去，这样我们正好结伴而行。

上午10点，我们从站区出发，往东北边的海冰上走去，我们想绕过外面的一座大冰山，这样可以清晰地看到太阳从平坦的海冰上升起。当我们在海冰上走了两三公里，还在冰山群中的时候，10点半左右看到太阳跳出了地平线，还好我们已经错开了大冰山，太阳露出地平线的那一瞬间，让我们在两座冰山缝隙中欣赏到了。太阳露出地平线没多长时间，就被上面的云层慢慢挡住，11点太阳就被云层完全遮挡住。早晨天空挺晴朗的，可惜太阳出来后变成了多云天气。

南极海豹

在我们对着北边的天空拍日出的时候，转身往站区方向看，见到圆圆的大月亮还挂在南边的天空中，在极夜来临前能见到日出加上月亮高高挂这样的美景，让我们喜出望外。

让我高兴的事还在后面，真是让我没想到今天会有这么大的收获。当我们看到太阳被云层遮住后，我们就决定返回站区，老王说从东面的一座冰山那里绕回去。我们就继续在冰面上往东走，穿过两座冰山的夹缝后，我们在冰面上看到有一条挺宽的潮汐缝，并在潮汐缝中见到了一个小水塘，我们一看就知道是海豹洞，说明海豹刚从这个洞中进出过，我们就在附近冰面上寻找海豹。当我还在专心给冰山拍照的时候，老王惊奇地叫了一声："海豹！"我往前面的海冰上看，果然有两只海豹躺在冰面上，我顿时感到一阵喜悦，一个多月没见的海豹总算又见到了，原来以为冬天海豹都去了远处海冰外的海水中，想不到在我们站区附近的海冰下也有海豹出没。我们忙向着海豹的方向走去，走进一看发现是3只海豹躺在冰面上，2只很大的海豹和1只较小的海豹，2只大海豹非常肥胖像怀孕的母海豹，可母海豹一般在九十月份分娩小海豹，现在感觉时间应该还早。我们给海豹猛一阵拍照留念后，就依依不舍地告别海豹往回走，因为12点吃午饭，今天吃完午饭要组织大家干活。

越冬考察期间，特别是极夜期间考察队员的业余时间需要每个队员自己来合理安排，在寂静的南极可以好好静下心来，看看书、钻研一些专业方面的知识，这样也可以调整好自己的心态，过一个有意义的南极冬天。

中山站遭遇极端寒冷天气

5 月 20 日，中山站是晴天，可气温直线下降，最冷达到零下 28 摄氏度，是今年进入冬天以来最冷的一天。虽说是晴天，太阳露出地平线也就两个小时，中午 11 点太阳跳出地平线、午后 1 点就完全落下。

中午吃饭的时候，发电班值班的邹正定说柴油机用的柴油从站区大油罐中流不到发电机房，发电房油柜快要断油。吃完午饭，发电班班长徐文祥去中山站老油罐处查找柴油流不到发电房油柜的原因，经过检查发现是因为今天气温低而造成柴油有结蜡现象，从而影响了柴油的流动性。

中山站目前使用的是–10°柴油，–10°柴油在气温零下 10 摄氏度不会结蜡，考虑到中山站冬天的气温在零下 30 摄氏度左右，为了保障柴油的正常使用，在–10°柴油中添加了防冻的添加剂，这样能保证加了添加剂的–10°柴油在零下 25 摄氏度左右不会结蜡而失去流动性。但中山站冬天的气温有时会超过零下 25 摄氏度，所以还在发电房旁边的两个小油罐中的柴油中加入了一定比例的航空煤油，这样能保证在气温零下 30 摄氏度左右的情况下正常使用，一般这两个小油罐是在冬天最冷的时候使用的，不到万不得已不使用。另外还在发电房中储存了 10 桶柴油，是在室外油罐中的柴油全部结蜡的情况下应急使用，当然冬天这么冷的情况很少碰到，中山站记录的最低温度是零下 43 摄氏度。

吃完午饭，我也去了老油罐处，另外趁太阳落下前在站区转了一圈，也顺便检查了一下各处的情况，没几天中山站就要极夜，到了极夜室外什么都看不到，也无法出去检查。下午 1 点当我走到高空物理观测栋的时候，太阳正好在地平线处落下，我就在物理观测栋的顶层拍夕阳和晚霞的美景，另外也拍月亮在西南高地上空升起的景色。上午 10 点半的朝霞和下

风雪天队员翻越雪坝去科研观测

午 1 点的晚霞是差不多的，分不出到底是朝霞还是晚霞，过几天太阳就在中午 12 点的时候在地平线处露一下，到时的朝霞也就是晚霞，想想这种景色感觉还挺不错。

现在希望中山站进入极夜前的最后一天是晴天，这样就能抓住极夜前的最后一丝阳光，看看这到底是什么样的美景。

第二天，中山站是晴天，风力也很小，可气温在继续下降，最低达到零下 34 摄氏度。室外的柴油罐、油管中的柴油全部结蜡冻住，连柴油中加了航空煤油的小油罐中的柴油都结蜡冻住，柴油发电机、锅炉只有使用放在室内油桶中储存的应急柴油。可放在室内油桶中的柴油只能维持柴油发电机两天的用油量。据天气预报，零下 30 摄氏度以上的天气还将持续几天，这样明天就要想办法打开油罐，把油罐中的柴油抽入油桶中运至发电机房。因为油罐中的柴油结蜡是外围一层，要想办法在油罐中部取出不结蜡的柴油。

前面听说今年南极是暖冬，看来这个说法不正确，现在还没到极夜气温已经降到零下 30 摄氏度以上，不知到了极夜气温还会不会下降。

今天上午快 11 点的时候，看到太阳慢慢从地平线上升起，因为太冷我也不敢跑出去拍日出，只能站在新综合楼门口拍日出。虽然离日出的海冰很远，但也拍到了日出的全过程。日出过程持续有 30 分钟，就是这样站在门口 30 分钟我都感觉快要冻僵，这还是我人生第一次碰到这么低的气温，但愿到了极夜气温不要再下降。

今天是周六，中山站例行的聚餐日子，说是聚餐其实就是多烧几个菜，拿一瓶好酒出来大家喝一点，让大家感觉有家的味道，大家围坐在一起热热闹闹的。在今晚的聚餐过程中还进行了乒乓球比赛的颁奖，前 3 名选手上台领奖、接受队员的献花，虽然奖品是小纪念品、领奖台是临时凑合的、花是假花，但大家都做得有模有样，一个程序都没缺少。我们在南极的考察队员就需要这样的热闹气氛，在远离祖国、远离亲人的寒冷南极，考察队员就是靠这样的团结友爱、互相合作来调节自己的心态，共同去战胜冰冷南极带给我们的一切困难。

南极进入极夜前的最后一缕阳光

5月24日，中山站是多云天气，中午一个小时的阳光也没有见到，明天是中山站进入极夜前的最后一天，可据气象预报明天还是多云天气，看起来极夜前的最后一缕阳光是无法见到了。今天中山站的气温有所回升，没有超过零下30摄氏度，希望气温继续回升，让我们的柴油发电机、锅炉能正常使用到油罐中的柴油。

南极中山站寒冷的天气让我们增加了不少工作量，昨晚发电栋柴油机冷却水箱一根溢水管结冰堵塞，因为气温低，发电机房地板、外面冷却水箱间的地板全部结成了冰，溢水管结冰堵塞造成冷却水在冷却水箱间流了一地。老王马上到发电栋底下室外的架空层中去疏通溢水管出口，把溢水管出口处的结冰敲除，并用热水冲洗水管，忙了一个多小时才把溢水管疏通。

今天上午，发电机冷却水箱的水位计冻裂，造成大量喷水，老王和发电值班徐啓英一起紧急处理，把水箱水位计上下接口用盲板封闭死，才消除了漏水。这种处理方式不影响看水位，因为这个水箱和边上的另一个水箱是连通的，只要看另一水箱的水位计就能确认这个水箱的水位。

今天中午，老王烧锅炉供暖气，可刚烧起来锅炉就熄火报警，又是一阵忙碌查找熄火原因，打开燃油滤器清洁、拆出点火棒和喷嘴检查，电工徐啓英查找控制箱电路，最后总算把锅炉正常燃烧起来，具体故障原因也没搞明白。目前中山站在这么寒冷的情况下，锅炉烧热水为综合楼、宿舍楼提供暖气是必须保障的，一旦失去暖气，考察队员的正常生活就要受到影响。

下午，锅炉正常燃烧起来后，想给锅炉室内的油柜补油，可启动驳油泵后发现抽不出

油，昨天还从室外的锅炉油罐中抽出柴油为柴油机运油，可今天就抽不出来，估计又是柴油结蜡堵住了油罐出油管路，好在昨天为柴油机补充了足够的柴油，否则又要忙乱一阵了。锅炉室内油柜中的柴油能坚持两天，等明天气温回升后再试试抽油。

在南极的冬天，考察站上电的供应至关重要，一旦失去供电，不仅会造成考察站和外界失去一切联系，而且考察队员的生命也将会受到威胁。所以保障南极考察站发电机的正常运行是每个考察站工作的重中之重，绝来不得半点马虎，因为电力供应是南极考察站的生命线。

晚上，中山站飘起了小雪花，气温也随之升高了许多。第二天早上起床，往窗外看地上是一片薄薄的积雪，雪早已停止，没能持续下雪，所以今天的气温还是降不了多少。吃完早饭准备着去拍中山站极夜前最后一天的阳光，可看到外面的天空是灰蒙蒙的一片，云层很厚，估计极夜前最后一天的阳光是不会出现了，我也就不准备出去，在办公室看书。

快到中午 11 点的时候，刘建军过来叫我，让我快看外面的太阳，我往窗外一看，果然看到远处天边出现了红红的一片，半个太阳在厚厚的云层后射出了红色的光芒。我顿时兴奋起来，马上穿上衣服拿起相机往外跑，可跑远又怕拍不到日出精彩的瞬间，就在新综合楼门口拍日出。太阳因为在厚厚的云层后透着光芒，看到的太阳不是很清晰，但这样的美景还是很壮观。太阳从地平线上露出半个以后，慢慢往正北方向偏移，一会就躲到大冰山后面去了，没过一会又从大冰山上露出了太阳的光芒，太阳周围射出十字形的光芒，真是非常美丽的景色，我感叹大自然的神奇。到 12 点太阳移到正北，被站区的小山包遮挡，只露出一些光芒。

今天能看到中山站极夜前的最后一丝阳光感觉很高兴，但遗憾的是没有去站区山上拍日出，错过了拍到整个太阳的机会。看上午的天空中浓密的云层，凭感觉太阳总是不会出来的，可太阳光偏偏从厚厚的云层后射出，是万万没有想到的。

明天，中山站将正式进入南极的极夜期，太阳一直在地平线以下，但因为明天是第一天，中午 12 点的时候太阳只在地平线下一点，所以明天中午的时候在天边应该还能看到地平线下太阳的反射光，明天中午我准备在山坡上的物理观测栋等待，看看能不能见到天边出现的太阳反射光。

今天是星期三，中山站考察队员大讲堂继续开课，今天由我们的大厨为大家讲解烹饪课。大厨张晖是来自武汉商业服务学院烹饪系的一名讲师，给学生上烹饪课是他的职业，所以我们邀请大厨给我们队员讲烹饪课，也让我们学一些基本的烹饪技术。大厨边放录像边为我们介绍了 4 种菜的烧法，这 4 种菜是拔丝苹果、挂霜腰果、梁溪脆鳝、拖网桂鱼，让我们学到了这 4 种菜烹饪的方法，不过真正要掌握还得亲自去实践一下。

大厨讲完烹饪课后，俄罗斯进步站的翻译给我们介绍了俄罗斯第二大城市圣彼得堡的风光。这是俄罗斯翻译主动要求给我们队员介绍的，今天下午我们正好上课，所以邀请他今天过来给我们介绍。俄罗斯翻译通过照片给我们介绍了圣彼得堡城市的历史，这座城市由彼得大帝所建，位于波罗的海芬兰湾东端的涅瓦河三角洲，整座城市由 40 多个岛屿组成，市内水道纵横，700 多座桥梁把各个岛屿连接起来，因而风光旖旎的圣彼得堡有"北方威尼斯"的美誉。俄罗斯翻译也给我们介绍了圣彼得堡的风土习俗，通过一张张照片让我们领略了风光秀丽的圣彼得堡。

5 月 26 日是南极中山站进入极夜的第一天，上午气温还很低，下午开始慢慢好转。据中山站气象预报，今天夜间到明天白天，中山站将迎来一轮阴雪天气，预计持续 2~3 天，最大风速预计在 5~7 级，以小到中雪为主，温度将显著回升。

本来以为进入极夜，白天也会漆黑一片、伸手不见五指，可今天中午前后两三个小时天空还是比较亮，那是因为正午的时候太阳还在地平线以下，阳光在天边折射上来的缘故。今天上午 10 点半我和老王拿着相机去物理观测栋等待拍地平线处的太阳折射光，可越等地平线处的折射光越淡，估计是云层比较厚实的缘故。上午 9 点半的时候地平线处还是火红一片，本来想会越来越绚丽，没想到云层出来把地平线下的太阳折射光挡着了，不过在地平线处拍到一些淡淡的折射光也是非常美丽的。

昨晚，我洗完澡，刚坐在床上看书，就听到对讲机中刘建军和侍颢在通话，他们俩是高空物理观测队员，正在物理观测栋启动观测极光的仪器设备，我通过对讲机问他俩今晚是否会出现极光，他们回答说已经在天空中看到淡淡的极光，估计今晚会有。我立即起床穿上衣服、拿起相机和三脚架直奔高空物理观测栋，出宿舍门口的时候正好碰到老王也拿着相机和三脚架出门，他也是听到对讲机中对话后出来拍极光的。我俩就一起走向物理观测栋，一边走我一边仰望天空，果然在东北方向的天空中见到了淡淡的极光，另外我惊奇地发现今晚的天空中布满了闪烁的星星，这是我到南极后第一次见到夜空中漫天的星星，以前在晴朗的夜晚虽然经常见到星星，可从来没有今天这样繁多，在我记忆中只有小时候夏天的夜晚才见过这样的漫天繁星。

当我俩到达物理观测栋露天顶层时，看到天空中的

南极极光

极光已经比较清晰了，马上架起三脚架拍摄极光的美景。这是我这次到南极后的第三次拍摄极光，前两次拍的不够理想，主要是自己刚开始学摄影，对极光的拍摄技术还没有掌握好，昨晚我就一边拍摄一边调节相机的各种设定，曝光时间从 10 秒增加到 30 秒，可拍摄出来的极光还是感觉比较浅淡，后来刘建军过来跟我说把感光度调高试试，我一直知道感光度高，拍摄的照片容易出现噪点，所以一直不敢提高太多的感光度，其实在光线比较暗的情况下提高感光度可以提高照片的亮度，后来我把感光度调高到 2500、3200，甚至调到 4000，虽然夜空中的极光比较浅淡但拍摄出来的效果还是非常亮丽。

极光是地球周围的一种大规模放电的过程。来自太阳的带电粒子到达地球附近，地球磁场迫使其中一部分沿着磁场线集中到高纬度的南北两极。当他们进入极地的高层大气时，与大气中的原子和分子碰撞并激发，产生光芒，形成极光。太阳释放的带电粒子像一道气流飞向地球，碰到南北极上空磁场时又形成若干扭曲的磁场，带电粒子的能量在瞬间释放，以灿烂炫目的极光形式呈现，而地球的极光主要只有红、绿二色是因为在大气层的氮气和氧原子被电子破撞，分别发出红色和绿色光。

昨晚，在拍摄极光的同时，我也忙着拍摄头顶上漫天的星星，昨晚的夜空中银河、南十字星座清晰可见，极光、银河、漫天繁星点缀的南极夜空非常绚丽多彩，南极中山站在进入极夜前的最后一个晚上，夜空就给我们带来这样美丽的景色，真让我们兴奋不已，给我们迎接极夜的到来倍增了不少欢乐的气氛，看来南极的极夜也不会枯燥，虽然见不到太阳，但夜空中的极光、月亮、星星会陪伴我们共同度过南极的冬天。

让我们备受鼓舞的网友来信

经过 5 天的严寒无风日子，5 月 26 日晚饭后中山站总算迎来了久违的大风，七八级的大风给中山站送来了温暖。以前总是感觉南极的风大，总想着让风平静下来该多好，可无风的日子让我们感受到了南极的极端寒冷，柴油都被冻住了，增加了我们许多工作量，所以当我们在寒冷的时候就希望大风快点降临中山站，好让大风把"温暖"送来。我们现在情愿风力大一些，不要太寒冷，不要把我们的柴油冻住。

昨晚的一场大风让中山站的气温升高了十几度，中山站的室外大油罐可以正常用油了，为我们免去了继续为发电机灌油工作的辛苦。5 月 27 日中山站的风力减小，而且也下起了小雪，气温明显升高了许多。这样的气温对我们来说很满意，如果整个极夜期间一直保持这样的气温，那今年就真的是一个暖冬。

今天看了网友的一封来信让我挺感动，原来有这么多网友一直在关注着我们南极考察队员，关心着我们考察队员在南极的生活和工作。我想我们的极夜不会孤单，我们也绝不会辜负网友们的期待，我们一定会战胜各种困难，顺利完成在南极的各项考察任务，安全地回到祖国。

特将网友的这封来信摘录在下文，以表达对网友们的感谢。

南极中山站的越冬队员们：

极夜的大幕已完全笼罩了南极中山站的上空。在未来的 58 天内，太阳被拒之地平线以下，再也无法露出她那灿烂的笑脸。

极夜的到来给你们 17 位考察队员带来了太多的艰辛。阴暗、寒冷、寂寞，无论是哪一种，都会给你们在生理和心理上造成一定的苦恼。58 天见不到太阳的日子，身边充斥着黑暗；零下三十几度的严寒，无论是给工作还是生活，都增加了许多额外困难；缺少人气的寂寞，更是难以言说，思念家人却无法回家的苦闷，只能藏在心底。所有的这些，怎一个"难"字了得。

这些常人无法战胜的困难，却无法将勇敢的你们——中山站越冬队员打倒。极夜的残酷可以撼动室外的冰雪，却撼不动你们每位队员坚毅的灵魂。因为你们早已做好准备，秉承着"快乐越冬，和谐越冬"的目标，坚决与极夜打一场旷日持久的攻坚战，而在这场战争中，笑到最后的也必将是你们越冬队员。

"心里一片阳光的人最温暖"，你们17名越冬队员虽身处地球极寒之地，但你们仍旧会是心中最温暖的人。极夜到了，光明就不会遥远，58天后的太阳一定会更美。

能去南极，绝非一般人。你们这不一般的17位强人，在58天的极夜生活中，定会克服重重困难，迎来极夜过后南极的第一缕最明净的阳光。

为你们祝福，与你们共同期待，期待极夜后明亮的阳光点燃每位队员眼中跳动的希望和心中涌动的激情。最后，祝愿中山站的17名南极越冬队员顺利度过极夜生活！

中山站网络天线

63
越冬历程对考察队员身心的影响

5 月 28 日下午，我去吴全医生那里做题目测试，这个测试项目每个越冬考察队员在考察期间都需要经常做，这个测试是北京师范大学闫巩固副教授的研究项目，他的课题是"越冬历程对考察队员认知功能与心理健康的影响"。这个课题通过对越冬考察队员追踪检测与自我报告，探讨越冬队员的认知功能和心理健康状况在越冬历程不同阶段的变化特点和规律，可以科学地认识极端环境对考察队员的心理和健康的影响，为建立和完善科考队员的生理、医学与心理支持系统，对提升科考团队管理有非常重要的作用。做这些题目主要是检测队员的记忆能力和反应能力，考察队员在越冬期间分段做这些测试题，就是为了判断队员在越冬期间的记忆力和反应能力是否有下降，在南极一年对队员的认知能力和心理健康是否有影响。

今晚是中山站每星期的加餐日子，大厨为我们多做了好几个菜，另外把他这星期给我们上课介绍的挂霜腰果、拔丝苹果、梁溪脆鳝（可惜鳝鱼没有，用香菇代替）这几样菜都做上了，正好今天也是中山站进入极夜后的第一次聚餐，大家在一起喝酒热闹，庆祝中山站进入极夜阶段，我们坚信："极夜到了，曙光还会远吗？"

第二天，中山站的雪停了，因为没起风，地上厚厚的积雪依然存在，气温比昨天稍微下降了一点。今天是多云天气，中午前后在远处天空中厚厚的云层缝隙间露出了一丝亮光，那是地平线下太阳的反射光，如果是晴天的话天边的反射光一定会比较强烈。现在中山站只在中午前后的两三个小时有些反射光，也就在这个时间段中山站还有点白天的感觉，所以我们很珍惜这两三个小时，希望是晴天能看到更多的太阳反射光，另外在晴天的夜晚也能见到美丽的极光。

随着极夜的深入，太阳离地平线往下越来越远，中午前后的这段反射光时间会越来越短、越来越弱，直到失去最后一点亮光。随着亮光的失去，我们会耐心等待南极第一道曙光的出现，天边第一道曙光出现的那天队员们的心情是无法比喻的，到时再写心理感受，现在还没经历无法想象。

今天，老王把锅炉油罐中的柴油补满，另外加入两桶航空煤油，以满足锅炉冬天的使用。因为现在天气比较暖和，中山站大油罐区所处的位置又较高，只要把大油罐的出口阀打开，柴油顺着油管会自流到锅炉油罐和发电机房油罐，而无须使用油泵来驳油。

今天是星期天，又是其他队员来主厨的日子，轮到今天主厨的是徐启英和杜玉军，徐启英主厨、杜玉军当下手，今天中午他们因看错时间，大家过来吃饭了他们才发现开饭时间已经到了，就匆匆炒了两个菜把中饭给大家打发了。下午他俩很早就在厨房忙碌，我去厨房看了一下，发现他们准备了好几个好菜，有酱鸭、白扎鸡、酱牛肉、栗子红烧肉等，看到这么多丰盛的菜，看来今晚我们的卢管家也要破费了，队员们一定会让他拿出酒来，好消耗这丰盛的菜肴。

感觉时间过得好快，从4月份开始其他队员周日轮流主厨快两个月了，下星期天又要轮到我和卢成主厨，看来我又要准备下星期天烧什么菜了。现在队员全部轮流做了一次大厨，虽然有的是打下手，但队员们都发挥了各自的厨艺水平，感觉一个比一个好，让我感觉压力好大，不知下星期能不能烧出队员们满意的菜。

64 地平线处折射出太阳光美景

5月30日，中山站又下起了小雪，中午前后仅存的一点亮光也因为是昏天暗地的下雪天而变得珍贵至极，现在已经不指望天边有太阳反射光出现，我们的队员已开始做心理准备，调整自己的心态，度过这漫长的南极极夜。

到第二天，中山站的风雪都停了，出现了极夜以来的首个晴天，气温也降低了一些。上午 10 点半我看到北面的地平线处出现了亮光，到 11 点出现了一道像似霞光的光线，我知道这是地平线下太阳的折射光，估计到正午 12 点的时候会更加明亮。我就拿着相机去站区最北面山坡上的高空物理观测栋拍摄这霞光，在去的路上我用对讲机叫了老王，因为老王是一名摄影爱好者，碰到这样的霞光他一定会喜欢，果然我在对讲机里一说有霞光老王立刻就跑了出来。

高空物理观测栋是中山站的标志性建筑，它是建造在站区最北面一个山坡上的六角形建筑，也是站区里最高的建筑。在物理观测栋可以俯瞰整个中山站区，中山站实时监控的摄像头就安装在此栋建筑上。在物理观测栋顶层的露天观测台上遥望四周：北面是一望无际海冰和大小不一、形状各异的冰山，正所谓"一览众山小"，在物理观测栋顶层看远处的高大冰山，都显得非常渺小；正南面是中山站区；东南方向可以清晰看到俄罗斯进步二站的两栋新建筑；西南方向是站区的西南高地和上面的高频雷达天线；往西看是站区的天鹅岭和上面的几座科研观测栋；东面是海湾，近处的中山站振兴码头和熊猫码头、远处的南极大陆宽广冰盖尽收眼底。所以，高空物理观测栋是一个看风景的绝佳去处，今天要观看地平线处的太阳反射光当然要选择在这里了。

11 点多，我们到达物理观测栋，北面远处出现了一道明亮的光线，正好在一座大冰山的上方出现，地平线让冰山挡住了。随着这道亮光慢慢往正北方向移动，到正午 12 点正好移到两座大冰山的中间，而在这冰山中间地平线依稀可见，我们惊奇地发现小半个太阳在地平线上出现，就像太阳跳出地平线那一瞬间的日出景象，非常美丽壮观。其实这小半个太阳是地平线下折射上来的景象，并不是真正的太阳，是虚幻的景象，能看到如此美妙的景象让我们激动万分，只恨相机的焦距太短，不能近距离拍摄出这个美妙的瞬间。世上任何美妙的景色都

如梦似幻

是转瞬即逝，不到 10 分钟，这小半个虚幻的太阳就从两座冰山间划过，被另一冰山遮住了，我们心满意足地离开物理观测栋回新综合楼吃午饭。

昨天，我还在想极夜期间不可能再看到地平线处的太阳反射光了，想不到今天就让我看到了，真有那种想什么就来什么的感觉，这可能也是极夜期间上天为了安抚黑夜的寂寞而带给我们考察队员的惊喜。

65 绚丽多彩的南极极光

昨天，因为是晴天，在下午 3 点半的夜空中就出现了极光，满天繁星、极光一直持续到下午 5 点半。晚上 12 点，夜空中再次出现绚丽的极光，昨晚的极光是我看到的最漂亮的一次，夜空中的极光就像缥缈的云烟，飘浮不定，随时在变幻着各种形状。

在高空物理观测栋顶层拍摄极光的五六名队员，随着美丽极光的变幻，情不自禁发出一声声喝彩声，被夜空中极光的绚丽壮观所震撼。这样飘浮多变的极光给我们的拍摄带来了难度，因为拍摄极光照片曝光时间要在 15 秒以上，而在这 15 秒中夜空中的极光已经变幻了好几种形状，拍摄出来的照片就会变模糊。我们干脆也不拍摄了，其实看到这么绚丽多变、如此壮观的极光我们也无暇拍照，已被极光的绚烂所震撼，感叹大自然的美妙。在这里我也找不到什么好的形容词来描绘昨晚极光的美景和我那时的激动心情，只后悔当初上语文课时经常开小差没好好读书，到现在需要用时挖空心思也想不出好的形容词。

6 月 1 日，中山站继续保持着晴天，但气温却在持续下降。上午 10 点，我已看到远处地平线处的亮光，碰上这么好的天气我就准备出去转转。我从宿舍楼出发，往西南高地走，在爬山的过程中因为地上到处是厚厚的积雪，感觉非常吃力，深的地方积雪要陷到大腿处。前几天中山站下雪后，还没有刮过大风，所以到处都是积雪。若刮过大风，这山坡上的积雪早

南极极光

南极极光

被吹得一干二净了。

我爬上西南高地上的最高山峰紫金山，紫金山也是中山站区的最高山峰，海拔53米。在紫金山上可以清晰地俯瞰整个中山站区和远处的海面，可惜看远处地平线处的太阳反射光还是被大冰山挡住了，只能像昨天一样等待着太阳反射光移动到两座冰山中间。在等待过程中我去了一下西南高地上的高频雷达机房，因为刘建军在对讲机中听到我在西南高地，让我去看一下高频雷达机房的室内温度，机房要保持合适的温度才有利于机器的正常工作，刘建军和侍颢是管理高频雷达的，他俩每天会上来到机房检查高频雷达的工作情况。

中午12点，地平线下太阳的反射光准时移动到两座冰山的中间，反射光非常亮丽，就像日出前的霞光，昨天还在地平线处看到小半个虚幻的太阳，今天地平线处是一片红红的霞光，没见到太阳的轮廓。没几分钟，霞光就消失在另一座冰山后。

下午3点，中山站每周的"队员大讲堂"继续开课，今天由通讯员王林涛为全体队员介绍中山站的网络、通信系统。他详细介绍了中山站网络的连接方式和使用中的一些注意事项，并介绍了中山站的电话系统和各种通信联系手段，让全体队员了解了中山站整个网络和通信系统。

经过两天的低温天气，中山站大油罐中的柴油又被冻住了，发电机用油先改用小油罐中加过航空煤油的柴油，用了一天后小油罐中的柴油也被冻住，昨天就开始使用放在发电机房油桶中的柴油，好在前一段时间在发电机房准备了几十桶柴油，所以也没感到紧张。据天气预报中山站明天会起风，气温会有所回升，那就不会影响到柴油发电机的正常用油。

　　晚上半夜时分，中山站上空再次出现了绚丽的极光，虽然没有昨晚的极光亮丽，但也非常震撼人心。在极夜晴朗的夜晚极光会经常点缀美丽的南极夜空，可能这也是为了弥补我们见不到太阳的缺陷，对我们处于极夜期间的一种补偿。在南极有太阳的日子里，我们一直埋怨南极太阳紫外线太强，把考察队员的脸都晒得黑不溜秋，有的甚至脱了几层皮，而现在到了极夜每天见不到太阳就会想念太阳带给我们的光明，真正是到了黑夜才会想念太阳的光明。

　　6月2日中午，老王告诉我污水处理后排向大海的排出口处的结冰越来越高，快要把排出管堵住了，我马上就和他一起去排出口处查看。中山站生活用水的排放需要经过一个生化膜污水处理装置处理，处理后的污水排放满足南极环境保护的要求，最终排向大海。照道理排出口排出的水有点温度是不可能结冰的，但由于污水处理后要结存到一定的水位，才会自动启动水泵向外排水，所以排出口不是一直在往外排水，不排水的时候由于气温低原先排出去的水就会结冰，造成排出口四周冰层越来越高，明显要高于远处海平面上的冰层。老王要经常去捣碎排水出口处的结冰，可现在由于排出口处冰层厚造成水位高，已快接近排水管，一旦排水管出口处结冰冻住，就会造成排不出水，从而影响到污水处理装置的正常工作。我和老王商量的结果是最好能把挖掘机开过来，把排水口处的厚厚冰层全部捣碎，一直捣碎到海边，以保证排水的通畅。晚上我准备去找机械师商量，看看现在挖掘机还能不能开出来工作。

　　查看了污水排出口以后，我和老王去了新综合库和新车库，主要是去找升降机，因为中山站广场旗杆上的旗绳上次被大风刮断，一直无法到旗杆顶上去挂旗绳，想找一个施工队使用的升降机来挂旗绳。今天在新综合库和新车库各看到一个升降机，但要把升降机运到旗杆处还存在困难，因为在新综合库和新车库门口都是高高的雪坝，看来先要让机械师铲雪，这么高大的雪坝够机械师忙乎几天的。

　　这两天的晚上，中山站乒乓球双打比赛正在如火如荼地举行，目前各配对选手积极拼杀，表现都不错，比赛都各有胜负，前4强出线选手还不是很明朗，等到明晚结束全部循环赛统计积分后才能算出前4强。

66
寒风凛冽下
拍摄极光

6月2日晚上，中山站开始起风，刮起了七八级的大风，随大风而来的是暖气流，中山站的气温明显回升，柴油发电机的用油也回到正常使用大油罐中柴油的状态。晚上风虽然较大，但天空变晴了，满天的繁星又出现在中山站的夜空。晚上11点半，老王叫我去拍极光，我问今晚到底会不会出现极光，他说问过高空物理观测的刘建军和侍颢，今晚会出现极光，强度在中等偏上。听说会出现极光，我当然不会错过这样的机会，于是就和他跑去物理观测栋等待夜空中极光的出现。

我和老王就在物理观测栋边喝茶聊天、边等待极光的出现，老王每过十分钟就去门外看一下夜空，生怕错过了漂亮的极光。到晚上12点的时候，他说已经有极光出现，但比较浅淡，再继续等等。因为外面风大寒冷，我们也不可能一直在室外等待极光的出现，只有等到适合拍摄的时候再出去拍摄极光。12点半，老王出去看了以后还是说极光比较淡，让我再等等，我们就继续喝茶聊天。随后老王又出去看了几次，在凌晨1点的时候跟我说差不多了，极光已经比较亮丽，但没有昨晚的明亮，我们就穿好衣服、拿上相机和三脚架登上了物理观测栋顶层的露天平台准备拍摄极光。

到达露天平台后我往夜空环视了一周，发现满天的星星在闪烁着亮丽的点点星光，在西北方向的夜空中有两束横向的淡淡极光，在正北方向有一束从海平面通向星空的极光，但也不是很亮丽。既然已经来到露天平台，不管极光浅淡，我们就马上支上三脚架开始拍摄极光和星空。但由于风大，给拍摄带来了一定难度，在拍摄过程中必须用双手一直握住三脚架，否则三脚架会被大风吹动，从而影响到拍摄的质量。我俩在大风中一直拍摄到凌晨两点，看着夜空中的极光越来越浅淡，就结束了今天极光的拍摄回宿舍休息。

6月3日，中山站持续着七八级的大风，最高达到九级，据天气预报，晚上还会增强。中午有一些亮光的时候，我看到原来站区地面上均匀的一层积雪已被大风吹散，地上的积雪被大风吹得横冲直撞，有些地面上的积雪被大风吹得一干二净而裸露出沙土，有些地面上被吹结成了高高的雪坝。

快到端午节了，昨天我让大厨把速冻的粽子拿出一部分来，让大家在端午节前后也尝尝粽子的味道。虽然我们远离祖国在遥远的南极，但国内过节的风俗习惯我们也不能落下。今天中午大厨蒸了一盘粽子，有好几十个，我看到队员们还是很喜欢吃粽子的，少的吃一两个，多的能吃三四个。考察站上的食品虽然大多是速冻食品，但品种齐全、数量充裕，绝对不会让考察队员缺少营养的补充，这也是保障考察任务完成的关键。

6月4日，中山站继续刮着大风，可气温明显回升。一辆停放在室外的装载机今天也能正常启动，启动起来后机械师小戴就冒着大风开着装载机铲除站区主要道路上堆积的雪坝，因为经过一天两晚大风肆虐的吹刮，在站区形成了许多高高的雪坝，给队员的出行带来了很大麻烦，队员翻越雪坝时往往会陷入其中。队员不出门又不行，因为队员们每天要去各自的工作场所工作，顶着寒风还要翻越这些雪坝，真是苦不堪言。中午，小戴开着装载机先帮着铲出一条道路来，以方便队员们在站区走路，其他的积雪等天晴后再铲除。

午饭后，我召集全体队员在会议室开会，肯定了队员们前半年的工作成绩，并强调：现在进入极夜，希望队员们能克服各种困难，齐心协力，把各自的本职工作做好，努力完成交给我们的各项考察任务；另外，马上要到南极的仲冬节，仲冬节是南极越冬期间的一个最重要节日，因为这一天是南极极夜期间最黑暗的一天，过了这一天光明会慢慢降临南极，所以在南极的各国考察站都会在这一天组织考察队员一起联欢庆祝南极的仲冬节，我们中山站当然也会联欢庆祝。

经过讨论我们演出的节目有诗朗诵、"三句半"、独

南极极光

唱、小合唱、魔术、反串演唱、对唱、口琴独奏、劲舞、大合唱等，今天也确定了每个节目负责的队员，我们的"业余诗人"小戴负责写诗朗诵的诗，我负责写"三句半"表演的说辞，并要求大家抓紧练习各自要表演的节目。

本来我们 17 名队员自娱自乐就无所谓要演出精彩，只要全体队员高兴就好，现在我们准备在仲冬节和广大网友互动，我们表演的节目要提前发送给网友们，为了不至于让网友们说我们表演的节目太烂，我们的表演就要相对"正规"一点，这就要看全体队员的努力了。

下午开会结束前，通讯员王林涛通过 QQ 和一个网友视频通话，他想试试在仲冬节我们表演节目的时候能不能通过视频现场直播给网友，现在看来是不太可能实现，一个网友通过视频还可以，广大网友通过 QQ 群想视频那就无法实现。看来只能是提前录好我们的演出节目，再传送给网友们。6 月 22 日是仲冬节，对我们来说时间已经很紧张，必须抓紧时间排练。

67

在南极欢度
端午节

6 月 5 日，中山站风力减小了一点，天也变晴了，其实极夜期间晴天也没有什么意义，上午 10 点天边才出现一点亮光，到下午 1 点天就完全黑了。下午两点，在正北方向的天空中出现了一轮月牙，弯弯的月牙挂在远处冰山上的夜空中非常迷人，在月牙下方的地平线处还有一些红色的太阳折射光，把月牙衬托得更加美丽。

最近中山站只要是晴天都能欣赏到漂亮的极光，6 月 5 日下午 4 点的夜空中就出现了极光，而且还非常强，半边天空都布满了亮丽的极光，可惜当时我在主厨，没时间出去拍摄。晚上中山站的夜空中持续着极光，一会儿浅淡，一会儿绚丽，我从晚上11 点半一直拍摄到凌晨 1 点。看到美丽多变的极光我真舍不得离开拍摄现场，希望能一直拍摄下去，但刺骨的寒风吹在身上，手脚都麻木了，脸上冻得发痛，最后身体扛不住了才恋恋不舍地回宿舍休息。

明天是我国的端午节，我准备邀请俄罗斯进步站的考察队员来我们中山站一起欢度我国的传统节日，让外国朋友也感受一下中国南极考察队员过节的气氛。因为今天我主厨走不开，我就让医生吴全和机械师戴伟晟开车去进步站，邀请俄罗斯队员明晚来我们站参加我们的庆祝晚宴，俄罗斯进步站站长答应我们明天过来，具体过来多少队员明天早上给我们答复。

大厨今天休息了一天，明天就要忙碌了，今晚他已经把明天要烧的菜拿出来解冻，做好了明天烧菜前的各项准备工作。我们的速冻粽子比较多，明天准备给俄罗斯队员每人吃两个粽子，让他们尝尝中国粽子的味道。

第二天一早大厨就开始忙碌起来，我安排的4名帮厨队员也一直在厨房忙碌。吃完午饭后我们开始准备餐桌和餐具，先把餐厅清洁一遍，把餐桌重新摆放，因为今天要过来25名俄罗斯队员，加上我们17名队员，共42名中俄考察队员，正好安排7桌。因考察站上没有圆桌，只有长桌，每桌6人。另外为俄罗斯队员餐桌上摆放好了刀叉，当然筷子也给他们准备了，他们好多队员喜欢学习使用中国的筷子，上次看他们有几名队员用筷子已经非常熟练。

下午5点40分，我接到发电班值班徐文祥的电话，他说发现发电机冷却水回水管爆裂漏水，需要停发电机更换冷却水管，因为是柴油机冷却水总回水管，其他两台发电机也受到影响。停发电机就意味着全站要停电，6点俄罗斯队员就要来我们中山站参加我们今晚的庆祝端午节晚宴，不能让俄罗斯队员看到我们中山站一片漆黑，所以我对徐文祥说要想尽办法，千万不能停电。

我马上赶到发电机房，看到3名发电班队员和老王已经在忙碌，老王在准备更换的冷却水管，3名发电班队员在给另外一台发电机安装空气冷却的风页，因为要停止发电机的冷却水更换冷却水管，在不停机的情况下只能应急为柴油发电机安装风页临时采用空气冷却继续运行发电，从而保证考察站上不停电。

看到他们采取这样的措施保证不停电后我就放心了，我马上赶回新综合楼准备迎接俄罗斯队员的到来，当我回到新综合楼时看到俄罗斯队员已经到了，还是没有迎接上。俄罗斯队员今天带来了十几箱食品送给我们，有各种点心、糖果、蜜饯、啤酒，还有好几样冷冻食品，有牛肉、三文鱼等，一直以为俄罗斯考察站上食品少，每次都是我们支援他们食品，想不到他们现在条件也好了，还有昂贵的三文鱼，连我们中山站也没有补给这种鱼。

下午6点10分，中俄两国南极考察队员在中山站举行的庆祝端午节晚宴正式开始。首先我欢迎俄罗斯队员的到来，并介绍了中国传统节日端午节的由来，另外希望两国考察队员继续互相帮助、经常交流，共同战胜南极的极夜和寒冷，圆满完成各自在南极的考察任务，随后邀请两国考察队员共同举杯庆祝中国的端午节。然后我们为俄罗斯考察队员送上了中国的粽子，让他们尝尝粽子的味道，他们品尝后都说味道好，并且都说是第一次吃到中国的粽子，还纷纷给粽子拍照留念。

在接下来的晚宴中，中俄两国考察队员相互敬酒，气氛热闹，给寂静寒冷的南极带来了欢乐与暖意。虽然俄罗斯队员普遍不会说英文，但在这样的场合已经无须听懂对方说什么，只需要一个动作、一个笑容、举起酒杯，就会让双方队员明白对方的意思，两国考察队员也在这样的气氛中增进了友谊，喝酒的同时双方队员纷纷合影留念。

晚宴结束后，双方队员进行了乒乓球、篮球对抗赛，虽然不是正式比赛，但大家都非常投入，场面也非常精彩。两国考察队员离开各自祖国相会在南极，这需要多大的缘分，所以双方队员都非常珍惜这样的聚会日子，虽然大家在南极要待一年，但这样聚会的机会也不是很多，大约平均每月一次。今天晚宴结束前俄罗斯站长邀请我们 6 月 22 日仲冬节去他们进步站，和他们一起欢度南极的仲冬节，我们彼此都期待着下次聚会的日子。

68

南极考察
"三句半"

6 月 8 日，中山站是多云天气，中午前后天空微亮的时间也缩短了。下午 3 点，中山站队员大讲堂继续开课，今天由来自宁夏石嘴山气象局的气象观测员李向军给全体队员讲"人工影响天气"。人工影响天气是指为避免或者减轻气象灾害，合理利用气象资源，在适当条件下通过人工干预的方式对局部大气的云物理过程进行影响，实现增雨（雪）、防雹、消雾、消云等目的的活动，又称人工控制天气。通过李向军的讲解，使全体队员对人工影响天气有了充分的了解，也学到了许多气象方面的知识。

晚饭后，队员们开始为仲冬节联欢晚会忙碌起来，把电视机、音箱搬到晚会现场新综合楼的活动室，仲冬节晚会要表演劲舞的队员开会讨论并确定了跳什么舞，演唱的队员也开始练习唱歌，看到队员们都忙着在准备，

队员们欢度南极的仲冬节

我要写的"三句半"感觉也差不多了，不过感觉还不满意，毕竟水平有限，今天就拿出来献丑了。

锣鼓叮咚敲起来，喜迎佳节乐开怀，今天举办联欢会，热闹！

南极仲冬又来到，先给各位道声好，我给大家鞠个躬，辛苦！

今天说个三句半，说得不好多包涵，不管说得好不好，别跑！

国力增强搞科研，来到南极把站建，科学考察显国威，真牛！

南极考察中山站，十七勇士来越冬，科研观测加管理，有种！

南极越冬真辛苦，狂风暴雪加严寒，寂寞无聊难忍耐，超人！

南极中山大家庭，考察队员来四方，团结友爱互帮忙，好样！

南极极夜已过半，迎来南极仲冬节，太阳曙光已不远，希望！

俺们几个话挺多，大家不要嫌啰唆，希望能够捧捧场，鼓掌！

饭前饭后称体重，佳肴零食最喜欢，满脸微笑比顽童，老王！

体态臃肿懒洋洋，脂肪厚实抗严寒，水中矫健捕食忙，海豹！

忙前忙后忙写诗，大小车辆手中握，小眼眯眯憨厚脸，伟晟哥！

绅士模样雪中站，暴风严寒共抵御，爱情忠贞不二心，企鹅！

大串钥匙随身带，山东大汉算不上，博学多才编报纸，卢管家！

身形矫健空中飞，为了捕食比耐心，贼头贼脑为偷食，贼鸥！

昆仑中山两站跑，保障车辆保发电，喝酒滑头最在行，邹英雄！

诡异身形显夜空，变幻莫测炫亮丽，队员架机忙照相，极光！

独在南极为极客，每逢佳节更寂寞，想念亲人暗泪流，折磨！

好在还有众网友，网友祝福比蜜甜，真情感激涌心间，应该！

今晚大家来聚会，洗净半年苦和累，憧憬明天心儿醉，信心！

为了今晚聚盛会，考察队员齐准备，精彩节目排着队，快退！

6.9
迎接南极
仲冬节

　　6 月 9 日，中山站刮起了七八级的大风，最高在九级，随大风而来的是暖气流，中山站气温明显升高，最低温度也有零下 14 摄氏度，这样的气温在南极中山站的冬天，特别是极夜期间比较少见。因为是大风天气，站区一直有"地吹雪"现象，地上的积雪随风飘扬，远看那些飞雪就像地面上弥漫着的水蒸气。在中午那一点亮光的时间里天空也是灰蒙蒙的，让人感觉非常压抑。

　　中午，收到腾讯科技的信息，让我组织几名考察队员明天在微博上和网友们进行访谈，他们组织了一个"向南极科考队员提问"的直播访谈节目。下午，我让几名队员去开通腾讯微博，让他们准备明天在微博上回答网友们的提问。晚饭前，腾讯科技做好了访谈的直播页面，页面上写道：南极是地球上一片神秘的领土，那里不仅是世界最冷的地方，也是世界上风力最大的地区。中国第 27 次南极考察中山站的越冬队员则要在南极大陆度过约两个月的极夜，这对他们的心理素质提出了更高要求。今天我们微博连线工作在南极的队员们，大家对于南极以及他们在南极的生活有什么疑问，抓紧机会发问吧。

　　虽然我们南极考察队员远在南极参加科学考察，但在南极的工作、生活情况一直得到广大网友的关注，他们非常希望能了解南极，了解我国在南极考察所取得的进展，了解考察队员的状况。正是因为有广大网友的关注才给了我们在南极的考察队员努力工作下去的信心，也给了我们战胜风雪严寒与极夜寂寞的坚定信念，网友们的鼓励是我们最大的支持。一名网友在端午节给我的祝福中写到：

端午节到了，全国各地的人们都在忙碌着过一个难忘的佳节。远在南极的你们一定也有着同样的心情，欢度节日的兴致一定更高。

"每逢佳节倍思亲"，远隔万里之遥，思念祖国的亲人是你们心中不曾消退的热情。同样，祖国的亲人、网友也时刻牵挂着你们，想念着你们在那里的生活是否正常，关心着你们的身体是否健康，担忧着你们的心情是否开朗。因为彼此的思念，亲人之间的距离不再遥远，相隔万水千山却如同就在身边。也正是这浓浓的亲情，使原本寒冷的南极多了一丝温暖气息和几分柔情。

半年多来，中山站的 17 名考察队员朝夕相处，彼此的友情也许早已浓得化不开，友情变成了亲情。互相关心，互相照顾，成为了最普通不过的事。欢乐的端午节，17 位队员一同度过，别样的画面，特别的心情。把更多的柔情倾注于身边的朋友和兄弟，大家一定会过一个最特别的端午节！

17 名越冬队员在仲冬节的合影

祝所有南极哥过一个愉快、特殊的端午佳节!

晚饭后,仲冬节联欢要表演跳舞的队员开始排练,我上次开会让白磊具体负责这个舞蹈节目,也让他负责搜集跳舞资料,召集队员排练。今天他准备好了音乐和跳舞视频,组织跳舞队员开始进行排练,因为时间紧张,我们准备在 17 日举行联欢演出,一个星期时间对他们排练好跳舞这个节目是比较有难度的,其他唱歌类的节目相对要轻松一些。

晚上中山站天空放晴,夜空中出现了半个明亮的月亮,因为这几天太阳光的活动比较厉害,知道晚上一定会有极光出现,我就让老王如果看到极光就叫我一起去拍极光。晚上 11 点 30 分,老王在对讲机里跟我说,现在有极光但不强烈,他说他已经在物理观测栋楼顶上拍摄了。我就说极光不强烈我就不出去了,然后脱衣躺在床上准备睡觉。

到半夜 12 点 40 分,老王再次在对讲机里喊,现在极光比较亮可以出来拍摄了,我躺在床上犹豫了半天还是忍不住穿衣起来出去拍极光。等我到外面的时候,看到极光并不是很明亮,而且极光的形状变化非常快,给拍摄极光带来了一点困难。极光的绚丽一直在这样诱惑着我,知道有极光如果不出来拍摄感觉好像失去了欣赏美丽极光的机会,但出来一看极光并不是那么漂亮,就后悔出来了。我在想刚才老王是瞎说还是亮丽的极光已过去了,但既然出来了,我就在宿舍楼旁边拍了几张极光照,拍了不到半个小时,看到极光越来越淡,再加上风很大,我就回宿舍准备重新睡觉。

在回到宿舍楼的时候,碰到侍颢带着相机要出去,我说极光已经很淡无法拍摄,他说在电脑上看太阳活动越来越强,等会儿一定会出现亮丽的极光。他是专门研究极光和观测极光的,虽然我相信他的话,但我不想再出去受冻,情愿躺在温暖的床上。

第二天碰到侍颢,问他昨晚后来有没有极光,他说有,但也是一阵一阵的,不是很绚丽。我想我昨晚还好没再次出去等着拍摄极光,让我美美地睡了一个好觉。

今天是多云天气,中午在正北方向的地平线处出现了太阳的一点霞光,一会儿就消失不见。下午天气变晴,下午 4 点老王在对讲机里喊我,说夜空已经出现了极光,我马上跑回宿舍楼拿了三脚架出去拍极光。今天下午的极光虽不是很明亮,但因为下午是太阳正面的极光,会出现红色、紫色的极光,欣赏起来比较爽目,而晚上的极光是太阳背面的极光,一般都是绿色的,颜色比较单调,所以下午的极光比较吸引人,一般不愿意错过。

但今天下午的极光还是不够满意,比较淡不说而且多变,就像淡淡的云烟在随风飘荡,因为风大我拍了一个小时就回来了,其他队员还在继续等待,等待着绚丽极光的出现。

初为人父的
幸福

根据天气预报，这几天的大风在 6 月 11 日会过去，可今天还是一直刮着六七级的大风，丝毫没有减弱的迹象。中山站极夜已经进入到第 17 天，中午一点亮光的时间也越来越短、越来越弱，还有 10 天就是南极的仲冬节，那一天将是南极最黑暗的一天。

为全面厘清中山站现有设施设备的情况，为今后南极考察站的信息化管理提供详尽的设备技术和运行维护信息，也为今后相关设备的配备、更新和配件补给提供真实可查的基础档案，单位前两天要求我们中山站考察队员完成《中山站设备设施档案》的编写工作。今天我给各位考察队员布置下去，要求按照各自的工作性质编写自己所掌管的设备设施的档案，要求配上各个设备设施的照片，另外还要求写清楚该设备设施的工作状况、存在的问题、维修的记录、库存的备件等。这项任务是队员们工作之余的额外工作，看来极夜期间队员们不会闲着，又有事要干了。

今天是每星期的加餐日子，在吃晚饭时得到一个让我们考察队员高兴的事，在 3 月份我们的考察队员吴全医生喜得女儿荣升为爸爸后，我们在南极考察期间中山站越冬队的队员刘建军也将荣升为爸爸。晚饭时听他说他妻子已经住院，下午已经进入产房等待着孩子的出生，所以晚饭时他特别兴奋，队员们一一给他敬酒，都希望他的妻子能平安为他生下一个大胖小子，另外队员们纷纷表示今晚要陪着刘建军一起守候，等待着他小孩平安地降生。今天晚饭后进行了乒乓球双打比赛的颁奖仪式，前 3 名选手上台领奖，虽然是一些小奖品，但在南极越冬考察期间我们就需要有这样的氛围，为考察队员调节一下情绪，消解一些考察队员远离祖国、亲人的惆怅。

夜已深，窗外寒风呼啸，中山站新综合楼中响起阵阵歌声，那是考察队员们陪着刘建军一起在歌声中等待，等待着他小孩的降生，我们在南极的考察队员祝愿他的妻子平安，祝愿他小孩的平安降生，今晚的南极中山站又将是一个不眠之夜。

到了第二天中山站的风总算平静了下来，但今天是阴天，中午 12 点的天空也只是蒙蒙亮，就像国内凌晨四五点太阳还没出来时的那点微亮。上午 11 点，杜玉军去冰面收回了放在冰面上观察潮汐的仪器，已经连续观测了一个月，观测工作进行得很顺利。在观测期间小杜不管天气情况每天都要去冰面上查看仪器工作状况，还经常需要更换蓄电池，蓄电池重达几十斤，有时实在拿不动就派车辆运送，今天机械师开着全地形车帮他一起去冰面收回了全部的观测设备。

昨天王林涛和我说，从发电栋连接到气象栋的一根电缆线和一根网络线在空中的钢缆上荡落下来，是原来固定的线扣断裂造成的，他说这样在大风天气容易把电缆线和网络线吹断。因为昨天已经天黑，我就没派人过去维修。

今天吃午饭时，我安排老王、王林涛、李向军、邹正定一起过去想办法把电缆线固定在钢缆上。目前天亮没多少时间，吃完午饭他们马上拿着梯子出发了，因目前那边装载机开不过去，只能想其他办法。另外找不到较高的人字梯，他们只能找了一个铝合金直梯来代替。电缆架设在离地面四五米高的空中，直梯在空旷的地方找不到地方架，他们三人就在下面推着梯子，老王爬上去用细电缆把电缆线和网络线绑扎在钢缆上。经过近一个小时的努力，他们终于把五六米长荡落下来的电缆线固定在钢缆上，再也不怕大风来袭了。

昨晚半夜，刘建军到我房间兴奋地告诉我，他妻子在北京时间晚上 11 点 58 分顺利生下 7.8 斤重的女儿，母女平安，我为他荣升为父亲而感到高兴。今天上午刘建军煮了鸡蛋并染红，午饭时分发给每位队员，另外给每位队员送上了两个他从国内带来的核桃，庆祝他女儿的降生。

今天是星期天，轮到吴全和戴伟晟主厨，他俩忙碌了一天，正好也赶上刘建军女儿的降生，他俩晚上就多烧了几个菜，晚饭时管理员也拿出了好酒，全体队员在一起喝酒庆祝刘建军女儿的降生。

中山站"大管家"——卢成

6月13日，中山站仍然是阴沉沉的，昨晚下了一点小雪，气温稍微暖和了一点。其实极夜期间气温太低影响到发电机正常用油，对考察队员本身来说影响不大，队员们除了不得不在室外走到工作场所和餐厅以外，很少在室外走动，目前就中午一两个小时天空有些蒙蒙亮，其他时间都是黑夜，队员们也不会出去随便走动。

今天在办公室看了一天书，日记也不知道写什么好，看到我们管理员卢成在《中山生活》上一直写队员戏说，把其他16名考察队员快写遍了，他自己一定不会写自己，那我就来戏说他一下，写一下我眼中的我们中山站的"大管家"——卢成。

在一般人的印象中，祖国山东的大汉都是标准的男子汉，他们高大、魁梧、豪爽，但我们的卢成除了豪爽外，高还勉强够上、大是谈不上的，只能算是瘦高，魁梧那更是绝对沾不上边，总之长得非常秀气，不像来自山东的大汉。

卢成是山东莱州人，从他求学到工作的过程就像当初共产党打天下的过程，从南昌起义到陕西延安建立革命根据地，最后打败国民党解放全国而入驻北京。卢成也是这样的过程，他大学考入的是江西南昌华东交通大学，本科毕业后考入陕西西安建筑科技大学硕士研究生，本科研究生攻读的都是建筑学，研究生毕业后通过考公务员进入北京的国家海洋局极地考察办公室工作，所学的专业也算是荒废了。

卢成这次参加南极考察，担任的是第 27 次南极考察中山站越冬队站长助理兼管理员。管理员是考察站上最忙碌的人，考察队员的吃喝拉撒全部由他负责，管理员也是考察站上各个仓库的保管员，各种食品、酒水饮料、服装、礼品、贵重物品等全部由他负责保管，并负责入库、出库、登记。作为站长助理还要协助站长全面管理考察站，是站长的助手。在南极考察站一般队员身边没有钥匙，因为房间门、工作场所都不需要上锁，而管理员每天需要随身携带一大串钥匙，那是考察站上几十个仓库的钥匙（当然这是因为度夏考察期间队员众多，仓库才要上锁，到了越冬期间除了几个贵重的仓库外，其余库房全部不上锁）。度夏考察期间要负责上百人的衣食住行，管理员要接收补给的每种物资，放入各个库房，登记入库，整理库存，还要为每天去野外考察的队员准备食品、饮料等，真够他忙碌的。

进入越冬考察期后，中山站只剩 17 名考察队员，管理员的工作也可轻松一些，但我们的卢成也并不轻松，因为他给自己定了一个目标，那就是每星期出一期《中山生活》。《中山生活》反映的是第 27 次中山站越冬队员在南极的工作生活情况，每星期出一期，报刊的工作量非常大，基本上要每天写，在网上查找资料，最后还要编排，所以在越冬期间他每天也闲不下来。这次来南极考察前，卢成刚和女朋友小郭确定了恋爱关系，这又增加了他每天的工作量，热恋中的他每天晚上要和女朋友通过网络或电话互诉衷肠，当然这也给了卢成在南极努力工作的动力。

说起卢成的女朋友小郭，那是去年昆仑站队员在西藏集训的时候认识的，我和卢成虽然不是昆仑站队员，但我们作为管理人员有幸参加了这次集训。小郭是中国医学科学院基础医学研究所研究员徐成丽带的硕士学生，她去西藏主要是为昆仑站队员做身体健康方面的检测。正是通过这次西藏之行，促成了卢成和小郭从相识到相恋，当然其他队员从中的撮合也起到了关键的作用。作为他们认识过程中的见证人，昆仑站队的邹正定（也是中山站越冬队员）、王俊铭和我属于他们恋爱的介绍人，所以目前在中山站，卢成每次看到邹正定都要客客气气地叫一声"邹叔"，因为当初在西藏集训的时候小郭一直叫邹正定为"邹叔"，目前卢成和小郭确定了恋爱关系也就只能随小郭叫邹正定为"邹叔"了。邹正定经常会开玩笑说卢成是"妻管严"，怕小郭怕得要命。

目前卢成已经在憧憬南极考察结束回国后的美好生活，好多事情需要提前做准备，比如他准备在 9 月 18 日过完生日后戒酒，希望回国后培养的下一代更加聪明伶俐，既然他现在已经提出了这个口号，为了下一代考虑，到时我们会监督他的执行情况，当然小郭也会让邹叔帮助监督的。卢成在南极是不敢随便乱说乱动干"坏事"的，因为小郭派了邹叔充当间谍的角色，时刻注意着卢成的一举一动。卢成也就只能充分发挥他的优点，不敢得罪他的这位媒人邹叔。

这就是集豪爽、帅气、博学、"妻管严"于一身的中山站的"大管家"——卢成。

72 / 南极上空的臭氧空洞

6月14日，中山站的天气变晴、风力也小了下来。吃完早饭后，机械师戴伟晟忙着准备开装载机铲除站区的积雪，因为天气寒冷启动装载机比较困难，他首先用烤灯加热装载机的油底壳，等油底壳稍微暖和一点后就启动装载机，今天还好一下就启动了起来。装载机空转一段时间后，他就开着装载机铲雪。上午8点的站区还是一片漆黑，好在有路灯，在黎明前的夜色中机械师开始铲雪，一直铲到上午10点半天有些蒙蒙亮才完工。

铲完雪后准备挂旗绳，因为上次旗绳被大风刮断后一直没有找到好天气挂，今天看到风力小，我就想把旗绳重新挂上去。今天让机械师开着装载机到旗杆处，装载机的翻斗升高，在翻斗里再放上直梯架在旗杆上，可这样还够不到旗杆顶处，我望着架在旗杆上的直梯，感觉往上爬太危险，为了安全最后取消了这个办法。本来今天想简单一些挂旗绳，看起来还是不行，看来只能让机械师把汽车吊开出来挂旗绳了。汽车吊在车库的最里面，开出来要动好几辆车，加上冬天车辆都不太好启动，所以本来不想麻烦把汽车吊开出来，现在看起来只能想办法把汽车吊开出来挂旗绳。

午饭后，全体队员在会议室通过QQ视频和广州番禺执信中学初一年级一个班的学生进行互动，应他们校长和物理老师之邀解答学生们的问题，为他们上一节南极科普知识课。由于南极充满着神奇色彩和科学之谜，社会各界，特别是广大青少年学生对南极充满着浓厚的兴趣，他们被南极的神秘深深地吸引，并充满向往，他们渴望更多地了解南极、认识南极；也被南极考察队员敢与冰魔争高低，誓为科学献青春的南极精神和人生哲理所折服、所敬佩。所以我们今天满足了学生们的要求，通过视频回答了学生们提出的一个个对南极充满好奇的问题。一节课的视频时间是有限的，但学生们初步了解了南极、了解了中国南极考察站的基本情况，为他们努力学习文化知识、立志将来为我国南极事业做出贡献打下了基础。

第二天，中山站继续保持晴天，气温有所下降。上午中央电视台给我们单位拍一部建党 90 周年极地事业发展的专题片，并通过视频连线南极中山站，让我谈谈南极考察站在艰苦的环境下党员是如何做好先锋模范带头作用的，并让我举例说明。

我就举了一个我们中山站前一段时间在零下 30 多摄氏度的严寒天气下，发电机使用的柴油在油罐中因为寒冷全部结蜡而失去流动性，柴油发电机用油出现告急，为保障发电机的正常工作和中山站的正常运行，党员干部带头在极端寒冷的气温下从油罐中用小油泵一点点抽出柴油灌装到一个个油桶中，并运送到发电机房。共产党员卢成、白磊冲在最前面，一直坚守在寒冷的第一线，在他们的带领下全体队员经过两天的努力，灌装了几十桶柴油并运至发电房，解决了在极端严寒天气情况下发电机的用油问题，从而保障了考察站上柴油发电机的正常工作，为南极中山站的正常运行起到了至关重要的作用。视频连线采访不到一小时就圆满结束。

下午 3 点，中山站每星期的队员大讲堂继续开课，今天由气象观测员李海锋讲解"南极中山站臭氧简介"。南极上空的臭氧空洞近年来一直是人们关注的焦点，从今天李海锋的讲解中我们了解到南极上空臭氧空洞产生的原因及臭氧层破坏对人类、地球造成什么样的危害，我们人类应如何保护臭氧层。

大气中的臭氧层起到保护地球免遭太阳紫外线辐射的作用，但由于人类的活动排放了大量的氟利昂等化学物质，造成了臭氧层的破坏，在地球上空出现了臭氧空洞。臭氧空洞只在南极上空出现，那是因为地球的自转在极地地区上空可以形成极地涡旋，但南极大陆的四周是海洋，下垫面物理性质很均匀，由下垫面差异造成的对流层向平流层传播的重力波对南极极地涡旋的破坏能力远没有北极地区那么大。因此，南极大陆上空的极地涡旋像一个锅一样，稳定地持续数月之久，紧裹着南极大陆上空气团并阻止它们与南半球中、低纬度地区上空的气团中的物质和能量交换，因此在南极地区上空损耗臭氧反应的持续时间更长，直到夏季到来，极地涡旋破裂后，平流层臭氧得到中低纬度地区的补充为止。

根据资料，2003 年臭氧空洞面积已达 2500 万平方公里。臭氧层被大量损耗后，吸收紫外线辐射的能力大大减弱，导致到达地球表面的紫外线明显增加，给人类健康和生态环境带来多方面的危害。若臭氧层全部遭到破坏，太阳紫外线就会杀死所有陆地生命，人类也遭到灭顶之灾，地球将会成为无任何生命的不毛之地。可见，臭氧层空洞已威胁到人类的生存。

为此，联合国环境规划署自 1976 年起陆续召开了各种国际会议，通过了一系列保护臭氧层的决议。1995 年 1 月 23 日，联合国大会通过决议，确定从 1995 年开始，每年的 9 月 16 日为"国际保护臭氧层日"。

保护环境、保护我们的家园——地球，对我们人类来说已经刻不容缓。

月全食时南极出现红月亮

昨天在网上看到消息，据预报，11 年来持续时间最长、食分最大的月全食将在北京时间 6 月 16 日凌晨 2 时 23 分时呈现，在我们南极中山站时间就是 15 日晚上的 11 点 23 分开始。昨晚 11 点我们中山站几个摄影爱好者聚集在高空物理观测栋，等待月全食的出现。

月全食就是太阳、地球和月亮的中心在同一条直线上，月亮就会进入地球的本影，而产生月全食。昨晚南极中山站晴朗，因为是农历十四，又大又圆的月亮高高挂在中山站的上空。晚上 11 点队员们在物理观测栋露天顶层架好了三脚架，准备了天文望远镜、长焦距等拍摄设备，准备拍摄月全食全过程。11 点半左右，月亮开始被地球的阴影遮挡，从一小部分慢慢变大，到凌晨 1 点多一点，整个月亮被地球阴影全部遮盖，除了星星天空一片漆黑，从照相机中我拍摄到了传说中的红月亮。

从月食开始到月全食我都是使用望远镜拍摄的，虽然对焦不是太好，但拍摄出来的月亮非常大，圆圆的红月亮还是比较清晰的。因为中山站就一架拍摄的望远镜，下半段时间我就

南极中山站的月亮

把望远镜给了其他队员来拍摄。在外面冻了两个多小时，感觉全身快冻僵了，我也就回室内休息了。

6月16日，中山站继续保持晴天，上午机械师戴伟晟准备挖掘机，因为中山站污水经过处理装置后的排出口已经全部被冰封住，怕影响到处理装置的正常排水，我们决定把排水口的冰挖开。吃完午饭，机械师开着挖掘机，队员们拿着铁镐等工具前往排水口工作。经过挖掘机挖掘，排水口的结冰很快被挖开，因为排水口经常往外排水，三四十公分厚的冰层下还是清水，所以挖掘机挖掘还是比较轻松，如果靠人工用铁镐挖掘估计就会困难许多，队员们用铁镐把排水口处一些挖掘机挖不到的结冰挖开。经过今天这样的挖掘，排水口结冰的问题目前基本上得到解决。

今天，因为挖掘机正好开出来了，机械师戴伟晟要求用挖掘机去挂旗绳试试。他把挖掘机开到旗杆下，把挖掘机的长臂升高到最高处靠近旗杆，然后人爬到挖掘机最高处的挖斗上，人站在挖斗上和旗杆最高处的滑轮还相差50公分左右，戴伟晟就从旗杆上爬上去，把旗绳穿入旗杆最高处的滑轮中。今天戴伟晟挂旗绳感觉还是挺危险，但总算把旗绳挂上去了，他挂旗绳的时候我正好不在，还是其他队员拍照让我看到了全过程。

今天完成了这两项一直想要完成的工作，在极夜期间中午有限的一点亮光时间内完成这两项工作，感觉今天还挺顺利，一定是昨晚月全食的红月亮给我们带来的好运，五星红旗又将在南极中山站迎风飘扬。

6月17日，中山站非常阴暗，可能是南极仲冬节临近的缘故。吃完午饭队员们开始搞清洁卫生，我也忙着写南极仲冬节联欢晚会的主持发言。晚饭后，队员们开始布置在综合楼中的活动室，在这里将是仲冬节联欢晚会现场，贴字、调试音响、搬桌子、拉灯光等，队员们一片忙碌的景象，布置完后，队员们开始了彩排，为明天的正式联欢做最后的准备。因为我们的联欢晚会要提前录制好传送给网友们，所以我们准备在明天下午举行仲冬节联欢晚会。

今天晚上的彩排进行得挺晚，影响了我写日记的时间，我今天就把下午写的仲冬节联欢晚会的主持发言在这里公布一下，把队员们演出的节目先透露一下。

各位队友、各位网友：

大家好！

今天迎来了南极的仲冬节，仲冬节这一天是南极最黑暗的一天，过了仲冬节，南极的极夜将慢慢过去，南极也将迎来新一轮曙光。因此南极的仲冬节对在南极考察的队员们来说是特别重要的日子。今天我们第27次南极考察队中山站的17名越冬队员欢聚一堂，热烈庆祝南极仲冬节的到来。队员们也准备了丰富的节目来欢度仲冬节，他们将用自己的歌声、舞步等各种形式来庆祝南极的仲冬节。下面，南极中山站考察队员欢度仲冬节联欢晚会正式开始：

（1）"三句半"是一种中国民间群众传统曲艺表演形式，广大群众非常喜欢，我们考察队员今天也带来了这个节目。下面有请白磊、卢成、李海锋、王刚毅表演我们自己创作的"三句半"《欢度南极仲冬节》。

（2）外科医生的手都比较灵活，拿手术刀是他们的专项，我们的吴全医生不仅能拿手术刀，还能弹琴，接下来有请我们的吴全医生表演电子琴自弹自唱《谁》。

（3）在南极越冬考察期间虽然没有女队员，但我们侍颢的演唱绝对不逊色于女

月全食时拍到的红月亮

声，不信，下面请听我们侍颢用反串唱法演唱的《新贵妃醉酒》。

（4）南极考察队员在南极考察期间虽然孤独、寂寞，但也有太多的快乐，我们的快乐到底在哪里？下面有请我们的队员戴伟晟、张晖，他俩将为我们献上诗朗诵《我们的快乐》。

（5）为了祖国的南极考察事业，有多少科考队员付出了青春岁月，正是因为有南极科考队员们的默默奉献，祖国的南极考察事业才得到了迅猛发展。接下来有请我们的王林涛表演独唱《精忠报国》。

（6）侍颢不光歌唱得好，他还能表演魔术。下面请看我们侍颢的魔术表演。

（7）队员们在南极考察期间付出很多，南极的艰苦条件迫使考察队员需要拼搏，正是因为有了考察队员的这种拼搏精神，才会取得南极考察的丰硕成果。下面我为大家献上一首《爱拼才会赢》。

（8）南极的极夜已过半，曙光就在前头，我们南极考察队员的明天一定会更加美好。下面有请李向军、李荣滨、刘建军、王林涛、吴全表演男声小合唱《明天会更好》。

（9）中山站的17名考察队员虽来自五湖四海，但我们在南极中山站相聚，组成了一个大家庭，我们队员之间的友谊将永远同在。下面请大家欣赏杜玉军表演的口琴独奏，《千与千寻》的主题曲《永远同在》。

（10）今天的联欢已经接近尾声，队员们的热情也达到了高潮。下面的节目是我们今晚的重头戏，他们一定会为我们献上精彩的演出。请大家欣赏由白磊、李荣滨、卢成、李海锋、刘建军、杜玉军表演自编的舞蹈《千手僵尸》。

（11）我们第27次南极中山站越冬队离开祖国、离开亲人和朋友来到南极已经有半年多了，我们非常想念我们的祖国、想念我们的亲人。为了表达我们队员对祖国的思念之情，最后请全体队员上台一起演唱《歌唱祖国》，祝我们伟大的祖国更加繁荣昌盛！在《歌唱祖国》的歌声中我们将结束今天的南极仲冬节联欢晚会。

祝各位队员、广大网友身体健康、万事如意！再见！

中山站全景

迎接南极仲冬节的到来

　　6月18日，中山站天空变晴，气温也明显升高，中午的时候远处的地平线处出现了一轮霞光，非常漂亮，虽然只有短短的一个多小时，但也给南极中山站带来了短暂的光芒。

　　吃完午饭，除一名发电的值班队员外，全体队员聚集在综合楼活动室，举行南极仲冬节联欢会。队员们身穿统一的红色考察服，给今天的联欢会增加了节日的气氛。今天的联欢会举办得很成功，队员们度过了一个充满欢笑的下午。在全体队员拿着国旗、队旗演唱《歌唱祖国》的歌声中我们结束了今天的联欢会。

　　晚上，我们中山站全体考察队员欢聚一堂，提前庆祝南极的仲冬节。因为仲冬节那一天，我们将受邀去隔壁的俄罗斯进步二站和他们的队员一起庆祝南极的仲冬节，所以我们今天就聚餐提前庆祝仲冬节。仲冬节是南极越冬考察队员最重要的节日，我们今天也拿出了珍藏的好酒，全体队员热热闹闹地庆祝南极的仲冬节，队员们纷纷拿起酒杯相互敬酒，表达彼此之间的感情。我们来南极已经半年多，队员之间的感情已非常浓厚，17 名考察队员在中山站风雪同舟，大家已完全融入一个集体，我们在一起和睦相处、相互帮助、共同抵抗南极的艰苦条件，为圆满完成考察任务而努力奋斗。

考察队员聚完餐，南极极夜的夜色已经很深，风已完全静了下来，圆圆的月亮躲藏在厚厚的云层后透出微弱的光芒，考察队员们开始了周末的各种娱乐活动，有打乒乓球的、唱歌的、打牌的，考察队员也只能利用这些娱乐项目来消磨在南极工作之余的时光。

第二天，中山站是多云天气，中午的一点亮光时间也是非常昏暗，只在远处的没有厚云的天空透出了一点白色的亮光。但中山站还是保持较高的温度，在室外没感觉到刺骨的寒冷。

中午，俄罗斯进步二站的站长和翻译开着车来到我们站找我，正式邀请我们中山站全体队员在 22 日仲冬节那天的晚上去他们考察站联欢，一起欢度南极的仲冬节，他们新建的综合楼已经启用，顺便也让我们去参观一下他们的新综合楼。我愉快地接受了他们的邀请，并答应他们除留下来值班的队员以外，其他队员一定全部去他们站参加他们的仲冬节联欢。

南极最重要的节日仲冬节快到了，标志着我们考察队员在南极已经整整半年了，也标志着南极的极夜已过半，再过一个月南极的新一轮曙光就会出现。前天我们中山站也收到了我们单位中国极地研究中心发来的传真电报，祝福我们仲冬节快乐。电报上写道：值此仲冬节来临之际，中国极地研究中心全体干部职工向在漫长极夜中勤奋工作、顽强拼搏的全体越冬队员致以亲切的问候和崇高的敬意，并祝大家仲冬节快乐！你们肩负着极地考察的重任，继承和发扬"爱国、求实、创新、拼搏"的南极精神，在极其严酷的环境下克服常人难以想象的困难，坚守工作岗位，为我国的南极考察事业，也为人类和平利用南极做出了自己的贡献。目前，全国正积极开展"安全生产月"活动，希望全体队员继续加强安全责任意识，严格遵守各项安全规章制度，确保越冬工作安全有序地进行。最后，再次祝大家节日快乐、身体健康！

国内的媒体也非常关注坚守在南极的考察队员，关注南极考察队员在南极的生活情况。今天我收到单位办公室发来的邮件，说"中国之声"频率将在仲冬节那天采访南极考察站的队员。邮件上说："仲冬节那天，中央人民广播电台中国之声节目拟电话采访南极两站站长等，向社会公众介绍越冬队员的工作、生活状况，主要是聊天式的谈话节目，比较轻松和抒情，既反映仲冬节这个特殊的南极节日，也是想探访下考察队员的越冬心声。具体的情况节目组人员将提前和两位站长再沟通。"

今天还是父亲节，对我们身处南极的考察队员来说虽然不能给自己的父亲送礼物，但给自己的父亲打一个问候电话也代表了我们的心意。同时我们好多队员也是父亲，同样也接到了家中孩子的电话问候。我们的吴全、刘建军两位队员这次来南极后也荣升为父亲，他俩今天第一次过父亲节不知有些什么感想，虽然他俩还没见到刚出生的女儿，但我想他们在心中一定感到很甜蜜。就像我今天收到的一个网友发来的父亲节祝贺邮件，邮件上说：

天下的父亲有万千种，但每一个父亲都有一个共同点——对子女无私的爱。那种厚重的爱难以言说，那种无私的爱更难以表达。万水千山增加了距离，增大了空间，却使亲情变得更加浓厚。远在南极的你们也许此时此刻并不能收到子女亲手送上的节日礼物，但子女发自心底的祝福一定会传递到你们温暖的心中。这是敬爱，是挚爱，是子女对父亲特殊的爱。因为你们用双手托起了他们金色的童年，你们是他们最大的榜样。

刚刚荣升为父亲的吴全哥哥和建军哥哥将在南极度过第一个不一样的父亲节。家里的宝宝刚刚降生到这个世界，作为父亲，还未曾有幸用自己宽厚的怀抱托起生命中那个最爱的小生灵，但无法阻挡的思念却在一天天地滋养着小生命健康地成长。

父亲节，不只是属于父亲们的节日，也是属于子女们的节日。因为在这一天，彼此的亲情被拉得更近。作为天下最勇敢、最可敬的父亲，你们一定是天下最幸福的人！

父亲节来临之际，祝远在南极的最勇敢、最伟大、最可爱的父亲们，节日快乐！

75 和网友互动庆祝南极仲冬节

随着南极极夜期间仲冬节的临近，中山站中午那一点亮光的时间也越来越短，如果碰上多云天气，中午亮光的 1 个小时左右时间里也是昏天暗地，感觉现在整天都是黑夜。

极夜是地球南北两极特有的一种现象，只有在南北两极经历过极夜的人，才会感到阳光的可贵；也只有经历过极夜的人，才会感受到心情的跌宕起伏。不经历黑夜的沉闷怎会有阳光下的欢乐，不经历南北极的极夜怎会勾起对阳光的美好回忆。所以也可以说我们南极考察队员是幸运的人，因为我们经历了南极的极夜，我们也走过了南极的极昼，南极的经历增加了我们的阅历，也丰富了我们的人生。

6 月 20 日，中山站收到了好多单位发来的南极仲冬节的慰问传真，有国家海洋局、极地考察办公室、国家海洋环境预报中心、中国科学院测量与地球物理研究所等。因为仲冬节对坚守在南极的考察队员来说是最重要的节日，预示着我们将度过南极漫长的极夜，迎来新的曙光，所以各有关单位和考察队员所在单位都会发来慰问电，祝贺考察队员经受住了南极极夜的考验，同时也鼓励我们继续战胜南极的艰苦环境，圆满完成全年的考察任务。

6 月 21 日，中山站天空放晴了，明天就是南极的仲冬节，黑夜时间最长的一天即将来临。上午 10 点半中山站的天空还是灰黑的，在西面的天空出现了明亮的大半个月亮，正北面地平线处出现了一丝红黄色的霞光。南极极夜晴朗的中午还是会出现美丽的景色，让我们在极夜期间不显得太单调，虽然海面上的每座冰山在极夜期间形状不会改变，但随着光线的不同，冰山会呈现出不同的情调，让我们如痴如醉。

下午，中央人民广播电台中国之声的栏目编辑联系了我，确定了明天采访我们南极中山站过仲冬节的事项，明天晚上我们先去俄罗斯进步二站参加联欢活动，在晚宴中连接中国之声直播台，把中俄两国考察队员庆祝仲冬节欢乐的场面直播出来。然后采访我国在南极的长城站考察队员，让我们中山站队员在北京时间晚上 11 点前回到中山站，晚上 11 点再继续直播对中山站队员的采访。

下午 5 点，中山站全体越冬队员在 QQ 群上和网友们联欢互动，庆祝南极的仲冬节。前两天我们中山站庆祝仲冬节的演出节目在优酷上呈现，让网友们和我们南极考察队员一起感受了庆祝南极仲冬节的热闹场面。虽然我们演出的节目比较粗糙、录制的音响效果也不是很好，但还是受到了网友们的热烈欢迎。今天和网友们的互动让网友们进一步了解了南极及南极考察队员的生活情况，又一次掀起了广大网友关注南极的热潮。

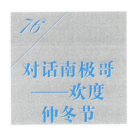

76

对话南极哥
——欢度
仲冬节

6 月 22 日是南极的仲冬节，也是南极黑夜最长的一天。上午 10 点，在中山站还能看到远处地平线处的一条亮光，但由于中山站是多云天气，一会儿地平线处的亮光就消失了，接下来就是灰蒙蒙的天色，中午有限的一点亮光时间一转就过。不过我们感觉南极的极夜并不可怕，并不是原来想象的那样整天都是黑夜，极夜黑夜最长的一天——今天的仲冬节，中午还有那么一点亮光，让我们的心情感觉轻松了好多。仲冬节过了，南极极夜亮光的时间会越来越长，我们已经经历了黑夜最漫长的仲冬节，接下来的日子我们不会再迷茫，也不会再感觉没有希望，因为光明离我们已经不远。

昨天，中央人民广播电台中国之声的栏目编辑昀瑾和我初步联系好了今天晚上通过电话采访我们南极中山站队员的事项，随即我通知了几位要被采访的队员让他们做好准备，他们非常激动，也感到非常荣幸。因为接受采访的除了我之外，只有 3 名考察队员，这 3 名考察队员是初为人父的吴全、刘建军，还有我们来南极前刚谈了女朋友的白磊，虽然他们的情况比较特殊，有采访的内容，但我们 17 名中山站的队员来南极考察都不容易，每个队员背后都有精彩的故事，可是因为采访时间有限，只能派代表参加。

被安排采访的队员马上通过电话通知家人，因为采访时要连线吴全和刘建军的爱人，还要连线白磊的女朋友。他们都兴奋地准备着晚上的采访，白磊来南极前刚谈了女朋友，他想通过中国之声连线女朋友，在电波中向女朋友真情告白，向女朋友求婚。这真是一件非常有意义、永生难忘的事情，白磊为了晚上的采访，马上写了向女朋友求婚的真情告白，还让其他队员帮助修改，直到我们大家觉得满意为止。

下午 5 点 15 分，我们 16 名队员（1 名队员值班）乘坐雪地车前往俄罗斯进步二站，参加他们今晚举行的仲冬节联欢活动。5 点半，中俄两国南极考察队员在俄罗斯进步二站新建成的综合楼餐厅举行隆重的庆祝活动。首先，进步二站站长发表热情洋溢的欢迎词，欢迎中国考察队员和他们一起庆祝南极特有的节日——仲冬节，然后一起举杯庆祝。接下来双方队员频频举杯，共同欢度南极仲冬节。在 6 点 35 分，我接到中国之声直播的电话采访，在采访中我首先介绍了我们中山站全体队员在进步二站参加庆祝仲冬节活动的情况，然后两国考察队员通过各自的语言齐声高唱俄罗斯民歌《莫斯科郊外的晚上》，嘹亮的歌声通过电波传到中国之声直播台，呈现了两国南极考察队员一起欢度仲冬节的欢乐场面。

电话连线结束后，我们两站考察队员继续联欢。进步二站的联欢活动非常热闹，双方队员都比较放得开，可能是因为仲冬节到了，南极的极夜已经过半，队员们的心情都比较高兴也比较放松，再加上俄罗斯队员非常好客活跃，他们弹琴、唱歌、跳舞样样在行，给联欢活动增添了欢乐的气氛。在联欢的同时我们也正好参观了一下他们新建成并刚装修好的综合楼，感觉他们的综合楼设计得还行，虽然装修得不是太高级，但非常整洁。他们的综合楼和我们的综合楼一样分上下两层，最底下是架空层，一层是餐厅、厨房、休息室、活动室和部分队员住房，二层是办公室和科研观测室。我们的队员在联欢过程中和他们的队员进行了台球比赛，有的队员在他们的健身房体验他们的健身器材，有的在他们的乒乓球桌上打起了乒乓球。在双方队员抽烟休息的时候，两国队员自发地进行了扳手腕比赛，俄罗斯队员大多人高马大，非常健壮，我们队员哪能是他们的对手，一个个都败下阵来。

在去进步二站的时候，队员侍颢带了魔术道具，在联欢活动中为俄罗斯队员表演了魔术，让俄罗斯队员看得眼花缭乱，不断拍手鼓掌，并让侍颢教教他们，也拼命向侍颢敬酒，侍颢酒量本来就不行，平时也不喝酒，在俄罗斯队员的簇拥下一高兴就喝多了一点儿，好在

作者在南极

我们 8 点前要回到中山站，如果待的时间长，继续喝下去那我们的队员可能就要在进步二站出洋相了。

因晚上 8 点还要通过电话接受中国之声的采访，我们早早结束在俄罗斯进步二站的仲冬节联欢活动，7 点 55 分我们全体队员回到中山站，8 点（北京时间晚上 11 点）中国之声《央广夜新闻》栏目通过电话连线我们中山站，举行"对话南极哥——欢度仲冬节"的电话采访直播节目。节目主持人通过电话首先采访了我，让我谈了考察队员远离家人时如何处理好家人亲情的问题，然后采访吴全和刘建军，并电话连线了他们的妻子，双方在电话中互动，诉说各自的相思之情。最后采访白磊，让他在电话中向他女朋友真情告白，并向他女朋友求婚，当他女朋友在电话中说"我愿意"的时候，我们 17 名队员热烈鼓掌。之后，我们一起唱起了周华健的《明天我要嫁给你了》，在歌声中结束了一个小时的采访。

中央人民广播电台中国之声栏目电话连线南极考察队员的采访，让广大听众了解到南极考察队员在南极考察的艰辛，也了解到南极考察队员家属的默默奉献和对我国南极考察事业的支持。我认为中国之声举办这样的节目很好，让我们南极考察队员可以通过电波传送对家人的祝福，也可以让广大听众听到南极考察队员的心声。

半夜中山站的夜空变晴，我从综合楼回宿舍楼的时候，在站区看到了夜空中明亮的半个月亮，但没有见到极光，可能是月亮和星星都比较亮的缘故。

南极的仲冬节过了，我们将迎接南极新的曙光，面对新的挑战。我们南极考察队员将继续保持昂扬的斗志，迎接下半年的工作任务，也将勇敢面对南极严寒暴风雪的考验，保证全年考察任务的顺利完成。就像一名网友发来的祝福中说的那样："南极中山站 17 名坚强的战士以自己钢铁般的意志谱写下了'身为战士，勇做英雄'的豪迈篇章，我相信，一个杰出的团队，定能创造更多的辉煌，在你们身上，又将产生一个顺利面对南极越冬考察的神话，在祖国南极考察的历史上留下浓墨重彩的一笔。仲冬来了，极夜即将过去，曙光就要来临。

'行百里者半九十'，希望你们继续发扬敢打敢拼的精神，坚持到最后，坚持到圆满完成全部考察任务的那个胜利时刻。"

南极考察站上的"气象人"

6月24日中山站是多云天气，中午前后的一点亮光时间里都是灰蒙蒙的，只在远处的天空中有一片亮光。下午天黑后中山站的天空变晴了，在下午3点半左右天空中出现了极光，因下午的极光是太阳正面的极光，所以出现了红色和紫色的极光，把中山站下午的夜空装扮得非常绚丽多彩。今天风力不大，所以在外面拍摄极光并不感觉特别冷，只是拍摄的时候几个方向和头顶的天空中都出现了亮丽的极光，让人不知道往哪个方向拍摄好，只能拿着三脚架不停地转动方向，拍摄各个方向绚烂的极光。但极光的形状变化太快，给相机的拍摄带来了一定困难，因为拍摄极光需要20秒左右的曝光时间，在这20秒中极光一旦变化了，拍出来的照片就不那么清楚了，下午的极光一直持续到晚饭前才慢慢消失。

吃晚饭时，听我们队员中专门负责极光观测的刘建军和侍颢说，今天太阳活动比较厉害，半夜应该还会有比较强的极光。晚上的极光一般都是单色的绿色，但变幻莫测、形状各异的极光还是非常好看，只是不知道今晚的极光会不会强烈，如果极光强烈的话我还是会忍不住出去冒着严寒拍摄极光，毕竟在南极见到极光的日子也不是太多，不想错过欣赏极光的每一次机会。

正如极光观测员预报的那样，半夜中山站的上空出现了强烈的极光，极光的颜色还是首次见到，是绿色偏淡的那种，整个夜空中这种颜色的极光在变幻着，虽然极光的颜色比较单调，但像云烟一样无时不在变化着的极光还是非常壮观，让人目不暇接。

第二天是晴天，气温上升，风力减小，是难得的一个好天气，在极夜中这样的天气比较少见。在上午 10 点多天蒙蒙亮的时候，我出门在站区转了一圈，然后去气象栋，看看气象队员的工作情况，因为我知道 11 点前气象队员会来气象栋工作，他们每天每隔 6 个小时就要接收地面气象资料，然后发往澳大利亚戴维斯站，由戴维斯站气象人员再发往世界气象组织。他们每天接收气象数据发报的时间是早上的 5 点、11 点、下午的 5 点和晚上 11 点，一年 365 天不能中断，可谓风雪无阻。

10 点 40 分，我看到李海锋匆匆往气象栋走来，他首先到室外的气象观测仪器上查看接收的气象数据，然后进入气象栋查看电脑上的气象接收数据，并填表登记，还要更换气压计的自动记录纸，最后在电脑上把接收的气象资料通过邮件发往戴维斯站，整个过程在半个小时左右。其实这个工作主要是气象观测员李向军做的，在极夜期间李海锋每天中午 11 点来帮忙，另外一个气象观测员李荣滨也每天帮忙一次，剩下每天的两次由李向军自己负责。中山站有 3 名气象观测员，他们分别是来自宁夏石嘴山气象局的李向军、河北省气象局的李海锋、海洋局环境预报中心的李荣滨，是中山站上的"李家军"，他们除观测气象数据外，各自还有自己的工作职责。李向军每天进行 3 个时次的地面气象观测，并向戴维斯站发送地面天气报告，在月底制作地面气象报表，另外承担着海洋三所的气溶胶膜的更换，每 10 天一次；李荣滨承担每天一个时次地面气象观测，另外还承担每天的天气预报和海冰观测等；李海锋主要负责大气成分观测（包括 CO_2、CH_4、H_2O、CO、近地面臭氧 C_3、黑炭 BC）和校准，还有高空臭氧观测（距地 20~30 公里）和温室气体采样。

11 点 10 分，李海锋发完气象数据的邮件后要去天鹅岭的大气成分观测栋查看设备的工作情况，我跟着他一起前往天鹅岭。天鹅岭离站区近 1 公里，都是高低不平的山路。今天天气好走路没感觉到什么，在大风雪天李海锋每天要去天鹅岭就感觉很困难。他说，有一次大风雪天能见度很低，从气象栋出来后辨别不出去天鹅岭的方向，为了安全最后只能放弃去天鹅岭的打算。李海锋走路都是急匆匆的，我都无法跟上他的脚步，可能是他每天工作比较忙，习惯于这样走路。到了天鹅岭上，我看到远处天空中的亮光比较好看，停下来拍照，李海锋说他每天来天鹅岭，有时天边的霞光很漂亮，就是没时间停下来拍照，可见他每天工作的繁忙。到了天鹅岭上的大气成分观测栋，他检查仪器设备的工作情况和查看接收的数据，我刚赶到他已经检查完出来了，他说还要回去帮厨，就撇下我匆匆回站区，看着他远去的背影，我感叹气象观测员工作的艰辛。

今天我看到的只是他们 3 名气象观测员工作的一个缩影，并不是他们工作的全部，其实他们每天的工作还要更为艰苦，碰上暴风雪天气那就更不用说了。这就是南极考察站的"气象人"，他们坚守在风雪南极，为南极气象数据的采集付出了心血，为南极气象资料提供给世界气象组织做出了贡献，为人类研究南极气候与全球气候提供了常年的气象资料。

78 / 体会考察站没有网络的艰苦

感觉时间过得挺快，又到星期天了，极夜也过了一个多月，感觉过去的一个月极夜时间里天气还挺好，气温没有明显的下降，大风雪天也很少遇见，希望接下来的一个月极夜时间里也是这样的好天气，那今年南极的极夜就感觉比较舒服了。

今天是 6 月 26 日星期天，大厨休息一天，轮到王林涛和李荣滨主厨，上午 9 点多我去厨房就看到王林涛在忙碌今天的菜，10 点李荣滨也过来帮忙。中午饭他们烧了 4 个菜，晚饭烧了 6 个菜，其中还煎了牛排，感觉王林涛的厨艺还可以，看得出来平时在家也是经常下厨房。我们在越冬期间每星期天轮流主厨，我感觉这个方案挺好，一方面可以让大厨休息一天，另一方面也可以让其他队员学学厨艺，并让全体队员体验一下大厨每天烧三顿饭的辛劳。我们这次队里的大厨张晖是来自武汉商业学院的一名烹饪老师，他们学院每年都派老师参加南极考察，作为考察站上的厨师其实是很辛苦的，越冬考察期间要负责我们 17 名队员的一日三餐。度夏考察期间更辛苦，虽然还有另外一名厨师帮忙，但考察站上的考察队员少则六七十人，多则上百人的每天三顿饭必须要准时烧好，在晚上还要给建筑工人烧好夜宵，其中的辛苦也只有大厨自己知道，我们都无法体会。

今天下午的夜空也出现了极光，但比较淡，并不绚丽，我出去拍了没几张感觉效果不好就回来了。晚饭前后有好几个队员在打台球，最近晚上空闲的时间里队员们打台球的比较多，大家都在抓紧练习，希望在比赛时能取得好成绩，因为我们准备从 7 月份开始组织中山站考察队员进行台球比赛。

极夜已过半，在今天晚上的站务会上我要求大家抓紧还有一个月的极夜时间把中山站的设备设施全部登记好，并把设备设施的维修记录、使用情况和存在的问题全部写清楚，方便中山站设备设施的归档和下次队制定补给计划，并要求大家继续做好极夜期间的安全巡视检查工作，责任人负责到位，切实做好越冬考察期间的安全工作。最后希望大家保持好的心态，努力克服南极极夜给我们带来的诸多不适应，顺利度过南极的极夜。

6月27日上午，机械师准备挖掘机和装载机的运行，吃午饭前机械师小戴开着挖掘机把污水处理后排水口处的结冰挖开，自从上次挖开后，排出来的水一层层结冰、冰层逐渐加高，又把排水口堵住了，为了不影响正常排水，需及时铲除出口处的结冰。

吃完午饭，我组织队员搬运煤气罐，越冬前搬运到综合楼二楼露天平台的煤气罐已经用完，今天用装载机把7个空煤气罐搬运下来放入集装箱，另外从集装箱中搬运出7个满的煤气罐运到二楼露天平台，方便在二楼的厨房使用，也就不怕风雪来临时影响煤气罐的搬运。搬完煤气罐后，老王收集垃圾，把垃圾分类后的玻璃瓶在垃圾桶中全部捣碎，方便带回国处理，原来站上有一个压碎机，但已经坏了不能使用，目前只能靠人工捣碎玻璃制品和压扁罐头等铁制品。

中山站今天停网络一天，因国内上海的卫星地面接收站更换设备，预计南极考察站上的网络停24小时。但听国内传来的消息说，明天还不一定能更换完，所以明天能不能恢复网络还不一定。中山站上每天必须往戴维斯站发送4次气象资料的邮件只能通过BGAN发送，其他科研的观测接收数据，不需要每天往国内发送的就影响不大。

今天中山站没有了网络，再加上是极夜期间，队员们的业余时间一下子感觉无所适从，平时依赖网络习惯了，一旦失去了就感觉很不适应，就像在国内出门忘了带手机一样，感觉一天都六神无主，生怕遗漏了重要的信息和来电。没有了网络队员们也感觉无法打发空闲时间，好多队员通过打球来打发空闲时间。现在我们的队员真正体会到前些年在南极越冬考察的队员是多么不容易，他们在没有网络的情况下在南极坚守一年，这需要付出多大的牺牲、需要多大的忍耐力，真是太佩服他们了。晚饭后得到通知，中山站的网络通了，但明天还要继续停网络，因为今天没有能更换成设备，明天继续停网更换设备。有了网络，晚上就可以上网，我也正好可以上传博客。

79 / 南极海冰冰山 的形成

　　6 月 28 日，中山站又是一个晴天。昨晚和老王说好，今天如果是晴天的话，就在中午前后趁天亮的时间出去走走。上午 9 点半，老王就来叫我出去，我看窗外天色刚蒙蒙亮，就和他说到 10 点多再出去。

南极冰山

上午 9 点半，机械师小戴就开着装载机在铲除站区原先刮风形成的雪坝，虽然这些雪坝不影响站区队员们的出行，但到年底下次考察队到来前，这些雪坝都需要被铲除，这样可以方便各种车辆的进出和吊运集装箱中的航空煤油，所以现在天气好的时候尽量多铲除一些站区的积雪。另外，这些积雪被铲到莫愁湖边，到夏天融化的时候还可以补充莫愁湖的水位。在夏天考察的时候考察站上队员多，莫愁湖提供的生活用水经常会出现紧张的情况，我们也经常会到远处的团结湖中接水管抽水到莫愁湖中，以补充莫愁湖的生活用水。

上午 10 点 20 分，我和老王从站区出发，往东北方向海冰上的冰山群中走去，因为 5 月 18 日极夜前我们最后一次去海冰上，在冰山群中见到过 3 只海豹，今天想再去那里看看海豹是否还在。我俩就在海冰上往冰山群中走去，也是对着地平线处亮光的地方走。我已经有一个多月没到海冰上看冰山了，虽然冰山还是那些冰山，但今天发现在地平线处亮光的映射下一座座冰山显得异常美丽，和那种在太阳光照射下的冰山呈现出不一样的美。我们徘徊在冰山群中，被一座座鬼斧神工、像被精心雕琢过的冰山的壮美所震撼，我俩忙着为这些宏伟壮观的冰山拍照，捕捉一座座冰山美丽的瞬间。在冰山丛中转圈，我俩早已经迷失了上次出现海豹的方向，转了好几个圈也没找到上次看到海豹的地方。看看快到 12 点了，我俩就放弃寻找海豹决定往回走，因为到下午 1 点多天就会变得全黑，那时就无法辨别方向走回站区。

回站区就是往西南方向走，也就是背对着地平线处有亮光的方向走，在天亮的时候也比较容易辨别方向。没过一会儿我俩就走出冰山群，远远就能看到站区的建筑，12 点半我俩回到站区。今天虽然没见到海豹，但我们看到了景色漂亮的冰山，感觉不虚此行。

6 月 29 日下午，每周三的中山站大讲堂继续开课，由气象观测员李荣滨为全体队员讲课，他今天讲的题目叫"海冰简介及工作介绍"。通过他的介绍，让我们了解了什么是海冰，海冰就是海水冻结而成的冰，而冰架、冰山属于冰川冰，冰川冰并非水冻结而成，而是由雪积压而成。另外，我们也了解了海冰的形成过程，海水受冷后首先凝结成脂状冰、冰屑、尼罗冰等形状的新冰，然后发展成灰冰、灰白冰形式的初冰，再发展成一年冰到多年冰。他还为我们介绍了南极大陆周围海冰密集度、海冰范围随季节变化的情况，最后李荣滨为我们介绍了他在南极中山站的工作情况，他的主要工作是海冰厚度和海水温度的测量、海冰辐射仪器的维护、融池的测量和定位、定期气象数据下载、气象预报数据收集、每日时次气象观测。

看到李荣滨在南极的这些考察工作，感觉他年纪轻轻工作也是很辛苦。他是我们 17 名队员中年纪最小的，俗称"南极 17 哥"。我们 17 名队员按年龄从南极 1 哥排到南极 17 哥，队员们平时就按编号相称。17 名队员在南极已经相处了半年多，在这种特殊的地方建立起来的感情也是特殊的，完全融入到了一个大家庭中，一起工作、一起生活，大家以兄弟相称，其乐融融。

李荣滨讲完课后，全体队员一起讨论在"七一"唱什么红歌，因为上午我接到我们单位办公室电话，我们单位在 7 月 1 日要举行庆祝建党 90 周年表彰大会暨红歌会，到时会通过视频连线南极考察站，让南极长城站和中山站也参加唱红歌的节目。所以我们中山站要确定唱什么红歌，晚上再准备练习一下。因为不能和单位其他部门唱的红歌重复，经过队员们的讨论，我们中山站准备唱《打靶归来》，这个歌的歌声比较嘹亮，能抒发我们 17 名队员对党的感情。明天上午要和单位先视频连线一下，看看视频的效果如何。晚饭后全体队员练习合唱，因这个《打靶归来》大家都会唱，所以练习起来比较方便，唱了几遍大家都已熟悉，明天准备再练习几遍就可以参加演出。

据天气预报，7 月 1 日中山站将会受到大风雪的影响，风力还挺大。我们希望在那天风力小一点，因为那天我们要在南极中山站广场上举行升旗仪式，庆祝中国共产党成立 90 周年，如果风力太大就要影响到我们的升旗仪式，现在我们只能祝愿 7 月 1 日那天大风雪不要侵袭中山站。

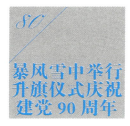

暴风雪中举行
升旗仪式庆祝
建党 90 周年

　　6 月 30 日，我早晨一起床就和单位进行了视频连线调试，原来专门用来视频连线的那套设备因为效果不好，目前单位正在调试中，今天就用 QQ 视频连线的方式和单位视频连线，试下来效果还可以，明天单位召开中国共产党建党 90 周年庆祝大会的时候就准备通过 QQ 视频连线我们南极考察站，我们考察队员的合唱也将通过视频传送到我们单位的会场。

　　吃午饭前，中央人民广播电台一名编辑通过我们单位的介绍打电话过来找我，说在建党 90 周年之际要通过电话采访我，今天让我在电话中先和广大听众说一段话，时间在 2 分钟，说说在建党 90 周年之际作为南极考察队员有些什么感想？并谈谈自己的心愿和对党的祝福，另外明天下午还要通过电话采访我，主持人采用提问的方式让我说说在建党 90 周年的当天我们南极中山站搞了一些什么样的庆祝活动，对党、对家人有些什么话要说。

　　吃完午饭我匆匆准备了一下要说的一段话，下午两点中央人民广播电台准时打来电话，我通过电话对广大听众说了在建党 90 周年之际自己的感想和祝福：

　　中央人民广播电台的听众朋友们，大家好！我是中国南极中山站站长。中国第 27 次南极考察中山站 17 名越冬队员在留守南极，执行越冬考察任务期间迎来了让我们每个人都欣喜万分、无比激动的特殊日子——中国共产党的九十华诞。我作为一名南极考察队员，也是一名共产党员，曾在党旗下宣过誓，从那一刻起便有了我一生的忠诚与信仰。我想，一心听党的话，为我国南极考察事业的发展做出贡献，这便是给党的生日献上的最好贺礼。

　　中国南极考察从开始阶段，便一直得到党中央的高度重视及亲切关怀，在党的领导和指挥下，南极考察队员充分发挥党员的模范带头作用，坚持发扬"爱国、求实、创新、拼搏"的南极精神，经过一代又一代考察队员的努力，才开创了如今这可喜的局面。特别是经过

升旗仪式

"十五"能力建设，南极考察站完成了全面改造，考察站上的建筑设施更加完善，科研设施也更加完备，在各个科研领域也取得了令世界瞩目的丰硕成果，填补了许多南极科研方面的空白。我们中山站越冬队，秉承南极考察的一贯宗旨，上站之初，便成立了党支部，以便更好地发挥党员的模范带头作用，保证更加顺利地完成所肩负的各项考察任务。

目前是南极的冬天，也是南极的极夜，虽然我们在冰天雪地的寒冷南极参加考察，但我们的心是火热的，因为有党的关怀、祖国的牵挂和全国人民的关心，这些都让我们考察队员倍感温暖。我们南极考察队员决心克服一切困难险阻，出色完成党交给我们的全部考察任务，为党的 90 周年生日送上完美的礼物。

九十年峥嵘岁月，九十载光辉历程。我们在南极中山站的 17 名考察队员祝愿我们的党更加兴盛，党的事业更加辉煌，祝愿在党的领导下我们的祖国更加繁荣富强！

吃过晚饭后，中山站开始下起了雪，到半夜风力加强。7 月 1 日早上起床，我打开宿舍楼大门，发现外面狂风肆虐，漆黑的天空中雪花在横冲直撞。我从宿舍楼顶着风雪去综合楼，只能背对着暴风雪退着前进。

上午 9 点半，全体队员在综合楼餐厅集合，因为 11 点我们单位中国极地研究中心要召开庆祝建党 90 周年表彰大会暨红歌会，通过视频连线到我们中山站，中山站的全体队员通过视频观看会议现场。11 点极地中心庆祝建党 90 周年大会准时召开，首先全体起立奏国歌，会议由办公室主任朱建刚主持，袁绍宏书记首先发表讲话，随后宣读了《关于表彰2009~2010年度极地中心先进党支部、优秀共产党员、优秀党务工作者的决定》等一些表彰文件，最后，杨惠根主任作了重要讲话。表彰大会结束后进行极地中心各个部门的红歌合唱比赛，本来我们南极考察站也要参加，我们也已经准备好，可惜到红歌比赛时网络出现了问题，我们中山站和国内的网络视频连线画面不清楚，单位就临时取消了我们在南极两个考察站的红歌比赛。比赛虽然取消了，但我们全体队员在一起自己唱起了红歌，庆祝中国共产党成立 90 周年。

12 点，全体队员到中山站广场，举行庆祝建党 90 周年升旗仪式。今天因为是暴风雪天气，中午 12 点天空最亮的时候也才蒙蒙亮，队员们顶着 10 级大风，在暴风雪中举行了升国旗仪式。虽然暴风雪吹袭着队员们的脸颊，但队员们整齐地排着队面向国旗，齐声高唱着国歌，仰望着五星红旗在南极中山站冉冉升起。此时队员们的心情是无比激动的，在南极看到五星红旗升起，在赞叹祖国强大的同时，更为自己是一名中国南极考察队员而感到自豪。

下午 1 点，中央人民广播电台中国之声采访了我，在现场直播中让我谈谈在建党 90 周年的时候，南极考察队员搞了一些什么活动来庆祝党的生日，并问了有什么感想。虽然只有短短的两三分钟采访时间，但我也感受到祖国人民对南极考察队员的关怀之情，我们作为南极考察队员感到非常荣幸。我想我们南极考察队员也一定不会辜负祖国人民的期望，一定会战胜各种困难，出色完成各项考察任务，给我们的党、我们的祖国交上一份满意的答卷。

昨天，中山站的狂风暴雪持续了一整天，半夜开始风雪逐渐变小，到 7 月 2 日早晨风雪完全停止，大风雪后中山站的气温回暖了许多，今天在室外让我们感觉不到那么的寒冷。经过昨天一天的大风雪，在站区形成了好多巨大的雪坝，昨晚我回宿舍楼的时候，路上有些地方的雪坝达到齐腰深、有些雪坝比人还高。好在今天早晨风雪都停止了，没有造成更高、更大的雪坝。

上午吃午饭前，机械师开着装载机铲除站区道路上的雪坝，先铲出几条走路的道出来，方便队员们在站区走路。队员们每天都要去各个工作场所、去综合楼、回宿舍楼等，每天需要在站区走路，为了不给队员们在站区走路造成困难，所有站区道路上的雪坝及时铲除是非常必要的。

吃完午饭，全体队员进行清洁卫生工作，本来应该是昨天的工作，昨天因为搞庆祝建党 90 周年的活动，就改在今天进行。为了更好地把公共场所搞干净并保持下去，我们上星期经过站务会讨论，出台了《中山站公共场所卫生整理管理规定》，给每个队员划分了公共场所的清洁卫生区域，卫生区域清理实行包干制，每人对所负责场所进行清洁卫生，并在结束前由卫生检查小组进行检查，不符合要求者需按照所提意见当场予以改正。今天下午队员们就按照卫生包干区进行清洁卫生，清洁完后我到处转了一下，发现比原来的卫生工作做得要好，看来承包到个人，提高了队员们的积极性，希望队员们能长期保持下去，保持中山站公共场所的卫生整洁，为全体队员的生活、工作创造一个良好的整洁环境。

7月3日早晨，中山站又刮起了大风，风力在10级左右，虽然没下雪，但大风把地上的积雪吹得到处飞扬，在外面行走，风雪直扑脸面，眼睛都无法睁开，今天的大风又在站区的道路上吹成了好多高高的雪坝。据天气预报，这次大风要持续两天，也就是明天还要刮一天大风。今天的大风给队员们的出行带来了很大麻烦，李海锋和杜玉军去天鹅岭说是在路上都是连滚带爬地前进，午饭的时候有7名队员没来综合楼餐厅吃饭，情愿在宿舍或工作场所吃方便面，也不愿意在外面受风雪的吹打来餐厅吃饭。

今天，收到了单位发来的传真电报，给我们提出了水暖锅炉应急处置方法的要求，因为目前南极考察站上的建筑内部都是采用热水循环取暖的方法，考察站上却只有一台锅炉，一旦锅炉出现故障，就会对考察站上的建筑和队员的生活带来很大的影响，再说现在是南极的冬天，室内没有暖气的话队员们是无法正常生活和工作的。为了预防锅炉出现故障而给考察队员的正常生活带来影响，单位专门制订了水暖锅炉在出现故障情况下的应急处置方法，让考察站遵照执行，以保障南极考察站的正常运行。

吃完晚饭，我让队员们合唱一首《歌唱祖国》并录音，因为昨晚让他们唱的时候录的音，我今天用来做一个视频的时候感觉唱得很不好，今天让大家继续合唱录音。昨天我收到我们单位袁书记的一封邮件，他说在庆祝建党90周年的红歌会上因为视频不好没有听到我们中山站的歌声，长城站拍了合唱的视频传回单位，单位同事看了都说很好，所以希望我们中山站也能拍一个合唱的视频，让单位的同事了解中山站的工作生活情况。我今天下午做了一个照片合成的视频，就是感觉我们合唱的音频不是很满意，今晚就让队员们好好唱，录到我感觉满意为止。合唱录好了，明天我准备重新做一下视频，看看效果怎么样。

中山站夜景

队员们唱完歌，感觉外面的风力越来越大，估计在 11 级以上，在综合楼室内都能清晰地听到外面呼啸的风声。卢成回到宿舍楼后打电话过来，说外面风实在是太大了，让没有回宿舍楼的队员晚点等风稍微小点再回去，并且让队员们结伴回去，一个人回去比较危险。可想而知，现在外面的风力有多大，我正好准备在这边办公室写完日记再回宿舍楼。

晚上 9 点，我回宿舍楼，外面狂风大作，地上的积雪被狂风吹赶着随风而去，上午的时候综合楼和宿舍楼之间的那个高高雪坝，现在已被狂风吹得荡然无存，狂风推着我一路小跑着回到宿舍楼，在宿舍楼中感觉整个楼在颤抖，让人心惊胆战。

风力到了半夜增强至 12 级，多数时间还在 12 级以上。外面咆哮的风声，加上在狂风的吹袭下宿舍楼到处发出噼啪的响声，我躺在床上也是提心吊胆，一直无法睡着，直到凌晨外面的风声小了，才迷迷糊糊睡了一会儿。

82 "南极 1 哥" 水暖工 ——王刚毅

7 月 4 日早上 8 点，我被闹钟吵醒，起床后发现风力小了许多，但外面还是漆黑一片。今天和王刚毅说好陪他一起去巡视检查，本来老王每天早晨七八点钟就要巡视检查一遍他所管辖的水管、水泵等所有设备的工作情况，并要记录各种运行参数，今天因为我要和他一起去检查，他就说等天亮后再出去巡视。老王每天要两次巡视检查他所管的设备的工作情况，风雪无阻，因为他所管的水系统要保障柴油发电机的冷却水和站区的生活用水的正常供应，一年 365 天不能中断，保证考察站水系统的正常运行。

王刚毅是中山站的水暖工，因为在我们 17 名队员中年龄最大，所以被称为"南极 1 哥"。他来自山东荣成市建设监理公司，听说他要来南极参加南极考察队，当地的报纸、电台都采访了他，所以他来南极前在荣成已经小有名气。来南极后他除了工作认真负责、埋头苦干外，还坚持每天写日志，目前他的粉丝已经一大堆，"南极1哥"在网上已经比较出名。老王的另一大爱好是摄影，来南极途中就用坏一台相机，为了不影响在南极摄影，特意在途中的澳大利亚买了一台单反相机。在我们中山站，只要听说有什么好的景色，无论何时何地，无论严寒和狂风，他都会扛着相机出现。他有时还经常一个人独守在寒冷的夜幕下，拍摄美丽的极光；在狂风暴雪的时候，他会出去拍摄视频录像。在他的辛苦拍摄中，一张张精彩的照片出现了，他上传到空间的照片经常会被腾讯推荐到首页，让网友们大饱眼福，他的粉丝也一路在飙升。

老王乐观豁达，别看他50多岁了，真正是一个老顽童，我们都自叹不如。他每天不管在巡视检查中、工作中还是锻炼身体的时候，总是戴着一副耳机听着音乐，一边还摇头晃脑、嘴里随着音乐哼哼着，虽然五音不全，让我们感觉跑调不知跑到哪去了，可他全然不顾我们的评论，只管一个人陶醉在其中。

爱吃零食也是老王的一大特点，在他房间的桌子上经常放着一大堆零食，嘴巴没有空闲的时候。他会跟小青年抢冰激凌吃，一吃就是半盒，甜食是他的特别爱好。上次端午节吃粽子的时候，他说不太喜欢吃粽子，可我看他一顿就吃了五六个豆沙粽子，多亏他不是太喜欢，如果喜欢那他一顿要吃多少个粽子啊。喜欢吃也是好事，可他吃了又怕长胖，每次饭前饭后要称体重，还把每天饭前的体重记录在日志里。其实他不胖，是属于吃了不长肉的那一类。可他怕长胖，感觉吃是戒不了的，就每天去跑步机上跑步，消耗大量的热量，跑完了继续吃，周而复始，感觉还挺好，我们也特别佩服他坚韧不拔的毅力。

上午中山站的网络经常断，说是国内在调试。我就把昨晚的合唱录音加上挑选出来的照片用Movie Maker软件制作成视频文件，制作完看看快11点了，天也有些亮了，我就找老王一起去巡视检查。

11点，我和老王从宿舍楼出发，外面风虽然小了一

孑然一身

些，但也有七八级大风，天空中还飘着雪花。从宿舍楼去发电房的广场上堆积着高高的雪坝，我们无法翻越这些雪坝，我就跟着老王从莫愁湖的西面下到莫愁湖的冰面上，再从冰面上走到莫愁湖的湖心泵房。这个湖心泵房是从莫愁湖中抽取水送往发电房的水罐中，也是站区水系统的源头，是老王每天两次巡视检查的第一站。老王巡视检查的路线是这样的：首先检查在宿舍楼中的锅炉房，然后走到室外检查湖心泵房、站区水管、发电房水罐、发电房水泵、废物处理栋、污水处理栋、排水口，最后到综合楼夹层中，检查饮用水箱和水泵。

今天我跟着他检查完湖心泵房后，来到发电房门口，看到一人多高的积雪把发电房的门堵得严严实实，发电班的队员在里面是无法推门出来的，好在里面有睡觉的房间，他们还能在里面休息。老王每天要进发电房检查水罐，只能在外面铲雪后进去。老王拿起放在发电房外准备着的铁锹，铲除发电房门口的积雪，铲了有足足半个小时，才把发电房大门外小门口的积雪铲除，打开小门进入发电房，再让发电班值班的邹正定出来帮忙一起铲雪。

检查完发电房中的水罐和水泵，我跟着老王来到废物处理栋，废物处理栋的门已经被高高的雪坝全部掩埋，老王说越冬期间垃圾不多，一般一个星期集中烧一次，所以今天就不用进废物处理栋了。我们就转向旁边的污水处理栋，污水处理栋的门口也被积雪挡着了，因为这里每天要检查两次，所以挡在门口的积雪不多，但今天老王拉了几下没能把门打开，老王就说去拿铁锹铲几下就可以。因为这里没铁锹，老王说要到综合楼夹层中去拿，我就跟着老王回综合楼。到了综合楼，老王去拿铁锹，我就回楼上的办公室。

今天跟着老王体验了他每天的巡视检查路线，感觉他真的很辛苦，每天早晚两次的检查记录在极夜期间都是黑天，黑灯瞎火的时候还要走遍每个检查点，碰上狂风暴雪天气，可想而知需要付出多大的艰辛，我被考察队员的这种工作精神所感动。

风雪过后的铲雪工作

昨晚半夜中山站的风总算停止了，静得很彻底，连一丝风都没有，但下起了鹅毛大雪，整个站区一会儿就被白雪完全覆盖。无风的情况下飘着鹅毛大雪，这样的景色在南极比较少见，昨晚在站区灯光的照射下，站区下雪的景色非常迷人。

7月5日早晨，雪也停了，整个站区到处都是高高的雪坝和厚厚的积雪。吃午饭前天亮的时候，机械师开着装载机开始铲除站区道路上的积雪。吃完午饭，没有工作的队员全部去废物处理栋门口铲雪，废物处理栋门口已经堆积了高高的雪坝，把门口高高的台阶和整个大门全部埋在雪坝中，因为要进去焚烧垃圾，所以必须把门口的雪坝铲除。

八九名队员拿着铁锹开始人工挖雪，雪坝的积雪因为是刚积起来的，雪比较松软，铲起来也比较方便，但雪坝太高大，队员们铲得很辛苦，铲了一个多小时才算把门露出来。虽然铲雪过程比较辛苦，但队员们在铲雪过程中还经常打雪仗、嬉闹，为工作增添了欢乐的气氛。今天也只铲了一条门宽的小道，看看天色已黑暗下来，能把废物处理栋的门打开就结束了铲雪的工作，队员们也都累了。

今天是我们机械师戴伟晟的生日，因另一名队员李海锋是12日的生日，所以他俩今天放在一起过生日。大厨一早就开始忙碌，要准备今天晚上庆祝队员生日的晚宴，还要给两名队员分别做一个生日蛋糕，所以今天大厨比较辛苦。

晚上6点，庆祝戴伟晟和李海锋生日的晚宴正式开始，首先推出了大厨亲自为两位寿星做的奶油蛋糕，大家为两位寿星在奶油蛋糕上插上蜡烛并点燃，让两位寿星分别许愿后吹灭蜡烛，并让他俩切蛋糕，然后庆祝晚宴开始。队员们纷纷给寿星敬酒，场面热闹非常，在晚宴过程中有的队员把奶油抹在两名寿星的脸上，给晚宴增加了热闹的气氛。考察队员在南极

队员们开着装载机、挖掘机、雪地车在铲雪

过生日意义非凡，有的队员一辈子可能就在南极过这么一次生日，是让人永远无法忘却的最值得留念的生日。17 名队员频频举杯、逗乐，一起祝福戴伟晟和李海锋生日快乐。两位寿星今天都是第一次在南极过生日，所以也非常激动，举着酒杯、转着圈给各位队员一一敬酒，共同祝愿大家身体健康。

自从度夏考察队员离开中山站回国后，我们 17 名越冬考察队员在南极已经一起度过了 4 个多月，在这 4 个多月里 17 名队员朝夕相处、一起生活、一起工作，共同抵抗南极的风雪，已经建立起了深厚的兄弟般的感情，所以碰到队员过生日这样的场面，大家一定会高高兴兴、热热闹闹地来庆祝。晚宴过程中两位寿星还为大家献歌，队员们也上去唱歌祝福他俩生日快乐，在大家共同祝愿的歌声中结束今天庆祝队员生日的晚宴。

7 月 6 日上午是阴天，吃午饭前机械师开着装载机铲除站区路上的雪坝，方便队员们在站区走路。吃完午饭天空又飘起了雪花，不过下雪天气碰到风力不大的情况下是不会在站区堆积起雪坝的，就怕大风吹动着地上的积雪在避风的地方会形成雪坝，不及时铲除的话会越积越高，影响到考察队员的正常工作和生活。

81 暴风雪中队员们绑着绳索走路去工作

7月7日，中山站继续是阴天，中午开始又下起了雪花，这两天让我们感觉才是真正的极夜期，中午那有限的一点亮光时间也是阴沉沉的，还飘着雪花，不过气温回升好多，这样的气温感觉是南极的夏天。极夜已经进入到第43天，还有半个月中山站将迎来第一缕曙光，队员们已经经历了43天的极夜期，剩下的半个月应该不会太难熬。

今天和单位进行了视频连线的调试，因为明天单位有一个签约仪式，想和南极考察站视频连线，让客人通过视频了解南极考察站的情况。今天视频调试下来效果还可以，明天北京时间上午10点正式进行视频连线。

这几天中山站的网络一直很不好，网速慢得经常连网页都打不开，影响了队员们的正常上网。问了通讯员王林涛，他说可能是天气的原因影响了网络的正常运行。中山站的网络是通过安装在中山站的卫星接收器接收卫星传过来的网络信号来连接的，天气情况恶劣的话会影响到网络信号的正常接收。

中山站的网络接收信号天线安装在站区南面的紫金山上，很大的一个圆形天线远看像一个足球。通讯员王林涛基本每天都要上到紫金山上，查看网络天线的工作情况，并要铲除天线球表面的积雪，因为积雪会影响天线正常接收网络的信号。王林涛是来自中国电波传播研究所的一名工程师，担任中山站的通讯员，考察站通讯员的主要职责就是确保网络通信运行正常、电话传真的运行正常，还需要进行正常的维护和保养工作，确保考察站与外界的联系不能中断，所以通讯员的工作非常重要。

在度夏考察期间通讯员的工作特别繁忙，要负责考察站与国内、考察船、昆仑站之间的联系，而且联系时间都是不确定的，所以通讯员都要睡在报房24小时值班。越冬期间考察

回返中山站

站与外界的联系相对要少一些，工作相对要轻松一些，但除了正常的通信联系外还需要每天的巡视检查和通信设备的维护保养，还要经常负责调试和国内的视频连线，又因为中山站时间比北京时间晚 3 个小时，他经常要很早起床和国内进行视频调试，所以工作也比较辛苦。

王林涛除了喜欢摄影外，另一大爱好是练习书法，只要一有空闲时间，他就会拿出笔墨照着字帖练习书法，写掉的纸张已经一大摞，几个月下来我们明显感觉到他的书法水平已经有了很大长进。王林涛原先比较爱喝酒，为了练习书法他平时已经不喝酒，他说喝了酒手的抖动会影响到练习书法。我们都特别佩服他的这种毅力，在南极越冬考察期间，队员们有很多的业余时间，就看你有没有毅力抓住这些业余时间专心去学一些专业技能，如果利用好的话，一定能学到一些知识和技能。

到了晚上 9 点，中山站刮起了大风，风力一度达到 10 级，大风夹杂着雪花吹袭着中山站，一会儿就在站区形成了许多雪坝，原先铲雪出来的道路又被堆积起了高高的雪坝。

到 7 月 8 日早晨，风力降至六七级，大风夹带着雪花和地上的积雪漫天飞舞，能见度很低，在中午天亮的时候能见度还不到 5 米，给队员在站区走动带来了很大的困难。

吃午饭前，李海锋和杜玉军去天鹅岭上的观测栋工作，两个人身上绑着绳子连在一起往天鹅岭摸着赶路，因为走在路上已经很难辨别出方向，既怕走散，又怕陷入雪坝中，两个人只能用绳子连在一起往前走。工作完回到站区的时候，因能见度很低，李海锋误走到了堆放在站区的集装箱顶上，因为站区的雪坝已经很高，有的地方雪坝已经超过了集装箱的高度。还好两个人连在一起，没有出现意外。

早上 8 点，中山站和极地中心进行了视频连线，增爱基金会的理事长和上海南洋电材有限公司的董事长来我们单位参观，并签署合作协议。两位老总通过视频和南极考察站的队员通话，好让他们了解南极考察站上队员的工作生活情况。他们非常关注南极，关注我国的南极考察队员，他们也了解到南极考察队员的艰辛，去年上海南洋电材有限公司通过增爱基金会向我们单位赞助了几百万元，用来奖励南极考察队员。我们作为南极考察队员，非常感谢社会各界对我们的关注和支持，虽然我们在南极考察辛苦一点，但看到有社会各界的支持，我们感到很欣慰。

8.5 狂风暴雪天气考察队员工作的艰辛

　　昨天的暴风雪到晚上有所增强，到 7 月 9 日上午风力达到 10 级，并全天维持着八九级的大风。我早上起床，听到外面咆哮的风声，从窗口望着外面在站区灯光照射下暴风雪的情景，我都不敢去综合楼吃早饭，在宿舍随便吃了一点饼干来充饥，上午就在宿舍里看看书。可外面的暴风雪一直没有减弱的趋势，到中午还达到 10 级以上。看看吃中午饭的时间到了，我只能冒着暴风雪去综合楼餐厅吃饭。

　　我刚打开宿舍楼门，风雪就扑面而来，外面狂风夹着飞雪横冲直撞，路上因有雪坝我也不敢再像上次那样倒着走路，只能戴着风镜顶着风雪前进，飞雪扑面而来，并往衣服领子里钻，呼吸都感觉困难，让人感觉非常难受。这样的狂风暴雪的场景让人感觉挺震撼的，我就拿出相机背对着风雪拍了几张暴风雪的照片，一会儿相机外层积起好多雪花，我赶紧把相机放在外衣里面，也不敢拍照了，生怕把相机搞坏。于是我就继续顶着风雪，在高高低低的雪坝上、深一脚浅一脚艰难地走到综合楼。

　　中午吃饭的时候，餐厅只有不到一半的队员，除了值班和倒班休息的队员，大多数队员都不愿意冒着暴风雪来餐厅吃饭，宿舍楼和餐厅所在的综合楼之间没有内部连廊，暴风雪天给队员们增添了很多麻烦。我还算好，我的办公室在综合楼，每天白天一直在办公室，晚上才回宿舍楼睡觉，其他队员每天三顿饭都要走到综合楼的餐厅，吃完就要回宿舍楼或工作场所，他们每天要三次来回综合楼，暴风雪天给他们在外面走动带来很大的困难，有时也比较危险。

吃完午饭，几个队员也不回宿舍楼了，干脆在综合楼进行了台球比赛。一下午一直在进行着台球比赛，也才进行了六七场比赛。中山站的台球比赛采取大循环赛，每位队员都要比赛十六场，要在月底前结束全部比赛，看来还得抓紧所有的业余时间，否则在月底前还结束不了全部比赛。

吃晚饭的时候，发电栋的门口又被厚厚的积雪堵上了，值班的徐文祥和在里面休息的邹正定要出来吃饭，发现门口被雪坝堵住了打不开门，只能打电话过来求助，让队员帮忙去铲除发电栋门口的积雪，好让他俩出来。王刚毅和徐启英听说后冒着狂风暴雪马上去发电栋门口铲除积雪，花了半个小时才铲出一条道来，打开发电栋的小门让里面的队员出来吃饭。

晚饭后，中山站的暴风雪持续着并在逐渐增强，风力达到 11~12 级。晚上的特大风暴侵袭着中山站，咆哮的风暴把整栋宿舍楼吹得都在颤动，宿舍楼到处在发出噼里啪啦的响声，搅得我们都无法睡觉，也不敢睡觉，生怕宿舍楼哪个地方不牢固让狂风吹散了。

晚上 11 点，李向军要去气象栋收发气象数据，虽然气象栋离宿舍楼才 100 米左右的距离，但中间要经过好几个高高的雪坝，再加上狂风暴雪能见度很低，李向军一个人不敢走过去，叫上机械师戴伟晟陪他一起过去，两人用绳子连在一起后顶着狂风暴雪走向气象栋，在路上好几次还偏离方向走到了莫愁湖上，在经过与暴风雪的搏斗后，好不容易走到气象栋，完成接收气象数据并发送至澳大利亚戴维斯站。

7 月 10 日，中午 11 点的气象数据是李海锋负责接收和发送，他去气象栋的路上经过雪坝的时候陷入其中，积雪埋到他的胸口，在无法拔脚的情况下只能向前扑滚，好在积雪比较松软，才艰难地在雪坝中翻滚出来。看到外面咆哮的风暴，他在气象栋发完气象数据后不敢再回综合楼吃饭，本来还要去天鹅岭的大气成分观测栋，一个人也不敢前往，只能在气象栋吃点饼干当午饭，等待着风暴减弱。

吃午饭的时候，我们没看到李海锋过来吃饭，知道他应该困在气象栋，通过对讲机联系他后，他说下午还要去天鹅岭，正好下午杜玉军也要去天鹅岭的观测栋工作，为了安全杜玉军叫上王刚毅一起去天鹅岭。他俩系着绳索出发了，先到气象栋叫上李海锋，然后三个人相互系着绳索顶着狂风暴雪摸索着前往天鹅岭。听他们回来后说在路上惊险万分，在能见度只有几米的情况下，凭着每天来回天鹅岭的经验，总算摸索到在 800 米外的天鹅岭上的观测栋。

在南极碰上这样的狂风暴雪，队员们之间都是相互帮助、相互支持，共同抵御南极的风暴，共同完成考察任务。正因为队员之间有这种友谊和感情，团结协作，才能一次次战胜南极的狂风暴雪，才能完成交给我们的科学考察任务。

到了晚上，中山站的暴风总算减弱下来，没有风暴的中山站显得异常寂静，队员们也可以安稳、放心地睡一个安稳觉。

86

"南极6哥"机械师——戴伟晟

中山站在经历了几天的暴风雪后，在站区留下了许多高高低低、大大小小的雪坝，白色的雪坝跌宕起伏就像山岭丛中的群山，有的高大挺拔、有的低矮光滑，给站区留下了一道美丽的风景。

7月11日上午9点半，天微微亮，机械师戴伟晟就开着装载机开始铲除站区道路上的雪坝，在装载机的轰鸣声中，一条条道路在雪坝丛中呈现出来，队员们又能在站区方便地来回走动了。

机械师戴伟晟是来自厦门厦工机械公司的一名技师，作为考察站上的机械师在度夏考察期间要做好站上各种车辆的维修和保养，接收登记车辆机械的备件，还要熟悉各种车辆的驾驶并熟练操作各种车辆。中山站上有各种车辆及工程机械，要全部熟练掌握操作及维修保养，对机械师也是一项很大的考验。在越冬期间机械师除了要做好车辆的维护保养、维修计划和备件申请等工作外，还有一项很重要的工作就是要负责开着装载机、挖掘机或推土机及时铲除站区的积雪，以保持站区道路的通畅。

戴伟晟是福建厦门人，在我们17名队员中按年龄排在第6位，俗称"南极6哥"。他是一个非常健壮的汉子，话语不多显得很憨厚，脸上也永远挂着憨笑，其实他说话时我们也经常听不懂，因为他说的普通话很不标准，带着很重的闽南口音。他对待工作认真负责，也非

越冬队员打牌消磨极夜时光

常能吃苦，由于经常干的是体力活，肌肉发达、力大无比，一个好几十斤重的电瓶他能一只手提着就走，让我们目瞪口呆，但遗憾的是他在和俄罗斯队员掰手腕比赛中，还是比不过俄罗斯队员。

戴伟晟虽文化程度不是很高，却是我们中山站的诗人，经常诗兴大发，写几首诗给我们沉闷枯燥的生活带来欢声笑语，写出来的诗虽很难让人跟上他的思维，但有模有样，也非常注重押韵，让中山站的好几名博士生都自叹不如。

戴伟晟有一对儿女，目前都在集美大学就读，老婆没有固定的工作，为了养家糊口与儿女昂贵的读书费，迫使他走南闯北辛苦工作攒钱，他曾去中东做了两年售后服务工作，听说厦工要派人参加南极考察担任机械师一职，他义无反顾地报名参加南极考察队员的选拔，凭着精湛的技术和埋头苦干的精神，他终于在层层挑选中脱颖而出通过选拔，当得知选拔成功后他憨厚的脸上露出了灿烂的笑容。

来到南极后，戴伟晟非常珍惜这次来南极参加考察的机会，总是一个人默默无闻地在干着自己的本职工作，不怕苦、不怕累，虽然胆子小一点，但对待工作认真负责、一丝不苟，绝对称得上是南极考察站上合格的机械师。

经过好几天的风暴，到 7 月 12 日中山站的风力总算彻底平静了。不过天气还是阴天，在中午的时候北面的天空中厚实的云层后面露出了一些光亮，如果是晴天的话在地平线下的太阳光透出来的亮光一定很灿烂。我查了一下今年中山站天顶角的预报数据，今天中午 12 点的时候，天顶角是 91.27 度，也就是太阳在地平线下 1.27 度，太阳就快要露出地平线。我继续查看中山站天顶角的数值，发现在 7 月 17 日中午 12 点的时候天顶角的数值是 89.9 度，也就是太阳露出地平线 0.1 度，代表着这一天中山站将迎来新的曙光，也标志着中山站从这一天将走出极夜期。这样算的话，今年中山站的极夜天数应该是 53 天，比去年少了 5 天。还有 5 天中山站就将迎来新的曙光，漫长的极夜总算即将过去。

回想走过的极夜阶段，没有想象中的那样可怕，也没有想象中的那么黑暗，至少在每天的中午前后有一两个小时的亮光时间。虽然在极夜期间见不到企鹅、海豹，也见不到贼鸥、雪燕，但让我们欣赏到了多彩多姿、绚丽无比的南极极光，还有美丽动人的月全食全过程；虽然在极夜期间暴风雪经常侵袭中山站，但经过全体队员的共同努力，我们一一战胜了南极的暴风雪；虽然在极夜期间给队员们在睡眠、昼夜节律和心理上带来了一定的影响，但经过我们丰富多彩的娱乐活动及队员们的自我调整，我们克服了极夜带给我们的一切不便。极夜即将过去，队员们将精神饱满地迎接新曙光的到来。

目前中山站业余时间的台球比赛正在如火如荼地进行着，队员们正在激烈地拼杀着，目前赛程过半，从目前的比赛情况来看，大厨张晖的夺冠希望较大，他目前比赛了 13 场只输了 3 场，但也不一定，因为有好几名队员才比赛了两三场，猜不出这几名队员以后比赛的表现会怎样，总之会有夺冠的希望。

因为台球桌就在我办公室外的大厅中，只要队员有空闲时间找不到比赛对手的时候就会找我比赛，所以目前只有我一人结束了全部 16 场的所有比赛，8 赢 8 输，与前 3 名已经彻底无缘，但我对这个成绩已经很满意，夺冠呼声最高的张晖、白磊、刘建军都输给了我这个新手，当然我主要靠的是运气，因为我平时从来不打台球，打过几次也是 20 多年前的事了，所以能取得这个成绩已经实属不易。

87

南极雪地上滑雪的乐趣

中山站经过半个月的阴天和风雪天气，到 7 月 13 日总算变为晴天，今天中午前北面的地平线上出现了灿烂的霞光，虽然太阳在地平线以下，但地平线处的霞光非常绚烂，给昏天暗地半个月之久的中山站带来了一些多彩的光亮。

下午 3 点，每星期三的中山站队员大讲堂继续开讲，今天由刘建军给大家讲解"中山站地理位置及高空物理观测内容简介"。刘建军和侍颢一样是这次中山站考察的高空物理观测队员，他是武汉大学的在读博士生，专业就是高空物理观测研究。刘建军通过 PDF 图文并茂的讲解，让我们了解到中山站的地理坐标和磁偶极坐标的差异，中山站的地理坐标为69.4°S、76.4°E，而磁偶极坐标为 77.2°S、120.5°E，修正磁纬度为 74.5°。通过他对中山站地理位置和时区的分析，告诉我们中山站适合观测午后极光，以及子夜位于极光带极向侧和极盖区的高纬极光。因为刘建军曾经在北极的黄河站越冬考察过，也给我们介绍了北极黄河站观测极光的情况。另外，刘建军给我们介绍了中山站现有高空物理观测设备，分别为光学观测设备和电学观测设备。光学观测设备有三波段 CCD 全天空成像仪、窄视野 CCD 成像仪、极光分光光谱仪、全天空电视摄像机，电学观测设备有宇宙噪声接收仪、脉动式磁力仪、电离层闪烁仪、电离层测高仪、相干散射雷达，并一一介绍了这些设备的用途。

晚上，中山站的天空彻底放晴，圆圆的大月亮挂在中山站的上空，月光映照着站区，为中山站增添了亮丽的景色。唯一遗憾的是因为月光太亮而见不到绚丽的极光。

7 月 14 日，中山站晴空万里，蔚蓝的天空中连一丝云彩都没有，风也宁静下来，风力发电机的风叶都静止不动，但感觉气温在明显下降。上午 10 点天亮后，吴全和王刚毅要去站区南面的山坡上滑雪，我去山坡看了一下，发现山坡不是很陡，再加上积雪很厚，让他俩注意安全后就同意他俩去滑雪。因为今天天气好，我也去爬站区南面的紫金山，在紫金山上能一览无余地眺望远处海面上地平线处的霞光和俯瞰站区全景，还能欣赏到他俩在小山坡上滑雪。好久没出来爬山了，我在紫金山上登高远望，一览众山小，享受着南极的美景，呼吸着南极清爽的气息，让我心旷神怡。爬累了我就坐在紫金山山顶休息，享受着南极的沉静，可能已经习惯了城市的喧闹，寂静的南极让我有种置身世外的感觉。我坐在山头上极目远望：远

队员们进行滑雪训练

处海面上大大小小、千姿百态的冰山尽收眼底；地平线下太阳的光亮从地平线处反射出来，非常耀眼。远处俄罗斯进步二站的队员开着雪地车在中俄大道上来回碾压着道路上的积雪，可能是为了方便他们的队员来我们中山站上网，我们的两名队员在下面的小山坡上练习着滑雪，我看着他俩好不容易拿着滑雪板花了 10 多分钟爬上小山坡，可滑下去不到 1 分钟时间，然后又往上爬，来回在折腾，吴全滑雪还挺在行，姿势挺优美，可我们老王纯粹是在瞎捣鼓，装样子，难得鼓起勇气滑下去一次还摔倒了，让我笑得肚子疼。

我从紫金山上下来，来到他俩滑雪的地方，他俩也正准备收拾行装回站吃饭。看老王滑了最后一次，让我惊讶的是他竟然没摔倒，看来练习了一个多小时还真让他学到了一些滑雪的技巧。看着吴全潇洒的滑雪动作，让我心里痒痒的，我从来没尝试过滑雪的滋味，什么时候也来练习一下，看看能不能潇洒起来。

88 辛劳的南极中山站发电班队员

昨晚半夜后，中山站飘起了雪花，风力有所增加，气温随着风雪的来临而随之回升。到 7 月 15 日中午前后雪停了，刮起了六七级的风，度过了两个晴天后，中山站又回到了阴沉沉的日子。现在我们最为担心的是后天是否是晴天，因为后天中山站将走出极夜，迎来新一轮的曙光，如果是阴天那就见不到极夜后的第一道曙光。今天让气象预报员预报后天的天气情况，李荣滨观测气象后预报说后天会是晴天，希望这个气象预报是准确的，后天我们将在新一轮曙光出现的时候全体队员合影留念，还要举行送走极夜、迎接曙光到来的升旗仪式。

今天是 15 日，是中山站每半个月更换一台柴油发电机工作的日子，吃完午饭发电班的 3 名队员正常更换柴油发电机。我在办公室看到室内的灯光跳了一下，知道他们在更换柴油发电机的时候可能碰到一点故障，马上去发电栋查看情况。我来到发电栋，看到发电班的 3 名

队员在忙碌，一问才知道本来准备启用 1 号柴油发电机代替 3 号柴油发电机工作，可 1 号柴油发电机启动起来正常运转后，想合上电闸的时候，发现 1 号柴油发电机没有发出电来，就先启动 2 号柴油发电机代替 3 号机正常供电。

随后发电班的电工徐启英查找 1 号发电机的故障原因，徐文祥和邹正定保养运行了半个月停下来的 3 号柴油发电机。中山站上配备的是 3 台康明斯柴油发电机，每台 150 千瓦，平时 1 台工作，另两台作为备用。按照规定中山站每半个月更换 1 台发电机工作，运行半个月的柴油发电机停下后要做常规保养，也就是要更换两个滑油滤器、两个柴油滤器和 1 个冷却水滤器，另外还要更换整台机的机油，最后把柴油发电机彻底检查一遍，以保证柴油发电机处于随时可用状态。这些工作每半个月就要做一次，平时发电班的 3 名队员每天 24 小时三班倒值班，保障柴油发电机的正常运行和供电，一年 365 天没有休息，天天如此，他们是考察站上每天工作时间最长的队员，也是工作最辛苦的队员。

经过 1 个多小时的努力，徐文祥和邹正定把 3 号柴油发电机保养完毕，徐启英也查找到了 1 号发电机不发电的故障原因，原来是发电机调压器的一个电容烧坏，更换电容后试运行 1 号柴油发电机，工作一切正常，也就按照原来使用顺序用 1 号柴油发电机运行供电。全部工作完毕后，他们把发电机房清洁一遍，柴油发电机上、地板上不留下一点油迹，以保障柴油发电机运行的安全。

　　中山站 3 名发电班的队员都来自贵州鑫汇天力柴油机成套有限公司，他们公司是南极考察的合作单位，每年派遣员工参加南极越冬考察的柴油机管理工作。徐文祥、徐启英、邹正定 3 名队员也是我们这次中山站越冬考察 17 名队员中以前参加过南极越冬考察的老队员，徐文祥曾经参加过第 13、第 17 次南极长城站越冬考察和第 23 次中山站越冬考察；徐启英参加过第 17 次长城站越冬考察和第 23 次中山站越冬考察；邹正定参加过第 23 次长城站越冬考察和第 25、第 26、第 27 次内陆昆仑站队考察，在内陆考察期间他担任机械师工作，因为他工作表现出色，目前已经调入我们单位中国极地研究中心工作。他们 3 名队员在南极考察期间付出了许多的辛勤汗水，奉献了美好的青春年华，在南极考察中战功显赫。

　　岁月不饶人，如今他们都 50 岁上下了，按年龄排列在我们 17 名队员中，徐启英、徐文祥、邹正定分别是南极 2 哥、3 哥、4 哥。他们对待工作认真负责，积极主动，给我们做了很好的榜样，从他们身上我们看到了南极考察老队员的工作热情和积极向上的精神面貌，也让我们学到了他们那种对待工作一丝不苟、认真负责的工作态度和一心为南极考察做贡献的献身精神。

8.9 南极中山站迎来极夜后第一缕曙光

　　7 月 16 日，中山站变为晴天，中午前后地平线处的太阳光已经非常强烈，虽然太阳还在地平线以下，但能明显感觉到太阳就在地平线下一点，即将露出地平线。中午 12 点，中山站太阳的天顶角是 90.65 度，也就是太阳就在地平线下 0.65 度，明天中午 12 点，太阳就能露出地平线 0.1 度，也就是那么一小点太阳和一刹那的时间，希望明天中午 12 点我们能欣赏到这一点太阳的美景。

上午天亮后，机械师戴伟晟开着装载机继续铲除站区的雪坝，暴风雪过后在站区堆积了太多的雪坝，要铲除这些雪坝还要花费很长的时间，到 12 月初第 28 次考察队到来还有 5 个月的时间，在这期间还要经常刮风下雪，所以在下次队到来前彻底铲除站区的雪坝任务还非常艰巨，还需要付出大量的劳动力。但不管需要付出多大的劳动力，下次队到来前我们一定会铲除站区上对车辆作业及昆仑站队出发、工程建设等有影响的所有雪坝，方便下次队一到中山站就可以开展各项工作，也为昆仑站队早日从中山站出发提前做好各项准备工作。

南极中山站经过了 52 天的极夜，今天已是极夜的最后一天，明天中山站将走出极夜，迎来新一轮曙光。52 天极夜期间，中山站的 17 名考察队员共同经受住了极夜的考验，战胜了极夜期间的狂风暴雪和极夜带给我们的心理上的挑战，克服了极夜期间因见不到阳光而导致的睡眠时间和稳定性紊乱对我们的干扰，杜绝了极夜期间队员身体疲劳和心理焦虑所可能引发的各种事故的发生。52 天极夜期间，在 17 名队员的共同努力下，我们战胜各种困难险阻，安全完成了极夜期间的工作任务，我为我们的队员感到自豪。

南极海冰上的日出

中山站走出极夜后，我们考察队员的工作将逐步转向室外，工作任务将更加繁重，但我们有理由相信，我们一定会更加出色地完成各项工作任务。

7月17日，南极中山站继续保持晴天，但刮起了7级大风，把地面上的积雪吹得到处飞扬，远处海冰上的积雪也在天空飞舞，像是一层雾弥漫着天空。今天中山站组织全体队员上紫金山观看日出，迎接52天极夜后中山站出现的第一道曙光，要求11点半前全体队员到达紫金山山顶。

上午10点半，我首先顶着大风爬上站区南面的最高山峰——紫金山，在山顶等待着第一道曙光的出现。11点远处海冰地平线处出现了一道霞光，太阳开始一点点露出地平线，首先出现的是太阳的一道红光，可惜大风吹着积雪弥漫着天空，看太阳是雾蒙蒙的，随着太阳的慢慢升起，太阳在向正北方向移动，太阳露出地平线才一小点，就移动到冰山后，被海冰上的大冰山遮挡住了。11点多，队员们陆陆续续爬上紫金山，11点半全体队员到达紫金山山顶，此时太阳开始在大冰山上露出，队员们见到了久违的太阳，有的在欢呼，有的忙着拍照，虽然队员们冒着寒风，但个个脸上露出了欢笑，欢呼雀跃。随后全体队员合影留念，在极夜后的第一道曙光前合影留念，留住这个难忘的瞬间。因山顶上风更大，带去的相机三脚架支撑起来就会被大风刮倒，只能一名队员拿着相机拍照，本来准备在山顶拍一张17名队员的全家福，今天还是没有拍成，让我们留下了遗憾。12点，整个太阳在冰山上跳出，虽然在大风的吹动下，地吹雪中的太阳不是那么灿烂耀眼，但让我们欣赏到了太阳的另外一种美——朦胧的太阳。经历了52天极夜的黑暗，队员们渴望见到太阳的心情非常迫切，今天，52天极夜后的第一天能让我们在第一时间见到整个太阳，我们都感到很满足。

随后全体队员下山来到中山站广场，举行升旗仪式，庆祝中山站顺利度过52天极夜，迎来新一轮曙光。队员们面向北方、面向祖国，举行了隆重的升旗仪式。随着五星红旗的冉冉升起，队员们心潮澎湃，回想起我们在南极中山站走过的极昼和极夜，回想起我们所经历的南极狂风暴雪，回想起队员们团结一致、共同抗严寒斗风暴所走过的路程，队员们都情不自禁地流下了眼泪。

我们中山站17名越冬考察队员在南极已经度过了8个月时间，在这期间我们经历了南极的极昼和极夜，经历了南极的狂风和暴雪，我们欢笑、流泪、流血、流汗，但唯一不变的是执着和信念——为了我国的南极考察事业付出我们的满腔热血。

重迎曙光，
重感温暖

　　昨天在南极中山站的队员见到了极夜后的第一轮曙光，天公作美，让我们经历 52 天极夜后见到了渴望的太阳。7 月 18 日，中山站变天了，阴沉沉的，刚从极夜中走出的喜悦还没有退去，感觉又回到了阴暗的极夜中。好在今天下午 1 点多，远处天空中出现了绚烂火红的晚霞，让我们再次确认我们确实已经走出了极夜，太阳已经升上了地平线，能够照耀到我们中山站。虽然太阳出现的时间还非常短暂，但已经给我们带来了光芒，我们已非常满足，随着时间的推移，太阳出现的时间会越来越长，直至太阳 24 小时出现在天空中时的极昼，到那时我们就可以交班，结束一年的南极越冬考察。

　　昨天，我收到网友的一封来信，庆祝我们走出极夜迎来曙光，让我深受感动。我们在南极越冬考察期间得到了祖国人民的亲切鼓励和关怀，并得到广大网友的牵挂，我在这里要感谢祖国人民和广大网友，正因为有你们的牵挂和鼓励，才让我们有信心战胜南极的严寒和风暴，才让我们胜利度过极夜迎来曙光。下面是网友的那封来信：

迎接曙光

重迎曙光，重感温暖

——庆祝南极哥顺利走出极夜

52天的艰苦努力终于送走了极夜。在这一年，极夜已经成为历史，成为了一段让你们——南极中山站的17位英雄——无法忘却的记忆。

当极夜将要来临之时，你们的心中可能也会有些躁动与不安，因为神秘的极夜本就是一个常人无法想象的困难，但面对极夜的那种淡定与坦然，从容应对，乐观勇敢是你们无言却最大气的表现。

极夜之初，极光似乎知晓了你们的寂寥，时不时在天空中展示她最美丽绚烂的问候。

6月22日，迎来了南极最重要的节日——仲冬节，你们欢欣雀跃地组织各种节目，大展才艺来庆祝这隆重的节日，因为过了这一天，曙光真的就不远了。

当极夜即将过去的时候，它还是毫不留情地要展示一下它的威力，12级以上的飓风，漫天飞舞的大雪，站区堆积的高高雪坝，给队员们带来了重重阻碍。能见度过低，队员出门只能结伴而行，而宿舍楼被风吹动的声音，再一次显示了南极这个"风极"的威力。面对这样的困难，你们仍旧沉着面对，互帮互助，并将其形容为"风雪南极"特有的魅力，这种将困境转化为美景的好心态，着实让人叹服。极夜中，不论天气好坏，队员们一直坚守着自己的工作岗位，时刻牢记自己的岗位职责，所以即便风再狂，雪再大，各项工作还是那样有条不紊地进行着。

极夜，不仅带来了恶劣的天气，更给队员们带来了太多的寂寞。因此，站长专门组织了羽毛球、乒乓球和台球赛，让队员们在工作之余也能过得充实、愉快。而队员们也真正尽显各自的看家本领，呈现出了一场又一场精彩绝伦的赛事。就这样，在艰苦的环境下，队员们凭借着超人的毅力走到了极夜的尽头。这就是"艰难困苦，玉汝于成"。在你们身上的完美体现。

太阳终于重新露出了地平线，阳光虽然短暂，虽然微弱，但毕竟是新的希望。与极夜的抗战终于过去，事实证明，你们17位考察队员是最大的胜利者，为你们喝彩，为你们高呼，为你们庆贺胜利！

最黑暗的极夜已经过去，等待着你们的是更多的光明，但考察任务仍旧很艰巨，继续努力吧，英雄们！祖国等待着你们返航，亲人期盼着你们回家，祝愿以后的工作更加顺利，心情依旧开朗，早日回家！

91 / 极夜后南极中山站重现极光

　　7 月 19 日上午，看到远处的天边红彤彤的，也没有一丝云彩，我想今天中午的日出一定会非常精彩，就决定快中午的时候去站区最北面的高空物理观测栋上拍摄日出。

　　上午，我先在站区转了一圈，看到机械师小戴在修理装载机，我问他什么故障，他说启动马达坏了，拆卸下来更换一个，但没有同型号的，换一个其他型号的试试。我看到他在寒风中修理装载机很辛苦，他说已经修理了两个小时，手脚都快冻僵了。因为经常要用装载机铲雪，他平时就一直把装载机停在室外，我让他以后把装载机停在车库，这样修理起来不会太寒冷，启动起来也方便一些。

　　我接着跑到垃圾处理栋看门口堆积起的雪坝，上次动员队员们把垃圾处理栋门口的雪坝铲出一条路以后，又被一场大雪堆满了，高高的雪坝已完全堵住了垃圾处理栋的门。前天老王说准备在雪坝中挖一条隧道通向里面的垃圾处理栋门口，这样可以把垃圾运到里面处理，也可以预防下次下雪再把门口堵住。他从前天开始在雪坝上挖隧道，到今天已经差不多挖到门口了，他说还要再挖大一点，好开里面的门。因为现在雪坝上的积雪已经挺结实了，挖起一块块的雪来虽然费劲，但雪坝不会塌陷下来。我今天去看了一下这个雪坝中的隧道，挖得还挺像样的，长长的雪中隧道看起来还挺优美，看来老王以后要经常从隧道中进出垃圾处理栋了。

11 点，我走向高空物理观测栋准备在那里看日出，可我发现远处的天空中已经有很多云层，而且云层越来越厚，我估计等会儿看不到日出。但既然来了，我就要等到 12 点，看看到底能不能见到日出。时间一分一秒地过去，可云层越来越厚，快到 12 点时，原本太阳应该已经出来了，可在厚厚的云层后只透出一丝丝太阳的红光，太阳是不可能出现了，我只能扫兴地离开物理观测栋回站区。

下午，接受了《天津日报》专刊记者胡春萌的网上采访，她在网上看到了我的博客，想采访一些我国南极考察的情况，跟我说了好几天，可我一直没时间接受采访，今天下午有时间就在网上接受了她的采访。我们南极越冬考察队员在远离祖国、远离亲人的南极工作生活，虽然辛苦一点，但能一直受到祖国人民的关注和支持，我们作为南极考察队员感到无比的自豪。

晚上，中山站变晴，晴朗的夜空中繁星在闪烁，明亮的月亮也在夜空中发出耀眼的光芒。午夜 12 点夜空中出现了亮丽的极光，先是在西南方向出现了一条长长的极光带，随后极光越来越多，半个夜空中都布满了极光，极光都是淡绿色的，虽然不够绚丽多彩，但形状变化多端的极光还是让我们叹为观止，不到一个小时极光就退去了。

7 月 20 日白天，中山站继续保持晴朗天气，上午，我本想早点去高空物理观测栋等待拍摄日出过程，可被工作上的一些事情耽搁了，快到中午 12 点了我才抽身匆匆赶往高空物理观测栋，在去的路上已经看到阳光照耀在站区西南方向的西南高地上，太阳已经升起来了。我快速登上物理观测栋的顶层露天平台，往北方海冰面上看去，看到红红的太阳已经在远处的大冰山上露出，发出耀眼的红光，看看时间已经是中午 12 点了，这也是今天太阳升起来的最高位置，不一会儿太阳就会落到冰山下。

我在物理观测栋的顶层欣赏着这久违的火红太阳，心潮起伏，为太阳带来的美丽光亮高声欢呼，我想只有经历了近两个月极夜的人才

南极极光

会有那种迫切想见到太阳的冲动，看到太阳才会有这种心情上的激动，也才会懂得太阳的珍贵。回头望着被太阳光照耀的整个中山站站区，感觉站区明亮了许多，也充满着朝气，一扫极夜期间站区的阴暗和沉闷，太阳为南极中山站带来了光明和生机。

下午 3 点，每周三的中山站队员大讲堂继续开课，今天由杜玉军为大家讲解"认识地球——地球的形状、大小及运动"。杜玉军来自武汉大学测绘中心，他在中山站的考察任务就是GPS 跟踪和验潮站的工作。通过杜玉军的讲解，让我们了解了地球的形状和大小、地球在宇宙中的运动、地球的内部运动等知识。

通过他的介绍，还让我们了解到他在中山站的工作内容和意义。中山站的 GPS 跟踪站是我国在南极进行测绘科学考察工作的高精度基准，同时也是我国进行地球动力学、冰川动力学、地球物理学和大气科学研究以及参与国际合作研究项目的基础设施和试验基地。通过中山站 GPS 跟踪站连续运行，可以在南极建立和维护一个高精度的测量参考框架，并与 ITRF 相联系；运用南极的测量框架进行地球动力学研究，以及 GPS 在南极其他方面的应用与研究。因此，这是一项长期连续性的业务化观测研究。另外，在南极地区设立验潮站进行潮汐测量主要是为了确定平均海平面，为大地测量提供高程基准；为航海提供潮汐预报；监测由于温室效应和地壳均衡回弹而引起的海平面变化；校准卫星测高数据及进行海洋学研究等。

晚上，中山站变多云天气，而且云层移动很快，越积越多，月亮、星星都躲藏在厚实的云层后不露一点亮光。据高空观测的预报晚上会出现强烈的极光，可满天的云层遮住了夜空，到午夜 12 点左右，在站区的西面透过云层的缝隙露出了一些极光，给漆黑的夜空带来了一丝光亮和色彩。透过云层缝隙显露出的极光欣赏起来另有一番情调，可惜不一会儿极光就被云层完全遮挡住了，只给我们留下漆黑的夜空和无限的失落。

雪坝中挖隧道

队员雪坝中挖洞进入垃圾处理栋

　　南极的天气真是变幻莫测，昨晚还是微风习习，到今天 21 日变得狂风大作，刮起了 9 级大风，把地面上的积雪吹得横冲直撞，飞雪弥漫，像一层雾笼罩着天空。远处在云层中刚出来的太阳也笼罩在飞雪后，太阳耀眼的光芒被飞雪遮住了，太阳看起来雾蒙蒙的。吃完午饭，风力也就变小了，南极的天气变化无常，不过也挺好，那阵风给我们带来的是暖风，站区气温明显升高许多。

目前中山站上除了一些土豆和洋葱外，早已经没有其他新鲜蔬菜了，这样的日子我们还要坚持 5 个月，等待着 12 月份雪龙船带来新鲜的蔬菜。脱水蔬菜是目前中山站上的主要蔬菜来源，虽然脱水蔬菜营养成分可能会流失一些，但能看到绿色蔬菜队员们的胃口就会好很多。目前中山站上的新鲜蔬菜来源就靠发一些黄豆芽、绿豆芽，还有在盆里种植一些菜籽长出菜苗来，不过这个菜籽对温度、光照要求很高，生长极其缓慢，半个月都吃不上一回，另外我们还经常做豆腐来补充队员的蔬菜缺失。

今天下午，我又看到大厨在做豆腐，大厨先把黄豆在豆浆机里磨成豆浆，在豆浆中加入熟石膏，等待豆浆凝固，凝固后的豆浆就像豆腐脑儿，然后在专门的木框中放入豆腐脑儿进行压实，木框四周布满着孔眼，这样就能榨干豆腐脑中多余的水分，把豆腐脑儿变成豆腐。今晚队员们又能吃上豆腐了，每次大厨烧好的豆腐都是队员们最喜欢的菜，一拿出来就会被队员们一抢而空，动作慢的队员可能就吃不到。每次我望着队员们哄抢豆腐吃，我心里都是酸酸的感觉，因为考察站上长期缺少新鲜蔬菜才会造成队员们看到新鲜蔬菜的这种狂热，考察队员在南极除忍受严寒风雪外，还要饱受缺失蔬菜的困扰，这对考察队员的身体健康多少会造成一定影响，什么时候才能彻底解决考察队员的新鲜蔬菜补给是摆在面前的一个重大问题。

晚上，中山站飘起了雪花，飘飘扬扬的雪花像似给站区披上了一层白色的棉被。到 7 月 22 日，雪停了，但阴暗的天气让人感觉非常压抑，到中午天亮的时候一眼望去到处都是白色，刺激着人的眼睛。到南极 8 个月了，眼睛里每天看到的除了站区建筑物的几个单调颜色和裸露的褐色岩石，其他都是一片白色的世界，白色每天刺激着你的眼睛，让你头昏眼花，真有点担心在南极待一年半后自己的眼睛还能否适应外面的多彩世界。

前天，老王和小戴把垃圾处理栋门口雪坝中的隧道挖通了，让我去检查一下，昨天白天因风大我就没过去看。今天中午，我过去看了一下，发现隧道已经通到垃圾处理栋的门口，隧道长五六米，隧道外口高 2 米，宽 1 米，进入里面后逐渐变大，到了垃圾处理栋门口整个大门都露出来，这样就能打开大门进入垃圾处理栋内部。挖这个隧道工作量还挺大，他们两人挖了有五六天，也够辛苦的。目前这个隧道挖通了，进出垃圾处理栋也方便了，也不怕再来大风雪把垃圾处理栋的大门掩埋了，因为现在的大门就在隧道中，只要隧道进口处不被雪埋，就能方便进出。

吃完午饭，全体队员开始打扫卫生，按照公共场所各自负责的卫生区域进行清洁，然后把临时放在综合楼底层以前收集的全部垃圾运往垃圾处理栋，因前一段时间天气一直不好，再加上垃圾处理栋的大门被雪坝堵住了，所以垃圾一直临时储存在综合楼的底层。今天队员们先把垃圾在综合楼底层装在全地形车上，然后一车车运往垃圾处理栋门口的隧道前，最后队员通过隧道把垃圾搬运到垃圾处理栋内，等待老王来处理。

驾驶雪地摩托在一望无际的海冰上奔驰

7月24日，上午的天气逐渐转晴，风力也小了好多，我看到是一个难得的好天气，就决定驾着雪地摩托去海冰上探探路。因为站区附近的海冰上全是乱冰山群，我们必须在冰山群中探出一条路来，方便去冰山外面平整的海冰面上，到时我们要在海冰上测海冰厚度，最起码要延伸到站区外20公里的海冰面上，为下次雪龙船到来提供海冰情况，方便雪龙船破冰进来或在海冰上用雪地车卸货。

上午10点，我带上老王驾着雪地摩托向海冰出发，刚出站区到达海冰上就被一片碎冰区挡住去路，只能驾着雪地摩托来回查看，希望能找到一条平整的冰面道路，好不容易出了碎冰区，在平整的冰面上行驶没多久，又被前面冰山群拦住了。我驾着雪地摩托就在冰山群中来回穿越找路，碰到冰山拦路就回头再找，好在雪地摩托速度快，在冰山群中迂回穿越找路比较方便，经过半个多小时的找寻，总算驾驶着雪地摩托穿越了冰山群来到一望无际的平整海冰面上。不过这条路有几个地方还是有很多碎冰高高低低，雪地摩托走起来没问题，估计雪地车要走的话还是很困难，我们准备回去的时候再找其他的路试试。

到了冰山群外平坦的海冰上，我就驾着雪地摩托在冰面上奔驰，此时正好看到太阳从北方的海冰面上在慢慢升起，我就向着太阳升起的地方奔驰，不时停下来给在升起的太阳拍

照。驾驭着雪地摩托驰骋在茫茫的海冰上，让人心旷神怡，对着海冰面上升起的太阳快速奔驰，感觉就像是在追逐升起过程中的太阳。太阳完全升起后，我就掉头返回，继续在冰山群中寻找平坦的路。

经过多次在冰山群中转圈找寻，虽然雪地摩托穿越了冰山群，但感觉这条路还是不适合雪地车行走，看看快到 12 点吃午饭时间了，我就驾驶着雪地摩托回站了，等下次天气情况好再继续出去探路。

中山站地磁观测员——白磊

昨天因为是晴天，到了晚上夜空中布满了闪烁的星星，星空非常灿烂绚丽，银河系、南十字星座清晰可见，满天繁星在夜空中不停闪烁，把南极中山站的夜空点缀得梦幻般美丽壮观。晚上 11 点，夜空中开始出现极光，极光由少变多、由淡变深，绚丽多彩、变幻无常、神秘诡异的极光和满天繁星把夜空装扮成一个万花筒，让人无限向往、浮想联翩，我被大自然的神奇深深打动，被大自然的美丽壮观所震撼。

可是美好的景象总是转瞬即逝，到凌晨 1 点多天空开始出现云层，并且越来越多。首先是绚丽的极光消失了，逐渐地云层把夜空中的星星遮住了，星星越来越少，直到云层布满天空，完全遮挡住星空。

第二天 7 月 25 日是阴天，天空中还不时飘着雪花，风基本是静止的，连每天迎风招展的国旗都没有飘起来。上午我起床后，习惯性地打开电脑上网游览一下，可发现找不到网络，网络是中断的。我打电话给通讯员询问原因，他说不知道，也没接到停网络的通知，然后他通过铱星电话向我们单位管理网络的人员询问，单位也说不知道，说可能是上海莘庄卫星地面接收站那边出了问题。直到中午 11 点多，中山站的网络才恢复。

最近中山站的网络一直有问题，网速慢得让人都受不了，打开一个网页都要等上五六分钟，有时还经常打不开网页。目前中山站只有 17 名越冬队员使用网络，512K 的带宽不会是这样的，我们在度夏考察期间中山站上有近百名考察队员使用这个网络，虽然慢一点，但还没有出现过现在这种情况。自从上次单位说上海莘庄卫星地面接收站准备更换设备，提高南极考察站上的网速后，就出现了目前的情况，不要说提高，连原来的网速都没有了。我们向单位反映了几次网络的情况，可还是没有得到解决。

　　下午，我组织没有工作任务的队员去站区南面的小山坡上练习滑雪，小山坡到站区的小湖堆积起了厚厚的积雪，坡度不是很陡，长也才百米左右，非常适合滑雪技术不是很好的队员来练习。考察队员来南极前在国内都接受过滑雪训练，但学到的是一点皮毛，实践也是短时间的，所以每个队员不可能真正掌握滑雪的技巧。这几天通过几次滑雪后，我看到有的队员已经滑得挺好了，最起码不会摔跤了，刚滑的队员还经常摔跤，练习几次后应该都会掌握滑雪的技巧。

　　滑雪也真是一项很好的体育锻炼项目，在寒冷的气温下我看到队员们个个都是满头大汗，因为从上面滑下去只要几秒钟，可拿着滑雪板从坡下爬到上面要好几分钟，为了练滑雪，也只能一次次爬向山坡。

　　7 月 26 日，中山站继续是阴有小雪的天气，目前中山站走出了极夜，虽然是阴天见不到太阳，但白天的时间在慢慢变长，目前每天有 6 个小时左右的天亮时间，给队员们每天在站区的走动带来了一些方便。

　　吃完午饭我看到白磊要去科研观测栋，我就跟着他一起前往观测栋，去了解一些他的工作情况。白磊是中山站的地磁固体潮观测队员，来自中国科学院测量与地球物理研究所。中山站的地磁观测栋坐落在站区莫愁湖对面的五岩岗上，3 个集装箱式的小建筑孤零零呈现在五岩岗；固体潮观测栋坐落在站区西北方向的天鹅岭上，和大气成分观测栋、GPS 观测栋相距不远。

　　今天他要去的是五岩岗上的地磁观测栋，首先我跟着他穿越莫愁湖，冬天莫愁湖已全部冰冻，冰上还有厚厚的积雪，所以可以在上面抄近路直走，如果夏天过去就只能环绕湖边行走了。地磁观测栋离莫愁湖很近，穿过莫愁湖就可以直接来到地磁观测栋。白磊每星期要来两次地磁观测栋，无论狂风还是暴雪都必须过来观测，他首先要对观测仪器进行标定，然后观测地磁场的总强度、地磁偏角和倾角，最后在电脑上计算出地磁场三分量的标度值和实测基线值，确定采用标度值和采用基线值，进而计算出三分量的时均值、日均值、月均值和年均值。这是他每星期两次的人工观测。另外，自动观测是一直在进行的，也随时把观测的数据传送到国内的中科院测量与地球物理研究所。在天鹅岭上的固体潮观测也是自动观测和传送数据的，他平时要经常去检查设备的运行情况。

　　白磊在地磁观测栋每次观测的时间在半个小时左右，可今天因为我在场，害他观测了两次，因为地磁观测要绝对避免人为的电磁干扰，他进门后都要脱去外套，避免有金属物干扰观测数据。今天他观测完后感觉数据不太对，一时想不明白是怎么回事，后来他问我，身边是不是带着对讲机，我说是，他说难怪数据变化很大，对讲机的电磁波干扰了地磁的观测数据，然后他就让我先回站区，他还要重新观测一次。

白磊长着一张胖乎乎的娃娃脸，为人热情、性格开朗，在科研观测之余的每次站务劳动中都非常卖力，不怕脏、不怕苦，经常冲在最前面，不愧是共产党员。另外，他在工作之余，主动分担大厨的面点工作，承包了中山站上做面包、蛋糕的工作，被称为中山站上的"业余面包师"。

白磊来自武汉，这次来南极前刚谈了一个女朋友，虽然是刚谈的女朋友，可他总在我们面前称呼他的女朋友为"小媳妇"，一说到他的"小媳妇"总是流露出幸福的微笑。为了巩固和他"小媳妇"的关系，在 6 月 22 日南极仲冬节那天通过中央人民广播电台中国之声《央广夜新闻》栏目的帮助，他通过电台向他的"小媳妇"求婚，让全国听众见证了他的求婚过程，他的"小媳妇"在电台直播中泪流满面，激动万分地接受了他的求婚，他给全国听众演绎了他的浪漫爱情，让其他年轻的考察队员羡慕不已。

这就是我们年轻的南极考察队员白磊，对待工作认真负责，对待队友热心帮助，对待爱情执着追求，展现了南极考察队员奉献南极、不畏艰辛、热爱生活的精神面貌。

驾驶雪地摩托在冰山群中探路

7 月 27 日，中山站天气总算变晴，上午 8 点半我就看到天空微微亮，天边已经有太阳的朝霞出现。看到这么好的天气我准备继续去海冰上探路。9 点半，我看到太阳在地平线处慢慢往上爬，我就开着雪地摩托带着老王去海冰冰山群中探路。

在中山站熊猫码头附近的冰面上我看到俄罗斯队员这几天在那里钻冰，然后在冰面上插上一根根木杆，这些木杆一直延伸到冰山群中，我就沿着他们插的木杆和留在冰雪上的车轮印子开往冰山群中，不过到了冰山群后就没有发现他们留下的木杆，估计他们还没有继续延伸出去。在我回站的时候正好碰上俄罗斯进步二站的站长在我们码头附近的冰面上溜达，他对我说半个月后他们准备把停在内陆冰盖上的几个大油罐通过海冰拖运到进步二站，目前他们正在海冰上探路并测量海冰的厚度，分析能不能从海冰上通过。

我们中山站去内陆冰盖的车辆都要通过俄罗斯进步二站站区，并要通过他们站区后面的俄罗斯大坡，那个大坡很陡，车辆上下坡都很危险，每次车辆从那个大坡通过都要靠其他车辆帮忙牵引，下坡时还要后拽。进步二站的车辆去内陆冰盖他们的机场也必须过那个大坡，这次我估计他们从大坡上运送大油罐怕出现危险，就准备从内陆冰盖的机场通过海冰拖运到进步二站，所以这几天他们一直在海冰上探路和测量海冰厚度。

我驾驶着雪地摩托出了他们测量的路段后继续往冰山群深处驶去，想在冰山群中找出一条平坦的路通往冰山群外，转了好多圈还是无法找到适合雪地车行驶的冰面。最后我好不容易驾驶着雪地摩托出了冰山群，来到了冰山群外一望无垠的海冰上，看着广阔的海冰和地平线处刚升起的太阳，整个人心旷神怡。在冰山群外的海冰上我继续往冰山群中找寻平坦的冰面，雪地摩托在冰山群中慢速穿越，碰到有冰山挡道就掉头往另一冰山缝隙中找寻，还不时让老王下车步行去前面探路，找寻了一个多小时还是找不到合适的冰面穿越冰山群，后来在

南极海冰上的日出

冰山群中看到我前几天回站时留下的雪地摩托车轮印，我就沿着上次的车轮印穿越冰山群，回到我们的码头附近，也在码头附近碰到了俄罗斯站长。

听俄罗斯站长这么一说，我就感觉我们以后不需要再在冰山群中找路，因为他们一定会在冰山群中探出一条平坦的路来，因为他们的雪地车拖带着油罐要从冰盖行驶到他们站上，所以我们以后就可以沿着他们探的路穿越冰山群。

下午3点，每周三的中山站队员大讲堂继续进行，今天由地磁固体潮观测队员白磊为大家讲"重力测量"。任何有质量的物体之间都存在引力，也称万有引力。物质的密度不同，所产生的引力也就不同。通过测量发现地球各个部位的重力分布是不均匀的，这主要和地下物质的密度分布变化有关。重力测量主要是利用地球重力场的空间、时间特征和潮汐、非潮汐变化，研究地球内部构造和地球动力学过程。主要包括：地震研究、地球物理模拟研究、为精密测量和空间技术提供服务、资源勘探和地质调查。最后他介绍了测量重力的仪器设备和各种重力仪的测量原理，通过他今天的讲解让我们了解了重力测量在科学领域中的重大意义，重力测量的数据在地球动力学、航天航空、地震、地质学和地球物理学等诸多领域发挥了重要作用。

7月28日早晨，中山站开始起风，八九级的大风卷着地上的积雪在漫天飞舞，10点多，太阳开始从云层中显露出来，云层中的太阳看起来是雾蒙蒙的，肉眼看上去一点也不刺眼，让人欣赏到太阳的朦胧美。

上午，俄罗斯进步二站翻译带着一名队员来中山站，问我们是否有多余的240雪地车配件，有的话就先借给他们，他们需要的是雪地车上的柴油、机油滤器和少量机油，我看我们的配件清单上有这几样配件和机油，我就让机械师去库房拿出来借给他们，他们答应等12月份他们考察船来的时候还给我们。在南极都是这样，相邻各国考察站只要有困难，能帮助的尽量帮助，不要说借，就是他们需要我们有多余的也可以免费送给他们。

记得在第26次南极度夏考察的时候，我们中山站有一名建筑工人被装载机插伤腹部，造成腹腔内脏大出血，多亏了俄罗斯进步二站的医生和他们站上的手术室，给我们的工人开刀止血，才把我们的工人抢救过来，为后来运送澳大利亚救治提供了及时的抢救条件，他们做这些都是无偿救助的。

在南极各国考察站之间都是无偿相互帮助，各考察站之间睦邻友好，平时考察队员经常相互走动，各国考察队员之间关系融洽，充分体现了南极无国界、和平利用南极做科研考察的崇高思想境界。

96

绚丽梦幻般的极光笼罩中山站夜空

　　在南极虽然有很多空闲时间，但感觉时间也过得挺快，我在南极的业余时间主要用来看书、写日记和上网，每天写日记的时间只要一个小时，可把日记上传到博客却要花费我两三个小时，那是因为南极网速慢的缘故，每次上传博客把我搞得焦头烂额，好多次都想放弃上传，可想到许多网友等待着看我的日记和图片、关注着南极考察站的情况，又让我有了每天上传日记的动力和信心。

　　7 月 29 日，又到了周五，上午机械师继续开着装载机铲除站区的积雪，每周五下午考察站上的清洁卫生工作今天照常进行，全体队员按照各自的分工分头进行，结束后把全部垃圾运往垃圾处理栋等待处理。今天的卫生清洁工作完成后，安排几名队员去发电栋处理豆芽机。昨天在检查中发现平时在用的一台豆芽机出现了故障，经电工检查后发现是电脑控制板坏了，站上没有备件就无法修复。好在度夏期间中山站向雪龙船要了一台豆芽机，但这台豆芽机运到站上以后在使用过程中发现有些问题就一直没有再使用，现在中山站上原来的一台豆芽机彻底坏了，只能想到用雪龙船上运回来的那一台。今天电工徐启英把那台豆芽机全面检查了一遍，查找到了故障原因并修复后试运行一切正常。所以今天组织队员把那台坏的豆芽机搬出原来摆放的房间，把雪龙船上运来的那台豆芽机重新摆放好，接通水管后准备在这台豆芽机上发豆芽。目前站上已经没有新鲜蔬菜，只能靠豆芽机发的黄豆芽和绿豆芽来补充考察队员的蔬菜。

　　昨天下午，接到极地考察办公室发来的《关于深入开展安全生产大检查的紧急通知》的传真电报，我们接到传真以后马上组织由站长、管理员和各班班长组成的安全检查组对中山站进行了彻底安全大检查，消除存在的各种安全隐患。那台豆芽机出现故障一直漏水就是在昨天的安全检查中发现的。昨晚我们就把安全检查的情况以书面形式报给了极地考察办公室。

今天下午，中山站又相继收到了国家海洋局和中国极地研究中心发来的《关于深入开展安全生产大检查的紧急通知》的传真电报。目前国内接连发生多起重大安全生产事故，教训非常深刻，我们作为中国南极考察站的管理人员应在思想上高度重视，提高安全意识，积极开展安全自查工作，加强对南极考察站的安全管理，确保南极考察站的正常运行和科研工作的有序开展。

晚上，中山站飘起了小雪花，到第二天早晨我起床时已看不到下雪，天空变晴了，但太阳升起的地方一直有浮云飘荡着，太阳始终没露面，只看到一些太阳的霞光。不过气温还不算低，风力基本没有，今天还算是一个好天气。

作者在拍摄极光

南极极光

看到天气情况不错，吃完午饭，吴全和王林涛准备去海冰上钻洞钓鱼，冬天以来队员们还没出去钓过鱼，今天是星期六他俩就准备出去钓鱼娱乐一下。但我们的冰钻很小，钻的小冰洞无法钓鱼，还好在海冰上看到冰面上有一条潮汐裂缝，他俩就在细细的冰裂缝中钓鱼，我看到他俩还真钓起了几条小鱼。在寒冷的气温下站在海冰上一动不动地钓鱼，我看着就寒冷，真佩服他俩能这么抗寒，我看了一会儿就感觉冷得无法待下去就回站了。

　　晚饭后，队员们又在找各种娱乐活动，有打乒乓球和台球的，队员们主要还是围着台球桌打台球，现在发明了 7 名队员一起比赛打台球，每人经过抽签选中的 2 个球，谁先打完自己的 2 个球后，再把黑 8 打进就算胜利，其他队员就要全部钻台球桌，自己剩下几个球就钻几次，如果在比赛过程中把其他人的球打进 2 个就算输，那你就要一个人钻台球桌，桌面上剩下几个球就要钻几次。我看队员们玩得热火朝天，经常爆发出一阵阵笑声，在南极也只能靠队员们自己找乐来消磨空闲时间。

　　吃晚饭的时候高空物理观测的刘建军说："这两天太阳活动厉害，再碰上今天是一个好天气，晚上一定会出现比较强烈的极光。"一听说有极光出现，队员们都非常兴奋，希望晚上能看到绚丽多彩的极光。吃完晚饭喜欢摄影的队员早早就开始准备相机、三脚架，等待着夜空中极光的出现。

　　晚上 10 点，夜空中开始出现极光，队员们兴奋地奔走相告，为了在站区能更加清晰地欣赏夜空中的极光，通知发电房值班的队员把站区外面的照明灯全部关闭。照明灯关闭后，站区一片漆黑，夜空中绚丽多彩的极光和闪烁的满天星光分外耀眼，色彩艳丽的极光像漂浮不定的云烟在璀璨的夜空变幻着各种形状。队员们都被这神奇的南极极光所震撼，不由自主地发出一阵阵欢呼。摄影的队员各自忙着找最佳位置摆放三脚架，架上相机不停地拍摄夜空中的极光，因为拍摄一张极光相片最起码要曝光 15 秒以上，在相机拍摄的过程中自己就欣赏夜空中的极光，看到哪个方向有绚丽的极光，下一张照片就把相机往哪个方向拍摄，因各个方向都会有奇妙的极光出现，把拍摄的队员忙得各个方向转。

　　到晚上 11 点多，绚丽的极光稍稍退去一些，色彩也暗淡了，一些队员要继续待在室外等待着下一轮绚丽极光的出现，我因为明天要早起主厨，就回宿舍休息了。

　　第二天，我问了他们几个等待拍摄极光的队员昨晚后来极光怎么样，刘建军说昨晚极光一直有，在凌晨两三点的时候最强烈，几名队员一直拍摄到凌晨 5 点多。看来昨晚的极光非常亮丽，与此极光美景失之交臂，令我有些遗憾。

97 日出时分举行升旗仪式庆祝"八一"建军节

8月1日，早晨起床从窗外望去，看到在昏暗的晨曦中天边已经出现了一点霞光，心想今天的日出一定很漂亮，也会为我们上午的升旗仪式带来阳光。因为今天是"八一"建军节，我们中山站的全体考察队员要在中山广场举行升旗仪式，以此庆祝。

上午9点，我就带着相机来到中山站广场，等待着太阳的升起。我站在坚硬的雪地上，极目远眺，远处的冰山还在沉睡中一片寂静，海冰尽头的地平线处霞光一片，天空布满了蘑菇状的云彩，从海面上吹来的丝丝寒风让我感到一阵阵刺骨的寒冷。我架好三脚架，调试好相机，只等日出的壮观美景出现。

9点半，我抬头望去，远处地平线处的朝霞越来越红，周边的云彩好像要燃烧起来一样，真是日出朝霞红胜火。在我的期待中，太阳慢慢地露出海平面，一开始只在红红的朝霞中地平线处出现一条细细的金黄色的光线；紧接着太阳露出了月牙般的笑脸，这时在太阳光的照射下白色的海冰也红了起来，就像燃起了熊熊的大火。随着太阳一点一点地向上挺起，我目不转睛地看着它，连续拍摄着太阳升起的过程。这个时候，队员们也陆陆续续地来到广场，

17名越冬队员的升旗仪式

观看着日出的壮观景色，纷纷拍摄日出的美景，也不忘和太阳合影。

10 点不到，太阳完全跳出地平线，海冰上万道金光，金色的太阳把站区照耀得分外亮丽。金黄色的太阳发出的光芒非常柔和，一点不刺眼，也不强烈，照在人的身上，在寒冷的南极让我们感到一阵温暖。

10 点整，全体队员在中山广场列队举行庆"八一"升旗仪式，全体队员面向国旗、面向太阳、面向祖国，齐声高唱国歌，在太阳的照耀下五星红旗在南极上空冉冉升起。望着迎风飘扬的国旗，队员们心潮起伏、热血沸腾，在每个队员心中一定都会为我们是中国南极考察队员而感到自豪，也一定会祝愿我国的南极考察事业蒸蒸日上、取得丰硕的成果，更会祝愿我们的祖国就像这升起的太阳，欣欣向荣、蓬勃向上。

升旗仪式结束，升起的太阳也被云层完全遮挡，只露出一点微弱的霞光。庆幸今天在多云的情况下我们看到了日出的全过程，也在太阳的照耀下我们举行了隆重的庆"八一"升旗仪式。

8 月 2 日，中山站上空的太阳还是露了面，可刮起了六七级的大风，地吹雪弥漫着站区，地上的积雪随风疾走，在太阳光的照射下分外明显。走在外面，风雪直扑脸面，让人感觉特别寒冷，也不敢在外面多待。

中午吃饭时老王问我，明天的中山站队员大讲堂你讲什么内容，才让我突然想起明天轮到我讲课。吃完午饭，我就匆匆着手准备明天的讲课内容，想了半天不知讲什么内容好，后来想想还是给大家介绍一下我国的极地考察船——雪龙船，因为我在雪龙船前后工作了 10 年，对雪龙船的一切比较了解，准备起来也方便许多。另外队员们也是乘坐雪龙船来到南极

的，他们对了解雪龙船的情况也一定会比较喜欢。

雪龙船是由乌克兰赫尔松船厂建造下水的极地运输船，我有幸参加了1993年初去乌克兰把雪龙船接回祖国的这个光荣任务。雪龙船总排水量21250吨，船长167米，宽22.6米，满载吃水9米，最大续航能力为12000海里。最大航速17.9节，抗风能力为12级以上，能以1.5节的速度连续破1.2米厚的冰（含20厘米的雪），核定乘员120人。雪龙船是乌克兰建造的北极补给船，我们把雪龙船接回上海后，经过了初步的改造成为我国目前唯一的极地科学考察破冰船。随后我在1994年随雪龙船参加了雪龙船的首航南极暨我国第11次南极考察，南极考察回来后雪龙船在1995年又进行了改造，在原来的1号货舱上面加装了3层建筑，有实验室、餐厅和考察队员住舱，并加装了科考设备，使雪龙船的科考能力有了极大提高。

在2007年，雪龙船又经过了"十五"能力改造工程，这次改造让雪龙船焕然一新，把雪龙船主甲板以上的上层建筑全部割除重新建造，更换了驾驶系统、机舱设备和自动控制系统，新增了实验室和各种考察设备，把雪龙船打造成名副其实的极地科学考察船。

改造后的雪龙船拥有先进齐全的导航仪器设备和气象观测设备，为船舶的安全航行和科学考察提供了安全保障。全船拥有数据处理中心、低温样品库、低温培养室、洁净实验室、海洋生物实验室、海洋化学实验室、地质实验室、CTD 绞车、生物绞车、地质绞车及EK-500浅剖仪等 200 多平方米的 8 个标准实验室和基本实验设施，为极地科学考察需要提供服务。另外，雪龙船还备有三条工作小艇和一架直升机，除了完成极地运输外，还可根据需要为科考提供全方位的立体服务。

改造后雪龙船的生活设施也有了很大改善，在船上的生活区设有游泳池、健身房、图书室、洗衣房、多功能厅、酒吧、邮局、贵宾接待厅、招待餐厅、两个大餐厅、多个会议室等，为考察队员在海上工作、生活、娱乐提供了极大的便利。

从 1994 年雪龙船参加极地考察以来，到目前为止已完成了 14 次南极考察和 4 次北极考察任务，为我国的南北极考察立下了汗马功劳，是我国极地科考的后勤支撑和科研保障平台。

目前雪龙船在上海检修维护，准备 11 月初从天津港出发执行我国第 28 次南极考察任务，我们在南极考察站上的越冬考察队员盼望着雪龙船早日到达南极，送来接班的越冬考察队员和新鲜的蔬菜水果，也盼望着雪龙船早日把我们从南极接回祖国。

8 月 3 日，中山站保持着昨天的天气状况，但风力有所增加，明天开始中山站又将是阴雪天气。据天气预报普里兹湾北部气旋发生扩散，预计主锋将在 1~2 天内南向遭遇大陆高压破裂，在 500HPA 高空气流西南向引导下，中山站区 4~6 日将有阴雪天气，届时温度有所回升。

上午我继续准备下午的课件，翻找照片，做成 PPT，一直忙碌到下午 2 点才完成课件。总算可以松一口气，不会影响到下午 3 点的讲课，但由于时间匆忙，不知准备的是不是充分，就看上课时队员们的反映了。

下午 3 点中山站队员大讲堂照常进行，除 3 名发电班的老队员不安排讲课外，其他队员已全部讲完，今天就轮到我讲最后一课。

今天我给队员介绍了雪龙船，并讲解了雪龙船上的动力装置和主要机器设备的工作原理，让全体队员了解船舶的性能和雪龙船是如何破冰前进的，并介绍了雪龙船的历次南北极考察；然后为队员介绍了雪龙船上船员的工作情况，船员是如何一次次圆满完成南北极考察任务、船员艰辛的付出和雪龙精神；另外让队员们欣赏了各国破冰船的精彩照片；最后我对全体队员寄语：在风雪南极我们 17 名队员组成了一个温馨的家，在南极走过的 8 个月我们有过欢笑，同时也撒下了汗水和泪水，最终我们共同克服了南极极夜带给我们的忧郁烦躁，战胜了南极的狂风暴雪和天寒地冻，兄弟情、队友情将使我们的友谊地久天长，在今后的人生道路上将永远难忘这段南极的经历，感谢队员们的辛勤付出，感谢队员们对我工作的支持和帮助，在后面的工作生活中希望队员们继续努力、团结拼搏，圆满完成我们全年的南极考察任务。难忘风雪南极、难忘队友！

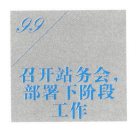

正如天气预报的那样，8月4日早晨开始，中山站刮起了暴风雪，早晨风力还稍小一点，能见度也还可以，我都能看到远处海冰上俄罗斯队员开着雪地车在碾压冰面。到上午10点左右，风力越来越大，能见度也变得很低，已经看不到站区外面的冰山，也看不到俄罗斯在海冰面上的雪地车，不知道他们还在不在碾压冰面，真佩服他们队员的这种吃苦工作精神。

中午吃饭前，机械师小戴跟我说，他前几天刚在新车库门前的雪坝中用挖掘机挖出了一条道路，方便雪地车开出来，今天上午，发现挖开的那条路又堆满了积雪，形成了高高的雪坝，跟没挖开前一个样。他感觉前几天用挖掘机挖雪的活是白干了，辛辛苦苦挖开，雪地车还没从车库中开出来，车库门又被雪坝堵住了。他在埋怨南极的鬼天气，感觉干过的这些工作都是徒劳，一点意义都没有。

看到他这么沮丧，我只能耐心地开导他。南极天气情况很恶劣，我们考察队员就应该有这种心理准备，要勇敢地面对天气情况恶劣给我们工作带来的困难，每次刮风下雪后，把站区道路上的积雪及时铲除是必需的，这是为了队员们的出行安全考虑，另外车库门口的积雪铲除，方便雪地车进出也是必需的，万一站上有什么紧急事情需要动用雪地车，到时雪地车开不出来那就非常麻烦。所以我们必须下一场雪，铲除一次雪坝，并不是等到雪全部下完后再去铲雪，因为南极的雪是永远下不完的。我们每次铲雪都是非常有意义的，虽然干活很辛苦，但作为南极考察队员就应该克服各种困难，战胜南极的狂风暴雪。

看着他高高兴兴地离开我的办公室，望着他刚毅的背影，我心里感觉一阵心酸。是啊，考察站上的机械师工作是很辛苦的，在考察站保养维修各种车辆就要花去他大部分的工作时间，负责铲除站区积雪的工作量也很大，还有各种站务工作、帮厨等，他都会主动去承担，虽然他每天的工作很辛苦，但他都能努力去完成每天的工作，真是一个吃苦耐劳的好队员。

我经常看到他一个人主动在为大家提桶装的饮用水、运送垃圾，我感觉到我工作的失职，我没有统筹安排好其他队员和他一起干，太不应该了，今晚我要开一个站务会，重新安排分配好一些站务工作。

考察站上机械师工作很辛苦，有时难免有一些牢骚，但戴伟晟绝对是一名称职的南极考察机械师，对待工作认真负责。我摘录他空间里的几句话，让大家去感受一下他工作的艰辛："事情做起来顺手倒还可以，车子遇到这事、那事的，每次搞车、修车手指头都快硬了，还要记得赶快取暖，不然手真的会废了，这个狠心的年代是没人理你的，含着辛酸眼泪的日子真不好过，但还要无怨无悔，这就是我的南极行。"

晚上，我召开站务会，我给各班班长下达了下阶段工作的布置，重点是考察站的安全管理，下阶段主要的站务工作就是铲除站区的所有雪坝，为第 28 次队的到来提前做好各项准备工作，科研队员继续做好各自每天的科研观测工作，在空闲时间尽量帮助做一些站务劳动。另外和各位班长讨论了一些站务工作的人员安排和工作细节。最后希望各班班长以身作则，带领各班队员做好下半阶段的各项工作。

中山站的暴风雪到了晚上继续在加强，一直持续着 11 级大风，一度达到 12 级。狂风暴雪肆虐着中山站，咆哮的风声吵得我无法入睡，直到凌晨听到外面的风声小了，才迷迷糊糊睡着。

8 月 5 日，上午起床，我看窗外的风力小了许多，雪也停止了，但阴暗的天气看上去还是朦朦胧胧的，让人感觉非常压抑。从我房间的窗户看出去，远处海冰上俄罗斯的两辆雪地车又在来回修路，不知到哪天他们才能修完冰山群中的路，希望他们早点完成冰山群中的修路工作，我们也想等天气好的时候去冰山群外的海冰上看看。现在中山站外面的普里兹湾全部结了冰，在中山站外有 100 多公里远的海冰，一直延伸到澳大利亚戴维斯站的外围。真想去外面的海冰上见识一下这广阔平坦、一望无际的海冰景象。

上午，我们的机械师小戴开动挖掘机铲除新车库门口的雪坝，一上午下来也没挖掘掉多少雪坝，这些雪坝实在是太高大了。他上午和我说，想动用车库中雪地车的话还需要提前通知他，他好提前做好各项准备工作。

中午，侍颢把种植在塑料筐中的菜籽生长出来的菜苗拿到餐厅，让大厨晚上烧菜吃，这是他经过半个月的培育才长出来的菜苗，大家看到绿色的菜苗都很兴奋，虽然这些菜苗没有阳光照射一根根长得很细，但有绿色蔬菜我们已经很满足了，这一下晚上可以吃到新鲜的蔬菜了。侍颢特别喜欢摆弄那些菜籽，经常拿各种菜籽做种植试验，上次我看到他搬了十几个塑料筐，在筐底放上一些沙土，摆放在空余的房间内，保持房间的温度，然后种植各种菜籽，到今天总算是成功了。他为改善队员们的新鲜蔬菜补充，付出了很大的心血。

8月6日上午，中山站是阴天，风力很小，几乎是没有。中午开始转多云天气，风力也逐渐开始变大，把天上的云层吹散了，露出了没有云层遮挡的蔚蓝天空。

吃完午饭，我看到俄罗斯进步站的两辆雪地车又在海冰上来回地碾压冰雪面，我就准备开着雪地摩托去海冰上看看他们修路的情况。下午1点，我带着老王驾驶着雪地摩托去海冰，一出站区就能在海冰上看到俄罗斯队员用雪地车碾压的平坦宽阔的道路，我就沿着他们修平整的冰上道路往冰山群中一路驾驶过去，到了冰山群中就看到他们的两辆 PB240 雪地车在冰面的积雪上碾压，看到我驾驶着雪地摩托过去，其中一辆雪地车中的俄罗斯队员走下来跟我打招呼，可惜他不会说英语，只能从他的手势动作中判断他的意思，他的意思就是他们在海冰上的路已经修得很远，快要修到他们在冰盖旁边的进步一站了。

告别俄罗斯队员后，我就沿着他们修平整的冰面继续向前开去，想看看他们在冰面上修的路到底是怎么走的。我驾驶着雪地摩托沿着他们修的路一路往西，原来他们在海冰上修的路不是穿过冰山群去北边外面的海冰上，而是在冰山群的里面一直往西，经过内拉峡湾外面继续往西，穿过布洛克内斯半岛后转西南方向，他们目前的路修到这里，估计前面穿过几个山头就能到达冰盖旁边，我开着雪地摩托也就到达这里，看着前面高低不平的冰雪面，我就不敢再往前行驶，等过几天他们修完路再沿着他们修的路过去看看。

晚饭是每星期六的聚餐日子，今天又碰上七夕节，队员们心情都非常愉快，在餐桌上不时发出爽朗的笑声，队员们也相互敬酒，表达彼此之间的感情。在晚宴过程中，我为每位队员颁发了中山站队员大讲堂毕业证书，让每位队员留下在南极听课的回忆。中山站队员大讲堂上星期结束了全部课程，每位队员既是老师也是学生，队员们把各自的专业知识讲解给每位队员，让大家在南极业余时间学到了其他队员的专业知识，使每位考察队员受益匪浅。今天下午，管理员卢成为了纪念我们的中山站队员大讲堂顺利结束，特意制作了一个中山站队员大讲堂的毕业证书，颁发给大家，让全体队员永记在南极考察期间学到的各种知识，也可以给每位考察队员留下难忘的回忆。

8 月 7 日上午，中山站依然是阴天，天空中还不时飘着雪花，到了中午天气变成多云，雪停了，太阳光从云层后照射出来，微风习习，在室外感觉温暖好多。

吃完午饭，好几名队员准备去海冰上游玩，我也准备再次去冰山群中探路，找出一条适合雪地车行走的冰面道路，穿过冰山群去外面平坦的海冰上，为 12 月初雪龙船到达中山站找寻一条海冰上卸货的道路。下午 1 点，我骑着雪地摩托带着老王前往冰山群中，走出站区后首先进入俄罗斯队员在海冰上修平整的雪面，沿着他们修的路往北一直进入冰山群中，然后转往正西方向，在他们修平整往西的冰面上，我一直在寻找往北的平整冰面，经过多次在冰山群中转悠，我总算往北穿越了冰山群，感觉这条路还可以，就是有些弯弯曲曲，雪地车应该能从这条冰面上的路穿越冰山群，我准备回程的时候进一步把这条路拉直些。穿过冰山群后，我骑着雪地摩托来到一望无际平坦的海冰上。我驾驶着雪地摩托继续往正北方向大海深处行驶，想看看海冰面和冰上的积雪是否平整。雪地摩托在海冰上疾驶，就像脱缰的野马，风声在耳边呼啸而过，让我心旷神怡，有一种完全融入大自然的豪爽感觉。行驶出去 10 公里左右，看着海冰上的积雪还算平整，我就掉转车头往回驶去。回到冰山群口，沿着出来时的车轮印驶往冰山群中，并尽量把行驶的路线拉直，经过来回的行驶找寻，冰山群中的路在出来时的基础上基本拉直，冰面也比较平整，今后雪地车通过这条路穿越冰山群为雪龙船卸货应该是没问题了，就看 12 月初冰雪融化到什么程度，是否还适合载重雪地车通过。我驾驶着雪地摩托在冰山群中寻找平坦道路的时候，也碰到了走出来在海冰上游玩的队员，他们也帮着在冰山群中一起找路，为找寻到那条平坦的路也出了力。队员们在星期天走出来其实主要是为了锻炼身体，经常待在室内不出来透透新鲜空气，感觉人比较压抑，出来走一圈呼吸新鲜空气、出一身汗，就会感觉清爽好多，另外还能欣赏到婀娜多姿的冰山美景，所以在天气好的情况下，队员们都喜欢在外面走走。

我驾驶着雪地摩托回站区，在经过俄罗斯队员修平整的道路上行驶时，还碰到了俄罗斯队员驾驶着雪地摩托拖着一个雪橇，雪地摩托上坐着两名队员，雪橇的斗中还坐着一名队员并放着好多旗杆，他们这是探路先锋的雪地摩托，在找寻到合适的路后就会在冰面上插上旗杆做标记，修路的雪地车就会沿着旗杆的标记来回碾压冰面上的积雪，直到把道路修平整。和他们擦肩而过的时候，我们双方队员都会伸出手热情地打招呼，表达了两国考察队员在南极的友好情谊。

极夜后的阳光使中山站生机勃勃

  8 月 8 日，中山站总算变成晴天，晴空万里，上午不到 10 点太阳就出来了，到下午两点半，太阳西下。白天半个大月亮一直挂在晴朗的空中，出现了日月同耀中山站的景色，现在中山站晴朗的时候每天 24 小时能见到月亮，一天一夜月亮在中山站的上空正好转一个圈。

  今天机械师小戴用挖掘机挖除新车库门口的雪坝后，把 PB240 雪地车开出车库，然后检查保养雪地车，并为雪地车更换轮胎。水暖工老王铲除垃圾处理栋门口雪坝隧道中的积雪，因前几天的降雪在隧道中又堆起了厚厚的积雪，老王花了两个小时才把隧道中的这些积雪铲除，重新恢复隧道的畅通，以方便垃圾运往垃圾处理栋处理。

  南极有太阳的时候，感觉空气特别清爽，碧蓝的天空中没有一丝云彩。阳光照在海面的冰山上，冰山显得非常迷人；阳光照耀着站区所有的建筑，感觉站区焕发出勃勃生机。考察队员见到阳光后心情舒畅，一扫极夜期间带给考察队员的压抑感。

  极夜前离开站区附近的南极各类动物不知去哪里过冬了，企鹅、海豹、贼鸥到现在都还没有回到站区附近，特别是贼鸥，原来天天在站区飞来飞去，还要经常抢夺我们的食品，极夜期间不知去哪了，现在极夜过了还没回来，不知到什么时候才能回到我们站区。极夜期间感觉南极是没有生命的，所有动物全部离站远去，让我们在站区看不到有一丝生命的动植物，中山站一片沉静和昏暗，只有我们考察队员还坚守在南极越冬，等待着南极极夜的过

去，迎来新的阳光。

目前中山站极夜已经过去，阳光也已经能够照耀站区，万物将复苏，其实在南极中山站的夏天除了能见到企鹅、海豹、贼鸥、雪燕外，见不到其他什么动物，更见不到一丝植物，万物复苏用在南极中山站也并不合适。

感觉南极中山站是远离尘世的荒芜之地、冰雪世界，考察队员在南极科考，虽然生活枯燥单调，但考察队员的心灵得到了净化，在南极的考察经历是考察队员的宝贵精神财富，必将被每位考察队员一生所收藏。

8月9日，中山站继续保持晴天，但风力有所加强。上午机械师小戴开着装载机铲除站区的雪坝，主要把堆放在老主楼旁四个当仓库用的集装箱前面的高大雪坝铲除，因为要从集装箱中拿一些常温食品和日用物品。小戴经过一上午的努力，总算铲除了集装箱前高大的雪坝，能够打开集装箱门从里面拿物品了。

吃完午饭，没有工作的队员全部去那几个集装箱中搬运物品，首先用铁锹铲除装载机铲除不到的集装箱门口的一些积雪，打开集装箱门后，开始搬运所需的物品。搬运的物品有面粉、食用油、各种调味品和干货、扫把和畚箕等，把这些所需的物品搬到装载机上，然后运到综合楼前，再搬运到综合楼的仓库中。搬运完物品后，水暖工老王要测量一下站区莫愁湖中的水位，让气象观测的李海锋和李荣滨拿着钻冰的钻头帮他一起干。中山站的柴油发电机冷却水和站区的生活用水都靠莫愁湖中的淡水提供，如果莫愁湖干枯了中山站就无法正常运行，所以莫愁湖中的储水量直接影响到中山站的正常运转。莫愁湖中的水通过水泵一直往发电栋水箱中供水，发电栋水箱中的水一部分供发电机冷却使用，另一部分再通过水泵送往宿舍楼和综合楼等处供队员日常使用，另外冷却完柴油发电机后的部分温水通过水管回流到莫愁湖中的吸水口，以保持莫愁湖吸水口永远不会结冰冻住。

今天经过在莫愁湖冰面上钻冰测量水位，测得莫愁湖的冰厚是 1.3 米，冰层下还有 2 米的水位，在上次夏天莫愁湖上没有结冰的时候测量莫愁湖的水位在 5 米左右，这么大的湖面水位下降了近 2 米，看起来生活用水消耗量还是挺大，不过经过今天测量后我们也可以放心了，到夏天湖面冰雪融化前莫愁湖中的水够中山站使用了。

为了补充莫愁湖的储水量，我们在站区铲的雪全部推向莫愁湖，只等夏天的时候冰雪融化。目前中山站还在改造建设中，每年度夏考察的时候队员都很多，给莫愁湖中的生活用水带来了很大的压力，在夏天的时候还经常需要从远处的进步湖中抽水到莫愁湖，以补充莫愁湖的储水量，现在我们把站区的积雪全部推向莫愁湖，也可以减轻度夏考察期间给莫愁湖储水量造成的压力。

102 南极风雪中的遐想

8 月 10 日，中山站是阴天，天空中还不时飘着雪花，风力有所增强，但气温明显升高。下午原先每星期三的中山站队员大讲堂上星期已全部结束，从今天开始往后每星期三下午 3 点改为"中山观赏"课，也是由每位队员轮流上课，可以给大家欣赏优秀的摄影作品、影片片段、警句名言、幽默漫画等，只要能让队员欣赏到优秀的作品，能让队员开阔视野，并能陶冶队员情操的都可以。因为是我提议的，所以今天由我开始为大家提供欣赏的作品，下星期开始从年龄最小的队员往上轮流，17 名队员轮下来也差不多到 12 月份，到那时雪龙船就能把第 28 次越冬的考察队员送来，我们第 27 次越冬队就可以顺利交班了。

下午我们的"中山观赏"课结束后，我们邀俄罗斯进步二站翻译来给我们介绍他在俄罗斯伊尔库斯特考察的经历，去年他和几个专家在伊尔库斯特考察那里的环境，化验积雪中的尘埃。他通过拍摄的照片给我们介绍，让我们领略了俄罗斯伊尔库斯特的古老建筑和美丽风光。

今天下午上课前，我跟着杜玉军去天鹅岭上他工作的卫星观测栋，体验一下他每天的工作情况。中山站的卫星观测栋位于站区西北方向的天鹅岭上，离站区近一公里，要翻越气象山，穿过山上的乱石区，下一个山坳后才能登上天鹅岭，卫星观测栋坐落在天鹅岭上的最西北方向，紧靠大气成分观测栋。杜玉军每天要来卫星观测栋工作，不管狂风还是暴雪，一天都不能中断，暴风雪大的时候他就经常和大气成分观测的李海锋两人结伴而来，在路上好有个照应。

杜玉军是来自武汉大学中国南极测绘研究中心的在读博士生，这次来南极中山站参加越冬考察，担任的是 GPS 跟踪和验潮站的观测任务。他需要每天去天鹅岭上的卫星观测栋和高空物理观测栋旁边的验潮站观测栋检查仪器的工作情况，查看接收的观测数据，并处理数据后发往国内。中山站的 GPS 跟踪站和海洋潮汐观测站是我国在南极进行测绘科学考察工作的高精度基准，同时也是我国进行地球动力学、冰川动力学、地球物理学和大气科学研究，以及参与国际合作研究项目的基础设施和试验基地。这是一项长期连续性的观测研究项目，需要中山站越冬考察队员长年累月地观测数据的变化，为其他学科的研究提供参考数据。

杜玉军是河南小伙，平时话语不多，非常憨厚老实，对待科研工作一丝不苟、认真负责，也非常乐于助人，经常帮助其他队员干一些力所能及的工作。杜玉军还是一个文艺爱好者，在空闲时间还经常会拿出口琴吹上一段，一个人陶醉在音乐世界中。他勤奋好学、刻苦钻研科研知识，平时把时间都花在学习知识上，也不抽出一点时间去谈女朋友，虽然才 26 岁年纪不算大，但还没有谈过女朋友绝对说不过去，队员们经常要给他介绍女朋友，他总是憨厚地笑着说："还小，不急，以后再说吧。"这就是年轻的南极考察队员，勤奋好学、刻苦钻研、热爱南极、享受生活，为我国南极科学研究的发展辛勤耕耘着，不愧为年轻有为的科研工作者。

8 月 11 日，中山站持续阴天，雪花断断续续飘落着，上午风力还较强，午后风力在慢慢变弱，继续保持着较高的气温。趁着天气不是很寒冷，吃完午饭我去站区转了一圈，顺便检查一下新旧油罐区、输油管道和电缆桥架。因为是阴天，到处是白茫茫的一片，天地浑然成一色，但在不是特别寒冷的野外冒着雪花行走，望着远处高低起伏的山丘和海冰上的冰山，别有一番情调，心情也豁然舒畅开来。我首先来到中山站老油罐区，这里整齐地排列着两排油罐，这 10 个油罐是中山站建造的时候安装的，为中山站的正常运行、提供发电机的用油立下了汗马功劳，虽然经常维护保养，但经过 20 多年的风吹雪打，如今已是锈迹斑斑，在油罐上画有中国文化特色的京剧脸谱也已模糊不清。虽然去年中山站已经建好了新油罐区，但这些老油罐将继续使用，今年年底 28 次队度夏考察期间将保养这些老油罐，京剧脸谱也将重新绘上油漆，到时在南极中山站将重现中国的文化特色——京剧脸谱。离开老油罐区后我沿着输油管道和电缆桥架边走边看，绕过仙女峰山腰后，输油管道和电缆桥架通向位于仙女峰东南方向山脚下的新油罐区，新油罐区两排共 12 个油罐整齐排列着，这个新油罐区是今年年初刚建成的，已经投入使用。白色的油罐和旁边高高的积雪已连成一片，从积满雪坝的南面望过去已分辨不出油罐的形状，好在油罐上面蓝色的护栏在空旷的雪地上非常醒目。目前国内单位正在考虑在这 12 个白色的大油罐上画上什么画或者写上什么字，才能突出表现中国的传统文化特色。

在新油罐区我沿着电缆桥架继续往西南高地走去，在山坳里架高的桥架已经被雪深深地掩埋，这些积雪也已经冻得很结实，走在积雪上除了留下浅浅的脚印人不会深陷下去。西南高地上建有中山站的高频雷达天线阵和一个摆放接收仪器设备的观测栋，是自动接收的，负责高频雷达的两名科研队员会经常上来查看机器的运行情况。我在西南高地上走到最西面靠近内拉峡湾的山头上，欣赏着底下内拉峡湾冰面和远处起伏山丘、岛屿的雪中景色，被这种凄凉的景色所吸引，联想到我们考察队员在南极的那种孤独感，愉快的心情一下消失了，取而代之的是心里一阵凄凉。从西南高地往东北方向俯瞰，可以清晰地看到整个中山站区，在天鹅岭上零星散落的各个科研观测栋也一览无余。望着站区各栋颜色不同充满生机的建筑，在白茫茫的天地间尤其醒目，心情也随之好了许多，想想在喧闹城市生活的人怎会体验到南极这种冰天雪地的凄凉感受，这不正是给我们提供了远离喧闹，静下心来修身养性的绝好机会嘛，我们应该好好珍惜南极考察的经历，这在今后的人生道路上一定是值得收藏的美好一页。

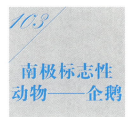

南极标志性动物——企鹅

　　企鹅是南极的象征性动物，是人见人爱的动物，特别是南极的帝企鹅——它们就好像穿了一件男士无尾晚礼服，虽大腹便便，但彬彬有礼、憨态可掬。帝企鹅又称皇帝企鹅，是南极洲最大的企鹅，也是世界企鹅之王。帝企鹅身高一般 1.20 米，体重可达 40~50 千克。其形态特征是脖子底下有一片橙黄色羽毛，向下逐渐变淡，耳朵后部最深，全身色泽协调，庄重高雅。

　　南极企鹅喜欢群栖，一群有几百只，几千只，上万只，最多者甚至达十万至二十多万只。在南极大陆的冰架上，或在南极周围海面的海冰和浮冰上，经常可以看到成群结队的企鹅聚集的盛况。有时，它们排着整齐的队伍，面朝一个方向齐步走，好像一支训练有素的仪仗队，在等待和欢迎远方来客；有时，它们排成距离、间隔相等的方队，如同团体操表演的运动员，阵势十分整齐壮观。

　　南极企鹅具有适应低温的特殊形态结构和特异生理功能。企鹅身披一层羽毛，仔细看这一层羽毛可以分为内外两层，外层为细长的管状结构，内层为纤细的绒毛。它们都是良好的绝缘组织，对外能防止冷空气的侵入，对内能阻止热量的散失。绒毛层能吸收并贮存微弱的红外线的能量，作为维持体温、抗御风寒之用。企鹅经常站在寒冷的冰面和雪地上而企鹅的脚不会冻住，这要完全归功于企鹅精巧的生理构造，企鹅腿部的动脉能够依照脚部温度调节血液流动，让脚部获得足够的血液，进而让脚部温度比冻结点高出几度。企鹅体内厚厚的脂肪层为 3~4 厘米，特别是那些大腹便便的帝企鹅，脂肪更厚，脂肪层是企鹅活动、保持体温和抵抗寒冷的主要能源。企鹅怀卵和孵蛋时，不吃不喝，就是靠消耗自己的脂肪层来维持生命。帝企鹅爸爸孵蛋时，脂肪层消耗约 90%。

母与子

舐犊情深

南极帝企鹅

南极帝企鹅

　　任何看过法国导演吕克·雅克特的纪录片《帝企鹅日记》的观众，都会被影片中那些身处南极极限环境仍然坚韧不拔的企鹅爸爸妈妈所感动，南极并不是一片寂静的死地，南极帝企鹅在这样的特殊环境里就创造了生命的奇迹。南极在 4 月份开始进入冬季，帝企鹅便上岸寻找安家的避风地，它们一边走，一边追逐、嬉戏，谈情说爱，寻找配偶，过起家庭生活，企鹅是严格的一夫一妻制。

　　帝企鹅为了保护小企鹅不遭受天敌贼鸥的攻击，通常选择在南极严寒的冬季冰上繁殖后代，企鹅妈妈在 5 月份左右产蛋，帝企鹅每次只产一枚蛋。企鹅每年繁殖一次，企鹅妈妈产下蛋后，就暂时完成任务。企鹅妈妈在产卵过程中消耗了大量的体能，早已饥肠辘辘，于是把孵蛋的重任交给企鹅爸爸后，不顾一切地奔向海边去觅食。帝企鹅的耐寒能力超出人们的想象，想要在零下 40 摄氏度的条件下孵出小企鹅，可不是件容易的事，企鹅蛋不能直接放在地面或冰面上，否则就会把未出世的企鹅宝宝冻坏，于是企鹅爸爸双脚并拢，用嘴把蛋滚到脚背上，其目的就是不让蛋直接接触地面。然后，充分利用大腹便便的特点，用腹部的皱皮把蛋盖上，真如同一床羽绒被一样，给未来的小宝贝营造出一个温暖舒适的窝。成千上万孵蛋的企鹅爸爸为了抵挡南极的寒风，保持体温，通常背风而立，肩并肩地排列在一起，一动不动，不吃不喝，一心一意地孵蛋。大约 60 天之后，企鹅妈妈吃饱喝足，膘肥体壮，从远方海中回来，在成群结队的企鹅群中准确地找到它的丈夫，这时候，企鹅宝宝才刚刚出世，企鹅妈妈从企鹅爸爸怀中接过企鹅宝宝，担当起养育后代的重任，用它在胃中储存的营养物质喂养企鹅宝宝。这时，骨瘦如柴、精疲力尽的企鹅爸爸卸下重担后，直奔远方的大海，去海中捕食美味的南极磷虾。

　　任何一种动物的生存都不是一件轻而易举的事，更何况在自然环境恶劣的南极，南极帝企鹅就给我们演绎了生命力的顽强和抵抗恶劣环境的那种坚韧不拔的意志，我们南极考察队员就应该学习企鹅的这种精神，战胜南极的恶劣环境，做好南极的科研工作，揭开南极的神秘面纱，为人类认识南极、认识地球做出贡献。保护企鹅、保护南极环境、保护我们的家园——地球，是我们人类义不容辞的责任。

母子相认，"我的孩子你在哪？"

南极海冰上
梦幻般的景色

　　根据昨天的天气预报今天会是晴天，昨天就有队员向我提议应该组织队员们出去游玩一下，我考虑了一下感觉已经好几个月没组织大家去野外进行活动，经过一个极夜期的沉闷，也应该让队员们出去散散心。昨晚我就召集全体队员讨论，大家一致同意出去活动一下，让队员们放松放松紧张的心情，于是我们就决定第二天 8 月 13 日去海冰上游玩，欣赏辽阔的海冰和千姿百态的冰山。昨晚我从综合楼回宿舍楼的时候，看到夜空中的月亮非常明亮，把站区照射得如同白昼，心想明天应该会是一个晴朗的好天气。

　　8 月 13 日，早晨起床，我看到太阳已经在云层后透露出来，可风挺大，风力有七八级，我就想等风力小点再组织队员们出去，上午我就在办公室忙自己的事。到 9 点半，有队员跑过来叫我，说可以出去了，我说风力还太大，再等等吧，他说队员们已经在下面集合好了，准备要出发了。我一想昨晚是讲好今天上午 9 点半出发，队员们也不怕风力大，早早在外面等待出发了，看来队员们要出去游玩的心情很急切。到上午 10 点，我看风力有减小的趋势，就同意队员们出发，我也随着队员们一起前往海冰。

　　除值班的 4 名队员外，13 名队员分坐两辆雪地摩托和一辆雪地车前往海冰，首先沿着前几次在冰山群中探好的路线穿过冰山群，来到冰山群外广阔的海冰上。在海冰上向北望去，宽广的普里兹湾上的海冰一望无际，只有零星的几座大冰山孤独地散落在远处的海冰上，远远望去，那一座座高大的冰山就像一栋栋建筑、千姿百态、形状各异。今天因为风力大，海冰上的积雪被大风吹得在冰面疾走，那些飞雪就像是云烟，雪地车行驶在海冰上如同在云海里游走，让人有种身处天上飘浮的感觉。站立在海冰上犹如置身人间仙境，遥望远处的冰山就像云雾中的空中楼阁，看到如此梦幻般的美景，队员们纷纷拍照留念，也不忘轮流驾驶雪

地摩托去云烟般的冰面上奔驰一下，过一把瘾，体验在云海中飞翔的感觉。队员们一个个都非常兴奋，仿佛回到了童年的快乐玩耍，极夜无尽的黑暗带来的抑郁心情都已抛在脑后，都在冰面上快乐地奔走和欢呼，释放心中的压抑。在海冰上游玩了两个多小时，我看看时间已差不多，肚子也饿了，就招呼队员们打道回府，队员们好像意犹未尽，招呼了半天才依依不舍地陆续上车。在回站路上队员们有说有笑，完全忘记了没吃午饭的饥饿，看来组织队员们集体活动一下对调节队员们的心情还是有好处的，下次有机会在保障安全的情况下再组织队员们野外郊游。

8 月 14 日，中山站是一个大好的晴朗天气，随着离开南极极夜期越来越远，南极中山站白天的时间在逐渐增长，目前白天的日照时间已经有六七个小时。太阳出现的时间会每天延长，等到每天 24 小时能见到太阳的南极极昼的时候，雪龙船就能带着第 28 次队的度夏和越冬考察队员来到南极中山站，到时中山站将变得热闹非凡。

2011 年底的第 28 次队度夏考察任务繁重，既要在南极内陆昆仑站上进行二期工程建设，又要在中山站上建造新宿舍楼和新发电栋，到时两个考察站的施工队员都要几十名，加上两批越冬队员和度夏考察队员，会给中山站的住宿造成很大压力。因中山站是昆仑站的后勤基地，昆仑站队员出发和回来都要在中山站做准备工作和休整，所以中山站今年将建造新的宿舍楼，以缓解度夏考察期间中山站科考队员的住宿紧张问题。我们第 27 次中山站越冬队自从去年 12 月 14 日接班以来到今天已经整整过去 8 个月了，还有 4 个月就能交班，虽然交班后还要留在中山站进行第28次队的度夏考察，但心理上的压力一定会感觉缓解好多。8 个月过去了，剩下的 4 个月随着日照时间的延长，队员们的心情也会越来越好，4 个月应该很快就会过去。南极漫长的极夜过了，南极的极昼离我们还会远吗？

今天，中山站晴空万里、阳光明媚，午饭后我决定去外面晒晒太阳，我首先来到站区西面的内拉湾海冰上，欣赏阳光照射下的内拉湾景色。蓝色的冰面在阳光照射下格外美丽，远处的一个个岛屿和一座座冰山在阳光的衬托下也非常迷人，还有那被风吹结的雪坝千姿百态，让人感叹大自然的神奇。我沿着内拉湾冰面来到站区南面的海冰上，然后登上天鹅岭，在天鹅岭上远眺海冰上的冰山群，冰山群在阳光的照射下光彩夺目，一座座冰山清晰可见。

我本想在天鹅岭上等到日落，欣赏日落的美景，可现在日落要等到下午 4 点左右，再加上今天风还是挺大，站在天鹅岭上感觉寒风刺骨，就放弃观看日落直接回站了，准备下次再去欣赏和拍摄日落的美景。

105

极夜后首遇
南极海豹

这两天中山站一直是晴天，可风力都很大，据天气预报未来几天也是这样的晴天加大风天气。每年走出极夜后的 8 月份是中山站天气情况最恶劣的时节，常常是狂风暴雪天气，12级以上的最大风力都是出现在 8 月份，今年还算好，风力虽大点，但天气比较晴朗，还没出现特大的狂风暴雪天气。

经过几天的大风，地上的积雪在随风疾走，又在站区形成了许多高高的雪坝，8 月 15 日上午机械师开着装载机开始铲除雪坝，把站区主要行走道路上的雪坝先铲除，以方便队员们走动。站区其他地方的雪坝到了 11 月份再集中铲除，在第 28 次度夏考察队到来前全部铲除完，保障第 28 次队度夏考察队员上站就能开展各项工作。

目前中山站虽然每天会升起太阳，但升起的高度并不高，在东北方向升起后，慢慢往北移动，在正午的时候位于正北方向的半空中，随后往西北方向移动并慢慢落下，最后在西北方向消失。今天下午 3 点多我看到太阳快落山了，就赶往高空物理观测栋的顶层露天平台，想看看日落时的晚霞。当我赶到的时候，看到太阳已经落到西北方向的远处岛屿后，因为是晴空万里，没有一丝云彩，所以也没有出现绚丽的晚霞，只在落下的岛屿上方照射出黄灿灿的一片天空，也没出现多少日落时的美景。六角形的高空物理观测栋是今年初刚建成的中山站的标志性建筑，是专门用来观测高空物理的建筑，主要用来观测南极极光，里面配有观测高空物理的各种先进仪器设备，包括光学观测设备和电学观测设备，能自动接收数据和拍摄南极极光。在天晴的夜晚到来前，高空物理观测的队员都要来这里开启仪器设备，为仪器自动拍摄极光做好准备工作。站在高空物理观测栋的顶层露天平台可以俯瞰站区全景，远处的俄罗斯进步二站的两栋新建筑和更远处的冰盖都清晰可见，这里是站区最好的观景平台，中山站的两个监控摄像头就安装在这里，在上海的中国极地研究中心可以通过网络远程监视中

作者在南极

山站区的情况，为中山站的安全管理提供保障。

8 月 16 日，中山站是一个难得的好天气，蓝天下阳光明媚、风和日丽，让人感觉非常舒服。上午机械师继续开装载机铲除站区的雪坝，把站区雪坝的积雪铲到莫愁湖中。上午高空物理观测队员刘建军发现电离层测高仪观测栋中断电了，电工检查后发现发电房配电板上的开关跳了闸，但合上开关后测高仪观测栋还是没电，分析原因估计是机械师铲雪时不小心把电缆铲断了，因为从发电房通往测高仪观测栋的电缆铺设在地面上，今天机械师正好铲除电缆通过地方的雪坝。

刘建军和侍颢拿着铁锹在铲雪过的地方寻找电缆的断裂处，一直没有找到，后来就让机械师继续开着装载机在电缆通过地方的积雪中铲雪寻找电缆，经过装载机在积雪中捣腾，总算找到了断的电缆，让电工重新连接电缆后，测高仪观测栋的供电恢复正常。

吃午饭时，看到这么好的天气，大部分队员都说想出去走走，晒晒太阳，欣赏冰山的美景，有个队员还说刚才远远地看到海冰上有一只阿德雷企鹅，大家更想出去走走了，顺便看看能不能见到企鹅。吃完午饭，我们 8 名队员拿着相机走向冰山群，一路上队员们欢声笑语，看到形状奇特的冰山或海冰上的小冰雕，队员们不时停下来拍照，也不忘让其他队员给自己拍照留念。碰上低矮一些的冰山，队员们都会爬上去，和冰山来一个合影。

冰山群中的冰山千姿百态，在阳光的照射下晶莹剔透，有些冰山是蓝色的，有些则像玉一般洁白无瑕，有些冰山上还有天然形成的冰洞，非常迷人，真正感叹大自然的鬼斧神工，能把冰山打造得如此美丽动人。队员们看到形状奇异的冰山，情不自禁会发出一阵阵赞叹，在冰山群中欣赏到如此美丽的风光，简直是让人目不暇接、流连忘返。

在冰山群中转悠了一个多小时，我正想让队员们返回的时候，有个队员发出惊叫声，说前面海冰上发现有海豹，我往队员指的方向看过去，果然有一只海豹躺在前面的冰面上。我们慢慢向海豹靠近，走近一看是一只很大的威德尔海豹，懒洋洋地躺在冰面上晒太阳。我们的到来打扰了它的美梦，它睁开睡意蒙眬的眼睛看着我们，队员们忙着给它一阵拍照，它也扭动着笨重的身体变换着各种姿势，好像知道我们在给它照相，专门在我们的镜头前摆Pose。后来它可能看到我们一直拍个没完感觉烦了，就从冰裂缝处的冰洞中钻入海里，和我们道别了，队员还依依不舍，趴在冰洞口看，希望海豹还能钻出来。

今天下午，在冰山群中转悠了 3 个小时，欣赏到了美丽迷人的冰山景色，虽然没碰到企鹅，但意外地见到了久违的海豹，队员们个个满意而归。

昨晚 8 点多，我从综合楼办公室回宿舍楼的时候，在站区看到远处冰盖上刚升起的月亮，就像早晨刚升起的太阳一样，在漆黑的夜晚月亮周围红红的一片，月亮一改往日的黑白分明看上去也变成了红色。我还是第一次见到月亮的这般美景，忙拿出相机拍摄了几张，但月亮的轮廓不是很清楚，拍摄出来是红红的一团，就像日出时的朝霞一样。

8 月 17 日上午，中山站是多云天气，升起的太阳一直在云层中躲躲闪闪，时而透出一丝阳光，时而被云层完全遮挡，到中午天空中的云彩飘逝，太阳在晴朗的天空中发出耀眼的光芒。

吃完午饭，我和老王去内拉湾散步，去寻找传说中迷人的天然冰洞。因为有一名第 19 次越冬考察的老队员跟我说，在内拉湾对面的一个山坳口里有一个天然的冰洞，非常漂亮，让我有机会去看看。

我俩从站区出发来到西面的内拉湾冰面，从海冰上穿过内拉湾来到对面的牛咀角下，然后沿着牛咀角来到一个山坳口，这个山坳叫"牛湾"，我们找寻那个冰洞，按照那位老队员给我的地图，冰洞应该在这个地方，可我们转了一圈还是没找到。我们就从牛湾爬上牛头半岛，欣赏牛头半岛的景色。站在牛头半岛的最高处，半岛上高低起伏的各个山头尽收眼底，东平山和西平山之间的牛眼湖就呈现在眼前，龙羊峡对面的观音山清晰可见。南极各个岛屿上的山头都是荒凉光秃的，各个山坳处洁白的积雪给荒凉的山峰增添了一些亮丽的景色。我们横穿牛头半岛，从牛头半岛下到龙羊峡冰面上，沿着龙羊峡冰面可以直接走回到内拉湾冰面上。

在找寻了一圈没有看到天然冰洞后，我们只能从内拉湾冰面往站区走去，在龙羊峡和内

队员帮助大厨在厨房忙碌

拉湾的交界处,海冰面上的积雪在风的肆虐下在这里被吹成了一道道高低不平的凹坑,残留下来的积雪在迎风面有着各种形状薄薄的尖口,欣赏起来非常漂亮,我们都不忍心踩在上面走路,生怕踩塌了这些大自然造就的雪景。在快到站区西南高地下的冰面时,有大小不等的冰块残留在冰面上,在蓝色光滑冰面上的这些小冰块就像一个个冰雕,晶莹剔透、栩栩如生,在阳光的照射下散发出迷人的光彩。

8 月 18 日,中山站迎来两位队员过生日,发电班班长徐文祥和地磁固体潮观测队员白磊,本来徐文祥应该是昨天过生日,而白磊应该是后天的生日,为了热闹,也为了减轻大厨的负担,他俩就决定放在今天一起过。为了他俩今天的生日晚宴,大厨从昨晚就开始忙碌了,把今天要烧的菜全部从冰库中拿出来解冻,并为他俩做了一个两层的生日蛋糕。

大厨张晖是来自武汉商业学院的一名烹饪教师,烧一手好菜,来南极考察担任厨师这一工作是很辛苦的,吃是考察队员的最基本保障,一日三餐不可缺少,大厨就要为考察队员的一日三餐而忙碌。越冬期间只有 17 名队员相对比较轻松一点,在 3 个月的度夏考察期间考察站上有近百名考察队员,虽然有临时的厨师帮忙,但厨师工作还是很辛苦的,一日三餐保证按时供应不说,还要给每天晚上加班的建筑工人准备好夜宵,可想而知,大厨每天的工作有多累。

考察队员来自全国各地，饮食口味相差甚远，这就要靠大厨的烹饪手艺尽量来满足每位考察队员的口味。每年考察站上的厨师都会成为考察站上的焦点人物，因为众口难调，无法满足每位考察队员的饮食口味，常常会受到考察队员的批评。而我们的大厨张晖凭着过硬的烹饪技术和刻苦耐劳的工作精神，得到考察队员的一致好评。

大厨张晖性格开朗、为人随和，虽然每天为工作而忙碌着，但他的脸上常常挂着微笑，自我陶醉在每天的工作中。有人说会烧菜的男人一定是一个好男人，尤其是烧一手好菜的男人更是一个好男人，张晖就是一个典型的好男人，他的妻子是做房地产的老板，工作繁忙，而我们张晖就会默默做好家里的所有琐事支持他妻子的工作。有做房地产老板的妻子的家庭一般比较富裕，但我们张晖从不张扬，做人低调，为了他喜欢的南极毅然报名来参加南极考察。

大厨张晖是一名摄影爱好者，说起摄影方面的知识头头是道，还带着各种摄影器材，光相机镜头就好几个，有长焦、广角等，让我们这些摄影菜鸟羡慕不已。他虽配有高级的摄影器材，但因为每天工作繁忙，我很少看到他有时间出去摄影，有时我们组织队员去野外活动把他拉上，他才会带着相机包和我们一起出去游玩，我们不主动去叫他，他会连续一个月不出综合楼的门，也真佩服他的这种"宅男精神"。

别看张晖戴着眼镜，文质彬彬，其实他还是羽毛球和台球高手，在我们中山站举行的羽毛球、台球、乒乓球比赛中，他勇夺羽毛球、台球两项冠军，成为中山站上的一段佳话。张晖的另一大爱好是围棋，据说他的围棋水平也不错，在中山站上找不到围棋对手，他在业余时间就在网上找围棋高手对决来提高自己的围棋水平，据他说也经常是赢多输少。原来"宅男"关在屋中一直在刻苦钻研围棋棋艺，让我们再一次佩服他的这种刻苦精神。

今天两名队员的生日晚宴少不了大厨的忙碌，生日晚宴也一定会非常热闹，队员在南极过生日是永生难忘的，特别对第一次来南极考察的队员来说意义更加非凡，可能一辈子就这么一次能在南极过生日，所以队员在南极过生日的场面会非常热闹，让远离祖国、远离家人的队员在南极过一个快快乐乐、难忘有意义的生日是每个考察队员的心愿。今晚的生日晚宴一定会持续到深夜，生日晚宴的热闹场面我还是留着明天来说吧。

107

寻找传说中
的美丽冰洞

  昨晚的生日宴会搞得非常隆重，大厨准备了丰盛的美味佳肴，管理员也拿出了平时不舍得喝的好酒。晚上 6 点，生日晚宴正式开始，首先队员们共同举杯祝福徐文祥和白磊两位队员生日快乐，随后两位寿星在插上蜡烛的生日蛋糕前许愿，共同吹灭了蜡烛，并切开奶油蛋糕为每位考察队员送上。接下来每位队员轮流给两位过生日的队员敬酒，表达彼此之间在南极建立起来的兄弟般的感情，在大家相互敬酒热闹的时候，有两位队员悄悄拿着奶油蛋糕把奶油全部抹在两位寿星的脸上，把全体队员都逗乐了，有的队员笑弯了腰，欢笑声充满了餐厅，餐厅中洋溢着一片欢乐的气氛。在全体队员的举杯祝福声中，晚上 9 点结束了热闹的生日晚宴，最后每位考察队员在两位寿星的生日卡片上签名祝福留念，让两位寿星难忘在南极度过的这个有意义的生日，也难忘在风雪南极一起奋斗过的队友们。

8月19日，中山站又是一个晴朗的好天气，吃完午饭队员们开始清洁卫生工作，并把平时收集起来的垃圾用全地形车一车车运往垃圾处理栋，等待水暖工老王的处理。今天另外把垃圾处理栋门口雪坝中的隧道重新修整了一下，因为现在的积雪都已经冻得非常结实，走在光滑的雪面上很容易滑倒，在隧道前的雪坝斜坡上用铁锹挖出一步步台阶，方便进出隧道运送垃圾。

运送完垃圾后，我和老王趁天气好继续去内拉湾对面山坳寻找传说中的天然冰洞，出去走走其实也是为了锻炼身体。在南极天天吃的基本都是荤菜，在缺少新鲜蔬菜的情况下，队员如果再缺少运动，一定会长胖的，在天气好的情况下，我都是鼓励队员们出去走走，保持身体健康，让队员们有更好的体力来完成在南极的考察任务，并能经受住南极恶劣环境下狂风暴雪带来的考验。

下午，我和老王转遍了内拉湾对面的各个山坳，看了牛湾和牛眼湖周围，并绕着东平山下内拉湾的冰面，一直走到了内拉湾的最里面，从这里登上马鞍山就能到达澳大利亚在这里建立的简易考察站——劳基地，4月份刚进入冬天的时候我们组织全体队员来过劳基地参观，当时就是从内拉湾冰面走到劳基地的，队员们在山坡上滑雪玩耍的场面还在眼前，一晃4个多月过去了，感觉时间过得好快。

我和老王走了一大圈，还是没有找到传说中的天然大冰洞，我们估计现在可能被雪掩埋了，所以找不到。可等到雪融化要到11月底的南极夏天，那时内拉湾上的冰面也要融化了，到这边来不能从内拉湾冰面上直穿过来，而要从陆地上绕过一个个山头才能过来，到那时过来就比较困难了。

虽然今天我俩没找到天然大冰洞有些遗憾，但在外面走走感觉精神爽快。在回去的路上，快要下山的太阳照射在内拉湾冰面，景色非常美丽，我们正好迎着西北方向落下的太阳一路回到站区，当我们穿过内拉湾回到站区的西南高地旁，太阳也就完全落下消失了。

最近中山站连续的晴天让队员们精神振奋，感觉好像进入了南极的夏天，队员们纷纷走出户外，在站区走动，沐浴在明媚的南极阳光下，感受着阳光照射下南极冬天冰天雪地的美景。上午机械师开着装载机继续铲除站区的雪坝，虽然这些雪坝不影响队员在站区走路，但在天气好的情况下尽量把雪坝的积雪铲到莫愁湖中，以减少以后阶段铲雪的工作量。

中秋节即将来临,远在南极的考察队员思乡之情油然而生,都想到了我们在南极的考察队员应该给祖国的家乡人民送去中秋节的祝福,队员们动手制作了横幅,写上"祝家乡人民中秋节快乐、合家幸福"的字样,拍照后给家乡人民传送过去,以表达第 27 次南极考察中山站 17 名越冬队员对家乡人民的祝福。8 月 20 日午饭后,除值班休息的 1 名队员外,16 名队员在中山站广场集合,拉上横幅,合影留念,给祖国人民送去中秋节的祝福。

合影后,队员们三三两两地去站区附近散步,感受南极的阳光。我骑上雪地摩托,带上老王去海冰上查看俄罗斯队员修筑的道路,看看他们在海冰上的路到底修到哪里了,应该没几天他们在冰盖上的雪地车拖带油罐就要通过海冰行驶到进步二站,海冰上的这条通道他们应该已经修得差不多了。我想确认一下这条通道,如果冰面情况合适的话,我们下次从雪龙船上卸运下来的车辆也可以通过这条海冰上的通道开往冰盖内陆出发基地。

我骑着雪地摩托沿着他们在海冰上修筑的平坦路一直往西,穿过内拉湾外口,继续往西,经过布洛克内斯半岛后,转入布洛克内斯峡湾后一直往南,在路上还碰到了正在铲平冰面上雪坝的两辆俄罗斯考察二站的雪地车,他们在来回碾压海冰上的积雪。经过他们的雪地车后,我沿着他们在冰面上留下的车辙继续往南,在接近三角半岛的北极山附近,车辙分成两条,一条往西南方向,另一条往东南方向,我考虑了一下还是决定沿着东南方向的那条车辙走,沿着那条车辙一直来到三角半岛处靠近冰盖的地方,这里有俄罗斯留在这里的两个大油罐,也就是这两个大油罐他们要运送到进步二站,但从这里车辆上不了冰盖,不知这两个大油罐他们是如何放在这里的。刚才我们应该沿着西南方向的那条车辙绕过三角半岛,就能到达冰盖上,他们在冰盖机场的候机楼就在这附近——这些都是我回站后查看了地图才明白的。

从他们的油罐处往回走的时候,来到那个岔路口,我本想再沿着西南方向的车辙再继续查看下去,但看看时间快 3 点了,太阳也快下山了,刚才过来的时候行驶了近一个小时,所以决定不去西南方向那条车辙继续查看下去了,直接沿着来的路线回站。回站因为路况已经熟悉,所以在冰面上行驶得比较快,3 点半回到站区,此时太阳正好下山,看到今天的晚霞挺漂亮,我拿起相机赶紧拍摄了几张。

避难所——澳大利亚南极劳基地

昨晚，中山站的夜空星光灿烂，满天繁星在夜空中不停闪烁，不时还出现绚烂的极光。极光在中山站已经有一段时间没出现了，昨晚中山站夜空出现了变幻莫测的诡异极光，着实让考察队员兴奋了一把。极光断断续续地呈现在夜空中，一会儿绚丽多彩，一会儿暗淡无光，在极光出现的间隔空隙，队员们可以欣赏夜空中美丽的星星，满天星星闪烁着星光，有些明亮，有些发着微弱的星光，偶尔还有流星划过夜空，真是一幅美轮美奂的星空图画。

8 月 21 日，中山站继续保持晴天，但气温骤降，达到零下 30 摄氏度，据天气预报，明天开始中山站将结束持续多日的晴朗天气，有气旋来临，到时天气将变坏，但气温会有所回升。吃完午饭，趁着晴朗的天气，组织有空的队员去室外活动，今天我们决定步行去离中山站有两公里多远的澳大利亚劳基地。下午 1 点，我们 8 名考察队员从站区出发，横穿内拉湾冰面，去澳大利亚劳基地，并带去了一些罐头和饼干，准备放置在劳基地供野外考察的队员在应急情况下使用。

劳基地是澳大利亚在协和半岛上建造的简易考察站，平时一直无人驻守，在度夏考察的时候澳大利亚队员难得会从戴维斯乘直升机过来看一下，其实劳基地更像是一个避难所。南极的气象复杂多变，特别是突然而起的暴风雪对正在进行野外考察的队员会形成巨大的威胁，但这种恶劣天气通常不会持续太久，最多 2~3 天就会过去，因此，许多国家为了使野外考察的队员在遇到危险或紧急情况下能有个临时躲避之处，设立了许多避难所，避难所里存放着一些食品、燃料、通信器材、御寒服装等，几个人在避难所生活几天不成问题，待天气转好再走。这些避难所，门从不上锁，各国考察队员以及游客和探险者遇到不测时，可以自行进住，避险躲风，饿了有食物，冷了有衣被，自行取用，不用付款，有机会各国考察队员可以给避难所补充食品，我们今天带过去的一些食品，就是为了补充劳基地中的应急食品，因为我们上次去的时候看到里面太多食品已经过期。这种避难所就是救难护险的国际人道主义精神在南极地区的具体体现。

我们穿过内拉湾后爬上马鞍山，先到达龙泉湖，龙泉湖上透明的冰面让队员们流连忘返，冰面下的条条裂纹和许多气泡将蓝色的冰面装扮得非常漂亮，队员们纷纷拿出相机给冰面拍照，并在冰面上留影。从龙泉湖翻过一个小山坡就能看到劳基地，劳基地由一栋方形建筑和四个圆圆的像蒙古包一样的建筑组成，方形建筑中有各种餐具和食品，是休息吃饭的地方，四个圆圆的建筑里面备有床铺，是供人睡觉的地方。我们在方形建筑中休息了一会儿，并把我们带来的罐头和饼干等食品摆放好。在桌子上有一个签名簿，每次到访的队员可以在上面签名留念，我们今天也在上面签了名，看到我们上次来的时候签名的日期是 4 月 24 日，已经过去了整整 4 个月。

在劳基地休息一会儿后，我们原路返回，队员们在马鞍山斜坡的积雪上滑雪下到内拉湾冰面，然后横穿内拉湾冰面，此时太阳正好在下山，夕阳照射在内拉湾冰面上，景色迷人。穿过内拉湾后，我们登上中山站区的西南高地，从西南高地回到站区。今天队员们在外面整整走了两个半小时，虽然天气寒冷，但每个队员都出了一身汗，达到了锻炼身体的效果。

8 月 22 日，中山站不像天气预报的那样要变天气，继续保持着晴天，气温也有所下降，达到零下 30 多摄氏度。走在室外，衣服上一会儿就会积起一层寒霜，特别是在胡子、眉毛

澳大利亚劳基地

上，嘴里呼出的热气不一会儿就会在胡子、眉毛上变成冰，让我们真正感受到了南极的天寒地冻，那种滴水成冰的严寒。

昨天下午，有队员发现远处平坦海冰上多了几座方方正正的大冰山，并且发现这几座冰山在向中山站方向移动，我看了以后果然发现多了几座大冰山，估计是南极冰盖移动，从冰盖边缘断裂下来的大冰山，断裂的大冰山掉入海水中的时候产生巨大的冲击力使得冰山推动海冰在移动。观测潮汐变化的杜玉军查看了昨天中山站附近的潮汐变化情况，发现在早晨5点多的时候，潮汐出现了瞬间的跳跃变化，所以可以肯定就是那个时候大冰山从冰盖边缘断裂下来，掉入海中，引起潮汐的瞬间变化。

上午，我拿出望远镜，特地查看远处的冰山，惊讶地发现昨天移动过来的几座大冰山又不见了，要知道海面上都结着厚厚的海冰，我们前几天十几吨的雪地车都能在上面正常地行驶，这些大冰山又是怎么在海面上漂来漂去的呢？只能是昨天大冰山掉下来的时候巨大的冲击力把海冰破坏了，大冰山的冲击力一路挤碎海冰，向中山站移动过来，今天又在风的作用下大冰山沿着昨天挤碎的海冰通道往冰盖方向漂回去。这样的话，海面上的结冰都让这几座大冰山给破坏了，我担心三个月后我们的雪龙船过来就无法在冰面上正常卸运物资。

下午，我开着雪地摩托去远处平坦的海冰上察看，想看看外面的海冰是不是遭到了破坏。可当我穿过站区附近海冰上的冰山群后，一条宽宽的冰裂缝挡住了我前进的道路，前几天过来的时候这条冰裂缝还没有这么宽，看来海冰是有些变化了，给冰裂缝挡住了道，我只能停下来通过望远镜察看远处海冰上的情况，但一望无垠的海冰上看不出有什么变化，我也不敢驾驶雪地摩托再往前，只能打道回府。

我想还是在站区观测几天那几座冰山的移动情况后再决定什么时候去海冰上探路，以往每年雪龙船到达中山站之前，都需要越冬考察队员提供中山站外围海冰的情况，包括海冰的厚度，有多少冰裂缝等，为雪龙船破冰到中山站附近提供路线图，也为是否在海冰上卸货提供参考数据。今年的中山站外海冰上探路、测海冰厚度的工作，我们准备从下个月开始慢慢做起来，为雪龙船的到来早点做好准备。

北大在读博士
生队员
——侍颢

目前中山站的天气情况让我们感觉好为难，在阴天的时候盼望着晴天，盼望着能见到太阳，可连续的晴天又让我们好担心，因为晴天无风的日子南极中山站的气温会越来越低，给我们中山站发电机和锅炉的正常用油带来困难。前天开始中山站温度低于零下 30 摄氏度，油罐中的柴油又全部冰冻结蜡，无法抽送到发电机房和锅炉房，好在我们在发电机房准备了几十桶应急用的柴油，才让我们度过了两天低于零下 30 摄氏度的低温天气，没给发电机和锅炉的正常运行造成影响。

据昨天的天气预报，8 月 23 日，中山站将会是阴天，也会有六七级的风力，我们主要关心的问题是气温会明显回升。所以我们昨天没有太多担心柴油的问题，如果中山站一直晴天低温下去，那我们又要为柴油发电机的用油问题而感到紧张了。

8 月 23 日，中山站正如气象预报的那样，是一个阴天，六七级的风力给我们送来了暖气流，气温也明显升高，室外油罐中的柴油也能正常抽送了，让我们松了一大口气。南极中山站经常刮的是东北风，有风的日子气温都不会太低，风力把北方的暖气流带给了中山站；而晴天无风的日子，南极冰天雪地的寒气会使中山站的气温变得越来越低。

中山站这样的天气状况把我们考察队员的心情搞得好矛盾，本来都希望见到晴天无云、阳光明媚的好天气，特别是在寒冷的冬天，这样人也会变得神采飞扬、心情舒畅。但我们有时情愿是给我们带来心理上压抑的狂风暴雪，也不希望一直是晴天，因为连续的几天晴天造成的低温就会让我们担心油罐中的柴油冻住，一旦柴油冻住几天，无法正常供应给柴油发电机使用，那就会出现柴油发电机不能正常工作的状况，那样就会出现重大问题，将影响到整个中山站的正常运行，也会给考察队员的正常生活乃至生命造成威胁，后果将不堪设想。

如果说电力供应是考察站正常运行的最基本保障，那么柴油供应就像是人身体中流动的血液，一旦考察站失去这些流动的血液，考察站就将失去生命。所以对在南极考察站上的后勤管理人员来说，保障柴油、电力正常供应是管理中的重中之重，来不得半点马虎，那是南极考察站正常运行、进行科研观测、考察队员正常生活的最基本保障。

8月24日下午3点的"中山欣赏"课照常进行，今天欣赏的是由侍颢提供的反映动物生存的视频，主要欣赏了南极企鹅、海豹是如何克服南极极端恶劣环境而生息繁殖的。队员们观看以后都被企鹅、海豹的那种顽强精神所折服，深深被它们那种坚韧不拔的意志所感动。大家十分感谢侍颢提供的这些视频资料，让大家进一步了解了南极企鹅、海豹的生活习性和生存法则。

侍颢是一位来自北大的在读博士生，这次来南极中山站担任高空物理观测。中山站高空物理观测虽只有两名队员，还有一位是武大的在读博士生刘建军，但他俩管理的仪器设备在中山站散落得最广，从站区最北面的高空物理观测栋到站区最南面西南高地上的高频雷达观测栋，还有站区莫愁湖西面的测高仪观测栋，都是他俩管理的科研观测栋，他俩每天在站区需要走的距离最远，光从高空物理观测栋走到西南高地的高频雷达观测栋就需要近半个小时，如遇上刮风下雪真够他们受的，另外他俩负责观测的极光都是在晚上观测的，工作时间也很长，可以说高空物理观测队员每天的工作都很辛苦。

侍颢出生在江苏盐城，长得非常白净，英俊潇洒，是一个标准的白面书生，博学多才，平时话语不多，非常文静，就像一个腼腆的女孩子。清澈的眼睛配上一副大大的黑边框圆眼镜，酷似《哈利·波特》影片中的主人公。许多网友看了我们17名中山站越冬队员的合影后，都说我们中间有女队员，指的就是侍颢，都误把侍颢当女队员了。

侍颢不愧为北大的才子，学问深不说，唱起歌来也是一流，不光男声唱得好，反串唱的女声也堪称一流，在两个月前中山站庆祝仲冬节的联欢晚会上，他用反串演唱的一曲《新贵妃醉酒》，让我们如痴如醉。另外他还有一个拿手绝活——魔术，他表演魔术时娴熟的手法让我们看得云里雾里，打心眼里佩服他表演魔术的水平。

人家说喜欢用左手的人聪明，但我们的侍颢左右手都能用，而且非常熟练。他在吃饭、干活的时候，经常左右手轮换使用，我还经常看到他一个人在打台球，问他为啥一个人玩，他说这是他的左手和右手在打台球比赛。这样聪明的人难怪从本科、硕士到博士都是北大的高材生。

侍颢为了让队员们能够吃到新鲜的蔬菜，经常利用业余时间摆弄一些菜籽，他一个人会找来十几个塑料筐，在里面装上一些沙子，然后耐心地培育各种菜籽，经过他的精心照料，一筐筐绿油油的菜苗会生长出来，为我们解决了新鲜蔬菜缺失的难题，也让我们在冰天雪地一片白色的南极能欣赏到绿色的植物。

　　侍颢这次来南极前刚和女友领了结婚证，那是女友为了鼓励他安心在南极工作才做出的决定，多么善解人意的女子。到了南极后，侍颢在电话中和妻子诉说衷肠是每天的必修课，每天吃完晚饭都能看到他在电话机旁的身影，那是他在电话中和新婚妻子倾诉着思念之情。刚结婚，一对恋人就要远隔万里，南极考察的 17 个月对他们来说是多么漫长，每天必须在相思中度过，虽多少有些残忍，但也是对他们爱情的考验。每当说起自己的爱人，侍颢总会流露出对爱人的歉意之情，其实这何尝不是每位考察队员的共同心疼之处。

　　考察队员在南极考察期间家人竟要付出如此之大的牺牲啊！比如说，我们这次在南极考察期间有两名队员的妻子生小孩，都要靠妻子一个人去承受，还要担心远在南极考察的丈夫的安危，多么伟大的妻子！也正是有了家人的默默奉献和支持，我们在南极的考察队员才没有了后顾之忧，在南极努力做好自己的本职工作，以报答家人和祖国人民的重托。我要在这里对所有南极考察队员的家人说一声："你们辛苦了，感谢你们！"

　　昨晚，中山站多云转晴，夜晚的天空中出现了极光，多彩的极光深邃炫目，就像给夜空穿上了一件婀娜多姿的衣裳，让人赏心悦目。只可惜风力太大，拍摄极光时相机三脚架都要用手护着，否则就会被风吹倒。我用手护着三脚架拍摄极光，感觉手都快要被冻僵了，一看自己手上竟然没戴手套，才想起刚才在办公室听到对讲机中有人在喊"出现极光了"，我急忙拿着相机和三脚架出门来拍摄极光，匆忙中出来时忘了戴手套。这下自己的手就要受苦了，在零下 20 多摄氏度的夜晚，手上没有手套是绝对受不了的，我只能坚持着拍摄了几张照片后就匆匆回宿舍了。在外面感受到了南极夜晚的寒风凛冽，我就再也不想出去受风挨冻了，正好昨天的日记还没上传，就忙着上传日记。

这两天在忙着准备给深圳卫视《年代秀》栏目拍摄中山站的场景，要反映当年中山站建站时候的艰苦条件。但目前中山站上的建筑已经焕然一新，建站时候的建筑只剩下一栋老主楼了，今年年初这栋老主楼也弃用了，给我们的拍摄带来了许多困难。经过和深圳卫视两天的沟通，他们给了我拍摄视频的提纲，8 月 25 日中午，本来想拍摄，可看到风力太大会影响到拍摄时的录音，就准备放在明天拍摄。

8 月 25 日下午，我看到风力小了许多，就拿着相机想出去拍视频，视频要分好几段，我就想先拍摄几段。在拍摄过程中感觉到很困难，因为还要一边拍摄一边说话录音，再加上自己没学过摄像，拍摄了十几遍都没有感到有满意的，主要是录音没录好，最后只能挑出稍微感觉好点的两段想给深圳卫视先传过去，让他们看看效果怎样。可要传过去，麻烦又来了，我拍摄的一段不到一分钟的视频要 200 多兆，中山站网速又很慢，光这一小段要传 5 个多小时，现在还在传送，其他的还不知怎么传呢。

下午，在外面拍摄视频的时候，看到太阳快落山，站区西北方向的天空一片火红，就赶紧走到气象山，拍摄日落时的美景。当我赶到气象山的时候，半个太阳已经落到远处的岛屿下，红彤彤的半个太阳和周边火红的晚霞给天空装扮得非常迷人，只可惜好景不长，没几分钟太阳就完全落到地平线下，火红的晚霞也渐渐褪去了亮丽的色彩。

晚上，给深圳卫视传送视频传送了一个晚上，一边传送一边迷迷糊糊躺在床上睡觉，还要时不时关心电脑上的传送情况，因为会经常断线，到第二天上午 9 点总算传完了昨天拍摄的两段各一分钟左右长短的视频。网速虽然很慢，但还算比较给力。

8 月 26 日午饭后，全体队员先打扫卫生，打扫完卫生后在中山站广场集合，为深圳卫视再拍摄几段视频。今天风力虽小了一些，但是多云天气，阴暗的天空拍摄出来效果可能不会太好，知道这样还不如昨天让大家出来拍摄，昨天风虽大，但阳光充足。不过不管怎样，给深圳卫视的视频全部拍摄完成了，一项任务告一段落，可以松一口气了，现在就等着慢慢传送过去。

昨天，我收到了我们 27 次南极考察领队刘顺林的邮件，他目前正在印度开 AFoPS 会，他说他在印度碰到了印度去年南极考察队的领队，印度的那个领队今年底将继续来南极做领队，他们今年 11 月初到南极，将完成南极考察站的基础设施建设，并将留下来越冬考察，继续做建筑内部的装修工程。到时南极拉斯曼丘陵地区又将多一个国家的南极考察站。

印度正在建设中的南极考察站，我今年初的时候曾随我们的领队一行去参观过，他们是租用俄罗斯的破冰船运送建筑物资，当时考察站上到处堆放着各种建筑材料和集装箱，还没有一栋像样的建筑。他们考察站也是请国外专家设计和建造的，好像是德国还是挪威，具体哪一个国家我现在忘了。

印度在南极建设中的考察站位于南极拉斯曼丘陵地区，离中山站只有十几公里的距离，他们已经建设了几年，都是在南极夏天的时候来建设，夏天结束前回国，在南极冬天不留下考察队员，因为建设中的房子和设备还都不完善。今年过年的时候，我还邀请过他们的领队和部分队员来参加我们中山站的迎新年晚宴。看来在今年底的度夏期间他们将建设好基础建筑，然后在冬天会留下考察队员，这样的话在南极拉斯曼丘陵地区除了中山站和俄罗斯的进步二站，还将有印度的考察站，明年越冬考察就会比较热闹了。

南极晚霞

南极海冰上
欣赏晚霞

　　昨晚，中山站的夜空出现了极光，虽然极光在夜空中呈现出诡异的变幻，但昨晚的极光都是最普通的绿色极光，没有出现其他的色彩，欣赏起来多少感觉有些单调。昨晚风力挺大，再加上气温很低，在室外拍摄了几张极光照片就感觉寒风刺骨，我忍受不了这样的天寒地冻，拍摄了不到半个小时就回宿舍休息了。

　　昨晚的风力一直很大，躺在床上一直能听到外面呼啸的风声，到凌晨时感觉风力更大，整栋宿舍楼感觉都在颤抖。昨晚又传了一晚上的视频，到天亮后才迷迷糊糊睡了一觉。一觉睡到上午10点才醒过来，起床时从窗户向外望去，看到国旗在迎风招展，感觉风力小了一些，明亮的阳光从窗户中射进来，让人感觉非常刺眼。

　　8月27日吃午饭时，老王叫我下午一起去冰山群中转转，看看能不能在冰面上见到海豹，我说天气太冷，又加上风比较大，就不出去了。我在办公室待到两点半，外面的风力减弱了，看着室外明媚的阳光我想出去转转，就用对讲机呼叫老王，想叫他一起出去，通过对讲机得知，老王已经在外面冰山群中了，吃午饭时听到我说不出去，他自己出去转了。我就让他等在外面，我一会儿过去找他。

我走到车库，开了一辆雪地摩托去冰山群，想顺便去看看冰山群外海冰上的情况。在冰山群中碰到老王，他说吃完午饭就出来了，在冰山群中已经转了一圈，但是没见到海豹，我就带上他去冰山群外的海冰上察看。在出冰山群的地方，上次发现的一条宽宽冰裂缝依然存在，我们只能沿着冰裂缝往西一路查找可以通过雪地摩托的地方，在不远处总算找到了这条冰裂缝的细窄处，我们就从这里通过冰裂缝前往外面平坦的海冰面上。

到了外面的海冰上，就直接往外驶去，想查看一下上次冰山移动是否把海冰破坏了。往外走了几公里，没发现海冰有什么破坏，也没见到冰裂缝。望着远处零星散落在海冰上的一座座大冰山，也不知道增加了哪两座冰山，感觉这些冰山原来就存在于那些地方，把我也搞糊涂了，难道上次看到的那一排冰山是错觉。看看太阳快落下了，就不再往外继续察看下去，掉转车头往回驶去。

快回到冰山群的时候，太阳正好在落山，我们就停下来欣赏海冰上的日落，红彤彤的太阳慢慢从远处的冰山后落下，留下一片火红的晚霞。虽然在寒冷的海冰上手脚冻得僵硬，但能在海冰上欣赏到如此美妙的日落景色，还是感到很兴奋，不虚此行。等太阳完全在远处冰山后消失，我们也就驾驶着雪地摩托回到了站区。

最近几天中山站的夜空都出现了亮丽的极光，变幻莫测的诡异极光让队员们在感叹大自然神奇的同时，都被这些绚丽多彩的南极极光所震撼。只可惜最近气温较低，在寒风凛冽的夜晚给队员们欣赏极光带来了一定的困难，只有为数不多的个别队员能从头到尾坚持着欣赏和拍摄极光，大多数队员欣赏或拍摄一会儿就回到温暖的房间休息了。在南极的冬天经常能见到极光，对度过南极冬天的队员们来说极光已经是见惯不怪了。

在南极的冬天队员们基本都是待在室内，工作、生活、娱乐活动都是在室内进行，除了在站区几栋建筑之间来回走动外，队员们很少出门。现在南极的冬天就快过去，为了恢复队员们的体力，也为了队员们的身体健康，在天晴的上午我们都会组织队员们出操跑步，让队员们锻炼锻炼身体。因为在南极的夏天还有很多的室外体力活等着我们的考察队员去干，没有健康强壮的身体是无法完成这些工作任务的。

8 月 28 日午饭后，我组织全体队员在中山站广场继续拍摄视频录像，因为上次拍摄的视频传给深圳卫视后，他们感觉还有些欠缺，希望我们再拍摄一次。在全体队员的配合下，室外的视频任务总算拍摄完成了，这次拍摄的不知道能不能达到深圳卫视的要求。今天在中山站广场 17 名队员全部到齐，我看到天气很好，阳光充足，就提议拍摄一张全体队员的合影照，队员们听说后非常兴奋，拿来了第 27 次南极考察队的队旗，全体队员围着队旗拍摄了一张第 27 次南极中山站越冬队员的"全家福"。

112 两位队员的生日宴会

8 月 29 日，中山站是多云天气，天空中布满了厚实的云层，太阳躲藏在云层后始终没能露面，但能看到太阳的轮廓，太阳光通过厚实的云层射出来，让人感觉还有那么一丝微弱的阳光。

吃完午饭，前几天没有去劳基地参观的队员今天组织去参观，有工作任务的队员只能看着其他队员去参观。下午 1 点一行六人前往劳基地，我因为上次去过了，所以今天没有去。他们今天也是通过内拉湾海冰徒步走到劳基地的，一直到下午 4 点他们才回来，看来他们今天玩得挺高兴。

下午，我在站区转了一圈，一直走到天鹅岭，在天鹅岭上本来想等日落，看看日落时的晚霞是否漂亮，可太阳在厚实的云层后始终没露面。现在中山站看到日落的位置从西北方向越来越向西面靠近了，日落的时间每天也在往后推移，中山站白天的时间越来越长，目前每天有八九个小时的白天时间，感觉回到了在国内时候的正常昼夜时间，作息时间也回到了正常状态。可随着南极夏天的临近，每天的太阳光照时间会逐渐延长，到了每天 24 小时有光照的极昼，我们又将会不习惯。

最近一段时间中山站一直没下雪，给我们的铲雪工作带来了有利之处，机械师已经把站区直升机停机坪这边广场上的雪坝都铲到了莫愁湖边，宽大平整的广场已经显露出来。中山站的后广场是队员们主要走动的地方，去发电栋、气象栋、天鹅岭上各个科研栋都需要从这个广场上通过，另外站区堆放的冷冻、冷藏集装箱都摆放在这个广场边，所以这个广场上的雪坝全部被铲除，为队员们的工作、生活都带来了莫大的便利。

中山站的铲雪工作还将持续进行，新车库、新综合库门前堆积的雪坝非常高大，还需要我们付出很大的劳力才能把那里的雪坝铲除，在第 28 次度夏队到来前也必须把那里的雪坝铲除，因为昆仑站队的所有车辆都停放在新车库，到时他们一来就要把车辆全部驶出做检查保养，为昆仑站队出发做准备。随着南极夏天的来临和第 28 次考察队的到来，我们的工作会越来越繁忙，我们也一定会努力争取做好各项工作，迎接第 28 次考察队的到来。

8 月 30 日，中山站又迎来了两位队员的生日，王林涛和杜玉军的生日，其实杜玉军是 9 月 3 日的生日，为了在一起过生日热闹今天就和王林涛的生日放在一起来庆祝。他俩都是第一次在南极过生日，对他们来说今天在南极过生日一定是非常难忘的。在南极过生日，毕竟物资有限，巧妇难为无米之炊，但我们的大厨就地取材，还是每次为队员们准备了奶油蛋糕和一桌可口的饭菜。昨晚大厨就为他俩做好了生日奶油蛋糕，一个是咖啡色的奶油蛋糕，另一个是乳白色的奶油蛋糕。大厨做蛋糕的手艺绝对一流，做出来的蛋糕松软可口，连平时不太喜欢吃蛋糕的我每次都忍不住要吃上几块。

为了晚上的生日宴会，下午大厨和两位帮厨的队员早早就在厨房忙碌了，虽然在南极缺少新鲜的食物，但经过他们的努力，一桌丰盛的菜肴还是准时端上了饭桌。下午 6 点，生日晚宴正式开始，首先我为他俩送上全体队员签名的生日卡片和一套纪念信封，希望他俩过一个快乐有意义的生日，随后全体队员举起酒杯，共同祝愿王林涛和杜玉军生日快乐。酒过三巡后，两位寿星在生日蛋糕前许愿吹蜡烛，并切开蛋糕分给每一位队员品尝。热闹的生日晚宴场面就此拉开序幕，觥筹交错间队员们把深深的祝福送给王林涛和杜玉军，调皮的队员也不忘在他们脸上抹上奶油，甚至把杜玉军的脸按在奶油蛋糕上，队员们开怀大笑，整个餐厅充满了欢乐的气氛。生日晚宴一直持续到深夜，17 名队员已经很久没有在一起这样开怀畅饮过，9 个月的南极共同生活让队员们之间有了深厚的感情，借此机会队员们在一起倾诉着彼此之间的友谊。两位寿星是晚宴上最忙碌的人，队员们为他俩送上祝福后，他俩为每位队员敬酒还礼，他俩今晚是最快乐的，虽然在南极过生日没能和亲人在一起庆祝，但有一帮队友为他俩过生日，对他俩来说今天的这个生日一定是快乐和难忘的。

**制作月饼
准备过中秋**

9月1日，中山站虽然还是阴天，但气温有较大的回升，走在室外感觉温暖许多，虽然今天还有较大的风力，但在寒风中没有感觉刺骨的寒冷。送走了8月，迎来了新的月份，在南极除了冬季和夏季，没有明确的春季和秋季之分，但我想南极中山站的9月应该属于进入春季了，目前每天白天的时间将近有10个小时，到了11月底就将进入南极的夏季，那时就是南极的极昼期，每天24小时太阳不会落下。

回想去年11月初离开祖国来南极，已经过去了整整10个月，在这10个月中经历了海上的颠簸、南极的极昼和极夜，也经历了南极的狂风暴雪和天寒地冻，虽然一天天度过不容易，但现在想想时间还是过得挺快。明年我们随第28次南极度夏考察结束后一起回国，离回国还有整7个月的时间，10个月都已经度过，我想剩下的7个月应该很快就会过去。继续坚持，坚持就是胜利。

中秋佳节即将来临，在国内的人们一定沉醉在过节的喜庆气氛中，大家也一定在开始品尝中秋月饼了。随着中秋节的临近，每逢佳节倍思亲，在南极中山站的17名队员越来越想念祖国的亲人，到时我们准备好好庆祝一下，一起赏月共度中秋佳节，但过中秋节没有中秋月饼可不行，大厨为了让大家在中秋节时能品尝到新鲜的月饼，决定亲手做月饼让大家品尝。

说干就干，吃完午饭大厨就开始为做月饼忙碌起来，因为考察站上的食品种类有限，考虑了一下只有豆沙可以做，另外考察站上有咸蛋，大厨就决定做蛋黄豆沙月饼。和面、拌豆沙、从咸蛋中取出蛋黄，大厨开始动手做起月饼来，白磊做下手，我全程学习月饼的制作方法。

我看了月饼的制作过程，感觉做月饼还是挺麻烦，绝对是花功夫的一种技术活，每个月饼的馅和面都是精确称重的，包起馅来也要有一流的手艺，否则就包不起来，这个包月饼的活只能由大厨亲自动手，包完后还要在模具里压一遍，有模有样、皮薄馅多的月饼就成形了。然后放在烤箱中用 210 摄氏度的高温烤，先烤 15 分钟，拿出来还要在每个月饼的表面抹上鸡蛋黄，然后再烤 15 分钟，这样香甜可口的蛋黄豆沙月饼就制作完成。他俩忙了一下午做了 35 个蛋黄豆沙月饼，17 名队员每人可以品尝两个。中秋节队员们的月饼问题解决了，到中秋节那天队员们就能在南极一边赏月，一边品尝中秋月饼，当然更会想念远方的亲人。

极夜后首次去进步湖取饮用水

9 月 3 日早晨，我 7 点起床从窗户往外看，太阳正在远处冰盖上升起，天空中飘浮着许多云彩，本想马上出去拍日出，可看看已经来不及，就洗漱后去餐厅吃早饭。在餐厅吃早饭的时候，看着外面天空中的云彩越来越少，感觉今天一定会是一个晴朗的好天气。我就决定叫上几名队员一起出去在海冰上探探路，因上次看到冰山移动后还没有去远处的海冰上探个究竟，海冰是否真的被破坏或海冰上是否存在大的冰裂缝，只有看到了才会明白。

9 点，我叫上王刚毅、徐文祥和邹正定一起骑着两辆雪地摩托去外面的海冰上，因可能会走得比较远，一辆雪地摩托出去不安全，所以就准备骑两辆雪地摩托。首先要给摩托加油，可发现原先加油的一桶汽油已经用空，其他的汽油桶全部堆放在老油罐处，到老油罐处一看油桶全部被雪掩埋了，只能拿来铁锹在积雪中挖汽油桶，挖了好几桶都是航空煤油，最后总算挖到一桶汽油，把两辆雪地摩托加满油后我们四人出发去海冰探路。

我们刚出站区就看到俄罗斯进步二站的两辆雪地车拖着一个大平板在沿着他们在海冰上修筑的路前进，我估计他们今天要去冰盖处拉油罐。我们跟着他们的雪地车一路走，到了冰山群中我们转向北穿过冰山群去外面的海冰上，他们的雪地车继续沿着他们修筑的路往西去冰盖。

我们出了冰山群来到一望无边的海冰，上次来海冰的时候冰面上的积雪比较平坦，雪地摩托行驶在上面比较舒坦，今天发现冰面上的积雪坑坑洼洼，有些地方的积雪就像波浪，高低起伏、连绵不断，我们只能在冰面上慢速行驶，其实也不敢行驶得太快，我们出来的目的就是为了察看海冰的情况，是否会存在冰裂缝。向北出去几公里以后，海冰上的积雪逐渐平整，经过几公里的平整处后又是高低不平的积雪。我们一路向北，行驶在茫茫冰原上，呼吸着清新的空气，心旷神怡，有一种融入大自然的感觉。我们一直往北行驶了 40 公里，在海冰上没有发现一条冰裂缝，就是经过几座大冰山的时候，看到冰山明显坍塌过，但也只对冰山周围的海冰有影响，对远离冰山的海冰没造成破坏。看时间已过了正午 12 点，我们就决定往回走，往回走的时候我们先偏向西面，再一路往南，一直回到站区附近的冰山群。

我们穿过冰山群准备回站，正好看到俄罗斯进步二站的两辆雪地车拖着一个大油罐从冰盖往他们站前进，这个大油罐就是我上次一直沿着他们在海冰上修筑的路在冰盖旁见到的，他们一直在海冰上修路的目的就是为了拖运这两个大油罐。估计他们是把空油罐拖回来，在进步二站加满油后再拖回到冰盖旁，这两个大油罐中的油料应该是给他们在冰盖的飞机使用的，因为摆放大油罐的地方离他们在冰盖的飞机场很近。俄罗斯队员花了一个多月时间在海冰上修路，原来是为了往冰盖飞机场的大油罐中补充油料。

9 月 4 日，中山站又是一个晴朗的好天气，我们准备组织队员去进步湖取饮用水。自从进入南极冬季前的 4 月份取进步湖的水把中山站的饮用水箱全部加满后，已经有 5 个月没去进步湖取饮用水，饮用水箱的储量还只能维持一个月，为了及时补充中山站的饮用水，我们决定尽量在晴天的时候去进步湖取水，把中山站的饮用水箱补满，因为还有不到 3 个月第 28 次度夏考察队就要来到中山站，到时站上 100 多名科考队员饮用水的消耗量会更大，在他们到来前不补充饮用水，到时碰上刮风下雪就会来不及。

上午 9 点，我随雪地车前往进步湖取水，机械师开车，同车前往的还有水暖工和大厨。因为是冬天后第一次去进步湖取水，我想看看去进步湖的路况状态，特别是俄罗斯大坡好不好走，所以我决定和他们一起去，大厨因为今天是星期天轮到休息，就叫他一起前去帮忙钻冰。

去进步湖出站区后首先到俄罗斯进步二站，从进步二站穿过后，来到俄罗斯大坡下，我看到俄罗斯大坡的路面上有很多车辙，说明俄罗斯队员已经开车走过，再说大坡上也没有积雪，所以放心了许多。我们的雪地车沿着陡峭的山坡艰难地爬上俄罗斯大坡，下坡的坡度更加陡峭，坡度超过 45 度，雪地车在下坡时感觉是垂直往下俯冲。翻越俄罗斯大坡后，沿着俄罗斯雪地车留下的车辙首先攀爬上一个山岭，雪地车在弯弯曲曲的道路上前进，在山岭上行驶两公里左右就能看到一片开阔的平整地，进步湖就在远处的山脚下。我们沿着俄罗斯的车辙一直来到进步湖中央的冰面上，看来俄罗斯队员已经来进步湖取过饮用水了。

我们在进步湖的冰面上寻找俄罗斯队员取水时可能留下的钻过的冰洞，经过一番查找，冰洞的痕迹我们虽然找到了，但冰洞又结上了厚实的冰，看来我们还必须得自己钻冰洞取水。我们取出汽油机冰钻，开始在俄罗斯队员打过的冰洞中钻冰，我们一直往下钻了 1.5 米，还是没能打穿冰层，在冰钻上加了一段连接杆后继续往下钻冰，一直往下钻了 2 米才打穿冰层冒出水来。打穿冰层后，我们取出潜水泵，连接水管和 24V 电源后，把潜水泵放入冰洞中开始往雪地车上的水囊中抽水。我们在雪地车上放着一个 2 立方米的水囊，经过 40 分钟的抽水，水囊基本灌满后结束抽水，我们就开着装满饮用水的雪地车沿原路返回。今天我在雪地车上特意看了一下行驶的里程表，从中山站到进步湖是 4.2 公里，行驶 25 分钟。我们取水回到中山站后，水暖工马上连接管路开始把水囊中的水抽送到饮用水箱，在我们吃午饭的时间正好可以抽完。下午 1 点水暖工和机械师继续去进步湖取一车水，因为路况好走，再加上进步湖的冰面上已经钻好了冰洞，就抓紧时间取水，省得下次还要在冰面上钻洞。下午 3 点他们取水回来，今天两次取水最起码补充了 3 吨饮用水，足够目前中山站的队员使用一个月。明天如果天气情况允许的话，我们计划继续去取水，直到把中山站 24 立方米的饮用水箱全部加满。

队员在进步湖取水

9月5日早晨，我6点半起床，从窗户向外望，看到在东面远处冰盖和天空的交界处已经有些朝霞，我连忙拿着相机去室外等待拍摄日出。走到室外，看到天空中布满了浓厚的云层，只在东面日出处的天空中的云层比较浅淡，希望等会能看到日出时的壮观景象。

7点，在薄薄云层后橘黄色的朝霞越来越鲜艳，中间看起来发亮的黄色的太阳在慢慢升起。可惜今天的日出过程还是被云层遮住了，没能看到轮廓清晰的火红太阳跳出地平线时的壮观景象。

上午，天空逐渐放晴，天空中的浮云渐渐飘去，露出蔚蓝的天空和炫目的太阳，到中午时晴空万里，碧蓝的天空中没有一丝云彩，今天又将是一个难得的晴朗天气，只可惜今天的风力一直在七八级，体现出南极被称为"世界的风极"的特色。

今天机械师和水暖工开着雪地车继续去进步湖取水，上下午各一次，又为中山站饮用水箱中补充了3.5吨水。在今天的取水过程中除了他们两人外，上下午各派一名科研队员同车去协助他俩取水，好在昨天在冰面上打的冰洞今天只结起了不太厚的冰层，用铁棒就能敲碎，没有用到冰钻，所以还是比较省力，但今天的风力大，让他们受了不少苦，据取水的队员说，在湖的冰面上被风吹得人都站不直，顶着风行走，走两步要退一步，生怕在冰面上滑倒。

最近连续好多天中山站的网络在下午和晚上都会莫名其妙地中断几个小时，询问了极地中心网络管理人员，他们说毛病可能出在我们站上，比如说有大的数据传输，一下就会把网络堵塞而造成断网。这几天我们的通讯员就开始查找造成网络断网的故障原因，每天到中午就拉断站上的一条网络线，看看是哪条网络线上的电脑造成断网的，可一条条网络线拉断，中山站的网络还是每天照样莫名其妙地断网，找不到究竟是哪条网线上的电脑造成断网的。今天中午在网络好的情况下把中山站的网络全部拉断，通讯员通过电脑在网络交换机上查看还会不会造成中山站断网，结果在下午 1 点中山站的网络还是断了。这样看来中山站网络每天的断网原因不在中山站，还应该在上海的卫星地面接收站。

今天下午，中山站网络的断网时间延长了，前几天一般中断两个小时就会自动恢复网络，可今天一直到下午 4：30 才恢复网络，中断了 3.5 个小时，刚恢复网络半个小时，在下午 5：05 又中断了，一直到 7：30 才恢复，网络又中断了 2.5 个小时。考察队员平时在南极依赖网络习惯了，一下子失去了网络感觉在孤零零的南极和外面的世界失去了联系，很不习惯而且有些害怕，看来南极考察站自从有了网络以来，网络是南极考察队员在南极的最大依靠，可如今中山站的网络真是让人欢喜又让人忧。

晚上，我从综合楼回宿舍的时候，看到夜空中有少量的极光，就架起相机拍摄了几张极光照，但在明亮的月光下拍摄出来的夜空犹如白昼，极光显得非常黯淡，拍摄出来的极光效果很不好，也就不拍回宿舍休息了。

9 月 6 日，中山站是阴天，气温有了较多的回升，中午开始下起了小雪，雪花在微风的吹动下飘飘洒洒地飘落下来，给站区带来了别样的风景。中山站已经近一个月没有下雪了，刚走出极夜的中山站一个月没下雪，感觉非同寻常，要知道以往的 8 月份可是南极中山站天气最恶劣的月份，今年却让我们碰上了难得的好天气，感觉我们非常幸运。

天天下雪的时候看到雪就心烦，积雪形成的雪坝影响了我们在站区的正常进出，可长时间不下雪又想念起雪花来，感觉南极缺少雪就不像是南极了，体验不到风雪南极的生活情调。下午我冒着雪花出去转了一圈，欣赏一下风雪中的南极别样风景。

在站区我看到队员们在忙着各自的工作，电工在检修站区室外的照明灯，机械师开着装载机在铲除站区的积雪，当然大部分队员是在室内工作的，在室外很少能看到他们的身影。我来到中山站垃圾处理栋门前，看到门前雪坝中挖的人工隧道口，水暖工老王用一些红色管子插在雪坝中显示出中山站三个字，感觉非常可爱，队员们在工作之余也不忘浪漫的情调，在枯燥的南极能保持这么乐观的心态真是难得。我沿着生活污水处理栋的排水管查看排水的情况，排水口已经被雪深深掩埋，目前排水还是畅通估计水都是在冰层下流向外面的，前几天听电工说，这段排出管的电加热坏了，我怕气温低排出管中结冰冻住就麻烦了，到时只能临时拆排水管来解决。

　　飘着雪花的南极，天地混为一色，一片白色的世界，已完全分不清天地的分界线。不远处的冰山显得朦朦胧胧，我向冰山走去，眼睛在强烈的白色刺激下，已看不清冰面上积雪的高低起伏，经常是高一脚低一脚，好几次险些绊倒。我来到冰山下欣赏冰山的美景，虽然冰山形态各异，可天地一片白色，拍摄出来的照片也是一片白色，彰显不出冰山的婀娜多姿，还是在下次明媚的阳光下来拍摄这些壮观的冰山。在冰山丛中转了一圈，感觉身上已微微出汗，我就向站区走去。回到站区，雪下得越来越大，望着飘扬着雪花的站区，感觉是一种别样的雪中景色。

116. 风雪云雾中冰山的美景

　　9 月 7 日，中山站虽然是多云天气，但太阳一直可见。午饭后我出去散步，微风习习，我享受着南极温暖的阳光，感觉神清气爽，一点儿也感觉不到南极的寒冷，这样的天气就像是进入了南极的夏天。

　　今天，我继续径直走向站区附近的冰山群，去欣赏千姿百态的南极冰山。走在冰山群中，我被一座座形状各异的冰山所吸引，这些冰山有的高大挺拔、巍然耸立，有的低矮圆滑；有的像长长的城墙，有的像宏伟壮观的宫殿，有的像威严的雕像，在阳光的照射下一座座冰山栩栩如生，让人目不暇接、流连忘返。我在欣赏南极冰山的同时，心中感叹大自然的鬼斧神工，能把南极冰山打造得如此神奇。

　　徘徊在冰山群中的时候我在想，在如此温暖的天气下，南极海豹一定会钻出水面到冰面上来晒太阳，再说也快到母海豹的分娩期了，母海豹应该待在冰面上。我希望今天在冰山群中的冰面上能遇见海豹，我就向前几次见到海豹的冰裂缝处走去，来到冰裂缝处，宽大的冰裂缝已经被昨天的一场雪掩盖，在冰面上没见到海豹，在冰裂缝中也没见到有海豹钻出的冰

天然雪雕

洞。我沿着冰裂缝的痕迹一路查看下去，走了几百米也没见到海豹的踪影，真不知海豹跑去哪里晒太阳了。见不到海豹，我就继续在冰山群中欣赏南极的冰山，一边欣赏一边往站区方向走，因为下午 3 点还有"中山观赏"课。走出冰山群，整个中山站站区呈现在眼前，建造在山丘上的中山站一栋栋建筑在蓝天和冰雪的衬托下显得特别醒目，也显得特别壮观，就像茫茫雪原中的一座小镇。

吃晚饭的时候，有队员和我说下午在中山站熊猫码头附近看到了三只南极威德尔海豹，三只海豹在冰面上懒散地晒着太阳，大大的肚子好像快要生小海豹了。可惜午饭后我抄近路走向冰山群，没有注意离站区不远的熊猫码头附近，从而错过了遇见南极海豹的机会。不过也没关系，据天气预报明天中山站是晴天，海豹应该还会继续待在那里晒太阳，明天再去看南极威德尔海豹吧。

9 月 8 日，中山站是晴天，但刮起了七八级的大风，气温也随之下降。大风把前天刚下的雪刮得到处飞舞，飞雪在站区的地面上疾走，就像随风飘浮的云烟，地面笼罩在烟雾弥漫之中。吃完午饭，我和老王、王林涛顶着 8 级大风去码头附近的冰面上，去看昨天队员在那里见到的三只海豹。从站区走向码头正好是顶风，呼啸的寒风扑面而来，直往衣领里钻，虽然身处强烈的阳光下，还是感觉冷得浑身发颤。好不容易顶着寒风从海冰上来到熊猫码头，可在四处查找了一圈也没见到海豹的影子，只在冰面上看到了一个海豹洞和海豹爬过的痕迹，看来今天风大，海豹又回到水下去避风了。

看不到海豹，我们就马上往回走，往回走顺着风就感觉轻松许多，还能兼顾欣赏风雪弥漫中的冰山美景。风雪在冰面上飞扬，飞扬的雪花就像云雾，在太阳的照射下远处的冰山仿佛置身于烟雾缭绕的云烟中，犹如仙境。今天能看到这样的美景，让我们大饱眼福，心情也随之舒畅，完全忘记了见不到海豹而带来的少许遗憾。

117

俄罗斯队员开着雪地车帮助中山站铲雪

昨晚，我在宿舍看书感觉很困，10 点就上床睡觉，这是我到南极中山站 10 个月以来第一次这么早上床睡觉。可这么早睡觉打乱了我的生物钟，在凌晨 3 点醒来后就怎么也睡不着了，可能想起祖国的亲人和朋友，思乡之情萦怀于心。越想越睡不着，我就干脆起来看书。直至清晨，我看到窗外天空有些蒙蒙亮，寂寥的室外无一丝风声，电脑上的风力显示只有 2 级，难得在南极碰到风力这么小的好天气，我就决定出门去站区转转。

我带着相机来到室外，站区笼罩在晨曦中，显得那样安静。抬头仰望天空，清澈的天空没有一丝云彩，偶尔几颗星星在浩瀚的天空中闪烁着微弱的星光。一轮满月挂在西南方向的半空中，即将落到远处的岛屿后面。我往东面看去，远处天空与冰盖的交界处已有红色的光亮，不多时太阳就会从那里升起。

我爬上站区的西南高地，准备在西南高地上欣赏日出的美景，在西南高地上还可以俯瞰到中山站全景，我憧憬着日出的第一缕曙光照亮中山站时会是一幅怎样的美丽景色。我在西南高地上一边等待一边注视东面的地平线，地平线处越来越亮，到 6 点 45 分金黄色的太阳开始露出一条弧线，随着这条弧线的加宽，一小部分太阳跳出地平线并照射出耀眼的光亮，给中山站送来了一天中的第一缕阳光。随着太阳的升高，发出的光亮越来越多，没几分钟整个太阳都跳出地平线，结束了美丽壮观的日出景象。

9 月 9 日，上午机械师开着装载机铲除老车库附近被服库集装箱前的雪坝，在被服库找到了摆放高压氧舱的 5 个纸箱，把这些纸箱搬运到综合楼，医生准备开箱后组装高压氧舱并调试，看看有没有缺少设备。现在关键是要找到说明书和备件清单，因为我们的医生也没用过高压氧舱，他也不清楚怎么使用和调试。

上午，俄罗斯进步二站的翻译过来向我们借 PB240 雪地车的机油滤器，上次来借过一次，后来说不用了又还给了我们，今天说又需要用了。俄罗斯翻译说，今年 11 月底他们的飞机先从国内飞到南极来，然后在 12 月底他们的考察船过来运送物资油料，并接送换班的考察队员，他说到时会还给我们雪地车的机油滤器。俄罗斯翻译今天看到我们铲雪后堆积在莫愁湖湖边高高的雪坝，问我们怎么不直接铲到湖里去，我们说湖边有许多大石头，我们的装载机不敢直接把雪铲到湖中，只能堆积在湖边。他说他们的雪地车能推雪，可以过来帮助我们把这些雪推到湖中。我们答应了，他说下午就派雪地车过来帮我们推雪。

吃完午饭，全体队员按照规定打扫公共场所的清洁卫生，搞完清洁后，我看到俄罗斯进步二站的雪地车开到了我们站区，问清我们需要铲除哪些雪坝后就开始工作起来。下午俄罗斯队员开着雪地车帮我们推了两个多小时的雪，把堆积在莫愁湖边的好大一片雪坝推到湖中。真是太感谢他们了，帮我们解决了很大的困难。在南极就是这样，无国界、领土之分，各国邻近的考察站之间经常相互帮助，也从不需要回报，充分体现了世界各国在南极科学考察时的友谊与合作。

下午 4：30，我看到太阳在落山，就匆忙拿着相机跑到气象山上拍摄日落时的美景，刚拍摄了没几张，火红的太阳一转眼就落到地平线下，只在地平线处留下少许的晚霞。今天南极中山站是难得的好天气，日出日落时的美景都让我欣赏到了，只可惜这样的美景时间太短暂，一瞬即逝，给人留下无限的遗憾。

今天，白天中山站晴空万里，到了晚上天空中就布满了浮云，明亮的月亮从云层后射出月光，在月亮的周围形成了一圈美丽的月晕。据高空物理观测的队员说，这几天太阳风暴活动厉害，应该有绚烂的极光出现，可天空中的厚厚云层挡住了极光，使我们无法欣赏到极光。

　　9月10日是阴天，晚上也不可能欣赏到绚丽多彩的极光。后天就是八月十五中秋节，如果后天还是阴天的话，我们就无法赏月了。上午水暖工老王跟我说，生活污水处理装置的排出水泵不工作了，一直在空转，就是不往外排水。生活污水处理后的水箱快满了，老王就打开直接往外流的阀门，让处理后的水不通过水泵而直接流向外面。我去看了以后，估计是这个排出水泵吸空后泵中进入了空气，因该泵没有自吸功能，就一直空转不排水。我就让老王往排出泵的进口管里灌水，直到满出为止，这样就能把泵中的空气赶走，起到引水的作用。在进口管中灌满水以后，本来准备启动水泵试验一下，但处理后的水箱中水已经通过排出阀直接排向外面了，水箱中已经没有水，准备等到晚上水箱中有水后再试验这个排出泵的工作情况。

　　中山站码头附近自从前几天有队员见到海豹后，这两天一直没出现海豹，我想海豹一定还会出现在那里的，因为冰面上的海豹洞还留在那里。今天中午我在办公室窗口通过望远镜察看中山站码头附近的冰面，希望能看到海豹，我通过望远镜仔细察看冰面，在码头附近的冰面上惊喜地看见一只大海豹躺在那里，让我一阵欢呼。

　　吃完午饭，我就和老王走向码头去看望海豹，还没走到码头就能清楚地看到一只又大又肥的海豹躺在冰面上。我们稍微走近海豹，见是一只威德尔海豹静静地躺在冰面上闭目养神，听到了我们的脚步声，它睁开眼望了我们一下，看到我们只是给它拍照并没有恶意，它又闭上眼睛睡觉了，懒得理我们。我们再走近一些，它就警惕地睁开眼睛瞪着我们，在冰面上翻滚着笨重的身体，还不时张开大口打着哈欠，好像在埋怨我们打扰了它的好梦。这只肥胖的海豹估计是一只有身孕的母海豹，母海豹一般在9月底左右生小海豹，所以这只海豹离分娩也不会太长时间。

118
在南极中山站欢度中秋节

9 月 11 日，中山站继续阴天，看来明天要看八月十五的月亮是比较困难了，真希望明天能见到中秋节的月亮，好让在南极的队员们能够赏月，也可以仰望明月思念远方的亲人。我们在南极中山站的考察队员已经离家 10 个多月了，思乡之情越来越强烈，特别是碰到这样的重大节日，队员们都会流露出对亲人的思念之情。

9 月 12 日是八月十五中秋节，是万家团圆喜庆的日子，但对我们远离祖国和亲人的南极考察队员来说，今天的中秋节多了一分惆怅、一分想家的思念之情。虽然我们远在南极不能和亲人团圆，但我们 17 名考察队员将在南极中山站度过一个别样的中秋佳节，也是我们人生中的一段难忘经历。我们远离祖国来到南极考察已经有 10 个多月，心中非常想念我们的亲人和朋友，在今天这样的中秋佳节，更加想念我们的家人。虽然我们远在南极不能和家人团圆，但我们的心始终与家人相连、与祖国人民相系。

我们虽远在南极，但祖国人民一直牵挂着我们，我们这几天收到了相关单位发来的传真贺电，也收到了千千万万网友在网上的中秋祝福，特别是今天中午我接受了中央人民广播电台中国之声记者的电话采访，让我谈谈在南极过中秋的别样感受，也让我代表全体考察队员对祖国人民送去中秋的节日祝福。有这么多的祖国人民关注着我们南极考察队员，让我们深受感动，为自己是一名中国南极考察队员而感到自豪。

南极中山站为了庆祝中秋佳节，也为了让队员们能品尝到中秋月饼，前一个星期我们的大厨就一展他的厨艺，为我们做好了蛋黄豆沙月饼，昨天又为我们做了豆沙冰皮月饼，给我们解决了在南极缺少月饼的苦楚。另外为了今晚的庆祝中秋晚宴，大厨忙碌了一天，为我们献上了一桌丰盛的美味佳肴，好让我们晚上可以在一起喝酒共度中秋佳节。

晚上6点，中山站庆祝中秋节晚宴正式开始，17名队员欢聚一堂，共同庆祝中秋佳节，大厨做了八菜一汤，站长也拿出了珍藏的好酒，队员们在一起举行了隆重的欢度中秋晚宴。晚宴中大厨捧出了精心制作的冰皮月饼，每位考察队员争先恐后地品尝大厨制作的月饼，为大厨精湛的厨艺不断叫绝。今天晚饭前，我看到天空的云层在慢慢散去，露出了太阳西下时的光芒，心想今天晚上中山站的天气一定可以转晴，晚上也一定可以见到中秋节的圆月。欢度中秋晚宴结束后，明亮的月亮在中山站的夜空出现，队员们纷纷拿出相机，在八月十五的月亮下留下特别的记忆。队员们对着月亮述说着心中的思念，让月亮带去我们对亲人的祝福与问候。

今天我收到了网友的一封中秋祝福信，让我感动万分，我们在南极考察，有这么多的网友关注和支持着我们，让我们倍感兴奋。下面我就摘抄一下网友的这封中秋祝福：

中秋的圆月将它皎洁的光芒洒遍神州大地，同时也洒向了中国南极中山站——这个远离祖国，远离亲人的孤独的南极站区。

一年一度的中秋佳节是亲人团聚、共叙天伦的日子。在这一天，不管有多远，能回家的人都会回家，因为家是爱的港湾，想到家，心中就会有一分温暖。

在这团圆之时，亲人之间享受着月圆时刻最浓的爱，但总有一些人因为工作、责任仍旧漂泊在外，不能回家，他们抬头仰望，借明月传递心底的思念，相信远在祖国的亲人一定能够听得见。这些不能回家过节的人就包括在南极中山站的17位越冬勇士。深夜中，是谁在目不转睛地凝视着与家乡一样的明月，是你们，深情的人；又是谁，对着圆月轻声低诉，还是你们，多情的人。中秋佳节来临之际，月圆，人却不能团圆，你们心中的苦，别人无法体会，常人无法触及。我们不能切身地感受那种滋味，其中的无奈也只有你们自己清楚。海上升明月，天涯共此时，远在南极的你们与家人共享这清辉明月，虽然手不能相牵，但心却始终相连。

其实你们并不孤单，17个兄弟彼此都是亲人。你们也会为了迎接佳节亲手做出美味的月饼一起分享，分享着许多个共同度过的日夜而积累下来的美好情谊。在中秋之夜，推杯换盏之时，请暂时忘却乡愁，过一个不一样的中秋节。

祖国今夜万家灯火时，中山站同样也是灯火辉煌，梦中佳境犹在眼前。英雄们，无论我们相距多么遥远，但彼此的欢乐都能感觉到，让我们共同举杯，庆祝佳节！

祝所有驻守南极的勇士中秋愉快！

119

南极考察队员的精神追求

9 月 13 日，中山站上午是晴天，午后开始转多云天气，整天的风力一直维持在 1 级左右，基本上是无风，在南极很少碰上无风的日子，连旗杆上的国旗都没有飘扬起来，真是难得一见。

昨晚的中秋之夜总算让我们见到了明亮的月亮，了却了队员们希望看到南极中秋月亮的迫切心愿，大家纷纷在明月之下拍照留念，把南极中秋的明月定格在照片上，作为在南极度过中秋的美好纪念，这些照片一定会被队员们收藏，在今后的人生道路上看到这些照片，一定会勾起队员们在南极欢度中秋的美好回忆。世人都说十五的月亮十六圆，不知今晚能不能让我们见到十六的圆月。

今天，我在网上看到了一则曾在美国南极麦克默多科考站工作了 10 年的清洁工所爆料的南极考察站丑闻，美国麦克默多站是南极最大的考察站，可容纳 2000 多人。这位清洁工说："每年 3 月到 8 月是南极最寒冷、最黑暗的时期，也是科考站生活'最黑暗的时候'。在与外界相对隔绝的环境中，有些人濒临精神崩溃，每年科考站都有十多人患上精神疾病，一些人甚至产生了暴力倾向。大部分人不得不靠酒精和大麻来麻痹自己。为了不让自己寂寞难耐，性爱成了枯燥生活中的重要消遣。"远离人类居住的大陆，在冰雪荒芜的南极工作生活，是对南极越冬考察队员心理极限的考验。虽然我们在南极生活也寂寞枯燥，但绝不会像美国考察队员那样沉迷于酒色，因为我们有我们的信仰和追求，这是中国南极考察队员最起码的素质要求。

我在博客上写了关于美国南极麦克默多科考站清洁工所爆料的南极考察站丑闻的事，想不到遭到许多网民的讽刺与嘲笑，现在的社会到底怎么了，难道我们考察队员待在南极已经落伍跟不上时代的潮流了吗?!

　　考察队员在南极严酷的环境下进行科学考察一待就是一年半，这是常人无法理解的，考察队员也是正常人，也有七情六欲，他们远离祖国、亲人，为了我国的南极考察事业远赴南极，要经受南极的狂风暴雪、克服南极极昼极夜带来的生理上的紊乱、忍受远离亲人朋友的孤独寂寞，他们是为了什么？许多考察队员连父母过世都不能见上父母最后一面、妻子生小孩不能陪伴在妻子身边、家中妻儿得不到照顾，他们又是为了什么？难道考察队员不想尽孝、不想照顾妻儿、不想享受家庭的天伦之乐吗?!

　　美国考察站的酗酒、吸毒、淫乱固然是科学界的丑闻，但我们中国考察队员有其他更高的精神追求。中国经过短短 27 年的南极考察，如今已经成为南极考察的强国，被世界所瞩目，正是因为有一代代南极考察队员的辛勤付出、顽强拼搏，才使得我国在南极考察领域取得丰硕成果。虽然南极考察队员拿着微薄的津贴，但他们以执着和信念书写着我国南极考察的精彩篇章。考察队员在南极忍受的是风雪、寂寞和无奈，但他们收获的却是坚强、信心和力量。

120 漫步在南极灿烂的阳光下

　　9 月 15 日，中山站又是一个晴朗的好天气，蔚蓝的天空中有几朵白云做点缀，把天空装扮得清澈深邃，灿烂的阳光照射在中山站区，使中山站沐浴在温暖的阳光下，焕发出盎然的生机。

　　吃完午饭，我和几名队员一起出去享受南极温暖的阳光，我们走在洁白的雪地上，头顶着碧蓝的天空，呼吸着南极的清新空气，让人感觉精神焕发。我们来到中山站与俄罗斯进步二站之间的团结湖上，蓝色的冰面晶莹剔透，极目远眺，远处千姿百态的冰山在阳光的照射

下显得格外迷人，回望站区，中山站各栋建筑笼罩在蓝天白云下，显得雄伟壮观。

翻过东坡石滩，下到达尔柯布科塔海湾的冰面上，一眼望去，正东面是连绵不断的南极冰盖，北面的海湾口处堆积着大大小小、奇形怪状的一座座冰山，南面就是去冰盖出发基地位于两座山峰间的俄罗斯大坡。在海湾的冰面上行走，欣赏着美丽的冰山，突然一只大大的海豹映入我们的眼帘，走近一看是一只肥大的海豹躺在冰面上晒太阳，正在闭目养神，这是一头有身孕的母海豹，离分娩应该不会有太长时间，我们给海豹匆匆拍摄几张照片后就离开了，因为我们不想去干扰海豹，等小海豹出生以后我们再过来欣赏。

从海湾的冰面上走到俄罗斯大坡下，然后沿着中俄大道穿过进步站区回到中山站，整个行程走了一个半小时，身上微微有些冒汗，但人感觉轻松了许多。平时待在站区很少出门，在这样晴天无风的情况下出去走一圈感觉很有必要，既欣赏到了南极的迷人风光、放松了心情，又锻炼了自己的身体，真是一举多得。

南极的天气真是变幻莫测，昨天还是晴朗的大好天气，今天 9 月 16 日却下起了雪。灰蒙蒙的天空下能见度很低，天地混为一色，远处的冰山忽隐忽现，完全失去了往日阳光照射下的迷人风采。

时间过得真快，刚欢度完中秋，就要准备迎接国庆节的到来。随着国庆节的临近，南极中山站国庆期间的各项安全稳定工作需要布置和落实，今天也收到了中国极地研究中心《关于做好 2011 年国庆期间安全稳定工作的通知》的传真电报，希望中山站在国庆前要开展安全教育，强化安全工作措施，增强安全责任意识，切实落实安全岗位责任制，克服麻痹松懈思想，严格执行安全规章制度。我们 17 名考察队员管理着中山站的正常运行，也肩负着各项科研观测项目的实施，保障中山站的安全正常运行和科研项目的正常开展是我们的职责，我们必须提高安全责任意识来管理好中山站的正常运作，迎接第 28 次考察队的到来。

我们第 27 次中山站越冬考察队员在越冬考察期间编制的《中山生活》周刊到今天已经编制了 28 期，也就是说从 3 月份进入越冬以来，我们已经在南极中山站度过了 28 周，再编制两个月我们就将结束《中山生活》周刊的编制工作，转入到繁忙的度夏考察工作中去。《中山生活》周刊的发行一直得到极地办、极地中心广大同事的好评，这和中山站队员们的辛勤编辑工作是分不开的，特别是管理员卢成花了大量的时间来编辑这份周刊，才使得《中山生活》每周如期发行，如今已经发行了 28 期，我想剩下两个月的 8 期周刊我们一定也会如期发行，我们一定会把编辑《中山生活》周刊的工作坚持下去。

121

冰山上优美的天然壁画

中山站昨天的一场雪，到今天早晨总算停止了。9 月 17 日上午，天气转成多云，太阳在厚实的云层后露出了一些光芒。经过昨天的那场雪，中山站的气温开始回升，在室外也感觉不到刺骨的寒冷。据天气预报，中山站的未来几天将以晴天为主，这也是我们所盼望的。因为阴暗的天气会让人感觉压抑，队员们在南极待了 10 个月，已经有了些压抑情绪，如再碰上阴暗的天气会让队员们的心情更加不舒服。

昨天的一场雪虽然不是很大，但也给站区形成了多处雪坝。午饭后机械师开着装载机开始铲除站区主要道路上新形成的雪坝。新雪坝铲除后，把原来铲积在前广场旁的高大雪堆铲到下广场，把前广场整理出来。因为在前广场活动比较多，队员出操、升旗仪式等都会在这里举行，另外第 28 次考察队到来后将在前广场旁建造新的中山站发电栋，铲除雪坝也是为了让第 28 次考察队一上站就可以开展建设工程。

今天是周六，但对在南极考察的队员来说一年中每天都是一样，每天都有工作要做，后勤管理、科研观测接收数据一天都不能中断，所以不存在休息日的概念，除非等到第 28 次队的考察队员到来交班后我们才可能有休息的机会。周六对我们来说唯一不一样的就是晚上的聚餐，也就是晚上大厨会多烧两个菜，站上也会拿出一点酒，让队员们聚在一起喝酒聊天，释放心中的苦闷，缓解压抑的心情。

　　为了调节队员们的业余生活，消除队员们的压抑心情，站上经常会组织队员们参加各种室内的体育项目比赛，目前羽毛球、乒乓球、台球比赛已经结束，本来还想组织篮球比赛，但我考虑到篮球比赛会有激烈的身体碰撞，怕造成队员受伤，在南极缺少医疗保障的情况下还是以安全为主。目前队员们喜爱的运动还是乒乓球和台球，晚饭后台球桌旁经常会聚着许多热衷打台球的队员，经常是5名、7名队员一起打台球比赛，原先输球后的队员是钻台球桌，我看了感觉不雅观，就让他们改成输球后的队员在室内走道上跑圈，输一球跑一圈、输三球跑三圈，队员们感觉这样挺好，现在一直使用这种比赛方式，队员们也乐此不疲，每天晚饭后没有工作的队员会经常聚在一起打台球。在南极这样枯燥的环境下，队员们也只能用这样的娱乐方式来调节一下压抑的心情。

　　9月18日，中山站的天气和昨天一样，上午是阴天，到午后转为多云，太阳在厚厚的云层后始终没有露面，只透过云层射出一些微弱的光芒。午饭后我去天鹅岭转了一圈，察看一下科研队员在天鹅岭上各个观测栋的工作情况。

　　在天鹅岭上俯瞰下面的海冰，我看到兼做海冰反照率观测的李荣滨前几天在海冰上钻洞后插的一根根竹竿，还有架起来的观测设备。我就到海冰上，想仔细看看海冰反照率观测是如何工作的，可看了半天还是不明白。回来后我向李荣滨寻求答案，他说插在海冰上的竹竿是移动式海冰反照率观测的剖面，那个架起来的观测设备是固定式海冰反照率观测的剖面，移动式是一星期去观测两次，固定式是自动接收的，一星期记录一次数据就可以。海冰反照率观测需要定期测量冰厚、记录冰面的情况，一直观测到夏天海冰融化为止。

既然已经来到海冰上，我就在海冰上往外走，想看看不远处的冰山。原先在海冰上的积雪已经被冻结实了，前一段时间在海冰上走起来感觉很方便，可今天走起来就感到非常吃力，因为前几天的那场雪在海冰上又积起了一层厚厚的雪，这些雪高低不平，又非常松软，走在上面深一脚浅一脚，常常会陷在雪中，另外我今天出门时只穿了低帮皮靴，陷入雪中时雪经常会灌入皮靴中，要不时脱下皮靴来倒雪，我一边在雪地上走一边在后悔没穿高帮雪靴出来，给我造成了很大麻烦。

今天虽然没有太阳照射，但看一座座冰山还是非常漂亮，特别是因为前几天的一场雪而残留在蓝色冰山壁上的那些白色积雪形成的天然图案，就像一幅幅优美的壁画，栩栩如生，让我赞叹不已。

昨天，大厨在厨房烧菜时发现食用盐已用完，就让管理员去库房拿，可管理员找遍所有库房就是没找到盐，盐可能已经全部使用完。我查看了一下我们来南极时的食品补给清单，看到我们今年共补给了四大箱盐，加起来是 130 斤。我问大厨是否 4 箱盐都使用过了，他说都已经使用过，在年初的度夏期间人员多的时候就使用了 2 箱。那就说明中山站上已经没有了食用盐，还有两个半月雪龙船才会来到南极给中山站补给，我想这两个多月没有盐可怎么办？后来我想到附近的俄罗斯二站，想问问他们是否有多余的食用盐，通过对讲机一问他们说有，我就让他们晚上有队员过来上网的时候先带几包盐过来借给我们，解决我们暂时的缺盐问题。

昨晚，我们还没吃晚饭的时候，就有一名俄罗斯队员来我们中山站上网，顺便给我们背来了一大袋盐，足有 30 斤，看来足够我们使用两个半月。真是太感谢俄罗斯的队员，虽然盐没几个钱，可如果没盐队员们的正常饮食就要受到很大影响，甚至会影响到队员们的健康。好在中山站附近有个俄罗斯进步二站，缺少东西可以相互借用，大家都感觉方便许多，如果在南极考察站附近没有其他国家的考察站，那就会孤立无助，缺少像盐这样的小东西都会给考察站造成很大的困扰。

122

考察队员野外爬山

9月19日上午一早，通讯员王林涛就把中山站的网络全部关掉，只留一条网络线和中国极地研究中心进行视频连线调试，因今天下午极地中心和上海滩涂公司有一个签约仪式，签约仪式结束后邀请上海滩涂公司的领导参观极地科普馆，并通过视频了解南极中山站的情况。上午9点半调试完毕，网络通畅，视频连线调试下来一切正常。

中午12点半，中山站部分队员代表在会议室集合，和中国极地研究中心进行视频连线。上海滩涂公司的领导通过视频和中山站的考察队员通话，他们询问了目前中山站的情况以及队员们的身体状况，最后预祝考察队员出色完成考察任务，顺利返回祖国。视频连线一直持续到下午两点才结束。

视频连线结束后，看到中山站的天气在逐渐转晴，老王约我一起出去看海豹，看看小海豹是否已出生。我看到时间已经较晚，如果步行出去一定走不了多远，就决定开雪地摩托出去转转，顺便看看外面的海冰情况。

我两骑着雪地摩托在海冰上穿越冰山群，在外面开阔的海冰上转了一圈，因为前几天下了那场雪后还没有刮过大风，海冰上覆盖着一层松软的积雪，雪地摩托行驶在上面比往日在高低不平冻结实的雪上行驶省力许多，整个海冰上是一望无际的白色积雪，一座座淡蓝色的高大冰山耸立在海冰上，为海冰上的白色世界点缀了一些色彩。

我两在外面的海冰上绕着几座大冰山转了一大圈，在白色的雪面上很容易就能辨别出海豹，很远就能看到躺在白色雪地上睡觉的一只只黑褐色海豹。今天我们在冰面上前后一共见到了6只南极威德尔海豹，这些海豹都是分开独立的，孤独地躺在海冰的雪地上睡觉，听到我们摩托的轰鸣声，才会抬起头睁开眼凝视我们。这几只海豹都是待产的母海豹，看它们肥大的身体，我们知道离小海豹的出生日期已经不远了。我们还看到其中一只海豹的一个鳍是没有的，估计在海里被凶猛的鲸鱼攻击过，断鳍处的伤口还清晰可见。我们记好了每只海豹所在的位置，准备等下次小海豹出生后再来欣赏可爱的白色小海豹。

9 月 20 日，中山站是一个难得的好天气，晴空万里、太阳高照，年平均风力在 8 级的南极沿海，今天的中山站感觉一丝风都没有，除了气温还低一些，其他都让人感觉已经进入了南极的夏天。遇到这样的好天气，队员们也心情舒畅、精神焕发。

上午，机械师检修保养挖掘机，保养好以后用挖掘机把莫愁湖边的雪堆推到莫愁湖中。因为前面一直用装载机去铲这些雪堆，装载机会经常陷在湖边的雪坑中，一旦陷进去就动弹不得，只能用其他车辆把装载机拖出来。今天，用挖掘机的长臂挖掘这些湖边的雪堆，感觉就方便了许多。

遇上难得的好天气，下午我组织队员们去野外爬山。野外爬山既能让队员们享受明媚的阳光，感受大自然的无限风光，又能让队员们锻炼身体、增强体魄。下午 1 点，没有工作任务的 9 名队员乘坐雪地车去协和半岛上爬山，雪地车载着队员穿过俄罗斯进步二站，翻越俄罗斯大坡来到太平山峰下，雪地车就停在山峰下，我们准备爬这里的太平山峰和太极峰。

队员们开始向太平山峰爬去，太平山坡非常陡峭，山坡上积着厚厚的雪，队员们一口气爬上太平山峰。我在山峰上俯瞰山下，山下雪地上蜿蜒的车道伸向远处；眺望远处的大小山峰，有一览众山小的感觉，远处的劳基地依稀在眼前；远眺大海方向，海面上一座座冰山清晰可见，原先感觉高大的冰山现在看起来变得非常矮小。我们从太平山峰的另一边下坡，然后攀爬太极峰，太极峰比太平山峰还要高一些，只是山坡上没有积雪，山坡也没有那么陡峭，爬起来感觉轻松一些。我们在太极峰上休息一会儿后，就从太极峰直接下山回到雪地车停车的地方。

今天的野外爬山运动进行了两个小时，虽然是在零下 20 摄氏度左右的气温下，但在强烈的南极紫外线照射下，我看到队员们一张张被晒得黝黑的脸上已是大汗淋漓。今天的爬山运动让队员们心情舒畅，队员们一个个在山峰上放开嗓子大喊大叫，以这种方式来释放心中的压抑。

123

中山站重显绚烂的多彩极光

　　昨晚中山站的夜空星光灿烂，满天的星星不停地在深邃的夜空中闪烁，到午夜以后夜空中出现了绚烂的极光，随着极光的出现，宁静的夜空变得梦幻般美丽，让人感觉非常震撼。

　　9月21日，中山站继续保持着昨天的晴朗天气，微风习习，但气温在进一步降低。上午机械师开挖掘机继续挖掘莫愁湖边上的雪堆，把湖边的雪堆推向湖中。随着第28次考察队到中山站时间的临近，铲雪的任务变得更为紧迫，今年中山站的降雪量虽然不是很大，但在站区还是留下许多高大的雪坝，原先为了队员们在站区走动方便，把雪坝都铲向了莫愁湖边，现在湖边堆积的雪堆太高，下次下雪后站区的雪就没地方堆放了，所以现在就需要把湖边的雪堆推向湖中。希望在接下来的两个月中不要有太大的降雪量，否则铲雪的任务又会增加。

　　午饭后，趁着天气晴朗，我在海冰上转了一圈。行走在白色的雪原上，头顶是碧蓝的天空，沐浴在明媚的阳光下，让人感觉非常惬意。远眺海冰上一望无际的茫茫雪原让人心怀开阔，近前的一座座冰山在强烈的阳光照射下变得晶莹剔透，偶尔有几只海豹懒散地躺在冰山下

浩瀚繁星在极光映射下已然有些"暗淡无光"，平日的中山站也被点染了一丝神秘感

晒着太阳，让人感叹南极的宁静与温馨，置身在这样的景色中简直让人陶醉神往。

下午 3 点，每周三的"中山观赏"课继续进行，今天的课件由刘建军提供，来自内蒙古的他首先让我们欣赏了美丽草原的精彩照片。接下来让我们欣赏了本月由国外摄影师在北极拍摄到的灿烂的极光照片，到底是摄影师拍摄出来的极光，一张张极光照片让我们看得目瞪口呆，还会有如此神奇美丽的极光，让我们在心里一直感叹北极的极光比南极的极光更加多彩多姿。

晚上，晴朗的中山站夜空又是满天繁星、群星闪耀，到晚上 10 点多，夜空中出现了多彩的极光，红色、绿色的极光在夜空中相互争艳，把璀璨的夜空打造得绚烂无比。变幻莫测的极光持续了一个多小时，随着极光颜色的逐渐变淡，到 11 点半极光在夜空中退去，只留下满天繁星依旧在夜空闪烁，星空下的中山站显得那样寂寞与沉静。

9 月 22 日，中山站继续保持晴朗的天气，已经是第三天了，中山站一直保持着这种晴朗无风的天气，让考察队员充分享受着南极的明媚阳光。在南极这样的好天气并不多见，特别是在南极夏天还没到的 9 月份更是难得，看来我们今年在南极中山站越冬考察运气不错，没有让我们碰上南极最恶劣的天气。

明天，将是中山站今年越冬考察以来最为热闹的一天，因为明天将有徐启英、张晖、卢成、李荣滨 4 名队员一起过生日，他们都是 9 月下旬这几天的生日，因为在一起过生日更热闹，他们就决定凑在明天一起过。从昨天开始队员们就忙碌起来，白磊和杜玉军负责做奶油蛋糕，大厨准备明天生日晚宴的菜肴。明天中山站庆祝 4 名队员的生日晚宴一定是隆重而又热闹，我们准备让队员们在南极过一次难忘有意义的生日。

今天下午，派了几名队员去海冰上探冰，随着雪龙船到来的临近，我们越冬考察队员的探冰工作将越来越勤，在中山站外海冰上探冰，主要为雪龙船破冰进来和在冰面上卸货提供较精确的海冰情况，其中包括海冰的厚度、存在冰裂缝的位置等。今天我们主要去海冰上查看冰裂缝的情况，看到冰裂缝后记录下来，今后密切关注这些冰裂缝的变化情况，为雪龙船来到后在冰面上用雪地车运送物资提供最佳路线。

今天，我们在海冰上看到了一条蔓延几公里长的冰裂缝，我们骑着雪地摩托沿着冰裂缝一路察看下去，还是没有行驶到冰裂缝的尽头。在冰裂缝的两旁不时有三两只海豹躺在冰面上晒太阳，冰裂缝为海豹从水下钻到冰面上提供了方便，在冰裂缝处还不时看到海豹从水下冒出头来换气。一般公海豹看到我们走近就会快速挪动笨重的身体从冰裂缝中窜入水下，而等待分娩的母海豹则躺在冰面上不会挪动身体，只是警惕地看着我们，可能它们已挪动不了有身孕的肥大身躯，看来离小海豹的出生日期是越来越近。

今天，我们在海冰上只探了 10 公里左右的路程，准备等下次天气好时继续到海冰上探路，探冰工作要一直持续到第 28 次考察队到达中山站为止。

南极海冰上的海市蜃楼奇观

昨晚半夜后，中山站的夜空再次出现梦幻般的极光，像云雾一样的极光布满了半个夜空，这些极光诡异地变化着各种形状，让中山站的夜空充满了绚丽的色彩。昨晚的极光持续时间较长，一直持续到凌晨两点，让队员们大饱眼福，也让摄影爱好者大呼过瘾。

9 月 23 日中午吃饭时，有队员说外面的冰山又移动了，增加了许多冰山，我往海冰上望去，果然看到一排整整齐齐的冰山出现在外面的海冰上，我们昨天在外面的海冰上还没看到这些冰山，怎么可能一夜之间就出现了如此多的冰山，我想可能是假的，是幻影。我就拿来望远镜仔细察看这一排整齐的冰山，发现冰山的有些地方是镂空的，一定是幻影，是海市蜃楼现象。

上次有队员就发现外面增加了许多冰山，到第二天又消失了，我还以为是冰山移动了，后来我骑着雪地摩托特意去海冰上察看，没有发现冰山移动的迹象，也没看到海冰遭到破坏。今天又出现了这个现象，可以肯定是幻影，因为我们看到这一排整齐的冰山在慢慢消失。吃完午饭我骑着雪地摩托来到冰山群外的海冰上，想看个究竟，到了海冰上能清楚地看到这些虚幻的冰山，一部分虚幻的冰山由于光线的原因在慢慢消失。这种海市蜃楼现象是一种因光的折射而形成的，在南极海冰上出现这种现象是因为海冰上反射的光经大气折射而形成的虚像，远看像一排整齐的冰山，其实是海冰折射的光线形成的。在南极能看到海市蜃楼这样的奇观，让我们喜出望外，队员们纷纷拿出相机和摄影机拍摄这些虚像的冰山，把在南极海冰上出现海市蜃楼的奇观现象留在相片上。

晚上中山站 17 名队员欢聚一堂，共同庆祝 4 名队员在南极过生日，过生日的 4 名队员是电工徐启英、大厨张晖、管理员卢成、气象观测员李荣滨，他们中间除了徐启英以前来过南极参加越冬考察外，另 3 名队员都是第一次来南极，也就是第一次在南极过生日，所以大家非常珍惜在南极过生日这样的机会，生日晚宴搞得热闹非凡，过生日的队员在今后的人生道路上一定不会忘记这个热闹的南极生日晚宴。

生日晚宴下午 6 点开始，首先队员们为 4 个"寿星"共同举杯，祝过生日的队员生日快乐，希望他们在南极过一个有意义的生日。随后 4 个"寿星"在奶油蛋糕前许愿吹灭蜡烛，并一起切开精心制作的奶油蛋糕。接下来队员们频频举杯，为 4 个"寿星"敬酒，酒过三巡后，调皮的队员不忘把奶油抹在"寿星"的脸上，更有甚者把奶油抹到了大厨的大腿上，"寿星"涂满奶油的脸和队员们的欢笑声，把热闹的生日晚宴推向高潮。最后 4 个"寿星"给每名队员敬酒，中山站餐厅充满着碰杯声和队员们的欢笑声，和室外寂寞沉静的南极形成了鲜明的对比。

9 月 24 日上午是晴天，6 点太阳就高高升起，到午饭前开始转多云天气。连续的几天晴朗天气使中山站的气温越来越低，昨晚的气温一直在零下 30 摄氏度以下，好在今天开始转多云天气，气温有所回升，否则室外油罐中的柴油又要冻住了。

今天轮到我主厨，本来应该是明天，因大厨昨天过生日，为了让他今天好好休息，我就换到今天来主厨，这已是我第三次主厨了，8 个星期轮一次，感觉时间过得好快，不过这也是我最后一次主厨了，从 11 月开始大厨星期天就不安排休息，也不安排其他队员星期天来主厨，因为在第 28 次考察队到来前站务工作会比较繁忙，队员们要集中精力做好迎接第 28 次考察队到来前的各项准备工作。

昨天，海冰上的海市蜃楼持续到天黑前才完全消失，今天早晨我看外面的海冰，已经看不见那些虚幻的冰山，海冰上恢复了往日的空旷。昨天能看到海冰上的海市蜃楼奇观，对我们来说非常幸运。

南极中山站遭遇狂风肆虐

昨晚，中山站一改多日的静风天气，开始刮起了七八级的大风，大风带着地面上的积雪横冲直撞，咆哮的风声和漫天飞舞的雪花让南极的夜晚显得异常恐怖，一扫前几天星光灿烂的宁静夜色。

9月25日，早晨风力开始减小，但天空中飘起了鹅毛大雪，漫天飞舞的雪花一会儿就给中山站裹上了一层白色的银装，一眼望去，到处是白茫茫的一片，天地混为一色。随着降雪的来临，中山站的气温有了较大的回升，走在外面雪地上也不让人感觉到刺骨的寒冷。

下午3点，我和吴全医生冒着风雪骑雪地摩托去俄罗斯进步二站，邀请他们的站长和队员们10月1日来中山站参加我们的国庆晚宴，因为之前和他们已经约好今天下午我过去会见他们的站长，所以今天我们要冒雪赶过去。在进步二站站长办公室，他们的站长和翻译热情地接待了我俩，对我们提出的邀请表达了谢意，并答应我们在国庆节那天站长一定会带着队员们来中山站做客，和我们一起庆祝中华人民共和国的生日。

随后我们探讨了一些琐事，他们说在11月初他们的飞机就能从诺娃站飞到进步二站，另外他们的破冰船计

中山站

划在 12 月 20 日到达进步二站附近，为进步二站运送物资油料和考察队员。我们的雪龙船预计 12 月初到达中山站，12 月 20 日估计已经离开中山站前往长城站了，看来今年我们的雪龙船不能跟着他们的破冰船航行到中山站附近，只能靠雪龙船自己想办法破冰进来了。

最后，进步二站站长提议我们两个站的队员来一场雪地足球友谊比赛，看到他们热情相邀，我就同意我们两家来一场雪地足球比赛，时间初步定在 10 月初，他们负责找平整的雪地并做好比赛场地，我们负责制作球门框，到时中俄两国考察队员将在南极进行一场激烈的雪地足球赛。

我俩从进步二站回来后，吴全马上组织喜欢踢球的队员去外面雪地上练球，我看到此时外面的雪越下越大，能见度也越来越低，可 6 名队员仍然去中山站的下广场进行足球对抗赛，今天刚下的厚厚积雪让队员们在雪地上奔跑起来非常吃力，可队员们还是在拼命地奔跑抢球，比赛进行得热火朝天。我估计他们想好好练球，希望在和俄罗斯进步二站队员的雪地足球对抗赛中能战胜人高马大的俄罗斯队员，为中国南极考察队争光。

晚上，中山站的雪停了，但风力越来越大，刮起了 8 到 10 级的狂风，狂风卷着地上的积雪肆虐着中山站，白天下的雪一会儿工夫就被狂风刮得一干二净，只在站区避风处留下了许多高大的雪坝。晚上躺在床上，感觉咆哮的狂风要把站区的建筑撕碎，整栋宿舍楼都在发出颤抖的吼声，让人无法安心入睡。

9 月 26 日，白天的狂风有增无减，看着这样的狂风都不敢出门，早饭我在宿舍随便吃了一点儿饼干将就一下，懒得去综合楼餐厅吃早饭了。上午我就在宿舍楼的办公室看书上网，希望风力小一些再准备去综合楼的办公室，可一直到中午快吃午饭了，风力也没有减小的迹象，我只能顶着狂风去综合楼吃午饭。从宿舍楼到综合楼正好是顶风，狂风夹带着飞雪直扑脸上，让人无法睁眼走路，平时不喜欢戴风镜的我，只能背对着狂风倒退前往综合楼，好在地上厚厚的新积雪被狂风卷走了，在坚硬平坦的雪地上还是挺容易倒退着走。

中午，除了一名昨晚值班休息的队员外，有 5 名队员没有过来吃饭，他们情愿在宿舍或工作场所吃方便面，也不愿意顶着狂风来综合楼吃午饭，这样的狂风天气给队员们在站区走动造成了很大的麻烦，也给队员们带来了一定的不安全因素。在这样的狂风天气，加上在能见度非常低的情况下，我们不允许队员单独出门去较远的各个科研观测栋，一定要去科研栋接收科研数据的要结伴而行，还要带好绳索和对讲机，因为在这样恶劣的天气环境下队员在外面走路很容易迷失方向。曾经有国外报道，有一名国外考察队员在这样恶劣的天气下要去考察站上相差百米的另一建筑，结果走出去就迷失了方向，第二天队友发现他就冻死在离那个建筑才十几米远的地方。所以在南极这样的恶劣天气环境下，尽量不要单独出门，否则稍有不慎就会造成恶性事故。

下午，我就一直待在综合楼的办公室，等晚上吃完晚饭再回宿舍楼。下午我在综合楼到处转转，在厨房看见大厨一个人在做包子，大厨为了改善队员们的伙食，千方百计变着花样做出队员们喜欢吃的各种美味佳肴，虽然这些食品都是去年带到中山站的速冻食品，但在大厨的精心调制下，还是满足了队员们的饮食要求，让一个个准备来南极减肥的队员希望破灭，从而放弃减肥的计划。

狂风夹带着飞雪继续肆虐着中山站，白茫茫的室外能见度越来越低，不知何时才能结束这样恶劣的天气。

126
雪地上的足球训练

昨天的狂风到今天凌晨才稍稍平息下来，咆哮的风声安静后，队员们才可以好好睡一个安稳觉。

9 月 27 日早晨我出门，看到外面的风力明显小了许多，经过一天一夜的狂风呼啸，站区地面上新的积雪已经被刮得无影无踪，露出原先冻结实的雪面。在站区的避风处新增加了几条高大的雪坝，宿舍楼、综合楼避风的墙面上到处黏结着白色的飞雪，新车库避风的墙面旁堆积起来的雪坝已经和房顶一样高。经过前天的一场雪和昨天的狂风，在站区新形成的雪坝又要给我们增加铲雪的工作量，值得庆幸的是我们前一段时间一直在铲除莫愁湖边堆积的雪堆，因这些雪堆铲平了就没有给这次刮风造成挡风面，所以在站区直升机停机坪广场没有形成太多的雪坝。

今天收到了单位发过来的关于高压氧舱的资料和使用说明的邮件，并说明应该还有一个装有软管的纸箱。因中山站最近几年一直在搞"十五"能力建设，拆除了许多旧建筑，新的综合库虽然已经建造完，但里面的自动货架仓储系统还没有启用，所以目前中山站的物资物料

沉寂的清晨

摆放比较凌乱，基本上都是堆放在一个个集装箱中，找东西经常要翻箱倒柜地查找。我们上次查找昆仑站寄存在中山站的高压氧舱，就是从外面的集装箱中才找到了高压氧舱的几大箱设备，我们把这些设备搬运到综合楼组装，因没有找到说明书所以不敢调试，今天单位发过来了高压氧舱的资料，另对我们说应该还有一个装软管的纸箱，我们今天就再次去那个集装箱查找，可还是没有找到。我们准备先组装试试，如果真缺少软管就让单位再购买。

今年底的第 28 次队度夏考察期间，中山站综合库中的自动货架仓储系统有望进一步建设完善后准备启用，到时中山站的所有物资物料备件都能摆放在自动货架上，也有了计算机条形码管理系统，到时中山站所有进出库房的物资物料可以一目了然，也不会再像我们现在这样要找一样东西到处翻箱倒柜。

9 月 28 日上午，中山站的天气开始转晴，风力也逐渐变小，一眼望去蓝天白云下阳光明媚，空气清新，远处的冰山在阳光下散发出迷人的风采。

国庆佳节即将来临，我们远在南极的考察队员非常想念祖国、想念祖国的亲人和朋友，在国庆节来临之际，队员们为了表达对祖国的思念之情，特意制作了一条横幅，在横幅上写上"祖国，我们想念您，祝您生日快乐！"今天吃完午饭，趁着晴朗的好天气，除一名值班的队员外其他队员在中山站广场集合，手拉横幅共同祝愿我们伟大的祖国生日快乐，也祝愿祖国人民国庆节快乐！

祝福仪式结束后，我在站区附近的冰山群中转悠了一圈，虽然已经欣赏了几十遍这些冰山，也拍摄了许多照片，但碰上好天气我还是忍不住会拿着相机在冰山群中转悠。置身在冰

山群中呼吸着清新的空气，仰望一座座高大冰山，一切烦恼和困惑都将离我远去，心情会变得格外愉悦，这些婀娜多姿的冰山常常让我赏心悦目，我每次来欣赏都会发现冰山呈现出不一样的迷人风采，让我流连忘返。

下午3点，每星期的"中山观赏"课照常进行，今天的课件由李海锋提供，他为大家播放了一些滑稽幽默的短片，在观看过程中队员们开怀大笑，滑稽幽默的短片让队员们轻松愉快地度过了一个小时的"中山观赏"课。

昨天，老王用钢管焊接好了一对足球门框，为中俄考察队员雪地足球友谊赛做好了准备。今天"中山观赏"课结束后，要参加比赛的队员去下广场踢足球训练，新做的球门框也正好派上用场，6名队员先在雪地上奔跑练传球配合，最后分两组进行对抗赛，虽然没有教练，但队员们练得非常认真、有模有样。真希望他们这几天能好好练球技，在和俄罗斯考察队的比赛中能取得好成绩。

127

祖国人民对南极考察队员的国庆问候

昨天傍晚，天还没完全黑的时候，中山站的上空就出现了一道淡绿色的极光。极光虽然持续时间很长，一直到两点多才逐渐退去，但都是单调的淡绿色，而且颜色浅淡，看着这些单调的极光，没有那种让人有梦幻般感觉的心灵震撼。

9月29日，中山站的天气格外晴朗，一丝风儿都没有，连旗杆上的国旗都没有飘扬，风力发电机的风叶也静止不动。蓝天白云下的中山站散发出蓬勃的朝气。今天中山站的气温虽然还在零下20摄氏度左右，但在强烈的阳光照射下，站区建筑屋顶上的积雪已开始融化，融化的雪水从屋檐上点点滴滴落下来，让人有一种春意盎然的感觉。

今天开始清理前几天的狂风暴雪给中山站站区造成的雪坝，机械师先开挖掘机挖除莫愁湖边的雪坝，然后准备在这几天用装载机把站区广场上的雪坝推到莫愁湖边，把站区停机坪广场上的雪坝彻底清理干净。虽然在第 28 次考察队到来前还会下雪，但我们准备下一场雪清理一次，保持停机坪广场的宽广平整，使直升机停机坪始终处于可使用状态。

午饭后，我在中山站熊猫码头附近转了一圈，查看码头上的情况。码头上堆积着杂乱的海冰，这些 1 米多厚的大块海冰是 3 月份的时候随一次特大潮汐涌上码头的，如今依然存在。我们要在第 28 次考察队到来前把这些堆积在码头上的大冰块铲走，把码头上的堆场清理干净。因为在年底的度夏期间如果海冰融化，就要靠小艇驳船来运送雪龙船上的物资设备，到时就会利用这个码头来卸货，所以码头上必须清理干净。

我在码头上看到附近的海冰上躺着几只海豹，就走过去欣赏它们的可爱憨态，这些身材臃肿的母海豹懒懒地躺在海冰上睡觉晒太阳，享受着南极的宁静与温暖阳光。看着这些身材越来越肥大的母海豹，我们知道离小海豹降生的日子已经不会太远了。今天在码头附近的海冰上我看到了十来只海豹，希望它们能一直待在这里，直到分娩小海豹，这样到时我们走过来欣赏可爱的小海豹也就方便许多。

南极中山站方向标

傍晚，中山站的落日余晖非常漂亮，可惜我出去晚了，只拍摄到最后的一点余晖。在落日余晖的上空，明亮的月牙高高挂在天空，给傍晚的中山站增添了许多亮丽的景色。晚上中山站又出现了极光，我听到队员在对讲机中叫唤，但听到外面的风声很大，也就不想出门去拍摄极光，早早上床休息了。

9月30日上午，俄罗斯进步二站队员开着雪地车来我们中山站，主要是为了拿我们做好的足球门架，他们在两个站之间的空地上布置好了足球场地，球门架拿过去他们的队员也可以练习踢球了。上午俄罗斯的雪地车来到中山站后，我们机械师看到他们开过来的雪地车前面正好是装有铲雪的铲斗，就让他们帮一下忙，顺便帮我们铲一下停机坪广场上的雪坝，俄罗斯队员二话不说就帮着我们铲雪。他们用雪地车帮我们铲了有一个小时的雪，虽然没有全部铲完，但我们还是很感谢他们，减轻了我们铲雪的工作量。

吃完午饭，全体队员搞清洁卫生工作，今天的卫生做得很彻底，一来为了迎接国庆节的到来，队员们要欢欢喜喜、干干净净地庆祝国庆；二来我们邀请了俄罗斯进步二站的队员明天来中山站和我们一起庆祝国庆，他们将过来28名队员参加我们明天的国庆节晚宴，我们要让俄罗斯队员对中山站留下美好的印象。

明天就是国庆节，祖国人民在欢庆喜悦的同时没有忘记我们在南极的考察队员，这两天我们中山站分别收到了国家海洋局、极地考察办公室、中国极地研究中心的传真慰问贺电，让我们远在南极的考察队员备受鼓舞，深深感谢祖国人民对我们考察队员的亲切关怀。下面我摘抄一下国家海洋局刘赐贵局长签发的慰问考察队员的贺电，以表达我们南极考察队员对祖国人民的感谢之情，同时我代表南极中山站的全体考察队员祝全国人民国庆节快乐、幸福安康！

国庆贺电

2011年国庆佳节即将来临之际，我代表国家海洋局党组和全局广大职工向坚守在考察站的你们致以诚挚的问候和良好的祝愿。

考察队员同志们，你们时刻不忘党和人民的重托，在远离祖国、亲人的艰苦环境下，扎实工作，奋勇拼搏，不辱使命，甘于奉献。借此机会，我真诚地向大家道一声：同志们辛苦了！

希望同志们继续发扬极地精神，注重安全，努力工作，圆满完成后一阶段的各项任务。期待着大家胜利归来。

最后，祝同志们节日快乐，工作顺利，身体健康！

128/ 在南极欢度国庆

10 月 1 日早晨 6 点，在南极中山站第一缕曙光升起的时候，全体 17 名越冬考察队员在中山站广场举行了隆重的升旗仪式，庆祝中华人民共和国成立 62 周年！在队员们的国歌声中，五星红旗在南极中山站冉冉升起，考察队员望着迎风飘扬在南极上空的五星红旗，心潮澎湃，深感祖国的强大和我国南极考察所取得的辉煌成就。随后队员们升起了第 27 次南极考察队队旗，最后全体队员在广场上合影留念，以"祖国您好"四个大字作为背景，代表了我们南极中山站全体考察队员对祖国的深深思念与衷心祝愿，祝愿我国南极考察事业蒸蒸日上、我们伟大的祖国繁荣昌盛！

中山站今天早晨的太阳 5 点半开始从远处的冰盖上升起，到 6 点完全升起后，天空中的云层越来越厚，逐渐把太阳遮住，一整天太阳躲在云层后再也没有露面。午饭后全体队员着手准备晚上的国庆晚宴，大厨和 4 名帮厨队员在厨房准备晚上的菜肴，其他队员布置餐厅，给俄罗斯队员准备碗筷、刀叉、酒水、酒杯等。下午 6 点，在俄罗斯进步二站站长的带领下，20 多名俄罗斯队员准时来到中山站，应邀来参加我们中山站的国庆晚宴。

俄罗斯队员到达后，晚宴正式开始，首先我代表中山站对俄罗斯队员的到来表示感谢，我说："今天是中华人民共和国 62 周年国庆，在这个特殊的日子里俄罗斯进步二站的队员能够和我们一起庆祝国庆，我表示衷心的感谢。在中山站的建设发展过程中一直得到俄罗斯进步二站的帮助和支持，中俄两国考察队员之间也建立起了深厚的友谊。希望在今后的南极考察过程中，中俄两国考察队员能够继续保持这种互相帮助、互相支持的国际主义精神，加深两国考察队员之间的友谊，在南极考察事业上共同发展。让我们一起举起酒杯，为两国考察队员之间的友谊、为庆祝中华人民共和国国庆共同干杯！"

随后俄罗斯进步二站站长对我们的邀请表示感谢，他说："今天受邀来到中山站，能够和中国考察队员一起庆祝中国的国庆感到非常荣幸，希望我们两国考察队员能够继续相互合作与支持，感谢中山站的邀请，为两国考察队员之间的友谊干杯。"

接下来中俄两国考察队员之间频频举杯祝贺，在晚宴进行过程中，活泼好动、能歌能舞的俄罗斯队员唱起了《喀秋莎》，有的队员弹琴跳起舞来，也有的队员在我们的活动室玩起了踢球和乒乓球。晚宴气氛非常热闹，经过多次的两国考察站之间的走访交流，两国考察队员之间已不再陌生，虽然两国队员之间语言交流还存在一定障碍，但在这样热闹的气氛中已无需过多的语言交流，只需要一个手势、一个表情动作就能明白双方之间的意思。晚宴一直进行到晚上9点俄罗斯队员才依依不舍地告别，双方约好明天下午3点半两国考察队员之间来一场雪地足球友谊赛，加深两国队员之间的友谊。

送走俄罗斯队员后，我们的队员开始收拾餐厅、洗刷碗碟、清洁餐桌地板等，一直忙碌到晚上10点多才结束，在南极中山站热闹了一天的欢度国庆圆满落下帷幕。

队员在冰山前赤膊留影

129
南极美丽的夕阳余晖

　　10 月 2 日上午，中山站阴天，风力一直维持在六七级，我们就担心下午和俄罗斯队员约好的雪地足球赛无法正常进行。下午阴转多云，太阳也从云层后显露出来，但风力没有减小的迹象。我们看到天气变好了，虽然风力大一些，但我们想足球比赛应该不会受太大影响，队员们就积极准备下午和俄罗斯队员的雪地足球赛，并确定了上场队员的名单和每名队员踢球的位置，也确定了候补队员的名单。

　　到下午两点半，俄罗斯翻译从对讲机中呼叫我们中山站，说他们站上今天临时有事，队员们需要加班工作，就不能参加今天下午的足球赛了，希望雪地足球友谊赛改期举行。既然他们有工作不能参加今天的足球赛，那我们也只能答应他们改期举行的要求，希望找一个好天气进行两国考察队员之间的雪地足球友谊赛。

　　今天是星期天，轮到今天主厨的是王刚毅和卢成。他俩为了不错过下午的两国之间的足球赛，下午就不准备烧菜，而改做包子，大家晚饭吃包子将就一下就可以了。吃完午饭，他俩就开始做包子，也邀请了其他队员一起来帮忙做，准备在下午比赛前把包子蒸好。谁知道俄罗斯队员临时有事取消了今天的比赛，再要准备晚上的菜就来不及了，因为速冻菜都没有拿出来解冻。我们就决定晚饭队员们还是吃包子，俄罗斯队员有事不能参加比赛，我们自己去俄罗斯队员新做好的雪地足球场上练练球，熟悉熟悉比赛场地。

　　下午 4 点，我们 9 名队员来到中山站与俄罗斯进步二站之间的空地上，看到了俄罗斯队员做好的标准 5 人制比赛的雪地足球场。在球场上他们用压路机碾压过雪地，把雪地碾压得非常平整，在球场四周的边线上他们垒起了较高的雪堆以充当边线，球场四个角上插有木杆，我们做好的球门架也已安放到位。

　　看到这么平整的雪地足球场，队员们兴奋地在场地上踢起了足球，活动一会儿后，我们分成两队进行足球对抗赛，每队4名队员。比赛进行得非常激烈，双方各有进球，从队员们在场上的跑动来看，年轻的队员到底是体力好，在雪地上奔跑没感觉到累，年纪大一些的就明显感觉到体力不支。比赛一直进行了40分钟，直到队员们说跑不动了，才结束我们今天的雪地足球训练赛。

　　下午5点，太阳逐渐西下，队员们拖着激烈运动后疲惫的身躯迎着夕阳返回中山站，夕阳和队员们的背影在寂静寒冷的南极形成了一幅美妙的画面。

　　傍晚前，中山站的天气转晴，西下的夕阳在天空照耀着中山站。吃完晚饭，金黄色的夕阳余晖在西边的山坡后显耀，让人感叹夕阳的无限风光。如今中山站的白天时间越来越长，每天的白天时间已超过14个小时，随着南极夏天的来临，南极中山站的白天时间将逐渐延长，直到南极极昼的降临，到那时就会怀念南极的黑夜，怀念夜空中美丽的星光和绚丽的极光。

　　晚上，中山站的夜空中再次出现了炫耀的极光，虽然极光不是很多，颜色也比较浅淡，但随着南极夜晚的消失，南极的极光将显得更加宝贵。再过一个多月进入南极极昼后，将失去欣赏南极极光的机会，所以我们还得抓紧时间来欣赏南极的极光。晚上寒风凛冽，我们好多队员还是坚持在夜空下拍摄极光，只为了留住绚烂的南极极光出现时带给我们的精彩瞬间。

10 月 3 日，中山站阴天，厚厚的云层布满了天空，白色的云层和地上的积雪混为一色，让人感觉心情有些压抑。今天的风力比较大，俄罗斯队员也没有通过高频喊话过来是不是举行雪地足球赛，看来他们的工作还是很忙碌，就等他们空闲的时候再说。

今天一整天，我们的机械师开着装载机铲除站区的积雪，把停机坪广场上的积雪铲到莫愁湖旁边上的小湖中，因原先铲到莫愁湖湖边的雪堆已经向莫愁湖中推进了许多，装载机不敢再往湖中推进，怕陷入湖边的雪坑中。现在就把广场上的积雪往小湖中铲，到时在小湖中融化的雪也可以直接抽入莫愁湖中以补充莫愁湖的水位。

另外，今天把综合楼附近的积雪铲除，每次刮风下雪后都会在综合楼的西边堆起高高的雪坝，把综合楼夹层的大门深深堵住。每下一次雪我们就要及时铲除这里的积雪，因为综合楼中收集的生活垃圾临时摆放在夹层中，另外站上常用的全地形车、雪地摩托等车辆都存放在综合楼夹层中，都需要从这个大门进出，所以综合楼夹层的这个大门要保持畅通，不能让积雪掩埋。

最近几天，我们安排队员绘制中山站外面的海冰图，准备等天晴后就开始去外面的海冰上钻冰，测量海冰的厚度和海水温度，另外绘制出冰裂缝的具体位置。我们准备每星期去海冰上测量一次，密切关注海冰的变化状况，为第 28 次考察队雪龙船的到来提供正确的破冰路线，也为雪龙船到来后在海冰上卸货提供精确的海冰情况。

130 南极海豹的安逸生活

10 月 4 日，中山站是一个大晴天，碧蓝清澈的天空中没有一丝云彩，风力从上午开始也逐渐减小，到午后风基本上静止了，明媚的阳光照射在身上，让人精神焕发。

海豹钻出水面透透气

　　午饭后，我和几名队员一起去俄罗斯进步二站附近的达尔柯布科塔海湾看海豹，就在熊猫码头不远的那个海湾，因为我们上次在那里看到过十几只海豹，今天趁着晴天想过去看看小海豹出生没有。

　　我们翻过熊猫码头来到海湾的入口处，远远就能看到十来只海豹躺在海冰上晒太阳，更远处靠近冰山的地方也零星地躺着几只海豹。看来今天天气好，海豹们都爬到海冰上来晒太阳休息了。我们走近海豹，肥大的母海豹挺着大肚子懒洋洋地躺着，有些海豹都懒得睁眼看我们，继续打着呼噜做着它们的好梦；有些海豹会警惕地睁开眼睛看着我们，还不时发出一两声吼叫，海豹吼叫的声音很像牛的吼叫声，我今天还是第一次听到海豹的吼叫。在不远处的冰洞，我们刚好看到一只海豹从冰洞中爬上冰面。我们走近冰洞，看到在这个冰洞中还不时有海豹探出头来喘气。望着冰面上躺着的十几只母海豹，感觉这里是它们的产房，海豹们都在这里集中等待分娩，场面非常壮观。

　　我们看到小海豹都还没出生，稍微看一下就回站了，因为不想去打扰它们，也不允许去打扰它们的宁静生活，我们只希望它们能平安地分娩出小海豹，让可爱的小海豹也享受南极宁静的冰雪世界。

　　10月5日，中山站继续保持着昨天那样的晴朗天气，阳光明媚、微风习习。碰到这样的好天气，队员们精神焕发，在愉快的心情下做着各自的本职工作，科研队员接收各自的科研观测数据，后勤管理队员保持考察站的正常运行。

　　下午的"中山观赏"课之前，我给全体队员开了一个会，对前段时间队员们辛勤工作做出的成绩表示了肯定，布置了下阶段的工作，并希望在剩下的两个月中队员们能再接再厉，圆满完成各项考察工作。

我在会上说：我们第 27 次南极考察中山站越冬队员到南极已经 10 个月了，在这 10 个月中队员们经受住了南极风雪的考验，克服了漫长极夜带给我们心理上的压力，战胜了南极的狂风暴雪和天寒地冻，队员们团结协助，顺利地完成了各项工作任务。接下来的两个月我们的工作会更加繁重，我们一定要继续保持昂扬的工作热情，在做好各自本职工作的同时，积极参加站上安排的各项站务工作，做好迎接第 28 次考察队到来前的各项准备工作。

接下来我给队员们布置了下阶段的工作任务，另外对队员们说：我们在南极已经待了 10 个月，队员们的心情一定会比较压抑，也一定会很烦躁，希望队员们要有包容思想，相互照顾、相互关心，我们 17 名队员组成的就是一个大家庭，我们是亲如兄弟的队友，只有齐心协力，才能战胜一切困难，才能完成国家交给我们的各项考察任务。

最后，我对队员们强调了安全的重要性，我们在做好各项工作的同时不要忘了安全，安全对我们来说是最重要的。在南极恶劣的环境条件下，我们要时刻绷紧安全这根弦，千万不能掉以轻心，我们只有安全地完成各项考察任务、安全地回到祖国，才不会辜负祖国人民对我们的最大厚望。

晚上 7 点，我受邀去隔壁俄罗斯进步二站参加他们站长的生日宴会，我和我们的医生吴全一起前往俄罗斯进步二站。在进步二站的餐厅，他们隆重举行了站长的生日宴会，我们也受到了热烈的欢迎，他们的队员纷纷举杯祝福他们的站长，我在他们热闹的气氛感染下也频频举杯和他们的队员一起祝他们的站长生日快乐。参加过 3 次南极越冬考察的俄罗斯站长对我诉说着以前和中国南极考察队员之间建立起来的友好感情，并希望我们之间的友谊能够继续保持下去，在各方面相互合作，在南极考察领域中俄两国能够取得全面的发展。

生日晚宴结束后，他们的站长拉我到他的办公室继续喝酒畅谈，诉说着今年以来两国考察队员之间建立起来的友谊，并希望我们两国考察队员能够相互帮助，圆满完成各自的考察任务，共创南极考察的辉煌成就。

晚上 9 点，我结束在俄罗斯进步二站庆祝他们站长的生日晚宴，乘坐我们机械师开过来接我们的雪地车返回中山站。在回中山站的途中，我看到明亮的半个月亮高高挂在夜空中，月光洒落在银白色的雪地上，照亮了我们回中山站的道路，也照亮了我们前进的方向。

131

南极中山站附近出生的第一只小海豹

　　10 月 6 日上午，中山站是多云天气，天空中布满了厚度不一的云层，到午后，天空中的云层自东往西逐渐退去，露出碧蓝的天空，太阳也从云层后完全显露出来，明媚的阳光普照着南极中山站。

　　下午两点，我在办公室听到对讲机中传来队员兴奋的呼叫声："小海豹出生了。"我急忙问在哪里看到的，队员说就在中山站的熊猫码头附近。原来午饭后两名队员去码头附近散步，无意中看到有一只母海豹已经分娩，昨天下午有队员在那里还没看到小海豹，估计是昨晚或今天上午出生的。这可是今年南极中山站附近的第一只小海豹出生，没有工作任务的队

幼年海豹

海豹母子

队员们在为海豹拍照

员在听到对讲机中的呼叫后，纷纷带着相机和摄像机往码头方向跑去。大多数队员都没有见过小海豹，听到有小海豹出生都兴奋不已，争先恐后地去海冰上欣赏可爱的南极小海豹。

当我赶到码头附近的海冰上时，看到已经有三四名队员在忙着给小海豹拍照，队员们一个个趴在海冰上，拿着相机对着一对海豹母子拍照，小海豹乖巧地躺在妈妈身边，陪着妈妈一起享受着南极的明媚阳光。

这只海豹是灰黄色的，因为是刚出生的缘故，肚脐上的脐带还留有一大截，也不知道母海豹是如何咬断小海豹脐带的。小海豹只有六七十公分长，睁着大大的眼睛好奇地望着这个对它来说完全陌生的世界，也好奇地看着给它拍照的我们，不时还要向我们身边爬过来，但都被警惕的母海豹拖回身边，母海豹绝不允许小海豹离开它身边一步，离开它的保护范围。看到想靠近一些拍照的队员，母海豹以为我们会欺负小海豹，就会张开大嘴吼叫一声，警告我们不许太靠近小海豹，我们只能远远地给这对海豹母子拍照，为小海豹留下可爱的美妙瞬间。第一只小海豹已经出生了，可惜我们没能看到小海豹的出生过程，我望着躺在冰面上准备分娩的另外十几只母海豹，它们的分娩应该也不会太远了，估计就在最近几天。我们准备拍摄一段小海豹出生过程的视频，不知道能不能让我们碰巧赶上。有十几只母海豹待产，我想一定会让我们赶上一只小海豹的出生过程。我们几个欣赏完可爱的小海豹回站区，在路上看到又有几名队员往码头方向赶，看来大家都喜欢可爱的小海豹，都想看一看小海豹可爱的模样。

晚饭后，我看到西下的太阳在远处山峦上慢慢落下，我就绕过莫愁湖来到站区最西面的西岭上，欣赏日落的景色。站在西岭上，下面是内拉湾的蓝色冰面，内拉湾对岸是布洛克内斯半岛。当我到达西岭的时候，夕阳正从布洛克内斯半岛上的莲花山头落下，没几分钟太阳就完全落到山头下，只在天空中留下一片金黄色的晚霞。

10 月 7 日早晨，我起床比较早，看看离吃早饭还有一点时间，就叫上老王一起去码头附近散步，想看看昨天在海冰上出生的小海豹是否安然无恙，海豹母子是否平安健康。早晨是多云天气，本来在这个时候太阳应该已经升起了，可今天太阳躲在厚实的云层中没能露脸。我俩在茫茫晨色中，呼吸着清晨的新鲜空气，边散步边往码头方向走去。

当我们来到昨天小海豹出生的冰面上，看到小海豹紧紧依偎在母海豹的身边，海豹母子正在酣睡，睡得那么沉稳安详，好温馨的一对海豹母子。生活在南极的海豹是幸运的，因为在南极大陆上没有海豹的天敌，海豹可以自由自在地躺在冰面上睡觉，而不需要防备其他动物的攻击，当然在水下海豹要防备鲸鱼的袭击。而生活在北极的海豹就要艰难一些，因为北极熊是海豹的天敌，海豹要随时提高警惕来防备北极熊的袭击，在北极冰面上出生的小海豹经常是白色的绒毛，那是为了和白色的冰雪融为一色，避免被北极熊发现。而在南极刚出生的小海豹不需要伪装的毛色，一般都和母海豹的毛色差不多。

我们在欣赏这对海豹母子酣睡的同时，抬头惊奇地发现不远处的另一只母海豹身边也躺着一只小海豹。我们急忙走过去细看，果然又有一只刚出生的小海豹躺在母海豹身边，母海豹嘴里还发出一阵阵痛苦的吼声，小海豹跟着母海豹的吼叫声也哇哇叫。看着眼睛通红的母海豹，估计是刚产下小海豹，分娩时的疼痛还没有完全消失。看来我们来晚了一步，早一点来可能会见到小海豹的出生过程。

此时，天空逐渐变晴，云层消失，不一会儿太阳就从云层中显露出来，温暖的阳光照耀在这只刚出生的小海豹身上，像似在欢迎小海豹的降生，小海豹也睁开眼睛好奇地打量着这个陌生的世界，随后扭动着身体爬向母海豹，本能地在母海豹身上摸索着寻找母乳。

太阳出来后，蓝天白云下视线变得清晰，我们在不远处的冰山脚下又看到有两只小海豹依偎在母海豹身边，兴奋地走过去查看，的的确确是两只出生不久的小海豹。看来这几天是母海豹的集中分娩期，昨晚到今天早晨在码头附近又出生了 3 只小海豹，加上昨天出生的那只，已经有 4 只小海豹降生了。

看看该到吃早饭时间，我们就起身返回站区。在回站的路上，我们心情舒畅，在心中默默祝福这些小海豹，希望这些小海豹在冰雪严寒的南极能够快乐地成长，同时能够为寂静的南极带来生机。

现在南极中山站的白天时间越来越长，凌晨 3 点天就微亮，太阳在清晨 5 点前就已经升起，一直到晚上 7 点太阳才落山，到晚上 9 点天空才完全变黑。看来进入南极的夏天也就是南极极昼的时间越来越近了。还有一个多月南极将进入极昼，到时每天 24 小时太阳挂在天空，没有黑夜，将见不到每天日出日落时的美景，更见不到夜晚美丽的星空和绚烂的极光。南极极昼期间虽然能见到企鹅、海豹等南极动物，但也将失去许多南极特有的自然美景。

10 月 8 日早晨 4 点，就有两名队员去码头附近的海冰上看望小海豹，希望能看到小海豹的出生过程。可惜今天除了前天和昨天出生的 4 只小海豹外，没能看到新的小海豹，更没能看到小海豹的出生过程。吃完午饭有队员还出去看了一下，还是没有看到新出生的小海豹。

下午两点半，除值班的队员外，全体队员去中山站和俄罗斯进步二站之间的雪地上，因为下午 3 点，将在那里举行一场中山站队员和俄罗斯进步二站队员之间的雪地足球对抗赛。当我们到达球场时，俄罗斯队员已经早早到场，他们在球场边上插上了两国的国旗，另外做了比分牌和一块大牌子，在大牌子上用英文写着"俄中两国第一场南极足球赛"。双方队员到场后做了简短的热身，并谈好了一些比赛的规则，比赛定为 5 对 5，双方各派 5 名队员上场，不设守门员，可以随时更换队员，比赛分上下半场，半场比赛时间为 30 分钟。双方首发的队员在一起合影留念后，于 3 点整比赛正式开始。

虽然是在南极雪地上进行中俄两国考察队员之间的足球赛，但队员们的表现一点也不逊色于草地上的足球赛，比赛一开始就争夺得非常激烈，在你来我往中，由我们的队员白磊首先破门得分，场边的队员发出阵阵喝彩声。随后比分交替上升，比赛也越来越精彩，到上半场结束哨声响起时，双方的比分是4∶4。

中场休息结束，双方队员交换场地后进行下半场的比赛，队员们经过激烈的奔跑，在下半场比赛中队员们的体力有了明显下降，双方频频更换比赛队员。可能是俄罗斯新上场的队员不熟悉比赛规则，有两次他们的队员用手把我们必进的球在球门线上打出，比赛中又不设点球，我们的队员提出抗议表示不满，他们的队员说为了保护身体习惯性地用手挡球了，我们又不能和人家太计较，只能继续比赛。在以后比赛中，可能是我们的队员情绪受到了影响，队员们踢得很急躁，一点没有配合和章法可循，让俄罗斯队员寻找到机会，连进3球。终场结束哨声响起，比分定格在8∶5，我们以3球落后输掉了中俄两国南极考察队员雪地足球赛的首场比赛。

中俄队员足球赛

比赛结束后，中俄双方队员友好握手，并在一起合影留念。令人难忘的中俄两国考察队员在南极的首场雪地足球赛结束了，我们的队员虽然没能取得胜利感觉很懊悔，但这只是两国南极考察队员之间的友谊赛，比赛结果并不重要，举行比赛的

越冬队员雪地足球赛

目的在于锻炼身体和增进两国考察队员之间的友谊，让队员们在寒冷的南极运动一下，保持强健的体魄，并让长期远离祖国的考察队员的压抑心情得到适当的释放，保持队员们的精神面貌。

晚上，快满月的月亮高高挂在中山站的夜空，明亮的月光洒落在中山站站区，使得寒夜中的中山站亮如白昼。经过连续几天的晴天加上微风的日子，中山站的气温逐渐下降，晚上气温一直在零下 25 摄氏度以下，使得柴油发电机使用的油罐中的柴油结蜡冻住而无法正常抽送到发电机房，只能使用发电房中的应急储备柴油。好在天气预报说中山站明天的气温会慢慢回升，让我们无须过分担忧柴油罐中的柴油继续冻住。

133

为离去的好友祈祷

今天早晨，有队员在码头附近的冰面上又看到出生了一只小海豹，这是中山站附近的第5 只海豹出生。中午我去看了这只小海豹，看到小海豹安静地躺在母海豹身边睡觉，又去看了前几天出生的小海豹，看看它们是否长大了一些。出生两三天的小海豹已经非常活泼可爱了，跟着母海豹在雪地上爬行起来也很灵活。在中山站码头附近，我看到另外还有好几只待产的母海豹躺在冰面上休息着，希望它们能平安地产下小海豹，也希望已经出生的小海豹能够快乐地成长。

10 月 10 日，中山站阳光灿烂、微风习习、气温骤升，让我们感觉到久违的温暖。午饭后组织队员开着雪地车去进步湖取饮用水，因中山站储存的饮用水已经不多，下阶段其他工作任务还比较繁重，现在趁天气晴朗把中山站的饮用水补足，以解决第 28 次队到来后最初两个月的饮用水问题，让第 28 次队的队员到来后先熟悉各自的岗位职责开展工作，而不急于去取饮用水。

今天，在进步湖冰面上钻冰洞取水，测得冰厚在 1.5 米左右，比上次来钻冰取水测得的冰厚 2 米已经融化了一些，看来是越来越接近南极的夏天了，到了夏天进步湖湖面上冰雪融化，湖水清澈透底、甘甜爽口。今天在钻好冰洞后用潜水泵抽水，2 吨的水囊灌装到一半，潜水

等待小海豹的降生

泵就出现故障而无法抽水。因没有带备用的潜水泵只能拉着 1 吨饮用水打道回府，准备明天带着另外的潜水泵继续去进步湖取水。

昨晚，我躺在床上辗转难眠，我为我的好朋友邵旭明的突然离去伤心流泪，他的音容笑貌一直在我的脑海中徘徊。回想我们同船工作的 20 多年，他的工作热情和专业技术水平让我敬佩，他在工作和生活上给了我无数的帮助和照顾，让我受益匪浅、终生难忘。如今他就这么走了，回想我们风雨同舟在一起的点点滴滴，我再也控制不住心中的悲伤，痛哭泪流。

躺在床上无法入眠，我就来到室外，凌晨 3 点的南极天空已经开始泛亮，我在站区的山坡漫无目的地来回走着，只想让南极的寒风抹去我心中的悲伤。我坐在山坡上，寒风吹打着我的脸，思绪万千，心中的悲伤越发强烈。凌晨 4 点半，初升的太阳从东方的冰盖上升起，日出的美景我已无暇顾及，心中充满伤痛，为好朋友的离去万分痛惜。

如今我身处南极，也不能为我的好朋友邵旭明送上最后一程，只能在心中默默祈祷：大哥，一路走好！我会永远怀念你！

131

实拍小海豹出生过程

10 月 11 日，吃过早饭，我们就组织队员去进步湖取水，由邹正定驾驶雪地车带着老王前往进步湖取水。因为昨天在进步湖冰面上已经钻好冰洞，一晚上冰洞中的冰结得不是很厚，用铁棒搅碎一下就可以用潜水泵直接抽水，所以也不需要多派人手。今天上下午各去进步湖取水一次，拉回来 4 吨饮用水。我们准备等天气好的情况下再安排几天去取水，尽量把中山站的饮用水箱补满。

午饭后，我组织工作空余中的队员去清理冷藏集装箱中的土豆，因为发现这些土豆一部分已经腐烂，我们要从这些土豆中挑拣出好的，把腐烂的土豆处理掉。中山站目前新鲜的蔬菜只剩下这些土豆了，这些土豆我们还要坚持吃两个月，只有等第 28 次队到来后才会有各种新鲜的蔬菜吃。

几个月以来，我们的新鲜蔬菜都是以土豆为主，所以我们对土豆特别爱惜。现在冷藏集装箱中发现有一部分土豆腐烂了，我们就特别着急，马上组织队员去挑拣，不要让腐烂的土豆传染给还比较好的土豆。经过队员们一个下午的挑拣，从腐烂的土豆中拣出五六箱比较好的土豆，并把这些土豆搬到综合楼夹层储存，这些土豆能让我们坚持两个月。另外我们把腐烂的土豆全部收集到空油桶中并摆放好，等待雪龙船到来后带回国内去处理。最后我们把冷藏集装箱内部清理了一遍，现在里面就剩下十几箱苹果，等苹果吃完后，我们还会把冷藏集装箱彻底清洁干净，等待第 28 次队到来后在这里储存新的水果、蔬菜。

今天早饭前，有队员在码头附近又看到了两只刚出生的小海豹，这样在中山站码头附近的冰面上已经有 7 只小海豹出生了。其实小海豹现在出生比较安全，因为目前贼鸥还没有回到南极，等贼鸥来到后就会攻击刚出生的小海豹，那时小海豹就会有危险。在南极的冬天来临前贼鸥都会飞离南极，到南极接近夏天的时候贼鸥又会飞回到南极沿海。现在南极的夏天临近了，估计贼鸥很快就会飞回来。

南极贼鸥之所以叫它"贼鸥"，因它惯偷的习性得名而来，在南极这样的环境下能顽强地生存下来，就是靠它的偷盗本领、凶猛无比和锲而不舍的精神。小海豹、小企鹅常常是它们的攻击对象，每当看到母海豹要生小海豹时，成群的贼鸥就一直在母海豹的上空盘旋，等待着母海豹生下小海豹，往往当小海豹刚一露出头，母海豹还来不及转身保护小海豹，就遭到贼鸥的伤害。

我萌故我在

母子共享日光浴

所以说在贼鸥还没有到来前，小海豹出生是最安全的。看着已经出生的这些可爱小海豹一天天长大，我真为那些躺在冰面上还没有分娩的母海豹担忧，希望它们早日平安地产下小海豹，免遭贼鸥的攻击。

功夫不负有心人，每天一早就出去看望小海豹的两名队员，10月12日早晨6点多在中山站码头附近的海冰上总算见到了小海豹的出生过程。母海豹产下小海豹的整个过程才2分钟左右，让这2名队员碰巧遇上真是太幸运了，这两名队员为小海豹的出生过程拍摄了视频和照片，让全体队员都欣赏到可爱小海豹的出生经过。

昨晚到今天早晨，在码头附近的冰面上又出生了5只小海豹，这样就有12只小海豹了。出生后的小海豹成长很快，我中午去码头附近看到第一只出生6天的小海豹已经大了快一

自得其乐

倍，非常活泼可爱，正在和母海豹一起嬉闹玩耍，很温馨的场面。但不知这只小海豹我们还能看到多少天，等小海豹长大一点就会水下捕食，一旦小海豹下水后我们就见不到它们了。

今天中午，看到俄罗斯队员在海冰上钻洞，估计他们是在搞海冰的研究或者是测量海冰的厚度，我过去看了一下，看到他们在海冰上挖了一个很大的冰洞，不知道他们要在这个冰洞中装什么仪器设备。我们准备最近几天去外面的海冰上探路测冰，这几天正在做准备工作，目前从海冰云图上看，中山站外面有 30 多公里的连续海冰，这 30 多公里的海冰我们都要测量一下，为雪龙船到来后在海冰上用雪地车卸运物资提供一条可靠的路线。

今天在海冰上看俄罗斯队员挖冰的时候，看到海冰上有两只帝企鹅走过来，这是今年冬天以来第一次在站区附近看到帝企鹅。这两只帝企鹅从远处的企鹅岛走过来，最起码在海冰上走了 20 公里路程，我估计它们是走错了方向，它们应该要去远处的海冰边缘的海水中捕食，而不应该往中山站这个方向过来，因为中山站附近的海面上都已经结冰，它们无法下水捕食。

为小海豹的夭折惋惜

昨晚 9 点，当我从综合楼回宿舍楼的时候，看到在远处冰山上正在升起的满月金黄透亮，月亮周围是一圈圈火红的月晕，升起的月亮就像是初升的太阳，一片火红。我还是第一次看到这个样子的月亮，马上拿起相机拍下了月亮的这种奇特景象。昨晚半夜，中山站夜空中出现了浅淡的绿色极光，由于月亮比较明亮，极光看起来就显得非常浅淡。在这样明亮的夜色中拍摄极光，相机的曝光时间只需两三秒就足够了，而平时拍摄极光相机最起码需要 15 秒以上的曝光时间。

10 月 13 日，中山站晴空万里，吹起了少见的微弱西风。今天继续组织队员开着雪地车去 3 公里外的进步湖取饮用水，上下午各去取了一次，又为中山站的饮用水箱补充了 4 吨饮用水。今天上午去进步湖取水的时候，想着前天刚在冰面上钻过冰洞，认为这个冰洞中的新冰不会结很厚，就没带冰钻过去。结果发现冰洞中的冰结得很厚，拿铁棒怎么也敲不碎冰洞中新结起来的冰，只能开车回站拿了冰钻再去钻冰洞取水。

喜欢每天一早去中山站码头附近看望小海豹的队员，今天又发现新出生了 6 只小海豹，这样在码头附近就有 18 只小海豹出生了。从站区一眼望过去，码头附近的冰面上密密麻麻躺着十几只母海豹和已经出生的小海豹，这里就像是母海豹的产房，母海豹都集中到这里来分娩。中午，在冰山群外的海冰上又出现了海市蜃楼的景象，那一排整齐的冰山虚幻景色再次出现在我们的眼前。今天队员们看到以后就不像第一次那么兴奋了，感觉好像已经习惯了这样的虚幻景象。到下午虚幻的那排冰山才逐渐退去，呈现在眼前的还是广阔平坦的海冰。

吃完午饭，我去看望了码头附近的那些小海豹，昨晚刚出生的小海豹一般都安静地躺在妈妈身边睡觉，出生几天的小海豹就灵活很多，有的在练爬行翻滚，有的在和妈妈嬉闹，有的跟着妈妈学吼叫，小海豹们都在快乐地成长着。

现在有点空闲时间队员们就会走过去看看小海豹，看着这些小海豹健康快乐地成长，队员们由衷地感到喜悦。在荒芜宁静的南极，每天有可爱的小海豹陪伴，队员们就不会感到寂寞，看着在严寒环境下小海豹的顽强生命力，让我们对海豹充满了敬佩之情。

10 月 14 日，中山站白天还是阳光明媚，到下午 4 点天气开始转阴，并飘起了雪花。到吃晚饭的时候雪越下越大，一会儿工夫飘扬的雪花就给站区披上了一件白色的外衣。据天气预报，明天中山站还将是下雪天气，但风力较小。

早晨，习惯出去看望小海豹的两名队员在码头附近的冰面上又看到了几只新出生的小海豹，另外他俩看到有一只母海豹一直在嚎叫，就走过去看个究竟，结果他俩看到在母海豹的身边躺着一只死去的小海豹，原来母海豹在为小海豹的夭折痛哭。

我中午抽空也去看望了一下这只夭折的小海豹，看到小海豹死在冰水中，小半个身体已经冻在冰中，估计是母海豹分娩的时候选错了位置，把小海豹生在海冰的凹坑中，这个凹坑中的冰有些融化，小海豹出生在这个冰水中不是冻死的就是淹死的，我为刚出生的小海豹夭折感到惋惜，也对在旁边嚎叫的母海豹深表同情。母海豹一年才能生一只小海豹，好不容易坚持到生下小海豹，结果因为母海豹选错分娩地方而造成小海豹夭折，看着在旁边海冰雪地上一个个平安出生并已经活蹦乱跳的可爱小海豹，我真想走上去问问这只母海豹为啥要选在冰坑上分娩，旁边一米开外就是很厚的雪地，真是太可惜了。

136
中山站迎来企鹅和贼鸥

中山站从昨天傍晚到今天一直下着小雪，因为没有风的缘故，整个中山站区笼罩着一层均匀的积雪。昨天在海冰上钻冰洞，需要安装观测潮汐设备的那个冰洞还是没能钻通，10 月

南极帝企鹅

南极贼鸥

形单影只

我想飞得更高！

相濡以沫

15日上午，几名队员拿着汽油机冰钻继续去海冰上钻冰洞。坚硬的蓝冰给钻冰洞带来很大麻烦，汽油机1.5米的冰钻全部钻下去还是没能把冰层钻通，再改用稍长的人工冰钻往下钻冰，钻到1.7米总算把冰层钻通冒出水来。冰层钻通后，杜玉军在冰洞上方安装观测的仪器设备，这个观测的仪器是连续观测并传送数据，需要不间断供电。5月份在海冰上观测的时候是用蓄电池电瓶供电，几十斤重的电瓶需要每天更换以保证仪器的正常供电，队员遇上刮风下雪天去更换电瓶很辛苦，所以这次改用电缆连接供电，从百米外的高空物理观测栋拉电缆到海冰上的观测仪器。这样就方便许多，每天去检查一下仪器的工作情况，在观测栋电脑上连续接收数据就可以。

午饭后，几名队员去码头附近看望小海豹，看看下雪天是否对小海豹造成影响。今天又看到新出生的几只小海豹，小海豹都安静地躺在母海豹身边睡觉。我们不时看到母海豹滚动着笨重的身体用嘴把新下的松软雪挪开，原来母海豹是为了让小海豹躺在坚硬的雪层上而不至于被新下的雪掩埋。伟大的母爱，让我们深受感动。

憨态可掬

几名队员在看望小海豹的时候，看到平整松软的雪地上有一排凌乱的脚印，从冰山外一路过来经过我们码头附近，走向俄罗斯进步二站旁边的海湾深处，仔细察看后分析应该是企鹅的脚印。大家就跟着

结伴而行

这些脚印一路察看下去，远远就看到在进步二站旁边的海湾深处有一群企鹅，还看到一名俄罗斯队员在那里为企鹅拍照。大家兴奋地快速走过去，原来是 7 只帝企鹅来到了这里。南极夏天的中山站附近常见的是阿德雷企鹅，帝企鹅很少碰上，现在夏天还没有来到，阿德雷企鹅还没有出现过，就见到了帝企鹅，让大家感到非常意外和兴奋，估计又是迷路的帝企鹅。在欣赏帝企鹅的时候，有队员无意中看到天空中飞翔着一只贼鸥，这是今年冬天以来在中山站附近见到的第一只贼鸥。第一只贼鸥出现了，大批的贼鸥随后就会来到中山站。看来南极的夏天马上就要来临了，企鹅、贼鸥这些夏天才能见到的南极动物都已经来到中山站。

在吃晚饭的时候，我们从综合楼向外面的冰山望去，看到那 7 只帝企鹅已经从海湾回到冰山附近。希望它们能找到通向大海的路，在大海里快乐地畅游捕食。

10月16日上午，中山站阴天，天空中弥漫着满天的厚云，到中午云层逐渐散去，午后天空变晴，灿烂的阳光普照中山站区。今天中山站的气温有了明显的回升，站区建筑物屋顶上的积雪开始融化，从屋檐往下滴水，一片春意盎然的景象。

下午，阳光明媚，蓝天白云下的南极雪景非常迷人。我抽空去码头附近的海冰上看望那些海豹母子，看看小海豹长多大了。我走在松软的雪地上，沐浴在温暖的阳光下，感觉身上有些微微出汗，今天的气温和南极夏天的时候差不多，让人感觉非常舒适，走在室外一点也感觉不到寒冷。

我来到中山站码头附近，看到十几对海豹母子躺在海冰的雪地上晒太阳，母海豹基本上是闭着眼睛在睡觉，小海豹们有的安静地躺在母海豹身边睡觉，有的在母海豹身边翻滚玩耍，有的在吃着母乳，一对对海豹母子充满着母子情深。看着这些可爱的小海豹一天天长大，真为它们感到高兴，但心里也不免有些担忧，因为等它们稍大一些母海豹就要带着它们下到水中，那时小海豹就要独立生活，在水下虽然有鱼虾供小海豹们捕食，但在水下也充满了危险，在南极海域经常会有攻击海豹的鲸鱼出现，前几天我就看到一只受伤的母海豹，刚从水下爬上来，被咬断的鳍还在流血，看着让人心痛。如果这些刚会下水游泳的小海豹遇上鲸鱼，只能是鲸鱼的盘中餐了。虽然为小海豹们感到惋惜，但也是无法避免的事，这就是动物世界中弱肉强食的食物链。

137

南极海冰上探路测冰

10月17日上午，中山站由7名队员组成的海冰探路小组开会，布置了在海冰上测冰、寻找海冰运输路线的工作，为第28次考察队到来在海冰上运输物资提前做好海冰冰情、海冰运输路线探测的准备工作。

吃完午饭，7 名队员带着冰钻、测冰厚工具、竹竿等测冰必备工具分乘两辆雪地摩托和一辆全地形车前往中山站外海冰进行探路、测冰厚工作。因前几次探路在中山站外冰山群中找到的一条直接穿越冰山群的路目前发现有两条很宽的冰裂缝，

钻冰测量冰厚

车辆已经无法通过，今天我们只能按照俄罗斯队员在海冰上找到的一条路绕过冰山群前往冰山群外的广阔海冰上，这样的话就要绕一个大圈。出站区后我们在海冰上一路往西，经过望京岛、内拉湾口继续向西，然后往西北方向，绕过海上的几个岛后再一路往东，来到中山站外冰山群的外面海冰上。原来直接穿越冰山群不到 1 公里路程，现在这样绕一大圈最起码多走了七八公里，我们在这一路上走走停停，不到 1 公里就下来测量一个点，首先用冰钻打穿海冰，然后测量海冰的厚度和海水温度，最后插上竹竿作为路标。

测量到中山站外后，我们继续向东，向馒头山方向探路并测量下去，向东行进了四五公里后我们转向正北方向，准备从这里一直往北探 20 公里海冰。因今天时间已经很晚，我们就探路到这个转向点，准备明天继续往北探路。我们把带着的竹竿全部留在这个转向点，明天出来探路就不需要全地形车，而只需两辆雪地摩托就可以，这样探路速度还能加快。

全地形车在高低不平的雪地上速度开不起来，雪地摩托需要经常停下来等待，影响了我们今天探冰的速度。全地形车不光速度慢，坐在上面的队员还要忍受风雪的吹打。白磊开车，我和卢成坐在全地形车上，我们 3 个人一路上饱受了风雪的吹打，头上、脸上、衣服上布满了厚厚的一层雪花，活像一个个雪人，真是苦不堪言。今天因为是第一天在海冰上探路，为了让探冰小组的成员都熟悉一下路况，所以全体出动，以后探冰准备每次派 4 名队员骑两辆雪地摩托前往，这样就能提高工作效率，也不会影响到队员们正常工作。

因前几天机械师戴伟晟扭伤了腰，这几天在卧床休息，为了不影响站区清理积雪的工作，今天发电班班长徐文祥主动要求帮助清理站区的积雪。昨天晚班的他，今天早晨 8 点才

下班，上午休息一会儿后，吃完午饭就开始开着装载机铲除站区的积雪，一干就是一个下午，我们在海冰上探路回来，他才停下铲雪的工作。今天唯一遗憾的是，徐文祥开着装载机在铲雪过程中，把中山站网络天线球连接到综合楼网络交换机的一根临时铺设在路面上的网络光缆线铲断了，造成了中山站整个网络断网。其实这也不能责怪他，这根临时铺设在地面上的网络线上面没有任何保护设施，又没有标志，上面堆积着厚厚的积雪，为了铲除道路上的积雪才不小心把网络线铲断的。

没有了网络，这下可把队员们急坏了，吃晚饭时队员们群策群力、想方设法要把网络恢复起来。一吃完晚饭，队员全体出动，准备从山坡上的网络天线球直接拉一根网络线到综合楼的网络交换机，虽然不是光纤网络线而只是普通室外网络线，但只能先试试再说，另外路程远怕影响信号传输，我们又在中间加了两个交换机，拉网络线的、拉电缆线的、连接网络线的，队员们一直忙碌到晚上 10 点才把网络线连通。网络线连通后试验了一下，网络运行正常，队员们的脸上露出了笑容。

138

南极海冰上探路历险记

10 月 18 日上午，中山站风力有五六级，到中午逐渐减小，虽然是多云天气，但感觉天气情况良好，气温也不低，于是我们继续组织去海冰上探路测冰。

吃完午饭，徐文祥开着装载机继续铲除站区的积雪，我和老王、李荣滨、杜玉军一行四人驾驶着两辆雪地摩托前往海冰上探路。从昨天探路的转向点开始一直向北探路测冰，在广阔平坦的海冰雪地上我们一般在行进两公里左右停下来测量一个点，先钻冰测冰厚，然后测量海水温度，最后插上竹竿作为路标。在向北 10 公里左右遇上第一条冰裂缝，这条冰裂缝有一米左右宽，东西走向，冰裂缝的两端一眼望不到头。我们驾驶着雪地摩托飞跃冰裂缝，继续向北探路前进。

在其中一个点停下来钻冰测量的时候，我们看到 3 只帝企鹅在北面的海冰上向我们这边滑行过来，帝企鹅看到我们可能感到好奇，想看看我们究竟在海冰上干什么。队员们看到帝企鹅走近我们，都停下了手上的活，忙着给帝企鹅照相。这 3 只帝企鹅在我们身边停留一会儿后，向南面我们的站区方向走去，估计又是迷失方向的帝企鹅，它们应该在海冰上一直向北，才能找到未结冰的海水。

我们在海冰上一路向北，经过在平坦海冰上的两条冰裂缝后，在离开昨天的转向点向北19 公里处遇上了大片乱冰区，穿越第一个较小的乱冰区后，经过短暂的平坦海冰，再次进入大片的乱冰区，此时我们已经离开转向点向正北有 21 公里，打算测冰探路到此为止，插上路标后我们掉头沿原路返回中山站。

刚返回没几百米，我驾驶的雪地摩托出现了故障，下来检查后发现履带断裂，无法继续行驶。这下麻烦了，在荒芜的南极海冰上，离开中山站有 20 多公里，我们如何才能回去。我们就准备用另一辆雪地摩托把这辆坏的摩托拖带回去，可海冰上的积雪很厚，光拖带一辆空车就拖拉不动，更不用说还有我们两个人要坐在车上。在无计可施之际，看看天色渐渐暗下来，我们只能放弃把坏的雪地摩托拖带回去的打算，留在海冰上等待下次用雪地车来拖带回中山站。

坏的雪地摩托留下来了，可我们四人如何乘坐一辆雪地摩托又让我们费尽脑筋，要走回中山站没有四五个小时是绝对不可能的。我们只能试一下 4 人同乘一辆雪地摩托，我尽量靠前坐负责驾驶，让身后的座椅上可以乘坐 2 人，最后 1人抱着前面的人站在后面窄小的车斗上，我们就这样 4人乘坐一辆雪地摩托从 20 多公里外的海冰上慢速开回中山站。

中山站吃晚饭时间是下午 6 点，当其他队员看到我们在海冰上探路的队员没有

回去吃饭时，心里都非常焦急，因为路程远高频对讲机也无法呼叫到，他们就一直焦急地等待着我们回站。当我们回到距离中山站 5 公里左右的海冰上时，总算收听到中山站的高频呼叫，他们在收听到我们在对讲机中的回复后，心里的那份担忧才消除。我们 4 人同乘一辆雪地摩托在下午 7 点回到中山站，队员们都站在室外迎接我们，就像迎接英雄凯旋归来。

我们回站匆匆吃点晚饭后，就着手准备明天派雪地车去 20 公里外海冰上拖拉雪地摩托回来的各项工作。

第二天吃完早饭队员们就开始忙碌，我组织了 8 名队员去距离 20 公里外的海冰上拖回昨天坏在那里的那辆雪地摩托。我们首先检查 PB240 雪地车并加满油，为海冰上安全行驶做好准备，随后带上拖带的小雪橇、绳索和绑扎带，并带上长木板，因为经过昨天我们在海冰上的探路情况，把有故障的雪地摩托拖回来必须在海冰上经过两个宽度在一米左右的冰裂缝，为了雪地车顺利通过这两条冰裂缝，我们必须在冰裂缝上架设木板。但中山站上的长木板不够，我们就开车前往俄罗斯进步二站借了 8 根长的木板，保障在冰裂缝处雪地车能安全通过。

上午 10 点，一切准备妥当后，我们 8 名队员驾驶着一辆雪地车和一辆雪地摩托前往海冰，雪地摩托在前面带路。按照前两天在海冰上探出来的道路行驶，首先离开中山站后在海冰上一路往西，再转向西北，接着一路往东，绕过中山站外的冰山群后，在我们昨天探路的转向点一直向北行驶。这样绕一大圈，我今天特意看了路程表，多走了整整 10 公里。

在海冰上一路往北行驶，在离中山站直线距离 14 公里处到达第一条冰裂缝，我们从雪地车车顶卸下一部分长木板，架设在冰裂缝处，然后驾驶着雪地车从木板上通过冰裂缝。继续向北行驶四五公里，到达第二条冰裂缝处，再从车上卸下剩余的木板铺设在冰裂缝处，通过冰裂缝后继续向北。因为昨天已经探过路，知道前面不会再出现较宽的冰裂缝，我们就把木板留在这两条冰裂缝上，雪地车拖着小雪橇继续向北。

雪地车行驶到海冰上的乱冰区后，我们看到了昨天留在这里的那辆雪地摩托，这里离中山站的直线距离是 24 公里，从卫星云图上看，再往北不到 10 公里就是没有结冰的海水。通过我们昨天和今天在海冰的这条路线上钻冰测厚，海冰的厚度在 1.2 米左右，海冰上积雪的厚度在 30~60 厘米。

经过 3 个小时的海冰上行驶，我们到达了昨天留在这里的雪地摩托处。队员们首先用铁锹把雪地摩托后面的雪地挖深，把小雪橇拖运到雪地摩托后部的雪坑中，然后队员们一起抬起雪地摩托后半部分，把雪地摩托有履带的后半部分搬运到雪橇上，最后用绑扎带把雪地摩托固定在小雪橇上。完成这些工作后，我们驾驶着雪地车拖带着装有雪地摩托的小雪橇开始返回中山站。

返回到那两条冰裂缝处，我们驾车通过后，把架设在冰裂缝上的木板收回，并绑扎在车顶。下午 5 点半我们驾驶着雪地车拖带着有故障的雪地摩托安全返回中山站，并去俄罗斯站归还了借的 8 根长木板。

今天 8 名队员经过 7 个半小时的努力，总算把直线距离 24 公里外海冰上有故障的雪地摩托拖带回中山站，队员们都很辛苦，午饭是在路途中吃饼干来解决。今天在海冰上拖带回有故障的雪地摩托工作非常顺利，虽然我们的机械师有伤在卧床休息，但我们今天派了发电班的邹正定来负责雪地车的运行保障。今天雪地车在海冰上行驶全程由我来驾驶，这是我第一次驾驶雪地车，邹正定负责指导并驾驶经过有危险的冰裂缝。我们今天驾驶着重量 4 吨多的雪地车在海冰上行驶，是海冰上真正的探路之行，为一个月后雪龙船破冰到海冰上，在海冰上卸运物资设备，通过雪地车拖运物资到中山站开辟了一条冰上之路。

139

为繁重的站务工作担忧

10 月 20 日，中山站继续阴天，风力不算大，但气温有所下降。据天气预报，后天将有一个大气旋影响中山站，到时中山站将迎来 9 级以上大风暴。

今天，我组织队员整理各个集装箱库房，把库房中的各类物品整理一遍，把我们还有一个多月时间需要使用的食品搬运到综合楼，余下的物品进行归类合并，腾空两个集装箱库房，方便下次队到来后可以储存新上来的补给物品。

下午，徐文祥开着装载机继续铲除站区停机坪广场上的积雪，经过几天的铲雪，停机坪

俄罗斯大坡

广场上的积雪已经基本铲除，不过后天的一场大风暴又将在站区广场形成新的雪坝。其实更大的铲雪任务还在后面，中山站新车库和新综合库门前的雪坝已经堆积有三四米高，还有中山站下广场需要铲出一块大的空地来堆放下次队带来的建筑材料，在下次队到来前把这些积雪全部铲除还要花费很大的劳力。目前机械师又因为腰部扭伤在卧床休息，只能安排发电班的3名队员在下班后帮助做一些机械师的工作，还有40天雪龙船带着下次队就将来到中山站，在40天中要靠发电班的队员下班后帮忙来做这些铲雪工作，感觉困难还是很多，只能尽力而为。另外机械师的主要工作还要把站上的各种工程机械车辆保养维护好，在下次队到来前这些车辆要处于随时可使用状态，现在机械师在养伤，谁又能来代替他去完成这些机械师的工作，我现在真的很担忧机械师方面的工作无法全部完成。

　　随着下次队到来的日子越来越近，交给我们的工作任务也越来越繁重，每位考察队员每天在做好自己的本职工作后，还将有大量的站务工作等待着去完成。比如昆仑站队去年放在冰盖出发基地的好几个雪橇已经被雪深深掩埋，需要我们去出发基地把这些雪橇全部挖出来，这也要花费我们很大的劳力。现在感觉时间越来越紧，40天很快就会过去，我们只能每天尽力地去做交给我们的这些任务，认真负责地做好迎接第28次队到来前的各项准备工作。

10 月 21 日，我继续组织队员整理库房，把在越冬期间摆放在宿舍楼中三个房间里的饮料食品、洗涤用品、被服等用品全部整理出来，搬运到集装箱库房中分类整齐摆放，方便交班时交接给下次队队员。

昨晚，发电班邹正定值夜班，今天上午 8 点下班，上午稍作休息后，吃完午饭和我、老王开着雪地车一起前往内陆昆仑站在冰盖上的出发基地，去检查昆仑站去年摆放在那里的雪橇和雪橇上的物品，看看雪橇被雪埋的情况。因为在下次队到来前，我们要把这些雪橇想办法从雪堆中挖出来，为下次昆仑站队出发提前做好准备工作。

我们驾驶着雪地车经过俄罗斯进步二站站区、俄罗斯大坡、进步湖、俄罗斯进步一站、鹰嘴岩，然后开始往冰盖上攀爬，所经过的道路上都留有俄罗斯车辆的车辙，我们都是沿着他们的车辙前进。我们驾驶着雪地车来到冰盖上，首先看到的是俄罗斯在冰盖上机场的一些建筑和油罐，经过他们的这些建筑后，我们就来到距离中山站 10 公里处的内陆出发基地。每次内陆队去冰盖上考察或去昆仑站都是在这里聚集准备好后出发，所以这里被称为内陆出发基地。

来到内陆出发基地，站在几十米高的冰盖上，三面是一望无际的南极冰盖，西面是大海，远眺大海上的一座座冰山和岛屿，有种一览众山小的感觉，可惜今天下午是多云天气，否则远眺这些冰山和岛屿，景色一定非常迷人。去年昆仑站队留在这里装满航空煤油的两个雪橇，一个已经深深埋在雪中，只露出最上面一排横着摆放的航空煤油油桶，另一个雪橇情况很好，雪橇脚都露在外面，拉出来肯定很方便。

我们检查完冰盖上内陆出发基地的雪橇情况后，沿原路返回，在俄罗斯进步一站处查看内陆队摆放在那里的雪橇情况。内陆队在这里摆放着许多雪橇，这些雪橇上有生活舱、发电舱、乘员舱，还有装有航空煤油和物品的好几个雪橇。从检查的情况来看，上面装有舱室的雪橇情况较好，一般都没有被雪埋，而那些装有航空煤油和物品的雪橇都已经被雪深深掩埋，要把这些雪橇从雪中挖出来需要花费很大的劳力。我们还检查了各个雪橇上的舱室，有一个乘员舱因为门没有关好，门口里面已经堆满了积雪，我们把这些积雪铲除后把门重新关严实。

全部检查完后，我们驾驶着雪地车返回中山站，准备在下个月安排队员去进步一站处和出发基地挖雪橇，把这些雪橇拖到雪面上，为 12 月份昆仑站队出发做好准备。我们在返回中山站的路程中顺便检查了路况，特别是俄罗斯大坡上的积雪情况，因为俄罗斯的车辆经常从大坡上通过，大坡上已经开出了一条清晰的车道，车道上也没多少积雪，行车还是非常安全。

吃完晚饭，我看到太阳露了出来，就去码头附近的海冰上看望那些小海豹，已经有好几天没去看小海豹，不知它们长多大了。码头周围的海冰上躺着二三十对海豹母子，小海豹有大有小，大一些的小海豹已经能够下水，我看到一只小海豹刚从水下爬到海冰上，母海豹紧随其后爬上来，看来是母海豹在水下教小海豹游泳捕食。今天我又看到一只夭折的小海豹，这只小海豹已经挺大，估计出生了有一个星期左右，不知道为啥还会夭折，母海豹一直趴在小海豹身上伤心嚎叫，真为这只小海豹的夭折感到惋惜，也为母海豹的那种母爱精神所感动。

10 月 22 日，中山站上午是阴天，到午后基本上没有风，到下午 3 点开始刮起了10级以上的大风，并夹带着雪花，就像天气预报的那样，今天下午将有暴风雪侵袭中山站。飘落的雪花和地上的积雪在狂风的吹动下漫天飞舞，天地一片昏暗。

今天暴风雪来临前，我组织队员清理宿舍楼中的生活垃圾，并把这些垃圾运送到垃圾处理栋，另外把宿舍楼中的饮用水空桶搬运出来，到综合楼夹层中灌装进步湖取来的饮用水后运送到宿舍楼，让队员们在宿舍楼中能喝到纯净的南极进步湖饮用水。

今天，发电班的邹正定去保养昆仑站队存放在中山站的所有雪地车辆，在中山站新车库中存放着内陆队的 4 辆卡特和 6 辆 PB300 雪地车，邹正定每隔半个月都会过来保养一下这些雪地车，使这些雪地车处于正常状态。今天邹正定发现有几辆雪地车的电瓶没电无法启动，就卸下这些电瓶，准备拿到发电栋去保养充电维护。我就派了几名队员一起配合他的工作，搬运电瓶。目前新车库门口堆积着 3 米多高的雪坝，车辆无法开到车库门前，只能停在高高的雪坝上，队员们用绳索把电瓶从车库门口拖拉到雪坝上，再搬运到全地形车上后运送到发电栋去充电保养。

下午 3 点，暴风雪侵袭中山站，10 级以上的暴风雪把中山站吹得天地一片昏暗，咆哮的风声让人听得心惊胆战。今天是星期六，每个星期六晚上是中山站加餐的日子，全体队员将聚在一起喝酒聊天。可惜今天由于暴风雪强劲，在吃晚饭时发电班值班的一名队员和在里面休息的一名队员因大门被风雪堵住而无法来综合楼餐厅吃晚饭，只能在发电栋将就吃一些快速食品，等待着暴风雪的过去。我们在餐厅吃晚饭的 15 名队员在吃完晚饭后看到外面的风雪越来越大，都不敢出门回宿舍，就在综合楼聊天、打台球等待暴风雪稍微平息一些。等到晚上 9 点多，看看外面的暴风雪没有平息的趋势，队员们就结伴而行，迎着狂风暴雪走回宿舍楼，虽然综合楼和宿舍楼只有百米的距离，但在暴风雪中搀扶着前进的队员们需要翻越一个个新堆积起来的雪坝，走这点路程队员们就花费了十几分钟。

回到宿舍楼后，我听到外面咆哮的风声更加强烈，感觉整个宿舍楼都在微微颤抖。虽然我不用担心宿舍楼的牢固情况，但刚铲除积雪的中山站广场上新堆积起来的雪坝让我非常烦心，好不容易铲除积雪清理出来的中山站广场又将迎来铲雪任务，希望这是今年南极夏天到来前中山站的最后一场暴风雪，千万不要再给我们增加额外的铲雪工作量了。

10 月 23 日一整天，中山站继续刮着 8 级以上的大风，咆哮的暴风雪肆虐着中山站，天地一片浑浊，雪花在强劲的风力吹动下横冲直撞、到处飞舞，已经分不出是天空中飘落的雪花还是地面上的吹雪。

在这样的暴风雪天气中，每个队员照样进行着每天的本职工作，科研队员保障各项科研观测和数据采集的不间断，后勤管理队员维护着考察站的正常运行。虽然队员们的工作都是在室内进行，但走到各自的工作岗位、各个科研观测栋，队员们都必

风雪夜归人

须和狂风暴雪搏斗，特别是要翻山越岭去较远科研观测栋的队员最辛苦，他们在与暴风雪的搏斗中还得带着绳索和队员结伴而行。

考察站上的电力供应是至关重要的，一刻都不能中断，发电班的 3 名队员每天 24 小时轮流值班，他们保障着考察站上的电力供应。今天上午发电班邹正定在值班时发现正在使用的 1 号柴油发电机转速不稳，为保障站区电力供应不间断，他马上转换到 2 号柴油发电机使用。然后叫上发电班的徐文祥和徐啓英一起对 1 号柴油发电机进行检查、查找故障，检查下来发现是高压油泵的故障造成柴油机转速不稳，随后他们更换了 1 号柴油发电机的高压油泵，试车后运行正常，就转换回 1 号柴油发电机工作。

晚上，从综合楼返回宿舍，咆哮的狂风仍在肆虐，地面上的积雪在疾走，在站区广场和道路上又形成了几处高大的雪坝。真希望这场暴风雪早点过去，让我们顺利地迎接南极夏天的到来。

141

繁重的站区铲雪工作

　　10 月 25 日，中山站是一个大晴天，阳光充足，太阳从早晨 4 点升起一直到晚上 8 点才落山。现在南极的白天时间越来越长，即将进入全天太阳高挂的南极极昼阶段，中山站是11月 17 日进入极昼期，还有不到一个月的时间。自从前几天在海冰上看到一只贼鸥后，今天我在站区也看到了一只贼鸥，说明南极的夏天即将来到，大批的贼鸥将来南极觅食繁殖。

　　今天我组织队员们铲雪，徐文祥开着装载机铲除站区广场和道路上的积雪，并把综合楼夹层门口的雪坝铲除。其他队员拿着铁锹铲除垃圾处理栋门口人工隧道中的积雪，前天的一场暴风雪把垃圾处理栋门口原先在雪坝中挖出来的一条隧道堵得严严实实，队员们只能采用轮流人工挖掘的方式挖除隧道中的积雪，花了两个多小时才把这条隧道挖通。在隧道挖通的同时，综合楼夹层门口的雪坝通过装载机和人工挖掘的方式也挖出了一条通道，随后就把全地形车开出综合楼夹层，把综合楼和宿舍楼中的生活垃圾运送到垃圾处理栋，等待焚烧处理。

　　下午，邹正定和老王去新车库，邹正定去保养停在新车库中的昆仑站队雪地车，老王去检查新车库的卷帘门，因为上次发现有一扇卷帘门出现了故障无法打开，今天就去检查一下，看看能不能维修。

　　中山站新车库门口堆积着非常高的大片雪坝，在车库门口形成了垂直三四米高的雪坝墙，导致新车库中的车辆无法驶出。本来站上有挖掘机可以在车库门口挖出一条通道来，但由于机械师在卧床养伤，站上其他人员都不会使用挖掘机挖雪，装载机又不能开到雪坝上去铲雪。在我们一筹莫展，准备组织人工去挖除新车库门口的雪坝时，突然想到是不是请求俄罗斯队员来帮忙一下，他们有一辆带铲斗的雪地车曾经帮助我们铲过站区广场上的雪坝。昨天我们向俄罗斯队员说明了我们的请求，希望他们的雪地车在有空的时候帮我们来铲一下车库门口的雪坝，好让我们自己有带铲斗的雪地车从车库中开出来，他们很爽快地答应了我们，并说会尽快过来帮忙。

今天下午，俄罗斯进步二站的翻译和机械师开着带铲斗的雪地车来到我们站上，在问清楚需要铲除哪里的积雪后，他们的机械师就开着雪地车帮我们铲除新车库门口的高大雪坝。经过他们的雪地车两个多小时的铲雪，新车库门口三四米高的雪坝被铲成一个斜坡，这样我们车库中的雪地车就能够方便地驶出。俄罗斯机械师在帮助我们铲雪的时候，我们看到差不多可以驶出车辆后，多次跟他说可以了，剩下的我们自己来吧，可他们的机械师非要铲雪铲到他感觉满意为止，让我们好生感动，真是一个热心肠的好人，佩服他对待工作的认真态度。他们铲完准备回去时，我送了几箱饮料给他们，并向他们表达了谢意，非常感谢他们的帮助。

我们第27次越冬队员和俄罗斯进步二站的这帮越冬考察队员已经在南极相处了近一年，由于经常走动，双方队员都已经非常熟悉，能彼此叫出名字，双方队员之间建立起了深厚的感情。不管哪一方有困难需要寻求帮助，对方都能全力以赴地来帮忙，这就是在南极特定条件下，超越国界的各国考察队员之间的友谊，不需要任何代价，无偿地相互帮助和支援，共同战胜南极恶劣环境并完成各自的考察任务。

队员们在铲除车库前的积雪

142 / 条件改善的 南极考察站

　　10 月 26 日，我组织队员们整理清洁老主楼，虽然这栋老主楼在今年 2 月份新综合楼启用后就已经弃用，但老主楼是中山站的第一代建筑，曾经是中山站的标志性建筑，在没有拆除前必须把它完整地保存下来。我们今天把老主楼中的厨房、餐厅、中山堂和各个房间全部清洁整理了一遍，整理出来的垃圾送往垃圾处理栋焚烧，并把老主楼原先几个房间里的床铺、桌椅搬运到宿舍楼，给即将到来的度夏考察队员使用。

　　我们今年是第一次使用新综合楼，新综合楼宽大明亮，里面设施齐全，保暖性好，给我们在越冬考察期间生活上带来了不少舒适。今天在中山站第一代集装箱式老主楼中明显感觉到低矮、阴暗，要知道 20 多年来一批批越冬考察队员都是生活在这里，想想以前的考察队员真的好辛苦，他们没有网络、电话，生活在集装箱式建筑中，这一年越冬考察是如何度过的。跟他们相比，我们目前考察站上的条件有了很大的改善，中国南极考察站经过 20 多年的建设和发展，不光新增了钢结构的建筑，也连通了网络，考察队员可以随时跟国内取得联系，也能时刻关注国际国内的新闻，让考察队员在南极考察一年后回国不再落伍跟不上时代的发展。

　　今天中山站继续铲除站区广场上的雪坝，由徐文祥开着装载机来铲雪，把站区广场上的积雪铲到莫愁湖旁边的小湖边。今天在铲雪过程中装载机陷入了小湖边的雪坑中，动用雪地车才把装载机从雪坑中拖拉出来。装载机拉出来后继续铲雪，徐文祥整整铲了一个下午，他是今天上午 8 点才值完夜班下班的，上午稍微休息一下，吃完午饭就开着装载机铲雪。我非常佩服这帮弟兄们的干劲，目前由于机械师扭伤了腰一直在休息，发电班的 3 名队员就帮着干机械师的一些工作。还有一个多月第 28 次考察队就要来到中山站，我们还有大量的准备工作要做，只能靠队员们每天完成各自的本职工作后加班加点来完成了。

10月27日，中山站晴空万里、风和日丽，气温明显升高了许多，队员们在室外工作已经脱下了厚厚的羽绒服，让人感觉进入了南极的夏天。目前南极的阳光充足，紫外线特别强烈，队员

中山站新综合楼

们经过一个冬天原本白白净净的脸上都已经变成黝黑，虽然在阳光下干活队员们都使用了防晒霜、面罩等防晒措施，但还是无法阻挡南极强烈紫外线的辐射。

今天，继续组织队员们铲雪，把老主楼侧门台阶附近、几个冷冻集装箱周围等地方用装载机无法铲除的积雪用铁锹铲除。队员们铲完雪后去宿舍楼为即将到来的考察队员整理房间和床铺，徐文祥开着装载机继续铲除站区停机坪广场上的积雪。

下午，邹正定保养新车库中的内陆队雪地车，把停在新车库中的9辆内陆队雪地车全部启动运转一下，发现有一辆无法启动，就对这辆雪地车进行了检查维修，解决故障后试运行正常。还有一个月第28次考察队就要来到中山站，到时昆仑站队员马上要使用这些雪地车，

他们将开着这些雪地车拖带着装有建筑材料、物资和油料的雪橇从中山站出发，前往海拔4000多米距离中山站1300公里的内陆冰盖上的昆仑站，进行昆仑站二期工程建设和科学考察。

晚饭后，我和老王散步到中山站熊猫码头，顺便去看看小海豹们的成长情况。

小海豹依偎在母亲身边

在码头向海冰上望去，稀稀拉拉躺着三四十对海豹母子，码头附近的海冰上成了母海豹们的产房。我们稍微走近这一对对海豹母子，看到大大小小的小海豹，有的已经长得很大，有的刚出生，大的小海豹估计已经能够独立生活。小海豹们身上皮毛的颜色各不相同，有的是浅淡的黄色，有的是深灰色；有的皮毛上有豹纹，有的没豹纹是同一色。小海豹们都非常活泼可爱，但我还是偏向喜欢浅黄色的小海豹，看起来非常干净、舒适，就像宠物名犬。

晚上 8 点，我们从码头走回站区，此时太阳正好在西下，在太阳余晖的衬托下中山站区在荒芜的南极白色世界里显得非常醒目，也非常壮观。

143 中山站铲雪工作全面展开

10 月 28 日，中山站继续保持着晴朗的好天气，但气温有所下降。今天我继续组织队员铲雪，先由邹正定把带有推铲的雪地车从新车库中开出，铲除新车库门前的积雪。车库门口大部分积雪用雪地车铲除后，靠近门口的积雪由队员们人工用铁锹铲除，铲除后打开车库门。因这个门里面的车库中放着几辆雪地摩托，我们在车库门前铲雪的目的就是为了在这里拿一辆雪地摩托，以补充上次在海冰上探路有故障而不能使用的那辆雪地摩托，准备过几天继续去海冰上探路测冰。

今天我和老王检查停放在新车库中的三辆雪地摩托，发现这三辆雪地摩托都无法正常启动，我们挑选感觉最有可能启动的那辆雪地摩托进行检查，首先发现电瓶没电，我们找来蓄电池电瓶外接后再启动，还是启动不起来，我们就查找其他故障原因，把雪地摩托发动机的三个火花塞拆出来检查，发现火花塞结炭严重，我们更换新的火花塞后再次启动，一下就把雪地摩托启动了起来，我把这辆雪地摩托开出车库在外面跑了一圈，感觉情况良好。这样我们又有两辆雪地摩托可以正常使用，海冰上探路测冰厚的工作又能正常展开了。

邹正定开着雪地车铲除新车库面前的积雪让雪地摩托可以驶出后，就前往中山站停机坪广场铲雪，把原先用装载机铲到莫愁湖边高高的雪堆往湖中推铲。下午徐文祥开着装载机铲除发电栋门口的积雪，随后继续铲除停机坪广场的雪坝。下午停

驾驶雪地车铲雪

机坪广场上雪地车、装载机一直在不停地铲着雪坝，忙碌的铲雪车辆看上去就像一个施工工地，在机械师卧床休息的情况下，各种车辆还能正常使用实属不易，我佩服队员们的技术水平和这种努力拼搏的工作态度。

目前我们中山站迎接第 28 次考察队到来的各项准备工作在有序地进行，经过这几天队员们的努力，工作进展一切顺利，按照这样的工作进度，还有一个月的时间我们有信心在做好各自本职工作的同时，完成上级交给我们迎接第 28 次队到来前的各项工作任务。

明天中国第 28 次南极考察队将随雪龙船离开上海，在天津港短暂停留后前往南极中山站，一个月后就能到达我们中山站。第 28 次南极考察队从国内出发了，离我们交班的日子越来越近了，回想我们去年这个时候随雪龙船离开祖国已经有整整一年了，虽然我们在南极经历了狂风暴雪和严寒，也经历了漫长的极昼和极夜，但感觉时间还是过得飞快，一转眼在南极一年的越冬考察生活就这样过去了。虽然我们盼望着能早日交班回到祖国和亲人团聚，但我们心中充满着对南极的那份情感，一年多的南极越冬考察生活带给我们的辛酸和欢乐，将在我们人生中留下一段难忘的经历。

10 月 29 日，中山站组织队员们再次整理宿舍栋一楼的所有房间，在房间里把床铺整理好，并在床铺上铺好被褥、配上床上用品，为第 28 次度夏考察队员入住做好准备。

下午徐文祥开着装载机继续铲除站区广场上的雪坝，我和老王、徐啓英检查雪地摩托的电路系统，因昨天开出来的一辆雪地摩托仪表盘上没电、没有任何显示，这样就会给雪地摩托的运行带来安全隐患。我们就从雪地摩托的电瓶开始一路查找下去，经过一个下午的努力，虽然电路上的故障原因找到了，但要想办法解决这个故障需要时间。

114

企鹅拜访
南极中山站

10 月 30 日，中山站又是一个阳光明媚的大晴天。

下午，在中山站区，我看到了一只拜访中山站的阿德雷企鹅，这是今年冬天以来在站区见到的第一只阿德雷企鹅，这只阿德雷企鹅身材很矮小，身高不足 40 厘米，感觉是出生没多久的小企鹅。阿德雷企鹅的来访，让队员们非常兴奋，纷纷拿出相机为阿德雷企鹅拍照。这只阿德雷企鹅很可爱，也不管我们的拍照，只顾自己慢悠悠地在中山站区转悠，像是在参观我们中山站，又像是在寻找它走散的同伴。

10 月 31 日，南极中山站继续保持大好的晴天，队

准备出发

孤单行者

员们在完成今天自己的本职工作后继续做迎接第 28 次考察队到来前的各项准备工作。

今天，我和老王继续检修雪地摩托，查找冷却水高温报警故障的原因。首先我们检查冷却风扇，在确认冷却风扇工作正常后再查找冷却水系统原因，查看了全部冷却水管的走向，我感觉应

眺望远方

该是冷却水自动调温阀存在故障，使得冷却水不经过风冷却器而造成高温报警。我们拆下调温阀，因没有配件我们就把上次履带坏了的那辆雪地摩托上的调温阀拆下，把两个调温阀进行对换。全部组装好以后，初步试车感觉一切正常。

晚饭后，我带着老王驾驶着这辆雪地摩托去海冰上做行车试验，我们在海冰上一直开到冰山群，然后又在海冰上转了几圈，行驶了好几公里，雪地摩托运行一切正常，没有再出现冷却水高温报警现象。我们经过 3 天的检修，总算修好了这辆雪地摩托，我们又可以驾驶着两辆雪地摩托去海冰上进行探路测冰工作了。

当我们在试验雪地摩托经过中山站码头附近的海冰上时，看到昨天拜访我们站区的那只阿德雷企鹅，它正在海豹母子身边转悠。在海冰上企鹅不害怕海豹，因为笨重且行动缓慢的海豹无法跟上灵活的企鹅，但如果在水下，小企鹅就难以逃脱海豹的追赶，常常会成为海豹的盘中餐。今天我们在海冰上还看到众多的贼鸥在海豹母子上空盘旋，等待母海豹分娩小海豹，一旦小海豹出生，胎盘就会成为贼鸥的美食。我们在海冰上也看到了两只贼鸥正在吃小海豹的胎盘，这个胎盘已经在雪地上冻硬，可贼鸥还在用坚硬的喙不停地啄，冰天雪地的南极没什么食物可供它们捕食，目前贼鸥只能靠吃这些海豹的胎盘来维持，等海冰融化后它们就可以捕捉海面上的小鱼小虾。

企鹅、海豹、贼鸥，南极的主要动物都已经来到中山站，热闹的南极夏天即将来临。

南极海冰上艰苦的钻冰测量工作

11 月 1 日，我组织队员再次去海冰上探路，前一段时间我们已经在海冰上探出一条冰上之路，按照第 28 次考察队给我们的工作要求，要在中山站外围的海冰上探出两条雪地车行车路线，以帮助第 28 次考察队冰上卸运货物提供雪地车行车参考。

吃完午饭，我和老王、白磊、杜玉军骑着两辆雪地摩托前往海冰上探路，我们首先抄近路穿越冰山群来到上次海冰上的那个转向点，虽然冰山群中有两条较宽的冰裂缝，但雪地摩托还是能方便地飞跃过去。我们在转向点拿到上次留在这里的十几根竹竿后一直往正西方向行驶，寻找向北的最佳转向点。往西行驶了 4 公里左右，我们在两个大冰山之间确定一个向正北方向的转向点，然后在这里插上竹竿做好标记。我们准备在这里先一路向北插上竹竿做标记，然后从最外面那个点开始往回测量每个点的冰厚。

随后我们就一路向北，每 2 公里或者碰上冰裂缝就插上竹竿做标记。我们一路向正北方向行驶，海冰上的积雪高低不平行驶起来非常颠簸，也无法快速行驶起来。我们在向北 17 公里处遇上了大面积的乱冰区。乱冰区是小块的冰重叠挤压在一起冻结而成，造成海冰面高低不平，海冰上的积雪也高低起伏，有些地方的积雪深达一米多。在这乱冰区中雪地摩托无法行驶，想绕过这乱冰区，可不知从何处才能绕过一望无际的乱冰区，我们决定就探路到这里，因雪龙船每次到南极中山站外围都需要破冰通过乱冰区后才能卸货，否则雪地车也无法在乱冰区中行驶并拖带装有货物的雪橇。

我们就在乱冰区中的这个点开始钻冰测厚，第一个点的冰层还没有钻通，冰钻的汽油机就出现了故障，只能改用人工手摇冰钻来钻冰。我们就从最北面的这个点往回一个个点地钻冰测厚，不是冰裂缝的地方只要钻一个冰洞测厚就可以，遇上冰裂缝的地方就让我们感觉好

辛苦，因为在冰裂缝两端从
海冰开始，要沿垂直冰裂缝
方向按照 50 厘米、50 厘米、
50 厘米、50 厘米、1 米、1
米、2 米共 7 个点打钻测各
个点的冰厚度，一条冰裂缝
就要钻 14 个冰洞，又碰上汽
油机冰钻发生故障，只能用
手摇冰钻来钻冰洞，虽然我
们四个人轮流摇冰钻，但还

擦肩而过

是把我们累得气喘吁吁。我看到队员们累得再也摇不动冰钻了，看看时间也已经超过 5 点，就决定结束今天的冰上打钻工作，剩下的还有 7 个插竹竿做标记的点明天再派人来打钻测冰厚。

我们回到中山站附近的冰山群中时，在集结海豹母子的地方看到两只小海豹在一起玩耍，而它们的妈妈已不在身边，我们估计这两只海豹已经能够独立生活，它们的母亲已离开它们去水下捕食。我们就停下来仔细观察这两只小海豹。这两只小海豹在一起吵闹，显得非常活泼可爱，这么小的海豹就要独立生活，要自己想办法去水下捕食，真佩服大自然中这些动物的顽强生存力。

我们还看到一只母海豹要带着它的小海豹下水，训练小海豹在水下游泳和捕食，母海豹首先下水，然后在水下露出头叫唤小海豹下水，可小海豹爬爬停停就是不肯接近水面，可能是害怕下水，任母海豹怎么叫唤都不敢接近水面，反而向相反方向爬去，母海豹没办法只能从水中重新爬上冰面，去追赶小海豹。

11 月 2 日，我再次组织队员去海冰上钻冰测厚，把昨天没有完成的 7 个插竹竿的点钻冰洞测量完。今天我没有前往海冰上工作，由卢成带着昨天的另外 3 名队员去海冰上完成钻冰测量工作。昨天海冰上探路留下没有测完的 7 个插竹竿的点，其中有 4 个点是冰裂缝，也就是在这 7 个点上要钻 59 个冰洞，今天够他们辛苦了。

他们四人吃完午饭马上骑着雪地摩托出发去海冰上钻冰，到下午 6 点吃晚饭的时候还没有回来，在站区的队员就试着用高频对讲机呼叫他们，可因为他们在海冰上路程远，无法呼叫到他们，队员们就在餐厅焦急地等待着他们回来，在等待中也一直通过高频对讲机呼叫他们，将近 7 点，总算在对讲机中传来他们的回答，说快返回到中山站了。听到他们的回答，队员们一片欢呼，我和在餐厅等待的队员心里的那份担忧才放下。

他们回来后在餐厅吃晚饭的时候才告诉我们，原来我们昨天晚上修理过的那个冰钻汽油机，他们今天在海冰上只钻了两个冰洞就又出现了同样的故障，他们也只能改用手摇冰钻来打冰洞。没有汽油机靠他们用手摇冰钻在 1 米多厚的海冰上打这 59 个冰洞，真把他们累坏了，所以他们一直在海冰上钻冰到下午 7 点才完成工作任务回到中山站。

看到他们一张张被强烈紫外线晒得黝黑的脸，我被队员们的工作精神感动，他们每个人每天都有自己的本职工作要做，在完成自己的工作后还要帮助做许多繁重的站务工作，而我们的队员每次都会认真地对待工作并出色地完成工作任务，真不愧是中国南极考察队员。

11 月 3 日，中山站刮起了六七级的大风，并夹带着雪花，虽然下的雪不大，但地面上的积雪在大风的吹动下也在飞舞，让人分不清雪花是天上下来的还是地面上吹起来的。我们只希望风雪小一些并早点过去，不要再额外增加我们的铲雪工作量，因为还有一个月第 28 次考察队就将来到中山站。

碰上这样的风雪天，室外的站务工作只能暂停，转向室内。今天组织队员整理餐厅自助食品货架上的所有罐头、饮料等食品，把一样样食品摆放整齐，缺少的食品只要还有库存的就从库房中搬运出来补充，以方便队员们取用，虽然目前中山站上的食品已经不多，但一个月后第 28 次考察队到来就会有新的食品来补充自助货架。以前我曾看到过一个考察队员描写考察站上的自助货架，他说在南极考察站随便取用货架上的食品已经养成了习惯，回到国内在超市货架上取用食品要付钱反而感觉不习惯，在南极一年多的考察让队员们忘记了需要用钱购买商品的概念。

另外，我们今天还组装了几个货架用来补充洗碗间和厨房的货架，洗碗间的货架让考察队员用来摆放碗筷，第 28 次考察队即将来到中山站，到时度夏考察期间 100 多人的碗筷需要货架来摆放，我们为他们提前做好准备。厨房间增加的货架用来摆放厨房用品，使原先稍感物品摆放凌乱的厨房显得更加整洁。

今天，中国第 28 次南极考察队随雪龙船从天津港出发，开始踏上南极考察的征程。雪龙船从天津港出发，在澳大利亚的弗里曼特尔港短暂停靠补给后将直奔南极中山站，将在 12 月 3 日到达中山站的外围冰区。雪龙船从国内出发在海上劈风斩浪航行整整一个月才能来到南极中山站，这期间雪龙船还将穿越南纬 45°~60° 的"魔鬼西风带"和南极大陆外缘的浮冰区，雪龙船到南极考察的征程非常艰辛。

今天，听说雪龙船踏上南极考察征程后我们中山站的队员都非常高兴，回想我们去年 11 月 5 日随雪龙船踏上南极考察的征程已经过去整整一年了，自从 2 月底雪龙船离开南极中山站回国后，我们留在中山站的越冬考察队员天天盼望着雪龙船能够再次来到中山站，因为只有雪龙船来到南极中山站送来新的考察队员，才意味着我们将结束一年的南极越冬考察，我们才能随雪龙船回国。今天雪龙船从国内出发了，雪龙船第 28 次南极考察的时间是 164 天，也就是离我们随雪龙船回到祖国还有 164 天，虽然还有 164 天，但对已经在南极经历了一年的考察队员来说，这点时间会很快过去，我们离回到祖国已经不再是遥远的梦了。

11 月 4 日，中山站飘落的雪花虽然停止了，但继续保持着六七级的大风，地上的积雪还在随风飞舞，因为站区莫愁湖边高大的雪堆已经铲平，没有给大风造成阻挡，所以在停机坪广场也没有堆积起较大的雪坝。

在南极遇上风雪天气，天地变得一片苍茫，昏暗的天空下能见度非常低，一眼望去都是白茫茫的一片。在这样的天气情况下，队员们除了去各个科研栋观测和工作场所接收数据或值班需要在室外走动之外，是不会有人在室外随便走动的，就怕在风雪中迷失方向。据天气预报，明天中山站的天气将转为多云，风力也将减小。我们也希望风雪早点过去，并希望这是南极夏天来临前的最后一场雪，因为第 28 次队已经从国内出发，在他们来到中山站之前在室外还有许多准备工作需要我们来完成。

在南极的风雪天气下，躺在冰面上的海豹母子们不知道是如何抵抗风雪的，在中山站附近的海冰上自从见到第一只小海豹出生，到现在已经有近百只小海豹出生。小海豹们有的已经长大可以下水独立生活，有的还在母海豹的陪同下学游泳，有的还在吃着母乳。看着这些可爱的小海豹一天天长大，在为它们感到高兴的同时，也为它们感到担忧，因为小海豹在出生 10 天左右，母海豹就要逼着它们下水，这时候的小海豹往往是不敢下水也不愿意离开母海豹，在母海豹的逼迫下才不得不跟着母海豹下水学游泳和捕食，一旦学会在水下游泳和捕食，母海豹就将离开小海豹，小海豹也将独立生活，独自抵挡水下的险恶环境，并适应环境慢慢成长。

这些小海豹为了生存虽然在水下会遇到危险，但比起出生后不幸夭折的小海豹来说已经算幸运了，我在中山站附近的海冰上已经先后看到 5 只夭折的小海豹，这几只小海豹有的刚出生，有的出生好几天已经非常大了，不知道怎么还会夭折，真为它们感到惋惜。

能看到南极小海豹出生并慢慢长大对我来说是第一次，虽然我以前参加过 6 次南极考察，但那都是南极的度夏考察，只在南极度过一个夏天，是碰不上母海豹分娩期的。所以说参加南极越冬考察虽然在南极一年比较辛苦，但能看到在南极度夏考察期间所不能看到的小海豹、小企鹅出生和绚丽的南极极光，也算是非常幸运的事，这可能也算是对我们在南极越冬考察一年的补偿吧。

147

夕阳下的南极迷人景色

南极的天气真是变幻莫测，昨天还是大风雪天气，今天 11 月 5 日一下变得晴空万里、阳光灿烂、微风习习，气温也有明显的上升，犹如南极夏天般温暖。其实南极的夏天也即将来临，还有 12 天南极中山站将进入极昼期，也就是进入真正的南极夏天，到时每天 24 小时太阳将一直高挂在南极中山站的上空，不落的太阳将一直陪伴南极中山站度过近三个月的极昼期。等南极的极昼期过去，我们第 27 次南极考察中山站越冬队员也将同第 28 次度夏考察队员一起，随雪龙船离开南极中山站返回祖国，结束我们在南极中山站一年多的越冬考察生活。

今天天晴，中山站忙碌的室外站务工作继续进行，我们现在最大的工作任务还是铲除站区各个地方的积雪。今天徐文祥开着装载机铲除站区停机坪广场靠近老主楼和堆放集装箱位置一些边角上的积雪，装载机铲除不到的地方队员们人工用铁锹挖出雪来，然后用装载机铲走，把这些积雪运到莫愁湖边，再用雪地车向湖中推进铲平。

前天的一场风雪，虽然不是很大，但还是把中山站垃圾处理栋门口雪堆中的人工隧道给堵住了，今天我组织队员用铁锹把隧道中的积雪挖除，然后把前两天在综合楼整理清洁出来的垃圾运往垃圾处理栋门口的隧道前，再用人工通过隧道搬运到垃圾处理栋，等待焚烧处理。

值完夜班早上 8 点下班的邹正定，吃完午饭就开着带推铲的雪地车开始铲除中山站下广场上的积雪，整个宽大的下广场积雪有二三米厚，我们要在这个广场上推出一片空地来，用来堆放第 28 次队到来后从雪龙船上卸运下来的中山站建筑材料。因为第 28 次度夏考察期间，将要在中山站建造一栋新宿舍楼和一座新的发电栋，到时会有大量的建筑材料从雪龙船上卸运到中山站。我们先准备好堆放的场地，好让建筑材料一卸运到中山站就有堆放的地方，为第 28 次考察队的到来提前做好准备工作。

晚饭后，我和几名队员一起出去散步，来到中山站码头附近的海冰上，在这里躺着几十对海豹母子。码头旁边有些地方的海冰已经融化，我们看到一个水潭，水潭中一只母海豹正在教小海豹潜水，在训练小海豹如何在水中呼吸。母海豹在水中只露出一个头看着小海豹，小海豹趴在水潭的冰碴上，一会儿把头没入水中，一会儿抬起头来，这个水潭正好帮助小海豹练习潜水，也省得小海豹害怕直接跳入水中。

夕阳照射在海冰和远处的冰山上，大半个月亮挂在冰山之上碧蓝的半空中，海冰上温馨地躺着几十对海豹母子，不时还有只贼鸥在空中盘旋。漫步在如此迷人的南极景色中，让我们有种融入大自然的感觉，如梦如幻。

目前南极中山站虽然每天还有两个小时左右的夜晚时间，但在这两个小时中天色并不是很黑，能清晰看到太阳光在地平线处透着一丝亮光。半夜，明亮的大半个月亮还挂在中山站本来不算很黑的夜空中，让中山站目前唯一的一点夜晚时间亮如白昼。

11 月 6 日，中山站又是一个挺不错的好天气，晴间多云，继续保持着较高的气温。站区有些地面上的积雪已经开始融化，出现了一个个水塘，当然这些融化雪的地方是经过我们铲雪后，只在地表面留下一层很薄的积雪才融化的，如果是几米高的积雪在南极的整个夏天都不一定能融化完，因为南极中山站夏天大部分时间的气温还是在零度以下。

118 国内立冬，南极立夏

目前南极中山站每天有下降风影响，这也是南极夏天时特有的现象，夜间到早晨风力较大，上午到晚饭后风力减小。昨晚中山站有 8 级大风，把中山站广场旗杆上的旗绳都刮断了，到今天 11 月 7 日上午风力开始变小，只有二三级的微风。中午让机械师把挖掘机开到旗杆旁，升起挖斗，卢成爬到挖掘机挖斗上，把旗绳重新连接上。

今天组织队员清理宿舍楼中的洗衣房和二楼的空房间，把二楼的空房间全部清理打扫一遍，床铺整理干净，能加床铺的地方加上床铺，床铺不够的就铺好地铺，准备迎接第 28 次考察队队员入住。

今天发电班的 3 名队员检查维修冰钻的汽油机，把上次去海冰上钻冰出现故障的那台汽油机和站上早年有故障的两台冰钻汽油机全部拆卸维修，拼装成两台冰钻汽油机可以使用。有冰钻汽油机可以使用了，我们就计划明后天继续去海冰上钻冰测厚，密切关注海冰的融化情况，为雪龙船到来后提供第一手海冰厚度资料，也为能否在海冰上卸运物资提供参考依据。

前几次邹正定开着带铲雪地车在推铲站区停机坪广场莫愁湖边的雪堆时，我一直在车上跟他学习雪地车推雪的操作技能。今天轮到邹正定发电班值班，为了抓紧铲除站区下广场上的积雪，下午我就开着雪地车推铲下广场的积雪。我今天主要准备在下广场推铲出一大块空地来，为第 28 次到来后堆放物资和建筑材料提供场地。

我驾驶着雪地车来来回回在下广场推铲积雪，经过一个下午的推铲，感觉自己的驾驶技术和操作技能越来越熟练，一大片空地也初具规模，就是下广场的积雪很深，铲除了一米多深的积雪，还没有铲到地面，我准备明天继续用雪地车来推铲下广场的这块空地。

刚得到气象预报员传过来的天气预报，明后天中山站将是阴有雪的天气，并有七八级的大风。目前中山站停机坪广场到莫愁湖边的雪堆已经全部铲到莫愁湖中，下广场也已经开始铲雪，真希望中山站不要再下大雪了，否则我们的铲雪工作是没完没了了，让我们无法保证在第 28 次考察队到来前，把站区停机坪广场、下广场和新车库门口道路上的积雪全部铲除。

除了站区的铲雪，我们还要去俄罗斯进步一站处的内陆队停放雪橇的地方，把那些深埋在雪中的雪橇全部挖出来，还要维护保养停放在那里的昆仑站队发电机组，为第 28 次内陆昆仑站队出发提前做好准备工作。这些工作也要花费我们几天的时间，现在感觉时间越来越紧张，本来第 28 次考察队到来对我们来说是一件高兴的事，我们天天盼望着第 28 次考察队能早日到达中山站，可现在看到还有这么多的准备工作要做，心里就充满着矛盾，既盼望第 28 次考察队早日到达中山站，又不希望在我们还没做好准备工作的时候来到。

南极湖畔

11月8日，中山站是阴有雪的天气，上午有七八级的大风，到午后风力逐渐减小。庆幸的是今天的雪不算大，没给站区造成大量的积雪，到晚饭后雪就停止了。

上午因为风力较大，不适合在室外工作。午饭后风力逐渐变小，邹正定就开着雪地车开始推铲中山站下广场上的积雪，在我昨天已经铲过的那块空地上继续推铲，经过他一下午的努力，那块空地部分已经铲露出地面，再花一天时间在那块空地上推铲，一片大面积的空地就会在中山站下广场呈现，第28次考察队卸运的物资就可以在那里堆放。我们推铲出这块空地，主要也是为了在海冰上不适合用雪地车卸运货物只能靠直升机吊运货物的时候，在中山站下广场有直升机卸货和堆放货物的场地。

机械师感觉腰部扭伤处情况已经有所好转，今天下午开着挖掘机开始挖掘下广场通往新车库道路上的积雪，并把在综合楼前一条通往油罐区道路上的积雪用装载机铲除。如果机械师腰部扭伤处得到恢复的话，中山站的铲雪工作也不会太紧张，只要每天有序地进行铲雪工作，还有20天应该可以完成铲雪任务。

今天是国内的立冬，在北半球的祖国从今天开始进入冬季，而在南半球的南极应该算立夏，南极开始进入夏季。立冬在我国民间有吃饺子的习俗，今天有队员提议我们晚上也下饺子吃。可现在中山站上什么蔬菜都没有，要自己包饺子是不太可能，晚饭时大厨就拿出了速冻饺子给大家吃，另外也配了几个凉菜，让大家在一起喝点酒，庆祝国内进入冬季，而我们所在的南极进入夏季。

今天是11月8日，到明年的4月8日我们第27次南极中山站越冬队员可以和第28次度夏考察队员一起随雪龙船回到祖国，还有整整5个月需要我们坚持。不过对我们来说，在南极一年都已经过去了，还有5个月的时间应该不算太漫长。

11月9日，南极中山站虽然是阴天，但因为南极已经算进入夏季，感觉到气温有明显的升高。还有一个星期，南极中山站将进入夏季的极昼期，没有夜晚、太阳永不落的日子即将来临。

今天邹正定继续开着雪地车推铲下广场上的积雪，把下广场推铲的一大片空地上的积雪全部推铲完，为第28次考察队到来后用直升机吊运物资准备好了堆放的场地。随后他开着雪地车推铲新综合库门前大面积的积雪，这里的积雪有3米多高，经过他一下午的推铲，新综合库门前的积雪铲除了近半，再花两天时间推铲，新综合库门前的积雪可以全部推铲完。新综合库门前的积雪铲除后，等待我们的是更大面积的新车库门前的积雪需要铲除。

机械师今天下午开着挖掘机继续在下广场积雪中挖路，今天这条道路已经快挖掘到新综合库。这条道路从站区生活区出发，要经过下广场、新综合库、新车库，一直通往中山站的熊猫码头，是中山站车辆行驶的主干道，所以上面的积雪要铲除干净，方便各种车辆的行驶和物资的运输。

中山站熊猫码头并不是雪龙船能停靠的码头，而是在海冰全部融化的情况下，雪龙船所带的小艇和驳船停靠的码头，雪龙船在南极没有能停靠的码头。在南极的夏天中山站附近海域海冰融化的情况下，雪龙船在外面深海处抛锚或机动操作，而从雪龙船卸往中山站的物资通过小艇和驳船来运输，中山站需要带回国处理的垃圾也通过小艇、驳船从中山站码头运往雪龙船。

冰钻的汽油机修理好了，我们准备明天继续去海冰上钻冰洞测冰厚，把我们前面在海冰上探出的两条路线上的所有测量点再钻冰测厚一次，观测海冰融化的速度，为第28次队雪龙船到达中山站外海冰上破冰前进提供冰情资料，也为在海冰上卸运雪龙船带来的物资提供雪地车行驶路线和冰层厚度情况。

因为明天准备开着两辆雪地摩托去海冰上钻冰洞测冰厚，今天我就把上次修好的那辆雪地摩托车再重新检查一遍，因上次他们在海冰上钻冰回来的时候，这辆雪地摩托的电路又出过一次故障。今天我把这辆雪地摩托仔细检查了一遍，出过问题的电路系统重新处理了一下。明天这辆雪地摩托最远要行驶到离站 24 公里的海冰上，可千万不能再出现故障。今天我检查完毕后就骑着这辆雪地摩托在外面行驶了一圈，试验雪地摩托的运行情况，情况良好。

晚饭后，我和老王去海冰上散步，来到冰山群中，看到有几十对海豹母子躺在冰山群中的海冰上，每只母海豹身旁躺着一只小海豹，估计每年的母海豹分娩期已经结束，小海豹也都已经出生。我们看到有一只母海豹在冰洞中探出脑袋，小海豹趴在冰洞口往水中看，任母海豹怎么叫唤，这只已经长大的小海豹就是不敢下水，最后小海豹还爬离了冰洞口，这只母海豹只能自己潜入水中去捕食，过了好长时间才钻出冰洞爬上冰面，去寻找已经爬远的小海豹。

今天，我们在海冰上又看到一只夭折的小海豹，这只小海豹出生没几天，估计是被身材肥胖的母海豹压死的。我们一开始走过这只母海豹身边的时候没看到有小海豹在它身边，以为这只母海豹还没有分娩，但当我们走回来的时候看到这只母海豹的身下严严实实压着一只小海豹，等母海豹移动位置后我们仔细观察这只小海豹，发现它已经不动弹了，估计是被母海豹压死的，母海豹有好几百斤重，压在一只刚出生才几十斤重的小海豹身上，小海豹不死才怪。看到其他一只只健康成长、活泼可爱的小海豹，真为这只小海豹的夭折感到惋惜，也为这只母海豹的无知感到痛心。

超萌南极小海豹

**南极考察老队
员的模范榜样**

11 月 10 日上午，南极中山站是阴天，到午后逐渐转为多云天气。下午，天空中的厚云逐渐退去，露出蔚蓝的天空和少许飘浮的白云，太阳也从云层中显露出来。

上午，我组织卢成、老王、徐啓英、白磊四名队员骑着两辆雪地摩托去海冰上钻冰测冰厚，今天一早去海冰的目的就是想把我们前面在海冰上探出来的两条路线上的所有测量点全部再测一遍。他们在海冰上先驾驶着雪地摩托到达第一条路线向北的转向点，然后准备沿着以前走过的路线一路向北，到达最外面的测量点再开始往回钻冰测量。可当他们在转向点往北行驶的过程中，已经找不到原来的车辙印，因为前几天刮过大风雪，冰面上的车辙印早已被风雪掩埋，再加上今天上午是阴天，能见度很差，他们在冰面上找不到原来我们每 2 公里插的一根竹竿。他们向北行驶了好长一段距离，才看到一根竹竿，也不知道这是第几个点的竹竿，他们就后悔出去的时候太匆忙了，忘了带 GPS 导航定位。在海冰上瞎转也不是个办法，他们就决定先返回中山站，也正好可以赶上吃午饭，准备吃完午饭带好 GPS 再去海冰上测量。匆匆吃完午饭，四人就出发了，下午天气逐渐变好，能见度也越来越好。他们按照 GPS 导航在第一条线路上一路向北查找插着竹竿的测量点，有两个点上的竹竿已经被大风吹走，早已不见了影子。他们就一路查找下去，想找到最外面那一个点的时候再开始往回钻冰测量，经过 GPS 的定位，总算找到了最外面也就是最北面离中山站有 23 公里的那个测量点。找到最外面一个测量点后，他们拿出携带的汽油机冰钻在海冰上钻冰测量，1 米深的一段钻杆打下去后，准备再连接一段 1 米的钻杆继续钻冰，可在连接的时候发现那段钻杆用来连接卡住的弹簧销子怎么也弹不出来，也就是无法把这两段钻杆连接起来，想了很多办法还是无法解决这个问题，他们也就收拾工具骑着雪地摩托返回中山站了。他们在吃晚饭前就回到了中山站，我看到他们这么早回来，知道一定哪个地方又出现了问题，一问才知道原来是这么回事。

今天他们在海冰上虽然一个点都没有测量，但最起码在第一条线路上行驶了一遍，海冰上的情况有所了解，原先我们在海冰第一条线路上遇到的两条宽阔的冰裂缝，他们说冰裂缝已经变得很细窄，已经不会影响到雪地车通行了。他们回来后，马上检修冰钻钻杆，把钻杆的弹簧销子搞得非常活络。他们准备明天一早继续出发，去海冰上钻冰测量。

今天站区下广场的铲雪工作也在紧锣密鼓地进行，因邹正定今天值班，我就开着雪地车推铲新综合库门前的积雪。机械师继续开挖掘机在下广场积雪中铲出车道向前推进，下午徐文祥也帮忙开装载机铲除挖掘机挖出来的道路上的积雪。虽然每天的铲雪工作都在努力进行，可看到三四米高并且如此大面积的积雪，心中还不免有些焦虑。

吃晚饭前，看到有一架直升机飞往俄罗斯进步二站的停机坪，这是今年越冬以来在南极见到的首架直升机。俄罗斯的考察船要在 12 月中旬才能到达这里，这架直升机不可能是俄罗斯的直升机，应该是澳大利亚戴维斯站飞过来的直升机，或者是正在中山站不远处建设中的印度考察站飞过来的直升机。因为听说澳大利亚的考察船在 11 月 6 日到达戴维斯站，而印度考察站租用的俄罗斯破冰船将在 11 月中旬到达中山站附近。我一开始以为是澳大利亚的直升机，但当我仔细放大拍摄的直升机照片后，发现这是韩国的直升机，这架直升机去年被正在建设中的印度考察站租用，我去年在印度站参观的时候看到过这架直升机，所以对这架韩国的直升机非常熟悉。看来是印度今年又租用了韩国的这架直升机，并且他们租用的俄罗斯破冰船已经来到中山站附近，正在准备破冰到建设中的印度站附近。

如今印度正在加大对南极考察的投入，不惜花大成本来租用俄罗斯的一条破冰船和一条运输船来运送建站物资和材料，还要租用韩国的直升机来吊运货物，另外他们正在建造的考察站也是请国外设计和建造的，可谓财大气粗。

11 月 11 日上午，海冰探路小组继续出发前往海冰上钻冰测量，因徐启英今天要发电值班，就换上杜玉军和昨天的卢成、老王、白磊三名队员一起前往。他们在我们以前找好并插上竹竿的第一条线路的转向点开始往外一个个点地钻冰测量，一直钻冰测量到第一条线路离站区 23 公里最北那个测量点。随后，他们就从那里骑着雪地摩托往西南方向直接到达第二条线路的最外面那个测量点，从第二条线路的最外面那个测量点往站区方向一个个点地钻冰测量。他们四人从上午 9 点出发去海冰上工作，一直到下午 8 点回到中山站，整整在海冰上工作了 11 个小时。虽然带着干粮，但长时间在寒冷的海冰上工作，让他们感觉饥寒交迫，在剩下最后 4 个测量点的时候实在是没有体力干活，只能选择放弃而直接骑着雪地摩托回站吃饭休息，准备明天再去把剩下的几个点测量完。

今天，站区的铲雪工作也在有序地展开，机械师开着挖掘机挖除新综合库门前的高大雪坝，徐文祥开着装载机把挖掘机挖松的雪铲运到空地集中堆放，邹正定开着雪地车推铲新车库门口高大的雪坝。挖掘机、装载机、雪地车一起在积雪中推铲，一片繁忙的铲雪景象，隆隆的车辆机器声就像是热闹的施工工地。发电班的徐文祥、邹正定、徐啓英他们三人每天都是在八小时值完班后，来帮忙做一些站务的工作，而且都是主动要求做的，也多亏了他们的辛勤付出，站区大量的铲雪工作才能得以顺利地进行。他们三人不愧是在南极参加过两三次越冬考察的老队员，处处表现出以身作则、吃苦耐劳的工作精神，为其他 14 名第一次参加越冬考察的队员做出了很好的模范榜样。

发电班的三名队员的本职工作是管理中山站的三台柴油发电机组，保障全站的电力供应。驾驶工程车辆并不是他们的工作，也没有正规培训过，他们都是靠自学来操作这些车辆的。以后南极考察就应该培养全方面的人才，派有多方面技能或者培训有多方面技能的队员来参加南极考察的后勤管理岗位工作，不至于在一名专业队员生病或受伤的情况下，站区的工作无法得到正常的展开。就像我们这次在机械师受伤需要卧床休息的情况下，如果没有发电班队员来帮忙操作工程车辆协助铲雪，站区大面积的积雪是无法铲除的，那样的话就会影响到我们做好迎接下次队到来前的准备工作，让下次队到来后无法在第一时间展开各方面的正常工作。

151

**在积雪中
挖掘雪橇**

最近几天，中山站一直受到下降风的影响，从午夜开始就刮起六七级的大风，一直持续到中午前后风力逐渐减小，到午后风变得基本静止。

11 月 14 日，中山站继续进行铲雪工作，利用两台装载机铲除站区下广场堆场和主干道之间的雪堆，另外把堆场到新综合库之间的主干道铲宽，昨天挖掘机正好坏在这个主干道上，把车道都堵塞了，只能想办法再在旁边铲出一条车道来。另外今天安排几名队员整理宿舍楼中在冬天使用所剩的饮料、罐头和食品，把这些食品搬运到集装箱库房集中存放，方便下次队到来后使用这些饮料食品。

昨天，挖掘机出现故障后，我们马上发邮件和传真让单位在国内购买挖掘机液压泵的备件，让准备在澳大利亚上雪龙船的队员带往雪

在挖掘被雪埋的雪橇

龙船，雪龙船计划在本月 17 日到达澳大利亚，不知在澳大利亚上船前往南极中山站的队员从国内出发了没有，如果今天还没出发，那应该还可以把备件带到南极。中山站在今年度夏期间有两栋建筑的工程建设任务，挖掘机将是主要工程机械，如果挖掘机不能使用，势必会影响到工程建设的进度，所以希望备件能够在澳大利亚赶上雪龙船，可以带到南极中山站，保障度夏期间工程建设中能够使用挖掘机。

今天，我们在想尽各种办法无法修理挖掘机液压泵的情况下，向俄罗斯进步二站发出了求助。他们下午派了两名队员过来帮我们查看挖掘机液压泵断裂的端盖，也认为无法修理，不过后来经过大家协商，他们说想办法找一个其他的液压泵，把我们损坏的端盖闷死，把油管连接到他们找的液压泵上，但也只能是试试看，如果能行，也只能短时间使用，希望我们备件到达后再更换回来。两名俄罗斯队员就说回去找找液压泵，明天再过来想办法安装。

这两位俄罗斯队员是准备去俄罗斯在内陆冰盖考察站上的队员，一名站长和一名机械师，他们昨天才刚坐飞机从俄罗斯来到进步二站，准备在进步二站检查整理好车辆机械后，从进步二站驾车前往俄罗斯在冰盖上的考察站。他们今天在检查雪地车时，发现一辆雪地车有故障，而他们又没有备件，今天他们开着雪地车来中山站帮我们检查挖掘机的同时，问我们是否有雪地车的备件，我们做过内陆队机械师的邹正定看过以后，告诉他们我们也没有这种备件。看到他们认真地帮我们检查挖掘机，而我们又帮不上他们的这个忙，感到非常遗憾。

今天，邹正定和徐启英检查带推铲的雪地车，因为昨天这辆雪地车从陷入的雪坑中被拖拉出来以后，我们发现冷却液有些渗漏。今天他们检查后发现冷却液管有破裂的地方，就拆下冷却液管进行了处理。随后加满冷却液进行试车，一切运行正常，冷却液渗漏问题得到了解决。明天我们将驾驶这辆雪地车前往俄罗斯进步一站处，把昆仑站队停放在那里被雪深埋的雪橇从雪中挖出来，为第 28 次考察队到来后昆仑站队尽早出发提前做好准备工作。

俄罗斯考察站的队员真是热心肠，11 月 15 日一早他们的机械师就把给我们处理好的挖掘机损坏的液压泵端盖送过来，并帮我们安装。本来他们想找另外的液压泵代替我们损坏的液压泵，可能他们也没找到合适的液压泵，就把我们损坏的液压泵端盖用一种俗称"铁水泥"的胶水给粘起来，可以让我们的挖掘机暂时先运行起来，驶离从积雪中挖掘出来的中山站下广场主干道。他们的机械师帮我们安装好以后，我们成功地启动了挖掘机，并把挖掘机行驶到中山站停机坪广场不影响作业的地方，等待备件到达后更换。

今天吃完午饭，我组织队员们去距离中山站 6 公里的俄罗斯进步一站处工作，把昆仑站队储存在这里被积雪深埋的雪橇挖掘出来。今天除了留在站上值班和要在站区工作的队员外，我们 12 名队员携带铁锹等工具乘坐带推铲的雪地车前往进步一站处挖雪橇。

昆仑站队今年初从昆仑站回来后储存在这里的雪橇除了几个带有舱室的雪橇没有被雪掩埋外，其余已经全部被积雪深深掩埋，只露出一点装载在雪橇上物品的顶端。我们就开始一个个挖掘雪橇，先用带推铲的雪地车把雪橇旁大面积的积雪推铲掉，然后靠队员们用铁锹一点点铲除雪橇周围的积雪，队员们挖累了就休息一会儿，12 名队员轮流用铁锹挖雪，挖掘到雪橇脚露出来后，就试着用雪地车拽雪橇，如果拽不动，就继续挖除雪橇周围的积雪，直到雪橇能被雪地车拽出雪坑拖运到雪地上。

就这样我们一个个把在积雪中深埋的雪橇挖掘出来，并拖运到平坦的雪地上。从下午 1 点一直干到 7 点，成功把 5 个雪橇从积雪中挖掘出来。在寒冷的雪地上队员们连续工作了 6 个小时，看到队员们一个个累得实在挖不动了，我们就结束今天的工作乘坐雪地车从进步一站处返回中山站，剩下还有 3 个雪橇我们准备过几天再去把它们挖掘出来。总之，昆仑站队储存在这里的雪橇我们要把它们全部从积雪中挖掘出来，好让昆仑站队一到这里就可以往雪橇上装载物资，为昆仑站队早日驾驶着拖带雪橇的雪地车前往昆仑站提前做好准备工作。

今年度夏考察期间，坐落在距离中山站 1300 公里内陆冰盖上的昆仑站将进行二期工程建设，到时将有大量的物资和建筑材料要通过雪橇运往昆仑站，另外昆仑站度夏考察的时间非常短暂，二期工程建设任务十分艰巨。所以我们现在早一点帮他们把雪橇从积雪中挖掘出来，也好让他们早日出发，为昆仑站队完成艰巨的度夏考察建设工程任务赢得时间。

南极贼鸥和小海豹之战

11 月 16 日，中山站除了徐文祥和机械师开着装载机铲除站区下广场的积雪外，其他队员在做好各自本职工作的情况下不安排站务工作，让队员们坐下来写在南极一年考察结束前的个人总结和交接班报告，做好交班前的准备工作。

今天，机械师开着装载机铲除堆放在昆仑站钢结构和雪橇的钢架前的积雪，为第 28 次考察队到来后用汽车吊靠近钢架吊运摆放在上面的建材和雪橇做好准备。徐文祥开着装载机继续铲除下广场堆场和主干道之间的雪堆，让堆场和主干道融为一体，增加堆场的面积，并方便各种车辆进出堆场。经过 3 天的铲雪，堆场和主干道之间的雪堆已经铲除一半，再花 3 天时间可以把这些雪堆全部铲完，到时中山站下广场将出现更加宽大的堆场用来摆放从雪龙船卸运下来的各种物资和建筑材料，也方便用直升机把昆仑站的钢结构和雪橇从堆场吊运到内陆出发基地。

晚饭后，我在站区散步，从陆地的积雪上走向中山站熊猫码头，想看看路上的积雪情况和码头情况，因为我们在做完迎接第 28 次考察队到来前的各项准备工作后，在有时间的情况下还准备把站区通往码头道路上的积雪铲除，并铲除码头上在高潮时漂浮上来的大量冰块，清理好码头，为明年 2 月份在海冰融化的情况下利用小艇和驳船来运输物资做好准备工作。

当我走到中山站和俄罗斯进步二站之间的团结湖附近时，看到俄罗斯队员已经从他们站区到他们的油罐区之间道路上的积雪中铲出了一条道路。这样的话，我们就可以借道而行，因为我们的码头就在他们的油罐区附近，我们从站区到码头只要把新车库到团结湖和他们油罐区到我们码头这两段道路上的积雪铲除，中间利用他们铲出来的道路，这样我们就可以少铲几百米路程的积雪，省去了我们许多劳力。

来到码头后，我就走到码头附近的丹凤岛，想看看躺在丹凤岛周围海冰上的海豹母子们。站在丹凤岛上俯瞰海冰，靠近岛屿的海冰已开始融化，出现了一个个水潭，海冰上躺着的海豹母子们，已经比前几天少了许多，看来已经有许多小海豹随着母海豹下水捕食，它们已经离开了这个小海豹出生的地方。

悠闲自得

我的好兄弟

还有为数不是很多的海豹母子躺在海冰上，等待着小海豹的成长，这些小海豹还没有长大到可以独立下水去捕食，还靠着母乳生活。我看到一大群贼鸥围观在海豹群中，它们不时想偷袭还没长大的小海豹，母海豹紧紧靠在小海豹的身边保护着还没长大的小海豹。一只稍微大点的小海豹爬离母海豹身边不远，就受到一只贼鸥的攻击，小海豹也张开大嘴对着贼鸥哇哇乱叫准备去咬贼鸥，小海豹和贼鸥形成了对峙，贼鸥看到小海豹有所准备无法偷袭成功，只能灰溜溜地飞走了。

从码头走回站区的时候，虽然已经是晚上 8 点了，但太阳还高高挂在西边的半空中。从明天开始，中山站将进入南极的极昼期，一天 24 小时太阳将一直在地平线之上，在未来两个多月的极昼期中，南极中山站将见不到日出、日落时的美景，除了阴天，太阳将一直陪伴着我们。

完成挖雪橇任务后的雀跃

11 月 17 日午饭后，我继续组织队员去俄罗斯进步一站处挖掘内陆昆仑站队储存在那里被雪掩埋的雪橇，因为派吴全医生去俄罗斯进步二站询问雪地车备件的事，所以我们今天前去挖雪橇的 11 名队员除了吴全没去以外都是前天的原班人马。

今天挖掘雪橇的工作很顺利，可能是因为前天大家已经挖过雪橇，所以今天挖雪橇的过程大家配合都比较默契，不到两个小时我们就把所剩的 3 个雪橇全部从深埋的雪中挖出并拖带到平坦的雪面上。这样我们就把在进步一站处被雪掩埋的内陆昆仑站队的雪橇全部挖掘出来，总共是 7 个装有杂品的雪橇和两个分别装有乘员舱和食品舱的雪橇。我们在进步一站处挖雪橇的任务圆满完成，队员们在一起合影留念，并欢呼雀跃，庆祝繁重的挖雪橇任务顺利完成。

挖完雪橇后看看时间还早，我们就决定驱车前往冰盖上的内陆出发基地，想看看在那里被雪埋的雪橇情况，并沿路检查行车路线上的积雪情况，为昆仑站队到达后提供准确的内陆出发基地情况和行车路线上的情况。

在去冰盖内陆出发基地的途中，经过鹰嘴岩的时候，队员们下车为有特色的鹰嘴岩拍照，并在鹰嘴岩处合影留念。雪地车绕过鹰嘴岩后就慢慢开始向上攀爬，往冰盖上驶去，一路上我们随着俄罗斯雪地车行驶过的车辙印到达俄罗斯冰盖机场。在俄罗斯冰盖机场的几栋建筑前，有好几辆雪地车停在那里，俄罗斯队员正在忙碌，他们在为前往内陆冰盖上的考察站做准备工作。

经过俄罗斯机场后，我们就来到内陆考察队的出发基地，我们都是在这里往雪橇上装载物资，所有雪地车辆在这里集结后出发前往内陆昆仑站或格罗夫山考察。在这里有两个装满航空煤油的雪橇被积雪深深掩埋了，只露出最上面的一点航空煤油油桶盖，因为这两个雪橇都是载重的雪橇，就算我们把旁边的积雪挖走，靠我们的雪地车也无法把它们从积雪中拽出来，所以还是留着等昆仑站队大马力的卡特雪地车到来后再把这两个雪橇拽出来。

站在内陆出发基地的冰盖上，眺望远处海面上的一座座冰山和岛屿，高大的冰山显得非常渺小，有那种一览众山小的感觉。在远处的海冰面上隐隐约约可以看到印度站租用的俄罗斯破冰船和运输船，估计这两条船被厚实的海冰挡住了，无法破冰前进靠近正在建设中的印度站，他们正在靠直升机从船上吊运物资到考察站。

今年中山站周围海面上的冰情比较严重，连俄罗斯破冰船都无法破冰前进，再过十多天我们的雪龙船到来后，我估计也是无法破冰航行接近中山站，因为雪龙船的破冰能力比俄罗斯的这条破冰船要差好多，去年俄罗斯的这条破冰船一直破冰前进到印度站旁边，我们雪龙船在它破过冰的碎冰道上都无法破冰前进，可想而知破冰能力要差多少。印度站另外租用的俄罗斯的那条运输船和雪龙船是一个厂家出来的姐妹船，和雪龙船一模一样，它是专门跟在那条破冰船后面运输物资的，去年我们还到这条船上参观过。所以这样看来，雪龙船到来后也只能先靠直升机吊运物资，等海冰融化一些后才有可能破冰接近中山站。

从冰盖内陆出发基地返回中山站的途中，我们在进步湖停顿了一下，查看进步湖上的结冰情况，因为我们准备过几天再来进步湖取饮用水，看过来取水时还要不要携带冰钻。目前站上的饮用水储量虽然已经够用，但度夏考察期间站上队员多，饮用水消耗量也会大大增加，为了让下次队接班后不至于马上来进步湖取水，在有时间的情况下我们还是尽量把中山站的饮用水箱补满，为下次队多做一些准备工作。

154

进入南极极昼期的中山站

11月18日，中山站虽然是阴天，但气温很高，让人有一种春意盎然的感觉。最近中山站一直保持着较高的气温，队员们都已经脱下了厚厚的羽绒服，换上了夏考服，站区地面上的积雪也已经开始融化，南极夏季的极昼期已经降临到中山站。

今天下午，我和徐啓英、邹正定驾驶着雪地车再次前往俄罗斯进步一站，去维护保养内陆昆仑站队储存在那里的发电舱中的发电机组。内陆昆仑站队的发电舱中配有两台52kW的威尔信发电机组，这两台发电机组保障着内陆考察队在考察途中的电力供应，是内陆考察队最重要的基础保障，所以保养好这两台发电机组至关重要。

今天，我们先把充满电的电瓶在发电机组上连接好，然后启动两台柴油发电机组，做运行检查。检查确认一切运行正常后，就停下发电机组，对柴油机做常规保养，更换机油滤器和机油，做好必要的保养后，再次启动两台柴油发电机组，并运行一段时间确认一切正常后结束维护保养工作。随后我们对两台发电机组进行清洁工作，并清理发电舱室，最后收集垃圾，把垃圾全部装袋后带回中山站。

这样，到今天为止我们在进步一站为内陆昆仑站队提前做的准备工作已经全部顺利完成，为第28次昆仑站队到达后在第一时间从中山站出发前往昆仑站创造了条件。

目前中山站站区大面积的铲雪任务已经完成，小范围的铲雪工作每天还在进行中。堆放昆仑站建筑材料和雪橇的钢架旁一边的雪坝已经全部铲除，今天我们把汽车吊行驶到钢架旁，检查汽车吊停放的位置能否起吊钢架上的全部物品，检查后发现摆放在钢架上另一边的雪橇汽车吊臂还无法伸到，我们就决定继续铲除钢架另一边的雪坝，好让汽车吊行驶到另一边可以起吊钢架上的雪橇，这项铲雪工作还得持续一两天。

第 28 次考察队随雪龙船今天已经到达澳大利亚弗里曼特尔港，在这里休整补给后，明天就将离开直奔南极中山站。从该港到南极中山站航行只需要 10 天时间，也就是说雪龙船再过十天就能到达中山站外面的海冰上，能否顺利破冰靠近中山站就要看海冰的情况。目前中山站外面还有 30 多公里的陆缘冰，对在海冰上用雪地车运输物资来说距离还稍微有些远，也不安全，最好雪龙船能破冰到距离中山站 20 多公里的地方，这个距离的海冰我们已经在上面钻冰测量过，用雪地车在海冰上运输物资应该不会存在问题。

我们准备后天再次去海冰的两条线路上钻冰测量，检查海冰的融化速度，为雪龙船到达后能否在海冰上运输物资提供海冰厚度情况和冰裂缝情况。

还有 10 天，第 28 次考察队将随雪龙船来到南极中山站，中山站迎接第 28 次考察队到来的各项准备工作已进入最后冲刺阶段，虽然目前各项主要工作已全部完成，但还有一些零星的整理工作需要我们完善。

11 月 19 日，我们用汽车吊把摆放在下广场钢架上的雪橇吊运下来 3 个，其中两个要准备在海冰上拖运雪龙船卸往中山站的物资。我们把雪橇从钢架上吊下来后，用雪地车拖运到下广场推铲出来的堆场上，为在海冰上卸运物资提前做好准备工作。

今天我们还组织队员收集不能焚烧准备带回国处理的垃圾，这些垃圾平时按分类装入空油桶中，把这些装满垃圾的油桶集中摆放在一起，方便雪龙船到达后运往船上带回国处理。另外，还把各个场所清理出来能焚烧处理的垃圾装运到垃圾处理栋，等待焚烧处理。

目前中山站气温高，站区积雪的融化速度较快，融化的雪水已经在地势较低的下广场形成了很深的水塘，由于下广场堆场四周都是推铲出来的雪堆，造成流淌到堆场上融化的雪水无法流出，看来还需要挖一条水沟，让这些融化的雪水流向大海。今天在下广场继续用装载机铲除堆场和主干道之间的雪堆，经过今天装载机的铲雪，堆场与主干道之间的雪堆全部铲除，下广场铲雪的工作全部完成。

接下来的几天我们将安排装载机铲除主广场上的一些积雪，主广场上的积雪不多，利用一天时间就应该可以把这些积雪铲除。我们把主广场清理干净的目的是为了和第 28 次越冬考察队交接班的时候，方便两支越冬考察队的队员在这里集合举行交接班仪式，到时还将举行升旗仪式。想想时间过得真快，去年我们在主广场和第 26 次越冬考察队员举行交接班仪式的情景还浮现在眼前，那时我们从第 26 次越冬考察队员手中接过班开始正式管理运行中山站，一晃一年就这样过去了，现在轮到我们要交班给第 28 次越冬考察队员，他们将接手管理中山站的运行。

南极越冬考察队员管理着考察站的正常运行，一年更换一次越冬考察队员，队队相传。虽然南极中山站的越冬考察队员在交完班后还无法马上回国，要和下次队的度夏考察队员随雪龙船一起回国，但队员们还是盼望着能早日顺利交班，把绷紧了一年的那根弦松弛一下。

南极越冬考察队员中的后勤管理队员都是来自全国各地各个行业的技术人员，像医生、厨师、机械师、水暖工、柴油发电机维护人员和电工这些岗位上的队员都是向社会公开招聘，择优录取，南极的环境条件虽然艰苦，但神秘的南极还是吸引着许多有专业技能的热血青年来报效祖国的南极事业。

1.5.5

迎接第 28 次考察队

11 月 20 日早晨 6 点，中山站高频雷达接收机房、高空物理观测栋和国内视频连线，进行子午工程中山站项目的验收工作。中科院院士和有关专家来到位于上海的中国极地研究中心通过视频和传送处理数据的方式对子午工程南极中山站的测高仪、光谱仪和高频雷达天线项目进行验收。中山站高空物理观测队员刘建军和侍颢最近几天一直在忙着为工程的验收做准备工作，今天一早两人分别到达高频雷达机房和高空物理观测栋等待国内的视频连线验收，我随刘建军到达高空物理观测栋。虽然在验收过程中高空物理观测栋中用于连线的手提电脑出现了无线网络中断现象，但在采取立即启用另一台有线网络电脑连接到验收会场的措施后，验收工作继续进行，并顺利通过了中山站工程项目的验收。

今天中山站迎接第 28 次考察队到来的各项准备工作继续全面展开，机械师戴伟晟开着装载机铲除下广场堆放昆仑站钢结构和雪橇的钢架旁的雪坝，在钢架的另一边铲出了一块可以停放汽车吊的空地，这样摆放在钢架上的所有钢结构和雪橇都能通过汽车吊吊运下来，为第 28 次考察队到来后在第一时间吊运昆仑站的物资做好准备。

徐文祥今天开着装载机铲除下广场堆场周围的一些积雪，把堆场的面积增大，增加第 28 次考察队到来后卸运物资堆放场地的面积，而且也方便直升机从这里吊运物资到内陆昆仑站队在冰盖上的出发基地。另外徐文祥今天一天帮着主厨，因为大厨张晖今天被派往海冰上去钻冰测量。

我开着带推铲的雪地车铲除从俄罗斯油罐处到中山站熊猫码头道路上的积雪，把通往码头道路上的积雪全部铲除。道路打通后把在大潮汐时涌向码头的大量冰块推铲到码头下，把码头上积聚的大量冰块和积雪清理干净，为第 28 次考察队到来后在海冰融化的情况下利用码头卸运物资提前做好准备工作。

今天我们组织队员继续去海冰上钻冰测厚，卢成、老王、白磊和张晖 4 人骑着两辆雪地摩托前往海冰上，把原先探出来的两条线路上所有插竹竿的测量点全部再钻冰测量一次，分析比较海冰的融化情况，并沿路检查海冰线路上的冰裂缝情况，为雪龙船到达中山站外海冰时提供海冰情况，并为在海冰上运输物资提供冰层厚度和冰裂缝情况等数据，为能否在海冰上卸运物资提供第一手海冰资料。

今天他们四人从上午 9 点出发，在海冰上钻冰测量完两条线路上的所有测量点后回到站区已经是下午 7 点多了，在海冰上整整工作了 10 个小时，他们的午饭是昨晚大厨准备好的冷面。看到他们围坐在海冰上狼吞虎咽吃冷面的照片，深知他们在海冰上钻冰已消耗了大量的体力。另外在南极强烈的太阳紫外线照射和冰面白雪的反射下，他们脸上的皮肤都有不同程度的灼伤，一个个变成了大黑脸，特别是白磊，原来很白净的脸已经完全变样，今天回来时只看到他戴墨镜的眼睛一圈稍微有点白，其他地方晒得黑里透亮，脸上出现了黑白分明的分界线。看到他们这一张张晒得乌黑的脸，我被我们队员的工作精神深深感动，为有这样的南极考察队员而自豪。

11 月 21 日，中山站继续保持着晴朗的天气和较高的气温，站区积雪的融化在随着气温的升高而加快。站区铲过雪的地面上残余积雪基本已经融化，露出褐色的沙土，融化的雪水到处流淌，使得站区广场和道路上的沙土变得非常泥泞。站区周围山坡上覆盖的积雪也在融化，露出久违的岩石。

今天徐启英协助邹正定维护保养内陆昆仑站队停放在中山站新车库中的所有雪地车辆，把雪地车上前一段时间拆卸下来充电的电瓶重新安装上去，并一辆辆车做启动运行检查。除了一辆 PB300 雪地车缺少电瓶无法启动外，其余 4 辆卡特车、4 辆 PB300 雪地车和 1 辆 PB240 雪地车全部运行正常，第 28 次考察队会带来新的电瓶给那辆缺少电瓶的雪地车。昆仑站队的雪地车已经全部保养好，只等昆仑站队到来后开着这些雪地车前往内陆昆仑站执行考察任务。

今天我们组织队员再次去进步湖取饮用水，由机械师戴伟晟开着雪地车和水暖工老王负责前去取水。他俩今天去进步湖取了两次水，为中山站饮用水箱补充了 3 吨多饮用水。这样中山站的饮用水箱中还储存有 13 吨饮用水，够第 28 次考察队到来后使用一个月。中山站度夏考察期间人员多，饮用水消耗量较大，到时等我们交班后再协助第 28 次越冬队一起去进步湖取水，这样也可以把去进步湖取饮用水的流程教给第 28 次越冬队员，让他们熟悉取水的整个过程。

我今天负责开着带推铲的雪地车铲除站区主广场上的积雪，因主广场积雪不多，一会儿功夫就把主广场上的积雪推铲干净。到今天为止，中山站迎接第 28 次考察队到来前的准备工作中的铲雪任务也全部完成，这次多亏了昆仑站队带推铲的雪地车，否则站区大量的积雪靠我们用挖掘机和装载机进行铲雪工作是不可能这么顺利的，也多亏了发电班的徐文祥和邹正定协助铲雪工作，否则在机械师带伤的情况下一个人也无法顺利完成。

如今，除了准备 28 日再去海冰上钻冰测量一次外，中山站迎接第 28 次考察队到来前的各项准备工作在全体队员的努力下已全部完成。接下来队员们将详细地写交接班报告，准备把各自的工作顺利地交到第 28 次中山站越冬队员手中。第 28 次考察队到来后，我们第 27 次越冬队员还要管理运行中山站一段时间，还要协助卸货任务，等雪龙船卸运到中山站的物资全部卸运完后，才能和第 28 次队进行交接班工作。

据天气预报，明天开始中山站又将迎来风雪天气，并要持续两天。好在我们室外的准备工作已经完成，风雪已经不会影响到我们的工作任务。风雪天我们也正好可以在室内搞卫生整理工作，准备干干净净地迎接新队员的到来。

156
中山站油罐内部的清洁工作

11 月 22 日，中山站虽然是阴天，但还是保持着南极夏天较高的气温。据天气预报，今天晚上中山站会遭遇风雪影响，如今在较高的气温下有风雪，我们已经不用担心再会在站区积起高大的雪堆，也不会影响到我们已经完成的铲雪工作。

今天，发电班的徐文祥和徐啓英对中山站老油罐中的柴油进行归并集中，把已经用空的 7 个油罐中无法抽出的剩余柴油在排渣口排放到油桶中，再用移动小泵抽送到一个大油罐中进行归并集中。等大油罐的排渣口排完柴油后，打开油罐顶部的入孔盖进入油罐内部对油罐进行清洁。清洁好的油罐准备储存今年补给的油料，为雪龙船到达后把油料输送给中山站油罐提前做好准备工作。

中山站的老油罐区安装有每个 50 立方米的 10 个大油罐，因为今年初中山站在新的油罐区安装了 12 个新的大油罐，所以原先的油罐就被称为老油罐。老油罐经过 20 多年的风雪吹打，已经锈迹斑斑，虽然目前还在使用，但在新油罐正式投入使用后，这些老油罐就将退出历史舞

队员们在输油

台，完成它们保障中山站 20 多年储存油料的使命。在南极中山站有中国民族特色的京剧脸

谱就是绘画在一排 5 个老油罐上，曾经是中山站的标志性建筑物。靠近最南面山坡的两个老油罐的排渣口已经被积雪深深掩埋，下午我们就组织其他队员去挖除油罐排渣口处的积雪，队员们用铁锹挖了整整一个下午才在已经和油罐差不多高的积雪中把两个油罐的排渣口挖掘显露出来。

中山站的这些老油罐已经多年没有清洁，油罐中残留的油泥较多，给我们清洁油罐带来了一定困难。今天经过发电班队员的辛苦工作，队员们完成了 3 个老油罐内部的清洁工作，剩下的 4 个空油罐在明天天气条件允许的情况下继续进行清洁工作。

按照今年中山站外的海冰情况，雪龙船在 12 月初到达中山站的半个月卸货期内，雪龙船无法破冰前进到离中山站二三公里的冰上输油范围内。只能等雪龙船去南极长城站完成补给任务，在明年 2 月份再次回到中山站的时候，那时海冰基本已经融化，给中山站补给的油料就可以通过雪龙船上的小艇和驳船从雪龙船运送到中山站。利用小艇和驳船给考察站输送油料虽然麻烦而且花费时间长，没有直接在海冰上铺设油管输油来得方便，但在海冰融化的情况下，也只能靠小艇一艇艇慢慢来输送油料，我国的南极长城站每次都是靠小艇和驳船来完成油料的补给工作。

11 月 23 日的风雪没有影响到中山站，中山站在阴暗的天空下继续保持着较高的气温，站区和周围山坡上的积雪融化后裸露的沙石地面越来越多，失去了往日南极特色的冰雪世界，中山站已充满了南极夏天的气息。今天组织队员清理综合楼中在越冬期间临时用来摆放食品的房间，把剩余的食品搬运到储存常温食品的集装箱库房。食品清理后把这间房间打扫干净，因在第 28 次度夏考察期间中山站要进行医院建设，这间房间要装修成诊疗室。

中山站目前的医疗设施较差，医疗室还在停用的老主楼中，综合楼建设完工后，在内部设计了较为完善的医疗设施和医疗室，计划在第 28 次度夏考察期间实施。这次中山站的医院建设实施后，可以为中山站初步建立起较为完善的医疗保障设施，医院面积约 200 平方米，包括诊疗室、手术室、病房、X 光室、药品库等，并新配置了 C 型臂 X 光机、彩色 B 超、监护仪、手术床等设备。这加强了中山站的医疗保障水平，提高了中山站作为昆仑站和内陆考察保障基地的后勤支撑作用。

今天发电班的队员继续清洁老油罐，水暖工老王协助他们一起对油罐中的柴油进行归并和集中，并对油罐内部进行清洁工作。今天他们完成了剩下 4 个油罐的清洁工作，这样已经用空的 7 个老油罐全部清洁完毕。第 28 次队补给的油料是否还要装入这些老油罐中需要等待第 28 次队到来后再做决定，因为 12 个新油罐在今年初第 27 次度夏考察队撤离中山站前已经可以投入使用，我们也曾经把老油罐中的柴油输入新油罐中进行试验，另外我们在越冬期间的柴油发电机已经正常使用了新油罐中储存的柴油。

今天接到第 28 次南极考察中山站站长韩德胜从雪龙船打来的电话，他询问了中山站目前最为紧缺的食品，他们可以在雪龙船到达中山站外海域后安排直升机先把紧缺的食品吊运到中山站。另外他说雪龙船已经航行到南纬 50°以南，目前正在西风带中航行，并说这次的西风带风平浪静，雪龙船正在全速往中山站驶来。

雪龙船这次在西风带航行没有遇到风浪，真是非常幸运，要知道西风带常年刮着西风，风大浪高，我曾经随雪龙船几十次穿越西风带，没有一次是风平浪静的。雪龙船穿越西风带后，就会进入南极大陆周围的浮冰区，在浮冰区中航行船速就要慢下来，不过还有一个星期，雪龙船就能到达中山站附近的陆缘冰外。随着雪龙船到达中山站时间的临近，我们 17 名队员孤独的越冬生活即将结束。

157 被母亲抛弃的小海豹

昨晚中山站刮起了七八级大风，一直持续到今天 11 月 24 日午后才慢慢减弱，午后的中山站开始飘起了零星小雪，虽然微弱的雪花飘洒到地面早已无影无踪，但这也算是南极中山站今年进入夏天以来的第一场雪。

中山站迎接第 28 次考察队到来前的各项准备工作已全部结束，今天队员们开始清理各自的工作场所和宿舍，准备交班。经过一段时间的忙碌，这几天队员们可以稍微喘息一下，放松紧张的心情。随着第 28 次考察队到来的临近，队员们的心情愉快了许多，许多队员拿起了久违的台球杆玩起了台球。不过队员们像这样可以轻松的日子也持续不了几天，第 28

次考察队到达中山站后紧张而繁忙的卸货工作又将开始。

经过昨天短暂的小雪天气，11月25日，中山站又转为晴天。在较高气温和强烈的阳光照射下，站区地面上铲雪后残留的积雪融化的速度加快，到处是流淌的雪水。走在没有铲过雪的雪地上，感觉雪面松软许多，失去了往日的坚硬。

吃完晚饭，看到阳光明媚，我就叫上老王一起出去散步，好多天没出去走走了，也一直没时间出去看海豹，我俩就决定散步去码头附近的冰面上看海豹，看看小海豹们是否都已经能够独立生活。

我俩来到码头附近的海冰上，看到在码头下面的海冰上出现了一个很大的海冰融化后的水塘，好几对海豹母子在水塘中玩耍，在海冰上躺着的海豹母子已经比原先少了许多，估计都已经下水。如今的小海豹们都已经长到有母海豹近一半大，圆圆的身材非常肥胖，靠奶水成长的小海豹在出生十几天就能长到出生时的三四倍大，真是士别三日，当刮目相看。

我俩还看到一只很小的小海豹，估计出生没几天，孤零零地躺在海冰上，母海豹已不见了踪影，原先我俩以为这只小海豹已经死了，走近一看还在动，瘦小的身材显得非常可怜，有点奄奄一息的感觉。估计是被母海豹抛弃或者是和母海豹走散的小海豹，已经长时间没奶水吃，就快饿死了。我看到旁边一只肥胖又挺大的小海豹还在母海豹怀里吃着奶水，又看看这只弱小可怜的小海豹，我就动了怜悯之心，决定违规一次，把这只小海豹抱到离那只母海豹不远处，想让这只小海豹也去吃一口奶水。小海豹以为是自己的母亲就向母海豹身边爬去，当小海豹靠近母海豹身边时，母海豹张开大口向小海豹发起攻击，不让小海豹靠近，小海豹几次想靠近母海豹，都被母海豹吓退，小海豹只能爬离这对海豹母子，去寻找自己的母亲。看来母海豹只照顾自己的小孩，不是它的小孩就算饿死也不会去管的。

在回站的路上，我一直想着这只被母海豹遗弃或者是走散的小海豹，感觉非常可怜，但愿这只小海豹能尽快找到母亲，否则到明天一定会饿死。

《中山生活》周刊结束语

　　第 28 次南极考察队随雪龙船已经顺利通过西风带，进入南极大陆外缘的浮冰区航行，预计 30 日可以到达中山站附近海冰区。还有 3 天第 28 次考察队就要来到中山站，我们的队员们在期盼的同时抓紧时间做最后的迎接准备工作。

　　11 月 26 日，收到第 28 次考察队的传真电报，在肯定我们做好了各项准备工作的同时，还希望我们将昆仑站储存在中山站的二期工程钢结构从钢架上吊运至平整场地，并穿好钢丝绳，便于直升机到站后直接吊运到内陆冰盖出发基地。收到传真后，我马上进行了部署，组织队员进行了吊运钢结构的准备工作。

　　这些钢结构还是今年初度夏考察结束时，从内陆出发基地吊运到中山站储存的，我们为了这些钢结构在冬天的时候不被积雪掩埋，就吊运到运输油罐的钢架上摆放。经过一个冬天，中山站下广场的积雪达到三四米厚，而摆放在四五米高钢架上的钢结构没有受到一点影响，看来我们当初的决定非常正确，否则这些钢结构现在要从积雪中挖掘出来又要费很大的劳力。

　　吃完午饭，我组织 5 名队员去吊运摆放在钢架上的昆仑站钢结构。首先用汽车吊把钢结构吊下来，较轻的钢结构通过装载机运送到下广场推铲出来的堆场上，重的钢结构吊放在雪橇上，再用雪地车拖运到堆场。

　　经过一下午队员们的努力，摆放在钢架上的昆仑站二期工程钢结构全部被吊运到下广场的堆场上，我们在每捆钢结构上穿好了吊装的钢丝绳，方便直升机直接吊运去冰盖内陆出发基地。

　　我们第 27 次中山站越冬考察队员编辑的《中山生活》周刊到昨天为止已经编辑了 38 期，

昨天的第 38 期也是我们的最后一期。《中山生活》从 3 月份开始编辑以来，陪伴我们度过了 38 个星期，是我们中山站越冬队员在南极工作生活的真实写照。昨天我为《中山生活》周刊写了结束语，在这里摘抄一下：

第 27 次南极考察中山站越冬队员创办的《中山生活》周刊在不知不觉中已经编辑出版了 38 期，到该说再见的时候了。感谢大家对《中山生活》的一路陪伴，也感谢大家对《中山生活》的支持和鼓励，让我们走过了非同寻常的 38 周南极越冬生活。

回想 2 月底在第 27 次度夏考察队随雪龙船撤离中山站而只留下我们越冬的 17 名队员时，大家的情绪跌入到谷底。如何让我们 17 名队员度过一个有意义的南极冬天和实现我们提出的"快乐越冬、和谐越冬"的方针，让我们绞尽脑汁。《中山生活》周刊的出版，让我们在南极的业余生活变得更加丰富多彩。

在今年的南极越冬生活中，《中山生活》一路陪伴着我们，陪伴我们从进入南极的极夜到迎来新一轮曙光，从新一轮曙光再进入南极的极昼。在这 38 周中，《中山生活》和我们一起经历了南极的狂风暴雪和天寒地冻，一起欣赏了南极的绚烂极光和秀美景色，共同享受了南极的那份宁静和安逸。

《中山生活》是我们第 27 次越冬考察队员在南极中山站越冬生活的真实写照，17 名队员风雨同舟，战胜了风雪南极的严寒，忍受了漫长的极夜，克服了远离亲人朋友的孤单，让我们度过了在南极越冬生活中不平凡的每一天。17 名队员用顽强的意志、坚韧的毅力、沸腾的热血和辛勤的汗水，用我们的行动履行了"爱国、求实、创新、拼搏"的南极精神。17 名队员恪尽职守、团结拼搏，以昂扬的精神状态和不畏艰难的钢铁意志，战胜了越冬考察期间的一切挑战，出色完成了越冬期间的各项工作任务和迎接第 28 次队到来前的各项准备工作。

如今，《中山生活》到了停刊的时候，我们依依不舍，我们难忘在风雪南极的《中山生活》。《中山生活》真实地记录了我们在南极越冬生活中的点点滴滴，有快乐和欢笑，也有辛酸和眼泪。在南极一年的越冬生活经历增加了我们的阅历、丰富了我们的人生，是我们宝贵的精神财富，必将成为我们人生旅途中一段极其珍贵的经历。

最后，再次感谢大家对《中山生活》的鼓励和支持，正是因为有了你们的鼓励和支持，才让我们有了坚持将这本周刊办下去的信心。

15.9 海冰探路确定雪龙船停船卸货位置

南极的天气真是变幻莫测，11 月 27 日，中山站的天气是一日三变。上午还是阴天，阴暗的天空让人感觉非常压抑，到中午开始飘起了雪花，一阵雪花过后，天空中的云层逐渐散去，露出晴朗的天空，到晚饭前耀眼的太阳出现在半空中。

水中嬉戏

今天，我抽空去海冰上看望那只失去母亲的小海豹，看看小海豹是否安然无恙，母海豹是否已经回来。在海冰上很远就能看到这只孤零零的小海豹躺在其他海豹母子的旁边，弱小的身子在肥胖的海豹母子群中特别显眼。我走近仔细观察这只小海豹，看到它还顽强地生存着，坚守在原地等待着母海豹的到来，不知这两天这只小海豹是怎么挺过来的，因为吃不到奶水，弱小的身材显得更加瘦小。母海豹迟迟没出现，估计是下水去捕食遇到了不幸或者找不到回来的冰洞而迷失了方向。希望母海豹能早点回来抚养这只小海豹，否则这只小海豹就会被活活饿死。因为它还在吃奶阶段，我们想帮忙也无能为力。海冰上其他的小海豹已经长得非常肥胖，到了断奶的时候，大部分小海豹已经跟着母海豹下水，在水中练习潜水，捕捉鱼虾，学习生存本领。但有的小海豹在母海豹的召唤下还是不敢下水，正在冰洞前犹豫不决，还不知道广阔的海洋才是它们生存的空间。

11月28日，我组织4名队员继续去海冰上探路钻冰测量，这4名队员分别是王刚毅、徐启英、白磊和杜玉军，他们早上8点骑着两辆雪地摩托出发，沿着原先确定的海冰线路上的测量点一路向外钻冰测量。

他们沿着测量路线到达10公里外海冰上的时候，看到印度租用的俄罗斯破冰船在海冰上留下的破冰痕迹，于是他们沿着破冰的痕迹向西南方向察看下去，到达离中山站直线距离有10公里的地方，俄罗斯破冰的痕迹到此为止。俄罗斯破冰船破冰到这里无法往前破冰后又返回出去找另外的线路向印度站方向破冰过去，在海冰上留下的破冰轨道正好可以让我们的雪龙船到达后利用，雪龙船可以沿着俄罗斯船破冰的轨道一直到达离中山站10公里的海冰上。

我们的探冰小组先在俄罗斯船破冰的痕迹离中山站最近的位置往中山站方向探路，结果有一条很宽的冰裂缝挡住了他们的去路，他们就返回到破冰的轨道向北行驶一段距离绕过一座冰山后，继续向中山站方向寻找适合冰上行车的路线，经过他们

来回几次的探路，总算找到了一条适合雪地车运输物资的冰上之路，也在俄罗斯破冰船留下的破冰轨道上确定了雪龙船适合卸货的点，这个点的经纬度是 S69°19′02″、E76°19′59″，此点离中山站直线距离 9.8 公里，按照我们海冰上探路出来的行车路线是 14.5 公里。

雪龙船目前距离中山站 200 多公里，明天雪龙船就能到达中山站附近，这次雪龙船运气太好了，可以沿着俄罗斯破冰船留下的破冰轨道一直航行到离中山站 10 公里的海冰上。这次如果没有俄罗斯破冰船在海冰上破过的痕迹，雪龙船想破冰进来一定是困难重重，只能停在距离中山站 30 多公里外的陆缘冰边缘附近，这样就无法在海冰上运输从雪龙船上卸运下来的物资，如果用直升机吊运因为距离远也非常浪费时间。现在好了，雪龙船可以到达离中山站 10 公里的海冰上，既适合海冰上用雪地车运输物资，也适合用直升机吊运物资。

下午，探冰小组在确定了海冰线路回到中山站后，我让他们马上画出海冰路线图和每个点的经纬度，随后我给雪龙船发了一封传真并附上海冰路线图，给雪龙船提供中山站外海冰的情况，并建议雪龙船到达的卸货地点。吃晚饭前，我接到雪龙船船长沈权打过来的电话，他说雪龙船明天凌晨就能到达中山站外陆缘冰，并说已经采纳了我们提供的路线图和停船卸货的位置，明天就能到达我们确定的停船位置。

自从 2 月 26 日雪龙船离开中山站回国后，我们经过 9 个月的期盼，雪龙船又来到了中山站，队员们激动的心情无以言表，晚饭时队员们在一起喝酒庆祝，我们 17 名队员的越冬生活总算可以结束了。

16C
雪龙船抵达南极中山站

11 月 29 日上午，雪龙船顺利抵达离中山站直线距离 10 公里我们提供位置的海冰上，9 点 45 分第 28 次南极考察队领队李院生和临时党委书记刘刻福等一行 10 名领导和记者乘坐直升机来到中山站，对我们第 27 次南极考察中山站越冬队员进行了慰问，并带来了新鲜蔬菜和水果等慰问品。他们在雪龙船到达中山站后第一时间就上站来慰问我们，让我们深受感动，我们 17 名队员在停机坪广场举行了隆重的欢迎仪式，敲锣打鼓迎接第 28 次考察队领导上站慰问。

领队一行上站后，召集我们全体队员开了一个慰问会，给我们带来了亲切的问候，我在会上向第 28 次考察队领导汇报了我们中山站目前的情况和我们迎接第 28 次队到来前做的一些准备工作。考察队领导对我们前期做的大量工作表示了充分的肯定，希望我们配合第 28 次考察队员做好雪龙船的卸货工作，并准备好交班工作。

在领导慰问我们的同时，直升机不停地在雪龙船与中山站之间飞行，将第一批上站的队员和大批蔬菜水果运送到中山站。中午中山站餐厅热闹非凡，我们为领导和队员们的到来举行了简单的欢迎酒会。

吃完午饭，领队李院生要亲自去海冰上察看冰上行车路线，我和两名队员陪着领队骑着两辆雪地摩托前往海冰，我们沿着原先探冰的路线一路察看下去，绕过冰山群后在海冰上远远地就看到了雪龙船潇洒的身影。我们一路飞奔到雪龙船旁，此时雪龙船还在破冰，因为俄罗斯破冰船破冰过的航道很宽，雪龙船停在这条航道上不利于冰上卸货，雪龙船就在这条破冰的航道上向旁边继续破冰，冲向坚硬的海冰。经过反复来回几次冲击后，雪龙船稳稳地卡在海冰中，船两旁坚硬的海冰非常适合卸运物资。

我来到雪龙船，看到分别 9 个月的雪龙船弟兄们感到非常亲切，自从 2 月 26 日雪龙船离开中山站，我们天天盼望着雪龙船到来，今天总算盼到了雪龙船的到来。晚上我就留在雪龙船吃饭，雪龙船上正好举行会餐欢送考察队员上站，习惯了只有 17 名队员在南极一起相守的我，看到雪龙船餐厅中热闹的场面让我有种重返人间的感觉。

11 月 30 日，中山站开始忙碌起来，目前第 28 次考察队来到中山站的人员已经有 60 多人，队员们按照各自的分工进行卸运物资的准备工作。

今天，领队和书记亲自带领海冰架桥组在海冰运输路线的冰裂缝上架设木桥，海冰运行路线上有几条较宽的冰裂缝，需要架设木桥后才能让雪地车拖带着运输物资的雪橇通过。今年中山站因为有两栋建筑的建设任务，物资量非常大，目前第一阶段的卸货关键要靠海冰上运输，如果光靠直升机吊运物资，而没有海冰上运输配合，要完成如此大量的物资吊运是非常困难的。

在海冰上用雪地车拖带雪橇运输物资存在着危险性，所以要在仔细勘探海冰情况和掌握冰裂缝、潮汐变化后，并在冰裂缝上架设好木桥后，才能进行海冰运输作业。

今天，K-32 直升机开始吊运储存在中山站的昆仑站二期工程钢结构，这些钢结构前几天我们已经吊放在站区下广场的堆场上，昆仑站的队员组织直升机把这些钢结构从中山站吊运到冰盖上的内陆出发基地，为昆仑站队尽早出发做前期工作。

目前我们第 27 次越冬队员主要的工作是维持中山站的正常运行，在确保中山站正常运行的情况下参加卸货工作，第 28 次中山站越冬队员负责物资的卸运工作。等货物卸完后，估计在 10 天左右，我们将和第 28 次中山站越冬队员进行对口交接，并举行升国旗、队旗交接仪式，交接后第 28 次中山站越冬队员开始履行中山站运行管理职责，我们将结束一年的越冬考察工作。

我们交完班后将继续在中山站生活，因为雪龙船在完成中山站第一阶段卸货任务后将离开前往长城站，等雪龙船完成长城站的物资补给任务在 2 月中旬再次回到中山站的时候，我们就可以离开中山站到雪龙船上生活，随后我们将和第 28 次度夏考察队员随雪龙船一起回国。

雪龙船在南极浮冰中

雪地车运输物资

雪地车海冰上运输物资

　　昨晚，海冰架桥组在海冰行车路线的冰裂缝上架设好木桥后，第28次考察队马上组织3辆雪地车拖带着雪橇进行海冰运货工作。经过连续的海冰运货作业，到今天为止已经从雪龙船上卸运了5个冷冻冷藏集装箱、4个常温集装箱和部分装有建筑材料的集装箱到达中山站，目前海冰卸货工作仍在进行中，采取换人不停车24小时不间断运输作业的方式进行。

　　今年可以在海冰上运送中山站的补给物资大大节省了队员们的劳动强度，不像我们去年的补给物资在海冰无法运输的情况下采取直升机吊运的方式执行，增加了队员们的工作量，因为要卸运的物资首先需要在雪龙船上把集装箱中的物资搬运出来，然后装入网兜中通过直升机吊运到中山站，到达中山站后队员们还需要把物资搬运到各个库房。经过几次的人工搬运，许多蔬菜、水果的包装箱已经损坏，又经过一冷一热造成大量的蔬菜水果腐烂，真正是既费劳力又浪费食品。

12 月 1 日中午，考察队需要雪地摩托担任海冰巡视工作，从中山站开一辆雪地摩托去雪龙船，让海冰巡视组队员使用。我就骑着雪地摩托给雪龙船送过去，因为最近几天一直在牵挂着那只失去母亲的小海豹，就在去的路上顺便去看望一下那只小海豹。我来到小海豹原来等待母亲的地方，看到母海豹已经回到小海豹身边，估计母海豹已经回来了几天，得到母乳后原来瘦小的小海豹变得肥胖了一些。看到小海豹平安地成长，我一直牵挂的心总算可以放下了。

我骑着雪地摩托来到雪龙船旁，看到雪龙船正在忙碌着从船上吊运集装箱到海冰上的雪橇上，3 辆雪地车拖带着雪橇停在雪龙船旁等待装货。我到雪龙船驾驶台和船长他们聊了一会儿后，看到 3 辆雪地车拖带的雪橇上装好了集装箱，我就跟随着运输物资的雪地车返回中山站。

12 月 2 日，第 28 次考察队继续通过雪地车拖带雪橇从雪龙船运送物资到中山站，风雪中的能见度时好时坏，造成雪地车在海冰上的运输也经常中断，到今天为止中山站补给的食品、备件等物资除了还有一个集装箱的常温食品和一个集装箱的科研物资外已经通过雪地车全部运到中山站，目前正在运输中山站二栋建筑的建筑材料中的彩钢板。

原先准备先保障昆仑站队物资运输的直升机由于天气原因这两天无法起飞，只能等待天气情况好转后再吊运。昆仑站的所有物资、油料只能通过直升机吊运到冰盖出发基地，靠雪地车是无法运送到冰盖出发基地的，因为从中山站到冰盖出发基地要经过俄罗斯大坡等崎岖的山路，不适合雪地车拖带雪橇来运输。

昨晚一辆 PB300 雪地车在海冰上运输物资过程中履带出现了故障，今天昆仑站部分队员修理雪地车，还有部分队员去冰盖出发基地做准备工作，昆仑站队的机械师和第 27、第 28 次越冬机械师负责倒班驾驶雪地车在海冰上运输中山站的物资。

第 28 次中山站考察补给的食品已经到达中山站，第 28 次越冬队员从昨晚开始已经在管理员何勇的带领下整理补给的食品，把部分冷冻冷藏食品搬运到我们前段时间腾空并清洁干净的中山站冷冻冷藏集装箱中，因为运输过来租用的冷冻冷藏集装箱在搬空食品后还要把空箱带回国内归还。

今天，雪地车在海冰运输过程中发现又增加了两条冰裂缝，考察队立即组织中铁建工的施工队员前往海冰上凿冰堆积在冰裂缝中，并在上面架设木桥，保障雪地车在海冰上行驶的安全。

第 28 次南极中山站越冬队员在昨天管理员何勇最后一个上站后，17 名队员已经全部来到中山站，这两天在工作之余已经在和我们第 27 次越冬考察队员熟悉工作情况，准备进行对口交接班工作，在卸运完所有物资后我们将进行正式的交接班工作。第 28 次中山站越冬考察队员除了 17 名后勤和科研的队员外，还要留下 7 名中铁建工的施工队员和 1 名监理，所以他们明年将有 25 名队员留在中山站越冬，一定会比我们今年的 17 名越冬队员热闹。

162 直升机吊运物资

雪龙船到中山站海冰上运输物资的工作自从前天开始后一直没有中断过，队员们驾驶着 3 辆雪地车 24 小时分两班轮流跑。12 月 3 日中山站的天气变晴，一大早所有队员按照分工开始忙碌起来，K-32 直升机今天开始把雪龙船上的昆仑站物资吊运到进步一站和冰盖内陆出发基地。

昆仑站队的大部分队员前往进步一站和冰盖出发基地整理雪橇和物资，接收从雪龙船上吊运到出发基地的物资和油料，并把油料倒入软油囊中，为前往昆仑站做准备。几位昆仑站队的机械师修理履带损坏的 PB300 雪地车，忙到晚上 9 点总算把雪地车修复。

中铁建工的施工队员除了部分在中山站接收建材物资外，剩余的队员去海冰上凿冰，把海冰装入塑料袋中，一旦得到哪处有冰裂缝扩大的消息，就把这些海冰运往该处并填入海冰上的冰裂缝中，为雪地车在海冰上拖带雪橇运输物资的安全作保障。

海冰护路组的队员开着三四辆雪地摩托和全地形车 24 小时分两班在海冰行车路线上不

停地巡视，并在几条大的冰裂缝处派人坚守，指挥并保障运输物资的雪地车安全通过。护路组的队员如发现冰裂缝扩大，马上会通知海冰架桥组的队员前去填冰架木桥，为海冰上运输物资的雪地车安全通过冰裂缝提供保障。

今天，昆仑站队的机械师一部分前往进步一站处工作，另一部分修理履带损坏的雪地车，因此无法派出驾驶 PB300 雪地车在海冰上运输物资的机械师，我就主动去承担驾驶 PB300 雪地车拖带雪橇在海冰上运输物资的工作，从早上 8 点多开始在雪龙船与中山站之间的海冰上不停地来回跑，一直工作到晚上 9 点才有昆仑站队的机械师来接替我。

在冰层厚度为 1.5 米左右的海冰上驾驶雪地车拖带着装有几十吨物资的雪橇行驶，心里总有些担忧，特别是经过一道道冰裂缝的时候更是提心吊胆，一旦冰层破裂，底下就是几百米深的海洋。另外海冰行车路线上经过雪地车和雪橇的来回碾压，有些地方海冰上的积雪已经融化，出现了一个个水潭，虽然水潭下还有海冰，但行驶在上面总不免有些心惊胆颤，每次都是加大油门快速通过，生怕陷入水潭中或海冰破裂。

直升机吊运雪橇

目前雪龙船离中山站的直线距离是 9.8 公里，海冰上运输物资行车路线是 14.5 公里，雪地车拖着雪橇开一个单程要 1 个小时，运输一次物资就要花 3 个小时左右。投入海冰上运输的 3 辆雪地车中两辆是 PB240 雪地车，一次只能拖带一个雪橇的物资，而 PB300 雪地车一次能拖带两个雪橇的物资，所以 PB300 雪地车的工作效率要比 PB240 高 1 倍。今年的物资数量多，经过几天的海冰运输，还有大量的建筑材料需要从雪龙船运往中山站，估计还要一个星期左右时间才能把中山站和昆仑站的所有物资从雪龙船卸运下来。

12 月 4 日，第 28 次南极考察队继续进行紧张的卸货工作，3 辆雪地车拖带雪橇在海冰上运输物资的工作一直持续到今天中午 12 点才停止，因考察队考虑到下午气温高，海冰融化速度加快，为了避免海冰上行驶出现安全问题，就把雪地车在海冰上运输物资的工作时间改为下午 6 点到第二天的中午 12 点，在中午 12 点到下午 6 点气温最高的时间段里不进行海冰上的运输工作。

下午 6 点，两辆 PB240 雪地车拖带雪橇前往雪龙船，继续进行海冰上运输物资的工作，PB300 雪地车因考虑到要进入内陆昆仑站还需要担当重任，从今天开始停止使用，进行全面保养，保障进入内陆昆仑站的车辆使用。

今天是阴天，从上午开始准备安排直升机进行吊运物资的卸货工作，但上午的能见度很差，不适合空中飞行。到午饭后中山站的能见度逐渐好转，K-32 直升机开始从雪龙船吊运建筑材料到中山站，因内陆冰盖上的能见度没有好转，只能把准备吊运昆仑站物资的工作改为吊运中山站的建筑材料。吊运到中山站停机坪广场的建筑材料中铁施工队员利用装载机转载到二栋建筑的施工现场，方便施工时就地取材。

利用直升机吊运建筑材料可以大大减轻雪地车在海冰上运输的工作量，并能避免雪地车在海冰上行驶存在的安全隐患。虽然利用直升机吊运物资的费用大大高于用雪地车运输，每次吊运还不能超过 5 吨的物资重量，但利用直升机吊运物资减少了在海冰上车辆行驶存在的安全隐患，毕竟人的生命是最宝贵的，一切以安全为主，追求安全地完成任务是我们工作的最终目标。

16:3 驾驶雪地车在海冰上运输物资时的惊险经历

12 月 5 日，中山站的天气转晴，K-32 直升机开始从雪龙船往冰盖内陆出发基地吊运昆仑站的物资，一直吊运到晚上 12 点才停止作业。再有两天时间的吊运，昆仑站队的所有物资可以全部吊运到冰盖出发基地，随后昆仑站队的队员将把所有物资、油料装上雪橇，绑扎好后为昆仑站队出发做好准备工作，等待前往昆仑站的出发命令。计划是 12 月 18 日从中山站出发前往昆仑站，但今年的卸货工作比较顺利，估计会提前出发，到时 4 辆卡特雪地车和 4 辆 PB300 雪地车将拖带装有物资、建筑材料、油料和 26 名队员生活舱的雪橇前往昆仑站，计划在冰盖上行驶 18 天左右，昆仑站队就能到达海拔 4093 米离中山站 1300 公里的内陆冰盖上的我国南极昆仑站。两辆 PB240 雪地车拖带雪橇除了下午在气温高的时候休息 6 个小时外，一直在运输从雪龙船上卸下来的中山站建筑材料，几千吨的建筑材料计划还将卸运一个星期。

随着气温升高和强烈的光照，海冰融化的速度也在加快，海冰行车路线上的几条冰裂缝也在加宽，再加上雪地车和雪橇的反复碾压，冰裂缝处出现了很深的坑，给雪地车拖带雪橇经过造成了一定的麻烦。考察队就继续组织凿冰队不停地凿冰装袋，通过雪橇运往冰裂缝处，填入冰坑中，方便雪地车顺利通过冰裂缝。

下午 6 点，两辆雪地车拖带空雪橇出发前往雪龙船继续运输物资，我驾驶其中一辆先在凿冰处装上一橇的冰块，然后沿着海冰上的行车路线到达几个需要冰块的冰裂缝处，在冰裂缝处专门有护路组的队员在这里等待卸下冰块并填入冰裂缝的冰坑中。海冰上的积雪经过雪地车五六天的反复碾压，变得坑坑洼洼、高低不平，留下很深的车辙，给雪地车行驶造成了许多不便，一路颠簸不停。

在雪龙船边等待雪橇装上建筑材料后，我就驾驶雪地车沿着行车路线返回中山站，在经过每一道冰裂缝处都有护路组的队员像交通警察一样指挥着车辆，确保雪地车和满载物资的雪橇顺利通过冰裂缝。经过一个小时的颠簸，满载物资的雪橇总算从雪龙船拖运到中山站。我今天驾驶雪地车去雪龙船拖运一次物资，主要是想查看海冰行车路线上的海冰变化情况和冰裂缝变化情况，掌握第一手海冰资料，为考察队考虑是否适合海冰运输提供信息。

12 月 6 日，中山站又是一个晴朗的好天气，K–32 直升机继续从雪龙船吊运昆仑站队的物资到冰盖出发基地，昨晚的冰上雪地车运输物资一直持续到今天下午。在中午前一辆拖带雪橇前往雪龙船拉货的雪地车在路上出现了故障，站上派出两名机械师前往修理，并在午饭后修好了有故障的雪地车。

在午饭前海冰护路队员在海冰行车路线上发现新增加了几条冰裂缝，领队得知后从雪龙船骑着雪地摩托前往查看，并通知中山站的我和昆仑站队长金波也骑着雪地摩托前往海冰上的冰裂缝处，一起商讨如何处理，因为有一辆雪地车和两个装满物资的雪橇还在雪龙船旁边，等待返回中山站，一旦海冰上不适合行车，那雪地车和雪橇就无法返回中山站，雪橇还可以通过直升机吊运，雪地车就麻烦了。

我们查看了几条新增加的冰裂缝，虽然冰裂缝不宽，但冰裂缝不但有横向的，而且有纵向的，可以肯定是潮汐引起附近冰山移动而产生的冰裂缝。我们一致认为应该快速把雪龙船边的雪地车和雪橇拖回中山站，以免冰裂缝进一步扩散，把雪地车困在雪龙船。

我和领队骑着雪地摩托来到雪龙船边，通知护路组的队员全体出动，前往每条冰裂缝处查看冰裂缝的变化情况。随后领队在前面骑着雪地摩托开路，我驾驶雪地车拖带装满物资的雪橇紧随其后。为了安全考虑，我一个人在雪地车上驾驶，让原来的雪地车驾驶员跟着护路队员的雪地摩托一起前往冰裂缝处。快到第一条冰裂缝时，领队让我一路上打开车门行驶，万一有情况可立即跳车逃生。

在领队和护路队员的指挥下，我驾驶着雪地车小心地经过一条条冰裂缝，每到一条新增加的冰裂缝处，垂直冰裂缝延伸的方向加大油门快速通过，在安全通过最后一条冰裂缝后，我停车卸下拖带的雪橇，立即沿原路返回雪龙船，把雪龙船旁另一个装满物资的雪橇拖回中山站，这个卸下的雪橇让中山站派雪地车过来拖回中山站。

在领队和护路队员的指挥下，经过我来回两次的驾车拖带，把雪龙船旁两个装满物资的雪橇有惊无险地拖带过六七条冰裂缝。雪橇顺利通过冰裂缝后，领队和我们协商是否还要在海冰上运输物资，经过大家的讨论决定暂时停止海冰上运输物资的工作，准备再观察一天冰裂缝的变化情况，如果冰裂缝继续增加或加宽，就全面结束海冰上运输物资的工作，剩下的建筑材料利用直升机吊运到中山站。

下午 3 点半，我把雪橇安全拖回中山站，另一个雪橇已由队员拖回中山站了。今天装满物资的两个雪橇虽然是有惊无险地运回了中山站，但我还是希望海冰上运输物资的工作尽早结束，应该见好就收，一旦出现什么意外，就会前功尽弃。

164 踏上南极一周年

昨晚经过海冰上的密切观察，在晚上气温低的情况下海冰上的冰裂缝没有变化和增多，于是考察队在 12 月 7 日凌晨决定继续在海冰上运输物资。两辆雪地车拖带雪橇前往雪龙船拖回物资到中山站，一直持续到今天中午才停止海冰上的作业。考察队决定今晚 11 点开始再次用两辆雪地车在海冰上运货，到明天中午结束海冰上运输物资的全部作业，剩下的建筑材料的运输由 K-32 直升机来承担。

今天 K-32 直升机把雪龙船上的一部分钢结构和黄沙水泥等建筑材料吊运到中山站停机坪广场，中铁施工队员再把这些建筑材料通过装载机转场到二栋建筑的施工工地。下午 K-32 直升机吊运储存在中山站的昆仑站雪橇到内陆冰盖出发基地，明天等海冰上运输物资结束后再把承担海冰运输的 3 个雪橇吊运到冰盖出发基地后，昆仑站队的物资就全部吊运到冰盖出发基地。昆仑站队员还要经过几天的整理，把物资装上雪橇后就能出发前往内陆昆仑站，原计划昆仑站队是 18 日出发前往昆仑站，现在比原计划提前做好了出发准备，初步定在 16 日出发，到时将在冰盖出发基地举行隆重的出征仪式，欢送昆仑站考察队出发前往内陆昆仑站。

第 28 次中山站越冬队员这几天一直在整理卸运下来的物资和食品，今天下午我们第 27

第 27 次南极考察队领导撤离中山站前和越冬队员合影

次队的水暖工王刚毅带着第 28 次越冬队的机械师和水暖工前往进步湖取饮用水,把取水的过程告诉第 28 次队员,因为他们要在中山站待一年,所需的饮用水全部需要去进步湖提取,今天就让他们熟悉一下取水过程,过几天交班后就让他们自己去体验取水的艰辛了。

目前中山站有近 90 名考察队员,考察队员的一日四餐让厨师们忙碌起来,因为中铁的施工队员每天晚上要加班,要给他们准备夜宵,再加上目前在卸货期间,队员们吃饭不定时,要保障 24 小时有热菜热饭供应。好在目前中山站有 3 名厨师,可以让厨师们有轮流短暂休息的时间,这 3 名厨师是我们第 27 次越冬队的厨师、第 28 次越冬队的厨师和第 28 次度夏考察期间的厨师。另外我们每天安排 3 名队员帮厨,为厨师们打下手和搞厨房餐厅的清洁卫生工作。

今天是 12 月 7 日,自从去年的今天我踏上南极中山站后,一晃整整一年就这样过去了。现在回想起来感觉时间过得很快,不知这一年中的每一天是如何度过的,虽然有过快乐时分,但太多的辛酸可能只有在风雪南极待过一年的考察队员才能深深体会。过几天交班后,我要好好总结一下一年来的付出与收获,让一年南极的工作生活经历成为自己人生中一段美好的回忆。

晚上 10 点多，两辆 PB240 雪地车拖着雪橇出发去雪龙船卸运物资，各拉一雪橇物资回中山站后，结束海冰上运输物资的工作。为了安全考虑，第 28 次考察队决定本次队海冰上用雪地车运输物资的工作全部结束，剩下的建筑材料用直升机吊运。12 月 8 日，上午中山站和雪龙船上的护路队员分别从两地出发，前往海冰上收回原先架设在冰裂缝处的木桥和彩旗，并把装冰块的袋子全部回收，在海冰上不留下一点垃圾。

上午，队员用直升机把建筑材料从雪龙船吊运到中山站，并把昨晚冰上运货的 3 个雪橇从中山站吊运到冰盖内陆出发基地。昆仑站队员全部前往出发基地整理物资，并开始把物资装上雪橇，为出发做准备。

这几天中铁施工的队员除了负责接收吊运过来的建材外，大部分队员已经开始为二栋建筑的工程忙碌。二栋建筑的基础底座前年已经用钢筋混凝土浇筑好，目前在挖掘沙石填入这些底座间，平整地基，并在底座钢柱螺纹上校正螺纹，为架起钢结构框架做准备工作。

今天下午，第 28 次考察队领队和书记一行乘直升机来到中山站，召集第 27 次、第 28 次越冬队主要领导开会。领队首先介绍了物资卸运的情况，并肯定了队员们为卸运物资而付出的努力，随后让我们两支越冬考察队做好交接班准备，计划在 10 日上午举行交接班仪式，并和我们一起商讨了交接班的一些详情。最后书记要求两支考察队把交接班工作做好、做细，并让我们第 27 次越冬队做好传帮带工作，把好的管理经验传承下去，便于第 28 次越冬队更好地管理考察站的正常运行。

精彩、丰富、艰苦、难忘的南极一年越冬考察生活即将结束，我们 17 名越冬队员用自己的实际行动完成了作为合格南极考察队员所应承担的任务，圆满完成组织赋予我们的责任和义务。后天交班后，中山站将由第 28 次越冬考察队全面管理和运行，因为雪龙船还要去长城站实行任务，我们还将继续留在中山站两个多月。虽然我们交班后还要留在中山站，但我们绷紧了一年的那根弦总算可以稍微放松一下，可以让队员们好好休息几天。我的站长职务交班后，将承担管理中山站二栋建筑的工程建设任务，还不能放松和好好休息，只能等到登上雪龙船随第 28 次度夏考察队回国时才能休息。

165
"雪鹰"号直升机在南极损毁

从昨天上午到晚上，"雪鹰"号 K-32 直升机一直在吊运建筑材料上站，晚上 9 点多，直升机从雪龙船吊运一吊建材到站后返回雪龙船途中失去联系，考察队马上组织中山站和雪龙船派出雪地摩托去海冰上寻找。我骑着雪地摩托带着两名机组地勤人员迅速从中山站出发前往雪龙船，把机组人员送回雪龙船准备启动另一架海豚直升机出去寻找的同时，沿途寻找 K-32 直升机的下落。

我们在海冰上一边寻找一边快速驶往雪龙船，在半道正好遇上雪龙船派出来寻找的两辆雪地摩托，在得知我们沿途没看到后，就驶往几座大冰山的另一侧去寻找，我带着两名机组地勤人员直奔雪龙船。当我们刚赶到雪龙船旁，在对讲机中就听到刚才两辆雪地摩托队员传来的消息，K-32 直升机和两名驾驶员在海冰上已经被找到，驾驶员情况良好，直升机侧翻在海冰上，机身完好、桨叶损毁。考察队领导就让雪地摩托先把两名驾驶员带回雪龙船休息。

12 月 9 日上午，考察队组成的事故调查小组从雪龙船前往直升机损毁处，查看直升机损毁情况，我骑着雪地摩托从中山站前往海冰上。结束后领队来到中山站，前

损毁的 K-32 直升机

往俄罗斯进步二站寻求帮助，并让进步站联系印度站。因为我们昆仑站还有一些食品需要从雪龙船吊运到冰盖出发基地，另外船上还有 20 名度夏考察队员和行李没有来到中山站，希望印度站的直升机帮我们吊运一下，因为我们的另一架海豚直升机在这次事故没有调查清楚的情况下还不能起飞。经进步站和印度站联系后，约定下午 4 点半来我们中山站商谈具体情况。

下午 4 点半，进步站站长和翻译驾车来到中山站，不多一会儿印度站站长和租用的韩国机组人员乘坐韩国的直升机也来到中山站。领队向他们讲述了我们 K-32 直升机出事的情况，并希望他们的直升机能够帮助我们。印度站站长爽快地答应了我们的要求，并说晚饭后就派他们租用的韩国 K-32 直升机帮我们吊运昆仑站食品和运送我们的队员上站。

晚饭后印度站租用的韩国 K-32 直升机就开始为我们运送雪龙船上的队员和行李上站，飞了两个架次，随后又帮我们把昆仑站队的食品从雪龙船吊运到内陆冰盖出发基地，飞了三个架次，前后共为我们飞了五个架次。有了他们的帮助，我们的内陆昆仑站队就能按计划出发，真得要好好感谢他们的无偿帮助。

本次中山站的物资绝大部分已经上站，只剩下建筑材料中的黄沙水泥石子还没有全部上站，没有了"雪鹰"号直升机吊运，对中山站的正常运行不会造成影响，可能会对中山站二栋建筑的施工进度有一点影响。

晚上，第 28 次南极考察队就开始着手准备拖回在海冰上损毁的"雪鹰"号直升机，经过精心策划制定方案并报国家海洋局审批同意后，于 12 月 10 日晚上 8 点开始实施把损毁的直升机拖回中山站的工作。

我和昆仑站队队长金波驾驶两辆 PB240 雪地车拖带一个平板雪橇和十几名队员从中山站前往直升机损毁的海冰上，考察队的领队、书记和协助拖运工作的几名队员驾驶雪地摩托和全地形车从雪龙船前往海冰。到达直升机损毁的海冰上，大家就迅速行动起来，首先把散落在直升机周围的桨叶碎片收集起来，随后把雪橇拖至直升机旁，打算用两辆雪地车拖带直升机上橇，可侧躺在海冰雪地上的直升机高低不平，我们无法把 8 吨重的直升机拖到雪橇上。最后想出一个办法，把直升机旁的雪地挖出一个雪橇大小的深坑，把雪橇拖至坑中，再用木板垫入机身下并延伸到雪橇上，随后用两辆雪地车成功地把直升机拖拉至雪橇上。经过绑扎后试着用由我驾驶的一辆雪地车拖拉，可一辆雪地车根本无法拖动雪坑中装上直升机的雪橇，把两辆雪地车连接在一起，同时加大马力启动后才能慢慢拖动雪橇。把雪橇从雪坑中拖出后，卸掉前面金波驾驶的一辆雪地车，我想用我驾驶的一辆雪地车单独把装有直升机的雪橇拖回中山站，可一辆雪地车还是无法拉动雪橇，只能继续用两辆雪地车连起来拖运雪橇。

直升机损毁处离中山站直线距离为 3 公里左右，但为了避开冰山和较宽的冰裂缝，行车路线的距离增至 7 公里多。一切准备妥当后，两辆雪地车准备拖带雪橇出发，领队亲自上阵，替换下金波队长驾驶前面一辆雪地车。领队和我同时启动雪地车，装有直升机的雪橇慢慢被拖动，拖动后我们匀速驾驶着雪地车前往中山站，在每次经过冰裂缝的时候就同时加大油门快速通过，经过 40 分钟海冰上的行驶，我们于 11 日凌晨 3 点 10 分成功将损毁的"雪鹰"号直升机拖回中山站，整整工作了 7 个小时。

直升机被拖回中山站后，我们就不怕海冰融化而找不到直升机的残骸。我们现在希望在明年 2 月底前中山站附近海域的海冰全部融化，那样我们就能利用小艇和驳船把损毁的直升机运上雪龙船，并可以把直升机带回国内，让专家来鉴定直升机出事故的具体原因。

顺利完成南极越冬考察任务

原定昨天第 27 次越冬队与第 28 次越冬队的交接班仪式因为忙于直升机的事而推迟，不过队员们都已经在昨天进行了对口交接班工作，从今天开始第 28 次越冬队的队员进入各个工作岗位，管理中山站的正常运行。

12 月 11 日下午 6 点，我们第 27 次越冬队全体队员受邀前往俄罗斯进步二站参加他们的晚宴，因为他们的考察船即将来到南极，他们将交班后回国，我们两站的队员在南极相处了一年，相互帮助，建立起了深厚的友谊，所以他们今天举行一个告别晚宴，共同庆祝为期一年的南极考察任务顺利完成。

中山站和俄罗斯进步二站相距 1 公里，两站队员走动非常方便。下午 6 点我们第 27 次越冬队 17 名队员步行至进步二站，参加他们的晚宴，他们的队员在他们新启用的主楼前热情地迎接我们的到来。

晚宴上进步站站长发表了热情洋溢的欢迎词，他说："我们两站的队员在南极相处了一年，关系融洽，经常得到你们的帮助，向你们表示感谢。目前我们两站的队员

顺利交接

都顺利完成了一年的考察任务，即将交班回国，希望我们的友谊能够长存，希望今后我们两站的关系能够得到进一步发展，为我们的友谊干杯。"

今天的晚宴是我们第 27 次越冬队和他们越冬队的最后一次聚会，所以在晚宴上两站队员气氛热闹，彼此之间都在表达着一年来的友谊，为即将的分别流露出依依不舍之情。但天下没有不散的筵席，不到 8 点我们就告别进步站队员，因为晚上第 28 次考察队还将组织海冰上卸货工作。晚上，第 28 次考察队组织实施第二次海冰上卸货前期准备工作，派出凿冰队和修路队修复海冰上的冰裂缝，并架设木桥，为雪地车拖带雪橇在海冰上运输物资做准备。

12 月 12 日对我们第 27 次南极考察中山站越冬队员来说是一个值得庆贺的日子，我们和第 28 次考察中山站越冬队员进行了交接班仪式，结束了我们在南极一年的考察任务。下午两点，我接到领队通知，他让我们准备一下，4 点在中山站举行第 27 次越冬队和第 28 次越冬队交接班仪式。我们听到这个消息，马上着手布置会场，并让全体越冬考察队员做好准备。下午 4 点，两队交接班仪式在中山站综合楼会议室举行，由副领队朱建刚主持，首先领队李院生发言，他充分肯定了我们第 27 次越冬考察队所取得的成绩，并希望第 28 次越冬队继承第 27 次越冬队优良的工作作风，把中山站管理运行好。随后由我把我们第 27 次越冬队的一年工作做一个总结，我分九个方面对我们一年的考察生活做了一个全面总结，这九个方面分别是：加强党员思想建设，发挥党员模范作用；加强规章制度建设，规范管理实施行为；关注各项细节，坚持安全为本；强化应急管理，加速协同步伐；全面完成站务工作，积极承担新增任务；调节越冬生活，舒缓队员心情；注重对外宣传，加强国际交往；充分保障

度夏科研工作，细致开展越冬常规观测；经验不足留遗憾。精彩难忘的南极越冬生活结束了，我们第 27 次中山站 17 名越冬队员用自己的实际行动，践行了"南极精神"的本质，完成了作为合格南极考察队员所承担的任务，圆满完成单位所赋予我们的责任和义务。最后，我对一年来关心和支持我们的各位领导和朋友表示感谢，并向我的 16 名队员表示我最诚挚的谢意，谢谢他们一年中对我工作的支持与帮助，难忘在风雪南极一年建立起来的深厚友情。同时，我衷心祝福我们的新队友——第 28 次中山站越冬队员们——在即将开始的南极生活中快乐平安。

在第 28 次中山站越冬站长韩德顺表达决心后，我和新站长进行了签字交接仪式，从今天开始第 28 次中山站越冬考察队将全面接手中山站的管理和后勤保障支撑工作，我们第 27 次越冬队圆满完成一年在中山站的考察工作。

交接班仪式后，全体队员来到中山站广场，举行升国旗仪式，在国歌声中五星红旗在南极上空冉冉升起。随后降下我们第 27 次考察队的队旗，升起第 28 次考察队队旗，标志着中山站将由第 28 次考察队接手管理，我们第 27 次中山站越冬队完成历史使命。最后全体队员在广场上和领队、书记一起合影留念。

晚上，第 28 次考察队在中山站餐厅举行会餐，祝贺我们第 27 次中山站越冬队圆满完成一年的考察任务，并祝贺第 28 次中山站越冬队顺利接班。

我们第 27 次中山站越冬队交班后还将继续在中山站生活两个多月，等到雪龙船从长城站再次回到中山站后，我们才能离站上船。我的站长工作交班了，从明天开始我将履行新的岗位，管理中山站二栋建筑的建设任务。

今天我收到了一位网友发来的祝福，对网友们的支持和关注我再次表示感谢！

一年的奋斗，一年的辛苦伴随着一年的风雪与一年的等待，自雪龙船抵达中山站的那一刻，你们有了希望，你们似乎看到了成功返航的那一天。你们只言片语的叙述中包含的是成功完成越冬考察任务的自豪与即将回家的无限喜悦。

这一片纯净的南极世界给你们带来了多少不一样的景色。高大威武的冰山，自然天成的冰雕，变幻莫测的极光是你们眼中最美的风景。

风度翩翩的企鹅，憨态可掬的海豹，机灵勇敢的贼鸥都为寂寥的南极带来了一丝生机，给你们单调的生活增加了一抹别样的色彩和简单的乐趣。

南极，在它美丽的面纱下同样有着最为暴戾的一面。意想不到的冰缝，难以抵挡的狂风、暴雪，都是处处存在的危机，是你们不可抗拒的困难。但是大家在如临大敌的艰难困境中，勇敢地团结在一起，毫无惧色地选择了迎难而上，即便是在极夜的严峻考验下仍旧战天斗雪，毅然决然地走到各自的工作岗位，坚持工作，从不懈怠。

整整一年的时间只有你们 17 位勇士坚守在南极中山站，寂寥、凄凉与你们共度了 300 多个日日夜夜。300 多天里，你们如勇士般永远冲在第一线。"爱国、求实、拼搏、创新"的南极精神是你们驻守南极的坚强支柱，"快乐越冬，和谐越冬"的目标是你们始终不变的追求。羽毛球赛、乒乓球赛、雪地足球赛让你们在奋力搏杀的比拼中体会到了不一样的友情与竞技的乐趣。17 个人共同度过的每一个佳节同样也是热闹非凡。

时光飞逝，转眼间，一年的越冬生活结束了，在祖国南极考察的历史上，你们用自己的坚强与责任感完满地画上了一个漂亮的句号。你们传承着优秀的南极精神，传授着成功越冬的宝贵经验。你们的贡献会在历史的名篇里刻下永久的辉煌。

辛苦了，勇士们，自豪吧，英雄们！该为你们鼓掌的是我们这些普通人——见证了你们"南极人"创造伟大的业绩。这"精彩、丰富、艰苦、难忘"的南极生活是你们生命中应该倍加珍惜的记忆。

祝贺 27 次中山站越冬队的每一位队员顺利完成一年越冬考察任务！

前天第 28 次考察队为了安全考虑，决定还是取消第二次海冰卸货计划，剩下的物资只能等雪龙船在明年 2 月中旬再次回到中山站的时候，找机会用小艇驳船来运输物资。前天我驾驶雪地车拖带空雪橇前往海冰上，由施工队员拆下原架设在冰裂缝处的木板，我负责把这些木板运回中山站，上下午各去了一次，才把所有的木板和槽钢拉回中山站。

昨天晚上昆仑站队在冰盖出发基地完成了出发前的各项准备工作，返回中山站休息一天，顺便在中山站洗一次澡，准备在 16 日出发前往内陆昆仑站进行考察活动。昆仑站队员从出发到完成任务返回中山站的两个多月中，条件极其艰苦，对他们来说洗澡是一种奢求，是无法实现的，所以昨晚中山站特意启用锅炉烧热水，为昆仑站队员提供热水洗澡，让他们精神焕发地出征。

12 月 15 日上午领队一行开着雪地摩托和全地形车从雪龙船来到中山站，为昆仑站队员做出征前的动员，并在中午举行宴会为昆仑站队员壮行。领队、书记和考察队领导为 26 名昆仑站队员一一敬酒，预祝他们圆满完成昆仑站各项考察任务。今年昆仑站队的任务非常繁重，既要进行昆仑站二期工程建设，又要在昆仑站安装天文观测设备，300 多吨物资要通过雪橇拖运到海拔 4093 米距离中山站 1300 公里的内陆昆仑站，并要在零下 40 摄氏度左右的低温下进行工程建设，对他们来说是一个很大的考验。

由于中山站二栋建筑的物资没能全部从雪龙船卸运到中山站，给中铁施工队员建造中山站二栋建筑带来了困难。前几天施工队员在施工的同时前往团结湖边取沙，弥补黄沙没能卸运下来给施工进度造成的影响。前天新宿舍楼地基的第一遍混凝土已经浇注完，今天开始在地基墩子上架设钢结构，但因为也有部分钢结构没有卸运下来，要完成建筑的所有钢结构架设还存在困难，目前只能把卸运下来的钢结构先架设起来，剩下的只能到明年 2 月份再看机会了。原计划在今年度夏考察期间中铁施工队员要完成中山站二栋建筑钢结构和外墙彩钢板的架设，并要完成楼层混凝土的浇注，在进入南极冬季后他们要留下 8 名队员进行二栋建筑内部的装修工程，目前由于没能把建材全部卸运下来，影响了工程的进度，估计他们的队员也不需要留下来越冬进行建筑的内部装修工程，因为在度夏期间他们没有材料来完成二栋建筑的外墙架设工程。

向昆仑站进发

明天上午，第 28 次考察队领导将前往冰盖出发基地为昆仑站队员送行，下午考察队领导回到雪龙船后，雪龙船也将起航离开中山站前往南极长城站。12 月 16 日上午 8 点，我随第 28 次南极考察队的领导和几名记者乘雪地车前往冰盖内陆出发基地，参加昆仑站队的出征仪式。冰盖内陆出发基地距离中山站 10 多公里，位于俄罗斯冰盖机场附近，雪地车需要行驶近一个小时才能到达。

上午 10 点（北京时间 13 点），在冰盖出发基地举行第 28 次南极考察内陆昆仑站队的出征仪式，26 名昆仑站队员整装待发列队接受考察队领导的检阅。出征仪式开始，首先为每位昆仑站队员倒上壮行酒，一起干杯预祝昆仑站队员圆满完成考察任务。随后领队李院生为昆仑站队员讲话，希望昆仑站队员发扬南极精神，克服艰难险阻，顺利圆满完成昆仑站队的各项考察任务。接下来昆仑站队队长金波汇报准备情况，并向领队报告一切准备就绪请求出发，领队随即向全体昆仑站队员发出了出发的命令。接着送行的领导和每位昆仑站队员拥抱握手，预祝昆仑站队员一路顺风、顺利返回。随后送行人员和昆仑站队员一起合影留念。最后昆仑站队员各就各位，登上各自的雪地车，按顺序启动车辆向内陆冰盖昆仑站出发。4 辆 PB300 雪地车和 4 辆卡特雪地车拖带装满物资油料和乘员舱的 22 个雪橇启程前往昆仑站，庞大的车队浩浩荡荡，看上去非常壮观。

昆仑站队为了今天能用 8 辆雪地车拖动装满物资的雪橇，前几天他们已经拖带 7 个雪橇预先前往 70 公里处摆放，另外加上今年初第 27 次昆仑站队拖拉到 200 公里处的 4 个雪橇，本次昆仑站队共需要拖拉 33 个装满物资油料的雪橇一路前行，途中雪橇会逐渐减少几个，因为油料的消耗和摆放在返程路上使用的油料可以在沿途摆放。

昆仑站队出发后，我们就返回中山站吃午饭，吃完午饭领队一行要返回雪龙船，我和书记叫上另一名队员开着两辆雪地摩托和 1 辆全地形车把他们送回到雪龙船，因为今天下午雪龙船也将离开中山站，所以我们去海冰上为雪龙船送行，顺便把雪地摩托和全地形车开回中山站。第 28 次考察队书记刘刻福不随雪龙船去长城站，而将留在中山站指导第 28 次考察队在中山站度夏期间的工作。

下午 5 点，我们离开雪龙船驾驶雪地摩托和全地形车返回中山站，雪龙船也随即在海冰上掉转方向，准备离开中山站前往长城站。但雪龙船在海冰破冰道上掉头非常困难，需要不断破冰一点点扩大航道，才能将船头掉转过来，到晚上 8 点雪龙船还没有在海冰上掉转方向，不知今晚雪龙船能否把船头方向掉转过来，驶出破冰航道离开中山站。

南极海 冰上野炊

在元旦即将来临之际，为迎接新年的到来、丰富南极考察队员的生活、活跃气氛，12 月 25 日下午 3 点南极中山站的全体考察队员在海冰上举行了"庆元旦冰上野炊活动"。为了今天南极海冰上的野炊，考察队从昨天就开始进行了部署，并成立了几个小组分头行动，有硬件设施安排组、食品安排组、交通运输组、场地布置组等。

野炊活动场地选在距离站区近 1 公里的一块平整的海冰上，三面冰山环绕，景色宜人。场地上彩旗飘扬，各种设施设备一应俱全，队员们搬来了汽油发电机、音响、桌椅、烧烤炉、酒水饮料和各种烧烤食品。

下午 3 点，全体在中山站的考察队员来到活动场地，首先全体队员合影留念，随后第 28 次南极考察队刘刻福书记作了动员讲话并宣布活动正式开始，队员们在蓝天白云下的南极海冰上开始了烧烤野炊活动。烧烤、喝酒、畅谈，场面气氛非常热闹，烤肉的香味也引来了大批贼鸥围观，队员们只要一不小心，盘中或手上的食品就会被贼鸥叼走，真是防不胜防。

在冰上野炊活动接近尾声时，冰上足球比赛开始，为中山站首届夏季运动会拉开序幕。足球比赛分为四个小组，分别为第 27 次越冬队、第 28 次越冬队、第 28 次度夏考察队和中铁能力建设队。经过抽签，首先由第 28 次越冬队和中铁能力建设队进行比赛，经过半小时激烈比赛，中铁能力建设队以 2∶1 战胜第 28 次越冬队。随后第 27 次越冬队和第 28 次度夏队比赛选手上场，比赛结果我们第 27 次越冬队以 2∶0 完胜第 28 次度夏队。本来还将在第 27 次越冬队和中铁能力建设队之间进行冠亚军的争夺战，因中铁能力建设队放弃和我们第 27 次越冬队的比赛，我们第 27 次越冬队就不战而胜荣获冰上足球赛的冠军。

在今天进行冰上足球赛时发生了一件趣事，两只阿德雷企鹅走入比赛场地，和队员们一起在场地上奔走。队员们怕踩伤企鹅想把它们赶走，可这两只企鹅就是不肯离开比赛场地，跟着队员在场地上奔跑。可能是企鹅看到队员们在海冰上奔跑感觉好玩，也愿意和我们的队员一起玩耍。企鹅们的这个行动充分展现了美丽南极人与动物和睦相处的温馨场面。

目前，中山站各项度夏工作正在如火如荼地进行，南极夏天时间才两个多月，必须抓住这短暂的时间来完成各项度夏考察任务。中山站"十一五"能力建设中的二栋建筑因物资没有全部从雪龙船卸运下来，只能把已经卸运下来的物资抓紧进行施工建设，目前已完成了新宿舍楼 27 根钢柱和 87 根钢梁的安装，并完成了地面垫层第一遍防水涂料的涂刷工作；新发电栋地面垫层已完成混凝土的浇筑，并开始吊装钢结构，目前已完成 16 根钢柱的吊装；另外航空煤油堆场油罐基础已经完成钢筋加工与安装、预埋件安装及混凝土的浇筑工作。

12 月 25 日，俄罗斯破冰船"费多罗夫院士"号到达中山站外面的冰面上，并可以破冰向中山站旁的俄罗斯进步二站靠近，经过两天的破冰前进，26 日下午这条破冰船到达了离俄罗斯进步二站不到 1 公里的冰面上，离中山站不到两公里，我们不得不佩服俄罗斯破冰船的超大破冰能力。去年我们的雪龙船就是跟着人家的破冰轨迹前进到离中山站两公里的冰面上，并成功连接油管向中山站补给油料。可惜今年雪龙船还有长城站的任务，要 2 月中旬才能再次回到中山站，到时外面的海冰已经全部融化，要想在冰面上铺设油管给中山站补给油料已经是不可能，那时只能通过小艇一艇艇来给中山站输送油料，这样就要花费很长时间来完成油料补给工作，400 吨油料要 20 多艇才能运完，还要看中山站码头附近的浮冰情况，万一冰情严重小艇就无法航行。

俄罗斯破冰船"费多罗夫院士"号一到进步站附近，他们就在海冰上铺设油管为进步站输送油料，并利用两架 K-32 直升机吊运补给的物资。上次我们的直升机出事后无法进行吊运物资工作，俄罗斯进步二站站长就说他们的破冰船在 24 日左右到达这里，到时船上有两架 K-32 直升机，可以用来帮助我们吊运物资。可我们的雪龙船还有长城站的任务，无法等到 24 日，就错过了让他们的直升机帮忙吊运物资的时机。

在南极欢度 2012 年元旦

16:9

去年的今天，我们在南极中山站迎来 2011 年，一转眼我们第 27 次越冬队在南极中山站度过了一整年，送走了 2011 年，迎来了 2012 年。回想这一年我在南极的经历，收获颇多，我带领的第 27 次南极考察中山站越冬队克服了南极极昼极夜所带来的各种压力，积极克服风雪和寂寞带来的各种困难，用我们的实际行动完成了各项任务，用我们的不懈努力实践着一个个南极人的梦想与追求，用我们的坚强决心克服了一个又一个难关。如今我们第 27 次越冬队虽然已经胜利交班，但我们将积极配合第 28 次考察队做好各项工作，直到 4 月初随雪龙船回到祖国，我们第 27 次越冬队才可以说圆满完成 17 个月的南极考察任务。

12 月 31 日下午，在中山站综合楼体育馆内举行了"中国南极考察队中山站第一届夏季运动会"的开幕式，在开幕式上首先进行了运动员的入场仪式，第 27 次越冬队、第 28 次度夏队和第 28 次越冬队在运动员进行曲中依次举牌入场，随后由第 28 次南极考察中山站站长韩德胜致辞并宣读了国家海洋局发来的新年慰问电，接下来由裁判代表和运动员代表上台宣誓，最后由第 28 次南极考察队临时党委书记刘刻福讲话并宣布中山站第一届夏季运动会开幕。

本届运动会的比赛项目有足球、篮球、羽毛球、乒乓球和台球，全部以团体赛的形式进行比赛，三个队在每项比赛中各派出 5 名选手参加比赛，经过抽签后进行对抗。为不影响各自的工作，比赛放在每天的晚饭后进行，将在半个月中结束全部比赛项目，比赛结束后将为每项比赛的冠军队颁发奖品。

开幕式结束后进行了首场篮球赛，由第 27 次越冬队对抗第 28 次度夏队，经过半小时激烈对抗，第 27 次越冬队以 17：8 战胜第 28 次度夏队，第 27 次越冬队在取得足球比赛冠军后，在篮球比赛中也取得了开门红。

晚上在中山站餐厅举行了欢度元旦聚餐晚宴，72 名考察队员欢聚一堂，热烈庆祝 2012 年的到来。

从 2012 年 1 月 3 日晚上开始，中山站飘起了雪花，飘飘扬扬的雪花一直持续到 5 日还没停止，室外中铁建工集团建造二栋建筑的工程只能暂停。二栋建筑的工程已经完成了卸运下来钢结构的全部吊装，并完成了二栋建筑地面保温挤塑板的铺设和混凝土的浇筑工作，目前二栋建筑的工程也只能做到这里，剩下的要等到下个月雪龙船从长城站回到中山站卸运下剩余的建筑材料后才能继续进行。这几天中铁施工队员在做一些零碎的小活，准备清理中山站这几年建设的一些建筑垃圾，把这些建筑垃圾清理集中后运往雪龙船带回国内处理。

南极恶劣的环境条件常常会造成各种意想不到的事情发生，让考察队员防不胜防，给考察队员完成各项制定的考察任务带来困难。许多考察任务只能在南极短短的两个多月的夏天进行，一旦在这个夏天无法完成，就要等到第二年的夏天才能继续进行，虽为考察任务的完成延长了时间，但这是考察队员在保障安全的情况下不得已采取的措施，如果有一丝希望，考察队员都会想方设法去完成各自所承担的考察任务。

1 月 4 日中山站时间 19 点 30 分（北京时间 22 点 30 分），中国第 28 次南极考察内陆昆仑站队的 26 名队员驾驶着 5 辆雪地车拖带的雪橇成功抵达位于南极内陆"冰盖之巅"冰穹 A 地区的我国南极昆仑站。

自 2011 年 12 月 16 日从距离南极中山站 10 公里处的冰盖集结出发地启程以来，内陆昆仑站队员经历了地吹雪、白化天气等极地天气和软雪带、蓝冰区、雪丘密集区等特殊地形的考验。经过 20 天的艰苦跋涉，顺利到达距离中山站 1300 公里海拔 4093 米的"人类不可接近之极"南极冰穹 A 上的我国在南极的第三个考察站——南极昆仑站。一路上昆仑站队员经历了千辛万苦，出发时的 8 辆雪地车有 3 辆雪地车先后在路途中出现故障，在无法修复的情况下只能弃车继续前进，即便在如此困难的情况下，昆仑站考察队员依然以顽强的毅力克服了种种困难顺利到达内陆冰盖上的昆仑站。

目前南极昆仑站的气温在零下 30 多摄氏度，昆仑站考察队员到达昆仑站后，将进行深冰芯导向孔钻探、巡天望远镜 AST3 安装及昆仑站区天文仪器维护，另外还将开展冰盖探测、昆仑站测绘、冰川及气象等科考项目。昆仑站队计划在 1 月底撤离昆仑站返回中山站，回程途中还要带回 3 辆抛锚在路途中的雪地车，他们的回程也将充满艰辛。

南极夏天的绝美景色

最近几天，中山站的天气不错，每天 24 小时的阳光普照让中山站充满着南极夏天的温暖。每当晚饭后我喜欢独自去站区周围散步，尽情享受南极夏天带来的一切美好景色，蔚蓝的天空、裸露的岩石、冰雪融化后清澈的湖水，这一切都让我陶醉，还有南极的企鹅、海豹、贼鸥、雪燕等动物也为南极的夏天带来了生机。

在一个冰雪世界里度过了寂寞孤独毫无生机的南极冬天的我们，看到如今的一切变得如此美好，心情也随之舒展开来。黑夜、风雪、寒冷、孤独，这一切随着南极冬天的过去，都已成为记忆中的往事，只有经历过南极冬天的人，才能感受到南极夏天的美好，"不经历风雨，怎能见彩虹"。

1 月 10 日半夜，虽然太阳没有下山，但中山站北面半空中出现了一个圆圆的大月亮，这是中山站这次夏天进入极昼以来第一次见到月亮，又大又圆的月亮挂在半空中，为中山站增添了亮丽的景色。

我们第 27 次南极中山站越冬队员交班已经一个月了，因为南极特殊的环境没有交通工具可以让我们回国，就让我们在南极放下工作的情况下继续度过一个夏天。去年的夏天我们是在匆忙紧张的状态下在南极度过的，无暇去领略南极的无限风光，如今艰难的一年南极考察工作结束了，我们可以轻松愉快地去享受南极夏天的那些自然风光，让我们不虚此次南极之行。

如今第 28 次南极中山站越冬考察队已经走上正轨，把中山站管理得井然有序。度夏科研考察队已全面展开工作，目前基本已经完成科研考察任务。度夏中铁施工队合理安排施工工序，日夜奋战，在施工条件极其不利的情况下，在短短一个月时间内就顺利完成了中山站"十一五"能力建设二栋建筑卸运下来钢梁和钢柱的吊装工作，并完成了二栋建筑地面垫层的混凝土浇筑工程；此外，还圆满完成了航空煤油堆场油罐基础工程的建设和综合库叉车房改造工程。目前，因受建筑材料未上站的影响，度夏中铁施工队已完成了能够完成的全部工程量，这几天开始清理站区的建筑垃圾，为打造环境整洁的中山站做出努力。

目前中山站有 72 名考察队员，分别隶属于第 27 次越冬队、第 28 次越冬队和第 28 次度夏队，大家关系融洽、相处和睦。在做好各自工作的情况下，中山站的文体活动也搞得有声有色，首届中山站夏季运动会还在如火如荼进行中，足球、台球、乒乓球团体比赛已经结束，篮球因为身体碰撞激烈，为避免在南极特殊环境下队员身体受伤，就取消了比赛项目，剩下的运动会比赛项目还有羽毛球团体赛。在前面各种球赛中，除台球比赛我们第 27 次越冬队失利之外，足球和乒乓球都拿到了团体冠军，剩下的羽毛球比赛是我们的强项，冠军应该也是我们的囊中之物。我们第 27 次越冬队在一年的南极生活中，积极开展体育运动，使队员们在各项体育运动中的水平有了很大提高，如今能拿到这些冠军与队员们平时的积极锻炼是分不开的。

结队出行

雪龙船目前已经完成长城站的物资卸运任务，于今天到达阿根廷的乌斯怀亚港进行补给，在补充油料后将进行南大洋考察，随后驶往中山站，计划在下月上旬到达中山站，为中山站进行第二次的物资卸运。

这几天在中山站下广场

南极帝企鹅

附近经常会看到一大群阿德雷企鹅在那里玩耍，走路摇摇摆摆的阿德雷企鹅可爱至极，喜欢成群结队的它们一会儿在雪地上排队滑行，一会儿跳入水中嬉闹，一片欢乐的景象。

每年南极夏天的这个时候是阿德雷企鹅的换毛期，它们要离开海洋寻找陆地、岛屿便于换毛。今年这一大群阿德雷企鹅找到了中山站附近的岛屿，它们将待在这里进行为期一个多月的换毛期，这样就有幸让我们可以天天看到这群可爱的阿德雷企鹅，去年就没这么幸运了，去年夏天在中山站附近换毛的只有几只掉队的阿德雷企鹅。

1月14日晚饭后，我散步去站区的西南高地，当走到高频雷达天线阵附近时一只凶猛的贼鸥向我迎面扑来，本来不会主动攻击人类的贼鸥会做出这个举动，我就知道我走进了贼鸥孵蛋的领地，贼鸥怕我伤害刚孵化出来的小贼鸥就向我发起攻击。去年我也是在这里遇到了孵蛋的贼鸥，看来这里是贼鸥每年孵蛋的地方。我一边躲闪贼鸥的攻击一边前进，想看看是否有小贼鸥出生，前进不到10米果然看到一只刚孵化出来的小贼鸥在唧唧鸣叫，就像一只刚孵化出来的小鸡。我在躲避母贼鸥阵阵俯冲攻击的空当，快速给小贼鸥拍了几张照后就急忙离开这个地方，以免遭到贼鸥的攻击。当我离开一些距离后，母贼鸥就飞回小贼鸥身边，呵护着小贼鸥。

离开贼鸥的孵蛋地后，我来到西南高地的最高处，站在最高处，整个站区和海面上的冰山一览无余。俯瞰整个站区非常壮观，就像一个小城镇，远处海面上的大小冰山在阳光的照射下发出耀眼的光芒，绝对称得上是一幅美轮美奂的画面。我坐在山头上稍作休息，欣赏着眼前的美丽景象，耳边还不时传来工程机械的轰鸣声，忙碌的中铁施工队员还在加班加点地进行着站区建筑垃圾的处理，他们在抓住短暂的南极夏季进行中山站"十一五"能力建设的施工任务。

走下山头的时候，我不忘去看看石缝间孵蛋的雪燕，前几天我在山坡的石缝间看到几只雪燕在孵蛋，现在不知小雪燕是否已经出生。来到石缝前，我看到有一只小雪燕已经出生，小雪燕不像大雪燕那样有着雪白的羽毛，而是和小贼鸥一样是灰色的绒毛，颜色甚至比小贼鸥的灰色绒毛还要深，长大后不知是如何变成雪白羽毛的。雪燕比贼鸥温顺许多，我走到石缝前它也不会离开小雪燕和孵化中的蛋，看着我给它们拍照也依然一动不动。

南极的夏天是南极鸟类的孵化期，贼鸥、雪燕等鸟类都会在夏天下蛋孵化，一只只小鸟就会在南极的夏天出生、成长，在南极冬天来临前已经长大的小鸟们就会跟着大鸟飞离南极大陆，到第二年的夏天会再次回到南极大陆来捕食繁衍后代。

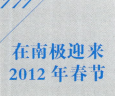

171

**在南极迎来
2012 年春节**

　　到今天 1 月 20 日为止，我们第 27 次南极考察中山站越冬考察队员已经离开祖国 441 天，离回到祖国还有 80 天，我们整个南极考察的时间将达到 521 天。虽然我们已经交班了一个多月，但由于远离大陆的南极没有交通工具可以让我们回国，我们只能在中山站等待，等待第 28 次南极度夏考察队完成各项度夏考察任务后，我们将和第 28 次度夏考察队一起随雪龙船回国，雪龙船计划在 4 月 8 日回到上海，所以我们离回到祖国倒计时还有 80 天。

　　南极中山站的越冬考察队员在完成一年越冬考察任务，交完班后不能马上回国的情况过两年应该可以得到解决，因为国家已经批准了国家海洋局购买固定翼飞机投入到南极考察中的申请，目前正在采购中。等我们的固定翼飞机加入到南极考察后，将大大改善我国南极考察的后勤保障条件。固定翼飞机可以从澳大利亚经澳大利亚在南极的凯西站机场，飞行到中山站旁俄罗斯进步二站在冰盖上的飞机场，在这里固定翼飞机可以飞行到我们在内陆冰盖的昆仑站，到时中山站作为内陆昆仑站的后勤保障基地可以为昆仑站运输物资和人员，为昆仑站队员提供安全保障和后勤补给任务。

　　1 月 22 日，我们迎来了中国 2012 年的除夕，在南极中山站的全体考察队员欢聚一堂，热烈庆祝新年的到来。下午 5 点，全体考察队员在中山站新综合楼运动馆集合，首先举行中国南极考察队中山站第一届夏季运动会的闭幕式，经过队员们近一个月的激烈比赛，8 个项目的团体赛已经全部结束，这 8 个比赛项目分别是足球、篮球、羽毛球、乒乓球、台球、扑克、象棋和消防实操，队员们在这些比赛中积极投入，发挥出了水平，赛出了友谊，也丰富了考察队员的业余生活。在闭幕式上领导们为每个比赛项目的冠军队颁发了奖品，我们第 27 次越冬队共获得 5 个比赛项目的冠军。

闭幕式结束后，中山站迎来了印度和俄罗斯考察站的考察队员，他们和我们一起欢度除夕夜，迎接中国新年的到来。3 个国家的南极考察队员欢聚在中山站运动馆，举行"中国南极考察队中山站 2012 新春国际联欢会"。联欢会上首先由中国第 28 次南极考察队临时党委书记刘刻福致辞，他代表中国南极考察队对印度和俄罗斯考察队员来参加我们的迎新春晚会表示欢迎，并对两国考察站以往对中山站的帮助表示感谢。随后 3 个国家的考察站站长分别上台致辞，印度和俄罗斯的考察站站长对能来中山站参加中国的迎新春联欢表示非常荣幸。

联欢会上，中外考察队员表演了丰富多彩的文艺节目，俄罗斯队员的小合唱《喀秋莎》和印度队员的吉他弹唱博得了全场热烈的掌声。另外在联欢会过程中进行了抽奖活动，为联欢会增添了欢乐的气氛。最后在全体队员高唱《难忘今宵》的歌声中结束了今晚中外新春联欢会的文艺演出部分。

文艺演出后，在运动馆紧接着举行迎新春晚宴，近百名中外考察队员欢聚一堂，热烈庆祝中国新年的到来。晚宴上觥筹交错，中外考察队员表达着彼此的祝福。远离祖国的考察队员相聚在南极，在南极度过了一个难忘的除夕之夜。

晚上 9 点（北京时间晚上 12 点），考察队员敲响了新年的钟声，在万里之遥的南极中山站考察队员敲锣打鼓地迎来了祖国的新年。

172/

在南极浮冰上玩耍的企鹅

1 月 23 日，南极中山站结束了为期两个月的极昼期，到 25 日半夜已有一个小时左右时间太阳落到地平线以下，当然太阳只在地平线下一点，半夜的天空还是很明亮的。

最近中山站附近海面上的海冰融化开裂后大部分已经漂走，海冰融化给冰山的漂移提供了方便。由于经常刮东风，大量的冰山在风力的吹动下堆积在中山湾，再加上冰山之间的碰撞挤压和融化，经常造成冰山倒塌，所以现在中山站附近的冰山群是一天一个样。中山站熊猫码头附近漂浮的海冰由于被冰山群团团围困而无法漂走，这样等到雪龙船来到中

在笨拙的海豹面前，企鹅也卖弄起了"凌波微步"，不愧为"五十步笑百步"

山站后就会影响我们用小艇运输物资，我们现在希望的是刮西风，把围困中山站的冰山吹走，也好让码头周围的浮冰漂走。最近几天我一直去码头附近查看冰情，从今年海冰融化的情况来看，小艇一定能够为中山站运输物资，只是希望码头周围的浮冰多漂走一些，方便小艇和驳船的运输。

中铁施工队员把卸运下来的二栋建筑的钢结构已经全部吊装完，因为还有部分钢结构上次没能卸运下来，所以影响了他们的工程进度。最近中铁施工队员一直在整理中山站的建筑垃圾，把这些建筑垃圾收集到一个个集装箱中，然后通过运输把这一个个装满垃圾的集装箱吊运到中山站熊猫码头，等下次小艇来运输物资时把这些装满垃圾的集装箱运送到雪龙船，带回国内处理。

昨天晚饭后，我去码头附近散步，海面上冰山、浮冰的景色非常迷人，一大群阿德雷企鹅在一块块浮冰上玩耍，浮冰上还躺着几只海豹，构成了一幅和谐温馨的画面。要知道在水下企鹅常常是海豹的盘中餐，但在海冰上行动迟缓的海豹对灵活的企鹅构不成威胁，只能眼睁睁看着企鹅在自己身边嬉闹却无能为力。

坐在码头附近岛屿的山头，我凝视着眼前的冰山、浮冰、企鹅和海豹，被这美丽的景象陶醉。回想一个多月前，我们还在海冰上开着雪地车拉着雪橇运输物资，驾驭着雪地摩托在海冰上驰骋，如今随着南极的夏天即将过去，这些坚固的海冰已经不见，变成了一块块随波逐流的浮冰。还有半个月雪龙船将再次来到中山站为中山站补给，到时码头附近的冰山、浮冰将不知如何改变，真希望雪龙船能早点来到中山站，可以把中山站剩余的物资和油料通过小艇运输到中山站，全面完成中山站今年物资、油料的补给任务。

内陆昆仑站队在完成任务后已于24日离开昆仑站踏上返回中山站的行程，到今天为止，他们的车队已经行驶了456公里，平均每天行驶近百公里，真是归心似箭，估计他们在下月10日左右就可以回到中山站。

今天我收到雪龙船船长沈权的邮件，他说雪龙船明天即将结束南大洋威德尔海的大洋调查，将启程前往中山站，计划在下月10日左右到达中山站。他来邮件的主要目的是询问中山站周围海域海冰的融化情况，雪龙船来到中山站后能否进行小艇运输作业。根据我最近的观察，目前中山站附近冰山群外面的海冰已经全部开裂后漂走，就是有大量冰山堆积在中山站附近，挡住了中山站码头周围的浮冰，有的时候能看到冰山之间的空隙可以行驶小艇，有的时候冰山堆积得密密麻麻，找不到一点空隙。等雪龙船来到后就要看冰山的漂移情况，一般来说总能找到合适的时机进行小艇的运输作业。

等雪龙船来到中山站后,我们第 27 次越冬考察队员除了 3 名队员转为度夏考察还有工作任务外,其他队员都将离开工作生活了 14 个月的中山站,回到雪龙船休息,等待雪龙船载着我们返回祖国。我们交完班后,队员们都想早点离开中山站返回雪龙船,可真到了要离开中山站的那一天,队员们一定会依依不舍地流下眼泪,毕竟我们在风雪南极中山站生活了一年多,对中山站的感情已经无法用语言来表达。

今天我看到天气较好,就带着几名队员开着雪地车去进步湖取水,下午和晚上各去了一次,拉回来 4 吨饮用水,为队员能够吃上纯净的饮用水出一分力。不知为何,今年进步湖上的结冰还没有开,雪地车照样可以在冰面上行驶,我们今天取水还要钻冰洞才能抽取,而进步湖附近的湖泊和中山站附近的淡水湖泊上的结冰早已融化,连中山站外海面上厚厚的结冰也已经融化,目前只有进步湖还存在厚厚的结冰。在取水途经的俄罗斯大坡上,我们登高观察了中山站外面的海冰情况,中山站外的海面上除了漂移的一些冰山,已经全是清水。我们还看到俄罗斯的破冰船又一次来到中山站外海域,他们正在用 K–32 直升机从船上吊运物资到他们的进步二站。他们船上次破冰到进步二站附近为考察站进行油料的补给,并吊运了一部分物资,没待几天船就离开进步二站,去为俄罗斯在南极的另一个考察站进行物资的补给,这次又返回进步二站,为进步二站进行第二次物资补给,就像我们的雪龙船一样,即将回到中山站,为中山站进行第二次物资卸运。

173

历次南极中山站越冬考察队员合影照陈列墙

中山站经过两天的风雪天气,到 1 月 31 日天气又开始放晴,火红的太阳让人感觉格外耀眼。下午我沐着明媚的阳光去中山站熊猫码头附近转了一圈,查看码头周围的冰情。雪龙船已经在加速驶往中山站，预计 2 月 8 日到达中山站，到时能否实施小艇运货作业就要看码头周围的浮冰和冰山的堆积情况了。

今天我在码头看了一下，发现外面的冰山挤压的越来越多，和前几天已经大不一样，堆积如山密密麻麻的冰山挡住了码头通向外面的水上通道，码头旁的浮冰也增加了不少，前几天还有大片的清水，今天已很难看到。如要用小艇将物资从雪龙船运输到中山站，首先码头外的冰山之间要有通道能够让小艇穿越，其次要在码头旁的浮冰中存在大片清水，好让小艇能够停靠码头。照目前情况看这两个条件都无法满足，看来只能希望在未来的几天中山站能够刮西风或南风，把码头外堆积的浮冰和冰山吹走一部分，满足小艇运输的上述两个条件。但中山站每天刮的都是东风或东北风，很少刮西风，南风更是少见，看来这次用小艇运输物资是越来越困难了。

本次南极考察自从 K-32 直升机出事后，中山站物资和油料的补给只能依靠小艇来运输，如果堆积的冰山影响到小艇的运输，无法把油料从雪龙船运送到中山站，那就会给中山站的正常运行带来很大的影响，因为目前中山站的储油不够一年的使用量，一旦缺油造成柴油发电机无法正常运行，那后果就不可想象。自从中山站开站以来还没有出现过无法补给油料的情况，我想这次也不会例外，考察队一定会想出办法，老天也一定会帮助我们，让我们能够顺顺利利地把物资和油料从雪龙船运输到中山站。

南极考察站有一个传统，就是每次越冬考察队员的合影照要悬挂在考察站的陈列墙上，作为永久的纪念，也只有越冬考察队员才能享受这个殊荣。中山站建站 23 年，已经有 23 批越冬考察队员的合影照悬挂在陈列墙上。我们第 27 次越冬考察队员已经完成一年的越冬考察任务，即将登上雪龙船回国，我们的合影照也要打印出来悬挂在墙上。这几天我一直在找我们一年中 17 名队员的合影照，想找出一张满意的照片，而且找遍了所有合影照都没发现有让每位队员都满意的，可能是越冬期间都是用三脚架自动拍摄的缘故。没办法，我们 17 名越冬队员只能再次召集在一起，让其他考察队员为我们补拍几张合影照，经过全体队员挑选后，选了一张大家较满意的合影照，今天打印出来后已经悬挂在陈列墙上，作为我们第 27 次中山站越冬考察 17 名队员的留念，也将载入中山站的史册。

2 月 3 日，中山站又刮起了七八级大风，并伴随着降雪过程，雪花在大风的吹动下横冲直撞，天空中到处弥漫着飞雪，能见度非常差。这样的天气和南极冬天的暴风雪比起来虽然要逊色许多，但在南极的夏天还是比较少见，让度夏考察队员体验了一把南极暴风雪的威力。今天中山站的一切室外工作只能停止，等待暴风雪快点过去，雪龙船还有 5 天就将到达中山站，希望暴风雪后出现一段阳光明媚的好天气，好让我们进行小艇运输物资油料的作业。

昨天晚饭后我去中山站码头转了一圈，观察码头附近冰山和浮冰的情况，查看下来和几天前差不多，堆积如山的冰山一点都没移动，密密麻麻地挡住了中山湾，估计这些冰山已经搁浅，需要大潮再加上西北风的作用下才会往外移动。目前中铁施工队员已经把几十个装有建筑垃圾的集装箱和老建筑拆除下来的废旧集装箱运送至码头，只等雪龙船到达后能通过小艇把这些集装箱运送到雪龙船，带回国内处理。另外中山站已经把码头通往油罐的油管连接铺设好，就等小艇从雪龙船运输油料到码头，为中山站进行油料的补给。

中山站原来历次越冬队员的合影照悬挂在老主楼走道的墙壁上，去年新的综合楼启用后，我们就把历次越冬队员的合影照搬入新综合楼，因为老主楼已经弃用，有可能会被拆除。我们把这些合影照悬挂在新综合楼会议室宽大的墙面上，并按照历次考察的顺序悬挂，方便以后的考察队员浏览，也为中山站保留一些珍贵的历史资料。

首次中山站越冬考察也就是中国第 5 次南极考察的时候，越冬考察队员没能留下一张合影，他们只做了一块牌子，在上面签上每位考察队员的名字作为留念。随后几年的越冬考察队员有了黑白照，能在中山站自己冲印相机黑白胶片。再后来有了彩色相片，但中山站没有条件冲洗，拍好合影照后考察队员要把胶卷带回国内冲洗，然后让第二年的考察队员带往南极悬挂起来。自从有了数码相机后，一切都变得方便起来，越冬考察队员可以随意挑选满意的合影照打印出来，并制作相框后悬挂起来。

从这一张张珍贵的历次越冬考察队员合影照的变化中可以看出时代的变迁，也反映出中国南极考察站越冬考察队员的条件在逐步改善。

小艇拖带驳船在浮冰中运输物资

174

雪龙船、内陆昆仑站队顺利会师南极中山站

　　2月6日是元宵节，中山站72名考察队员中午一起吃汤圆，下午包饺子，晚上队员们在一起吃饺子庆祝元宵节。今天也正好是我的生日，队员们一起为我庆祝生日，两位大厨分别为我做了生日蛋糕和长寿面，虽然这是我第八次在南极过生日，但这次的生日还是让我非常感动，感觉非常有意义和难忘。晚上十五的月亮分外明亮，又大又圆的月亮悬挂在北方的半空中，为中山站增添了亮丽的景色。

　　中山站周围的冰山还密密麻麻地堆积着，8日下午雪龙船就将到达中山站的外围，不知能不能执行小艇运输作业，只能等雪龙船到达后派直升机去查看冰山群之间是否有航道，如没有小艇航行的通道，那将影响到中山站的油料补给和建筑材料的卸运。虽然雪龙船还将在中山站停留一个月，但南极的夏天在慢慢过去，现在的天气开始变得越来越冷，黑夜的时间也在逐渐延长，不知道能否找到合适的机会来进行小艇的运输作业。

这次雪龙船到达中山站周围后，我们第 27 次越冬队的大部分队员要乘直升机离开中山站回到雪龙船，在雪龙船上休养等待随船回国。我们第 27 次越冬队员已经在中山站工作生活了 14 个月，和中山站已经建立起了深厚的感情，到离开中山站时队员一定会依依不舍，流下伤感的眼泪。

第 28 次南极考察内陆昆仑站队经过 15 天的长途跋涉于 7 日傍晚顺利回到离中山站 10 公里的内陆出发基地，他们在出发基地休整一晚后，将在 8 日下午回到中山站。8 日的中山站将变得异常热闹，雪龙船、昆仑站队同时返回中山站，在中山站进行胜利大会师，对南极考察队来说一定是一个特别难忘的日子。

2 月 8 日，对南极中山站来说是一个特别难忘的日子，雪龙船、昆仑站队安全抵达中山站，第 28 次南极考察队各路人马在中山站胜利大会师。去年 12 月 16 日内陆昆仑站队和雪龙船离开中山站分别去昆仑站和长城站执行任务，经过考察队员 55 天的拼搏，他们都圆满完成了各自的考察任务，今天顺利返回中山站。

下午 4 点 50 分，第 28 次南极考察队领队李院生带领部分临时党委成员和记者一行，从雪龙船乘坐直升机抵达中山站，参加在中山站迎接昆仑站队凯旋的欢迎仪式。下午 5 点，在中山站下广场举行欢迎昆仑站队凯旋的仪式，广场上彩旗飘扬，巨大的横幅上写着"热烈欢迎南极昆仑站考察队胜利凯旋"，中山站队员们敲锣打鼓地迎接昆仑站队的胜利凯旋。5 点 5 分昆仑站车队缓缓驶入中山站下广场，26 名昆仑站队员分乘 4 辆雪地车抵达中山站。昆仑站队员下车后受到中山站队员热烈的欢迎，在场的所有队员和 26 名昆仑站队员一一握手拥抱。欢迎仪式由第 28 次考察队临时党委书记刘刻福主持，首先为昆仑站队队员代表戴上大红花，随后昆仑站队队长金波简要向领队汇报昆仑站考察情况，最后领队发表讲话，领队说："今天我们用震天的锣鼓欢迎内陆昆仑站队的凯旋，昆仑站队在茫茫雪原上来回长途跋涉 2600 公里，风餐露宿 55 天，经历了南极内陆严寒、缺氧、暴风雪、白化天、冰裂隙等恶劣的自然环境的挑战，克服了车辆故障等各种困难的考验，队员们体力消耗极大，身体严重透支，但是你们凭借着顽强的拼搏意志，经受住了各种考验，并出色地完成了各项预定的考察任务，你们是我们第 28 次考察队的真正英雄。"

仪式结束后，昆仑站队的队员回房间洗澡，他们在昆仑站考察过程中没有洗澡条件，回到中山站的首要任务是洗澡，55 天没洗澡的日子不知他们是如何克服的。

晚上 7 点，全体考察队员在中山站新综合楼运动馆举行宴会，热烈欢迎昆仑站队凯旋，并欢送第 27 次越冬考察队离站上船。

在晚宴进行的同时，外面起了风雪，等到宴会结束时风雪越来越大，原计划第 27 次越冬考察队大部分队员乘坐直升机离站回雪龙船，因为风雪直升机无法起飞只能取消，等到明天天气转好后再离站回船。

175
艰难的南极中山站油料补给工作

2 月 10 日，中山站的天气转晴，吃完午饭，我们第 27 次越冬队的 10 名队员乘坐直升机离开中山站去雪龙船，结束了他们一年多在中山站的工作和生活，在雪龙船休整并等待第 28 次度夏考察结束后随船回国。中山站部分队员在停机坪为第 27 次越冬队员送行，一只阿德雷企鹅也跑到送行队伍中为我们的队员送行，企鹅也在为我们的离去感到依依不舍，毕竟我们在中山站生活了 14 个月。

直升机送第 27 次越冬队上船后，我随领队、船长等几名船员乘坐直升机在中山站附近查看冰山和浮冰的情况，希望能在冰山群中找到水道好进行小艇的运输作业。直升机在冰山群中转了几圈，发现在浮冰中小艇航行还是有点希望。我随船长回到雪龙船后，雪龙船马上吊放小艇——黄河艇，我随几名船员一起驾驶着黄河艇去浮冰中找寻水道。我们到达浮冰区后按照在直升机上查看的路线向中山站码头方向慢慢行进，但由于浮冰太密集，黄河艇行进很困难，另外行进一段距离黄河艇冷却机器的海水进口就会被冰碴堵死，需要停下来清理冰碴。我们驾驶着黄河艇在冰山群的浮冰中艰难地前进了不到 1 公里，雪龙船通过高频呼叫让我们尽快回雪龙船，因为外面的下降风已经起来，五六级的风正在逐渐加强，海面上已经起浪。我们立即掉转船头向雪龙船驶去，一出浮冰区我们就遭遇了海面上巨大的涌流，黄河艇在涌流中剧烈地颠簸着向前航行，好在雪龙船停泊的位置不是太远，我们航行半个小时就回到雪龙船边，把黄河艇吊上雪龙船后，雪龙船随即驶离冰山边缘去外面宽阔的水域避风。

2月11日，中山站天气非常晴朗，上午雪龙船就驶往中山站外冰山附近，吃完午饭继续吊放黄河艇去浮冰中找寻水道，我也随艇前往。我们驾驶着黄河艇首先穿越几座大冰山，来到中山站的西边，想从内拉湾方向进入中山站码头。虽然驶往内拉湾方向一路上全是清水，但到达内拉湾口后，还没融化的陆缘冰挡住了我们的去路，这些陆缘冰虽然已经融化得差不多，还有十几公分厚，但对于没有破冰能力的黄河艇来说面对方圆几公里的整块陆缘冰还是无能为力，全速冲撞也无法撞裂陆缘冰。我们只能改道再驶往昨天进入浮冰区的地方去试试。

在冰山群的浮冰中我们慢速行驶，边找寻水道边往中山站码头方向行驶。天空中阳光灿烂，平静的海面犹如镜面，一座座千姿百态的冰山漂浮在海面上看起来非常壮观，浮冰上不时有企鹅和海豹出现，偶尔我们还看到鲸鱼在浮冰中浮出水面。经过我们在浮冰中5个多小时的撞冰推冰慢速前进，我们终于在冰山群的浮冰中开辟出一条通往中山站熊猫码头旁丹凤岛的水道。因码头周围还有密集的大浮冰，我们就暂时行驶到丹凤岛，虽然在丹凤岛不能卸运物资，但可以把码头上的油管连接到丹凤岛，可以进行中山站的油料补给，毕竟中山站的油料补给是第一位的，关系到中山站能否正常运行。浮冰中水道开辟后我们就驾驶着黄河艇返回雪龙船，把浮冰中的水道加宽，便于第二天进行油料的运输。我们返回雪龙船时已经是晚上7点，我们的小艇在浮冰中整整行驶了7个小时。

2月12日上午，雪龙船再次行驶到中山站附近，发现中山站外围的冰山已经移动过，和昨天有较大的差别。我和船长就乘坐直升机从雪龙船出发去查看冰山和浮冰的情况，并看看昨天开辟的水道是否还存在。从直升机上俯瞰的情况来看，虽然昨天开辟的水道经过冰山的移动已经消失，但基本情况还算可以，只是密集的浮冰挡住了去丹凤岛的水道，并没有冰山挡在水道上。回到雪龙船后船长就决定吊放黄河艇和驳船，在驳船油舱中输入30吨柴油后，就由黄

浮出海面的"冰山一角"俨如一座孤岛

河艇拖带驳船驶往中山站，为中山站进行油料的补给。

10 点半，黄河艇拖带满舱油料的驳船驶离雪龙船前往中山站，我乘坐直升机返回中山站。原认为黄河艇拖带驳船在浮冰中航行不会太困难，谁想到困难重重，经过 5 个小时的拖带还没有航行到中山站，在离丹凤岛 500 米的浮冰中被困住了。下午 3 点我赶到丹凤岛，看到被困在浮冰中的小艇和驳船，就让黄河艇把拖带的驳船解掉，黄河艇先在浮冰中撞冰前进，等黄河艇开辟出一条水道通往丹凤岛后，再去浮冰中拖带驳船。即使这样，黄河艇在浮冰中冲撞了两个小时才行驶到丹凤岛，我看已经是 5 点，到了吃晚饭时间，我就让小艇上的船员先到中山站吃晚饭，吃完后再驾驶黄河艇去把驳船拖带到丹凤岛，因为这些船员连午饭都没有吃，现在一定饿坏了。

一吃完晚饭，船员们就回到黄河艇，驾驶着黄河艇去 500 米外的浮冰中拖带驳船，晚上 7 点装满 30 吨柴油的驳船成功被拖带到丹凤岛旁，连接油管后开始为中山站的油罐进行油料的输送。晚上 9 点，一驳船 30 吨柴油全部输送到中山站油罐，因天色已晚，下降风已经形成，小艇和驳船就停靠在丹凤岛，明天继续去雪龙船装油运送到中山站，300 吨柴油估计要好几天才能运输完。

176.

黄河艇南极海冰脱险记

2 月 12 日，从雪龙船卸运了一驳船 35 号柴油到中山站后，13 日继续抓紧时间卸运，到晚上 11 点成功向中山站卸运了两驳船柴油，因晚上 11 点天已经变黑，黄河艇和驳船就停靠在中山站附近的丹凤岛，准备第二天继续为中山站运送柴油。

2 月 14 日上午，我随开艇的船员一起驾驶黄河艇离开丹凤岛向雪龙船驶去，可一夜之间冰山和浮冰的移动早已把昨天的水道堵死，又加上最近几天连续低温，把原先的浮冰冻结起来连成了大片的海冰，小艇在浮冰中航行还能把浮冰推开后前进，可碰上大面积的整冰就无能为力了。我们驾驶着小艇在丹凤岛周围转了一天都无法把小艇开出去，只能作罢，等待第二天继续寻找机会把小艇开出冰区。

　　2 月 15 日，我和几个船员等到下午潮水最高时驾驶黄河艇离开丹凤岛，希望能够在浮冰中找到裂缝把小艇驶出浮冰区。虽然在涨潮时部分浮冰之间出现了冰裂缝，但由于没有大面积的水域，小艇一撞击浮冰，大面积的浮冰就挤压在一起阻止了小艇的前进。经过几个小时的撞击，小艇才驶离丹凤岛不到百米，看看天气已晚，外面的下降风已经起来，我们就驾驶着小艇返回丹凤岛，准备第二天继续。

　　2 月 16 日下午，我随驾驶小艇的 7 名雪龙船船员再次登上黄河艇，准备把黄河艇驶出冰区返回雪龙船。这次我跟船员们鼓劲，准备孤注一掷，一定要把小艇驶出冰区，哪怕开几天也要把小艇从冰区开出去，我们做好了在小艇上长期作战的准备。下午 3 点在高潮位到来时我们准时驾驶着小艇离开丹凤岛，刚驶离时还比较顺利，因昨晚撞击过的水道基本还存在，我们花费了没多长时间就到达昨晚到达过的地方。但接下来的一段乱冰区挡住了我们的去路，这些乱冰堆积在一起冻得严严实实，没有一丝空隙，我们只能驾驶着小艇一次次去撞击这些乱冰，经过无数次的撞击，剥落下几块大冰坨或大块的浮冰，然后船员们就下到浮冰上，在浮冰上打下钢钎，用小艇通过绳索把这一块块撞裂开的冰坨或浮冰拉开，随后小艇继续撞击前面的乱冰，有时船员也用小艇上的竹竿把浮冰推走，我们通过这样的方式把小艇一点点艰难地往前移动。

　　下午 7 点，直升机为我们空投了饮用水和方便面等食品，我们连续奋战，一直到晚上 10 点多天黑看不清前面冰情才停止作业，此时我们已经在浮冰中前进了有一公里。停止作业后我们才感到又饥又渴，马上烧水泡方便面充饥。吃饱后我们就在小艇上坐着打盹休息，因小

队员们推冰开路

艇室内空间狭小，只有三个长板凳，8个人挤在这样狭小的空间里只能坐着休息，好在室内有一个电暖气，让我们在寒冷的南极夜晚不至于挨冻。

第二天早晨6点，我们继续驾驶着小艇向浮冰冲撞，艰难的冰区航行再次拉开序幕。浮冰表面看上去很平坦，但水下部分还有二三米厚，再加上气温低，一块块浮冰早已经冻结在一起，连成了方圆几公里大面积的冰面，和整片的陆缘冰已经没有区别。我们还是采用昨天的方式在冰区中艰难的前进着，眺望外面的清水已经不到1公里，我们鼓足了劲希望今天能把小艇开出冰区。经过我们的努力，到下午2点，冰区只剩下最后的400米，但前面几块又厚又硬的大冰块挡住了我们的去路，不管我们如何撞击，冰块纹丝不动，此时天空也飘起了鹅毛大雪，就在我们失去信心的时候，雪龙船船长通过高频呼叫我们，询问我们的进展情况，我把我们的情况跟船长汇报了一下，希望雪龙船能过来帮我们一下忙，否则今晚我们又要被困在冰区在小艇上度过一个不眠之夜。船长询问了我们所在的位置，说雪龙船就在附近，先把雪龙船开过来看看情况再说。

下午3点多，雪龙船出现在我们的视线中，随后向着我们小艇前面的冰区破冰前进，雪龙船破冰到离小艇不远处后就向后退离，毕竟这里的水深资料没有，雪龙船不敢太深入以免触礁。经过庞大的雪龙船撞击，小艇前的冰块出现了松动，我们就驾驶着小艇冲过几块大浮冰后，进入雪龙船破冰的航道，随后沿着雪龙船破冰的航道驶离了冰区。下午4点，雪龙船上的大吊车把小艇吊进雪龙船货舱，此时海面上已经起了四五米高的涌浪，雪龙船随即驶离中山站附近浅水区，去外面深水区避风漂泊。

随着中山站的气温越来越低，海面上的冰情会越来越严重，小艇拖带驳船为中山站补给油料的计划已经无法进行，剩下的油料只能另想其他途径为中山站补给。虽然小艇已经无法为中山站补给油料，但经过我们25个小时在冰区中的艰难航行，成功把黄河艇驶出冰区返回雪龙船，避免了小艇被困在中山站冰区中滞留一年的严重后果。

177 "雪鹰"号直升机损体从中山站运至雪龙船

2 月 20 日，中山站的风向和潮汐出现了变化，原先海面上冻结的海冰随着冰山的移动出现了松动，变成了一块块的浮冰，许多浮冰随着风向漂离了中山站附近，在中山站码头附近的浮冰中出现了较大面积的水域，第 28 次考察队抓住这有利的时机，马上实施小艇拖带驳船为中山站补给油料和建筑材料。

虽然整片的海冰变成了浮冰，但小艇的运输还是非常艰难，因为冰山在潮汐和风力的推动下，移动地非常迅速，常常是刚开辟出来的一条浮冰中的水上通道等返回时再想通过，早已经被移动的冰山堵死。但尽管困难重重，雪龙船船员们还是历经千难万险驾驶着黄河艇和驳船于 20 日当天为中山站输送了一驳船油料、21 日输送了两驳船、22 日输送了一驳船，到目前为止，共为中山站补给了 7 驳船柴油，共计 140 多吨 35 号柴油，加上中山站原先的储油，基本满足了中山站未来一年正常运行的油料。

2 月 22 日，黄河艇在为中山站运送油料的同时，雪龙船吊放了另一艘驳船用来运输物资，由黄河艇在油驳船停靠中山站输送油料的空当拖带这艘驳船运输物资。22 日从雪龙船共运送了两驳船钢结构到中山站，另外运

损毁的 K-32 直升机拖回中山站

送了两集装箱桶装航空煤油到中山站。运货驳船在从中山站返回雪龙船的过程中，把一辆昆仑站队需要带回国修理的 PB300 雪地车带上了雪龙船。

经过 3 天黄河艇轮流拖带两条驳船在雪龙船与中山站之间的浮冰中穿梭，取得了令人意想不到的战果，如果还有 3 天这样的机会，中山站的所有油料和物资都能从雪龙船上卸运下来。22 日结束小艇运输作业前，突然降临的下降风把黄河艇和两条驳船都困在中山站熊猫码头。23 日早晨我起来观看码头附近的情况，经过昨晚的下降风，冰山和浮冰把码头周围堵得严严实实，黄河艇和驳船都无法驶离。中午派直升机去查看码头外面的海冰情况，冰山和海冰依旧没有变化。看来又要等待风向和潮汐的变化，才能继续进行中山站油料和建筑物资运输。

因昨天卸运了两驳船钢结构到中山站，一个多月没建筑材料施工的中铁队员今天又开始忙碌起来，他们要把这些钢结构架设起来，争取在第 28 次考察队 10 天后撤离中山站返航前，完成中山站新宿舍楼和新发电栋的钢结构吊装。

23 日晚饭后，中山站码头附近的冰面出现了开裂，并随着难得的西风漂离码头附近，码头附近的海面上出现了久违的清水。考察队抓住有利时机，马上实施小艇拖带驳船进行物资运输工作，在到晚上 9 点天黑前的短短 4 个小时里，把中山站需要带回国的物资运送了两驳船到雪龙船，另外雪龙船卸运了两驳船建筑钢结构和桶装航空煤油抵达中山站。这样中山站建筑材料中的钢结构全部从雪龙船卸运到中山站，在接下来离第 28 次度夏考察队返航不到 10 天的时间里，中铁施工队员要加班加点把这些钢结构全部架设起来，完成二栋建筑的钢结构吊装工作，弥补因建筑材料无法及时卸运到中山站而对工程进度带来的影响。

晚上，结束小艇运输物资后，因天色已晚两条驳船全部停靠在中山站码头。有了每天晚饭前后在码头附近冰面出现开裂的现象，24 日吃完午饭中山站就组织队员吊运上次损坏的"雪鹰号"直升机去码头，并吊放在驳船上，绑扎后等待晚饭前后小艇来把雪鹰号直升机运送到雪龙船，由雪龙船把雪鹰号直升机的损体运回国内。

下午 5 点，黄河艇在浮冰中艰难地抵达中山站码头，把装有雪鹰号直升机的驳船拖带至雪龙船，吊放进雪龙船的货舱。随后黄河艇再次回到中山站码头，把装有两个集装箱的驳船拖回雪龙船，昨天的小艇运输作业早早结束，雪龙船把黄河艇和两条驳船全部吊上雪龙船后，随即离开中山站去穿插在外面的陆缘冰中避风，因天气预报 25 日晚上中山站将有暴风雪降临。

到目前为止，中山站的补给物资和油料基本已通过驳船运抵中山站，中山站需要返回国内的物资也基本运回雪龙船，前段时间担心无法完成卸货任务的问题已基本得到解决。如余下的十来天时间没有机会实施小艇运输剩余的中山站油料，第 28 次南极考察队也将随雪龙船按时离开中山站返航，结束第 28 次南极度夏考察任务。

178 第28次南极考察队随雪龙船撤离中山站，踏上返航征程

2 月 26 日，风雪开始袭击中山站，雪龙船随即离开中山站附近的海域去普里兹湾靠近埃默里冰架的陆缘冰中避风。避风两天后，雪龙船开始在埃默里冰架附近搞大洋考察，随后在普里兹湾主断面线上搞断面调查，结束大洋考察后雪龙船于 3 月 3 日中午抵达中山站附近海域。

经过两天风雪后，中山站出现了连续几天的晴朗天气，但每天的风力较大，一直维持在 5 级以上。因每天刮得都是强劲的东风，中山站码头周围的海冰堆积严重，一直没有找到再次进行小艇运输作业的机会，雪龙船也就一直在外面进行大洋考察。

自从前几天中山站"十一五"能力建设二栋建筑的剩余钢结构通过小艇驳船运输到中山站后，中铁施工队员抓紧时间吊装这些钢结构，虽然最近每天的大风影响了他们的施工进度，但他们还是完成了新宿舍楼全部钢结构的吊装工作，新发电栋剩余的钢结构正在抓紧吊装，预计 5 日能完成新发电栋全部钢结构的吊装工程，这样中铁施工队员将结束今年中山站的度夏工程建设。

目前中山站除中铁施工队员还在抓紧时间进行工程建设外，其他的度夏考察队员已全部完成任务收拾行囊准备回雪龙船。3 日下午海豚直升机从雪龙船来到中山站，中山站度夏考察的大部分队员分批乘直升机离开中山站返回雪龙船。

雪龙船在南极海冰上

3 日下午 3 点，我随领队一行乘海豚直升机前往正在建设中的印度考察站参观，印度考察站位于中山站的西面，直线距离在 8 公里左右。印度考察站经过几年的建设，已经初具规模，今年开始他们将留下队员进行越冬考察。印度考察站的一栋主体建筑投资 7000 万美元，由德国设计和建造，目前德国建筑工人正在进行内部的装修工程。在印度站站长的带领下我们参观了这栋主体建筑的内部，这是一栋集科研、娱乐、餐饮、宿舍、车间、仓库等于一身的综合性建筑，整个考察站只要这一栋建筑就可以满足全方位的要求。参观后，让我们感觉非常震撼，德国的各种先进技术、环保理念让我们不得不佩服。

3 月 5 日，随着中铁施工队员完成新发电栋钢结构的吊装工程，第 28 次南极考察队结束在南极中山站的全部度夏考察任务。第 28 次考察队临时党委成员上午为第 28 次中山站越冬队的 17 名队员召开了一个越冬前的动员会，在会上领队和临时党委书记分别讲了话，鼓励越冬队员在越冬期间注意各方面的安全，希望他们在站长的带领下，团结协作，战胜各种困难，努力完成中山站的运行管理工作和各项越冬考察任务。午饭后，留在中山站度夏的最后一批队员乘坐直升机开始撤离中山站，这些队员主要包括中铁施工队员和第 28 次考察队临时党委成员，中铁施工队员在撤离前的最后一刻还在抓紧把刚吊装好的新发电栋钢结构进行焊接工作。

我随第 28 次临时党委成员于下午 6 点最后一个架次飞离中山站，第 28 次越冬队员到停机坪为我们送行，我们和第 28 次越冬队员一一握手后登上直升机，在第 28 次越冬队员挥手再见的目送下，我们乘坐的直升机在中山站上空盘旋两圈后向雪龙船飞去。

下午 6 点半，雪龙船一声长鸣，告别中山站，告别中山站上的越冬队员，带着 166 名第 28 次中山站度夏考察队员和第 27 次越冬队员驶离中山站，于半夜时分，在澳大利亚戴维斯考察站外抛锚。

到今天离开中山站,我在中山站工作生活了整整 15 个月,虽然这其中有太多的辛酸苦辣,但也让我学到了许多知识,增加了阅历。这是我人生中一段难忘的经历,必将会好好收藏。再见!风雪南极!再见!中山站!

3 月 6 日午饭后,我随领队一行乘坐直升机从雪龙船抵达戴维斯考察站,对戴维斯考察站进行参观访问。戴维斯考察站站长艾丽森女士亲自到直升机停机坪热情接待了我们,并陪同我们参观了整个戴维斯考察站。戴维斯考察站新建成的一栋综合楼已经开始启用,去年我来参观的时候还没投入使用,新综合楼里的餐厅、娱乐休息室、宿舍布置得焕然一新,让我们感觉非常温馨和优雅。通过休息室的宽大落地玻璃窗,美丽的海景呈现在眼前,还能欣赏到海边的象海豹滩,十几头象海豹躺在一起,有几头还在相互厮打恶斗,发出一阵阵吼叫声。下午 3 点,我们参观结束乘直升机返回雪龙船。

下午 4 点,考察队临时党委成员认真听取气象预报员对未来几天返程途中西风带气象的预报后,经过讨论,决定立即启程返航,避开将在返程西风带中 4 个气旋的干扰,快速穿插过有"魔鬼西风带"之称的南大洋西风带。

下午 5 点,雪龙船起锚,驶离南极戴维斯站附近,开始踏上返航上海的漫长航程。

17.9 回到祖国,重返人间

3 月 6 日下午,雪龙船从戴维斯站附近起锚后开始踏上返回祖国的征程,一路向北航行。3 月 7 日下午,雪龙船进行消防救生演习,让全体队员掌握应急部署下各自的岗位,熟知救生衣的穿着方法和各自救生艇的位置。

3 月 8 日上午,雪龙船到达南纬 60 度,进入"魔鬼西风带"航行。让老船员都心惊胆颤的西风带,本次穿越由于掌握好了天气和海浪情况,并随时调整航行方向,让我们躲避了 4

个气旋的正面干扰。虽然在西风带其中的一天航行中受到一个气旋尾部的影响，遇到了四五米高的涌浪，雪龙船最大摇摆达 20 度，但本次穿越西风带基本还算风平浪静，是我多年来随雪龙船穿越西风带最为顺利的一次。雪龙船于 12 日下午顺利越过西风带，到达南纬 40 度。

3 月 13 日午饭后，雪龙船停船漂泊，机舱检修主机高压油泵。晚饭后雪龙船继续向东北方向的澳洲弗里曼特尔港航行。

3 月 14 日上午 8 点，雪龙船继续停航漂泊，清洗船上各种水文调查设备的钢缆。因大洋调查作业本次南极考察已经全部结束，在海水中使用过的调查设备的钢缆都需要用淡水清洗后上油保养处理，避免调查设备钢缆的腐蚀。清洗保养钢缆结束后，雪龙船在晚饭后继续航行。

3 月 15 日晚上 8 点，雪龙船抵达澳洲弗里曼特尔港外锚地抛锚，因该港目前没有空闲的码头，要等到 3 月 20 日才能让雪龙船停靠码头进行油料物资的补给。

雪龙船停泊抛锚后，队员们一改航行途中船舶摇摆时的沉闷，开始变得活跃起来。在甲板上可以看到队员有的在钓鱼，有的在散步锻炼，有的在打牌，有的在喝啤酒聊天，甲板上变得异常热闹。

3 月 20 日上午 8 点半，雪龙船在锚地起锚，9 点澳洲引水员登上雪龙船，驾驶雪龙船驶往弗里曼特尔港码头，因以往雪龙船一直停靠的客轮码头上停靠着日本南极考察船"白濑"号，所以雪龙船停靠在紧挨着客轮码头的滚装船码头，10 点雪龙船靠妥码头。

雪龙船一停靠码头，我就约上几位好友一同前往小镇街头散步，虽然弗里曼特尔港我以前随雪龙船来过 10 多次，对这个港口小镇非常熟悉，但这次看到这个熟悉的小镇让我感到特别的亲切，有一种重返人类居住大陆的感觉。在远离大陆、远离人群的冰雪南极生活了 15 个月，已经习惯了南极白色世界的我，看到各种颜色的建筑、绿色的树木草地、街道上各种肤色的人群、琳琅满目的商品，这一切都让我目不暇接，感到既陌生又亲切。

我们来到小镇海边的渔船码头，坐在露天的小饭馆门前，一边欣赏海边的风光，一边品尝美味的海鲜和新鲜的蔬菜。回想 16 个月前，我们离开弗里曼特尔港前往南极之前也是坐在这里品尝海鲜，虽然这里的一切没有改变，但我们的心情却截然不同。前一次我们是带着奔赴南极工作的信心，虽心里充满着对风雪南极的好奇，但也夹带着能否完成越冬考察任务的担忧和面对冰雪南极生活的各种心理挑战，有少许勇士奔赴战场的悲壮感。如今我们已顺利完成各项南极越冬考察任务，也安全返回人类居住的大陆，已经习惯南极寂静生活的我们，虽然面对喧闹的城市感觉既陌生又遥远，一时还无法适应，但我们是带着愉快的心情来欣赏周边的这一切，是完成越冬考察任务后的喜悦和重返城市正常生活的祝贺。

　　3 月 21 日，许多队员乘火车去西澳首府珀斯游玩观光，我因去过多次，就提着笔记本电脑来到弗里曼特尔小镇街头的露天咖啡馆，一个人静静坐在那儿，边上网和朋友聊天边欣赏小镇街头的美丽景色。望着人来人往的小镇街头，感觉喧闹的城市生活离我越来越近，再过 18 天，我即将回到离别了 17 个月的故乡——上海，回到亲人和朋友的身边，经历 521 天的南极越冬考察，我的第 27 次南极中山站越冬队的考察历程将结束。

　　雪龙船在澳洲弗里曼特尔港停靠 5 天进行补给和休整，24 日下午 4 点雪龙船离开弗里曼特尔港，航行返回祖国，经过 12 天的航程，雪龙船于 4 月 6 日到达上海港锚地。

　　4 月 8 日，我们第 27 次南极考察中山站的 17 名越冬队员和第 28 次南极度夏考察队员随雪龙船回到上海，停靠中国极地研究中心国内基地码头，结束了我们 521 天、跨越三个年头的南极中山站越冬考察历程。国家海洋局和上海市人民政府在码头上举行了隆重的欢迎仪式，庆祝第 28 次南极考察队胜利凯旋。码头上彩旗飘扬、锣鼓震天，各考察单位领导和几百名家属在码头上迎接考察队员的凯旋归来，我们第 27 次南极中山站越冬考察的 17 名队员在经过 521 天的南极考察后平安回到亲人和朋友的身边，在鲜花和亲人的拥抱中考察队员的激动心情无以言表。在南极考察的历程是艰辛的，但回到亲人身边的时候早已把种种艰辛抛在脑后，享受着和亲人幸福团聚的欢乐时光。

附：中国第 27 次南极科学考察中山站越冬队员名单

姓　名	工作单位	任务职责	昵　称
王刚毅	荣成市博实建设监理有限公司	管道工	南极 1 哥
徐呇英	贵州鑫汇天力柴油机有限责任公司	发电	南极 2 哥
徐文祥	贵州鑫汇天力柴油机有限责任公司	发电	南极 3 哥
邹正定	中国极地研究中心	发电	南极 4 哥
赵　勇	中国极地研究中心	站长	南极哥
戴伟晟	厦门厦工机械公司	机械师	南极 6 哥
张　晖	武汉商业服务学院	厨师	南极 7 哥
王林涛	中国电波传播研究所	通讯	南极 8 哥
李向军	宁夏回族自治区石嘴山市惠农区气象局	气象	南极 9 哥
吴　全	北京积水潭医院普通外科	医生	南极 10 哥
李海锋	河北省保定市气象局	气象	南极 11 哥
刘建军	武汉大学	高空物理	南极 12 哥
卢　成	国家海洋局极地考察办公室	管理员	南极 13 哥
白　磊	中国科学院测量与地球物理研究所	固体潮观测	南极 14 哥
杜玉军	武汉大学中国南极测绘研究中心	GPS	南极 15 哥
侍　颢	北京大学	高空物理	南极 16 哥
李荣滨	国家海洋环境预报中心	气象	南极 17 哥